# 南国舞台上的星星火

## 邸叙然编导艺术

中国戏剧出版社
CHINA THEATRE PRESS

**图书在版编目（CIP）数据**

邸叙然编导艺术 / 邸叙然著. — 北京 : 中国戏剧出版社，2018.7
（南国舞台上的星星火）
ISBN 978-7-104-04681-3

Ⅰ. ①邸… Ⅱ. ①邸… Ⅲ. ①剧本—作品集—中国—当代 Ⅳ. ①I230

中国版本图书馆CIP数据核字(2018)第123844号

南国舞台上的星星火：邸叙然编导艺术

**责任编辑：**肖　楠
**项目统筹：**李　静
**责任印制：**冯志强

**出版发行：**中国戏剧出版社
**出 版 人：**樊国宾
**社　　址：**北京市西城区天宁寺前街2号国家音乐产业基地L座
**邮　　编：**100055
**网　　址：**www.theatrebook.cn
**电　　话：**010-63385980（总编室）
**传　　真：**010-63383910（发行部）

**读者服务：**010-63381560
**邮购地址：**北京市西城区天宁寺前街2号国家音乐产业基地L座

**印　　刷：**北京鑫瑞兴印刷有限公司
**开　　本：**787mm×1092mm　1/16
**印　　张：**68.25
**字　　数：**1000千字
**版　　次：**2018年7月　北京第1版第1次印刷
**书　　号：**ISBN 978-7-104-04681-3
**定　　价：**288.00元（全四册）

# 序

## 笔走商海　自有我在

周　光

1979年，标志着中国全面迎接改革开放的深圳特区建设，在罗湖口岸旁边的小小渔村破土动工。罗湖口岸的对面就是举世闻名的商业大都市香港。不久，深圳就成了一片商业文化的汪洋，并且将“时间就是金钱”“效率就是生命”“顾客就是上帝”等等商业理念几乎一夜之间传遍了大江南北。

还别说，从那时候开始至今，只要你有钱，就可以在深圳买到各种高质量的服务。所以，也难怪当初从五湖四海到了深圳的人大部分一下子就成了商业文化的仆从。这其中，不乏内地一些文艺工作者。他们为了生存和更好地生存，放下了“灵魂工程师”的身段，用自己的才能把歌舞、曲艺、戏剧等艺术形式转化为商品送进了歌厅、舞厅、餐厅。自然，这些“商品”逐渐失去了以文化人的功效，而是和娱乐画上了等号。

邸叙然就在这样的划时代文化背景下来到了深圳。然而，家族中长辈们长期从事文艺工作的影响，青少年即进入部队文工团的经历，让他的社会责任感并未被商业文化的汪洋所淹没和侵蚀。翻阅着他的剧作集，许多作品都看过。无论是比较早期的剧本还是近两年的新作，其中所反映出的人生观、世界观、价值观以及爱国情怀都是一以贯之的。

例如话剧《水墨中国》。邸叙然以一位内地画家“偷渡”深圳关口以及在深圳的长期生活为核心线索，把人物命运和改革开放以来深圳的诸多悄然变化关联起来，于不经意间让我们感受到了深圳这个小渔村改革开放以来翻天覆地的巨变：曾经数以万计边民向往逃去香港发财，今天却是香港人为了发财回到内地投资；曾经要带着身份证、边防证才能通过的关口，如今已然静静地矗立在那里，成了贫困与落后历史的见证；曾经“辛辛苦苦干一年，不如人家（香港）八分钱”的渔村百姓，如今坐在家中就享受着丰衣足食甚至自己都感到过于无所事事的惬意生活。这看似不经意的寥寥数笔，恰如一幅大写意画卷中的几点墨迹，点染出了深圳的昨天和今天，而其留白处却是整个中国的昨天和今天。在邸叙然这一幅欣欣向荣、令人振奋的《水墨中国》里面，蕴含着辛酸苦辣的回味、百折不挠的身影、创新发展的蓝图、风卷千帆的壮丽！这代表着邸叙然剧作始终如一的爱国情结和主流价值观。

话剧《水墨中国》不乏喜剧和调侃的桥段，而恰恰是那些对于历史的调侃，使得这部剧作中处处洋溢着作为一个今天的中国人满满的自豪与自信。我看过这个戏的演出，感觉比这里收录的剧本丰满许多。当谢幕的掌声响起来的时候，我和观众们一样为剧中人物命运的变化、为其事业成功与生活美满感到由衷的欣慰。与此同时，更让我感到欣慰的是邸叙然这位年轻的戏剧人初衷不改，他在深圳这样一片商业文化的汪洋中始终保持着正确的三观，保持着对祖国的信赖与热爱，并且用他所熟悉的方式和十分饱满的热情顽强地表达着自己。

言之有物，文以载道，也是邸叙然剧作一以贯之的宗旨。除了一些命题作文之外，即便是趣味性、娱乐性比较强的戏剧作品，其中都必定有着邸叙然对生活的认识以及对生活本质的揭示。

例如小品《最近我不烦》。作者把快节奏生活中的不和谐音符加以放大和重复，目的就是帮助观众认识到换位思考对于和谐生活的重要意义。

环境——情绪——语言——人物关系等等元素，构成了每一个人在现实生活中的规定情境。其中一旦有一项出现了问题，规定情境就可能变得紧张、尖锐起来，因而影响到我们的正常生活。小品《最近我不烦》中，邸叙然通过多次“倒带”处理，在一个办事大厅的窗口前不断修复和调整着这些元素，终于在舞台上营造出一个和谐的规定情境。剧作者把自己感悟到的生活哲理用一次次具有递进效果的行动呈现给观众，在增强故事趣味性和舞台形式新鲜感的同时，更带领观众认识到：正是日常生活中诸多不被留意的、细端末节的疏忽，造成了我们的自我困扰。毫无疑问，观众们看过这个小品一定会产生一种豁然明朗的惊喜。

小品《请和陌生人说话》对城市人之间的冷漠开出药方，小品《第五大名著》对于艺术创作恶俗风气的无情讽刺，小品《真话难讲》对当今教育方法以及处世方法的质疑，小剧场话剧《我要恋爱》传递的正确婚恋观念，话剧《净化论》对于人性中真善美力量的信心……总之，在邸叙然的每一部剧作中，我们都能够看到他面对深圳这座商业化城市一次次通过有趣的戏剧故事提出问题，又一次次理性并且机智地解决问题，从而把对事物的正确认识传递给观众。哪怕在现实生活中一时找不到解决问题的最佳方案，他也会和他的创作团队一起为作品寻求一个略带理想化却又不难实现的结局。

深圳毕竟是深圳，商业文化带给人们的速度观念、效率观念、价值观念，似乎成为一种惯性深深浸入了深圳人生活的方方面面。即便是戏剧欣赏，深圳人也绝不会像内地人那样数着板眼去咂摸滋味儿。深圳观众希望在剧场里不仅能够看到自己的生活、体验戏剧带给自己的审美愉悦，同时也希望在最短的时间内获得更多的新鲜感和更大的信息量。而在这一方面，20 多岁就去

深圳打拼的邱叙然深谙其道，因而他除了努力在题材上让自己的剧本更加接地气以外，表现形式上的虚实结合、简洁明快、不拘一格、大胆创新同样是一以贯之。

例如小品《马路遐想》。剧本表现的是在交通方面遵纪守法的现实问题，但是一开幕，一个个违反交通法规的交通参与者却以类似中国戏曲的程式化表演陆续出场。舞台上开车、超车、酒驾、飙车、闯红灯、撞车、死亡、肇事者们亡灵的相互指责，一系列现实生活中常见的情节都被编剧用虚拟、夸张、漫画甚至穿越的手法简洁却又完整地表现出来。这种化实为虚，以虚写实的方法，有效缩短了传统戏剧用在交代和铺垫上的笔墨与时间，完全适应了深圳观众的观剧习惯。

在邱叙然的剧作中，往往为二度创作的体验、表现、间离等表现方法都提供了基础。例如在话剧《净化论》剧本里面，开场时候体验派和表现派的表演方法都有运用。当三个学习骗术的年轻人听老板说要送他们去学习表演，立即本能地表达了对学习和学校的反感、厌恶，继而他们各自回顾了一段上学期间的遭遇。然而到这里编剧在文本中并没有提示更换演员和场景，很显然，他是要演员在此时此刻此景直接跳入彼时彼刻彼景，然后再跳回来。类似大胆的创造性舞台处理和表现方法，在邱叙然剧作中比比皆是，已经成为他剧作的鲜明特色。尤其表现方法的多样化，让大部分演员都会感到排演邱叙然的剧作有着很大的自我创作空间。正因如此，在剧作基础上的二度创作才有可能在舞台上给观众更多的意外、惊奇和更多的信息，甚至带领观众展开想象力、积极参与到三度创作中去。

2016 年，邱叙然被中国田汉研究会评为“最佳前沿戏剧人”。今天想来，这个称号于他是再恰当不过了。身处改革开放的前沿、商业都市的环境中，做戏剧自然也要有前沿的思维和前卫的手段。然而邱叙然在自己的戏剧道路上初心不改，理念不改，探索不改，正如明末画家石涛所谓：“我之为我，自

有我在”。我真诚地祝愿邸叙然在深圳那一片商业文化的汪洋中，用自己的笔作风帆，以自己的心为舵轮，坚定地做自己，坚定地做一个“最佳前沿戏剧人”！

# 目　录



## 叙然心语

## 叙然谈创作



## 有关“剧说”

## 09 剧评



## 谈 · 访叙然



## 调研罗湖

# 叙然心语

# 《守候》理想还是幻想

张福生老师一直是我很崇敬的戏剧家。这缘起于十年前的一天我偶然得到了一本中国剧协主编的《小戏小品创作园地》，其中有张老师的作品《钥匙》。虽然那时我对戏剧创作还处于懵懂状态，但对作品的鉴赏力还是有的，一口气读完后，被深深打动了，心中暗想：这才是真正的小品，可以回味、品味、高级，并且以小见大。之后每期的《小戏小品创作园地》都会看到张老师的作品，几乎个个都是精品，于是崇敬之心油然而生，直到见到张老师本人时，尽管形象和我想象中的张福生老师有不小的差距，但丝毫不影响我心中对他的感觉。是啊，张福生凭什么非得是潇洒倜傥的帅哥而不能是一个和蔼的老头儿呢！

后来和张老师在一起聊天，总说要合作，却一直没有如愿，直到一次去龙岗区做评委，我毫不犹豫地请到张老师。住进酒店，我第一时间推开了他的房门，闲言碎语都不讲，直接进入了合作主题，一拍即合，张老师马上拿出了新作《守候》：“给！叙然，随你折腾，导去吧！”

张老师的信任是无形的压力。开创作会时我对演员们讲：这是名人名作，大家可要铆足劲，要是弄不好，人可丢大了！演员们不住地点头，脸上都是惶恐。《守候》剧组在一起足足聊了三天，从原剧本出发，逐一分析人物，不断重组戏剧结构，不停变换着艺术形式，终于定下了一个开头。人物就是甲、乙、丙、丁四个人，用梦幻的表演形式塑造一群被作者抛弃掉的剧本当中的角色——他们因不甘心就此消亡而在垃圾桶中复活了，商量决定要一起把剧本中最精华的部分演出来，舞台呈现感觉挺诡异的，相信也抓得住观众。

这个开头定下来之后，大家的心里亮堂了，因为有这样的开头，之后捡书包事件中陌生人之间的搭讪就可信了，而且用刻意程式化的表演形式进行虚假的故事情节发展，来衬托虚无的美好愿望，好像还有一点黑色幽默的感觉，观众会有似曾相识的感觉，为下面的情节发展做了很好的铺垫。

既然这个戏剧情节是虚假的，那么现实生活中会是什么样子的呢？必然是误会，一连串的误会，赋予了甲、乙、丙、丁不同的人物性格后，误会捡书包等候失主的是个骗局、误会上前照顾帮忙的是图谋不轨、误会二人的相助的是夫妻、误会三人相争的是三角乱爱，直至现实生活一片狼藉。在这一段中不仅揭露了现实社会的不良意识风气，而且还提出了问题，我怎么了？我周围的人们都怎么了？这也是原剧本当中最有价值的部分，是剧本的核心。

但是不能就此结束，提出了问题就必须解决问题，否则就是不负责任，如果就此打住，“守候”二字就会变成一个灰色的题目，我们不能守候出这样一个社会，绝不能！可是理想社会应该是一个什么样子的呢？戏排到这里，卡壳了，因为谁也想不到将来会是一个什么样的世界，这不是科幻片，不能乱想，要想出一个未来世界的现实社会，太难了。

想得眼睛由红到绿，窗外由白变黑，大家都焦躁起来……争吵过后是漫长的沉默，似乎无奈了、妥协了。别急，慢慢来，从头再捋。也许我们想不到未来世界是什么样？但是对于丢失东西后物归原主的事情总有感触吧！拾金不昧的好人好事从小就听，也知道不丢东西的社会状态在历史上存在过，而且还留下了成语——夜不闭户，路不拾遗。哲学告诉我们，事物是螺旋式上升的，也许我们以后的和谐社会又会回到更高一级别的“夜不闭户，路不拾遗”状态。对！一定是的！此时我突然想到了朋友给我讲的一个故事，朋友去欧洲旅游，玩得兴起，把价值不菲的专业照相机遗忘在了路边，直到旅游团集合要出发时才想起来，顿时惊出一身冷汗，慌忙找到导游求助，导游是当地中国留学生，劝他不要急，让他慢慢回忆照相机包的丢失地点，然后回去找，肯定还在。看到导游淡定的样子，朋友半信半疑，找回去一看，感慨万千，不仅没丢，而且估计是怕被别人踢到，还把相机包拿到了旁边醒目处挂了起来，这不就是传说中的路不拾遗吗？这可是真人真事！欧洲比我们发达，它的今天也许就是我们的明天。最后一段想出来了——甲、乙、丙、丁发现书包后都用伞将它盖了起来挡雨，这不就是我们理想中的和谐社会吗？哈哈，大家顿时兴奋起来，配上了一段具有未来感觉的强节奏音乐，成了！

《守候》第一次亮相时，有圈里人看到节目单——演出单位：罗湖区文化馆，编剧：张福生，导演：邸叙然，演员：李牧霏、杨成成、赵勇、穆荣，惊呼：这是梦之队呀。不错，从深圳市"鹏程金秋"小品大赛到广东省戏剧花会，再到中国群星奖，一路高唱凯歌，均以金奖第一名的好成绩拔得头筹。在参加上海国际艺术节虹口戏剧节时，《守候》成了全国专家讨论的焦点，深圳罗湖小品再一次引起热议，当然也有一些争议，比如结尾是理想社会还是幻想社会，这样的事情到底会不会发生？我和张老师都无言以对，想要知道答案？守候吧！

在中央电视台《笑星大联盟》栏目的录制现场，伯乐嘉宾巩汉林在阵阵掌声和笑声中点评说：这个作品无论从戏剧性、思想性、艺术性都达到了相当的高度，是近年来难得佳作，我非常喜欢。不仅巩汉林老师喜欢，打开百度搜索引擎键入"小品《守候》"，就会搜出全国很多行业的晚会中都有《守候》演出，当然全是照着录像扒下来的，看着他们像模像样的表演，根本不想版权的事，都路不拾遗和谐社会了，争那个干吗？呵呵。

把《守候》的一摞获奖证书和各种赞誉搁入了盒子放进了书柜，享受的并不是结果，而是过程——一群人坚守着艺术创作的合作过程，张老师拍着我的肩膀说：小子，不错。我乐呵呵看着四位演员说：诸位，很牛！演员看着我们俩说：啥时？再搞？

在电梯里碰到了同行，她说很喜欢《守候》，我说张老师编得好。很巧，她在电梯里又碰到了张老师，说很喜欢《守候》，张老师说小邸导得好。她很感慨，碰到我俩时说了这件事，我和张老师相视一笑，因为我俩在一起讨论《守候》时，总是说演员演得好……

# 赛后闲聊

挺不容易的，比赛终于结束了，看着不大不小的两个奖杯，有点犯困。这七天来，没有一天能睡个好觉，一直告诫自己别紧张，没什么紧张的！我打六岁起就开始上台了，啥比赛没碰到过，按理说称得上是老队员了，可咋就睡不着呢！

手机上的祝贺短信一大堆，挨个的回复，谢谢，谢谢，真是谢谢——现场评选最受观众喜爱的作品时，《最近我不烦》得到了高票支持，只比第一名解放军艺术学院的《前面有棵树》差了2%，这样的好成绩都是朋友们鼎力相助呀！够意思！

可也有朋友问，你们怎么报专业组呢？吃亏呀！我呵呵一乐，回复道：专业组很刺激。其实我更想说，我们本来就是专业的。记得我第一次走上舞台演出时老师就训导过我，你要想干这行，就专业点，不许业余！之后上了艺术院校便把演艺当成了自己的专业。毕业来到海政话剧团这专业成了自己的职业——即便是后来禁不住诱惑下海来到深圳做了几年小买卖，就说我就是业余的吧；即便是签约了香港亚视演了几集烂片，就说我是业余的吧；即便是在广东电视台搞了两年电视栏目，就说我是业余的吧；即便是聘用到了罗湖文化馆当临时工编导，就说我是业余的吧；即便……停！呵呵，邸叙然同志有点较劲。

真正的原因是罗湖的戏剧氛围深深地打动了我，翻开罗湖的戏剧史，不看不知道，一看吓一跳……不，是很多跳，各种奖项都拿齐了！尽管都是业余的，可那也太牛了，尤其是剧作家张福生张老爷子，曹禺小品奖七连冠，乖乖！敢问全国有几位？以张福生的资历当评审团主席都富余，而如今六十多了还在吭哧吭哧的写呢，这简直是“惨无人道”。等会儿，“惨无人道”改成“孜孜不倦”。其实，张福生老爷子就是罗湖戏剧的精神领袖。

正是有了这样的戏剧氛围、有了这样的戏剧前辈、有了这样的创作环境，我干吗不报专业组的，我凭什么不报专业组？下面我宣布：罗湖文化馆罗湖艺术团的小品——专业的。

当在一起参赛的辽宁卫视的领队得知我们是专业组之后，瞪大了眼睛；当得知参赛剧目是我们自己编、导、演后，瞪圆了眼睛；当得知我们送的六个作品有四个进入复赛两个进入决赛，眼珠差点掉下来。（赛后央视告诉我说平衡掉一个，我没闹明白啥叫平衡）为了他的眼睛着想，我没有告诉他六个作品都是出自我一人之手。他一边儿揉着眼睛一边儿说：哥们儿，专业组都是总政、空政、二炮、解放军艺术学院，最次也是省级话剧团，而且大腕云集。我们用电视栏目作平台，集全省之力打造了一个作品，想来想去混了个业余组，还不敢说能拿奖，你一个小小的深圳罗湖区文化馆……

哼！深圳罗湖区文化馆？还是小小的？别忘了深圳是个产生奇迹的地方，我们比赛那天的表现足以证明——现场直播时没有人给我们领掌，观众都是发自内心的笑，真心的鼓掌，不掺一点儿假，表演完毕时观众叫好；在短短的两分钟命题表演时观众评委乐成了一片，专家点评只剩下了夸奖。如果这还不足以证明的话，那央视春晚策划秦新民在接受记者采访时说：值得一提的是深圳送来的作品《最近我不烦》，构思精巧、形式新颖，堪称“后现代时尚小品”。小品大赛现场导演刘文虎说此次大赛吹来了一股新鲜清新的深圳风。如果说以上证明都只是自我感觉良好的只言片语而已，那么在中央电视台演播室外，符史安馆长和我正在等剧组的车，散场的观众出来看到我们，突然几位观众径直过来对我们说：哥们儿，你们那个小品好，我们特喜欢，尤其年轻人……当时让我眼泪差点掉下来，除了连声说谢谢，就没词儿了。符馆长是演员出身，也深受感动，我俩站在央视大楼前唏嘘不已。是啊，有了观众的认可，还需要什么证明呢？相比之下，现场的分数和之后的奖项已经没那么重要了。

聊到这里，竟然困得不行了，今天肯定能睡个好觉了，睡了……

# 这次，我们输给了自己

12 月 15 日，小品艺术团《守候》又一次北上赴京，参加北京电视台举办的 2011 喜剧幽默大赛。去之前我的心里一直都挺别扭，为什么又选《守候》？真的，对于《守候》不断的演出参赛我已经腻烦了。这并不是因为《守候》不好，而是经过了近百场的演出，《守候》的演员已经陷入一个表演麻木期，在舞台上不能真实的交流判断，一切都是机械地重复，每次我在台下看《守候》演出，都如同嚼蜡。可是又不能不去，因为这次比赛是巩汉林老师向北京电视台力荐的，如果不去那就有些不识抬举了，没办法，硬着头皮，上吧！

第一次彩排之后，回到房间我给演员开会，宣布了一个决定，那就是此次比赛之后停演《守候》。我与大家分析了目前《守候》存在的表演问题，再次强调了《守候》的含义和表演要点，希望演员能够反思提高而不是重复。同时也通知大家，大赛组委会将会以 PK 的形式进行比赛，现场 100 名观众投票决定输赢，而且向我们索要在创作中的故事以及演员资料，我提供了一篇关于《守候是理想还是幻想》的文章，希望大家看看。但是收回的却是演员们自负的表情、满不在乎地回应和言不由衷的应付，我实在是懊恼。但是大赛之前，冲突是不明智的，是呀，可能对于他们这些经常出入中央电视台，参加国家级大赛事的演员，北京台的比赛也许显得太小了，一直以来对于《守候》的赞誉和取得的成绩，也许让我对演员表演的批评显得那么多余，甚至是吹毛求疵。

比赛开始前，北京电视台的记者对各个参赛团队进行了采访，看着李牧霏拿着话筒对着镜头非常得体的侃侃而谈，我心里泛起了骄傲，这才是深圳小品艺术团演员该有的风采，但是看着其他演员有嘴插不上话的状态，心里又不禁担心，是思维临时短路？是表达能力欠缺？还是礼貌的相互谦让？我甚至怀着侥幸心理想：也许是他们在养精蓄锐。

快开始时，我在观众席找了一个座位，看到评委入场，是师胜杰、娄乃鸣、程前三位老师，规格可不低，前边上场的演员是著名的青年相声演员方清平和另外一对非常有观众缘的天津相声演员，他们不仅表演精彩，现场拉票的能力也是相当了得，与观众和评委交流尺寸得当，包袱很脆，观众笑声不断，展示了相声演员现挂的本领，观众现场投票，方清平高票获胜。

我想象不到《守候》的演员会是怎样表现？应该不会太差吧？下一个小品是中戏海家班的《误会》，演到快结尾时出现了舞台事故，背景片倒了——虽然演员比较机智地处理了突发情况，但仓促结束，使得该小品有了明显的缺陷，出于个人心理的阴暗，一阵小窃喜。

轮到《守候》上场了，毕竟是打磨了许久的作品，非常顺利地完成，当然表演问题依然存在。评委开始点评，首位讲话的是师胜杰老师，他认为两个小品都很不错，给了很高的评价，微微偏向《守候》。之后发言的是娄乃鸣老师，她从另外一个角度表扬了两个小品，开始点评不偏不倚，很中肯，但最后问到《守候》的编导是不是一位心底很纯净的人，主持人接过话向观众介绍《守候》的结尾曾经有一些争议，让演员向大家介绍一下，这是多好的一个拉票机会呀，可是演员居然个个语塞，答非所问，评委与观众当然不是太满意。我坐在观众席急得抓耳挠腮，同时也在找原因：也许是演员刚演出完，还没缓过神来。最后点评的是程前老师，他首先肯定了演员的表演，认为演员表演非常好，之后就对《守候》的创作猛烈开炮，说为什么要拿这些微不足道的小事来编小品，例如：扶老太太过马路，相互帮助，拾金不昧，找回失主，总是看这样的题材让他觉得小品编导很做作，最后他拉着观众一起表示不喜欢这样的小品，因为生活中相互帮助所有人都会做到！他是评委，又是名人，这样煽动性极强的点评，一下子使《守候》的优势不再。主持人有点看不过了，把话题接过来，让《守候》的演员讲话，这是多么好的机会呀，程前老师的点评存在着太大的漏洞了，可能是因为他的生活环境实在太优越，完全不接地气了，居然对于互相帮扶、相互关心的题材发难；也可能是他一直从事主持人和电影演员的缘故，故而对小品以小见大的特性不太了解；更可能是为了电视娱乐收视效果，故意挑起争端……无论是哪种可能，都给《守候》的主题和主旨提供了绝佳推广和介绍的机会，可除了演员李牧霏辩解了几句，其他的演员都默不作声，甚至还报以微笑，在我看来那是傻笑。而且最好的回答就在我的那篇文章里，难道大家都没有看？我已经提前通知大家了呀？忘了？不会吧！这可是演员个人的机会呀！我不敢想，如果没有李牧霏的几句辩解，最后的结果还会是 58：42 吗？不管是什么样的比例，总之是输了，输得很惨，很丢脸！

走出演播室，我极力地平复自己起伏的心情，想着怎样安慰演员，可看到了演员们都比我平静，顿时让我觉得自己的心理素质太差了，应该向他们学习。我只好淡淡的质问：大家为什么不说话？可大家依旧不说话。于是我也只好不说话！

返深的路上我一直在找原因，到底是因为什么？问题出在哪里？为什么《守候》演出了这么多场却没有进步？为什么参加比赛之前不做任何准备？为什么演员对荣誉表现得那么不在乎？为什么那么轻易原谅自己的失误？为什么开始放松了对艺术的追求？为什么……其实答案也很简单，只有两个字：骄傲！

随着小品艺术团的成长，各位演员在深圳的名气都大涨，邀请、排练、辅导、演出的机会也越来越多，诸位都被尊称为老师，每个人仿佛都已经有所成就，飘飘然了，脑子里对于艺术敬畏和严谨慢慢地淡化了，毕竟琢磨业务和吃喝宴请相比较是一件辛苦的事，毕竟在别处当老师和在团里当学生相比较更加能满足虚荣，毕竟趾高气扬和谦虚谨慎相比较更加舒服自在。我知道，坚持琢磨业务、刻苦学习、谦虚谨慎是不容易做到，但刚刚走到今天就有了这样的浮躁表现，那在艺术的道路上能走多远呢？除非压根就没长远打算，混到哪里算哪里。我倒不是逼着演员一定要过苦行僧的日子，但作为将来要靠表演为生的演员来说，提高业务是这一辈子的生活重点，如果偏移重点或志不在此，我真的奉劝：抓紧挣点钱，改行吧。

我的导演札记和关于创作的总结文章都放在了QQ空间里，今天打开看了一下，没几个小品团的演员上来看，更没有留言感想，编导的札记演员都不看，我不清楚这是编导的失败还是演员的懒惰。《守候到底是理想还是幻想》在11月7日李牧霏曾经到访阅读，我相信这也是她在现场能够说上几句的原因，《守候》的其他几位演员无一阅读记录，你们太忙了！或者你们自己写了创作总结？能否让我拜读一下？

演员不知道自己所演的戏的意义、主题，忘记了表演要点，盲目自信，空着大脑一遍遍的机械重复，这是对艺术的亵渎也是对表演的侮辱。不在乎荣誉的行为并不是超然，只有贵族才会为荣誉而战。赛事无大小，每一个奖项都是你艺术人生标记，没有奖项如何证明你优秀？每一次的表演都是合作的创作体验，尊重编剧、尊重导演、尊重对手、尊重自己才能换回观众的尊重，如果上述道理都是扯淡，那么骄傲使人落后，谦虚使人进步总是对的吧？

胜败乃兵家常事，谁都不可能是常胜将军，以前参赛我们也不是没有输过，但我们可以输给规则，可以输给地域、输给关系，但是我们不能输给自己，既然输了，大家借此自勉吧。

写了这么多，放在空间里，可能还是没有小品团的演员看，因为看完之后又没有钱拿，所以我实在无法要求大家，就当我是泄泄私愤，真的希望我是杞人忧天，夸大其词。

明年小品艺术团开始跑步前进，别有人跑偏了！更不能掉队呀！2012变幻莫测的年份……

# 我心目中的孝英先生

2005年，在西安的一个中午，我睡醒了，刚从床上下来，一位演员跑来说叙然你上午被表扬了！我问咋回事，他说你咋不去听讲评呢？我说不知道呀。我一边刷牙一边听他叙述，大概是说上午专家评委对参加此次全国职工小品大赛的作品进行讲评，会上对我们的《第五大名著》给予了极大的肯定，尤其是一位专家评价极高，点名夸奖编导。我问都咋夸的？他说忘了，我说你个笨蛋！

晚上颁奖，小品《第五大名著》不仅获得了金奖，而且还给了一个最佳导演奖，我站在舞台上面对掌声、鲜花、奖杯有点喜出望外，咧着嘴一个劲儿乐。给我颁奖的嘉宾把奖杯和奖状递给我的时候，突然问我：你知道我是谁吗？我定睛一瞧不认识！我多世故呀，马上说知道，当然知道。他开心地又问，你不觉得我是你的知音吗？我说还真觉得！哈哈哈！我俩笑开怀！回到后台我就问演员，上午夸咱的专家是不是给我颁奖那位，他说是，我说叫啥？他说陈孝英，我说听着咋像个女的呢？他说没错，就叫陈孝英。我回去上网一查，陈孝英，不得了哇，一位了不得的人物，是有大学问的人！居然是他颁奖给我，哈哈，这奖分量不一般呀，想到他居然说我们是知音，更受宠若惊，对了，他到底是咋夸我的呀？又拽过来演员问，我说你再好好想想，他说真想不起来，总之就是夸你，晚上要不要去吃羊肉泡？我说你个吃货咋就记得吃，要去就去老孙家。

在老孙家，我一边品尝着美味，一边拿出从组委会要来陈老师的联系方式，认认真真地写了一条感谢的短信，这回可不是世故，真的发自内心——我们《第五大名著》剧组从深圳来到西安参加全国的大赛，没有关系门路，谁都不认识，在这种情况下居然能有这样的成绩，实在出乎意料，甭觉着自己作品好，给你个最后一名，又能怎样？就冲这一条，我就该感谢，更何况还把我夸成那样，只可惜颁奖的时候我用世故应对了陈老师的真诚。当我吸溜着羊汤嚼着糖蒜内心深深地愧疚自责的时候，陈老师回短信了，内容简短而有力：常联系。

之后我们并算不得常联系，仅仅是节日的祝福和换季的问候，有句话讲：君子之交淡如水——陈孝英老师长得就是一副谦谦君子的模样，我也像个白面书生，绝对俩君子，不知道孝英老师是不是这么觉得，反正我是按这话做的，当然内心里更多的是后生晚辈对先生长辈的尊敬，更何况我们级别差那么老远呀！哪敢没事老给他打电话玩呀。在此期间陈老师寄来一本书，是他的著作《哀泪笑洒》，读过之后更加钦佩。从书中文字可以看出，他是一位儒雅、含蓄、幽默、智慧的文人，且又有几分商人的精明和大家的豁达，仅仅见过一面的陈老师和书中的陈老师慢慢合在一起，由模糊变得清晰，由陌生变得熟悉……

2008 年，深圳市文化局和罗湖区文联给我搞了个“邸叙然小品专场”和“邸叙然作品研讨会”，动静挺大，拟邀请中国戏剧家协会、广东省文化厅、广东省戏剧家协、深圳市戏剧家协会的众多领导和专家，看着拟好的邀请名单我和领导说，我自己想请一位专家，领导说好啊，哪一位呢？我说绝对大腕，中国喜剧学会会长，中国喜剧美学创始人，牛吧！开研讨会邀请大理论家才对路。领导说那还等啥赶快请呀！于是我就给陈老师打电话汇报，陈老师一听，说好事呀，爽快答应了，而且刚好那几天在香港开会，能把一起开会的几位香港专家也一同带过来，哈哈，我咋命这么好呢？

头天晚上是我的专场演出，深圳小品艺术团的所有演员可卖大力气了，卖力气就对了！请来这么多领导专家、媒体记者，还有闻讯专程赶来的几百号观众，不卖力气对得起谁？一气儿演了七个小品，个个都效果不错，笑声和掌声不断，最后在观众的鲜花和欢呼声中圆满谢幕。直到后台收拾道具的时候，我心里的石头才算落了地，行，没演砸！是啊，您想想，要是今晚的专场演砸了，明天的研讨会还咋开？怎么交代邀请来的专家老师！还邸叙然作品研讨会，我呸都来不及！

第二天一早，研讨会开始，会议圆桌上一宣布，我紧张得不得了，这是谁布置的会场呀？红布拉个横幅，我坐在横幅底下，一群领导专家在对面看着我，坐着吧像交代罪行，站着吧又觉得像被判刑，咋这么别扭呢？正手足无措的时候，陈老师说，叙然你过来坐，那是调音台。嘻！我说咋这么别扭呢！！！

我记得陈老师是头一个发言，那是相当精彩！对于我的作品从戏剧理论到现场效果，从个人风格到中国现状，从小品起源到小品未来，从深度到广度，从喜剧思维到喜剧美学，进行了全面的、权威的剖析和概括，之后对我个人创作提出了几点不足和建议，最后对我的团队建设方面给出了善意的意见和美好的祝愿，让我们领略到了学者风范和大家风度。陈老师的发言等于给之后的发言者定了个调子，研讨会自然是圆满成功的，会后陈老师又要赶着去机场，那必须我送，我握着方向盘一路飞驰，因为太兴奋了，在车里聊了什么现在已经记不太清楚了，总之肯定“谢谢”没少说，绝对不是说漂亮话，真的发自肺腑感谢，我发誓！

后来，现场速记员把会议记录发到我邮箱，我把陈老师发言文档就放在电脑桌面，这并不是为了满足我的虚荣，而是在我想偷懒和气馁的时候打开看看，看完就有劲了，真的，很管用的。谁要不信，您也可以弄一研讨会试试，就研讨您自己，当然，最重要的是得把陈老师请去，不过，呵呵，可未必能请得来……

# 别了，《你要相信我》

记得《你要相信我》这个作品，是我五年前一个鲤鱼打挺从床上蹦起来，打开电脑就写，三个小时之后写成的。可谓是：一气呵成。兴奋的我，反复看着稿子，抽了好几根烟。闭上眼睛，脑海里呈现出一幕幕的剧情画面，激动得我恨不得马上进入排练。

可排练并不如想象中顺利，首先是和演员合作的问题，桂园街道文化站替我找的两个演员虽然是老演员，但都有了固定的表演套路，而且小有名气，面对当时名不见经传年轻的我总是透出那么一股不信任。其次是剧本问题，词太多，自己写的时候洋洋洒洒，看着挺好，可到了演员嘴里可是一大段一大段独白，沉闷而拖节奏，删吧，有点舍不得，不删吧，实在是闷长。几天的磕磕绊绊，勉强拉了个大架子，已经是精疲力竭。演员失去了耐性，各自的单位又有事，不排了，说应付演出没问题。等到演出的那一天，效果可想而知，我是捂着眼睛看完的，几乎没什么剧场效果，这么个结果让演员更没兴趣，索性以后连来演出都不来了。我心里虽懊恼，但完全可以理解，我要是演员，演这么个破戏，也会撂挑子的。

难道这个戏就算是废了？我不甘心！重新审视剧本，依然觉得不错，好的剧本却排不出好看的戏，谁的问题？对！导演！我严肃地盘问自己：“在做导演工作时出现了什么问题？”并且我很快就找出了问题：我渎职了。导演的工作是什么？是对剧本的二度创作。可身为导演的我除了让演员背台词和简单的舞台调度之外，好像啥都没干！我突然明白了：编剧和导演同为一身时，特别容易忽略导演的二度创作，因为在作为导演时往往不能脱离当初做编剧时的文字构想，这样一来，还能叫导演吗？没有经过导演二度创作，戏好看才怪！问题找到了，马上试想着如果复排时我该如何站在导演的角度去创作。这个试想可折腾死我了，导演和编剧互相否定，弄不明白的地方索性让演员示范。编剧、导演、演员一会儿意见统一，一会儿争执不下，可编、导、演就我一个人，整个过程就是自己和自己打架，差点儿精神分裂，神经了！

在即将崩溃的边缘，终于想明白了，复排也正好开始了，原来饰演老板的两个演员不能用了，换吧，谁呢？我自己先演一个，张依茹老师来另一个，出租车司机还是张竞达饰演。可张依茹老师不答应，说什么也不演。我知道，她看过第一版的演出，嫌戏太烂，不愿意接。我也有点急了，忙不迭地和张老师说起了我的导演构想，甚至还画出了设计的道具背景图，我的导演论述还是有一定感染力的，终于，张老师答应了。哈哈，开始排练。本以为会一鼓作气、一气呵成，却没想到异常的艰辛。我自以为想好的一些艺术手段、情节以及表演方式总是得到张老师的强烈反对，经常是争执不下，不欢而散。为了能使排练继续下去，我不得不重新思考、修改甚至妥协。我强忍委屈和怒气把这个该死的戏排出来，没想到，第一次演出居然成功了，在夜总会的包房里大家伙一起 Happy 时，彼此心里释然。其实，在排练当中的争论并没有谁对谁错，之所以要争，那是对艺术创作的认真和负责，这种争论会让艺术创作者时刻保持清醒，有利于艺术审美的共识，达到创作风格的统一。这次排练更重要的是让我懂得了艺术合作。对于我自己来说，尤其在编、导、演兼于一身时，非常容易进入个人的世界，会把自己想当然的情节和表演强加给对手，打击对手或演员的创作热情，把一门合作的艺术变成了独裁的产物，到那时，艺术就失去了灵魂，失去了灵魂怎还能称之为艺术，这层领悟让我在之后的艺术创作中获益匪浅。

突然间，《你要相信我》的运气来了，深圳电视小品大赛金奖、深圳鹏城金秋小品大赛金奖、中国戏剧奖·小品小戏奖（专业组）……一路高唱凯歌，就连中央电视台都发来了邀请函，邀请我们录制他们的新办栏目《真情无限——今夜笑不停》。这一连串的胜利弄得大家晕晕乎乎，飘飘然地来到了中央电视台，满怀信心的开始表演，结果除了结束后礼貌性地鼓掌以外，连个笑声都没有。不对呀，这可是各项比赛中的金奖节目，怎么央视的观众不买账呢？可能是上一场录制的时间太长，我们又是最后一个节目，观众疲惫了，所以没有彩儿。正好录下一场的观众正在入席，各个春风满面，精神抖擞，对！我要重录，这场观众肯定行。跑去求导演，导演不耐烦地同意了，铆足劲，大家打起十二分精神表演！结果和上一场一样，冷冷清清，这无异于给我当头一棒，我还不甘心，这可是获全国专业组金奖的节目，怎么就落了这么一个结果，专家评委都说主题深刻有内涵，怎么观众就一点不欣赏呢，全不懂艺术！还在较劲的时候，一个摄像师说话了："行了，快下来吧，这小品够闷的，一点都不逗，你演员在台上演死也就这样。"

我的天呀！现在想起来，当时我的脸色一定非常难看。

返回深圳的路上心里一直都翻腾，先是怒气——对这个结果恼羞成怒；之后是怨气——北京的观众也太不懂我的艺术了；然后是赌气——哼！我再也不来中央电视台了；最后是傲气——一定要相信《你要相信我》是非常不错的作品！

哈哈，把自己哄高兴之后就应该心平气和地分析总结一下了：《你要相信我》到底是一部什么样的作品？为什么会出现这样的结果？

首先，这个小品在内容上是有地域限制的，在全民皆商的深圳和周边经济发达的沿海地区会引起一定的共鸣，恰巧比赛又都是在这些地区举办的，所以尽受好评。而到了首都北京失去了这种环境，自然就会冷场。其次，这个作品并不是纯喜剧结构，语言和表现形式过于拘谨，娱乐性不强，也就是不好玩儿，参加比赛可以，晚会演出就太勉强。如果艺术作品的观众群如此窄小甚至是仅仅以参赛为目的，那么它的价值何在？而且这样的定位，是与目前的大众艺术规则相违背的。这样的作品，就算是获得再多的奖杯又有什么意义呢？如果我要继续创作类似的作品，那就是一条沽名钓誉的不归路。

也许《你要相信我》真是一部好作品，而且《你要相信我》的确给我带来了各种赞誉和实惠，可它于时下的大众欣赏审美需求相违背，我必须在这之后创作出娱乐为主、思想深刻、主题鲜明、大众接受的作品来，我知道这很难，可能我一辈子都达不到，但这一定是我创作中所追求不懈的目标。

对不起，就算舍不得，也只能说：别了，《你要相信我》……

# 《红酥手》之后想到的

12 月 27 日，一直困扰着我们的诗剧《红酥手》终于演完了，我一直无法自我评价类似这样的作品，尽管第二天的报纸大幅报道了这个剧，而且溢美之词也不少，可平心而论，只算是过得去，完成了任务而已。

无论这部戏算不算是“剧”，或者只能算花活好看的一个诗朗诵，但毕竟是我们小品艺术团的一个新的尝试，还是要总结一下。

这部戏对表演的要求并不是很高，但对台词的基本功要求非常苛刻：新体诗的朗诵、古体诗词的朗诵、合诵、二声部诵、配乐诵、配舞诵，手里还拿着不少道具，可以说朗诵能用的形式全用上了，丰富的手段并不能弥补和掩盖我们台词功底不足，除了高旭算得上是字正腔圆，情感准确到位，可以达到朗诵的专业水准外，其他的三位演员尽管有着不错的表现，但还是很容易发现在台词功力和理解认识上的不足，我希望有机会大家可以探讨一下台词的技巧。当然，以后我们大多戏里不会像诗剧里一样说台词，但基本功总得锻炼，基本功不行就像是脸上的一块疤，脂粉涂得再厚，但总会被人发现，使得美丽大打折扣！所以，基本功是必须要不断地总结、练习和提高的。我期待能够看到大家切磋业务，而不是酒桌上推杯换盏，不行就是不行，欠练就是欠练，正视自己才能进步，靠混是不行的。如果咱们团任何一个人认为自己很好了，只差一个机会就成了，我必须告诉他：以你现在的水平和修为，真的机会来了，抓不住的。

值得一提的是扮演老年陆游的段亚平老师，当我告诉他饰演老年陆游之后，老人家二话不说，自己找服装、找道具、查资料、译歌谱、一丝不苟、反复练习，第一个来最后一个去，说话办事演戏比起我们的演员可认真多了，（我们的演员连走台都是吊儿郎当，满不在乎的）知道吗？段老师那原来可是甘南地区文化局局长，深圳有名的非物质文化遗产的专家，可他远远不如我们的年轻演员“牛气”——段老师的事业是成功的，从这一点上就可以知道，人家为什么会成功。大家都渴望成功，可是大家拥有成功的品质吗？

大家最近经常对我说的话是：你是导演，要提要求。在这里想说，我对戏的要求从不含糊，但“提要求”不是“教你怎样做”，因为我不是学校里的老师，小品团也不是行为的课堂，作为成年人，大家自觉做到，该多好！

前一段时间，穆荣和深圳皮影剧团一起下乡演出，所到之处，受欢迎程度之高，比小品艺术团强多了。穆荣讲，最让她感动的是剧团里都是七八十岁的老人家，吃穿不愁、身价不菲，但是装台，收拾道具，调整灯光，演出时的状态，结束之后的集合，无不显示出团队的纪律和团队的素质，周围的领导和观众都被震撼，难怪人家的演出任务从年头排到了年尾。相比之下，我们这个团队就有不小的差距了，也许我们都年轻，想法太多不够纯粹，还是我们每个人都有自己的小算盘，难以凝聚……但不管怎样，要想生存，在艺术的道路行进，就必须成立团队，这是不争的事实，而且我们已经小有成就。既然有了团队，就得真正像个团队，向好的团队看齐，不然我们在干吗？

# 女侠李牧霏

李牧霏，靓女，亚视演艺学院上学时是我同学，江湖入门拜师后是我师妹，为人时而豪爽泼辣，时而婉约柔情；冷艳时最美、侠义时最酷、愤怒时最彪、嬉闹时最二。

8 年前与我、伍埕共同创作镇团之宝——小品《最近我不烦》，震惊业内，遂接央视邀请，却遭深圳某强权单位恐吓：如去，雪藏！如此命令，让俩男人挠头，然此女子奋起，拉起行囊，淡然微笑，轻吐一字：go！我二人心中敬佩不已，谓之女侠！

返深后，李牧霏在由她主演的话剧中被贬为剧务，但她若无其事，认真打杂。此戏首演时，我与伍埕购鲜花一捧，于后台赠予牧霏，在我们心中，她是真正的女主角。女侠手捧鲜花，泪如雨下，三人相拥，更加坚定我们的选择……

现如今，李牧霏已是深圳第一花旦，获奖无数，得到观众和专家的认可，在塑造人物方面，深圳无人能出其右，成为名副其实的实力派演员，被大家称为“百变小天后！”剧团成立，牧霏担任副团长，她精湛的演技和豪迈侠义发挥着不可或缺的作用。

当然，我这位师妹还有一绝活：永远吃不饱，永远吃不胖。例如一起吃饭，席间牧霏食量大，用时长。饭毕，嗝声未停，出门几步，牧霏必定会说：师哥，我饿了。看着她苗条的小腰，怀疑里边住着一只大蟒。这很令人抓狂，活活气坏屡屡减肥却常常失败的我，于是，很久不和她一起吃饭。

# 好酒多情之勇哥师弟

2010 年的某天晚上，赵勇开第 6 瓶啤酒的时候对我说，自己上世纪 70 年代出生在天津的中医世家，80 年代随父亲南下深圳，因为南北气候差异大导致基因变异，突然爱上演艺，无师自通地学会了演唱和表演——家里没人喜欢唱歌跳舞，家里最多的是医用工具书和各种中草药，他很羡慕我生在艺术之家。我说我更羡慕你，能喝这么多酒，我只能喝茶。

后来我看到他的艺术简历才知道，他获得了诸多国家级大奖，还被深圳电视台特邀为栏目剧主持人，凭着天赋异禀，他叱咤风云，红极一时，可以说赵勇是深圳最早一批歌手和小品演员，资格相当老，江湖人称：勇哥。

与赵勇初次相见是在 1999 年底香港亚视举办的中华演艺人才选拔大赛上，我俩同为选手，上台一比划，我觉得若干选手中能称其为对手的，只有赵勇。获奖后我们一起签约香港亚视，成为同事，又分到同一宿舍，成了睡在上铺的兄弟。与亚视解约后，我们一起搞小品，成了搭档，入团后他又与杨成成一起拜师，成了师弟。我和赵勇关系比较复杂，导致称呼也比较凌乱——玩乐时叫勇哥，工作时叫勇子，介绍时叫赵勇，演出时叫牧歌（艺名），同门聚会时叫勇哥师弟，我经常叫混，但他都答应。

十几年的相处，赵勇逆生长，没怎么变，这归功于家传中医的底子，各种保健理疗和药方伺候着，还长期坚持跑步锻炼，如果再要戒了烟酒，恐怕能上中学了。当然，更重要的还是心态，他是如此的真实，从来不装，功名利禄简直就是浮云，他好像已经忘记了自己获过无数的大奖，也想不起来自己是深圳市高层次人才。赵勇生活中绝对不和自己较劲，在不影响和伤害别人的基础上，怎么开心怎么活，演戏也是如此，任何角色信手拈来，在舞台上的极度松弛谁都学不会，这就是天赋。祖师爷赏饭吃，谁都没辙。工作中谁要是冲撞了他，往往是一笑了之，实在惹毛了，最多说一句：小崽子。没错，勇哥辉煌的时候，你连深圳在哪儿还不知道呢。

赵勇崇尚自然主义，在他眼中只有两种人——男人、女人。无论是达官显贵还是黎民百姓，统统以此法则，所以从没有见过赵勇阿谀奉承，更没有见过赵勇盛气凌人，赵勇却从不缺朋友，手机里有上千个朋友的电话，据说他归了5个圈子，整得跟奥运会似的，我故意说都是酒肉朋友，他不恼，呵呵笑着，说酒肉朋友也是朋友。我知道，他有许多十年以上的好朋友，我曾亲耳听到过他的朋友背后说他人品好，从来没说过谁的是非。我仔细一想，果真，十几年了，赵勇从来没在我面前搬弄过任何人的是非，这是金子般的品格。

都说赵勇好酒多情，但从来没见过赵勇耍过酒疯，更没见过伤害女孩，反倒是分手的女孩都觉得赵勇人好，还愿意继续做朋友；都说赵勇自由散漫，可他却最守时，排练从来不迟到；都说赵勇只管自己，但是朋友的父母和我们的师父从来没有忘记；有情有义，这是何等情商，不势利、不功利，这是何等境界。

因为真实，所以不装，因为不装，所以不用在乎别人怎么看自己。赵勇就是赵勇，能做一辈子的朋友。

# 大嘴好兵马天伟

我曾经是一名部队文艺战士，编、演了不少军旅题材的作品，对于军营有着深厚的感情，所以当广东边防武警六支队找我写小品时，我二话没说就接下来了，因为创作军旅题材的作品，是我的责任。

六支队的领导把最擅长表演的干部和战士找来了，为首的就是连长马天伟，整齐的板寸、刚毅的眼神、结实的身材、延绵的嘴唇，哦，嘴大点，但一看就知道是个好兵，一位大嘴好兵。

我的创作习惯是先聊天，不停地聊天，聊明白了才开始排练，所以头几天除了侃大山之外什么都没干，马天伟明显看不惯这种方式，经常一身戎装，正襟危坐，面无表情的不配合。后来他告诉我说，那时想的是：这个什么馆的什么导，不会是个骗吃骗喝的家伙吧？

等到进入排练场，我才发现马天伟对表演的悟性极高，几乎是一点就通，不仅表演好、唱歌好，而且还有不错的二度创作能力。随着作品的逐渐成形，他知道我没骗吃骗喝，于是态度开始变化，笑容越来越多，经常咧着嘴乐，显得嘴更大。

排完之后，我们一起给这个小品起了个响亮的名字——《军歌嘹亮》，凭着这个作品，取得了广东边防武警系统文艺汇演的金奖第一名、公安部边防局文艺汇演金奖和公安部小品曲艺大赛二等奖。接着我们又创作了小品《维和记忆》，登上了央视三套《笑星大联盟》的舞台，马天伟个人荣立两个三等功，成了武警边防的喜剧明星。

通过一系列的舞台实践，马天伟不仅过足了戏瘾，还深深地爱上了戏剧，把越来越多的时间用在了钻研表演上，小品团排练场成了他工作以外唯一的去处。他诚恳地向每一位演员求教，用“敏而好学，不耻下问”的精神感染着大家。每学到一点，他就开心的大笑，在每位演员的眼里，他是一位欢乐的大嘴军官。直到一次聚会，天伟喝多了，一阵爽朗的大笑之后，第一次和大家说起了自己的家事——他是靠着自己超强的毅力从一个小兵考上了军校，以优异的成绩成为一名军官，他在部队里射击、散打等军事项目都名列前茅，带出来的兵都是好样的，但他最热爱艺术，因为表演能让他获得无穷的欢乐，他特别向往小品团，还说到他家里有一位瘫痪十几年的母亲和已经下岗多年的父亲，知道他在艺术上的成绩都很欣慰。说到这儿，他将杯中酒倒进了大嘴，又笑了起来。

我惊诧一个有这样家庭负担的小伙子居然能够如此快乐地面对自己的人生，所以之后天伟提出要拜师，我尽管犹豫，但还是答应了。因为他不仅是一位优秀的演员，更重要的是他有一颗坚强而快乐的心。

2012 年的一天，在富丽华酒店的大包厢里，马天伟摆支（拜师仪式），我端坐在正中，一旁是引（引师）、保（保师）、代（代师），由军哥主持，他当着众多领导和亲友的面儿，双膝跪倒，三个头磕下去，订了我们俩这辈子师徒的缘分。

# 跨界达人杨成成

杨成成在师门里排行老三，可在我心里，他应该排老四，因为行三的位置是赵勇让给他的。他比赵勇年长，觉得管赵勇叫师哥没面子，所以拜师的时候硬是往前挪了一位。他也比我年长，但是没法挪到我前头，所以只有喝多的时候才管我叫师哥。

杨成成的外形和性格很有进攻性，这源于他内心的骄傲，这骄傲是很有些资本的——青年时在体校跳伞队轻松拿到全国亚军，兴趣偏移改上西安音乐学院专攻音乐，在万人演唱会他长发飘飘摇滚起了一时潮流，唱腻了就下海，做生意全国的跑，居然赚多赔少，又觉得生意没劲，就凭着一副中年硬汉模样，转型干起了表演。更让他骄傲的是，家中有一个爱他无底线的老婆，像疼孩子一样惯着他，零压力零干预，由着他折腾，结果把他惯成了一个骄傲的大男孩。直到他们把 16 岁大的女儿从老家西安接到深圳，他才略微长大，转变成了骄傲的老男孩。

杨成成嗓门亮，据说婴儿时夜里的啼哭把全楼都震得睡不了觉，经常有邻居揉着黑眼圈来投诉。2007 年他演我的军旅小品《集训》时饰演部队的班长，因为是第一次合作，他不敢偷懒，全力地喊着每一句台词，害得我被单位领导叫去好几次，提醒我管好演员，不要吵架。

后来成成凭着在《集训》中出色的表演，获得了深圳市鹏城金秋小品大赛金奖，并参加央视 2008 年元旦相声小品晚会的录制，从此一发不可收拾，高调杀入戏剧圈，在小品《搞掂》《大话环保》《守候》《超越》、话剧《太平盛世香云纱》中有着不可替代的精彩表演，先后将群星奖、中国戏剧奖最受观众欢迎的演员奖、央视电视小品大赛优秀奖等国家级大奖斩入囊中。《深圳晚报》为他刊登了一篇题为《龙套跑出的名角》的专访报道，他拿着这份报纸，眼眶湿润，往日的骄傲不见踪影，剩下的只是无尽的失落，轻叹了口气，喃喃地说，要是我爸能看见该多好呀，然后就哽咽了。

杨成成在生活中很随性，但在艺术创作中却是个否定主义者，即便他的创作已经是按照既定的理论和构思进行着，也要将原理论构思否定。他这么做并不是要和谁对着干，而是否定后他觉得就变成自己的了，内心建立了自信，才好创作。所以，在排练中，我和老演员们很少和他争，知道他内心正和自己较劲呢。

成成有陕西汉子豪爽劲，说话弯子少，还是个热心肠，愿意张罗事，肯给别人说戏，而且还喜欢管辖统领的感觉，他做舞台监督再合适不过。每次演出前看着他认真负责跑上跑下的样子，就想起了学校里的班长——骄傲地昂着头，红领巾飘扬，胳膊上还别着三道杠……

# 笑仙赵婷婷

赵婷婷极其爱笑，所有人或事的可笑和不可笑都可以成为她笑的理由。每逢笑时她或击掌，或跺脚，或击掌跺脚；或前仰，或后合，或前仰后合；或弯腰，或蹲地，或弯腰蹲地……总之，她变着法儿的笑，于是我们会常常看到一位亭亭玉立的美少女，在各种场合中花枝乱颤，哈哈地笑着，搞得周围的人不能自持，跟着她笑。婷婷在不笑的时候，脸上也经常荡漾着余笑，即便是嗔怪时也会眼中带笑，我曾经怀疑这个女孩哭的机能可能已经退化，但居然有幸看到一次婷婷哭，眼泪吧嗒吧嗒掉下来，吹起个鼻涕泡，泡一破，又把自己逗乐了，擦着鼻涕眼泪笑个不停。

婷婷刚来深圳时是托朋友介绍到团里的，第一个作品是《恋曲 2008》，剧中饰演婚礼上的新娘，热闹的场景配上婷婷开心的笑声，取得了相当好的剧场效果。由于她的出色表现，这个戏在深圳市鹏城金秋小品大赛中获得了金奖第一名和优秀女演员奖，紧接着北上参加了中央电视台《周末喜相逢》特别节目《国庆喜相逢》的录制，在央视的演播大厅里她开心地和许多大腕打着招呼，我们才知道她来深圳以前是中央戏剧学院曲艺班毕业，师从冯巩，并多次和冯巩先生合作参加了央视不少晚会的录制，在京城已小有名气。然而这些婷婷从来没有挂在嘴边炫耀，在她看来，无论是深圳还是北京，只要能让她开心大笑就好。

深圳举办大运会，赵婷婷凭着湖北省青年舞蹈大赛金奖的资历，成了深圳市大运会开闭幕式的编导，可她在最忙的时候都不会忘记到小品团坐一坐，她说在这个陌生的城市里，回到小品团如同回家，小品团的演员就是她的娘家人，所以大运会一结束，她就全身心投入到小品团的排练和演出当中，不仅让自己在舞台上光彩万分，而且还调动了所有的社会资源，为团的建设和发展做出了卓越的贡献。

当“军哥剧说系列”获得成功的那一晚，微信里收到婷婷的语音，她笑着说我们是不是做了一件功德无量的事，我说应该是的吧，一段语音又传过来，便是她长达半分钟的得意的笑。

现如今，赵婷婷已经把小品团当成了自己的事业，相信她一定会用阳光般的笑容和高超的演艺魅力完成她和大家心中共同的梦想……

# “慵懒”女神穆荣

刚认识穆荣的时候是在一则广告的拍摄过程中，广告的规定情景是：夫妻二人购买了该企业的金融产品，获利后快乐开心。她演我妻子，俩人往镜头前一站，我的手刚往她肩头一搭，穆荣的脸腾地红了，把我弄得手足无措，只好也跟着脸红，然后，二人忸怩作态的演着快乐和开心，当我们看到导演被气绿了的脸后便知趣地溜走了。我想，拍出来的情景肯定像极了一傻男人购买了该企业的金融产品获利后买回来一个被拐带的妇女。

再见到穆荣是我调入罗湖区文化馆第一天上班时，楼道里迎面碰到了她，我想打个招呼，可她却趾高气扬，目不斜视，步步带风的从我面前走过。我知道她是文化馆的老员工，可毕竟曾经一起合作过，又不是不认识，咋摆这么大谱呢？在后来的工作中我才发现，穆荣在文化馆里是全才——不仅有全国奖在身，而且还担任舞蹈教练、舞蹈演员、晚会主持人、小品演员、还负责着许多办公室的事情……全都做得相当出色，如此业绩的“老同志”，自然是要给我这个初来乍到的“新人”一个下马威的。

也许是我的一个个作品吸引了她，或是她看到小品团对艺术的执着追求，穆荣开始试着放低姿态和小品团的演员接触，一个偶然的机会，开始了我们在艺术上的合作，合作中才发现了穆荣种种优点。

穆荣具有良好的合作性，这几年来，从来没有见过她对谁发过脾气，即便是有不愉快的事都尽量保持着优雅的姿态，这是有涵养的表现。业务上她有执行力，只要是导演要求做到的，必定简单、相信、照着做，所以她不断的成功塑造出“榴梿妹妹”“安吉拉”“清洁工”等一系列让观众印象深刻的角色。穆荣待人接物很得体，所以小品团对外的一些联络、传达和接洽都交给了她。穆荣有冷静判断事物的能力，对事物可以仔细分析，平衡得当，所以她的建议我总是很重视。

当然也有缺点，必须说说！大家来批判！

穆荣做人表里不一，具有欺骗性，具体表现在如下几点：

1. 柔弱的外表下有一颗坚强的心，表面上的林妹妹，内心里的刘姥姥，抗击打能力非常强，一般人别惹她。

2. 小女人的外表下有些大智慧，例如看着你讲话时她诚恳的微笑点头，仿佛很认同，其实脑子里想的是你胡说八道，少给我来这套，所以忽悠穆荣很难。

不对呀，咋觉得这也不算是什么缺点呢？一定要找出缺点！对了，穆荣很懒，懒得化妆，常常素面朝天，披头散发跑到排练场，还懒得排练，排不了几遍，就喘着说，好累呀！然后双手变换着兰花指端起一杯玫瑰茶，斜靠在侧幕边，眯着眼喝起来……

# 致深圳小品团演员的一封信

大家好：

《军哥剧说》系列火了，09剧场火了，我们坚持不懈的努力终于有了回报，这真是一件令人欣慰的事情。

每位演员都应该意识到，我们进行了一次全中国首创的艺术实践，探索出一个全新的艺术形式，找到了在当前形势下最符合主流意识的戏剧行为。《军哥剧说》系列将会达到大家意想不到的艺术高度，并得到前所未有的支持。不管大家相信与否，这一切就会发生在不久的将来。仅目前的事实就可以充分证明，我们的艺术追求是对的，我们的艺术道路是光明的，我们一定会迈向更大的成功！

然而越到此时，我们更应该保持冷静，千万不能浮躁，真心希望大家能够认真、理性、站在一定高度去回顾、去思考、去反省我们这么多年来走过的每一步。只有这样我们才能提纯自己的内心，才不会让杂念干扰我们前进的步伐，否则现在的火爆只会是昙花一现。

我非常想感激大家，感谢每位对团队的付出，但现在不是时候！我们不是梁山草寇，占了个山头就要排座次当老大；我们更不是土匪响马，打劫了一袋银子就要坐地分赃；我们是优秀的戏剧演员，做好纯粹的戏剧艺术才是我们的目标，除此以外的事情都是扯淡！

小品团成立已经有八年了，经常合作的老队员应该非常了解我，就像我非常了解你们一样，我一直都努力的创造着一个良好的创作环境，这“良好”

二字是指一切能够培育戏剧作品的词组的集合，例如：平等、尊重、纯粹、自由、创新……以前如此，今后也如此！

举一个小例子：我做演员的时候就特别讨厌导演拿着话筒在台下冲演员大呼小叫，这不是有益的戏剧氛围（舞蹈导演除外），因为每位戏剧演员在舞台上就应该是游子归家的感觉，干吗要有一个人拿着音量大你若干倍的话筒横挑鼻子竖挑眼的！这是对演员的当众羞辱！对演员自信的极大打击！所以我在做导演的时候很少拿着话筒吆喝，经常随我出去参加比赛和演出的老团员都应该了解，我不是刻意“低调”。现在到了 09 剧场——我们的主场，像圣殿一样，何况剧场里还有文化馆的同事，就更不应该大呼小叫的，所以我在台下不用话筒，或者跑上台去和你交流，我认为这么做是对演员的尊重、对舞台的尊重、对戏剧的尊重。

希望我的尊重能换回大家的尊重，而不是走台彩排中的散漫，在我眼中大家都是成熟的好演员，我也相信大家在舞台上的自控和自律一定能达到专业标准，当然，前提是对戏剧艺术的深度认识。如果大家习惯舞蹈导演的排练方式，很享受话筒的大呼小叫，对不起！我无法满足你，因为我是搞戏剧的。

明确地告诉大家，在创作排练当中，我作为编剧和导演对每一个作品都已胸有成竹，越是无剧本，越是心中有数，否则不可能有若干的作品出现。在排练场中要把“我的”自然而又毫无抗拒的变成“你的”，是导演法则。如此，演员创作才自信、自如，角色才有灵魂。如何变成你的？只有逼着你和我一起思考和探讨，这个过程叫思辨。

在这过程中我最不喜欢听：你要我怎样？我最喜欢听：然，我想这样！这样不行，可不可以那样？

在思辨下的戏剧才自由、平等、纯粹。拥有了思想，才能够创新！如果你浮躁，是做不到思辨的。戏剧是合作的艺术，请你和我一起创作，融入戏剧，认识戏剧，享受戏剧！

如果你习惯了填鸭、命令、生硬、程式化的戏剧创作，那么，改改！因为这里是深圳小品艺术团，导演是邱叙然。

近期有几位演员都暂时离开了团队，我很痛心，他们曾经和这个团队一起前进过，相互给予了很多，可如今他们掉队了，这很无奈，有些酸楚，我希望这个团队到真正成功那一天，一个都不少，可是这注定只是一个美好的愿望而已。

从他们的掉队大家要学会在团队中如何合作和融入，能找到让大家接受和喜欢的相处方式是多么重要的一件事！

一台戏，缺一个就不能演出，所以每一位都很重要！但是千万别犯傻向团队标榜展示你的重要性，或因小膨胀而寻找重要的感觉，因为不仅我知道你重要，而且团队也知道，都知道，干吗还要证明？自由平等的集体中是不需要标榜和证明的，这样很不尊重。

毋庸置疑，名气和收入的上升，会损耗我们对艺术的精力——领导的指示、粉丝的意见、朋友的建议、演出的时间、订票的方式、劳务的分配、补贴的发放、政策的改变、公司化的进程等等，这也许是我们成功路上的必经之地，我们要冷静、平静、安静的面对，因为我们知道唯有我们的艺术是重中之重，只要演出继续我们就是在前进，这是艺术院团的独特性，和其他行业团队有本质上的区别。

成了家的演员，家庭是第一位的，处理好家庭关系，才能够安心的从事戏剧创作；有固定工作的演员，本职工作是第一位的，戏剧应该让你的事业锦上添花；自由的演员，你要以团为家，努力打造深圳小品艺术团，这里才是你艺术之梦开始的地方——如果你要是能进人艺、国家话剧院啥的，赶紧去，能做大买卖的，也别在我这儿待，有能赚钱的活儿，我也不拦着……否则，请好好地在小品团搞戏剧，不断提高专业素养和专业知识，需要学习戏剧方面的东西太多啦，哪里还顾得上那么多的情绪和脾气？非科班的演员要恶补了，我不可能每个角色都量身定做、扬长避短，把“我的”变成“你的”也得是同一调频波段，现在要小面子，做不到不耻下问，等真成腕儿了，可得丢大脸。科班的演员更应该强调专业，不要辱没了你的学校，糟蹋了你的学费。

我总泼大家冷水，甚是讨厌，但这是我的责任，是戏剧赋予的权力。我深信你们会理解我，知道邸叙然是怎么回事，可别瞎猜，因为我太简单，只想搞艺术，不值得你费神，你们同样也可以用艺术的名义给我回信，我很期待……

邸叙然

2013-4-10

# 深圳小品话剧团排练场大实话

1. 这里是进行艺术实践的地方，与艺术无关的话，少说！

2. 搞艺术，业务是第一位的。如果连业务都懒得钻研，其他方面也好不到哪里去！

3. 戏剧是合作的艺术，编、导、演都有义务维护和谐、快乐、积极的创作氛围，谁搞破坏谁就是坏人！

4. 排练别人的戏的时候，要多看，因为这是一个学习的好机会。别人的长处能学多少学多少，别人的缺点反省自己有没有，如果不想看，出去！

5. 你在场上排练演戏，其他人在下面聊天，你心里啥滋味？有重要的话，出去说，难道不知道尊重是相互的吗？

6. 楼外有楼，天外有天，没谁是最好的。所以必须谦虚做人，踏实演戏。

7. 艺术探讨非常必要，但一定要注意探讨的方式方法。因为如果方式方法让人反感，那么即便你的观点正确，最后都白搭。

8. 来到这里，请把脑子一起带来，因为没人愿意和大傻子一起演戏！离开这里，别忘了用功，因为排练场以外的思考和练习才能保证你不是大傻子。

9. 排练中间可以打电话，但是手机最好调到震动或最低音量，谈话要简短，音量要小，不得影响排练。此时的电话尽显个人素质。

10. 在部队，提高战斗力的重要方法之一就是培养集体荣誉感。在这里，同样。现如今已经不是单打独斗的年代了。

11. 专业与业余并不是问题——专业的不思进取、故步自封就是业余；业余的坚持追求、钻研创新就是专业。

12. 艺德是从艺人员的综合考量。艺德好，天堑变通途，遇难见贵人；艺德差，崎岖又坎坷，落井有下石。其实，艺德就是人生。

深圳小品话剧团团长　邱叙然

2011.6

# 叙然谈创作

# 浅谈小品编剧

从30三十年前开始发展至今的小品已经成为中国独特的戏剧形式，从排斥到喜爱，从追捧到不可或缺，小品已经当之无愧地成了一门艺术。

越来越多的人喜欢小品、研究小品、关注小品、甚至自己动手编、导、演。您瞧一瞧周围，哪个单位自己搞联欢不弄几个小品？哪个晚会没有小品？大江南北十三亿人谁不知道小品？小品就在您身边，离您多近呀。这种普及率除了中国，其他国家不可能做到——中国小品，绝对是对世界戏剧的一大贡献。

中国人需要小品，所以，小品的制造者——小品编剧责任重大，行话讲：剧本剧本，一剧之本。剧本如此重要，可说到小品编剧……还真没几个有大名气的，尤其和小品演员比起来，真是可怜得很！这似乎是有些不公平，但又没什么人反对，为什么？凭什么？其实道理也挺简单，太多的小品都是按曲艺套路写的，主要是依靠演员的个人能力，以至于到后来有定论说：小品是演员的艺术。

既然啥都靠演员了，编剧可怜就可怜点吧。可光靠演员行吗？我曾经在电视台亲眼看到某些小品大腕儿录像之前才拿到剧本，坐在赶往演播室的车里对词，到了演播厅和导演闲扯，录像时候把剧本一扔，跳上台随便演，三个演员在台上胡说八道，自己都憋不住笑场，演完居然还有掌声（现场观众真给大腕儿面子，要不怎么都想当大腕呢）。导演说有个机位没跟上，再来一遍，三个人傻了，说，导演，再来可不一定是这么演了。全场哄堂大笑。我也想乐，可突然想起《中国话剧史》上讲过，20世纪30年代中国话剧初期的形式“文明戏”就是这么演的，以至于到后来的结果就是全国上下骂声一片，一齐抵制文明戏。文明戏因此失去了观众，这种戏剧形式也走到了路的尽头。可现在怎么又死灰复燃了？戏剧的脚步在倒退？这一幕并不可笑而是可怕！艺术规律和经验已经告诉我们，一部戏剧作品光靠演员支撑是肯定不行的！如果不想让戏剧历史重演，小品编剧们就必须在创作中借鉴其他艺术形式时，千万不要忘记，小品是戏剧，请先回归戏剧的创作方法——写戏！

等一下，在动笔写戏之前，我们先得搞清楚小品编剧的功能和职责。我认为，小品编剧就是一个能够提供戏剧情节的人，他的职责就是提供的具有戏剧情节的剧本。所谓一剧之本的“本”就是指戏剧情节。

有两点想特别强调，第一，编剧写的剧本能踏踏实实地写出一个戏剧情节就大致完成任务了，千万别抢导演和演员的活儿。我见过有的剧本把舞台提示、调度、光效、音效和演员表情和行动都写得清清楚楚，我认为这是最糟糕的剧本，除非跟你合作的导演和演员都是废物，必须你一个人搞掂，否则别干这种费力不讨好的事。不太废物的导演和演员拿到这样的本子后，在二度创作中会不由自主的和编剧对立。当然，也不能全怪编剧，这是当初学写剧本时教材的问题——为了好看，教材或杂志很少刊登作者最初的脚本，大都用演出本，也就是作品完成后按照演出时写的记录本，这种剧本是把舞台的立体演出文字化、文学化，称之为戏剧文学。戏剧文学作为观赏收藏是可以的，但是却误导了大家，以为剧本就是要写成这样。单凭编剧一人之力要写出除了编剧之外还要经过导演二度创作、演员二度创作甚至是观众多次现场反馈而形成的演出本。你，神仙？！

当然，有一种情况是必须要写这样的剧本的，那就是要参加剧本比赛或审查剧本的时候，一定得写清楚了，越清楚越好，文字上要考究好看，让评审感觉得到字句是经过作者推敲和斟酌过的，让一股一股的文学味道把他们熏得昏昏欲醉，最好能勾起点眼泪，然后获奖领奖、而后审查通过、之后排不出来、最后变成废纸（经过调查更正如下：最后有的变成废纸，有的没变成废纸）。

这种评审让人好生疑惑——失去舞台的剧本，价值何在？！

二是弄清楚自己的作品适合为什么样的观众服务。作者的思想和个性决定了作品的欣赏群，是农村？都市？是城乡结合部？是中学？大学？还是创业青年？……清楚地知道自己作品的定位，既有利于拓展观众群，又利于保持作品的风格，更重要的是在创作过程中的成功或失败后不会迷失自我。

好啦，开始写了，上面说过，首先要找戏剧情节，情节那么重要吗？对！实在太重要了！这不是我说的，亚里士多德和《艺术学基础知识》说的——戏剧构成的六要素中的第一要素：情节……情节既如此重要，那么什么是情节，为什么亚里士多德将情节放在第一位？而不是将通常人们认为更重要的性格放在第一位……情节是对生活与人物行动的表现、重构。……但这种生活是经过提炼、舍取的，而非简单照搬……情节以提升剧情的戏剧性并最终服从人物刻画的需要为原则……情节是人物性格成长的历史……（《艺术学基础知识·戏剧篇》）

什么样的事算得上是戏剧情节呢？我认为能够给人以思考、启迪、震撼、欢娱、感动……凡是使观众能够意识到生存的价值和意义的事件都具有戏剧情节。

想要找到戏剧情节就必须踏踏实实地去生活，如果你曾经有一段和艺术无关只为了生存而活着的生活经历，那么你就拥有了一座戏剧情节的宝藏。经过这段生活之后，如果你仍然拥有一颗敏感而纯粹的心，恭喜恭喜，你可以在纸上去开发并展现你的宝藏了。把纸给了出版商的叫作作家；把纸给了导演的叫剧作家；把纸给了同行的叫作……小心剽窃！唉！这个行当的知识产权保护实在是太难了！

总之，戏剧情节太重要了，有了戏剧情节作品就成功了一大半儿，之后的事可就好办多了，因为在真正的戏剧情节内会产生正确的人物关系和明确的舞台行动，写下来，署上名字，交给导演和演员，聊明白之后，二度创作去吧！啊？就这么简单？没错，基本流程是这样的，不过，这戏剧情节可不是信手拈来的，不是把它比喻成宝藏吗？你想，开矿挖宝藏是一个多么不容易而又危险的大工程，挖出来还得整理加工，成品之后还得找到买家，价格又未必合适，烦！可当你的宝藏展现给观众时赢得了鲜花和掌声时，值！

有一句老话不得不说，那就是在写人物的时候，请让人物“说人话，办人事。”真的，挺简单一个道理，可总有些编剧就是做不到，其中人物仍然“假、大、空”或者“高、大、全”。另外，如果不是特殊剧情需要千万别让人物说诗一样的语言。没错，话剧的祖宗是诗，但那是在两千多年前。进化好不容易到今天，我们拒绝返祖现象出现。在这个提倡个性、追求真实的时代里，这些东西快扔掉吧！这样的剧本，折磨演员事小，逼走观众事大呀！

如上所述，你成了编剧，把一个小品写完了（注意，我说的是一个小品，并没说是好小品）。大家都说编剧这行门槛低，是个人就能干。对，会写字就能当编剧，可是当一个编剧写出一个好剧本可是极其不容易呀，因为一个好剧本的关键在于创意——创意这东西太神奇了，它是灵感和行动的结合体，灵感出现后行动又得跟得上，行动中更加需要灵感，可至今没人能说清楚灵感到底是个啥东西，从哪儿来的？怎么来的？而正是这个灵感创意构成了作品的技术核心。西班牙诗人、剧作家罗卡认为灵感是附在艺术家身上的“都恩德”——一种介乎天使和魔鬼之间的怪物；美国作曲家科普兰说：灵感可能是一种超意识的形式，也可能是潜意识的形式——我不知道，但确定它是自我意识的相反词。著名创意大师、戏剧编导赖声川写了一本书叫作《赖声川的创意学》，在这本书中他想要教大家如何学会创意，当然，这是他的又一个富有创意的想法。大家争相购买，因为所有人都意识到创意会带来价值。买过之后才发现上当了，因为创意思维是无法复制的，一旦大家都学会创意性思维，那么这种思维就失去价值了。换句话说，这种思维注定是少数人暂时拥有的。正因为如此，创意才有价值。

创意的敌人是重复，不能重复别人想过的、做过的，可是这种重复在所难免。写剧本其实就是解答题目，题目都差不多，主旋律也好，非主旋律也好，别人想过很多次，从各个角度都切入过，你就要寻找其中的空白部分，并且好的答案一定是在题目思维程度之上的，偷不得一点懒。这个题目刚解完下一个题目又来了，题目越难，风险越大，答案就越可能错误，如果答案正确，作品的价值就大。例如爱因斯坦给自己的题目是给宇宙做个方程式，结果他找到答案了，额滴神呀！《相对论》是无价之宝嘞！

所以，想做一个好编剧就得不停地给自己出难题，不停地思考，不停地写，最要命的是不能重复，不仅不能重复自己，连大师的都不能重复，创意是一种高度独立精神的行为。想不独立都没办法，可爱的观众是最喜新厌旧的，他们看过就嫌腻，逼着你弄新的。

唉！这不是吃饱了撑的嘛！

经过科学研究，脑力劳动是体力劳动强度的七倍。脑部在高速运转时流失掉大量蛋白质、钙、B族维生素、维生素C、维生素A、脑磷脂、卵磷脂、尼克酸、血糖。长期进行脑力劳动，体质可出现脂质代谢障碍，使血清胆固醇含量增高，引起高脂血症和肥胖症。明白了？编剧工作是个很辛苦一个事，所以编剧应该涨工资，多实在的愿望！所以，所有编剧联合起来……什么？人家美国已经搞过了，天呐，又重复了，没创意！

好吧，经过冥思苦想，搜肠刮肚，绞尽脑汁，精疲力竭的写出一个自以为好的剧本，别急，想想让谁来导，决定了，就交给他。这是你剧本能够成为小品的最关键的一步——合作。

一个小品是编、导、演合作出来的，不懂合作的人将会一事无成。

看到了多少编剧和导演因为意见不合而致使作品流产，勉强立在了舞台上也像个怪胎。于是，编导互骂，演员左右为难，一个美好的艺术创作氛围被打破，一个好的作品就此被扼杀。可惜呀！如果编剧自己能导，就自己来，何苦费事找导演。如果没有这个能力，交给了导演（再次强调，要给一个有戏剧情节的脚本），就要尊重导演和演员的二度创作，如果对导演和演员有建议的话，可以在排练当中适当委婉地提出，接受不接受可是人家的权力。发现对剧本改动很大，心里一定不舒服，别看，扭头走。实在憋不住，想一想谁让自己不会导演的，活该！谁让他是导演，没辙！导演负责制是经过科学实践而产生的，还没听说过哪一个剧本不做改动就能演的呢。再说了，目前大多数的编剧对于舞台的认识一直都是弱项，就听导演的吧，给出去的剧本就像卖出去的孩子，你虽心疼，可不能管，兴许将来就成了才呢！想一想，也未必就是自己正确，虽说思考比别人多，也只能有发言权而已，是对是错还得经过观众的检验。术业有专攻，合作是相互的。有了好的心态，没准儿就会碰上好的导演。

编剧的思考过程应该是一个否定自我的过程，用不断地否定来刺激更高一级的思考，到底思考到什么时候才是个头儿，那得看观众——要琢磨观众的欣赏思维，你的思维既不能落在观众之后又不能过于超前，编剧的思维要保持在观众踮着脚尖能够得着的地方。这个尺度只有靠客观的社会认知和踏实的审美研究加上自身良好的艺术修为才能够把握好。

编剧的思考是随着时代流动向前的，没有固定公式，没有固定形态，没有固定逻辑，可谓是法无定法。一个思考停滞于时代之后的编剧，实在太痛苦。可是这一天迟早会来临，人不可能违背自然规律，怎么办呢？就趁着思想还能涌动的时候不停地写吧，多写点，以便减少没有灵感的痛苦。极简主义大师蒙德里安曾经说过：艺术家的地位非常卑微。基本上，他就是一个渠道。当缪斯女神（“创意女神”）离他而去，他连渠道都不是。

小品编剧创造了小品的昨天，托起了小品的今天，掌握着小品的明天，请看小品《昨天、今天、明天》。您瞧，写着写着就又重复了，这个当初被宋丹丹称之为值一百万美金的小品经典创意，如今被其他小品复制得一文不值；风靡一时的脑筋急转弯，三十年前就被定义为廉价思维的游戏。

创意啊创新……创新啊创意……

# 戏剧小品表演之我见

小品艺术是戏剧艺术中的一个门类，是中国特有的戏剧现象。可是有些话剧、影视的专家们有点瞧不上小品，尤其是艺术院校里的一些教授老师们，听到小品二字无不嗤之以鼻，不屑一顾。无奈小品越来越火，成了最受老百姓追捧的节目，如果哪一台晚会中少了小品，就会觉得如同菜中无盐一般寡淡无味。

这就奇怪了，部分专家教授们怎么会痛恨一个大众喜闻乐见的戏剧艺术形式呢？我想，这也不难理解，因为历史原因，由我国提出来的三大戏剧流派我们独树“斯坦尼”，可以说中国目前所有的戏剧工作者都是“斯坦尼”的门徒。当然，靠着伟大的斯坦尼斯拉夫斯基老爷爷一个人的艺术学说支撑和指导着中国的戏剧实践和创作，这也没什么不好。可偏偏讨厌的电视机把小品带给了大家，小品的表演太精彩了，短短的十来分钟，逗得大家前仰后合，看完了还要听，听完了还要学，学会了又跃跃欲试想自己演。

火了！小品火了！中国成了小品的天下！小品市场供不应求，于是，说相声变魔术的演小品、唱戏玩口技的演小品、歌舞地方戏的也演小品，一时间仿佛所有的人都成了小品演员。有的演得还真不赖，没有了理论中的清规戒律，打破了教学上的条条框框，他们演得居然比科班出身的话剧演员还好。结果杂牌部队成了气候，愣是搞得正规军没事干了。

这可太气人了！连斯坦尼名字全称都写不对的一帮家伙，就把小品给垄断了？！可是不服不行，只要到台上一比划，十有八九被人家打得落花流水，急了！没辙了，脸上挂不住了，索性说小品是低俗的，业余的，我们搞专业的不玩儿这个。其实这话也有一些道理，小品是俗了点，我认为还是雅的好，但首先要观众认同你的雅就必须先考虑观众喜欢的俗，做到俗中见雅就得看自己的专业水平了。关于戏剧到底是雅还是俗，是重思想还是重娱乐，谁也别较劲，《戏剧概论》上写着呢：娱乐性是戏剧的重要特点。

既然戏剧的重要特点是娱乐性，那么我们的小品表演就一定得具有娱乐性。如何做到呢？首先，小品表演的基础一定是体验派，“真听真看真感受，此时此地我就是”……诸如此类的黄金定律牢记于心。其次，疯狂地吸收其他艺术门类的养分，比如说戏曲：学唱几段嘎调，练几套身段；比如说舞蹈：现代舞、民族舞、街舞，至少胳膊腿别太硬；比如说声乐，通俗、民族、原生态，能唱歌的演员在舞台上实在是太占便宜了；比如说曲艺，尤其是相声，说、学、逗、唱，中华国粹，可以说，如果舶来品的话剧不与中国的戏曲和曲艺融合那就不能走进中国老百姓的心里，更不能称之为真正的中国话剧。

俗话说：艺多不压身。“活儿”多的演员到了舞台之上，才能够展现演员的魅力，才能够娱乐观众。这么说来，十八般武艺虽不是精通但也得样样拿得起来，做一名小品演员太不容易了，正是因为不容易，所以观众才喜欢。我认为，衡量小品演员是否合格的标准就是多才多艺。

曾经听到多位艺术院校的表演教授专家给别人排练时说：“不对，你那是小品式表演，我要的是真正的表演。”同时也看到一些小品导演在排练时提醒演员：“喂！你搞清楚，这是演小品不是演话剧，赶快改过来”。我很诧异，怎么还弄出了个小品式表演，而且听这意思小品式表演还不属于真正表演范围之内。怎么小品和话剧势不两立了？“本是同根生，相煎何太急”呀！

从实践中我感觉到，有些小品演员进入了误区，认为只要能在台上折腾就行，哪怕是撒狗血，只要观众乐了就行，导致二度创作手段低级庸俗。而有些话剧演员演什么都感觉是在演《雷雨》，而且还是旧版本的，拿腔拿调，这恐怕就是院校教材的问题了。如今的观众见识太广，高科技大制作的电影都懒得看，还能愿意看旧版的《雷雨》？这两种表演状态和方式的确有点水火不容，可现实中这两种表演方式都还存在，而且各自都觉得自己正确。旧版的《雷雨》肯定是没戏了，而舞台上撒狗血玩脏活儿好像还有一定的市场，毕竟低级趣味也是一种趣味，只希望靠着低级趣味而获得娱乐的人越少越好。看来要改变这种状况还有待市场的检验。

那么小品表演到底是一种什么方式的表演呢？我认为，中国的小品主要以喜剧为主，小品表演就是戏剧表演中的喜剧表演。而喜剧表演正是各大艺术院校表演系的教学中的薄弱环节，大多数学生到毕业还没演过一出喜剧，对喜剧美学理论和实践，艺术院校真的是应该反思一下了。我认为，小品演员要不间断的在生活和实践中锻炼个人表演的喜剧性，提高自己的喜剧思维，喜剧的思维可以从相声中、幽默笑话中、漫画文章中、各国喜剧作品中去挖掘、所有能让人发笑的事情都是能够提高喜剧思维的。喜剧思维太重要了！以至于没有喜剧思维就做不成喜剧演员。

喜剧比悲剧更难，理由很简单——让一个人哭比让他笑要容易些，所以喜剧比悲剧晚了好几百年。而让一群拥有三千年文明、有着悠久历史和深厚文化背景的中国人笑就更难了（让他们哭倒是一件相对容易的事）。也许持重的中国人总认为笑是一件很轻浮的事，至少不够庄重，于是即便他们笑了也绝不记得，记得也绝口不提，而哭一次却刻骨铭心，谓之：我被打动，我好感动，云云。因此，中国搞喜剧实在很难。古希腊哲学家亚里士多德曾经在他的《诗学》里说过“喜剧倾向于表现比今天的人差的人，悲剧则倾向于表现比今天的人好的人”，这句话被许多戏剧表演教材收录，并成为一种理论指导。我认为，亚里士多德这句话从诗的角度来看还说得过去，但是要作为理论指导是不切实际的，奴隶制社会中比今天的人差的人与中国特色社会主义中比今天的人差的人是不同概念的。

毕竟是两千多年前的话，不理它了。看如今无论是悲剧的还是喜剧的人物都是从现实生活中来，描写的就是现在的人与事，比今天的人差还是好更无从谈起。所以小品演员必须体验生活、观察生活、积累生活，力求做到典型人物的典型塑造。小品只有十几分钟，三五个人，人物个性鲜明，矛盾冲突集中，小品演员必须在这么短的时间里，完成人物的塑造，找出人物的典型性，进行典型的二度创作，追求人物性格的真实、丰满和喜剧性，从而增加情节的戏剧性。“典型”二字很关键，做起来实在是不容易，没有深厚的生活积累和认真观察生活的能力是断然做不到的。有些演员，也能够基本完成剧本赋予的场上任务，一个小品演完了，没人记得他，因为他所有的表演是个“温吞水”，塑造的人物“没特点”。自己挺用功，台下使劲练，台上使劲演，可观众就是不买账，这就是典型人物的典型塑造没有做好。我认为，一个能做好典型人物的典型塑造的演员，在舞台上永远都是那么的有光彩。

估计每一个演员都曾经受过这样的教导：演戏的是疯子，看戏的是傻子。这只能当个笑话，如果不信你试试看，当你演小品把观众当傻子时，观众马上对你失去欣赏兴趣。尤其是在电视台演播大厅里，演员在低处表演，观众围坐在高处，没有台上台下，四处灯火通明，想聚个气场没地方找。你想在这里当疯子，观众非讨厌死你不可。

怎么办？怎么演？盛产戏剧大师的那些个年代都没有电视，现有理论没有这一节。根据实践，我认为电视小品表演对表演者要求更高，它不仅要完成上述修炼，还要调整自己的表演，使其达到一种有观众意识的表演状态，和观众交流要真切积极，把他们当成朋友而不是傻子。有点儿布莱希特的间离效果的意思。这好像和一开始的表演基础有点相违背，体验派怎么出来了间离效果，心中不想人物而想观众，这怎么可以？我却觉得这没什么，在演员有能力完成角色的情况下想一想观众，让第二自我发挥更大的功效，并不见得就是一件坏事。总比演员在台上全身心地投入所谓的体验，完全不管观众的感受要强得多。现在的观众如果发现你不管他的感受可是会以牙还牙的，结果就是演员失去观众，而失去观众的表演是没有任何价值的。

一定要把观众当成自己的朋友，在表演时要尽量照顾观众的审美和情绪，来调整自己的表演尺度，有和观众交流的地方要真实、亲切、自然、积极。我想，一个心中有观众的演员要比心中只有戏剧大师的演员更容易得到观众的爱戴。

在小品排练和表演过程中，我发现了几个常见的问题：一是不信任对手——当演员完成了作品的创作之后，容易陷到自我陶醉中，一心只想着展现自己，忽略了和对手的交流，忘记了“戏从对手来”的定律，导致表演动作不有机。我认为这种自我陶醉是不信任对手的表现。二是演员心理素质不过关——再有经验的演员上场前都会紧张和兴奋，演员上场前都会调整自己的心态，但并不是每次都能够调整到最佳状态，或因为身体不适，或因为情绪不佳，或因为观众席中坐着亲朋好友，过度紧张和过度兴奋导致整场的演出调子太低或者台词和动作变形都是常有的事。不用说，这是演员心理素质的问题。三是不尊重观众和对手。积累了一些舞台经验的演员在舞台上可以做到很松弛的表演了，于是开始随意的增减台词或调度，对手一时难以适应，造成表演不流畅。更可气的是有些演员认为这种随意是一种上乘的表演，对手接不上是水平不够。如果这样那就是艺德问题了，下面就谈一谈艺德。

我翻看了艺术院校的戏剧表演教材，由中到西由古到今说得真是详细，有各种各样的名词解释，可唯独没有关于艺德的介绍，哪怕是一个艺德典范的小故事都没有。或许是编者认为搞戏剧的天生就是道德楷模，用不着规范道德？还是戏剧本是西方引进，外来的道德标准不适合我们？难道另有隐情，不便宣讲道德？总之我是不相信是编者忘记了写这一课。本来嘛，出家当和尚的仪式上老方丈还得手持戒尺宣讲法度问声“能持否”呢，搞戏剧这么伟大而严重的一个事，拿了个毕业证就开始搞艺术了？听说以前进梨园拜师傅、曲艺行认门子都有一套关于道德行为的行规，尽管那是封建礼教、陈规陋习，被我们摒弃了，但不能把行业道德一起摒弃了呀！没有了这么重要的一课，弄得现在年轻演员一点使命感都没有，如何尊重作品，如何尊重对手，如何尊重观众，全然不理会，很多艺术行为徘徊在艺术道德底线上下。可是艺德究竟是个什么东西？搞艺术的人应该遵循什么样的道德标准呢？我认为，艺术的宗旨是弘扬真善美，抨击假恶丑，那么搞艺术的人就一定先要做一个洞悉假恶丑，展现真善美的人。道理很简单，俗话说：演戏如做人嘛。

# 论小品导演的职责和功能

小品导演的位置很尴尬，比起影视导演和话剧导演差远了，甚至一台综艺晚会的导演都比小品导演牛。大家伙儿记住的是小品演员，外带个别小品编剧，可谁能说出一个名字响亮的小品导演呢？小品导演似乎无足轻重却又不可缺少，在演职员表里总会有导演这一项，可得到器重和喜爱的不是作者就是演员。想想也是，如果小品台词逗乐编剧是有些功劳的，如果小品演员多才多艺那是人家自身修炼的，跟小品导演有啥关系？小品导演有啥用？摆设吧？

如果翻开各种关于戏剧导演的教材和丛书，就会发现对导演的描述居然是如此的伟大——“幕后英雄”“剧场盟主”“灵魂的使者”“这世界上最奇特、最迷人、最不可思议的一种职业”“导演是领导者、组织者、演员的镜子”。著名的法国戏剧导演波雷尔曾经讲过这样一段话：“如果没有导演，没有这种受尊敬的、准确的科学，这种有力的精妙艺术，许多剧作就不会流传给我们，许多喜剧就不会得到理解，许多剧本也就不会成功。”听着真是提气呀！可提气归提气，之后尴尬依旧。

我认为，这尴尬赖不得别人，实在是小品导演们自己给弄成这样的。目前小品中东北二人转一派独树一帜，诚然，二人转小品的确好，但那是人家黑土地的产物，偌大的一个中国一下子仿佛都成了东三省，各地小品争先效仿二人转小品，谁干的？小品导演有不可推卸的责任，稍有艺术素养的人都懂得艺术样式最忌重复，艺术应该百花齐放的，如果形式单一，就容易陷入僵态，而走向末路。可为什么非要模仿人家呢？我想，这是小品导演对艺术浮躁的心态和急功近利的思想起了很大的作用，模仿人家犹如东施效颦，剧本如是写，演员如是演，二人转小品多熟悉呀，还要导演干什么？顶多排练时评判一下像不像人家二人转，尴尬就尴尬吧！

如果真有一天小品灭亡了，追究起来，罪过最大的就是小品导演！一部作品能得到观众的喜爱、专家的认可、广泛流传、成为经典才能称之为成功，而这成功并不是在于一剧之本的剧本，也不是在于有十八般武艺的演员，最主要的是在于导演。我认为，导演是剧本的解读者、导演是演员的良师益友、导演是观众的忠实仆人、导演是作品的灵魂、导演是舞台的精灵、导演掌管着剧场里的一切，如果失败，导演有不可推卸的责任！责任巨大、地位尴尬、干活不少、钱不多拿，难怪《戏剧导演》中的绪论里就有一句牢骚话说：导演越来越不是人干的。

然而，尽管不是人干的，但是《戏剧导演》中另一段描述，就足以让更多的人前赴后继地去干导演的工作了——“一场完美的演出，实在激奋人心、终生难忘。那种台上台下水乳交融的感情冲撞、心灵交流，是一种无法形容的审美享受。”没错，概括得真好，真正的演出就是如此，如果认为小品只是逗观众一乐，或者以看小品自己乐没乐作为衡量小品质量好坏的标准，可就未免太浅薄了。

这么说来，导演还可以是人干的，但是什么样的人来干呢？我刚才说了，导演是剧本的解读者。导演与剧作家的关系好像始终有点别扭，而这别扭就是艺术创作中的狭隘思想所造成的，对于剧作家而言，辛辛苦苦、绞尽脑汁地设计了人物、写出了对白，而且激动的创作出了一段又一段感人的诗句，这可是文学！神圣的文学！不能改！不能动！但是，别忘记，剧本的价值是体现在舞台上的，导演的工作并不是充当剧作家的代言人，著名英国戏剧大师戈登·克雷格曾经说过：“观众到剧场里来不是为‘听’戏而是来‘看’戏的！……观众的眼睛比其他感觉的要求更敏捷，更有力……”所以，导演核心工作就是要把文学艺术变成剧场艺术。拿到剧本，首先要考虑剧本能否成立，主旨是什么，思想主题是什么，接下来就应该去找戏的“种子”。我认为，小品虽短小但是也有“种子”，那就是剧本提供的有价值的戏剧情节，只要找到了戏剧情节，把握好了主旨思想，人物、故事、场景……统统可以用自己的理解去设定和修改，在此期间，与剧作者的沟通是非常必要的。只要解读的完整或精彩，我想剧作者也一定会认可的。对剧本的解读是导演最重要的创作过程，在这个过程当中不必担心因对原剧本修改而造成剧作者的不快。导演是独立创造的艺术，必须把文学从戏剧演出中驱除出去。当然！修改的基础一定要建立在对时代和生活的深刻理解以及对时下观众的喜好的基础上，导演要对剧本的修改负全责。没有不需要导演解读的剧本，也没有不用修改的剧本，古老的莎士比亚笔下的《哈姆雷特》就是让不同时期的不同导演进行着各种解读而更加光芒万丈；中国经典话剧《雷雨》在最新复排时，导演王晓鹰将鲁大海这个人物删除掉进行新的解读。在《导演者的职业》一书中，记录着法国导演路易·儒韦的一段话：“有两种类型的导演：一种是期待从剧本里得到一切，另一种只依赖他自身，此外再也不指望别的，对他来说剧本只是个出发点。”我欣赏后者。

导演应该是演员的良师益友，在良师益友中首先应该是益友，既然是友，必然了解，在排练当中会把演员放在适合的角色中，对演员而言，饰演一个适合自己的角色是多么的幸福啊！之后就去做一位默默无闻的良师，开发演员的表演能力，启发演员对角色的把控能力，引导演员增强自己的艺术修为，帮助演员拓宽戏路，让演员进一步地认识自我，在舞台上不断地创新，于鲜花和掌声中寻找到自己的价值。同时还要调剂在创作中演员之间所产生的矛盾，营造积极和谐的创作环境，能做到上述几点的基础是要让演员服气，而让演员服气的前提是导演必须精通表演。据统计，世界上大多杰出优秀的戏剧导演都是演员出身的，所以导演万万不可放弃了对表演的研究与实践，同时勇于把研究成果和实践经验与演员分享。导演要爱惜演员，保护演员的创作热情，尊重演员的二度创作，有意识地营造快乐的创作氛围，不到万不得已，不要发脾气训人，我认为权威不是靠吹胡子瞪眼睛来树立的，一言堂也不会创作出好的作品，所谓一言堂的权威对政治家或许有用但对艺术家来说就大可不必了。每个戏剧作品都是集体合作完成的，所以强调个人的合作性才能让创作顺利进行，良好的合作关系是建立在相互尊重的基础上的，导演最好不要总是给演员做示范，这很可能会伤害演员的自尊心，要用语言启发和带动演员的思考，这样出来的表演才有灵魂。导演学表演是用来理解演员，促进演员的，而不仅仅是让演员依葫芦画瓢的。《戏剧导演》中讲："导演准备得越多，负效应也会随之增多，那就是越俎代庖。"导演要一针见血地提出演员缺点，使其改正的最有效的方法就是告诉他这个缺点会让观众产生什么样的感觉。导演是演员的镜子，如同镜子一般，不要放大也不要缩小演员的缺点，这样演员才会信任你，唯此演员才能够心甘情愿地做导演创作的工具并与导演一同创造。

导演是观众的忠实仆人，任何一部戏都是给观众看的，尽管欧洲出现过没有观众的戏剧表演——观众既是演员，就像到外地出差开会一样，一演就是好几天，还很火了一段时间。但我想这种形式在中国恐怕是行不通的。所以说，在中国没有观众的演出是没有价值和意义的。小品演员在创作和演出的过程是充满激情的，但作为导演一定要清醒冷静——也许排练时演员和导演设计的激情豪迈，到演出时却变成了观众们一层层的鸡皮疙瘩；也许在排练时导演和演员乐不可支的一个情节，到了演出时观众却觉得乏味无聊……这就是因为导演在排练时不够清醒冷静，被当时的创作激情和热情冲昏了头脑，没有做好现在面对的是剧场里一群陌生镇定的观众的假设。要研究观众，带着一颗最平常的、类似于普通观众的心走进剧场，观察观众，舞台上或者是屏幕上出现了怎样的情况，就把观众给逗笑了或者弄哭了。不同的观众群有不同的审美，去分析，去迎合，导演手法既不要落在观众的审美之后，又不要太超前；既不要以为观众是傻子，生怕看不懂，又不要过高估计观众的审美智商，净弄些歪的玄的，导演功力的体现就在于对这个尺度的拿捏了。所谓忠实的仆人，并不是愚忠，不管观众的审美趣味是高级需求还是低级需求而一味地迎合观众，如果只是为了功利和噱头恣意迎合，那这仆人很快就成了恶仆、弄臣和奸佞，不久就会被主人所抛弃的，所以一定要在娱乐观众为主的情况下，适当地加以思想引导，弘扬真善美、抨击假恶丑。所有成功的艺术创新都是站在观众的审美要求的基础之上进行的，导演对社会和观众的理解和敏锐决定了他在创作中的智慧和胆量，导演对艺术追求的执着程度决定了导演对观众的忠诚度。

对导演的要求更高一级是——作品的灵魂，导演对剧本解读了，对演员爱护了，对观众忠诚了，就万事大吉了吗？不，这才刚开始！这些工作只不过让作品有血肉而已，要想为其注入思想并能够升华成为某种精神，导演就必须修炼成为一名时代的思想者，去学习中外的哲学理论，了解各时期的历史事件，关注时下最新的思潮，参考目前的政治环境，调查社会的行业状态，倾注更多的人文关怀。全力以赴，孜孜不倦，其实，做导演最难恪守的就是这些，比考个文凭难一万倍，应试不过是寒窗几年，而这种修炼没有止境，需要用一生来完成。就算是以上做到了，但有一样东西再怎样修炼也是得不到——那就是个性，这个性可不是生活中个人表现出来的生活态度，而是天才艺术家的一种与生俱来的艺术素养和艺术追求。当导演的艺术个性贯彻到了作品中去，作品才有了灵魂，如果作品思想解读正确，艺术手法形式准确新颖，美学形态与社会需求吻合了，演出让观众产生共鸣了，对时代产生影响了，这个时候，作品的灵魂开始升华成为精神了，这是每个导演的终极目标。冲着这个目标，导演们，修炼吧……

如果导演一时间不能够拥有艺术个性，无法使作品灵魂升华，那么至少也应该做到成为舞台的精灵、关于舞台的一切都不要放过，去了解，去掌握，去控制。比如说：舞台灯光、舞台美术、舞台音效、音频和视频的制作、电脑多媒体的舞台应用、前台后台的工作流程以及场刊和宣传画册的平面美术，甚至于舞台各种设施和设备的使用和维护……现如今科技越来越发达，大型舞台和影视银幕上已经能够利用高科技的声光画影营造出各种各样的震撼人心、令人称奇的场面，移植到小品当中去。1924 年的苏联著名导演大师梅耶荷德就已经开始向电影学习，创造出了“舞台蒙太奇”，如今电影已经百年了，我们的舞台上依然是大量的“三一律”的写实作品，实在是让人难以理解。小品虽小，五脏俱全，一切艺术手段都不要忽略，并大胆的加以使用。戏剧是综合的艺术，导演就应该是杂家，除了朱端钧的导演技法三十条以外，其他的艺术种类、艺术形式都要学习和了解——音乐、舞蹈、文学、美术、戏曲、曲艺、武术、杂技、摄影……太多了，只要能够准确表达导演意图的，就可以在舞台上使用，法无定法，百无禁忌！导演就应该像舞台上的精灵一样，在舞台上施展着无穷无尽的魔法。

说到这里，导演到底是什么？也许格·托付斯托诺戈夫在他的《论导演艺术》中的那句话是最好的回答——“没有导演，便没有戏剧。”导演，万岁！

# 小品《请和陌生人说话》的编导札记

我习惯自由思考，但同时又喜欢命题作文，其实并不矛盾，因为在命题中自由地思考真的很享受。尤其是碰到有想象空间的命题，虽殚精竭虑，却乐在其中。

就像《请和陌生人说话》，在众多命题中，是最具人文关怀的。在都市中，邻里关系是个什么样大家都很清楚，一面是“不和陌生人说话”的告诫，一面是“远亲不如近邻”的呼唤，呵呵，挺有戏的！

原本以为如此熟悉的生活，一提起笔来肯定是行云流水，灵感不断。可实际情况恰恰相反，坐在电脑跟前愣了好几个钟头，也没想出个所以然。艺术最忌重复，这点追求我还是有的，所以我不愿意重复别人的作品，多少有些创新才好。可是邻里关系是个老题材，单是我自己欣赏过和印象深刻的作品就有很多，思路总是不自觉的按着那些套路走。什么一个误会让邻里之间产生了矛盾，后来又一段煽情和好了。或者是邻里之间关系很僵，通过一件小事变成了亲人。好，不要这些套路，重想一个，不对！说邻里之间就得是这样的套路，否则故事没法展开。本来就淡漠的人物关系再不出点儿事，更没有戏剧矛盾和冲突了。那么，既然老的套路是无法避免的，索性就按老套路走，什么样的邻里关系？出现了一个什么误会？产生了什么样的矛盾？又出现了一件什么样的事？怎么就和好了？最重要的是，和好了的关系是什么样的？没有答案，但似乎都有答案，大量的文学、戏剧、影视作品中比比皆是。坏了，又要重复了。

突然我意识到，犯错误了！艺术创作不应该哗众取宠，为了创新而创新，创作冲动应该是来源于生活的，对对对！抛开套路，忘掉别人的作品，好好想一想，我的邻里之间是怎样的——我所居住的小区是在深圳最繁华的罗湖区，千米之内有罗湖和文锦渡两大口岸，窗外就是香港，此地商业极其发达，邻居们做什么行业的都有，但具体什么行业，我不敢打听，也没时间、没兴趣打听，在都市生活中八卦的人是很招人烦的。小区内很少能见到老人，一天到晚各色各式的年轻人忙忙碌碌，行色匆匆，路上见面虽知是邻居，但谁也不搭理谁，每个人都是标准的中国式表情——“我不招惹任何人，也拒绝任何人招惹我”的面无表情。想一想，每天几千人用相同的面无表情来来去去，应该挺吓人的，可谁也不觉得别扭，包括我自己，甚至我想：如果这几千人些人步伐一致、节奏统一、面无表情的出出进进，真挺震撼的，颇具仪式感，这个情节大戏也许用得上，小品就先算了。小区内绿化很好，但感觉不到生气，只有摇着尾巴跑来跑去的宠物狗能够增添一点生活的气息。对，宠物狗可以作点文章。楼道里只有开门关门的声音，却很难看到人。偶尔相遇，擦肩而过，迅速消失，更别提说话了。话都说不上，戏剧情节从哪里来？只有电梯，如果从 30 楼坐到大堂，中途有出有进，能用上 2、3 分钟呢，只有从这里挖戏。可电梯都快被别的戏用滥了，我还能用吗？用！电梯是公共设施，谁都有使用的权利！（呵呵，强词夺理，这点是重复别人了，可实在没办法，生活的确是这样）刚搬进去的时候有时还想：出于礼貌碰到邻居应该打个招呼，可看到对方冷漠空洞的眼神，双方都马上打消了这个念头，每个人都工作累、压力大，又都不知道对方是好人还是坏人，如果突然打个招呼，还不得吓对方一跳呀！于是，日子一久，大家习以为常了。

那么真正和谐的邻里关系是什么呢？我认为，或者说我这个年龄段认为，邻里关系如果真要回到小时候住平房大杂院里的感觉，那还真挺讨厌，就光是张家长李家短就麻烦透了，更别说侵犯隐私之类的事了。如果就在目前这个情况下，邻里之间互相见面能够眼里带笑地打个招呼就很好了，也就是说相互感觉到一点温馨就好。既然我这样认为，戏的结尾肯定就是这样。

这时，我构思出了小品的大概框架，首先，应该设计两个场景：一个是家里，用于展现各自的生活状态；一个是电梯，让矛盾和冲突在这里发生、升级和解决。场景的转换要快速迅捷，否则拖节奏，那就做三个门，一字排开是三户人家，围起来就是电梯，要虚一点，索性就是安了轱辘的三个不锈钢合金框，挺好看，还轻。人物要三个，不，四个，宠物狗算一个。

这个事件就像一个发生在我们身边的故事，那就采取讲故事的形式，画外音说："在很久很久以前，有三户人家……"人物上场就要有矛盾，都是刚搬进去，大包小包用电梯，能有冲突。搬进去之后肯定要装修，叮叮咣咣有冲突。宠物狗随地大小便、有人爱狗有人厌狗、垃圾随便丢……这些都是小区的普遍现象，更有冲突。随着冲突升级，电梯里相遇之后的态度就越来越坏，最后，电梯要坏，把三个人困在电梯里，这时就不得不互相交流了，沟通中大家有一些了解，尤其是职业，要互相能帮忙，于是矛盾解决。最后，用我想要的那种邻里关系结尾。可是问题又来了，这个戏除了电梯坏了之后有台词，其余对话很少，多是行动，写起来也就一页纸，把字号选大，署名、年月日之间多回车几下，呵呵，也就刚两页。太少了，审查剧本时有态度不端正的嫌疑，要么把行动写得细致一点？再把每个人的心情写进去？舞台提示多一点？拉倒吧，剧本是用来排戏的，不是用来看文章的，况且我自己导演，不加了，就两页。

要说我们馆长真有水平，拿着两页纸翻了翻，说，我不看你写的，要看你排出来的。这才是行家呀！

进入排练，演员拿着剧本直犯糊涂，一个劲儿埋怨台词太少了。我收回剧本，告诉大家，不要想剧本，知道大概就行了，现在这里是小区电梯口，你们三个人，两女一男搬进来住，在这儿第一次碰面等电梯，宠物狗的演员念画外音，开始，下地。

毕竟这和大家的生活离得太近了，人物和情节很好找——女记者一名，莽撞骄傲；计算机工程师一名，正直蔫坏；美容院老板一名，刻薄热情而且养狗。宠物狗拟人化表演处理，该站就站，该爬就爬，该汪汪叫就汪汪叫，该说人话就说人话。矛盾到顶点时加一段舞蹈，展现无奈与淡漠。电梯坏了之后人物的对话加进了少许曲艺的风格，剧中没有语言的表演，有时采用了哑剧式的夸张表演，有时也采用了整齐划一的形式感表演，包括舞蹈的应用，都是为了增强娱乐性，最后，温馨的结尾配上温馨的音效，人物定格，宠物跳出，现场解说，再一次间离，结束，切光。

一周之后，算是排好了，可大家心里都没底：前一大段，语言太少，观众会不会觉得闷；困在电梯里加的包袱，抖给观众会不会响；宠物狗整场时不时跳出跳进，搞间离，观众会不会接受；现场转景、舞蹈、画外音，观众欣赏时会不会跳离……这些担心，只能等演出之后才有结果。

第一次见观众是“邻里节”的开幕式，“邻里节”是罗湖区的创新举措，领导特别重视，老百姓也特别关注，那天演员和我都很紧张，演出地点设在一个露天广场里，表演分一个主台一个副台，人山人海，估计上万了，有点乱。演出开始，演员在表演时似乎总在犹豫，导致节奏异常拖沓，前一段现场观众毫无效果，依然闹哄哄，就看困在电梯里之后的反映了，坏了，转场时灯光又出了问题，现场副台的演员看到主台的灯光弱下来，以为结束了，马上演了起来，结果两个台子一起演了十几秒后副台的演员才意识到停了下来。等到转回主台，观众更乱了，我的头更大了。《请和陌生人说话》第一次的演出，演砸了！

回来肯定是要开会的：大家说说，怎么回事？除去副台的干扰，为什么表演生硬，节奏拖沓？大家展开了自我分析，最后的结论是：主观原因是演员对于一下子加入这么多的表演元素，吃不准，一时难以消化，尤其是现场转景，拿不准是该快该慢。愣演，就会生硬拖沓。客观是露天场子太大，观众太乱，有风，吹得胸麦呼呼响，副台的干扰让观众分神了。而我认为，主要原因是紧张，演员紧张有两种表现，要么紧着演，要么水着演。而我们的演员有紧着演的也有水着演的，表演节奏还能不乱？这一乱一紧张就让原先不太熟练表演更加生硬，否则这个问题在排练时就应该很凸显。虽然后面的观众乱，但是前几排的观众还是非常认真地看着，这说明前面所担心的形式和内容问题并不是很大，主要是演员表现力的问题。既然问题出在这儿，啥也别说了，练吧！

居然还有人看过那场演砸了的《请和陌生人说话》之后，发出邀请去社区演出，并称赞很有新意，这更加坚定了我的结论——这个作品形式和内容问题并不是很大，主要是演员表现力出问题的观点。几场演出下来之后，演员对这个作品增添了不少信心。根据现场效果积极地调整了一些表演和导演问题，现场效果越来越好了，演员开始喜欢演这个小品了。终于，接到央视的邀请，让我带几个节目参加《周末喜相逢》的录制，我忐忑不安地把这个小品送进了中央电视台 800 平方米的演播大厅，头一次演砸的阴影还笼罩着我的心头，不由得我心里一直默念，这一次可不能再砸了呀，如果在央视砸了，人可丢大发啦！

真没想到，随着演员投入的表演，现场气氛越来越好，笑声不断，掌声不断，现场几个小品大腕连连称赞主题好，形式新，有创意，栏目总导演高兴地说，这个节目是邻里关系题材中的小品精品！此后，央视《流金岁月》《演艺竞技场》等栏目相继重播了这个作品。

2009 年 4 月央视小品大赛开锣。《请和陌生人说话》一路过关斩将杀进了决赛，再进入最后 36 个作品的角逐时，被以中央电视台播出次数太多为由临时换了下来，成了一个遗憾。

虽说遗憾，但是这个作品给了我太多实战经验和教训——创作不要忘记生活、形式创新还要大胆、要扎根于时代、排练方式要调整，有本排练和无本排练不是问题，最关键的是，演员对于我的创作理念和创作手法更有信心，我们今后的合作会更加默契。哈哈，这么多的收获，算了，不遗憾了！

# 有关『剧说』

# 罗湖时代造就《军哥剧说》系列

《军哥剧说》系列在09剧场已经演了100场了，罗湖区文化馆馆长符史安先生评价“剧说”创造了深圳公益演出的历史。他说深圳至今没有一场公益演出能够百场仍然爆满，“剧说”系列没有组织观众，没有广告宣传，受观众欢迎程度如此之高，甚至一票难求，绝对是空前的。符馆长是深圳文艺界的资深人士，他给出的评价，靠谱。

丹纳的《艺术哲学》通篇都讲的是时代与艺术的关系——艺术品的创作是不能与时代分割的，依此理论我在想：“剧说”系列生长于什么时代，或者说为什么会在今日的深圳罗湖产生呢？纵观罗湖的戏剧史，明白了——罗湖从20世纪80年代就开始打造戏剧，获的全国奖项不计其数，可以说中国戏剧类的奖项拿了个遍，创造了中国“曹禺杯”戏剧奖七连冠，在罗湖谁要是得个全国的银奖都不好意思和别人说，所得的奖杯证书能挂满好几面墙。罗湖区文化馆不仅参赛还承办“曹禺杯”的决赛和“群星奖”的复赛，这只是一个区级文化馆，你让同行怎么看？让专业文艺团体怎么看？有天理嘛还！

然而正是大量的奖项使得罗湖开始思考：文艺繁荣拿奖固然重要，但奖得多了之后就真的繁荣了吗？每年不断投入大量人力和物力拿回的奖杯是否等同于文艺的价值？奖项的真正意义是什么？仅仅是数字的增加？这些思考变成了一个个话题出现在宣传文化的工作会议上，作为基层的创作者，刚开始也很不理解：不参赛，不评奖，我们干什么？甚至有时听到区委宣传部的领导说不在乎奖项，只在乎社区居民是否受益之类的话很郁闷。明摆着嘛，社区居民懂什么高雅的戏剧艺术呀？让他们受益不就是广场舞、大秧歌吗？我是搞戏剧的！不比赛评奖怎么证明我搞得好？我这么艺术的一个人，不浪费了吗？

其实这就是罗湖的时代，所谓改革开放的前沿可不是吹出来的，这前沿并不单单指经济发展的迅速，更重要的是文化思考的前瞻。不同的时代下会出现相应的文艺作品，艺术作品是创作者的内心反映——创作者心里装着领导，作品里必然口号说教；创作者心里装着专家，作品必然墨守成规；创作者心里装着奖项，作品必然千篇一律；创作者心里装着名利，作品必然虚情假意；创作者只有心里装着社区居民，作品才能接上地气……而创作者心里装什么取决于时代的需求，走过浮华的罗湖对于所谓的奖项和精品重新定义，并给予明确的衡量标准——那就是社区的居民受益否。这个标准就是罗湖现如今的时代，让社区的居民装进了创作者的心里，由此《军哥剧说》系列应运而生。

# 我的“剧说”我的“团”

《军哥剧说》系列从去年至今在09剧场已经上演了50场，毫不夸张地说：场场爆满，一票难求。观众们都给予了极高的评价，在微博、微信、论坛、Q群中随处可见粉丝们的赞扬和鼓励。国家、省、市各级领导和专家也充分肯定了《军哥剧说》系列的艺术价值和文化高度，并且调拨了足够的宣传文化基金来支持全年的演出与创作，可以说《军哥剧说》系列的前途一片光明，深圳小品艺术团也因此迈上了一个新的台阶。

但是，谁能想到《军哥剧说》系列的创作灵感却是在“死马当成活马医”的心态下产生的。2011年底，深圳小品艺术团进入了最艰难的时期——通过5年的打造，小品团演出和参赛越来越多，队伍越来越壮大，在圈里也有了一定的名气，大家在一起工作的时间越来越长。锅碗瓢盆总会磕碰，没谁是完人，更何况是个性极强演员呢。出现矛盾是很正常的，但是由于我在安抚和调解的过程中忽悠水平有限，经常按倒葫芦起了瓢，不仅没有解决问题，最后还引火烧身，常常弄得里外不是人。我去！我比谁都累比谁都委屈比谁都不容易我也有情绪也有看法也有意见我也要抱怨我也是人我也想吵我也想骂不行咱们打一架！我，我，我是团长我忍了！你看，我能忍，有诗为证：忍字心上刀，强忍耐大劳。不忍惹大谋，忍是成功桥。这是小时候我家里书桌上的一块石刻，到现在我都记得，要不说早期教育是多么的重要。冷静地想一想，目前的问题究竟出在哪儿呢？尽管有一句老话叫“宁领千军万马，不带歌舞杂耍”，说的就是文艺团体特别难管，可办法总比困难多，二十多个兄弟姐妹跟着我干到今天，我不能说不管就不管了呀！再说了，大家怎么闹腾也不愿离开小品团，说明还是有感情；我是团长，团员有了情绪不朝我发朝谁发？所以，问题还是出在我这里。作为领头人，是我给大家定的目标不清晰，或者说是让大家看不到希望。是啊，一个非体制内的艺术团体，没有固定收入和任何保障，仅凭着一腔热情和所谓的个人魅力干到今天，大家已经很够意思了，作为团长兼编导，我能给予演员什么呢？我还能为演员做什么呢？

在我最困惑的时候，小品团功勋演员李学军主动请缨，他在小品团之外的职业是企业培训讲师，也是团里年龄最大的演员，在深圳戏剧圈里算老资格，平时我管他叫军哥。军哥用他的专业知识理性的帮我分析了小品团的现状，然后提出为大家免费讲一堂关于团队建设的企业培训课。说实话，我不认为自由散漫的演员们会因为一堂课而有所改变，但眼下只有这么一个办法了，甭管有用没用，至少看看军哥讲课时的模样，这么多年还真没见过，“死马当成活马医”吧。

讲课那天，军哥西服革履，很正式，也很紧张。他说，这是做讲师以来讲课人数最少但心情最紧张的一次。军哥讲的是《团队的成功》，在讲台上他头头是道，滔滔不绝，又讲道理，又说故事，又打比方，又搞互动，现场气氛很是热烈。更重要的是，这堂课让我看到了另外一个李学军，一个充满魅力、睿智、神采奕奕的李学军。

回到家之后睡不着了，不仅因为军哥所讲课程的内容触动了我的内心，而且军哥的讲课方式也激发了我的灵感，——我的许多小品的主题都与成功课程中的内容非常契合，如果将军哥的课程和我的小品相结合创作一台主题戏剧综艺晚会岂不是绝佳的创意？这将会把戏剧的教育、娱乐、仪式三性合一，使戏剧的功能突显，让观众不仅仅是哈哈一笑，而是看过之后有所收获，有所感悟。想到这儿心潮澎湃，拿起手机要给军哥打电话，一看时间，凌晨五点，这要打过去太过分了，我、我、我忍，你看，我多能忍呀，有诗为证……

终于挨到天亮，喂，军哥，请你吃饭，啊？这几天都有事儿，你没空。好吧，那首诗呢？我！忍！

终于，我与军哥坐在饭桌前，一起吃饭还有我徒弟马天伟。我慢吞吞地把创意说出来，只见军哥听后两眼放光，五官挪位，旁边的马天伟一个劲儿地咧着大嘴呵呵的乐，俩人一口也吃不进去了，这回我可不忍了，狂吃，剩下的，服务员，买单，打包！

参照着军哥的课件教材，我以极快的速度写完了第一稿，QQ传递，军哥又将修改过的二稿传来。如此这般，几易其稿，再给身边的家人瞧瞧，老妈将原定的《戏说成功》改成了《剧说成功》，齐活了，军哥可以去背词啦。

其实熟词熟戏，本该省心省力，无非是换了一个新样式。可就是这小小的变换就出现了诸多的不适应，军哥正儿八经地讲了那么多年的成功课程，突然不能按原样来了，从中摘出几段还要娱乐的说，说一会还要下舞台互动采访，跑回舞台还要唱歌，唱完了之后还要跳舞，跳完了还要演戏。可以说军哥在舞台上既是主持人又是脱口秀，既是老师又是演员，既是歌手又是舞者，如此高的要求怎能马上适应？其他小品演员习惯了以往的演出方式，现在一切围绕着军哥表演心里难免失衡，没关系，办法总比困难多，更何况军哥才高艺多，充分展现了一名优秀演员的能力与品质，快速的调整，完全的投入，神勇地完成了《军哥剧说·成功》。小品团其他演员出于对我的信任也给予了完全配合，经过十多天的排练，心里有谱了，可以见人了。首演的那天，甭提有多紧张了，看着坐满全场的观众，我心里一劲儿的打鼓，这些观众可是那么多次的小品专场演出积累下的粉丝，虽然不多但很珍贵，因为深圳的观众都牛得很，甭管是买票的还是公益的，只要演出没劲，白给票都不来，今天要是演砸了，那可就全白干了。

随着开场舞曲大幕徐徐拉开，《军哥剧说·成功》开始了。我真庆幸能拥有这么好的演员，军哥多年积累的小宇宙此时完全爆发，其他演员也各显神通，用我们独创的剧说形式将观众彻底征服。在场的观众时而鸦雀无声，时而鼎沸爆棚，时而哈哈大笑，时而泪水纵横。近二个小时的演出结束后，观众没有马上离场，而是一同起立鼓掌，演员在舞台上不停鞠躬谢幕，许多观众激动地跑上舞台竞相围着军哥合影索要签名，把舞台围了个水泄不通，《军哥剧说》成功了，军哥火了！

第二天办公室的订票电话就没有停过，很快票已订光，但电话根本没有停下来的意思，在办公室说句整话都困难。之后的几场依然火爆，订票的电话更是火爆，赶紧向领导请示，加场！由原来的每周一场增加为每周二场，还开办了 09 剧场粉丝群，五百人的群十几天就满了，又加多一个，又满，由五百人升级为千人群，还满；由电话订票改为 Q 群订票，居然半小时就没票了，许多订不到票的观众宁可坐在楼梯台阶上也要来看。后来出于安全考虑，制作了订票网页，施行对号入座，严格控制入场人数。网上订票更加便捷，往往十几分钟就被抢空。成功的喜悦让我们信心倍增，趁热打铁，快马加鞭，又相继创作出了《剧说沟通》《剧说温暖》、小剧场话剧《净化论》，每台都有各自独特的风格，获得了更多观众的喜爱，《光明日报》《中国文化报》《南方日报》等各大纸媒也给予了极大关注，09 剧场成了深圳市民周末休闲的好去处，军哥剧说成了深圳人必看的剧目，以军哥为首的演员们成了深圳本土明星。

按照中国式思维，小品团该发财了吧？尤其在深圳，那么物欲横流的地方，可并不是这样，至少现在不是。说来也怪，不仅小品团以前的矛盾都消散了，而且凝聚力得到巨大提升——因为 09 剧场让小品团的演员体现了自己的价值。观众给予的力量真的是比参赛获奖的力量大多了，我们真正体验到了“金杯、银杯，不如观众的口碑”这句话的真正含义。观众感染着我们，艺术净化着我们，我们心照不宣地拒绝了许多商业行为，除了正常的演出劳务费之外并没有更多的物质奖赏，大家都在进行着纯粹的艺术创作，尽情享受着艺术带来的美好。小品团在深圳已经坚守了七年，演员来自各行各业，有着不同的打拼经历，对于生活有着更深的感悟，所以他们敢于淡泊名利，作为团长，我特别以现在的小品团为傲。当然，我也知道在商业社会中艺术迟早会被侵蚀，只是希望来得晚一些，让我们能有更多的时间去感受这份艺术的纯粹……

# 剧说爱情

〔开场舞。

〔军哥出场。

军　哥　亲爱的朋友们，你们好吗？欢迎大家光临09剧场，本剧场是由深圳市宣传文化基金资助，中共深圳市委宣传部、深圳市文体旅游局、罗湖区委宣传部（文化体育局）主办，罗湖区文化馆、深圳市谛珑文化传播有限公司承办，正是有以上单位的大力支持，大家才能坐在剧场里免费享受政府公益演出的精彩，让我们用掌声向他们表示一下。

今天我就和大家一起《剧说温暖》，先有请我的搭档——深圳B-BOX达人小柯和音乐人丁丁！

〔小柯、丁丁音乐秀。

军　哥　掌声谢谢小柯和丁丁，今天我们一起《剧说爱情》。爱情，这词儿说着都觉得美好，是不是想起了自己的爱情，挺甜蜜的是吧？深圳是个年轻的城市，来自天南地北五湖四海的年轻人聚在一起，必定是个盛产爱情故事的地方，每个人说起爱情都能说出自己的一套，人们经常还会用颜色和味道来形容爱情，我特别想知道今天到场的朋友们，爱情是什么味道？我下去采访一下。回答军哥的问题，有奖品！

〔与现场观众互动。

军　哥　很多时候我们说不清爱情到底是什么味道，或许爱情就是一种感受，在经过了酸甜苦辣咸各种滋味后，回过头才发现，爱情其实真的很简单，在我看来就是一种幸福的白开水的味道。其实，爱情的味道，都是来源于自己的内心。也许这就是我这个年龄的爱情观。

不同年龄，不同地域的人们对爱情的看法确实有差异。就说我们现在，就说深圳，我觉得有个最显著的特点，就是忙，每天看到行色匆匆的来自各个地方的人们，生活的压力，自己的梦想，努力！奋斗！连安安静静谈场恋爱都变成了一种奢侈。于是，深圳似乎多了不少大龄青年。甚至有人还用必“剩”客、“剩”斗士、齐天大“剩”来调侃不同程度的剩男剩女。如果年龄大了没结婚，回家过节都不让消停，一回家就跟参加《非诚勿扰》似的，很多年轻人为了躲开这一场场的相亲大会，躲开父母家人七大姑八大姨的唠叨，就想出一种方法，没错，就是租个男友 / 女友回家，这种出租之恋到底会发生怎样的事情呢？我们用剧来说。

〔小品《出租之恋》。

军　哥　从大家的掌声我听出了，今天的观众都特别善良，对美好的爱情都由衷地祝福和鼓励。也许这种出租之恋产生的有些特殊，可遇到不论早晚，真心就会相恋，不管如何相识，你的好，总有人知。有首歌里唱到：放手去爱，不要逃，爱不是想要得到就能得到，谁赢谁输已不再重要，能痛痛快快爱一场就好。记得一个男孩子跟我说过他的爱情，他跟我诉苦，他特别喜欢一个女孩，喜欢到痴狂，他可以为她放下自尊面子做任何的事情，他说他可以写长篇的情书，可以学做菜为女孩送去爱心餐，可以不远千里去为她买一份独一无二的礼物，还有很多很多别人做不到的爱情壮举，但女孩最后还是拒绝了他，他说没有人会像他一样这么爱这个女孩了，为什么她不接受呢？女孩也跟我说了，她做了一个比方，她喜欢吃苹果，不爱吃西瓜，但对方会不停地为她找来各种西瓜，甚至是千里迢迢地运一火车西瓜给她，她唯一的感受就是感动，但感动不是爱情，相反一火车西瓜给她造成了巨大的压力，她无法承担这种爱情的压力，她只有选择离开。“那你当时第一次见面的时候不是一下吃了半个西瓜么？”“你傻啊？那天天特热！他后来还剃个西瓜头，人家都管你叫西瓜太郎。”正如有爱情哲学家说过一句名言：如果能以对方喜欢的方式去爱对方，这样的爱情才是幸福的。

在现实生活中，我们该如何选择爱情的另一半？我记得曾看过一个笑话，一个 80 后的男生找了一个 90 后的女友，一天男生打电话给女友，说，晚上有朋友来家里吃饭，能不能多做一些饭菜，女友满口答应。当男生兴冲冲领着朋友回到家时，被满桌子的饭菜惊呆了，只见桌上摆满有红烧牛肉方便面、麻辣排骨方便面、香菇滑鸡方便面、老坛酸菜方便面……因为女友不会做别的，只会煮方便面。虽然这是个笑话，但可以看出再高大上的爱情都脱离不开实实在在的生活。 绝大多数男人都喜欢白金美，绝大多数女人都喜欢高富帅。但喜欢却不等于真的要。男人虽爱美人，但不一定会娶，到最后，男人娶的都是适合做老婆的。女人虽然爱钱，但不一定会嫁富人，到最后，嫁的都是待她们好的。所以，做人到最后，拼的不是富和美，而是人品。不同意这句话的可以不鼓掌。

爱情是个永恒的话题，不管是历史故事，文学作品，影视剧似乎都离不开爱情，甚至有编剧说：戏不够爱情凑，戏要复杂吸引人，就给他编织几条交织不清的爱情线。现实生活中，我们不希望那么复杂，每个人都渴望遇到属于自己的 MR . RIGHT，都渴望与自己最爱的人携手踏上婚姻的红毯，执子之手、与子偕老，有人还说，一切不以婚姻为目的的恋爱都是耍流氓，这话对不对咱们不说，爱情顺利地走向婚姻自然是一件美好的事情。来，我们一起去参加一对在深圳打工的年轻人的婚礼，体会一下吧！

〔小品《恋曲》。

军　哥　你们也太坏了，人家想接个吻，你们给人家戴上口罩？！你觉得他们的故事美好么？你们身边有类似的爱情故事么？年轻人的婚礼和他们的甜蜜回忆都更加让我们感受到爱情的美好。当然，爱情也不都是美好，也会产生很多的阴差阳错，有缘无分，因爱生怨等等等等，可往往那些心酸痛楚的爱情经历才更让人刻骨铭心！那许许多多的爱情歌曲，打动人的差不多都是失恋时候唱的。你要没失过恋，爱情歌曲你都唱不好，我最难忘的也是自己失去的恋情。说不下去了，还是唱给大家听吧。

〔军哥唱歌《我终于失去了你》。

军　哥　所以说失恋也是恋爱的一部分，它能让人更加懂得如何珍惜。所以，失恋不要痛不欲生，不要怨天尤人，更别干傻事儿。只去记住那过程中的美好，只去珍惜那内心的得到。

爱情究竟是什么样的，只有你经历了才有答案！所以，甭管再忙，还是要谈恋爱！谈恋爱谈恋爱，贵在一个字：谈。不有那么句话么，世界上本没有爱，谈的次数多了，就有了爱。爱情会让你觉得忙得有价值，有意义。爱情会消除疲惫和烦恼，有个观众就说，我不管再累，再烦，一看见他我就高兴、开心，就证明我爱上他了。爱情要有缘分，但缘分也不是守株待兔等来的，得主动、积极、大胆。你说了，成功率 50%，你不说，成功率是零。有爱要大胆说出来。当然，说出我爱你三个字不容易，不同的阶段也会有不同的说法。

〔现场互动，黑场一分钟，让情侣私下表白，再找一对观众现场表白。

军　哥　这里为你提供当众表白的机会，请出两位甜蜜浪漫的主持人来为您服务。

〔两位甜蜜主持为大家带来求爱仪式。

军　哥　有请朗诵醉心者林登登老师，为他们送上经典爱情诗篇作为礼物。

〔诗朗诵《有那样一个黄昏》。

军　哥　这是木棉对橡树的表白，爱情需要以人格平等、个性独立、互相尊重倾慕、彼此情投意合为基础。要的是那种两人比肩站立，风雨同舟，同甘共苦、冷暖相依。有人问上帝，喜欢与爱有什么区别？上帝指了指一个孩子，只见他站在花前，被花得美丽迷醉，不由得伸出手把花摘下来。上帝说，这就是喜欢。接着，上帝指了指另一男孩，只见他满头大汗地在给花浇水，又担心花被烈日晒着，自己站在花前挡光。上帝说这就是爱。喜欢是为了得到，而爱却是付出。您对待爱情的态度才是造成爱情结果的重要原因。爱情不是年轻人的专利，对爱情最有发言权的应该是有丰富阅历的人，我想请老妈跟大家聊聊。

〔快乐老妈情歌点唱。

〔抽奖。

军　哥　老妈刚才说的好，爱情和亲情友情一样也是需要经营的，而这经营的态度就是人与人相处的基本原则：宽容、付出、责任、承诺等等，如果没有了这经营，婚姻就成了爱情的坟墓，爱情就真的会过期了，又怎么能够让爱情成为永恒，能够长长久久，龙凤呈祥呢？让我们一起再看看另一对夫妻更长一些的爱情往事，共同感悟一下！

〔小品《龙凤呈祥》。

军　哥　有了彼此的珍惜，就是走下去的动力，不管开始的穷，还是以后的富，这些都是你俩爱情的回忆。有了相互的包容，就算把炒河粉算错账，也会开心地告诉他。对了，有人曾经总结过几句话来描述好的爱情婚姻：吵吵闹闹不翻脸，磕磕绊绊不分开，坎坎坷坷却不离不弃，平平淡淡却甜甜蜜蜜。

爱情是一种说不清道不明的东西，正因为说不清道不明才会有莫名其妙的喜欢、刻骨铭心的眷恋、痛彻心扉的分离、感慨万千的遗憾。爱情也是把双刃剑，让人欢喜让人忧，让人颓废也让人奋进，但无论这把剑如何刺伤我们的心，我们仍然要相信爱情，其实还是那首歌唱得好：放手去爱，不要逃，一辈子能有几次机会寻找，有多少辛苦值得去炫耀，能看你一生幸福到老这样就好！在人生的路上，还有什么比一颗愿意陪伴彼此一直到老的心更宝贵的东西呢！因为我只在乎你！

〔女生独唱《我只在乎你》。

军　哥　真正的爱情是无论你在抑或不在我身边，我都如最初那样祝福你，希望看到你最美最快乐的样子。再次感谢大家光临09剧场，与我们一起讨论爱情，祝愿新的一年没有爱情的马上找到心仪的伴侣，有了爱情的马上开花结果，祝愿我们每个人都好好经营我们的爱情，拥有幸福美满的生活！

〔谢幕。

# 剧说成功

〔开场舞。

〔军哥出场。

军　哥　亲爱的朋友们，你们好吗？欢迎大家光临09剧场，本剧场是由深圳市宣传文化基金资助，中共深圳市委宣传部、深圳市文体旅游局、罗湖区委宣传部（文化体育局）主办，罗湖区文化馆、深圳市谛珑文化传播有限公司承办，正是有以上单位的大力支持，大家才能坐在剧场里免费享受政府公益演出的精彩，让我们用掌声向他们表示一下。

今天我就和大家一起《剧说成功》，先有请我的搭档——深圳B-BOX达人小柯和音乐人丁丁！

〔小柯、丁丁音乐秀。

军　哥　都说深圳是个移民城市，我很好奇，今天来的朋友们都是从哪里移过来的？深圳有句话，来了就是深圳人，我们这个移民城市，每年有多少外来人口涌入深圳，虽说这句话体现了深圳的包容，可是，有多少觉得自己是深圳人呢？有太多的人，来了，又走了，他们注定成了这个城市的过客。据在深圳闯荡过的人说，三个月不走才算留下了，三年不走那叫扎根儿了。我向留在深圳并扎根深圳的人表示敬意和祝贺，祝贺您成功成为深圳人！并祝愿大家拥有自己更大的成功！有人说，这些年的深圳人尤其是在深圳已经有家有业的深圳人，没有了当初闯荡的勇气，奋斗的激情和成功的渴望。先不急着去下结论，让我们一块儿回到出发前的那个晚上，回想一下当初是什么让你有理由，有勇气离开家乡来闯深圳，一起回到改革开放初期八十年代的内地和深圳。

〔小品《铁饭碗二重奏》。

军　哥　可到底什么是成功？成功的定义其实很简单，据字典上说，达成预期目标就叫成功。可别把成功想得太大，太高，成功是个中性词，比如，小偷想去偷你们家彩电，偷到手了，叫不叫成功？当然也叫成功；可要是被警察逮住了，那就是警察成功了。每个人都有自己设定的成功目标，人人都想成功，人们真正关心的问题是哪些因素决定了目标的达成，或者说成功是因为什么？

让我们首先找到公认的“成功者”：马化腾，王石，任正非，还有乔布斯……他们似乎都在说是因为勤奋，坚韧，敬业，刻苦……这些因素我们通常归纳为态度，比如说诸位离开内地，来到深圳，都有着义无反顾、破釜沉舟、大不了从头再来的态度，这就是您成功的原因。成功是因为态度。一般意义的成功，我们经常用钱来衡量，就像大多数人来到这里都想赚大钱，过上好日子！想问问在座的朋友爱不爱钱？

〔现场观众互动。

军　哥　我也爱钱，哈哈。谁说不爱那是假话。但是，君子爱财，取之有道。在影响成功的诸多态度中，据李嘉诚说，诚信应该摆在第一位，因为诚信是成功的基础，没有一个人愿意和不讲信用的人共事合作，一个不诚信的人即便成功也是短暂的。那到底诚信与成功之间的关系是什么呢？让我们以剧说的方式，一起感受一下。

〔小品《你要相信我》。

军　哥　你要，你要，你要，你要相信我，人们总是希望别人先相信自己，大都不愿自己先给别人信任。吃饭担心地沟油，喂奶担忧三聚氰胺，扶个老人怕被讹上，旅游怕不退票还挨刀子，房价一直往上涨，让人咋在深圳留。马云说："永远乐观看待未来。全世界的成功人士有一个是共同的特点：不抱怨。世界没有你想象得那么糟糕；其实互相的防范，戒备，早已大过合理的范围，更加增大了整个社会的运营成本。转过身，和你身后的陌生人握握手，或者给彼此一个温馨的微笑，或是一个可爱的鬼脸，那么，你会发现，这个城市其实是充满诚信的。"今天在场的诸位，我们能不能先伸出友善的手，握一握旁边的人说，我相信你。

〔现场大家互相握手互动。

军　哥　到底是深圳人，开放、包容、敢为人先！

回来再说成功，有人说要靠运气。香港一家著名的杂志做过一个调查，调查的是香港历届中六合彩头奖的人，20 年的跟踪下来，发现一个惊人的事实，他们中的大部分人的生活还不如从前。有钱就是任性，用钞票当抽纸，跑车拉编织袋，坐飞机去欧洲只为喂鸽子。成功靠一次运气显然不够，成功需要持续的好运气，而持续的运气肯定不是运气本身，恰恰是因为积极主动去准备和创造运气的态度，以及锻炼把握运气能力。有一个大家都耳熟能详的故事，看看同样的运气对人的不同影响。

〔《秀才赶考》（ABC 理论精述）。

人们的情绪主要根源于自己对该事物的评价和解释，事物的本身并不影响人，人们只受对事物看法的影响。你有什么样的看法，就会得到什么样的结果。我是一切的根源。

〔小品《米的故事》。

军　哥　我们可能无法掌控风向，但我们……比如现在，您心情不好，但是您来到现场看到我，您调整了自己的看法，觉得军哥真帅，真棒，我真喜欢他，这时候您是不是发现我的确是很可爱的？

〔军哥唱歌《我的未来不是梦》。

军　哥　言归正传，我们还是来聊聊成功！别的不说，就说我为了能在舞台上能够演唱成功，我不断地努力和练习，大家都知道我们这行里有一句话，叫台上十分钟，台下十年功。在练习的过程中，我每天进步一点点，不知不觉，就成今天这样了，如果我再练下去没准儿将来就去“中国好声音”秀一把。成功就是简单的事情重复做，但是越简单的事情人们也越容易不去做，对手常常不是我们打败的，而是他自己忘记了每天进步一点点，成功者不是比我们聪明，而是他比我们每天多进步了一点点。成功就是将别人坚持不下来的事情坚持下去，决心决定成功。但凡来到深圳打拼的，没有不受到挫折的，而能战胜困难的只能靠我们的决心。办法总比困难多，因为成功一定有方法。我们要在不断超越自我中成长，一步步走向成功，请看小品《超越》。

〔小品《超越》。

军　哥　这座城市最令我难以割舍的就是，大家都在这么努力地跑，我找不到理由可以停下来。比自己成功优秀的人还比自己努力得多。今天的《剧说成功》，就到这里，也许我们的“剧说成功”您并不完全认同，但只要有一句话，一个观点，一个节目得到您的认同，这场演出就算成功了，现场的朋友们，祝您成功！

〔谢幕。

# 剧说成长

〔开场舞。

〔军哥出场。

军　哥　亲爱的朋友们，你们好吗？欢迎大家光临 09 剧场，本剧场是由深圳市宣传文化基金资助，中共深圳市委宣传部、深圳市文体旅游局、罗湖区委宣传部（文化体育局）主办，罗湖区文化馆、深圳市谛珑文化传播有限公司承办，正是有以上单位的大力支持，大家才能坐在剧场里免费享受政府公益演出的精彩，让我们用掌声向他们表示一下。

这场的观众很多都是孩子，军哥也感觉到自己年轻了不少。当然军哥也是从你们这么大过来的，从哇哇一落地还是那么大的时候（用手比画）到学会走，跑，到上学到工作到结婚到有了我自己的孩子，这段经历是每个人都要走过的，这就是成长。

我们今天的主题就是《军哥剧说》系列之《剧说幸福》，先有请我的搭档——深圳 B-BOX 达人小柯和音乐人老何！

〔小柯、老何音乐秀。

军　哥　今天军哥和大家一起探讨成长。每个家长关心这个话题都是因为身边的孩子，这个小生命降临的时候，尽管我们做了很多的准备，依然还是有很多措手不及。我相信，大家一定有更好玩的故事，来，讲给大家听，讲故事有奖品。

〔现场互动，听观众讲有趣的事。

军　哥　大家讲得真好。的确，我们作为父母想把最好的给到孩子，自己吃的苦不希望孩子再吃，自己走的坎坷路不希望孩子再走，希望这一代比我们要强，但毕竟我们也是第一次做父母，于是乎，父母们都四处寻找教育成功的案例。现在各种教育专家，各种教育群也特别多，有学前教育的告诉我们别让孩子输在起跑线上、有素质教育的告诉我们提高素质才是根本、有挫折教育的告诉我们要培养孩子的逆商、有鼓励教育的告诉我们多赞美多表扬有助于提高自信……这教育那教育的好像说的都挺有道理，军哥不想在这里探讨这些教育的优劣利弊，更不想用成绩分数来衡量孩子，我觉得作为孩子一定是孝敬父母，中国人讲究“百善孝为先”，不管孩子以后成为怎么样的人，至少我要求他做一个孝顺的人。这个道理我就不多说了，咱们以剧的方式说给大家！

〔小品《实验室奇遇记》。

军　哥　没错！就像剧里所说的，如果不懂得孝顺父母还不如一台机器。（看军哥心情可加互动，询问孩子谁记得父母的喜好、生日……）我还记得我儿子给我的第一份生日礼物，一张简简单单的贺卡，那时候他还上幼儿园，贺卡上还有错别字，蛋糕也画得不很像，但我拿到贺卡时眼泪都差点掉下来，那时候我感受到做父亲的幸福。的确，我们做父母的要求得不高，孩子们的一句问候一句关心一份小礼物都能让我们感到温暖幸福和快乐。而我们做父母的能给到孩子的是什么？有些父母说，我们给的是我们的全部呀。的确，父母们给了孩子们全部，最好的教育，最好的吃穿，但有没有想过，我们恰恰没有给到孩子们最需要的东西，那就是陪伴。有个朋友就跟我说，军哥你说得轻松，为了养这个家，为了给孩子更好的教育创造更好的学习生活条件，我是玩命工作啊，朝九晚五那是幸福的，各种应酬、出差、各种不在家，怎么陪伴啊？这个我特能理解。就拿我来说吧，我们每排一个新剧，没日没夜的扎在排练场，每周五、六、日都在演出，我儿子住校，周末才能回家，每次我演出回来他都睡着了，我内心对他也是有歉疚的。其实这个陪伴除了经常与孩子在一起沟通交流，更重要的是用父母的样子来陪伴孩子，那父母到底要成为什么样的呢，接着用剧说的方式演给大家。

〔小品《码头童话》。

军　哥　父母是孩子的榜样，榜样的力量是无穷的。在这里我给大家讲个小故事。有一位女士养了一只珍贵的鹦鹉。这只鹦鹉非常美丽，可是它却有一个坏毛病：经常咳嗽且声音沙哑难听，女主人十分焦虑，带它去看医生，检查结果证明，鹦鹉完全健康，根本没有任何毛病。女主人急忙问，为什么鹦鹉会发出那么难听的咳嗽声，医生回答说："俗话说，鹦鹉学舌。它之所以发出咳嗽声，一定是因为它经常听到这样的声音，你们家一定有人经常咳嗽，是吗？"这时，女主人有些不好意思了。原来，她自己有肺病，所以经常咳嗽，鹦鹉只不过是惟妙惟肖地把女主人的咳嗽声模仿出来而已。故事讲完了，大家也都听明白了，女主人就是这个榜样。大家都用过复印机，对吧？如果有一次你突然发现，复印件上有几个错字，就去骂复印件不好。请大家告诉我到底是原件不好，还是复印件不好？（大家回答：原件不好！）来，为我们都是这样智慧的父母鼓鼓掌吧。

〔军哥唱《爱做梦的孩子》。

军　哥　每个父母都希望孩子插上翅膀飞向蓝天，却常常亲手剪断他们的翅膀。因为做家长的会担心他们飞错了方向，会担心他们的梦想不切实际。但梦想因为美丽才愿意追寻，我们做家长可能都有每晚给孩子们讲睡前故事的习惯，那么就让孩子们带着希望甜甜地入睡，我们在一旁默默地为他们守护而不去打扰他们的梦，好吗？

〔独舞《梦之舞》。

军　哥　我们做父母的都有过这样的经历吧，孩子小的时候数着手指算什么时候他们能长大，等他们真的有一天比我们高了，才发现我们能陪伴孩子的时间越来越少了。有时候再想，如果能回到小时候，我们一定要多抽出时间陪陪他们。哎，不想了，还是请朗读醉心者林登登老师带着她的学生为大家朗诵《如果》。

〔朗诵《如果》。

军　哥　大自然中找不到完全一样的叶子，孩子和孩子看似是一样的，却又是不一样的。记得网络上最常见的个性签名就是“我就是我，不一样的焰火。”每个孩子都渴望自己与众不同，但大部分父母却让自己家的孩子成为别人的孩子。把各种相同的教育模式一股脑地套在孩子身上，于是，孩子就是有父母口中的逆反。其实心理学讲孩子根本没有逆反期，父母所谓的逆反是父母成长的速度没有及时跟上孩子成长的速度，而造成父母觉得孩子不可理喻，不听话了。硬把一个往上快速成长的小树往下压，于是小树反抗了，反抗成功了孩子变得不听话了。俗话说三岁看老，不无道理，孩子从三岁开始形成性格，到十四岁性格基本形成，在孩子成长过程中，我们做父母的真正要做的是什么呢，没错，培养健全的性格，教育家杜威说过：“一切教育的最高目的是形成性格”。军哥认为在各种性格当中，高贵是最首要的性格。下面请看小品。

〔小品《捐赠》。

军　哥　在孩子的成长过程中，有一种情感叫“隔代亲”。人老隔辈亲，爷奶疼小孙，人间天伦乐，这是中国人。

〔表演唱《童心童趣》。

军　哥　作为父母，如果我们留给孩子的只是一些消耗性的财富，是不可靠的，常言说，富不过三代。那么我们该留给孩子怎样的财富呢？大家都知道性格决定命运这句话，给孩子一个良好的性格就是给孩子最好的财富。好性格不代表听话好脾气，而是有积极向上的心态去独立自主地创造自己的未来。当然在成长过程中，没有比父母更重要的老师了。多耐心陪伴，多用心倾听，多虚心学习，让父母与孩子一起享受成长过程的美好吧。这期《剧说成长》要说再见了，最后祝愿每个孩子都有美好的童年，每位家长都有幸福的笑容，让我们一同成长。再见！

〔谢幕。

# 剧说沟通

〔开场舞。

〔军哥出场。

军　哥　亲爱的朋友们，你们好吗？欢迎大家光临09剧场，本剧场是由深圳市宣传文化基金资助，中共深圳市委宣传部、深圳市文体旅游局、罗湖区委宣传部（文化体育局）主办，罗湖区文化馆、深圳市谛珑文化传播有限公司承办，正是有以上单位的大力支持，大家才能坐在剧场里免费享受政府公益演出的精彩，让我们用掌声向他们表示一下。

今天我就和大家一起《剧说沟通》，先有请我的搭档——深圳B-BOX达人小柯和音乐人丁丁！

〔小柯、丁丁音乐秀。

军　哥　说到沟通，我们必须了解什么是沟通？有观众说了，沟通就是说话呗，说话谁不会呀？没错，我以前也是这么认为的，直到有一次我请客吃饭之后才知道，说话其实还真不是一件简单的事。

〔情景模拟小段《请客》。

军　哥　呵呵，从那以后，我开始知道，看似简单的说话其实是一门高深的学问。我知道，在座的朋友都一定非常会讲话，我要下去问问大家，沟通方式有哪些？或者说你常用的沟通方式是什么？来过09剧场的朋友都知道，绝对不会让您白说的，有奖品！

〔现场互动问答。

军　哥　大家说得太好了！一般来说，沟通方式有三种：一是语言沟通，也就是听、说、问。二是书面沟通，写信、公文、短信、邮件、微博等等，咱们中国人比较含蓄，所以经常有些话不大好说时往往就采取书面方式，比如有一回，我……（给老婆写字条的故事）。还有一种方式是非语言沟通，既不用说话，也不用文字，有观众会问，那怎么沟通啊？大家看看下面这个小品《清洁交响曲》，体会一下第三种沟通方式。

〔小品《清洁交响曲》。

军　哥　下面让我介绍一下深圳小品团可爱的演员，他们是……在沟通中，最重要的是尊重！对于清洁工，你可能觉得不过是个扫地搞卫生的，有什么呀？我在他们面前很牛！大家知道吗？如果清洁工三天不工作，这个城市就会变成垃圾场，一个礼拜不工作这座城市就臭了，再不工作，很快城市就陷入瘫痪。甚至有人认为做这些工作不需要多少文化，小时候就听有的家长教育孩子，不好好学习，长大了就去看大门扫大街。在09剧场的QQ群里，一位网名叫赵的朋友告诉了我们一个故事：他的妈妈送了件不用的棉衣给商场门口不认识的看门老头，老头回家之前专门找到老妈妈，送了一张字条。上面是这样写的：冬舍棉，夏舍单，善良之心日月鉴。秋冬交际收夹袄，强似三春绫罗穿。一场雪雨突然降，全赖此衣抵风寒。素不相识不图报，仅以拙句聊奉还。落款：在露天看大门的河南老头，恭呈送衣人，聊表谢意。赵全家看完很惊讶也很感慨——不要看不起身边那些不起眼的人，尊重和关爱他人，送人玫瑰，手留余香！多好呀，一个知冷暖，一个知感恩。我们为这样充满温暖与尊重的沟通鼓鼓掌吧！在沟通的过程中，根据不同的场合，不同的对象，要选择合适的沟通方式，这沟通方式要是没用对地方……我不说了，还是演出来吧。

〔情景模拟小段《实习生病房诊断》。

军　哥　你说，碰着这样的事不得把人吓死。这虽然是一个逗大家一笑一乐的小片段，但说明了在沟通中动作表情的作用有多大。据专家研究，动作表情这些非语言系统的作用比语言文字的沟通效果还大。这么着，大家一起按照我说的话，做几个简单的动作。当然了，这沟通，说的人还是要说明白，听的人要听明白，听不明白，您就得问明白，这样沟通才明白，您明白了吧？嗨，我这儿说绕口令呢。说几个小故事吧，1、巴黎的圣马丁教堂附近，每日游客如织，一个盲人在此乞讨，他的面前摆着一块纸板，上面写着：“我是个盲人”，旁边虽然摆着碗，可没有多少人往里面放钱。一天，一位沟通大师从旁边经过，把乞丐的纸板翻过来重新写了几句话，说来也怪，新的纸板摆出来，不一会儿，碗里装满了钱。他是这样写的：“春天来了，我却什么也看不见。”当然了，这是在国外，要是在国内，无论写什么，城管来了，都得跑。还有一个小故事，还是在国外，一位虔诚的教徒来到教堂做祷告，突然很想抽烟，他就问神父：“我可以在祈祷时抽烟么？”神父毫不犹豫地说：“绝对不允许！太不虔诚了！”教徒接着问：“那好吧，那我是否可以在抽烟的时候祈祷呢？”神父愣了一下，笑着说：“当然可以！你很虔诚嘛。”您看看，换个说法，两种结果。当然，甭管什么技巧，也得看适不适合您。家里养过宠物的都知道，比如养条小狗，当主人回来时，小狗总是飞快地迎上来，又是蹦啊，又是摇尾巴，又是亲热地叫，又是拿舌头温柔地舔，做主人的非常高兴，把小狗抱在怀里一通抚摸。驴看见了，哦，原来这样可以得到主人的欢心，第二天，主人回来的时候，他比小狗跑得快，俩大蹄子直接搭在主人肩上，主人扑通就被压躺下了，驴压在身上，伸出六十厘米的舌头夸夸狂舔，舔完之后，主人哀号着奔回房间，拿起一把菜刀就出来了……您猜怎么着，他们家吃了一个月的驴肉火烧。良好的沟通会让您心情愉悦，会让你的工作事半功倍，你的周围都是一张张灿烂的笑脸，烦恼和忧愁全都踪影不见，可要是遇上那个不良好的沟通呢？尤其是我们去到公共服务窗口办事，我不说了，还是剧说的方式，演给大家体会。

〔小品《最近我不烦》。

军　哥　在剧场中，演员和观众最好的沟通就是：我们卖力的表演，认真的创作，怀着敬畏舞台、尊重观众的理念，把一个个作品呈现给观众，并且得到你们的认可。这就是我们之间最好的沟通方式，对不对？很多的观众朋友就是看了我们的军哥剧说系列，和我们产生共鸣，建立了友谊，还因为介绍自己的朋友来看，大家一起开心，还加强了互相之间的沟通，多好。大家说是不是？沟通还有一个关键词：主动！别人怎么对我，我就怎么对别人，这样可以吧？不够！有效沟通要主动，就是要做到：希望别人怎么对我，我先怎么对别人。你比如谈恋爱吧，你光是心里喜欢人家，不敢去表白，就跟歌里唱的似的，天天想，伫立在人家窗前，不敢主动沟通，猴年马月能把人家娶回家啊，所以有句话，请大家跟我说：把爱大声说出来！想让别人喜欢你，也要主动表达！我给大家唱首歌吧！唱歌可是人们抒发情怀，相互感染的有效沟通方式。

〔军哥唱歌《天天想你》。

军　哥　耐心与倾听，言宜慢、心宜善与未成年人沟通，听话，我是为你好，不听老人言，吃亏在眼前。

〔朗诵《非走不可的弯路》。

军　哥　我们有一种天生的惰性，总想着吃最少的苦，走最短的弯路，获得最大的收益。有些事情，别人可以替你做，但无法替你感受，缺少了这一段心路历程，你即使再成功，精神的田地里依然是一片荒芜。成功的快乐，收获的满足，不在奋斗的终点，而在拼搏的过程，该你走的路，要自己去走，别人无法替代。

〔老妈点唱。

军　哥　刚才我们说了沟通中的……（历数总结），有了良好的沟通我们的生活就会少一些误会，多一些理解，少一些谣言，多一些真相，少一些猜疑，多一些赞许，少一些丑恶，多一些美好。当然，我们不可否认，人性中有许多缺憾，社会也有很多不尽如人意的丑恶现象，但是只要我们不放弃，积极努力主动去沟通，就一定会守候到我们期望的那个理想生活，生活不是戏剧，可戏剧展现生活，让我们接着用剧说。

〔小品《守候》。

军　哥　我们今天的《剧说沟通》就要结束了，让我们从相互尊重开始，主动沟通、巧妙沟通、真诚沟通，在您离开剧场回家的路上给爸爸妈妈打个电话，在小区里不管碰到谁给他一个淡淡的微笑，进家门给孩子一个拥抱，睡觉之前给伴侣一个香吻，上班之后，对上级投向尊敬的目光，向同事送去由衷的赞许，向下级表示真诚的感谢，您将会发现沟通的力量让世界如此美好。对了，别忘了借着告诉他们下周六、日晚七点半在09剧场有好看的《剧说沟通》，和很多不常联系的朋友沟通沟通！

〔谢幕。

# 剧说快乐

〔开场舞蹈《倍儿开心》。

军　哥　亲爱的朋友们，你们好吗？欢迎大家光临 09 剧场，本剧场是由深圳市宣传文化基金资助，中共深圳市委宣传部、深圳市文体旅游局、罗湖区委宣传部（区文化体育局）主办，罗湖区文化馆、深圳市谛珑文化传播有限公司承办，正是有以上单位的大力支持，大家才能坐在剧场里免费享受政府公益演出的精彩，让我们用掌声向他们表示一下。在座的有多少是第一次来到 09 剧场，用掌声告诉我，欢迎你们！ 09 剧场的老朋友们，用掌声告诉我。这掌声一响起，我发现大家都很快乐，先感谢我的快乐搭档——深圳 B-BOX 达人小柯和音乐人丁丁！刚一开场就给大家来了快乐的动静。

军　哥　今天主题我们就说快乐，有人说在深圳很容易就把快乐弄丢了。我们天天背负着沉重的压力，要奋斗、要学习、要改变、偶尔还要伪装，压力山大，悲催，心塞等等成了每天出现率最高的词汇，仿佛不把自己弄得苦大仇深都无法与当今社会合拍了似的。很多深圳人很久没有真正的快乐了，可快乐到底是什么？什么才是真正的快乐，我来问问大家。

〔互动，问大家什么是快乐。

军　哥　大家说得真好，我听你们说完我也觉得很快乐，分享也是一种快乐，谢谢你们有人说快乐和金钱与权力有关系，真的吗？让我想起了一个故事。

〔表演小段《国王与厨师的故事》。

军　哥　人常说知足者常乐，真正的知足才会有真正的快乐，只要你有一颗知足的心，快乐就在你身边。快乐仔细想来，每个人这一辈子真正的快乐并不在财富之上，也不在权力之巅，而在于平凡简单之中，如果仅仅建立在财富之上，一块金币就把你打倒，快乐是一种感觉，快乐就像太阳，不分贵贱的照在每个人身上。想想还是孩子们单纯，简单，想想我们在童年的时候，我们也许忘记了具体是哪件事情让我们开心和快乐，但总是很快乐，童年那么的珍贵，又那么的短暂，现在就让我们一起回到童年，感受一下儿时的快乐。

〔表演唱《童心童趣》。

军　哥　童年的快乐很简单，到老年简单就容易快乐。

〔王青青老调新词《两只蝴蝶》《玫瑰花》。

军　哥　生活中的快乐有许多种，今天一个多小时根本说不完，所以我们只想探讨和发现深圳人共同的快乐，我们问了很多朋友做调查，发现深圳的朋友共同的快乐并不仅仅是赚钱，买车，买房等等，大家更多的认为能把远在故乡的父母接到深圳是最大的快乐。没错，咱们中国人讲究百善孝为先，大家用掌声告诉我，是不是认为父母和我们在一起就是我们的快乐之源……看来今天来的都是大孝子。可是大家想过没有，把父母接到深圳，父母快乐吗？父母离开老家能不能在深圳找到快乐呢？我们的孝心是否就只是买吃的买喝的，或者直接给钱？每个家庭情况都不一样，别只是让爸妈帮我们看孩子做饭，让他们参与社区活动，保持自己的爱好，发挥原有的特长。真希望我们的父母跟蝴蝶大妈一样这么可爱这么快乐，因为他们快乐我们就快乐。可我们真的花了多少时间去了解老年人的个人生活，感情经历，问问自己，有多长时间没有和父母坐下来聊聊天？接下来就让我们用剧说的方式一起走进他们的感情世界！

〔小品《牵手》。

军　哥　复婚，重建曾经的快乐，再婚，找寻新的快乐，金婚，回忆快乐也很快乐。快乐有三要素，缺一不可——有希望、有事做、能爱人。有这三样，生命才会缤纷多彩。说到这儿，我还要讲个故事。以前，有一个人充满悲伤，一点也不快乐，感觉世上没有快乐的事情。这一天，他找到了当时著名的智者、思想家苏格拉底，让他给自己指点迷津。苏格拉底没有说什么，而是叫那个人伐木造一艘船。那个人只好抛下这个问题，集中精力造船。三天后，船终于造好了。那个人又找到苏格拉底，他们上了船，快乐地嬉戏着。苏格拉底问："你坐上你自己造的船的感受是什么？""我快乐极了！"那个人叫道。苏格拉底意味深长地说："快乐就是这样，当你专心的做一件事，看到成果后，快乐就会跟你而来！"快乐是什么？快乐就是为目标奋斗的过程，这过程充满乐趣。我们经常听到的一句话"世上本无事，庸人自扰之"。烦恼伤心就像一只苍蝇，专叮我们内心的缝隙，当我们拥有了一颗充实的心灵，哪还能容得下烦恼的影子呢？而充实，不意味着我们每天被繁重的工作充斥着，而是我们拥有一个积极向上的心态，将自己的生活过得阳光、灿烂。拥有一颗充实的心灵，比拥有一个忙碌的工作更容易获得快乐。就像大家周末来到 09 剧场，来享受《军哥剧说》给大家带来内心的充实快乐，这就是我们主动去选择快乐生活的一个最好方式。就像这些演员们做着自己喜欢的事情，唱着自己喜欢的歌，跳着自己喜欢的舞，能让观众喜欢，就无比快乐。

〔摇滚歌曲《花房姑娘》。

〔小品《傻了吧》。

军　哥　获得快乐也需要智慧和达观。当我们明白了在人生列车上陪伴我们的父母亲人、同事朋友也都有离开的时候，我们就会更加珍惜和他们在一起的每一段快乐时光。下面我们就请上朗诵醉心者林登登老师带着大家乘上《生命列车》。

〔朗诵《生命列车》。

军　哥　感谢林登登老师的祝福，您不能光祝福，还得给大家抽奖。

〔抽奖环节。

军　哥　来看《军哥剧说》多好，不光看节目，还有礼品和奖品拿。没中奖的不要紧，下面的奖品更珍贵——相聚是缘分，给予比获得更快乐！今天我们在座的观众朋友们，一起珍惜这个欢乐时光，认识不认识的相互握握手，说一声，祝你快乐！这个礼品怎么样？多简单。

萧伯纳曾经说过：“牙疼的人认为世界上只有一种人最快乐，那就是牙不疼的人。”人们往往都觉得别人比自己快乐。男人说了，我要做女人，女人一撒娇一个眼神就把男人迷倒了，男人太苦，拼命竞争，努力赚钱都为了女人呀！女人说了：我要做男人，喝酒泡吧不用生小孩干家务，时不时还可以来个大男子主义，我们女人苦呀，甭看年轻时候身边有几个男人追求，也就那么几年，一生孩子，全完喽，上得厅堂下得了厨房，要抓得住二奶，斗得过流氓！你瞧瞧，你眼中的别人的幸福快乐也许正是他人的痛苦呢，我们不能把自己的快乐建立在别人的痛苦之上，而要学会去帮助别人，不有那个词嘛，助人为乐，大家都应该有感受，您帮了别人，别人说声谢谢您就很快乐，当然也有例外，您看他们。

〔表演小段《乞丐》。

军　哥　从这个故事可以看得出来，想长久的保持快乐一定要有一颗感恩的心，生活中没有什么是你理所应当该得的。就说父母来到深圳和我们一起生活，体谅我们工作忙，压力大，帮助我们看孩子做家务，那是我们的福分，别把这看作理所应当，甚至有人被老人照顾习惯了，稍有不如意，还指责抱怨，这可真就有点儿像刚才那个乞丐了。

曾有一位少年问一位智者："我怎样才能变成一个自己愉快也能带给别人快乐的人？"智者送少年四句话：把自己当成别人，把别人当成自己，把别人当成别人，把自己当成自己。对于我们演员来说，我们的心中就是想着，观众就是我们的亲人，我们自己就是您的家人，自己别人，没有分别的时候我们就一定很快乐，要不然她们干吗要演出这么多的节目还去学习外国的歌曲各地的民歌，编排成接下来这个东西南北大汇唱，因为他们想让每一个来到09剧场的观众朋友都能从中找到自己喜欢和熟悉的快乐元素，掌声来吧。

〔联唱《东西南北大汇唱》。

军　哥　父母像他们这样多好！我的感触，如果我到他们这个岁数还能这么快乐，那才是真的快乐！

初级的快乐是肉体的快乐，那是饱、暖、物、欲。中级的快乐是精神的快乐，那是诗词歌赋、琴棋书画、游走天下。高级的快乐是灵魂的快乐，那是付出、奉献，让他人因为你的存在而快乐！祝大家快乐，简单生活，常来剧场，开心生活。

〔谢幕。

# 剧说清廉

〔军哥出场。

军　哥　亲爱的朋友们，你们好吗？欢迎大家光临 09 剧场，本剧场是由深圳市宣传文化基金资助，中共深圳市委宣传部、深圳市文体旅游局、罗湖区委宣传部（文化体育局）主办，罗湖区文化馆、深圳市谛珑文化传播有限公司承办，正是有以上单位的大力支持，大家才能坐在剧场里免费享受政府公益演出的精彩，让我们用掌声向他们表示一下。

说到提倡清廉，与之对应的自然是惩治贪腐，在这个场合里，我们总是很小心，的确，这是个沉重的话题。在中国，无论是哪一个阶层，都对这个词有着深刻认识，其表现就是恨和骂！可这管用吗？社会的问题还有很多，社会的进步本身就是一个产生问题、发现问题、解决问题的过程。有问题并不可怕，可怕的是有了问题讳疾忌医，欲盖弥彰，到时候良性肿瘤演变成恶性肿瘤就难以收拾了。对于惩治腐败，我们都知道现在是蚊子、老虎一起打，无论是蚊子还是老虎被打之后我们无不拍手称快，那么，蚊子老虎横扫了之后，剩下的小动物会怎样呢？请看发生在宠物店里的《现代寓言》

〔小品《现代寓言》。

军　哥　千万别做贪官，否则家里的狗抠女都抠不到，这是一句诅咒，我们不仅这么诅咒而且希望这一切变成真的。有一则笑话，说的是王老师外出度假，临走前担心家中被盗，便在客厅桌上放了一百块钱并给小偷留纸条："您别费神了，我们家我都找不到钱，这一百块钱给您零花。隔壁家是 ** 局的干部，有钱而且丢了还不敢报案。"度假回来，王老师发现桌子上的钱变成了二十万！在他留给小偷的纸条的背面写着："给您的信息费，请笑纳！"你看看，做了贪官，这左邻右舍都和小偷为伍了，多可怕呀。

〔军哥唱歌《得民心者得天下》。

军　哥　不过只要做了官，甭管大小，都会面临着各种诱惑，会有很多人挖空心思的接近你，用各种办法搞掂你。我们中国人的办法直接又有效，让你很难抵挡，又有一个笑话：天堂门坏了，上帝招标重修，印度人说：3000 弄好，理由是材料费 1000，人工费 1000，我自己赚 1000；德国人说：要 6000，材料费 2000，人工 2000，自己赚 2000；最后中国人淡定地说：这个要 9000，3000 给你，3000 我的，3000 给那个印度人干。天堂负责招标的拍案：中标！后来地狱的门也坏了，招标时吸取教训，制定控制价 3000。德国人看了一眼走了，印度人报价 3000。中国人给了评标的小鬼 500，依然报价 3000，中标。德国人印度人都纳闷：看他怎么干？再后来，中国人花了 500 材料 500 人工，修了一半宣布停工。拖了半年，没办法，地狱追加投资 3000，完工！ 再后来，人间的大门也坏了，投胎的上不来。经过前几次的教训之后，严格定价 3000，监理，审计现场跟踪！并且免费保修 1 亿年。德国人吓跑了，印度人报价 3000，中国人来了，无偿修好，免费保修 2 亿年，但要 5 万年的管理权，上帝同意了。于是中国人修好了后在门口设了个收费站，投胎每人每次 500，双向收费上不封顶。中国人发财了。（以上可以演）看看，连上帝都扛不住，更何况我们普通的领导干部了，但是我们有个美好的愿望，那就是我们的干部不要被搞掂，至少别那么轻易被搞掂，关于搞掂，我们也用一个剧来说，大家请看。

〔小品《搞掂》。

〔朗诵《拍马屁》。

军　哥　给大家读一个信息：中央纪委宣教室、中央组织部干教局、中央宣传部宣教局组织编写的《领导干部从政道德启示录》一书，已由中国方正出版社出版发行。该书萃取我国历史上的优秀廉政文化、借鉴国外官员伦理建设的有效做法，结合当前党员干部的思想和工作实际，从坚定理想信念、秉持群众观点、正确行使权力、坚持良好作风、创造过硬实绩、保持清廉气节、培养高尚情操、正确对待亲情等八个方面，就党员干部立身用权、为民务实、修身齐家等方面的思想道德要求进行了深刻阐述。可能大家都会有这样的想法：这书真的管用吗？凭一本书就清廉啦？这能扭转社会风气吗？的确，一本书不可能有这么大的效力，但是当你开始怀疑时，也许就会向贪腐的深渊迈进一步。这也许是一种较量，是与自己内心的一种较量，剧说的方式，让大家看戏。

〔小品《较量》。

军　哥　看完这个小品之后，让我想起了另外一个笑话，某领导因贪腐入狱，儿子大学毕业找不着工作，探监时诉苦。父亲写了一纸条儿，让儿子找他以前的下属帮忙。儿子问：“人走茶凉，现在写条子，有用吗？”父亲说：“我在台上的时候，想让谁当官，就让谁当；现在，我在监狱里，想让谁进来，谁就得进来。放心吧，儿子，比以前的条子还管用！”之所以给大家讲笑话，是因为我们不想因为话题过于沉重而逃避、忌讳，放松了心情为的是更好做到认真面对、理性面对。党员干部力求做到，存尊重之念、展宽容之怀、守诚信之德、有欣赏之眼、能成人之美。祝大家每天都有好心情，再见！

〔男生独唱《跟你走》。

〔谢幕。

# 剧说团队

〔开场舞。

〔军哥出场。

军　哥　亲爱的朋友们，你们好吗？欢迎大家光临09剧场，本剧场是由深圳市宣传文化基金资助，中共深圳市委宣传部、深圳市文体旅游局、罗湖区委宣传部（文化体育局）主办，罗湖区文化馆、深圳市谛珑文化传播有限公司承办，正是有以上单位的大力支持，大家才能坐在剧场里免费享受政府公益演出的精彩，让我们用掌声向他们表示一下。

今天我就和大家一起《剧说团队》，先有请我的搭档——深圳B-BOX达人小柯和音乐人丁丁！

〔小柯、丁丁音乐秀。

军　哥　说到团队，大家都知道，一个企业、一个单位、一个部门、大到成千上万，小到三两个人，都是团队，现如今光靠自己单打独斗一定会被社会淘汰的，你就浑身是铁又能打几根钉。因此人们越来越重视团队的力量。那到底您眼中的团队是什么样子的，一个好的团队又需要具备哪些条件或是要素呢，我下去问问大家，回答军哥的问题有礼品。

〔互动环节，观众回答。

军　哥　大家刚才都谈到自己对团队的理解，还有不少人是团队当中的负责人，自己带领着一个团队，军哥在此祝您和您所在的团队不断成长，走向卓越！刚才大家都对团队的要素有了很好的概括，其中最重要的要素，那就是要有共同目标，一个优秀的团队要设定清晰的目标，大家才有努力的方向。华为的土狼文化就是紧盯目标不放，土狼也能咬死大象。其实道理大家都明白，但现实中，有的人却自以为很精明，会说那些死盯目标的人你傻啊，缺心眼呀？精明人都觉得自己心眼儿多，比如说有这么个故事，有些人啊，我还是说动物吧……

〔三只老鼠小段表演。

军　哥　有三只老鼠一起去偷油，油缸里只有一点点油在缸底，它们想了个办法，一只拽着另一只的尾巴，最下面的先喝，然后轮换，最下面的老鼠想：我太幸运了，赶紧喝！第二只老鼠想：就这么点油，先喝的喝完怎么办，我放开它，也要下去喝。第三只老鼠也想：不能光让他们俩喝，我也跳下去自己喝。结果松手的松手，往下跳地往下跳，油是喝到了，但谁也出不来了，只有等着猫来了。老鼠够精明吧，可以说是偷奸耍滑的代言人，可团队成员要都是这样只考虑个人利益，互相猜疑，互相拆台，不愿为团队付出，团队目标何以实现？

〔小段表演《兄弟赛跑把贼撵》。

军　哥　这俩兄弟不可谓不付出，不努力，可错在哪里呢？忘记了团队的大目标，把劲儿用错方向了，所以团队管理强调：做对的事比把事情做对更重要。

在团队建设的过程中，如何把个人目标与团队目标相融合，如何把每一个个体的能力汇聚在一起形成合力，这也是很多团队比较头疼的问题。于是很多管理者，不约而同地把目光投向了军队。因为在大多数人眼里，军队似乎是最有办法在短时间内将散兵游勇训练成为具有战斗力的团队，优秀部队具备了卓越团队的诸多要素。那接下来还是用剧说的方式，让我们一起来到深圳预备役部队，共同体验一下军训的作用吧！

〔小品《集训》

军　哥　看，多整齐，团队，团队，只有先抱成团，然后才能形成队，团结非常重要，不团结的团队最多是个团伙。当然，在一个优秀的团队里，团结和信任体现在相互的协作中，既有分工又有合作，才能达到我们想要的结果。你真的是那颗在沙滩上一眼就能看到的珍珠么？“每颗珍珠原本都是一粒沙子，但并不是每一粒沙子都能成为一颗珍珠。忍受不了打击和挫折，承受不住忽视和平淡，就很难达到辉煌。年轻人要想让自己得到重用，取得成功，就必须把自己从一粒沙子变成一颗价值连城的珍珠。”

当然，对管理者来说，如何发现人才，培养人才，使用人才，也是需要考虑的问题。

〔小品《超级小兵》。

军　哥　我们要有识才的慧眼、爱才的诚意、用才的胆识、容才的雅量、聚才的良方。团队的价值观要正向、积极，希特勒的纳粹组织够强大吧？可他的核心价值观是反人类的。越强大对世界和平、对人类社会的破坏性越大。 团队成员是要忠诚和服从，但同时也要有独立思考和批判精神，要正直、诚实、敢于坚持原则，在大是大非问题上敢于说 no，这同样是对团队负责的表现。一个巴掌拍不响，万人鼓掌声震天！

〔军哥唱歌《众人划桨开大船》。

〔朗诵《保证完成任务》

军　哥　保证完成任务，好的执行力会让也许不很完备的目标计划产生良好的结果。谢谢演员给我们带来欢乐，团队建设中，快乐和谐的氛围也很关键，记得见过一个统计数字，一个人在快乐的时候，他的工作效率可以比平时高出 15%；在一个人有负面情绪的时候，他的工作效率比正常减少 30%。无疑快乐对团队起着很重要的作用。观众的快乐就是我的快乐，就像流动的空气一样，快乐也是流动的，您散发出的快乐就会感染到周围的人。如果感到快乐与身边你认识的和不认识的人握握手，微笑一下，说：你好！你快乐吗……

〔现场观众互动，互相握手。

军　哥　你快乐吗？我很快乐——其实快乐就是这么容易的东西。看来每个人都喜欢在轻松愉快的团队氛围里工作，想让在座各位所在的团队更团结，那就由您开始创造快乐给您的团队吧。

接下来，我要请出最喜欢给大家送出快乐的老妈登台。

〔老妈歌舞点唱。

〔抽奖。

军　哥　感谢老妈又一次将快乐带给我们大家。09 剧场的老观众都知道，老妈场场来，每次唱的歌都不一样，这种说到哪里唱到哪里，这是个人能力；听到哪里学到哪里，这是学习能力；让唱什么就唱什么，这是执行能力；每一个团队成员如果都像老妈这样，团队能不成功吗？但在这个崇尚个性和自由的年代里，团队的领导如何让团队成员在团队里心甘情愿地发挥其能力甚至是挖掘出潜力，第一要换位思考，小羊请小狗吃饭，它准备了一桌鲜嫩的青草，结果小狗勉强吃了两口就再也吃不下去了。过了几天，小狗请小羊吃饭，小狗想：我不能像小羊那样小气，我一定要用最丰盛的宴席来招待它。于是小狗准备了一桌上好的排骨，结果小羊一口也吃不下去。古语说，己所不欲勿施于人，凡事不要把自己的想法强加给他人，遇到问题的时候多进行一下换位思考，站在对方的角度上想想，这样，你会更好地理解他人。理解下属是良好沟通的开始，也是领导力的体现。我和很多优秀团队的领导人接触，发现他们有一个共性就是都有着超强的沟通能力，记得领导艺术大师杰克·韦尔奇说：他 80%的工作时间是与不同的人说话。因为他认为，天下是谈出来的，财富更是谈出来的。而在军队中“谈心谈话”是一项制度！同样，剧说的方式，演给大家看。

〔小品《军歌嘹亮》。

〔女生独唱《官兵友爱歌》。

军　哥　说真的，《剧说团队》刚开始的名字叫《剧说军旅》，当时是想用军队这个优秀的团队作为代表来讲述团队。的确，军队里有太多值得我们学习的地方。很多现代企业管理制度都来源于军队，美国就有人认为最优秀的商学院不是哈佛和斯坦福，而是西点军校，因为有数字显示，西点军校在第二次世界大战以来培养出三千多名董事长和副董事长，五千多名总裁。我们中国不少优秀的企业像联想、华为、万科、海尔等等是由复员军人创建；柳传志、任正非、王石、张瑞敏等中国最优秀企业家都曾是一名军人……这对于我们普通人的意义就在于吸取优秀军人的精神气质，积极乐观、不怕苦，不畏难、有血性，敢担当、有很强的凝聚力和使命感，让我们在竞争的环境中能够骁勇善战，所向披靡。

孙悟空是在取经的路上碰到的，猪八戒是在取经的路上碰到的，沙和尚是在取经的路上碰到的，白龙马也是在取经路上碰到的，所以要碰到可以与你一路同行的人，你必须先在路上！为目标而坚定前行的时候，帮手才会出现，为目标而坚定前行的时候，贵人才会出现！决定上路的时候总是一个人，但是走着走着就出现了团队！记得有一部电视剧《我的团长我的团》，其实无论您在团队扮演哪个角色，这个团队其实都是您自己的，团队的成败与每个团队成员息息相关。爱自己的团队吧！祝愿我们在座的每一位都能在您所在的团队中快乐工作，好好生活！ 借助您宝贵的双手鼓励一下和我一起为大家送去快乐与精彩的我们的团队——深圳小品话剧团！

〔舞蹈。

〔谢幕。

# 剧说温暖

〔开场舞。

〔军哥出场。

军　哥　亲爱的朋友们，你们好吗？欢迎大家光临09剧场，本剧场是由深圳市宣传文化基金资助，中共深圳市委宣传部、深圳市文体旅游局、罗湖区委宣传部（文化体育局）主办，罗湖区文化馆、深圳市谛珑文化传播有限公司承办，正是有以上单位的大力支持，大家才能坐在剧场里免费享受政府公益演出的精彩，让我们用掌声向他们表示一下。

今天我就和大家一起《剧说温暖》，先有请我的搭档——深圳B-BOX达人小柯和音乐人丁丁！

〔小柯、丁丁音乐秀。

军　哥　小柯和丁丁将会用他们的节奏和音乐伴随着我们的《剧说温暖》。其实人们说一个城市是否温暖，不是说他的气候，地理环境，而是看人与人之间的关系，尤其是与陌生人的关系。走在这个城市的大街上，公交地铁，商场超市，面对陌生人，是否能感受到一份尊重，体谅、热情和友善。我想请问大家一个问题，您来深圳这么长时间，您觉得这个城市有温暖么？（怎样做才能让陌生人感到温暖？有一种温暖叫细节！）

〔互动环节。

军　哥　我们先来探讨一个最常见的关系。请问一个小问题，我们在居住小区，楼宇大厦，包括坐地铁的时候几乎天天都会遇到的既陌生又熟悉的人是谁呢？没错，保安。保安是大家每天都会面对的人，对于他们，我们到底了解多少？和他之间有着怎样的相处关系？对他们是冷漠忽视，还是温暖亲和，他们又是怎么感受我们和这座城市的呢？让我们一起来到小区门口，一起听听保安的心声吧。

〔小品《保安日记》。

军　哥　（介绍演员）据专家们说，微笑首先能改善自己的情绪，也能在最短时间消除陌生人之间的隔膜，能给彼此带来温暖。（与观众相互微笑互动＋握手打招呼）非常好，军哥在这里也感恩每一位观众，感恩我们有缘相聚在09剧场、感恩那些将《军哥剧说》的快乐传播出去的人们。在这里我提议给自己一个赞扬的掌声好吗？（……）大家刚才体会了微笑这个简单的表情的作用，可并不是所有的人都像咱们剧场里的人这样彼此信任的。军哥在这里给大家讲个真实的事情。有一次在公交车上，我也这样和旁边的人微笑，但是他们都把脸扭开，只有一位冲我笑了，而且非常温柔地对我说："走开，我不会跟你做传销的。"这也证明人与人之间的友好关系是多么脆弱，更需要大家用爱心来维护。我们接着来谈谈在社区里的另一种人际关系，先给大家讲一个故事——在一个小区管理处，来了个租房子的……主管的下属糊涂了，就问主管："主管，为什么您两次都说得不一样呢？"主管意味深长地说："一个人不管搬到哪里，都会带着自己的态度，那地方的人是可亲还是可恶，在于他抱着怎样的一颗心。当你选择了用怎样的态度对周围的人，也就等于选择了他人如何对待你。正所谓播什么样的种子，就会结出什么样的果实。所以，说到这里我想问大家几个问题，在你居住的小区里有多少户家庭？多少人是业主，多少人是租户？都是干吗的？小区里有没有非法组织？危险人物？也许大家会说，操心这个干吗呀，从来没有想过，但这些问题和我们的最基本的居住安全息息相关，必须有人来管理和统计，那就是综管员，综管员是干什么的，又是怎么干的呢……剧说的方式，演给大家看吧。”

〔小品《综管员轶事》。

军　哥　其实我们每个人内心都有美好的愿望，希望生活在一个温暖和谐的社区，可是如果每个人心中都藏着深深的戒备和恐惧，怎么能够得到温暖和谐呢？现在家家都有门禁系统，甚至有的装了可视的，有的时候门铃响了，趴着猫眼一看，不认识，好心的会问一声，有时候烦了连声音都不出，我记得我有一朋友跟我说，他老婆晚上回家忘记带钥匙了，按门铃，他愣是没敢开，我问他为啥，他说大半夜的一个女的惨白着一张脸站在门外，谁敢开呀。后来才知道，那个可视显示屏是山寨的，自己家的媳妇愣没认出来。大家别笑，这是真事。

有一个小故事：有一位单身女子刚搬了家，她发现隔壁住了一个单亲妈妈带着两个小孩子，似乎家境不太好。有天晚上，那一带忽然停了电。隔壁小孩来敲门，说：“我就知道你家一定没有！”说完，竟从怀里拿出两根蜡烛，说：“妈妈和我怕你一个人住又没有蜡烛，所以我带两根来送你！”这个女子，感动地将那小孩子紧紧地拥在怀里。有的时候戒备和防范也许会把送上门的温暖推出门外。

〔军哥唱歌《我是一只小小鸟》。

军　哥　如果我们能伸出一双双热情的手，他们会更加感受到这座城市的温暖与关爱。

〔朗诵《捐赠》。

军　哥　刚才我们说了与保安，社区工作人员等在社区里为我们服务的人之间的关系，现在我们来聊聊与邻居之间的关系。有的时候想想小时候邻居之间经常串门，借个油借个醋啥的，甚至借个菜，都是常事，可能20世纪六七十年代的人有过这样经历吧。我现在还记得我隔壁的张阿姨家的饺子真好吃，王叔叔家小人书特别多，二楼的邻居买全楼第一台九寸黑白电视机，摆在空地上大家一起看。我现在问问大家有多少个人能说出自己的邻居叫什么名字，家里几口人，知道的举手。居住在一起很久的邻里似乎还是陌生人。也有一些不幸的经历个别人的遭遇让我们理所应当的增添了漠视和仇视，并且不断地警告自己：不要和陌生人说话。每天一副扑克脸面对周围的人，可当周围出现越来越多的扑克脸时，我们是否曾经想过，温暖在哪里？到底要不要和陌生人说说话？请看伙伴们为您带来小品。

〔小品《请和陌生人说话》。

军　哥　（介绍演员）我们不会因为喝水呛了一下就不再喝水了，我们只会下次在喝水的时候更注意掌握方法。因此我们也不要因为曾经被伤害过，就不敢再去付出真诚和爱，毕竟社会中好人多，我相信，今天在座的各位都是好人。有认为自己是坏人的可以站起来让大家认识一下……果真！全是好人呀！为好人鼓掌，有个小提议，在今天散场后回到家，跟还在岗位的保安说一声谢谢，以后对上门服务的社区工作人员说一声辛苦，在每天清晨跟您的邻居们说一声早上好，甭管是保安，社区服务人员还是邻居，也许就是因为您的一个微笑、一句辛苦、一声谢谢而感受到了温暖，而这温暖会不断地传递，扩大，最终会让我们的每一个小家和我们的这座城市更加温暖！感谢朋友们观看我们的《剧说温暖》！再见！

〔谢幕。

# 剧说幸福

〔开场舞。

〔军哥出场。

军　哥　亲爱的朋友们，你们好吗？欢迎大家光临09剧场，本剧场是由深圳市宣传文化基金资助，中共深圳市委宣传部、深圳市文体旅游局、罗湖区委宣传部（文化体育局）主办，罗湖区文化馆、深圳市谛珑文化传播有限公司承办，正是有以上单位的大力支持，大家才能坐在剧场里免费享受政府公益演出的精彩，让我们用掌声向他们表示一下。

这场的观众很多都是孩子，军哥也感觉到自己年轻了不少。当然军哥也是从你们这么大过来的，从哇哇一落地还是那么大的时候（用手比画）到学会走，跑，到上学到工作到结婚到有了我自己的孩子，这段经历是每个人都要走过的，这就是成长。

我们今天的主题就是《军哥剧说》系列之《剧说幸福》，先有请我的搭档——深圳B-BOX达人小柯和音乐人老何！

〔小柯、老何音乐秀。

军　哥　今天军哥和大家一起探讨成长。在和家里的宝贝共同成长的过程中，每一位家长不遗余力倾其所有为孩子奉献自己的一切，正所谓“可怜天下父母心”。在我们望子成龙、盼女成凤的美好愿望下，总有一个问题困扰着我们，孩子们到底明白我们的良苦用心吗？我们对他们的爱让他们幸福吗？这样，我下去问问孩子们，家长们告诉孩子，这不是央视采访，是可以说实话的。

〔现场观众互动，问孩子们是否幸福。

军　哥　（回到舞台）孩子们的回答让我们放心许多，他们能感觉到幸福。当然，孩子们可能是善意的迎合我们，为孩子们的善良鼓鼓掌！“子非鱼，焉知鱼之乐”，孩子幸不幸福我们很难说，我倒觉得现在的孩子很辛苦，读书要好，还要学各种才艺，不像我们小时候可以和小伙伴尽情地玩耍。我问我儿子：你幸福吗？儿子语重心长地跟我说，幸福是什么？就是猫吃鱼，狗吃肉，奥特曼专打小怪兽。这小子他不直接回答，好！敢跟爸爸玩心眼儿，我一咬牙一跺脚，让他在假期的时候出趟远门……怎么回事呢！咱们以剧说的方式告诉大家！

〔小品《体验》。

军　哥　我儿子回来之后真的懂事很多，好像一下就长大了，由此看来幸福感是对比出来的。所以，我就趁热打铁给他报了好几个艺术培训班，他必须学，因为他爸爸是军哥，一位优秀的艺术家。军哥的儿子不会艺术哪行啊，音乐、美术、器乐、舞蹈、表演都必须学，还真别说，他和他们班的同学还排了小品，今天在这里给大家演演，大家说行吗？

〔小品《玩儿》。

军　哥　孩子们演得真好，看出来孩子们是想以这种方式告诉大人们，多才多艺固然令人羡慕，但以牺牲童年的快乐来换取一些才艺的做法到底对不对呢，其实这些不能一概而论，让孩子自己决定。如果某些才艺能和孩子的玩耍兴趣结合起来，对孩子来说没有负担，学才艺相当于玩儿，这才好！如果因为别人学咱孩子也不能落下，于是省吃俭用，把大部分的工资都贡献给考级拿证书上，造成孩子巨大压力，这种做法才是不可取的。我们要呵护孩子们的学习兴趣，呵护他们的幸福感，让他们因为学习艺术变成一个高雅有趣的人，让他们学艺术能得纯粹的快乐，就像美国的一位教育家雷夫·艾斯奎斯所说：“接触艺术教育的孩子学到的，远远超过他们所学的艺术本身”。我们请来了几个学习艺术的孩子，他们在完成艺术作品的时候就像玩儿一样。

〔舞蹈《梦之舞》。

〔朗诵《如果》。

军　哥　这两位孩子在学习艺术的过程呈现出来的快乐，是那么具有感染力，艺术让他们更加自信。下面我们请更加快乐自信的“小”朋友们给大家表演《童心童趣》。

〔表演唱《童心童趣》。

军　哥　看到爷爷奶奶们为大家表演节目，每位家长和孩子们都非常开心。就像刚开场，我问大家成长中的幸福是什么？和爸爸妈妈一起看《军哥剧说》很幸福，也许这就是答案。记得去年六一有一期《剧说成长》，军哥给留守儿童募捐了小课桌，在他们的心中有着共同的幸福选项，就是和父母团聚。我们搞了一个活动，让那些孩子们闭上眼睛回想生活中的幸福画面，然后用绘画的形式画出自己对幸福的理解。

〔LED视频：留守儿童的涂鸦“爸爸妈妈陪在我身边的时候最幸福”“一家团聚好幸福”“很久没回家的爸爸，突然出现在学校门口接我的时候很幸福”“我想留下来和爸爸妈妈在一起”。

军　哥　看着这些图片，我相信每个人的心中都有触动，《军哥剧说》依然用剧来说……

〔小品《我想留下来》。

军　哥　军哥在这里和大家分享几个能提高孩子幸福感的小窍门。和孩子一起愉快的就餐，感受和谐的家庭氛围；常和孩子聊聊家族的故事，让他们了解父母，关爱家人；父母学会减轻压力，不让不良情绪带回家中；多带孩子参加社交活动，让孩子积极向上；多赋予孩子权利，让他们做力所能及的事情；最后一项最重要，多带孩子来09剧场看《军哥剧说》系列，和《军哥剧说》一起成长。再见！

〔谢幕。

# “军哥剧说”：舞台上的新“品牌”

## ——深圳罗湖区文化馆“军哥剧说”系列演出观后

刘平

在改革开放的时代，深圳是全国经济发展的排头兵。如今，深圳的文化发展，尤其是群众文化创作方面也走出了一条自己的路，罗湖区文化馆在09剧场举办的“军哥剧说”系列演出就是突出的一个典型。它既受到当地观众的喜爱，也引起了同行们的关注。3月28日，“军哥剧说系列”已演满100场，这消息令人振奋，也令人鼓舞，这种文化现象在深圳出现，着实令人深思。也就是说，在今天，有些大剧场的专业演出都有冷场的时候，那么，一个文化馆创办的业余剧团演出的戏为什么会受到观众如此欢迎？

就我的感受而言，“军哥剧说”的“火爆”，有两个重要的因素：一是演出形式的新颖活泼；二是内容的积极向上。

### 一、“军哥剧说”贴近观众生活

如果不是坐在09剧场里，很难相信也很难体验到“军哥剧说”演出的“火爆”场面——上下互动，笑声不断，掌声四起。主持人——“军哥”时不时地就剧中所演绎的话题走到观众席采访，一人回答，周围的人尽是期待的目光。那一张张浮现着愉快表情的脸，在“军哥”周围开放。一人结束，又是一片举手的场面，有大人也有孩子，不只是为拿到那份“奖品”（一个有关文化节目的光盘），而是为“抢”到一个说话（展示）的机会……整个演出就是在这热烈、激昂的欢快中、在演员与观众互动、其乐融融的氛围中进行，使每个身临其“场”的人都受到了感染。

所谓“军哥剧说”，就是单人“脱口秀”加戏剧小品，加歌唱、朗诵和舞蹈，内容丰富但并不复杂，形式更是简单，舞台上几乎没有什么复杂的舞美、道具，只有演出戏剧小品需要的“一桌二椅”，所有的“戏”全凭主持人的“说”和演员的“演”。那么，它能吸引观众的秘诀是什么呢？

我以为，是内容。是积极向上、健康快乐、轻松愉悦的内容，是这些内容中所描写的“接地气”的市民生活和普通人的情感、所体现出来的“草根”精神。不论从事什么职业的观众，总会从中找到自己所需要的东西，或者说，整个演出总会让你受到某种情感方面的触动，使你心里获得一份温暖，自信心得到一种鼓励，学到一些为人之道、交友之策和处世之法。给你压抑、困顿的精神减压，为你不愉快的生活增添亮色，给你前进的道路开阔思路、增添勇气。

比如《剧说温暖》，以“温暖”为主题贯通整场晚会。深圳是一个新的移民城市，有着与其他城市不同的生活环境与生存境遇。戏一开场，“军哥”便以脱口秀的形式，把他对于“温暖”这个主题的思考向观众传递——

“打拼奋斗在深圳的朋友们，您背井离乡，生活在这个霓虹闪烁，高楼林立的移民城市，您感觉到温暖吗？还是因为社会的冷漠而收起自己的温暖？”

几句话，立刻勾起每个人的生活经历和情感记忆，引起他们内心的情感波澜，他们也情不自禁地在思考，一个个被军哥“拉”进剧中。随后演出的三个戏剧小品《保安日记》《综管员轶事》《请和陌生人说话》分别讲述了发生在深圳各个居民社区的、每天与市民生活息息相关的社区保安、街道社区的综管员以及居住在小区的邻里之间的故事，真实、幽默、快乐、温暖，展示着底层人们的情怀，揭示着“草根”的韧劲。在《请和陌生人说话》表演结束后，“军哥”发表了自己对同事、邻里之间如何相处的见解，你要想获得温暖，就要礼貌地尊重别人，宽容地理解别人，热情地帮助别人，这样才能获得别人的尊重、理解与帮助。军哥提议，现场的观众以你的微笑，伸出手来，跟你邻座和前后的观众握手，打个招呼，问声好。随着场灯一亮，只见满场的观众不管认识不认识、熟悉不熟悉，都满面笑容地跟坐在自己旁边的“陌生人”打招呼、握手。欢声笑语顿时洋溢着整个剧场，每个人似乎都感受到了一份温馨与愉快。

## 二、“军哥剧说”给了观众新理念

《剧说沟通》是《剧说温暖》的递进与发展。人们喜欢这台晚会，是因为它给了接受者一种为人处世的新理念。

按说，生活在深圳的人们不缺少新的信息和观念，但这里所说的“新的理念”却有着不同的含义，对于解决人们生活困惑或工作难题而言，它是新的；而就中国文化传统而言，它又是极传统的。说它“新”，是指它在现代化社会信息爆炸的环境中能够帮助人们找到解困的方法——如何填补精神缺失的空白，使人们明了在今天的现实中如何找到自我，使自己能够恰切地融入社会，学会与人交往、沟通，敞开自己、接纳别人，在生活中发挥出更大的能量，才有可能获得事业上的成功。

如果说，《剧说温暖》还处于人与人之间打破冷漠、笑脸相迎和力所能及的互助的层次，那么，《剧说沟通》显然又深入一步，涉及人们在实际工作中的相互理解、交流与体谅，所揭示的是人们精神层面的需求。在实际生活和工作中，这种“沟通”是非常需要的，因为它直接涉及每个人的切身利益。《剧说沟通》用三个形式各异的小品来诠释“沟通”的主题。《清洁交响曲》以默剧的形式和肢体语言表现形形色色的普通人与清洁工之间的沟通。清洁工的一天又苦又累，为了城市的清洁披星戴月地劳作，她多么希望得到大家的认可和一声谢谢，而不是因为这样一份过于普通的工作而显得卑微。《最近我不烦》表现窗口行业的一位办事员与两位前来办事的老百姓因为各自态度不同而产生了不同的结果。《守候》由一个路边的书包引发了人们相互之间的误解与非难，在冷静地思考之后，人们在交流与沟通中达到了新的认识，实现了相互间的和谐。

在这里，“沟通”作为一种交流和交往的方式，不仅增强了人们相互了解，为人们的生活增加了快乐，为人们的工作增加了顺利，为人们的精神增添了愉快，也促进了社会的和谐与完美。林登登女士的诗朗诵《非走不可的弯路》把“沟通”的主题推向了高潮，“在人生的路上，有一条路每个人非走不可，那就是年轻时候的弯路。不碰壁，不碰个头破血流，怎能练出钢筋铁骨，怎能长大呢？”

### 三、“军哥剧说”让观众看到了生活前景

在现实生活中，人们需要温暖、需要与人交流沟通，更希望成功。

然而，什么是成功？成功者必备的素质是什么？对此，当年那些背井离乡来深圳打拼的人们最有发言权。有人说成功是不断挑战自我战胜困难，有人认为成功是获得领导的肯定和赞许，有人认为成功是扎根深圳……《剧说成功》就是对这些问题的深入探讨，从深圳速度到深圳精神，从人的精神面貌到人的心理素质，从战胜困难到超越自我。军哥引领着人们回望30年前的深圳人在成功路上所经历的风风雨雨，所走过的坎坎坷坷，使每个人都有着一份感动与欣慰。而小品《铁饭碗》《你要相信我》《超越》则用形象的故事演绎了发生在深圳的真实故事。

如果不深入了解深圳，似乎今天的深圳与内地区别不大，然而我们回到改革开放的八十年代初期，就会感受到那巨大的差距。回忆中有苦涩，有欢笑，

更有许多思考：打破了铁饭碗，南下闯深圳，需要怎样的决心？精神上需要承受多大的压力？而深圳精神就是在这种“破釜沉舟”的毅力与坚韧中造就的。《铁饭碗》以形象的故事诠释了当年深圳人与内地人的不同的生命历程、价值观念与精神风貌。《你要相信我》讲的是“诚信”主题。在一个没有亲情、缺少友情的新移民城市，人们如何建立起互相信任、团结合作的工作环境，靠的是“诚信”。如果“诚信”坍塌，人与人之间只是怀疑、欺骗、尔虞我诈，将是多么可怕。当两个在商场中厮杀的老板嘴上信誓旦旦地希望对方“你要相信我”而心里却在盘算个人的利益时，一位出租司机为顾客送钱包的“诚信”行动，立时让他们耳红心跳，不得不对着自己的心门呐喊：你要相信我！

成功，是无数次地打拼换来的，没有惊人的毅力和过人的智慧，不付得苦中苦，流得几身汗，如何能奏效？小品《超越》讲述一个担任保险营销员的复员军人，在一次次的陌生拜访中遭受了种种挫折，工作毫无业绩，就在他即将崩溃之时，在他的心里走出了连长。连长把他带回部队，用残酷的训练让他懂得了忍耐和坚持。他渐渐地重新拾回了信心，鼓起了精神，投入到新的营销工作中，推开了一扇扇陌生的大门，最终获得了成功。

## 四、“军哥剧说”显示了团队的力量

“军哥剧说”的成功，乃至成为今天舞台上的一个“品牌”，与编导者邸叙然的创意分不开，与整个团队——深圳小品话剧团的全体成员的齐心努力、协同合作分不开，与深圳罗湖区领导和深圳市谛珑文化传播有限公司的大力支持也分不开。

可能很少有人知道，“军哥剧说”的创意是产生在深圳小品话剧团极其困难的时刻，用团长兼总导演邸叙然的话说，这样的“灵感却是在‘死马当成活马医’的心态下产生的”。

深圳小品话剧团成立于 2005 年。剧团的成立，是因为邸叙然创作的话剧小品《诚信》演出获得轰动，参加深圳电视台比赛演出拿到几个大奖。2005年参加中国戏剧家协会主办的小戏小品大赛，又获得大奖，给深圳填补了空白。中国剧协在深圳挂牌创建小戏小品创作基地。在这样的氛围的鼓动下，罗湖区领导给予大力支持，深圳小品话剧团成立。成立后，小品话剧团接连创作了《最近我不烦》等多部小品——在深圳市各区演出，参加中央电视台中国小品总动员，多次获奖，被誉为“深派风格”；到全国各地演出，同样受到欢迎。但在成绩面前，他们也发现了一个问题，就是他们的演出跟观众产生不了感情。

“我们的艺术究竟应该给观众什么？如何在金钱至上的环境中保持自己的艺术追求？”这个问题引起邸叙然的沉思。当时，罗湖区文化馆二楼的剧场已装修完毕开始使用。他们便尝试着去实践自己的思考。

开始的经营非常惨淡，台上的演员比观众多。演出收入减少，演员间相互矛盾产生，解释、安抚都无济于事，“按下葫芦起来瓢”。奇怪的是，大家怎么闹腾，都不愿离开小品团。

邸叙然心里有了底。他感到演员间矛盾的产生根源是创作演出方面的不如意，如果有了好的创作，就能激发演员的积极性。于是，他与小品团的功勋演员李学军商量。李学军的专业是企业培训师，在团里大家都叫他“军哥”。他常常为企业做有关团队如何成功的报告。他的报告激发了邸叙然的创作灵感。他想，“我的许多小品的主题都与成功课程中的内容非常契合，如果将军哥的课程和我的小品相结合创作一台主题戏剧综艺晚会岂不是绝佳的创意？这将会把戏剧的教育、娱乐、仪式三性合一，使戏剧的功能突显，让观众不仅仅是哈哈一笑，而是看过之后有所收获，有所感悟”，于是便产生了“军哥剧说”的形式——把李学军的报告内容与团里演出的小品结合，请军哥以“脱口秀”的形式，每天讲述一个主题，以戏剧小品在舞台上演绎，并融入歌唱、舞蹈、诗歌朗诵等，与观众互动。

这个创意让整个团队都兴奋了！

可是，事事开头难。开始演出，因为观众对这样的演出形式没有认识，没有观看的积极性。他们就四处奔波，散发戏票，请人来看。

首演的那天，甭提有多紧张了，看着坐满全场的观众，每个人既兴奋又紧张。这些观众可是那么多次的小品专场演出积累下的粉丝，虽然不多但很珍贵，因为深圳的观众都牛得很，甭管是买票的还是公益的，只要演出没劲，白给票都不来。今天要是演砸了，那可就全白干了。

随着开场舞曲大幕徐徐拉开，《军哥剧说·剧说成功》开始了。演员们都铆足了劲儿。“军哥”多年积累此时完全的爆发，其他演员也各显神通，用这种独创的“剧说”形式将观众彻底征服。在场的观众时而鸦雀无声，时而鼎沸爆棚，时而哈哈大笑，时而泪水纵横。近二个小时的演出结束后，观众没有马上离场，而是一同起立鼓掌，演员在舞台上不停地鞠躬谢幕，许多观众激动地跑上舞台竞相围着军哥合影索要签名，把舞台围了个水泄不通，《军哥剧说》成功了！

第二天办公室的订票电话就没有停过，很快就把票订光。之后的几场依然火爆，订票的电话更是火爆，赶紧向领导请示，加场！由原来的每周一场增加为每周二场，还开办了 09 剧场粉丝群，五百人的群十几天就满了，又加多一个，又满，由五百人升级为千人群，还满；由电话订票改为 Q 群订票，居然半小时就没票了，许多订不到票的观众宁可坐在楼梯台阶上也要来看。后来出于安全考虑，制作了订票网页，施行对号入座，严格控制入场人数。

成功不仅消散了团内演员间的种种矛盾，而且更凝聚起大家的干劲儿。这让邸叙然和他的团队信心倍增，于是便趁热打铁、快马加鞭，又相继创作出了《剧说沟通》《剧说温暖》《剧说团队》和小剧场话剧《净化论》，每台都有各自独特的风格，获得了更多观众的喜爱。《光明日报》《中国文化报》《南方日报》等各大纸媒也给予了极大关注，09 剧场成了深圳市民周末休闲的好去处，“军哥剧说”成了深圳人必看的剧目，以军哥（李学军）为首的演员们如李牧霏、杨成成、赵勇、穆荣、赵婷婷、马天伟等都成了深圳的本土明星。

在“军哥剧说”成功的背后，还有深圳市谛珑文化公司的鼎力支持。董事长邓志凯，也是《军哥剧说》系列出品人。他以“立足本土戏剧，打造深圳文化品牌”的魄力，为打造《军哥剧说》的品牌出资出力。

## 五、“军哥剧说”成为舞台新“品牌”

今天，“军哥剧说”已成为舞台上的一个新“品牌”。它的直接意义就在于提高了群众文化的文化品位、艺术水准和表演水平，使文化馆的创作上了一个新台阶，使大众文化的娱乐性与思想性实现了有机结合——既体现出群众文化的大众化与娱乐性，又提升了群众文化的档次，使其具有了艺术作品的文学性与戏剧品位，而表演上则体现着灵动性与智慧性；深层意义则在于在“文化惠民”的普及性基础上，提升了文化对民众精神层面的引领作用，使文化大发展大繁荣扎扎实实地落到了实处。

可以说，《军哥剧说》创出了群众文化发展的新模式——内容健康、形式活泼、娱乐大众。在这方面，观众的感受是最实际的——

“09剧场是咱深圳高品位文化的戏窝子更是我们大家的乐窝子！”（**清清照**）

“记不得有多少年，没有像今天一样坐在台下，又叫又笑，活力四射，宛如孩童般的纯真。军哥和他的09剧场的魅力感染了我和周围的每一位家长、孩子。”（**胡阳妈妈**）

“第一次看你们演出，我很是感动。说实话各种剧目我看多了，但唯独你们的演出让我心动了。每个演员在台上是那么的认真、到位，我佩服极了！尤其是你为了把整台戏做好，又唱又跳还要不惜代价告诉我们沟通与和谐的道理。这是我们现在的演员所缺少的。”（**钩子和通心菜**）

“《军哥剧说》给深圳这座移民城市带来了正能量。”（**巧黑力**）

“特别感谢《军哥剧说》的到来，感谢QQ群里家人们的心灵分享，让我们在这个如泡沫般的浮躁的大城市里，突然有了一丝丝温暖的感觉……这种温暖太难得了！”

“《军哥剧说系列》让我百看不厌，每次看到，都会有眼前一亮的感觉，轻松幽默的小品，总能让我捧腹大笑，不管你是工作不如意，还是家庭有矛盾，不管是爱情不顺心，还是相处不理想，只要看了军哥剧说的小品，就能让你在快乐中忘掉所有的烦恼，重新做回一个快乐的自己，让你掌握回属于自己的自信。”**（木子）**

“通过09剧场我学会了怎么和人沟通，下次我还要来。”

“观看它是一种有思想的乐，是一种有深度的乐。”**（朱骏豪家长）**

著名曲艺演员巩汉林看《剧说成功》后赞不绝口：“形式很新，节目构成新，内容接地气，说观众心里话。”他特别佩服“老妈”（柴京瑞）的表演，他说：“喜剧很难。老妈的表演让我眼前一亮。她的表演超越票友，有专业水平。”中央电视台导演张晶则以“用百姓的话，说百姓的事，演给百姓看，输送正能量”来概括这台晚会的艺术特点。

在3月30日晚看《剧说沟通》时，深圳地区普降大雨，电视新闻及电台广播不停地播放，叮嘱市民少出门。在去剧场的路，邸叙然导演心急如焚，一直在嘀咕：“看来今天晚上就是咱们几个人的专场了”。走进剧场一看，真的让我们吃惊不小，居然坐了大约六成的观众，其中还有几个孩子。随着演出的进行，还不断有观众走进剧场。我问一位观众，“这么大的雨为什么还来看？”他说：“好不容易订上了票，浪费掉太可惜了。订票太难了。”

有朋友问我，平时看起来没有多大影响的戏剧小品，为什么在“军哥剧说”晚会上演出就显得非常不一般，看起来很有光彩？

我不假思索地说，是“纲”的作用，正所谓“纲举目张”。如果把整台晚会的主题比作“纲”，那一个个戏剧小品就是“目”，主题明确了，就带动了

“目”的能量发挥。就好比一棵大树，每一片树叶就像是“目”，孤零零地生长无法显露光彩，如果长在粗壮的树干上，立刻就不一般了，它就由一片孤零零的叶子变成大树的一部分，两者互相映衬，互为表里，相互作用。

面对成功，深圳小品团的同志们没有满足，他们为发挥自己的特长找到了一种新的艺术表达形式，但他们也清楚自己应该怎么做，就如他们对“09剧场”含义的注释：

“0——9是10个数字元素,0到9是个努力的过程，到10就满了。满招损，谦受益。0——9也是一个周而复始的循环，螺旋式上升。归零是升上一级台阶的开始。”

前面的路正长。观众的鼓励，领导的支持，为深圳小品话剧团的展翅飞翔增添了力量，而艺术创作上的成功，使他们获得了极大的精神享受，每个人都沉浸在成功的兴奋中。当然，在总结成功的过程中他们也进一步明确了自己的奋斗目标：立足深圳，走向更宽广的世界，让高尚的文化走进更广大的普通人生活中。

# 百场汇报演出专家研讨会

**时　　间：**2014年3月27日

**地　　点：**罗湖区文化馆九楼会议室

**参加人员：**巩汉林（全国政协委员、著名小品表演艺术家）
张华山（原中宣部文艺局副局长、中央电视台副总编）
刘　平（中国社科院话剧研究院研究员、文化部专家评委）
刘　祯（中国梅兰芳艺术馆馆长）
张　晶（中央电视台文艺中心导演）
许石林（著名作家，深圳文艺评论家协会副主席）
黄士芳（深圳特区文化研究中心主任）
从　容（深圳戏剧家协会主席）
梅玉文（原罗湖区戏剧家协会主席）
符史安（深圳市罗湖区文化馆馆长）
邸叙然（深圳小品话剧团团长、罗湖区戏剧家协会主席）

**巩汉林：**

我先说吧，我从内心佩服09剧场，你们大胆的创作和尝试，让我们综艺晚会的形态有所新展示。你们做到在舞台表演过程中游刃有余，恰到好处。做戏剧关键是节奏和幽默点的把握，没有不可以，多了俗气，恰到好处这才叫绝的表现。两会中大家讨论最多的就是文化体制改革的目的是什么，我说文化体制改革最主要的目的就是要发展我们的文化，而不是在改革当中让我们的文化消失。在文化体制改革的提案，我谈到了一点，政府职能部门在文化改革的过程中怎么能够做到文化惠民，我们改革开放30多年来大发展、大前景，经济总量已经达到世界的第二，但是老百姓得到了什么，特别是文化这块得到了什么？老百姓是否感受到改革开放给他们带来的文化方面的红利，罗湖区政府在这方面做到了，每年能够拿出一笔经费来，无偿让老百姓进剧场观看这种有水准的戏剧或者晚会，我觉得是难能可贵的。

就这点我真的很钦佩罗湖区政府这种指导，不是说哪个区级政府都能做到的，罗湖区在文化体制改革、文化惠民方面迈出了一大步，在文化体制改革方面也给我们做出了一定的模式，应该讲是值得其他各个方面或者说各地政府学习的。我希望在将来的日子里和工作中，罗湖区政府仍然坚持做到这点。

09剧场的演出模式、艺术性还有文化内涵乃至每个节目的构成都特别好，你们有自己的文化底气，现在已经到了临界点了，只差一步或者说有一个助推力，让09剧场走出去，让罗湖区政府这块文化牌子在全国打响，09剧场应该有担当，不仅是为罗湖做，也是为深圳文化做。

我们从深圳罗湖出发，会走得更远，从真正意义上用文化艺术品来惠民，这是很好的事情。我们也应该依托社会各界的力量，包括我们新闻媒体的呼吁，让我们深圳市的这块文化品牌——09剧场《军哥剧说》一步一步走向更高的目标。

**张华山：**

刚才巩汉林同志说到应该把它做成一个平台，把它做大，我觉得一方面要靠我们政府的支持，靠深圳市委宣传部、靠罗湖区来做这个事情，另外一点我觉得我们的文化馆还应该和新闻界广交朋友，和上级广交朋友，把我们所做的事让他们知道，让新闻界知道，借用他们的力量来帮我们做我们的力量所做不到的事。

我觉得，罗湖区文化馆09剧场在自己的百场演出的实践中，创造出了自己的经验、运作模式，在文化改革的今天，不是把几个剧团弄在一起各干各的，也不是把演员退掉，然后拎出来使用把队伍分散出去。演出100场，我们有值得推广的地方，应该请中宣部、文艺局有关领导来进行考察，让有关搞文艺体制改革的领导能够知晓我们的努力、我们的奋斗，我们在观众中的口碑，做了好事，尤其在改革开放的浪潮中，文艺体制在改革遇到很多问题的时候，我们已经创造出自己的经验，打造出自己的品牌，我觉得你们在全国是第一个。

但是怎么把效应放大，领导的态度决定了艺术的存活，我刚才提到一定要跟宣传部门和我们的媒体有沟通，用这些东西影响我们的领导，让领导来支持。我有一个建议，除了节目怎么接地气、怎么和观众形成互动，然后他们怎么做出这点，这是深层次需要的，（对现场央视记者说）也许中央媒体是第一次来推广这样的经验，所以采访希望深入一点，把他们的做法、经验、政府的支持通过我们的媒体、电视宣传出去。

**刘　平：**

看了《军哥剧说》系列，我觉得你们真的是走在全国文化馆和群众艺术馆前面，在全国是独一份，抓紧参评“五个一工程奖”和“群星项目奖”。如何把群众文化向专业文化提升，充分发挥文化馆在文化发展繁荣过程中排头兵的作用。深圳罗湖区是做到了，我认为是有带头作用，这个经验可以全国推广。

我们《军哥剧说》系列不卖票，是政府买单的，这点抓得非常好，也就是说这点奠定了《军哥剧说》系列最基本的要素，我们不管走到哪儿都可以堂堂正正地说我们的剧作是正能量、有思想性、有艺术性，还有观赏性，这就是我们政府工作报告经常提倡的三性统一的问题。

这台晚会表现深圳的特点，本土化和平民化，群众文化的特点。这很有深圳特点，我觉得可以走向全国。我们可以立足深圳成为深圳的品牌，还可以成为全国文化的标兵，政府在文化发展过程中起到什么作用，这就是你要起的作用，你就是要搭台，给有识之士唱戏，让广大群众得到实惠，享受到文化的乐趣，我觉得这是很重要的一点。

**刘　祯：**

我一直对深圳罗湖区这样一个团体心有向往，因为通过中国艺术节的群星奖使我对邸叙然以及他的团队产生了浓厚的兴趣，这个团队在中国艺术节的群星奖中连续几届都有非常好的表现。

《军哥剧说》系列的艺术形式，包括现在罗湖区文化馆的模式，都是值得我们研究的。比较高兴的是注意到深圳市关于特区文化建设方面也关注到了罗湖区这样的文化模式，宣传部也好、文化局也好，甚至于企业，他们在予以有力的支持，观众是免费看戏的，这样的文化惠民对文化的推动是非常积极有利的。

这些年群众文化工作在整个现代的文化、艺术工作中的地位和重要性已经凸显出来，深圳作为改革开放的前沿地方，不光是经济社会发展各个方面，也包括在文化建设方面、包括艺术形式的选择方面都有自己独到之处，这个独到建立在真正为老百姓、为观众、为社会所需的基础上，这点做得非常好。

**张　晶：**

首先感谢深圳小品话剧团队，因为常年以来给我们央视提供了大量的节目素材和表演，包括参加我们小品大赛或者各种演出，供应大量优秀的作品，对你的支持和创作表示感谢。

我在台里 10 多年，负责语言类节目，对邸叙然的《军哥剧说》系列比较熟悉，我最喜欢的是言之有物，到底小品要带给大家什么？不应该是看热闹，热闹看完之后什么都没有留下，在中国传统戏剧里面传递的是中国根本性的民族传统价值观和人生观，看完之后让观众留下点什么。我觉得小品也是如此，你看完之后应该让观众产生正面效果，而不是产生很多负面的东西，这不是给政府帮忙，而是添乱，这个正面的导向性肯定要坚守，现在《军哥剧说》系列的方式就是用老百姓的话说老百姓自己的事，演给老百姓看，让他们把自己带入其中，把它春风化雨，变成春风润物细无声的状态。

《军哥剧说》系列传达的内容，温暖也好、沟通也好，这种放之全国皆准的普适价值观，我们应该进入北京，说得通俗一点、功利一点，这是深圳的文化政绩。在城市推广宣传中，一台好的文艺作品对城市宣传效果好过于花几百倍的投资打广告。例如东北出了赵本山，全国甚至全世界都知道铁岭。现在说到深圳只谈论深圳的经济发展是靠中央政策支持，人们只找很多外界原因而不深究深圳城市的精神，我觉得《军哥剧说》系列就可以解读，告诉大家我们的成功、我们的发展、我们的进步，我们为什么能有华为、腾讯，这一切是有原因的，不是你想象中天上掉馅饼的，而是整个深圳开放的心态、政府的服务以及我们深圳人才的汇集，在各方面融合之后而形成的，我们积极沟通、打破人际的隔膜，我们有团队精神，所有人协同作战、良性竞争，有团队精神。我们去追求成功，我们的成功在诚信基础上，不是坑蒙拐骗，而是有长远发展余地的绿色的、可持续的。

前几场我来看的时候都是满满当当的，包括下大雨，虽然观众晚了一点，但是都坐满了。有个现象在北京特别可怕，就是有些剧场是走市场的，你会看到一张票卖到几百元甚至更贵，但是观众构成会很有问题，只有搞对象的年轻男女看，其他人没有。而在我们剧场我非常高兴地看到剧场观众构成并不只有年轻男女来看，恰恰更多是夫妻带着孩子。这就是核心，说明什么？因为夫妻觉得带孩子来能让孩子能学到东西。你可以看到，这些个孩子太积极参与了，一直跟台上互动，在演出中也互动，我觉得这是好观众，说明孩子看进去，而不是说孩子在下面玩，在说他们喜欢的动画片。

还有政府的笔杆子要动起来，我们专业人员看完就知道这是中国梦，但是对不起领导不知道，他没有那么多时间下基层看节目。有些该提炼、该拔高的事不是小品话剧团干的，而是我们的喉舌部门，媒体就是党和政府的喉舌，该让领导知道，借着中国梦展开，我们赶紧把这个活动推广开。

**许石林：**

谈到文化体制改革，我想说过去有些好的、不错的要拿回来用，从前就不是卖票制，只是在京津沪地区模仿西方的卖票，但是中国绝大多数地区一直延续戏剧“一家花钱百家看戏”的生存生态。因此我认为要鼓励那些有能力的机构和个人，要鼓励他们包场、鼓励他们唱堂会，鼓励他们请更多的人看戏，这应该成为新的时尚，虽然是过去的模式，要大胆用回来，不要因为过去了就不用了。

深圳市和罗湖区这么多年来坚持实施的宣传文化事业发展基金，这种使用模式是很好的。目前社会上没有财主愿意出钱给大家看戏，现在国家的财政方式是政府花钱给老百姓实现文化福利，给老百姓花钱，这种模式应该好好宣传。我们政府应该反过来用文化反哺民间、反哺老百姓。

我认为 09 剧场的模式要坚持，我特别怕你们火了以后，又有声音说你们不算火，要卖票，我觉得现在要打预防针。虽然看过的人都觉得火，但是全中国仅一根苗尽管很壮但还是需要扶持，一定要记住这点。

**黄士芳：**

我觉得 09 剧场免费开放以后，文化馆现有人才力量创造的资源转化为免费开放是很好的举措，直接为市民提供了服务，还保证资源能源源不断地提供。文化馆要依靠自己本土的力量，自己的创新和人才来提供节目。

我要通过文化咨询委员专家委员的身份给市领导提建议，把事情搞大一点，既然我们这里有这么好的资源，那就通过我们宣传部和文体局的平台来使09剧场实现资源共享，用好用活。谢谢！

**从　容：**

首先感谢各位百忙之中抽出时间不远万里来到深圳，为了咱们团队这么认真地坐下来探讨，真的非常感谢！同时我也很感谢咱们深圳市委宣传部和罗湖区委宣传部、罗湖区文体局、罗湖的戏剧家协会，他们长期以来对深圳戏剧文化的支持，对罗湖09剧场的支持。我觉得一个团队少不了一个核心人物，这个核心人物是邸叙然。这个团队以前在全国拿了很多大奖，走到今天，他们不是把它作为一个事情来做，而是当作一辈子的孜孜不倦的追求，一种挚爱，这点我已经深深感受10多年了，包括我们的梅导，一生都付出给戏剧事业。城市的精神气质和文化水准体现在各个区的文化品牌，每个区都有自己的文化品牌，罗湖的文化品牌走在各个区的前面，它成为教育的课堂，这非常重要。

**梅玉文：**

我听到专家、老师们对我们《军哥剧说》的表扬非常高兴，因为李学军、穆荣等都是我们剧协的副主席，我觉得特别有光彩。咱们把老师们、专家们的意见好好消化，会对我们会有很大的帮助，将来从剧协的角度能够和咱们一块儿把这件事做好，这就是我的心愿、我的梦。谢谢大家！

# 09 剧评

# 世相与风俗毕现　悲辛同尴尬交集

## ——话剧《我要恋爱》的轻喜剧、重口味、大主题

许石林

婚恋是人生的永恒而重要的组成，自然也是戏剧的永恒题材。通过戏剧，人能反思婚恋，通过戏剧反思、玩味、欣赏婚恋，人反思、玩味、欣赏的其实是社会人心和世相风俗。

话剧《我要恋爱》，通过一个生活在现代都市的年轻人的婚恋过程，中间穿插剪辑组接了其他人的婚恋、情感片段和细节，用力不多，但却非常巧妙，倏忽之间，和盘托出，片言只语、一动一静，淋漓尽致地反映了当今社会婚恋的全貌，让人看了心照不宣，在轻松的喜剧效果带来的幽默自嘲中，品味到我们所处的时代共同的价值观和文化氛围，这里有我们共同认可并创造的世相，也有我们共同主动和被动营造的风俗，当然，观众也与台上的剧中人物一起，体会到台上台下共同的尴尬与悲辛交集。

《我要恋爱》之所以受到观众和专家的好评，简单说，就是它触动了所有人内心难以言状的部位，而不仅仅是一出通过婚恋题材简单娱乐观众、谄下取宠的肤浅喜剧。它以轻喜剧的形式，撬动了重口味的世道人心，承担的是一个反思社会、反思现代文化和现代价值观的大主题。而其戏剧手法的新颖灵动、活泼俊快，则给当今话剧舞台吹进了一股新清新的风。

在都市打工的青年白领胖胖，是一个所谓情商不高即不怎么会来事儿的老实人。这种青年，要在过去，是最容易早早结婚的，当然靠的是父母之命，媒妁之言，而彼时的女孩儿也钟情这样忠厚的男子。但是，现在，最不吃香的就是这类男孩——老实忠厚，已经成了我们这个时代的近乎贬义的词。

男青年胖胖像一块来自山野的原石，掉进了现代都市的快速旋转机器中，他身上所有不适合这个时代都市风尚的东西，必须经受一次次伤筋动骨、剥皮掉肉的削删和打磨——他情窦初开，网恋了。网恋的戏，用的是虚拟的方式，让人想起中国戏曲的表演程式和西方哑剧的肢体语言，准确地营造出一个网吧的情景。胖胖在此经过几轮近乎荒诞的虚拟网恋，终于慢慢地锁定了一位女性，顷刻之间，占据了情窦初开的大男孩的全部心理和情感空间，两个人像所有网恋者一样，最终要将虚拟的恋爱兑换成温暖的或冰凉或比网恋更荒诞的现实，他们相约见面，可是，尴尬出现了：对方竟然是自己的班主任老师！

初恋的胖胖那小男孩式的执拗，导致班主任老师为此转了学。这里表面上说的是胖胖的恋爱，却一下子凸显了都市女人的情感婚姻问题，她们的婚姻种种不如意，催生了种种新的近乎不伦的婚恋补救方式——这是当今不难见到的人和事。“天哪，让雷劈了我吧！”

胖胖的第二次恋爱，是在晚会上与女同学的表演合作。这种现实与舞台的俗套，其实也成就了现实生活中许多人的婚恋。但是，他却没成功。其实，有点阅历的人都能看出，他很勉强。失恋的胖胖学会了在酒吧消解烦闷，却遭遇了男生的引诱。这也是当今不可回避的一个现象，至今无法解释这种现象的生理或者心理的原因，但这出戏剧能让这种题材的情节和人物上舞台，是这个社会多元和包容的体现。问题是，这种非主流的情感方式，应该仅仅停留在宽容和不歧视的层面，不应该获得来自制度和法律的确认，一旦确认就形同鼓励。而在古代社会，这就不是问题，可现代社会，它被多事的人当作问题拿出来，就是比问题还大的问题——我们这个时代，把许多不是问题的问题拿出来当问题。

总有一些人，天生的情种，婚恋特别容易成功，就是那些从前所说的浮浪子。胖胖的朋友兼同事雷哥，就是这样在情场上总是会屡屡得手的主儿。他热心地帮助胖胖做各种包装，希望他能够在交集场合获得一位女生的芳心。可是，老实忠厚的胖胖，却在酒吧里臆想了一个晚上。那的确不是他能够驰骋的地方，而到过那种地方、经过那种地方训练出来的人，是不可能有任何偶然的机会预留给他这种老实人的。肥胖的屌丝形象，除了这个时代鄙夷的忠厚老实，一点坏本事也没有，显然不是风月场中的生物——在当今混世界，你准备好坏本事了吗？人们是那么容易辜负一个老实忠厚的人，人善被人欺的老话，在当今时代，已经被发扬到了无以复加的地步，不是吗？

新来的女同事莎莎，成了公司里男生追逐的热点人物。胖胖以为自己有机会，但却毫无悬念被情场老手雷哥获得先机。胖胖不自量力地愤怒："我太懦弱了！"旋即又无奈地慨叹："我的对手太强大了！"他求救于百度恋爱宝典，海量的网上恋爱方略和宝典，一条条被当作台词说出来，折射的都是一个时代人心的共性：人心向贱。对这种迎合人心卑贱的批评，是话剧《我要恋爱》的立场和态度，即所谓正能量。

胖胖的恋爱又无情地失败了。他像一只刚钻出沙堆的小海龟，一直在沙滩上拼命地爬行，他闻到了海水的腥咸，但是，眼看天亮了，天敌都要飞过来了，却怎么也找不到海水。他沮丧、气馁，无奈跑到了海边。他遇到了一个乞丐，这个乞丐穷窘而残疾，悲苦的命运却让他练就了一双洞察人生的慧眼——这也是戏剧中常使用的或者说常常设计的角色，这种设计不是凭空臆造，而是有根据的：穷命悲苦的人生，让许多人看穿了世相——比如戏曲《金玉奴》之"荒郊义救"一折，花子头儿金松，就是一个洞明世相的乞丐，秦腔的版本发挥秦丑的表演优势，专门设计了一段说唱，以至于成为以乞丐为主角能够单独演出的经典折子戏。乞丐拿什么让人看？一是要丑搞笑，那是低层次的表演；更高层次的，就是金松这样，用自己独特的身份对世相人心的洞察之后，发出的感慨，有控诉、有无奈，有批评，最后还落在乐天知命的豁达上面。他仿佛是上天派来的使者，以这种特殊的身份点化芸芸众生来了。

胖胖在海边受到了乞丐的点化，重新又找回了一点缥缈的自信心——难道，人需要在比自己看上去更惨的对比中，才能重新找回这种缥缈的自信吗？只要你过得没我好？我多幸福都没感觉，只要比你幸福才算幸福？……这不都是现在的普遍心态吗？

胖胖因为信息的误差，被认为是救人的英雄，媒体上门来采访，公司却利用他为公司做足了宣传——一切结算以利，这不正是现实的势利和势利的现实吗？

而胖胖那忠厚老实的本性中，暗藏着的仁义礼之性，却被激发出来了——儒家性善说，认为人皆有仁义之性，只是需要被合适的激发。胖胖面对媒体，坦白了真相——他并没有在海边救人，其实是被救的人！尽管他的生活和恋爱并不如意，但他必须牢牢守住自己最宝贵的品质：诚实和善良。

此时，整部戏的主题一下子被擦亮了、凸现了：无论现实多么喧嚣，人最宝贵的是保持自己的诚实、善良等等品质，才是生命的价值和意义。

此时此刻，他的诚实和善良，赢得了他已经不敢奢望的女孩的芳心，莎莎扑向了胖胖，他恋爱成功了！不是各种方略和宝典，也不是学情场老手的种种伎俩，也不是一个不会动心眼儿的老实人偶然动对了心眼儿，而恰恰是用自己的本质，赢得了姑娘善良的芳心。

这是耐人寻味的主题：人生、社会，犹如婚恋，“小人行险以侥幸，君子居易以俟时”。居易，就是守住自己本真的心，守住平常的状态，不做非分的妄想，也不妄动。什么是非分和侥幸？就是超越自己的能水准之外的企图。婚恋如此，其他，何尝不是如此？

《周易》云：“观乎天文，以察时变。观乎人文，以化成天下。”歌谣、戏剧，皆能反映和表现当时的风俗和人心。顾炎武在《日知录》里说：“廉耻者，士人之美节；风俗者，天下之大事。朝廷有教化，则士人有廉耻；士人有廉耻，则天下有风俗。”风俗，是所有人的风俗，所以，廉耻之心，不独是对士大夫的要求，士大夫是民众的榜样，苟有所为，民众必靡然风从。因此，即便是普通如胖胖这样的都市打工者，也有自己的廉耻之心，而《我要恋爱》全剧中途穿插的各种人物的各种婚恋以及生活情态，无不在暴露当下以物质和利益结算，荒芜良善之心的世界，人们普遍崇尚非分，以至于失去了人本该有的廉耻之心。

看完《我要恋爱》这出话剧，令人回味的不是观剧过程中的种种喜剧效果，而是笑声中的尴尬，一丝藏在甜蜜中的顽强的味道，将对生活和社会的反思，有机地、如盐入水似的让人不知不觉尝到了那一种类似眼泪的咸。

依说文解字而言，剧者，繁也；戏者，嬉也。以嬉戏而演剧繁之世相，谓之戏剧。这也正是戏剧“文以载道”的责任。话剧《我要恋爱》，将一个很容易让人感到司空见惯、难出新意的题材，通过巧妙灵动的组合、活泼俊快的表现，极端的化繁为简、闪电般地掠过却不含糊，细腻从容地描摹却不繁冗拖沓，将这一题材呈现于舞台，它是轻喜剧，却承担着重口味，表现的是大主题：悲辛同尴尬交集，世相与风俗毕现。观之令人沉思徘徊不已。

# 迷茫青春中的潋滟光波

## ——小剧场话剧《我要恋爱》中的人物形象塑造及舞台呈现

陈俊丽

有人说，爱与死是艺术创作的永恒主题，诚然。再进一步把广泛的爱具体而微到男女的情爱来说，表面上看起来只是一个人与另一个人之间的事，但其实都无可辩驳亦无法隐藏地刻着时代烙印——比如歌德的《少年维特之烦恼》，莎士比亚的《罗密欧与朱丽叶》，汤显祖的《牡丹亭》，中国四大民间故事之一、被很多地方剧种搬上过舞台的《梁山伯与祝英台》都如是。深圳市小品话剧团演出的小剧场话剧《我要恋爱》以鲜明的时代气息、鲜活的时尚元素、张弛有致的舞台节奏、演员对人物恰如其分的塑造能力，不仅引爆笑点，也在猝不及防当中引发观众心底的温情和善意。

原创小剧场话剧《我要恋爱》（编剧、导演：邱叙然）以马胖胖（马天伟饰演）从少年情窦初开、懵懂冒失的网恋，到大学时经历一段坎坷在感情上造成伤害，工作后在公司以为找到真爱却被拒绝，乃至在乞丐的言语刺激下投海欲殉情，一直到重新发现自己、战胜自己而意外地获得爱情为主线，同时在情节发展过程中，也塑造了风流倜傥、“行走的荷尔蒙”雷哥（张雷饰演），被称为“死变态”而又心地善良的阿星（王靖凯饰演），在生意上有些“唯利是图”、在感情上亦有些“执着”或者说有几分“锲而不舍”的女老板（初小洁饰演），美丽善良心地坦诚的莎莎（李明子饰演）、整天穿着运动装秀肌肉的“女汉子”丽儿（张立儿饰演）等人物形象，所以更准确地说，这是一部表现都市小白领情感生态的群戏。这些人物平凡普通但又富有生机，虽然有时他们的眼神不无迷惘，但大多认真地活出了自己愿意成为的样子，向理想进发的青春中留下值得品味的潋滟光波。

这部表现都市小白领爱情“悲喜剧”的小剧场话剧，语言并未占有太大比重，但其鲜明的时尚性及个性化毋庸置疑；舞美及灯光、道具灵活运用，体现的是简约风格和以表演为中心的艺术特征；与观众席上的互动毫不牵强，并且和规定情景有机吻合；音乐与舞蹈的成分，都颇具匠心且起到调整戏剧节奏、营造情境氛围的作用，同时，还有几段是为发挥演员本身的所长而设置的；撇开技巧以外，还有很重要的一点让人感动，就是这部戏的主创们对世态人情有一种不拘泥的、包容的态度。

就语言来说，男主人公马胖胖的台词在叙述功能和戏剧情境间切换，同时，只有在当下才会有的一些说法随处可见。如马胖胖对网上邂逅的“女友”说：“我们已经认识三天了，这么久，该见面了吧……”这是在我们这个生活节奏快，爱情也进入“快餐”“速食”时代才会有的对于时间的判断。其他人物的语言都极具个性化和时尚性，无论是女老板的粤语普通话、还是乞丐的既有乡土气息又充满都市感的人生领悟，尤其是雷哥语言的放纵不羁和不时闪现的“急转弯”，都既是当下的又是个性的，令观众时而忍俊不禁，时而捧腹不已。比如公司里新来了年轻单纯美丽的女同事莎莎，被马胖胖惊为天人而因此手足无措，与此同时雷哥已经开始行动，美其名曰是要向马胖胖“演示如何搞定第 109 个美女！”他约莎莎吃饭，被拒绝；了解到莎莎喜欢锻炼身体，马上约她去运动——滑旱冰；当发现甩不掉拼命当“电灯泡”的马胖胖，就建议带莎莎去“开房”，面对莎莎惊讶的眼神和反问“开房？”时，雷哥狡黠而又坦荡地一笑：“开 KTV 房，唱卡拉 OK 啊！想哪儿去了——你好污哦！”莎莎和马胖胖在观众的笑声中松了一口气。雷哥的善于欲擒故纵、莎莎的单纯耿直、马胖胖的老实憨厚都在这短兵相接的对话中淋漓展现。

其实，“网恋”是戏剧舞台上所难以展现的，如果一定要展现，很容易流于语言上的堆砌。《我要恋爱》表现“网恋”则另辟蹊径，充分发挥舞台的假定性，利用灯光的变换，将虚拟的网络世界氛围化——五六个演员在闪烁的光影中，来回穿梭地在寻找适合自己口味的聊天对象，学生党、拜金女、寻爱者……在电波的虚幻里，把每人匆忙寻找的心绪形象化，把人物内心的需求通过舞台调度、形体充分泄露，此时配合在其中的语言，则成为戏剧动作的有机组成，方不显其干巴单调，方将人物内心展现得淋漓尽致：一个圆场就是一次聊天，一个转身就是一次偶遇……空间的虚拟，光影的变幻，把剧中网上的邂逅表现得活色生香。

说到这部戏极简主义的舞美和道具，有几处令观众印象深刻：一是马胖胖大学时代的一个夜晚，他送互有好感的师妹回宿舍的路上，少年的心思如歌如画：师妹即便要天上的月亮，马胖胖也会想办法去摘下来。果然，扮演树们的歌队上场后，师妹嫌树下黑，马胖胖焦灼的心情马上引亮了路灯，吓得两人连忙松开了手；师妹又嫌路灯太亮，在马胖胖的示意下，路灯熄灭；师妹想起今晚应该有月亮啊，一棵小树举着圆月便出现在小路尽头，为刚刚萌芽的恋情营造浪漫的氛围……这是一种超现实的表现方式，不必遵循生活逻辑，表达的是男主人公的情感浓度、青春激情；还有一处是在雷哥“别有用心”地带莎莎到旱冰场运动时，剧中人举着个纸牌滑上，上面写着：“这里很多人”，然后在音乐中花样蛇形滑下，瞬间举块新的纸牌复上：“但演员不够”——剧场“笑果”很好。笑声未落，又一剧中人前后带着一排纸片做的人形滑上，以此佐证“这里很多人”，“但演员不够”。此时此刻，台上台下彼此心领神会，笑意盈盈，接着就是要看的就是马胖胖的“焦灼”和雷哥如何“施展魅力”了……其实这种舞美风格和道具的使用，是更多地以表演为中心，场面调度和氛围营造是手段，目的是情节的展开和人物形象的塑造，给观众的则是愉悦的审美体验。

谈到小剧场戏剧的特征，除了常说的先锋性、实验性、探索性之外，互动性也是需要关注的一个方面。这部戏给人印象较深的互动有两处：一是酒吧里，郁闷的马胖胖刚被雷哥给上了“一堂课”，醉意朦胧之中想要实践一下之时——他按照雷哥刚教的招数与观众席上的美女搭讪，没想到人家男朋友就在身边，于是观众席里一片笑声，这笑声并不牵强，因为马胖胖的这一行动符合剧中人醉态之中的莽撞，还有就是在这一段落结束时，才让人恍然：刚才发生的是臆想，这是马胖胖想象自己去做的事；另外一处是在海边，刚被莎莎拒绝的马胖胖偶遇乞丐，三言两语之间被激得跳进海里——观众席前，跳下去之后才想起自己是会游泳的，但乞丐不知，情急之下也跳入海中，跳到观众席前才想起自己不会游泳，结果自然是，被救的把救人的救上了岸。湿漉漉的马胖胖问：不会游泳还救人？湿漉漉的乞丐回答：要是因为我一句话你就死了，我不得后悔一辈子！这次互动让观众笑着笑着就感动了。

这部戏音乐和舞蹈颇占些分量。开头伴舞的音乐《棒棒棒》是韩国一个组合的作品，也被我国歌星明星等演绎过各种版本，结尾有一段伴舞的音乐是国际乐坛上炙手可热的创作型歌手、才华横溢的制作人马克罗森的作品；另外出现在剧中的音乐音响部分有的是和时间背景有些关系，如马胖胖大学里的文艺演出上的节目有少儿电视节目的主题曲，也有当时的流行歌曲，还有传统戏曲的锣鼓经等。这些设置颇具匠心，有的是为了营造都市氛围，也有为表现主人公从少年到青年的时间跨度，也有大学校园文化背景的考虑，还有的就是为发挥演员本身的所长。剧中这些音乐舞蹈的段落，为调节戏剧节奏、营造情境氛围都起到了一定的作用。这部戏目前已演出二十多场，颇受市民，尤其是白领阶层的青睐。

撇开技巧，这部戏还有很重要的一点让人感动，就是这部戏的主创们对世态人情有一种不拘泥的、包容的境界。是的，金无足赤，人无完人。本剧中，无论是把马胖胖置于“危境”的师妹，还是“演示搞定第 109 个美女”的雷哥，乃至不仅把马胖胖“见义勇为新闻发布会”变成“自家公司业务推广会”、而且还通过各种“加班”把雷哥变成自己腹内“胎儿”父亲的女老板，还有被称为“死变态”的阿星，主创者和演员创作时都在不动声色之中采取了包容的态度——比如师妹置“危境”于马胖胖，得到的是“留校察看”的处分，对于一个大学生及其家庭来说，绝对是一个大的坎坷，但是马胖胖从始至终没有非议师妹半句，一方面是他的宅心仁厚，另一方面从情节发展中体现出来的，是马胖胖因此的成长，一定寻找到属于自己的美好爱情，只是留下了后遗症：对追求女生胆怯；自称已经“搞定108个美女”的雷哥，最终还是被女老板“死缠烂打”式的追求给俘获，如同被“封印”一般，似乎是一种“一物降一物”的缘分；女老板不分场合地谋求私利、不择手段地追求爱情，但不妨碍看到她对感情付出诚意，更愿意看到她的公司多多发财；乃至于对“死变态”阿星，主创也毫不吝啬地给他剖明心迹、诉说往事的情境……对那些不那么尽善尽美的人和事，主创者们没有高高在上的优越感，而是以平视的目光、深入内心世界的眼神，不失准确和机趣地传达人物的喜怒哀乐，是珍贵的，也是高贵的。正如著名评论家童道明先生曾说自己在创作中“不刻意追求道德批判意义上的深刻，只想用人道主义的恻隐之心观察世界，用悲悯情怀去看待人生。”知名美学家蒋勋先生在《细说〈红楼梦〉》中也强调过相同的观念。

这部戏对小人物不经意间流露出的理解、温情与善良，在可看性很强、时代感鲜明的舞台呈现之后，令人动容，更令人有所回味。

# 该有的都有了，关键是好看

## ——话剧《水墨中国》观后札记

许石林

我没有想到能看完话剧《水墨中国》，更没有想到会津津有味地看完它。一部以纪念或庆祝深圳成立三十五周年为主题的话剧，你懂的，会让它的创作自我限制成什么样子。这类话剧，就像两个月前在北京看的一部主题为强军梦的军队题材话剧，基本上是演员一脸正气地张开嘴巴，打开上下软腭，深呼吸大提气，从头到尾大声背诵文件。当时我恍惚了，以为自己走进了会场。

我不反对艺术有主题预设或提炼，甚至认为不存在没有主题预设或提炼的艺术。就是说，我的文艺观念，是很陈旧的，基本上是“文以载道”式的，正如汉代人说的“歌者，所以发德也，舞者，所以明功也”。即没有无主题的文艺。不是好的，就是坏的，总是有主题的。所以，我认为文艺应当主动承担正确的主题并艺术地表现，关键是你要表现得好，不要生硬、浅薄、露骨，即通常说的，寓教于乐或寓乐于教。犹如输送营养，直接吃营养素，不如吃饭，营养在可口的饭菜之中比提炼成药片的营养素更容易让人接受和吸收。我理想的主旋律文艺是：说主旋律的话，全在人民心坎上。反之亦然。

可是，许多先例表明，类似纪念什么、庆祝什么的大主题文艺，一般弄着弄着，就成了开大会了。对我这种从小就厌恶大喇叭的人来说，对于开大会式的文艺，是能躲就躲的。我不反感开大会，我主张把大会开好。但反感把观看文艺弄成开大会。我认为凡是把文艺弄成开大会的，不是主题不好，而是创作者很笨。以往很多笨蛋都钻营到弄这种大主题的项目中去了，还活得挺好。牺牲了项目和钱财，只是养活了一些笨蛋。以至于让人误以为，凡是弄这种主题的，都是猥琐投机而急功近利的笨蛋。

所以，我用“惊艳”形容看话剧《水墨中国》的感受，当然不乏夸张。但只有这种夸张，才能表达我当时的惊异，对于这部话剧产生这种观感，我的确是少见多怪了嘛；也只有这种夸张，才能让我越回味，越觉得这帮创作者聪明机智，有才华且会用才华。我边看边想象，假如给我这样一个创作任务，我一定会弄成我厌恶的那种形式，只不过会尽力不让人物深呼吸、大提气，尽量像人一样说话。我弄不成现在他们这样机敏、俊快、好玩、幽默的效果。

无巧不成书——《水墨中国》妙在一个“巧”字：它没有选择那种容易出主题的典型人物和精彩故事，而是选择了一个对深圳来说，他的存在可有可无，甚至一直没有融入主流的深圳中去的一个画家，只是用他以深圳为主题创作的数十幅画，以主持人现场访谈的形式，逐一解读。这是多么简单的结构！这本身就是小人书的形式。但这种形式看似简单，但一般人却不敢选择使用。因为它一旦用不好，就真真地成了开会。就像写文章，流水账是最简单的，汪曾祺先生用流水账写，你也敢用？那你试试。

人物访谈，必然有故事，故事用情景再现的方式呈现。而情景再现，不是单一的，而是各种各样的，犹如绘画，有工笔、有写意，有变形、有怪诞，话剧中间夹杂了小品、现代舞、杂技、网络秒拍、音乐、现场互动等等，多种形式混搭，但整体上看，却不违和拧巴，点到为止，夸张变异的许多方式和情节，观众都及时知道台上要表达什么。可以说，台上该有的，都有了，观众该接收的，都接收了。关键是，满台大小人物都有戏。一般来说，主旋律的戏，主角和正面人物，戏份儿多，但戏（即可看性）少，不太好看。比如我看抗日题材电视系列剧《地下交通站》，凡是正面人物出场，基本上就可以给茶杯续水或到厕所去一下了，凡是反面坏蛋出场，必紧盯着看，为什么？有戏呀！

的确，该剧有明显的小品味儿。是小品艺术团该有的风格。中国的话剧，我的观剧标准，一是看北京人艺的市井戏，北京人艺也只有市井戏演得最好。二是看地方方言小品。其实这两种东西是一个东西：即用话演剧。其他话剧团，凡是向这方面靠拢的，就好看，反之，就是开会。因为很多话剧团，都还没形成用话演剧的习惯，而大多数习惯上张开嘴巴，打开上下软腭，深呼吸大提气，嘴里干净而科学地发声、用气，读白话文。其实白话文不是文，白话文也是话，只是大多数没写好，不像人说话。这种白话文台词，多数犯了程子所说的使“知德者厌，无德者眩”，即懂的人厌而远之，不懂的人不亲近你，所谓两边不靠。北京人艺和小品们，至少亲近了大众并被大众亲近。《水墨中国》的演员，有的嘴皮子虽然还不太利索，台词有些磕磕绊绊的，但因为是用话演剧，所以依然显得生动近人。其实，这是个窍门，一般来说，一个人说家常话，稍微有意思的，都能吸引人，更遑论在舞台上说戏词儿！

我算是一直紧盯着全国的文艺新走向的，可以这么说：他们能搞出《水墨中国》这样一部好看的主旋律风格的戏，大概在全国都是很少见的。这种开阔活跃的思路，本身就是对深圳的赞美。是深圳赋予了这些人这种创作的才情。就像电影《大圣归来》这种几十个家庭用孩子的压岁钱众筹的电影，居然能大获成功，大概也只有出现在深圳这个地方。

# 谈·访叙然

# “邸叙然作品研讨会”专家谈

**主　　办：**罗湖区文联

**承　　办：**罗湖区戏剧家协会

**时　　间：**2008 年 3 月 29 日

**地　　点：**深圳罗湖区委

**参会人员：**梅玉文　郑钢坚　李　金　周　光　陈孝英　权海帆　刘乙洁　汪　雷　黄兴武　赖汉衍　陈京松　从　容　张福生　邸叙然　柴京瑞　吴淮庆

**梅玉文：**各位专家，各位领导，各位朋友们，我们现在改革开放 30 周年，“我这 30 年”系列邸叙然作品研讨会现在开始。首先我十分高兴地先向大家再次介绍一下出席我们今天研讨会的专家和各个方面的有关人士：中国戏剧家协会艺术发展中心主任周光老师；中国喜剧美学研究会会长、中国戏剧美学研究会研究学科创始人、文艺评论家、翻译家、研究员陈孝英老师；中国喜剧美学研究会副会长、文学评论家权海帆先生；中国喜剧美学研究会秘书长副研究员刘乙洁女士；国家一级作家、中国国际文化出版社香港社长汪雷先生。来自我们省里的专家有：省文化厅社文处处长陈小明先生，广东省艺术研究所所长吴淮庆先生，广东省艺术研究所创作室主任陈京松先生，中国戏剧文学学会副会长、广东省文联影视创作委员会副主任黄兴武老师，广东省话剧院党委书记赖汉衍先生。市里面还有其他同志没有赶到。现在是我们罗湖区的，首先是我们罗湖区文化局局长张远翔先生，罗湖区文联主席郑钢坚女士，罗湖区文化馆馆长符史安先生，罗湖区戏剧家协会、艺术顾问、罗湖区文化馆编导、罗湖区戏窝子的主任张福生老师，区剧协艺术顾问廖虹雷先生，区剧协副主席李金。还有专程从山西大同赶来，参加邱叙然同志小品专场演出和小品研讨会的他的父母。剩下在座的就是我们昨天晚上参加演出的一些演员，我就不再一一介绍。

现在先请我们区文联主席郑钢坚主席讲话。

**郑钢坚：**各位领导，各位专家，还有罗湖区的文艺家们，今天我们很高兴在罗湖区委大楼的一楼相聚在一起，欢聚一堂。在这里隆重召开邱叙然小品作品研讨会，我区戏剧家协会梅玉文主席做了大量的工作，包括文化局的支持，还有我们文化馆的支持，大家在这么长时间的准备里面，昨天晚上的演出我也非常感谢来深圳罗湖指导的专家们，昨天晚上演出我也非常感谢大家，非常的成功，看了一台非常精彩的演出。

邱叙然是罗湖区戏剧家协会副主席，07 年被广东省文化厅评为全省十位编剧家之一，享受广东省文化厅特殊的紧贴，邱叙然集编导演为一身，代表广东省、深圳市参加了全国各大汇演和比赛，屡获殊荣，得到领导专家的肯定。曾获得全国第 14 届群星大奖、群星表演奖；首届中国戏剧小品小戏奖（专业组）；第四届中国戏剧文学小型剧本奖金奖；全国第七届职工小品大奖赛金奖，最佳导演奖等等。

党的十七大提出促进文化大发展、大繁荣，掀起了社会主义文化建设新高潮的号召。作为深圳特区中心地带的罗湖区文联，我们把繁荣戏剧创作作为重要的工作任务，多年来积极培养创作骨干，构建创作队伍，攻关重点作品，取得了一些成效。我们很高兴看到邱叙然同志作为新一代的戏剧人才在罗湖崛起，为了发挥文联的职能作用和服务水平，推动我区文艺事业的进一步繁荣，鼓励出好作品、出更多的人才，我们在市文化局举行了邸叙然小品专场晚会之后，又在这里召开邸叙然作品研讨会，各位领导、专家，罗湖区文联去年顺利的召开了第四届文代会，12 年没有开的会议，在罗湖区委区政府的大力支持下我们去年顺利召开了这次会议。今天推出邸叙然同志专场演出和小品研讨会，这是我们罗湖文艺界作为罗湖文联必须应有的服务职能。

大家都知道今年是祖国改革开放 30 周年，深圳是祖国改革开放的前沿。在众多领导、专家的关心下，罗湖的文艺人才和软实力是非常的彰显。在纪念改革开放 30 年我们一定会推出罗湖的“我这 30 年”，包括名人名曲、名画、名摄影，这就是我文艺界应该做到的。罗湖文艺界确确实实不像其他区，拿几百万打造一台大戏。但是郑钢坚在这里承接着文联服务家的角色，我觉得我应有必要为这座城市去打造出我们罗湖文艺界的软实力，走去全国、走向全世界。

所以我非常希望在邸叙然研讨会上提出更加更多宝贵的意见，让我们罗湖文艺、戏剧家协会在今后创作路上更多好的作品出来。借助今天大家给予我们的宝贵时间，接下来就请各位领导、专家为我们留下宝贵的意见，谢谢大家！

**梅玉文**：出席我们今天研讨会的还有我们深圳市戏剧家协会常务副主席从容女士。为了能够让大家更全面了解叙然，所以我还是想请区剧协副主席李金再简单介绍一下邸叙然的简历。

**李　金**：邸叙然的艺术简历我给大家介绍一下，邸叙然，1976 年出生于山西大同一个享有全国艺术之家称号的文艺家庭，1991 年山西省艺术学院学习影视表演；1994 年考入海政电视剧制作中心；2000 年签约香港亚视，并进入广东亚视演义专修学院并进行影视表演；2003 年担任广东电视台公共频道诚信 3·15 栏目主持人；2005 年起受聘于罗湖区文化馆，从事戏剧小品的编导工作；2007 年被广东省文化厅评为全省十位业余编剧家之一，享受广东省文化厅的特殊津贴，现任深圳市戏剧家协会理事，罗湖区戏剧家协会副主席，深圳市小品艺术团团长。邸叙然集编、导、演一身，曾代广东省、深圳市参加全国各种汇演、比赛，屡获佳绩，得到各级领导和专家的肯定。其作品在小剧、小品等杂志上发表，被全国各地专业剧团和文化馆排演、改编。连续 3 年参加了中央电视台元旦小品晚会的录制和播出。在第四届中国戏剧文学奖中成了最年轻、获奖最多（三个作品）的编剧。在全国第七届职工小品大赛的比赛中被评为了最佳导演，在 2007 年创作的四个小品——《大腕》《没病找病》《集训》《搞掂》同时参加了中国电视台 2008 年小品总动员元旦晚会，深圳成为全国范围入选作品最多的地区，被央视总导演称为南派小品的领军人物。首届中国戏剧奖比赛取得专业组最高奖项，填补了深圳戏剧专业奖项的空白，他创作的小品《最近我不烦》参加了中华人民共和国文化部主办的最高政府奖，也就是中国戏剧奖、群星赛，一举得到群星大赛奖、群星表演奖两个奖项，为深圳争得荣誉。

获奖情况有：全国第十届群星大奖、群星表演奖；首届中国戏剧奖。小品小戏奖（专业组）；第四届中国文学小型剧本金奖；全国第七届职工小品大赛金奖、最佳导演奖；全国第三届中央电视台 CCTV 电视小品大赛三等奖（专业组）；全国第六届中央电视台 CCTV 电视小品大赛优秀作品奖（专业组）；全国（崇刚）杯戏剧小品大赛专业组二等奖；全国老龙口杯戏剧大赛一等奖；全国第八届职工小品大赛银奖；全军优秀作品金奖；广东省第五届群众戏剧曲艺花卉金奖；深圳第二届电视小品大赛金奖；2005 年度深圳市群众文艺作品一等奖；2006 年度深圳市群众文艺作品一等奖；2007 年度深圳市群众作品一等奖；深圳市第七届鹏城金秋戏剧小品大赛金奖；深圳市第八届鹏城金秋戏剧小品大赛金奖和最佳导演奖。

**梅玉文：**罗湖前些年就获得了一个殊荣叫作“戏窝子”，就是在我们的窝主张福生的带领下。正当我们觉得累的时候，杀出了邸叙然。他的脱颖而出为我们罗湖乃至我们深圳的戏剧小品增添了非常辉煌的一页。所以昨天请各位专家已经看了专场演出，刚才又听了对他的简单介绍，现在就请各位专家留下宝贵的意见。

**周　光：**我先说吧，我有点顾虑。我可能会多谈一点问题。至于成绩，我想昨天看完叙然这场专场演出，各位专家都会给予充分肯定。包括我个人，我也非常肯定叙然昨天这一场几个作品小品。他贴近现实、贴近生活、反映生活是大家都感受到的，更为可贵的是，甚至有一些作品还有更深一层次的社会认识价值。另外我们也看到邸叙然同志对小品艺术的理解、把握以及贡献。特别是像一些作品，当然昨天大部分作品都多多少少带有批评性质、讽刺性质，但是即便是非常严肃的这种，比如像《搞掂》，他都能用一种戏剧形式呈现出来，让观众能够在笑声中认识生活当中甚至身边就可能存在着某种危机、某种威胁。我觉得这也很难得的。我们在剧协负责操作中国戏剧奖小戏小品戏剧奖这部分，每年大概要看2000、3000个作品，小戏、小品的都有，往往遇到这类题材是非常多的。偷税漏税的、工商的、不办执照的、交通的、不遵守交规等等，都是非常死板的，非常直白的，让你看了以后不痛不痒，只是说事，没有什么趣味性。更不要说写出一些具有典型意义的人物。而像《搞掂》这样的作品，在这种题材创作中也是一种创举，也是非常有贡献的。像这样的作品应该推荐出去、值得借鉴。

我们的成绩，包括昨天整个这一台邸叙然专场演出，会有很多专家肯定。我就简短点说，谈一些我感觉到的不足。因为咱们既然是一个研讨会，不是否定，一台小品都是观众特别喜爱的作品，但是作为一匹黑马，我们独来独往的也可以，只要我们的作品得到普通观众的认可，给他们带来欢笑，这就是一个非常大的成功。作为一匹黑马，他毕竟是要去比赛的，除了我们要满足日常的演出，满足群众的观赏需求，同时我们在个别作品上还可以做一些精雕细琢。去赛马要按照跑道去跑，所以我们有些作品还是需要有一些斟酌。能在规律的指引下完善我们的创作。

我先说一个题外话，昨天主持人提到南北派，这个我倒觉得没有什么，可以这样提。但是如果说南派，南派的特点就在于我们舞台上的形式，我个人觉得这是有偏颇的。我们不能说北方小品就是耍贫嘴，南派小品将来就是玩形式，如果这样来界定南北派的区别，恐怕对我们将来整体创作会带有一个误区。可以说这样的形式是邸叙然的特色，也是邸叙然对小品艺术的贡献，是他个人的特色。

再说正题，我感觉个别作品，比如说《大腕》，我非常遗憾，我一直认为这是一个非常好的作品。在剧场里演出也给观众带来了喜悦、带来了那么多的欢笑，剧场效果那么好。但是你如果拿这个作品，我们仔细再来思考一下，这个作品在说什么，现在就比较含糊。这里边我想了一下，你可以想出三个主题来：第一，我们可以说大腕非常蛮横、非常骄傲、非常无礼，把任何人都不放在眼里。第二，我们还可以说通过看这个小品可能想要说的是一个大腕是怎样产生的。第三，还可以说我们的小品创作乃至我们很多艺术品的创作已经到了一种无稽之谈了，就是兜里揣几本脑筋急转弯就可以走遍天下。这个作品涵盖这么多内容，好像你就拎不出一个重点。如果我们说第一个，一个大腕非常蛮横，那整个小品要一直坚持走这个。其实，我觉得叙然你对大腕的观察还不够，这些人在电视台里的时候他们就不是这样。你在中央台参过赛，包括我们评委中有些也是大腕，见到台里哪怕是一个导演，就不要说见到文艺部副主任或者主任，就是一个普通导演，即便再大的腕也得毕恭毕敬的。你要是写这一点要朝这样一个方向，他对待别人可以是另外一个态度。对待能够借助的这种媒体他就是孙子。我们可以往这个方向去走，也非常形象。

如果说我们想写一个大腕是如何产生的，是如何包装出来的，那么我想这里面还有很多不足，还有很多可写的东西。比如说争台词，这句台词是你的，这句话是一个大雷子，肯定满堂彩，让编导把这句给自己。甚至于把别人作品当中一些喜剧的语言要拿到自己身上，我小品里得有这句话，要不然就得怎么怎么的。这是不讲道理、蛮横或者再加上你雇的一个托，到我这里就得给我鼓掌，就得给我领笑。如果你要写这个问题的话。

如果要写我们创作上的问题，也是同样。要多做这方面的素材去发现，这些细节、情节组织在一起，这样我们的小品才能有一个很鲜明的主题，同时绝对不会妨碍它的喜剧效果。去年本来想请你去北京开作品研讨会，正好职工比赛，没有时间去，非常可惜。如果当时要是我们把它好好谈透彻，咱们怎么样去完成这样一个作品。艺术品我们天马行空可以，但是我们要让它上升到艺术品的时候还是要尊重它的规律。就像一匹马在赛场上，还要沿着跑道去跑，那个时候就不能天马行空了。在我们叙然创作小品中，恐怕在主题的进一步明确化、进一步鲜明上还要下功夫，因为你只有十分钟时间来展示，把一个事情说清楚，不能含糊，几个想法都放在一起来表现。这样我们看完后对于一般观众来讲效果非常好。但是我们作为将来要推出去，参加各种各样的比赛，恐怕这就是一个缺陷。像《大腕》这样的作品，我一直认为还是非常有潜力，邸叙然能够在这个作品上再做一些经营。

另外，《最近我不烦》也是一部非常好的作品，这部作品三个阶段的清晰也不是太明确。其实我们现在正在抓什么呢？改革开放30年这样的题材作品。这个作品完全反映了我们改革开放30年，我们的政府、我们这些机关、机构的服务是怎么样经历了这样的30年，非常有意义的一部作品。虽然它已经获得全国最高的奖项，政府的奖，但是我觉得它还有经营、挖掘、进一步精细化整理的潜力，作为我们经典保留的作品。因为这样的事在今后若干年后还存在。也许我们深圳没有了，广东没有了，但是在全国这个问题不是十年八年能够解决的，它还有一个我们全国人民来观摩、学习、借鉴、引发思考的价值，我觉得这个作品也非常值得再认真经营下去。反正我们要推出经典作品的时候，这些作品还有生命力的作品，我们进一步精益求精，把它推出来。

这样对邸叙然自己创作上的完善也是非常有好处的。我就暂时先说这么一些，并不否定，只是挑刺，希望你更好。谢谢。

**陈孝英：**一次研讨会，一个专场，一般来说如果能够提出一个让大家都关注，特别是思考的问题。我觉得这次研讨会或者专场就成功了。我觉得我昨天观看了这个演出，今天这个研讨会刚开始，刚才听了周主任的发言我也很受启发，他站在全国的态势提了很多问题。我斗胆说，这个活动提出了三个话题：第一个话题，在当前形势下，“南国”小品的风格和特点。第二个话题，提出了一个邸叙然现象。第三个话题，特别是昨天的演出，我从头到尾再跟邸叙然较劲、PK，较劲什么呢？就是喜剧思维。到了那个镜头、到了那个场景、到了那个台词、到了那个情节，如果我去编、我去演会怎么样？每次都是他赢，我输。我不得不承认他的喜剧思维高于我们大家，他的喜剧思维有个性。所以我提出第三个问题是喜剧思维。

这三个话题都非常鲜明地立在我们面前，我先说“邸叙然现象”。这么一个人，尽管是在大家的支持下，但是在相当一段时间是以他一个人单打独斗，创立了这么一个风格，甚至尝试着走这么一条路子。一个人身兼编、导、演、组织者四位一体，他以个人的魅力（我以前认为深圳是一个非常重商的地方）在这样一个地方能够吸引一批年轻的艺术实践者，先是得到群众的支持，接着得到中国剧协、央视等为艺术主流的认可。我如果是罗湖区人、深圳人人我也会继续研究这个现象，即使离得比较远我也会过来研究。

再说说喜剧思维，我觉得对一个喜剧艺术家来说，什么都没有喜剧思维重要。当年普希金想出了一个题材非常好。这么大的腕，这个该比邸叙然说的腕要大了。普希金没有敢写，他把这个让给了果戈理。他说我缺乏喜剧思维，我知道普希金很少写喜剧作品，最后果戈理就以普希金转让给他的喜剧题材创作出了传世之作《钦差大臣》。可见喜剧思维对一个艺术家的重要。中国也有例子，张成那个老头特别逗，他的思维跟别人不一样。他写了一个自传，自传里有段话：人家说工作照要贴半身相，我就想是上半身还是下半身。人家在办公室贴了一个条子“非公莫入”，他说这个帖子也同样可以贴在男澡堂。他的思维不一样，邸叙然可能还没想到。因此我这次给会长带来一篇文章，我不断看他给我的几个剧本，我原来看过他的演出，我不断跟他PK，尤其总是失败就给我一个启示，我就带来一种期待，总期待他每一个小品、每一个段落会拿出一个新的命题。他的喜剧思维是不同的。我发现在艺术家的面前，我们理论家的思维特别贫乏，到底他的喜剧思维有哪些特点？这个涉及我对中国当前喜剧思维上的几点看法：

第一，中庸化。中国人讲究中庸之道。因此造成戏剧思维往往是不温不火，悲剧不大悲、喜剧不大喜，很容易造成悲喜交加。由于这样的思维定式，所以可能是矫枉过正，就从中庸化走向另外一个极端，庸俗化。非常有趣的是《大腕》这个作品，恰恰把庸俗化给表现了，我们不要把它解读为对被北派小品的改变，它是对小品的喜剧庸俗化的表现，我觉得概括得很清楚，但有些特点还没有概括进去。在喜剧的庸俗化方面已经到了要大声疾呼的时候。另外就是喜剧的思维缺乏个性，由于是有中庸化的影响。我们的小品艺术家常常是缺少喜剧风格，没有自己的个性。相应的就是缺乏创新，我们的小品长期以来一直拥挤在几个常用的羊肠小道上。最近央视、剧协一些大赛中一直有力的往这方面引导，但是总体来说在艺术样式上单调，在美学上更单调，基本局限在滑稽小品，缺乏机智小品、荒诞小品、怪诞小品。根据这样的背景，我觉得邸叙然的出现，他的戏剧思维，我这篇文章已经讲到了，是具有探索性的。他的探索性是一以贯之的，不重复别人、也不重复自己，不重复前天、也不重复上一天。

第二，他的样式。如果仅仅用形式来说明南派小品的特点肯定是不准确的，就是说邸叙然本人也不准确，只是一个方面。但是应该看到，我们把它叫形式感、样式感，他的样式感非常鲜明。他几乎做每一个思考、构思的时候，几乎都在考虑能不能做一个更新的样式，这样的喜剧思维就构成他的创作风格。

我想重点说一下第一个话题，就是刚才周主任说到的，中国北方的小品。小品好像相当一段时间成为北国公民的专利，不知道南方人同意不同意，我本人是上海人，上海人对这个很不忿。上海话非常幽默，上海的方言不成，我还扶持过武汉，能不能出现第五个中国小品重镇，结果武汉特点还不明显。在这样一个北盛南衰的中国小品版图上，北方小品几乎是一统天下的情况近年来有好转。在这种情况下，昨天和今天杀出了一匹黑马。这个的出现我把它说得夸张点，我认为这匹黑马是创立了一种新的小品风格。昨天刘老师讲，你看邱叙然小品，不用看作者的名字准是他的，非常鲜明。另外，从目前来看这么一个风格正在从被老百姓喜欢到走向主流意识的认可。其实说老实话，我们文化厅、剧协都开始慢慢认可，咱们这些带有一种主流意识去写，文联能够开始承认它，因此我觉得这个现象如果能够把它研究透，将不是一个邱叙然，在罗湖区、深圳、广东出现很多个邱叙然，我们的小品艺术就多了种不一样的风格特色。

刚才说到了关于“南国”小品的问题，我想简单说说中国小品的历史，在周主任面前班门弄斧一下。我是研究过一段时间小品的，刚才郑主席说到罗湖区 28 年历史，我斗胆说过中国小品历史，一般认为是 30 年的历史，就是 83 年哑剧小品开始，陈佩斯，朱时茂的话剧小品。我的研究结果是 60 年代初王福林和天津电视台于伟开始做了一台笑话晚会，从那个算起已经 50 年历史了，比罗湖区的历史还长一倍。小品在五十年的过程中形成了几个集中的基地或者重镇，包括北京、天津、辽宁、陕西，几乎都集中在北方。应该说，上海也好、武汉也好，都有很多这方面的优秀作品，但是它打向北方有困难。在这样的条件下邱叙然小品出现的。我这次想做一个工作，就是想把风格做一个概括，想把他和以赵本山为主的北派小品做一个比较，这个比较肯定是不全面甚至有偏颇的，跟各位来探讨。我把他的风格概括为这么几句话，叫作：面向都市年轻的一代，从剧本入手，注重情节的铺垫，强调视觉和听觉的冲击力，重视样式的探索和创新。我想根据这么一个想法，我把北方的小品，特别是赵本山的小品和邸叙然小品做了比较，我首先要说明一点，我觉得就成熟度来讲，就目前的影响力来讲，就目前观众的认可和他本身的包容性来讲，邸叙然现在和赵本山还不是一个层次，还有一段差距，我只是讲其发展趋势、特质和北方小品的不同。

第一，从审美对象来讲，我认为赵本山的小品主要是面向东北的农村以及小城镇或者城乡交界处，这个不完全是青年人，主要是中年人，这是我对赵本山小品审美对象一个大致判断。邸叙然的小品刚好相反，他是主要面向都市，特别是脑子里始终有一个新兴的城市就是面向28年历史的新兴城市深圳。赵本山面向的开原、铁岭，这两个城市的历史最起码几百年。而且他如果主要面向年轻人，我觉得他的小品未必会受某些老人家的喜欢——正像他的某些小品未必会受我们知识分子和大学教授的欢迎。我就听到非议颇多，我认为这不是分优劣和是非，只是说他们分别有不同特征，我们绝对不是非此即彼。

第二，在特点上，由于他主要面向那样一个对象，特点是土生土长的特性和几百年、几千年形成的传统性。有人概括他的小品几乎叫作二人转小品，有一个学者写了一本书，专门有一章谈赵本山小品是二人转小品。比方我曾经写过文章，专门讲他和二人转的关系和传统性，他比较容易拿性来开玩笑。余秋雨、我和赵本山在开原开会，那次会上秋雨对原生态的二人转非常感兴趣，评价很高，认为非常好。实际上本山的小品有这样一个特点，这个东西在邸叙然这里没有，你不能说好还是不好。再比如很多二人转的技法，再比如他的押韵的说口，邸叙然你拿不来，这不是你的特点，而且跟你风格不一致。在赵本山和东北的艺术家嘴里押韵的说口非常流畅，咱们东施效颦不成。比方说，他和台下的交流，这个东西别人学不成，你邸叙然也学不成，这些东西构成他的地域性、传统性。邸叙然作品的特点是什么呢？我觉得在这样一个新兴城市，又是各地来的居民，方言杂陈，我认为邸叙然小品是年轻化、时尚化，他就是引进音乐、引进舞蹈、引进杂耍、引进曲艺都是力求喜剧化、小品化，我建议大家认真研究一下各种门类样式的喜剧小品化，他做了很多，还有很硬性的东西。他的对象是谁呢？很明显，就是年轻人。他脑子里想的就是深圳这批年轻人看了乐不乐，赵本山想的是农村的中老年人看了乐不乐。包括方言，赵本山的方言邸叙然也用，赵本山方言 80%、90% 就是辽宁的、开原的，邸叙然小品是各种方言杂陈。在切入点上，我认为本山小品始终的兴奋点是表演，剧本是他的一个壳，因此在本山表演的作品中可以明显感觉到是曲艺叫作“人保活”，你试试他的作品让别人演，至少没有他的那么强烈。非常奇怪的是邸叙然作品一拨一拨换演员，还都是业余演员，居然能够这么传神地传达他的意图，打动年轻人甚至中年人。所以我认为本山作品从表演入手，他改的非常好。邸叙然自己写本子，从剧本入手，是“戏保人”，那个是“人保活”。

第四，造笑手段。本山是两条，一个是大幅度的滑稽动作。帽子、丑扮、不断用脚蹭地，他可以想起马戏团的丑角的表演，想起卓别林那样的表演。第二，机智的、而且是押韵的，绝对不能离开押韵。特别是东北辽宁、铁岭、开原的方言，离开方言他赵本山就不成气候了。邸叙然的造笑手段，我觉得他丝毫没有放弃滑稽动作，尽管现在邸叙然已经发福了，我建议以后还适当表演，如果要演上海人的话，我建议你减减肥，否则就不像了。包括有些作品有节制的改造。他们只有性质特色的区别，没有高下之别。问题是滑稽的应用，本山的滑稽应用非常神奇，机智程度、聪明程度别人比不了。他的喜商比我们高得多，滑稽同样也是如此。真正引起喜剧感最强的是滑稽，不是幽默、不是怪诞，也不是机智。邸叙然没有放弃这些东西，但是我认为在赵本山只注重了这个，只强调了这个，在有些方面相对来说放得比较松的情况下，叙然在不放弃滑稽的同时，不放弃机智语言，甚至在有些方面也用了方言的同时，我认为他的造笑手段就是注重情节。我把它稍微具体化一点，就是他倚重的是小品故事文本本身内在的喜剧性和人物性格本身内在的喜剧性。

这样做的结果是结合得好了同样有喜剧性，如结合不好则会弱化、淡化外在的喜剧性。但是非常奇怪我们看他作品的时候，这方面感觉不明显，不是因为他抓了内在东西后，外在东西喜剧性就削弱了。我的领会就是有一条，他非常注重视觉和听觉的冲击。我认为这一条在形式感上、在样式感上我很少看到一个艺术家像他这么明显，而且很自觉，而且不遗余力，有的时候为了一种独特性，宁愿损失成熟性。有的时候吃力不讨好，反正我非这么做不可。我能从作品中看到，他作品的样式感非常强。为什么说视听冲击性非常强，几乎大部分作品都把歌舞融进去了，他融入的时候有自己独特的办法，而且就是青年人喜欢，比如把行酒令也放进去了，我想可能不一定他的原创，这就是他的一个创作。歌舞的东西、行酒令的东西、曲艺的东西、场景写意的东西，包括写意性的表演，这些东西都靠的是视觉和听觉的冲击，非常鲜明。

在对创新的态度上，我觉得本山为了追求现场效果，同时他比邸叙然成就、成熟、成名早得多，因此他要追求保持，因此我认为本山在他的创作中、表演中带有一定的守成性。守成性不一定是贬义的，守成方面比较多。因此本山在后期样式探索上有和手法创新上有无暇顾及之谈。邸叙然也非常重视现场效果，不幽默、不让人笑出来我绝不下去，这点非常明显。

但是我觉得他不只是要现场效果，我觉得里面有一个邸叙然更强调的东西。对他来说就是作品的内涵、作品人性深层的东西，特别是人的心理，不管他学没学过心理学，我感觉到他就在努力摸索、琢磨、挖掘人的心理方面的一些表现特征。因此我就提出了他非常重视样式的探索和手法创新。比方说从美学样式来讲，刚才我讲了本山的美学样式主要是滑稽，邸叙然有滑稽，像《第五大名著》；有幽默，像《最近我不烦》，还有机智、怪诞，像这次没有演的《你要相信我》，把人分开来，使人想到了（王景愚）那个看电视，把电视分两半，夫妻一人一半。想到冯巩和牛群两个人说的相声，对怪诞的尝试，但是我觉得怪诞的运用不充分，浅尝辄止。在艺术样式上，本山小品基本是二人转小品。邸叙然的小品是歌舞的、杂技的、漫画、皮影、模特、造型等等元素都放进来了。

最后一点，本山的组织形式，原来他也是一样，是体制外的，我也搞不清算不算体制内的。至少他现在得到了政府比较多的关心和支持，同时他形成了一支编导队伍。他主要是演，有编、有导、也有组织的人。邸叙然是编、导、演、组织于一身，现在开始得到了主流意识认可。我从以上几个方面说一下，我感觉到邸叙然的小品在很多方面有很多好的苗头，非常重要的是像周主任刚才提出的，他的问题在什么地方。

最后我说这么几点建议。那次到东北开会，东北人很自豪地说，他们说我们不仅有一个赵本山，还有一个崔凯，崔凯是中国曲协的副主席，高秀敏的丈夫何庆魁也写了很多本子。他本人写了很多本子，就是他有这么一支队伍。我现在讲的还不是他的编剧，崔凯是辽宁的文联主席，他把赵本山迅速地从东北推出去了。到了天津又有于伟，到了武汉又有（贾凯旋），有这么一批人全力推动这批喜剧艺术家走向全国。另外，武汉靠武汉的电视台，陕西靠陕西的是电视台。天津靠的是天津电视台，辽宁靠的是辽宁电视台，我相信你们也有电视台，深圳的电视台、广东的电视台。希望我们的媒体、文联、剧协组织能够把中国剧协办的基地变成我们自己的基地。第二，如果有可能，要么纳入体系，要么在体系外运转的时候能和体制内交流融合。

最后一个，我斗胆提出对邸叙然下一步发展从操作层面，我提出“五个一”工程，争取剧协和央视和全国的支持。第一，我建议在昨天专场演出的基础上能不能再发展一段搞一次全国的演出。第二，做一次全国性的研讨会。第三，出一本邸叙然的作品集和评论集。第四，搞一个邸叙然的电视栏目，就是专家评论他的作品，对他的作品深化和研究。最后我希望能够逐渐逐渐找出邸叙然的风格。谢谢！

**权海帆：**刚才两位老师都谈了很好的意见，周光老师从喜剧小品的风格上，和喜剧小品的本质特征上提了一些很宝贵的意见，陈孝英同志从北方以赵本山为代表的北方小品和以邸叙然为代表的“南国”小品风格的不同，来概括了邸叙然同志的小品特点。他们的发言对我很有启发，他们从宏观上讲，我不妨从微观上讲。我来之前有幸阅读了邸叙然的三个小品的脚本，就是《第五大名著》《你要相信我》，我不知道昨天《你要相信我》为什么没有演，还是一个很不错的，我很欣赏的一部作品，我本来很希望看到它，很遗憾没有看到。还有《最近我不烦》。

我想就从这三部小品文学的内涵、特点方面做一点微观的发言。我看了这三个小品，可以说深深地享受到一种审美愉快。同时我也为邸叙然同志能够敏锐发现和捕捉题材、表现生活的能力。我斗胆谈一个我自己的观点，我认为喜剧小品之所以喜，能引起喜剧感、喜剧效果，相当多的作品都在于捕捉了人的精神失衡，精神失常了，在一刹那或一瞬间人的精神失衡。邸叙然在捕捉人的精神失衡方面有着特殊的功力。我也为邸叙然能够创造性地运用多种艺术手段、深化思想意韵的艺术探索精神而钦佩，我觉得我是做不到，确实我很钦佩。我认为邸叙然的小品小巧精致、充满浓郁的喜剧性，真正是喜剧化、小品化的。在品味上通过有意味形式的创造，表达的对生活的独到思索具有较高的档次。这个“美”讲的是有意味的形式，邸叙然无论是有意识还是无意识，他对有意味的形式可以说把握得很好。有意味形式的创作非常自觉，在品味上邸叙然的小品有着甘蓝般的无穷意味，是耐人咀嚼的，不是一笑了之的。

首先邸叙然是一位十分善于发现和捕捉生活中失常和荒唐现象的高手，我是这么看的，现实生活中的失常和荒唐往往产生于人们的精神失衡。从心理学的角度来看，人们的精神平衡只是相对的、暂时的，不平衡则是绝对的、不时发生的。我们所处的这个时代正在不断深化的改革开放和日趋完善的市场经济，催发着人们的心理失衡。邸叙然对市场经济条件下，人们的精神失衡及这种精神失衡所导致的荒唐现实的解释和鞭打是深刻、入木三分的，这是从思想性上对邸叙然做的肯定。

我认为这几部小品最有深度的是《第五大名著》。这个作品表现的是市场经济中，金钱具有玫瑰色的诱惑力和摧毁性的暴力，金钱的暴力在《第五大名著》里表现得非常的充分。一些金钱的占有者膨胀着贪得无厌的欲望，他们原本精神贫瘠却财大气粗，迷信金钱的理论，以金钱为武器，向从来超凡脱俗的艺术领地肆意扩张。艺术领域本来无功利的，现在金钱用它的暴力向艺术领域进行扩张，在他们看来，艺术价值可以随着钞票的叠加而无限升腾。以致达到他通过命令达传达出的多达 20 个定语达到的荒唐不经的程度，在金钱的收买和暴力的降制下丧失了艺术创作的超功利心态，把艺术构思蜕变为魔术幻想，居然随意宰割、凌辱、亵渎文学经典，使经典艺术形象变成任其驱使的木偶、并以排列组合、拉郎配的方式创造所谓的《第五大名著》。我觉得《第五大名著》的内涵应该说从这个层面上给人们这样一种启示。邸叙然充分表达了这样一个主题、这样一个思想。我觉得表达得还不够。那个钱老板是金钱的拥有者，也是金钱暴力的拥有者、占有者。他的一切目的应该是追求利润的最大化，我们怎么表现这个形象呢？我觉得起码在场景的设置上，有些过于追求喜剧化效果——歌厅里，旁边有一个女秘书，这已经是概念化了、一般化了，因为许多喜剧作品都是这样表现的。一个大老板旁边一个女秘书在歌舞厅跳舞，我觉得这个把小品毁坏了，起码是受到损失了。为什么不设想他们计算着用他们投资怎么样获得最大的效应，实现效益最大化，来做一种跟各种投资的比较，比较来比较去，投资到艺术领域里既有钱有名，又能接触到这么多明星，他可以要求荧屏上 3/4 都是我钱老板的名字，有名有利，这样把钱老板之所以能够投资于艺术领域的根本目的也进一步揭示出来。所以我觉得在这一点上还是不够的。放在歌舞厅里面，把钱老板漫画化了，也概念化、一般化了。我们不难看到那样的镜头，那个太多了，为什么不独出心裁，另外开阔一下你的思维呢？

我再说一说昨天晚上没演出的《你要相信我》，也很有意韵。张老板、李老板两位老板都是走出心门，失落良心的人。场景非常好，从心门走出来，失落良心的人，荒唐的是，他们都在诅咒人与人之间真诚的缺乏，都在怨恨那种防不胜防的虚假的欺骗，但是他们同时都在自觉不自觉的欺骗别人，自相矛盾的。时代为他们创造了难得的合作机遇，他们都意识到合作和对方相信的重要，都呼吁对方一定要相信我，但是不相信对方。但是生活中并不都是欺骗，他们欺骗了人，被欺骗者出租车司机却赶来送来张老板丢失的皮包，面对这个真诚的司机，张老板误认为司机是因受了他的欺骗而来，仍然应对欺骗，当他终于弄清楚司机是送还自己尚未发现丢失的皮包时，一时尴尬、愧疚，良心发现。这个小品应该是很有意韵的，呼唤着人与人之间的信任。

但是我也觉得也有不足的地方，本来他们两个合作契机上我们可以再大做文章。他们考虑了能够跟参与合作项目的王老板、李老板、宋老板，都没法信任。唯独他面对的这个张老板可以信任，但是张老板却就不信任他。如果往这方面再进一步开拓的话，可能更戏剧性、也更深刻。

《最近我不烦》别具新意。生活五光十色，个人有个人得不幸，有不幸就难免心灵失衡。心灵失衡中即便极平常的事也会产生喜剧性的冲突。作为一位咨询员，面对来办事的各色人等，尽管同样是按章办事，不同的态度会产生完全不同的效果。《最近我不烦》把一名咨询员面对前来办理房屋过户的两个人因态度的不同、阴差阳错产生了三种完全不同的结果和场景，对比性地展现在我们面前，令人哑然失笑。我们从三个小品中不难看到，邸叙然不仅善于发现捕捉现实生活中人们的心灵失衡，而且善于创作，以创作一新的意味形式表达对生活的独到思索。这是我要谈的第二点。在有意味的形式创造上，邸叙然是富有艺术智慧的。这正是邸叙然特点所在。

《第五大名著》用传统戏剧夸张手法同时，显然得到了数学排列法做法的启发，创造这么一个荒唐的戏剧性情节。《你要相信我》则运用传统的戏剧巧合手法，同时用对心门的设计，使作品平添了一个象征性的内涵。谁能走出心门？谁也走不出来。但是他象征性的设计了心门，深化了作品的意味。观众不难明白两位老板走出心门，魂不守舍、灵魂出壳、良心流放，坐在铜钱的凳子上——表现以金钱为支撑的价值观。《最近我不烦》不但在构思上借鉴了排列组合法，而且究其结构方式，显然从录像带播放的刻意性方式得到了启迪……他把这些都运用到小品创作上，这是我们一般人很难能想到的。如果说咨询员、办事员三次遭遇，是各自不同的态度、不同的表情导致不同后果的排列组合，那么三次不同情景的展示便是通过录像带播放和倒带黏合在一起，这种黏合使作品浑然一体，也有怪诞的气息。

其他作品像《搞掂》也是这样，把三个板块有机组合在一起了，黏合在一起了。可贵的是，邸叙然的作品形式的创新和艺术手段的运用，并非追求表面的炫目、好看、好玩，并非追求一种花里胡哨的视觉感，也不仅仅作为结构手段，而是与内容紧密结合，构成作品有机体不可分割的组成部分，或者是形式化的内容甚至就是内容。邸叙然的一些作品可以说在那个形式、样式创造上已经达到了这样一种高度：形式本身就是内容。走出心门是象征性的但是本身也是内容。并不是在玩弄花里胡哨的仅仅为了好看的那么一种形式。也不仅仅是追求视觉、听觉的冲击力。从一定意义上，它的视觉、听觉冲击力已经化为内容，跟内容紧密结合在一起。我认为这是具有一定品位的艺术创作实践，是十分难能可贵的。邸叙然的艺术思维是开放性的、创作性的，我上面说的几部作品，每一部都不同于前一部，都有创新。这十分难能可贵。他重视对真实生活的喜剧性和荒诞性的把握，也能够运用创作性的艺术手法表现喜剧性、荒诞性，既是现实的，也是超现实的。走出心门就是超现实的。既富有感性的真实，也有着理性的思索和荒诞意味。很多作品感性与理性已经融为一体了，是恪守喜剧小品美学范式的也呈现新的风采。理念、归宿有较高的品位。因此我们不能不为深圳出现这样一位小品创作的新星而对小品在南国的未来充满信心。我就谈这么多吧。

**刘乙洁：**我把时间多留给省里的专家，我简单谈四个意外：我看过邸叙然的剧本，说实话，我看他这个文字的剧本，看不出彩，当然这也从另外一个方面说，邸叙然文字的功底还是要加强。我这个意外，是昨天观摩他这七个作品以后，所有剧本上没有出彩的东西他全都在舞台上表现出来了，真的是把他文字上的东西都给拔高了。虽然这些文字也还是那些文字，可是到了舞台上全部都立起来了，我昨天还跟他们聊天，我说那是因为邸叙然集编、导、演为一体——他在编的时候，很多东西都是立体的，所以很多东西他都省略了，他自己知道这儿的时候应该怎么表现，人家是画外音，他都成了心内音。所以你在看文字之后，再看到舞台表现，会给人一个意外。

第二个意外。我在中央电视台也看过《最近我不烦》，还是蛮有感触的，因为那是单独的看一个作品的舞台演出效果。昨天是把他七个小品看了以后也有一个意外，就是他的风格非常的明显。而且从纵向地看，他的这个轨迹都能看出来。《他和他的真心话》是邸叙然的第一个创作，这个就是明显的还带有模仿性的痕迹，这个应该是在他风格以外的。其他几个其实都很明显的带有他自己的风格，其实我个人特别喜欢的是他那个《超级小兵》和《第五大名著》。他的风格是什么呢？我觉得他很多东西是一个“巧”字，不管是他的结构、他的艺术手法，都是用一个“巧”字，出人意料之外地浓缩在舞台上。

第三个意外。邸叙然的团体，他的这些哥们儿、朋友们，他们这个表演团体让我感到非常意外，因为他不是在体制内的、有工资发着的一个艺术团体，而是来自不同的岗位，有着不同的工作，因为爱好、兴趣、因为艺术而聚拢起来的一群年轻人，这个也是让我觉得意外的。因为我们都知道，深圳这个地方只有28年历史，是从一个渔村发展起来的。很多人一说到深圳，觉得深圳是以钱为中心的人际关系，还有这样一批年轻人为了自己的爱好、为了自己的追求、为了艺术能够这样凝聚在一起，确实是在我的意料之外。我真的是在这里对他们表示敬意。

第四个意外，和前一个是连在一起的。正因为是这样的一个群体，这样的一个团队，他们的发展、他们怎么能够支撑下来呢？罗湖区的文联、文化馆等，体制内的几个部门支持邸叙然，并且给他办了一个专场的研讨会，也是我的意料之外的，我就知道了原来他们还有这样一个坚强的后盾。省里这么多专家也来了，这也是他们坚强的后盾。我们离得很远，也不能给邸叙然一些这样的帮助，我们也是爱莫能助。我们看到的是一个非常好的苗子，而且不管从中国的喜剧小品的现状上来看，还是从爱护年轻人的角度上来讲，都是一个难能可贵的苗子，我希望他们能够得到省里、市里、区里的呵护。我想邸叙然要走的路还长，他还年轻，虽然他昨天的作品里面或多或少还显出了他的稚嫩或粗糙，但他有实力，我相信他在专家和领导的帮助下一定会迈出一大步。我就说这些。

**汪　雷：**谢谢大家，我先声明一句，对于戏剧我是标准的外行，百分之百的外行……

按照我所理解的，我们戏剧的分类可能在我的感觉中一个是正剧、喜剧、悲剧。周光老师他们都是专家，凭我作为一个观众的感受，我感觉正剧给人的最终目标是给人思考，你去面对艺术，概括所形成的一种社会现象给观众一种思考，你同意它也行，不同意它也行，你理解它也可以，不理解它也行，部分理解也行。我觉得戏剧是给人一种震撼，你在大多数人眼里他可能感受到悲剧，可能受它的感染，但是相对来说也有一部分人，你认为是悲剧我可能不认为是悲剧，要寻找它的共同点相对来说是比较困难的，正剧就更困难。

作为喜剧来讲，我觉得终极目标是寻找一种共鸣，观众的共鸣。这个终极目标就是笑声，要让大家笑，为什么叫喜剧？为什么这次座谈会要把陈老师、权老师请过来，按我的理解，这个小品虽然应该算曲艺里面，应该属于曲艺类的，但是好像也应该算喜剧的大范畴里，它的终极目标也是追求笑声。要让大多数的人在观赏你的小品，观众看它的时候能够感受到欢乐，情绪上的共鸣，这是终极目标的……

过去我们一直讲一句话，大家经常说，最具民俗性的艺术作品也是最具世界性的。我很赞成这句话，在这里并不是让邸叙然的作品强调民族性。我是什么意思呢？我觉得小品有它自己本身的艺术特点，我没研究过这个东西。

我本身是一个门外汉，我没有时间也没有浓厚的兴趣研究小品。提到邸叙然的小品，我是稍微关注一下。在我的理解当中，小品不是戏剧，不是大戏，不能有全面、完整的框架结构，它更不是史诗式，我的理解小品是漫画式的。我觉得方成的漫画是非常有特点的，在国内的漫画家中他也比较有特点。他是选取生活横断面中一个点，就针对你这个点来说事，邸叙然的小品在这点上已经涵盖了这个鲜明的特征，就是不准备好大求全，把什么东西都囊括进去，而只采取漫画式点击的形式，用这样的方法、这种艺术构思来表现所想表现的一种内容，然后来求得观众的共鸣。我是这么理解的。

如果这个推断能够成立，我对邸叙然同志提一点建议和希望。在今后的创作当中，一定要追求共性和深刻性，刚刚几位专家和领导都已经提了这个问题。你的作品很有个性，我是外行，我没有从艺术风格和艺术特点上评价，我只能从文艺上提一点共性的问题。另一点就是深刻性的问题，我稍微铺开一点讲。每年的春晚，好像中国有两台大戏是大家非常关注的，首先是央视的春晚，这是第一台。第二台可能大部分的普通观众没有注意，但是也有相当一批观众关注，就是文化部的春晚。这两台春晚第一台的影响力大，看的人多，知道的人多，第二台看的人相对少一点。如果从艺术形式来讲，我个人觉得文化部的春晚属于高雅艺术，比较高雅，都很经典，非常的精致，但是它的观众不多。第一台央视的春晚受众面比较多，在前一些是非常受欢迎。受欢迎的原因，我认为当中的一些重要的艺术形式，比如小品抓获了大家的眼球，小品当中也有一些经典的，值得流传的。我这个人不太记得演员和剧目的名称，但是我有这样的印象，最初是黄宏演的打扑克牌，用名片打扑克牌，我觉得那个很深刻地揭示了社会现实；更早一点还有马季的相声，还做了一个广告“宇宙牌香烟”，后来在社会上也真的出了这样一些品牌，一些品牌也就跟上去了；还有近年来春晚上包括赵本山的《卖拐》，这几部小品我觉得都是比较受欢迎的。反过来说，央视的春晚遭遇的非议、批评越来越多，这几年一年比一年多。我和央视朋友、广电总局的朋友都直言不讳的谈过这个问题，我说为什么这两台春晚都有自己的缺陷，都受到越来越多批评的声音。我说最大的问题，文化部的春晚优点我不谈，有一个缺点是他是媚俗的晚会。央视的春晚更糟糕了，它除了媚俗以外，还有一些几乎低俗的成分在里面，包括对残疾人的诬蔑、诽谤等等……我对邸叙然提出一点建议和希望，就是力求不低俗、不媚俗，以共性和深刻性求得发展。

**梅玉文：**特意赶来参加邸叙然作品研讨会的，还有深圳文化局社文处处长杨素贤女士。请省里同志接着发言。

**黄兴武：**昨天晚上集中看了邸叙然的喜剧小品，非常兴奋。我觉得邸叙然在小品艺术上是做出了很重要的贡献。刚才几位专家都说得很全面，我不想那么全面，就简单谈一下。我谈两个问题，一个就是形式和内容。我很同意刚才教授说的形式就是内容，过去理论把形式、内容两分，常常对一些作品提出批评就说是形式大于内容。但是我觉得很了不起的就是邸叙然是运用形式创造新鲜样式的高手。在他编导的作品里面，这些形式、这些样式都有着非常丰富的内容，是形式大于内容。像《搞掂》，三个人想怎么搞关系，背过身去各打电话，出现的音像好像是多余的东西，但是它非常生动，丰富了小品的内涵，也加强了小品的观赏性。有些作品是很难表现，比如像《最近我不烦》。如果用常规的写法，用文学性的表达我想是很难的。邸叙然恰恰是通过创作一些新鲜样式，特别是倒带，我觉得可以在小品艺术里列为经典，所以形式和内容我觉得邸叙然运用的非常到位。

再一个就是什么是小品艺术？我觉得小品艺术是从话剧里面脱胎出来的，是以小见大的语言艺术。小品艺术有没有独立的审美价值，有没有独特的存在空间？看了邸叙然这些作品我更有信心，我觉得小品作品不同于话剧艺术、不同于小戏艺术，是具有独立的审美品格、具有非常强的表现力。我觉得小品艺术在运用形式上，创作空间是最大，而且小品艺术特别需要这种形式的创新跟样式的创造，这种新鲜的舞台语汇的创造。

我觉得邸叙然的小品有几个特点，他能够把不好看的东西弄得好看，把没有办法表达的或者表达得很枯燥的东西，能够表达出来而且表达得非常生动，他能够把被日常生活遮掩的东西揭示出来，把它放大，给人以强烈的印象。另外他能够把一些本质的东西，举重若轻地揭示出来，强调起来，我觉得这是很了不起的能力。

邸叙然是演员出身，他编导的小品想象非常丰富，创意也非常奇特。充满了舞台感，也充满了娱乐精神，或者说充满了喜剧精神，有着超常的驾驭舞台、驾驭观众能力。昨天看演出的时候我突然脑子里冒出一句“这小子简直是舞台的精灵”，他是为舞台而活着。看他的文本不能拿到很高的奖项，当然这也是他的弱点，但是一到舞台上呈现得非常生动，非常有观赏性。

去年搞纪念话剧100周年的时候，我看到有一位学者写了一篇文章，他说现在演纪念话剧百年，话剧已经死亡了。谁还跑到剧场看话剧啊！老舍的《茶馆》、曹禺的《雷雨》这样一些现实的表现生活的作品我们还有没有必要到剧场去看？邸叙然这些小品是可以受到观众欢迎的，我觉得这样的作品没有死亡，还是很有生命力的。当然邸叙然的作品还有必要再提高，今年春节他给我发了一个拜年短信，我也给他回了一幅对子，其中我用了两个人的名字，一个是任文叙，一个李默然。任文叙是广东的状元，是民间的喜剧人物，民间的幽默大师。李默然大家都知道了。我希望能够在文化底蕴跟舞台表演上，对他有更高的期许。我觉得邸叙然的作品一个是在哲理升华、思考方面有些还有所欠缺，比如说《最近我不烦》，周主任也提到了，这几种状态怎么去概括，得出个什么可以值得人们思考的内涵。我觉得这个小品应该体现的，就是常态的回归。所谓以人为本，在窗口行业我觉得就是常态的回归。因为过去我们窗口单位是反常态的，反常态有两种表现形式，一个是居高临下、态度非常恶劣。这是一种反常态的或者计划经济年代，过去打着为人民服务，实际上是人民为他服务，是一种反常之态。另外还有一种反常是什么呢，就是搞形式主义，所谓微笑服务、服务月，让那些接待人员背着缎带、拿着饮料、又抽奖、又派礼品等等，强装微笑，搞虚假的形式主义，这也是很让人烦的，它不是一种真实的为人民服务的态度。现在我们需要恢复到常态，以人为本就是要恢复到一个正常状态。我觉得在这方面，邱叙然是不是还应该加强自己的修养，在概括作品内涵方面要更深层次进行思考。

我觉得这些作品的题材大概是两种类型，一个是歌颂性、宣传性的，配合中心、配合教育做一些宣传；再一个就是社会批判性、揭露实际的一些东西。我觉得在题材上、在选材上，小邱还要拓宽自己的视野，还可以不要仅仅停留在社会学的层面上，可以更进入人学的层面，研究一下人、研究一下人性方方面面的表现，揭示一下人性深层次的东西。有些作品有，但是这方面的前景我觉得很广阔。鲁迅说过在中国要找滑稽的事情，不能到滑稽里面去找，要从正经事里去找。我们国人很多正经的事情，其实里面有很多很荒唐、很可笑的东西。我想如果能够在这方面再进行努力，把这些东西能够再加上邱叙然在应用舞台形式、样式创造能力，他的喜剧的细胞，我想如果能达到这样，他就可以跻身大师行列，我相信会有这么一天。谢谢大家！

**赖汉衍：**我讲几句。跟邱叙然认识几年了，有的作品都看过了，而且看过不止一次了，我本人是搞创作的，我也搞小品。但是每次看邱叙然的小品还看得津津有味，昨晚也跟着观众一块儿乐，他不光征服了观众，也征服了我这个写戏的人。最先看到的邱叙然的是一个剧本，是写计划生育的，我说这个剧本怎么排啊，什么意思啊？这个怎么放上舞台？后来他们说演了，挺不错的。我说怪了，这个剧本怎么能演呢！后来仔细一琢磨，这小子厉害，剧本里有内功不告诉我们，学不来的。昨天晚上也看了，很多老师也说了很激动，我也很兴奋。邱叙然这几年进步非常非常的大，而且闯出了自己一条路，很有感触。

我这个感触是什么呢？昨天晚上看了后我想起了一个往事。刚才陈老师也说到了南派北派，2001 年我们参加全国小品大赛，我们当时是李邦宇老师带队，结果去了后，赵本山先生担当评委主任，所以各个代表团都跑去跟赵老师套近乎。李邦宇说我磨不开这个脸，说不出口。后来大赛基本上都是东北话，走路的人基本都是赵本山走路的样子，后来我们拿回来了一个三等奖。每次到最后要有一个汇报演出，汇报演出糟糕了：满台赵本山怎么汇报？分场比赛时还不觉得，现在一集中起来全是赵本山，说话、语气、走路都是赵本山，满台都是赵本山了，所以就动员我们这台小品演出。演员不干了，那么多一等奖、二等奖，十几、二十个，汇报才七、八个，怎么就轮到我们？后来李老师还是服从了——因为满台都是赵本山，我们的小品不是赵本山的风格，所以受到欢迎了。所谓北派以赵本山为代表的小品，怎么说呢？也许对普及小品有好处，但是对小品有一个僵化。现在省里一些社会上组织的小品比赛，很多是这样的。让我们当评委的不知道怎么打分。赵本山的小品有一个最大的特点就是不可复制，本人演出，这是不可复制的，怎么学都不是赵本山。就像今年春晚的《火炬手》换一个人能演吗？绝对不能演。所以我就想起这个事，很有感触。邸叙然的小品可以不用他演，而且带的团队很年轻。从专业角度来说，说他们专业水平很高，恐怕不能这么说，但是他们很敬业、很认真，就能把戏演得非常好，观众很乐、我们也很乐。所以邸叙然在小品上的贡献的确非常大。因为我们本身也是搞小品，我们单位也搞小品，我也知道搞小品很难。特别像我们体制内的，我们小品都要配合体制，选村长、和谐建设，思想解放，编小品都是很费神的。邸叙然闯出了一条新路，这条路走下去会有一个辉煌的前景。领军人物都还不宜提，作为一个黑马，这已经足够了。特别是南方搞小品的确有点尴尬，因为观众老看电视上的，他以为赵本山那个才是小品。我们的小品绝对不赵本山化，不许说东北话，不许学赵本山，这是一条规则。为什么呢？学得不像，还不如老老实实演我们的小品。但是邸叙然小品给我们提供了怎么演有别于赵本山式的一种样式。这是对我们小品的贡献。而且邸叙然的小品，很多我们正儿八经的编剧可能就编不出来。他把很多元素、样式、艺术的样式都放进来了，舞蹈的、音乐，还有打电话那个，我觉得挺好的。变成一首歌的变调，又像狗叫、又是一种音乐，这个音效搞得非常好，很佩服。说真话，我们这些60多岁的人很佩服你。我就想不出这样的招。就算你想出来，我们导演不一定按照你这个招儿，他有一个优势是什么呢？自编自导，不用遭到导演的宰割。我们有些想法挺好的，到导演手里说不行，不喜欢就阉掉了。他不会，他只会自己加长，不会阉割，这就是邸叙然对小品的贡献更多是在这里。当然深圳除了邸叙然，还有别的老师、专家，像张福生老师他们写的小品是一般意义的小品，那种也要允许存在，那种也是观众需要的。他这种也是观众需要的，不可偏，不能搞成北派的都是赵本山，深圳的都是邸叙然，这也不对，允许百花齐放，但是他对小品的贡献不容抹杀。而且我作为一个老的编剧，觉得邸叙然要坚持走自己的路，别人提的意见你要参考、消化，但是自己该走什么道路，还是坚持要走下去。虽然现在形成很突出的个人风格，但是有些东西还要提高。比如刚才周光老师说的，就是毕竟有一定的游戏规则。比如参加省里剧本评选，你就肯定吃亏，今年就评不上了，拿不到一等奖了。但是上舞台一看，很多一等奖就比不上你。但是很多你心中明白的东西，人家要观摩学习你，要读你的东西，有一些必要的舞台提示、有一些必要的东西，还是要遵从游戏规则。这也是让人家更好的理解你的剧本，还要加强文学性。第二，这么短短几年能够取得这么大的成绩，的确很不容易，我们由衷为你感到高兴。而且我也觉得这样，作为省里、市里，这种现象不要局限于罗湖。因为在中央电视台播，对于我们南方小品应该怎么做，你说另类也好、新的样式也好，毕竟提供了一个新的东西，这个值得推广。作为市里也好、省里也好有必要做做这个推广工作。其实有些我都偷了他的词儿，在我们院里讲。这里加了音乐挺好的，怎么就这么硬邦邦的。现在他们已经开始学了。小品并没有规定一定该怎么演，你只要演得好看，让人家高兴、让人家能够理解你的主题，特别像我们这些都是比较大的主题，需要吸收多一点东西。所以我觉得还是应该推广，作为一种我们比较特有的样式，能够得到某一方面的补给。路还很长，但路很光明、前景很光明。就说到这里，谢谢大家！

**陈京松：**时间不多了，还有很多人没有发言。我就简单说一下。昨天看了这一台小品，我首先感觉娱乐性非常强。很多年前，十年前我在《剧本》杂志上发过一篇文章，就是谈戏剧娱乐性。过去最早讲戏剧教育作用、认识作用，后来比较强调审美。实际上对于观众来讲，这些可能他都看不到，他是要娱乐。我们剧院叫作娱乐场所也是这样。所以我觉得娱乐不是一个什么不好的东西，不是说娱乐就一定要比审美等等低。这些年小品能够走俏我觉得有两个原因，一个是电视的普及。一个是咱们国家大戏的戏剧非常少。我曾讲过十年的外国文学，比如讲莎士比亚肯定重点讲四大悲剧，《威尼斯商人》等喜剧就简单介绍一下。实际上我们古典戏剧里有很多喜剧，但是我们一到正经的学院，讲喜剧的比较少，都是讲正剧、悲剧，咱们国家戏剧舞台上大戏的喜剧非常少，可是观众需要娱乐、需要笑。那么小品就从这个缝隙里插出来了，现在逐渐壮大，可能戏剧小品样式可能对中国是首屈一指，我很少听别的国家戏剧把小品作为这种独立样式。戏剧小品之所以能够独立壮大，最主要的是个性。上海大戏《秀才与刽子手》，那个就是娱乐性很强，当然非常深刻。难就难在沉重的主题、清末的社会变革，通过一种非常好笑、非常好玩的戏剧样式表现出来，我是很佩服的，我专门写了戏评谈这个。

按照惯例要讲但是了，我觉得你的小品还有提升的空间。第一，文本。你如果让我来排队的话，第一，一个好演员。第二，一个不错的导演。第三，我认为是一个一般的编剧。我认为好的剧本不是靠表演来出彩的，就是好的剧本。比如说赵本山有一个我很欣赏的，我觉得难度也很大的，《昨天、今天、明天》，那个剧本你看了就很喜欢。你的剧本《超级小兵》，剧本看起来就很有意思，有人物性格，另外相对来讲《第五大名著》也比较好，但是那种剧本好写。相对来讲，《超级小兵》是比较难写。作为文本来讲假如要写喜剧，有些喜剧是人物冲突、喜剧氛围。你第一个基本上没有喜剧性，观众的笑声是靠你的肢体语言演出来的。所以我觉得在文本上，如果你要搞喜剧的话，要注意喜剧文本的一些基本规律。咱们对面都是专门搞喜剧的，就是在喜剧的运用上。第二，样式。现在咱们一说小品，好像就想到喜剧小品。实际上我到广州来，给我印象最深的是《待到桃花盛开时》，那是我第一次参加广东省的小品。另外那个梅先生，我们十几年没有见了，昨天一听，我就说我还记得你那个《我想有个家》，那是十几年了。咱们这个张大师也有很多正剧的小品，正剧的小品你想抓人更难。喜剧小品讨巧，容易抓住观众。有一届央视比赛，那次水平非常高，一等奖是部队的《雷达表》，还有《红雨伞》，还有《的哥》，我特别为《的哥》抱不平，那么好的作品。我每次给下面的业余演员讲的时候，都要放一遍《雷达表》，那么感人，转折都非常好，像你的转就不好。你应该用一种聪明的方法，用一种喜剧的方法来转变，不要讲道理，现在的人其实是不听道理的。包括毛泽东思想也好、三个“代表”也好，虽然很先进，但是能不能改变我的思想，因为我这个人比较落后，到现在组织上还没有入党，这是改变不了的。所以不要讲道理，不要相信道理能去改变人。虽然第一次见面，但还是有什么说什么，更好的意见是在下面的各位，还有张大师他们，就说到这儿。

**吴淮庆：**昨天晚上看完后，觉得很惊喜。因为可能我孤陋寡闻吧，这是我平生看的第一台以个人命名的专场晚会。因为我还没有听说过，也没有看过，以个人名义命名的这种演出。所以我觉得首先要表扬主办方，刚才大家谈了这么多，没有感谢我们郑主席，我觉得这个非常有眼光。她刚才开头就说了，人家花几千万、几百万搞一台大型晚会，她宁愿包装我们杰出的艺术人物，把他们推向全国、推向世界，反正这是其中一个项目，后面还有。所以我觉得这种眼光非常难得。

另外，刚才陈老师说了，我也觉得邸叙然现象非常值得思考。因为他这个现象包含非常多的内容，刚才各位表扬了他们的团队。他们的团队非常可爱，一个个都是靓仔、靓女，形象非常好，而且他们都是专业出身的演员，经过专业培训，都有相当的功力。这个团队对他有很大的帮忙。从这个晚会来看，的确特点非常明显，基本上都是喜剧为主，喜剧性很强，观赏性也很强，而且视觉很新，表现形式、内容都有他自己个人风格。刚才各位都说了，用了很多形容词，因为时间有限，我就省了。

我也说说但是。因为我觉得有个概念还没有搞清楚，作品研讨会是讲编的作品，还是你导的作品，还是你演的作品。如果这样的话，我也不知道赵本山演的是不是他编导的，那就没有可比性了。如果拿赵本山的跟他的来比，我觉得就没有完全的可比性。邸叙然主要是编导，我查了一下节目单，他演的三个，还不到一半，主要是编导方面。赵本山主要是演方面，所以就没有完全的可比性。再比如赵本山你说他是北方代表，不能说北派代表。邸叙然是南派领军人物大家有不同的意见，说南方领军人物还可以这么说，但是要形成流派，这需要理论支撑，也需要作品积累，并在形成一定风格后。尤其是作为专业的，现在都比较少，也比较难。都是在以后，经过时间的积累，慢慢沉淀下来才能形成一个流派，所以这个提法还是要慎重一点。

另外，我觉得作为南方的小品，如果你要说南派，我觉得还没有南派的特色，包括从形式、内容。毕竟他还是来自北方，从山西到北京，然后到深圳、广州、香港这边。其实南北都有融合，但是这个内容比较普遍。这个内容也不是光有南方的特色。所以在这方面像京松说的，作为作品表现方面我觉得的确比较松散，而且有很多作品节奏来看，还是受了我们一些主流文化的影响。作为小品我一直都觉得应该不要求全，因为它和小话剧、独幕剧、话剧不一样，小品主要还是片断，生活的一个片断，一个侧面，不要求特别完整的情节，这就造成戏剧结构里比较容易混淆的部分。比如《集训》，好几个戏都是这样，开了这个头，完了我结尾，通过头尾对比，用手法表达意念。中间的过程全部都省了，为什么一定要追求这样的结尾呢？实际上做小品不一定要追求结尾。比如《集训》，就那么打几炮，精神完全焕发了，中间完全跳光了，这种结构比较松散。像《搞掂》也是这样，中间行贿过程全部省的，后面就坐牢。通过这个对比，有头有尾，还是从一个大的剧的结构去写小品，我觉得这个可能会受到局限，反而有一些光是一个片断的还是可以。总的来说，基本上还是追求结构完整，没有用特殊的要求去作为创作上的思考将来可以在这方面改进。

另外就是内容。现在这种内容抓住了社会的普遍现象，我看完后觉得他是把都市百态作为一种讽刺，他这个专场都是百态的，对社会百态加以善意的讽刺。但是作为深圳特区还可以有自己的特色，尤其是很多现象，可能全国没有，就深圳有。能不能抓住这些内容，人家一看就觉得这个其他地方绝对写不出这样的作品，无论从编导还是演出评价。比如广东人在这方面的思考完全不一样，绝对不会跟赵本山一样，赵本山那种主要是农民意识，你写的是都市小品，不是农村小品，实际上南方这边也有农村小品，尤其是方言小品，实际上也不少。你从特区自己独特的一些观念、生活、形态中去挖掘题材。我就不希望都跟全国的一样，深圳也有很多内容，包括反腐，实际上全国都可以写这个内容。我们反映的内容应该要有自己的特点。实际上现在是内容题材一样，好就好在视觉很新。我跟陈京松、刘老师讨论过，我的看法最喜欢《超级小兵》《第五大名著》，其他的还是问题比较多。但是由于时间限制，我们有时间也可以再具体探讨，比如每一个作品可以加以分析。

最后一点，作为文联下一步可以做更多的工作。像今年广东省要举办艺术节，能不能争取参加艺术节，在广州我倒非常希望能看到这样一台喜剧小品。现在生活好了，大家都不希望到剧场抹眼泪，大家都希望能够笑。如果能够争取的话，像去年中国艺术节，群文已经进去了。像今年广东省艺术节是 11 月份举办，能不能争取。局里、厅里也可以给予支持。你要推人的话，也不一定不行，我个人看法倒是希望有这么一台，丰富了我们艺术节的形式和内容，我就先说到这里，谢谢！

**从　容：** 邸叙然是生活当中非常低调的一个人，为人也很憨厚，但是他的作品却非常另类，思想很有创新意识。这个很有意思。其实我觉得艺术家应该这样，生活当中应该很普通、很平常。他的创意应该在作品当中有更深刻体现。非常感谢这么多的领导来到罗湖区，为邸叙然做这个专场的作品研讨会，同时非常感谢文化局、罗湖区文联和剧协以及文化馆有这样的眼光做这样的专场演出和研讨会。看文艺有没有成绩，首先要看出没出人才、出没出作品。应该说深圳确实是人才辈出、作品辈出，深圳有很多文艺前辈、戏剧前辈开拓了我们小品的舞台，比如张福生老师、梅玉文老师，所以深圳的小品是有传承的，到今天的邸叙然。我昨天坐在下面看邸叙然，我说真是有才华，邸叙然这个年轻的戏剧编导。深圳海纳百川，包容和接纳了对这片土地有感情、有创造激情的戏剧家们，所以深圳对有才华的人才是非常偏爱的。邸叙然在 2003 年深圳剧协和中国戏剧文学协会联合举办中国深圳第二届电视戏剧小品大赛中脱颖而出，我们当时对邸叙然不了解，甚至不认识，当时他的作品最后在赛事中获得金奖。当时的评委是唐国强、句号、蔡明等等，好像还有黄新武老师。邸叙然小品能够走到今天，能够具有这样的专业性，还有独特的科学性、知识性，而且就像刚才几位专家所说，我们现在谁也不能把小品定位到底怎么写、怎么演，这么独特的小品写好应该不容易，行行出状元，邸叙然在戏剧小品这种艺术体裁上走出一条新路，在浮躁的城市他不丢弃少年的梦，这么热情，非常令人敬佩。

他的小品都是来自丰厚的生活、贴近生活，很多都是他到税务局、工商局、部队体验生活，最后形成的作品。这么不同的东西，有写实、有荒诞的，各种不同的类型，但是他都不同程度有批判意识、讽刺意识，把后现代、多形式元素纳入作品当中。他不自觉运用各种流派的形式放到自己作品中，具有很浓的都市文气息，尤其相比北方赵本山的作品，而且借鉴了很多话剧的元素，有更强烈的夸张。这种夸张来自于形式、形体、歌舞的，还有音效的，还更浓的诙谐、戏剧性，包括千手观音调侃、倒带手段的应用等等。一个作品从文字到舞台、从平面到立体确实要经过两度创作，在这个创作过程中，我们就需要有一批有才华的演员加入进来，所以我们看到了邸叙然和他的这样一群非常可爱的兄弟们，我们这样一帮深圳非常优秀的戏剧人才、戏剧青年演员，实际上他最早的合作就是4、5个演员，像伍埕、李牧霏，杨成成到后来的赵勇、蒋帅、张立儿等实际上加起来还不到10个演员，正因为这样一群人，他们人少，他们可以经常在一起磨合，所以才有切磋，二次创作觉得特别好，最后形成了我们刚才几位专家所说的有意味的形式。应该说就像张艺谋一样，你的作品需要有一个团队来完成，这个非常重要，他们也是深圳戏剧的中坚力量。

最后，我希望邸叙然在听了今天所有前辈、领导专家发言之后，能够保持自己的风格，改正一些他们所说的在戏剧方面的不足，继续开掘，在这片土地上继续耕耘，创作出更有意味的形式、更深刻意义的小品，谢谢！

**杨素贤：**今天非常感谢来自北京和省里的所有专家，对罗湖的支持也是对深圳的支持。在这个工作中，也感谢陈处对深圳和罗湖长期以来的关心和爱护。我也很高兴听的戏剧家协会秘书长从容的发言。她把自身在文艺界的工作和罗湖工作糅在一起，今天的发言她好像站在罗湖的角度，非常的亲切。我觉得一个事业的繁荣需要有一个氛围，这个氛围有两个方面：第一，政府应该提供平台。第二，让我们所有的文艺创作者、文艺工作者、文艺爱好者积极参与，才有这样的繁荣。邸叙然作品晚会我昨天也看了，对作品的评价我是外行我就不多说了。

谈一点罗湖的戏剧现象，他们应该不断地发展。从老一辈张福生老师、梅玉文老师，再到后来李金，到现在的邸叙然，从年龄段角度来讲是合理的，老、中、青。另外，罗湖不断挖掘社会方方面面的戏剧人才，除了创作之外，还有表演的，包括还有后台的这种制作等等这些。这个队伍应该是比较完整的，而且队伍的发展现在还是往上走得这么一个趋势。

另外再谈到邸叙然同志，我们这个队伍里能够长盛不衰的像张福生老师，像现在的邸叙然老师，懂创作又懂运作，怎么找演员、怎么争取各方面的支持，这一点是相当不错的。作为我们市文化局无非是两块，一个是提供平台，一个是建立机制。昨天晚上的周末剧场其实是我们的一个方面。我们这两年市文化局提出了周末文化系列，包括周末剧场、周末广场、周末讲座，还有周末培训等等，这些是周末文化系列，专门是给市民休闲提供的文化。第二，流动系列，这主要是针对广大外来劳务工的。我们深圳和别的城市不一样，1000人以上的工厂有1000多个。所以我们的节目要深入到基层最需要的人群当中去。这两个平台是我们最基本的群众文化平台。

周末剧场每个星期五都有一场，而且除了群艺馆外，我们六个区的文化馆都有这样的剧场。今年全面铺开，各个区都是固定时间。我们这边提供宣传文化基金、申请礼品经费，除了对剧场资助外，还有对剧团、演员的补助。有宽容的时间给他们创作，另外有平台给他们施展，就是辅导。深圳现在还没有大将，但是我们很虚心的，我们也很努力，也很有信心培养我们本土人才，这就需要我们在座专家多点关注、多点帮助。

从文化局也好、包括各区文联、各区政府都是这样，我们有机会让他们推出一个专场晚会之外，更加要请专家来指导、辅导，这是关键点。这一点在我们市文化局的角度来讲，非常认同这一块。昨天是邸叙然的晚会，今年我们可能推出若干个人的作品晚会，也许接下来就是张福生的作品晚会，从周末剧场首先进入之后，经过专家今天的提高帮助，在此基础上，最后年底在大剧院等高雅的剧场正式推出，让他们在这方面进行宣传。另外一个就是更多的推出参加省级以上的表演，一个是资金要保证、一个是时间要保证，另外一个是展示机会要保证给他们。希望各位专家以后多多给予帮助支持。谢谢大家！

**梅玉文：**虽然现在已经12点多了，但是有一些人还是要出来讲一讲。请我们戏窝子窝主张福生老师讲一讲。

**张福生：**这么多专家领导参加这个会，虽然是邸叙然个人作品研讨会，但是对我帮助非常大。窝主不敢当，罗湖区有一个非常好的传统，一个创作机制，小品这块有几个很热心的业余作者，我也是其中一个。我始终把自己定位成业余的。这个定位我是一辈子不改变的，我是群文的，业余的，什么时候都抱着学习的态度，这个是不会改变的。邸叙然来了以后，给我们窝里带来一股春风、带来一缕阳光、彩虹。我看了他的作品以后，说实话这才知道小品可以这样写、这样演。让我感觉更惊奇的是，原来小品也可以出来这么快，因为我们老态龙钟搞个作品很难。两三年就像爆米花一样爆出那么多，我觉得很钦佩邸叙然，是我很好的榜样，是我的兄弟，我们在一个单位，经常有一些艺术上的碰撞、交流，有很多机会，在这里我不多说。

我觉得他的作品让人愉快，愉悦我们的眼球和愉悦我们的心灵，我的作品远远达不到这个的，我的作品很沉重。而且他经常用三段式，我想起一个戏，他那个三段式我觉得有一个积淀，他不能老是这种情绪，他要变得，可是他没变。但他那个作品好在什么地方呢？我琢磨了很长时间，爱看，贴近了生活。老百姓一看就是我们身边的事情。还有一个他写了尊重事实，写了更深层次的事情就是人的病态心理，老觉得别人是不老实的，我是老实的。我唯一的希望就是邸叙然到这个层次考虑这个问题，不仅仅是陶冶情趣，更需要陶冶情操，我觉得陶冶情操是深层的东西，陶冶情趣是表层的显层次的，怎么琢磨这个东西，把深层的东西提炼出来，要陶冶情操，不止陶冶情趣。

大家对他要爱护，爱护就要鼓励，再一个是鞭策他。我们很多专家提了意见，对他个人、对我自己都很有教育意义，鞭策他、鼓励他就是爱护他，他还年轻，要继续走，我现在还在写东西，我现在已经六十大几了，还在摸索着呢，他到我的年龄还有四、五十年呢。所以我预祝他成为我们小品领域的大将。

**梅玉文：**我想还应该有非常重要的人物应该发言，那就是邸叙然的父母。邸叙然取得今天的成绩，固然跟自己的学习和专家分不开，但是人生第一教师——父母对他的培养、教育是非常关键的，现在请他的父母讲几句。

**柴京瑞：**在座的各位领导、各位专家、所有的合作伙伴大家中午好！非常高兴我有机会能够参加这样的研讨会，这可能是对于我一生最重要的研讨会，虽然是研讨他的，从根儿上来说应该是研讨我的。今天时间不早了，刚才听了各位专家的点评和教导我非常受启发，所以我只说四句话：

第一句话，叙然生对了家庭。吹拉弹唱琴棋书法，我们姐妹六个都喜欢，他从小受耳濡目染的熏陶，尤其是他的两个舅舅是全国曲艺大赛的金奖获得者，所以从小他在这种家庭生活，受到这种的耳濡目染，他也就自己动手编，也琢磨。在他九岁登台的时候，他第一个作品是我写的。参加全国二十一世纪小主人故事大赛得了金奖的作品也是我写的。非常高兴，从那个时候给他一种启迪，他就自己愿意动手写，可能有好多人都觉得动手写是很难的事情，可能我们家人都喜欢动手，所以他从小也有这种动手的欲望。他每写到一个小品的时候，他总先让我看，然后让他舅舅看，大家都看。他生对了家庭，家庭给他最初级的指导，应该是一种启蒙的教育，也奠定了这个基础。所以他生对了家庭。

第二句话，选对了事业。叙然从小的数理化跟我们一样，是一门没有好的。邸叙然从小跟我说，妈，你说发明数理化的人多无聊。他对数理化遗传性的就不行，他对文学情有独钟。从小就爱写首诗什么的，有的时候数理化的老师被气得让他坐在后面写。当时很多家长要求孩子全面发展，我觉得这个孩子在这方面情有独钟，将来可能在这方面有一定的造诣，我就支持他。他每次写完我都给他写一篇评论员文章，奠定了他这个事业。他初一没毕业就开始上艺校，艺校毕业以后就到了海政话剧团，后来他自己到深圳选择了这个事业。在这个过程中他历尽了艰辛，他又非常执着。尤其是在香港亚视，他在香港亚视住在东莞别墅的时候，我去看过他几次，当别的孩子排戏没事的时候，都去花天酒地、灯红酒绿，但是他始终自己在房间里写，不停地写。《第五大名著》的初稿就是在那个斗室里完成的。机会留给准备好的人。没有当时的刻苦就没有现在的小成绩，他选择的事业也为他今天奠定了基础。

第三句话，找对了平台。叙然在大同的环境也挺好，因为有舅舅的基础，他要在大同搞一番事业也很容易，但他不愿意在大同听到这是谁谁谁的外甥，是谁谁谁的儿子。邸叙然就是我自己，他有这个志气，他就选择了罗湖区的平台，这个平台他确实选对了。来到这个平台如果没有支持他的领导，没有支持他的各级政府，没有老师对他的支持、帮助，他不可能做到今天的成绩，他这个平台确实选得好——这么多愿意做事的领导，愿意发展、繁荣文化事业的领导给他提供了这个平台，又有愿意跟他在一起为了文艺事业追求的伙伴配合，所以他才有了今天的成绩。在这里感谢为他提供平台的各级领导，同时感谢跟他一起艰苦奋斗、创业的合作伙伴们。

第四句话，他做对了事情。他今天之所以能够让这么多专家远道而来，让这么多领导饿着肚子为他开研讨会，我觉得他做对了事情，他确实是从群众中来到群众中去，从生活中来提炼大家见到的东西，搬到舞台上，给观众带来笑声，给同行带来启迪，给朋友们带来机会，我觉得这个对他来说这仅仅是一个起步。因为他做对了这件事情，所以得到了大家的认可和得到这么多专家对他的高度评价，我觉得作为他来说，不应该把这个作为说事的资本，应该作为今后搞创作的起点。

今天这么多的领导为他开研讨会，这是很多从事这项活动、这项工作的人梦寐以求的场景，但是他年轻轻的就实现了，在这个浮躁的社会我们不应该浮躁，这应该作为一个起点，对他和他的伙伴来说应该认真研究刚才各位专家和领导提出的今后发展方向和剧本创作的不足，应该如何发展，把这些好好总结一下，回去以后作为发展方向，把自己所有的精力都用在戏剧发展的事业上，更刻苦学习更多的专业文化知识，用你自己的实际行动，用更好的作品回馈关心你的领导，关心你的专家、合作伙伴以及这一片热土。谢谢。

**梅玉文：**谢谢热情洋溢的发言，下面应该邸叙然表表态了。

**邸叙然：**我其实没啥说的，我说的我妈都说了。在这儿我除了感谢没有别的，非常感谢大家。我觉得在我们这个团队，现在我们全体起立谢谢到场的领导和各位老师，谢谢。我的讲话讲完了，大家赶快吃饭，非常感谢。

**梅玉文：**虽然肚子比较饿，还请郑主席最后总结发言。

**郑钢坚：**各位领导、各位专家，非常感谢大家对罗湖区文艺事业的关心。尊敬的各位老师的发言都是真知灼见的，我们为了把这个活动、这次的研讨会开好，我们也是非常认真请了两位速记，一个上午非常认真地速记各位领导和专家的发言，我们将把今天上午对邸叙然作品研讨会的资料整理成会议纪要，向我们的区领导、宣传部的领导、市文化局、省宣传部文艺处处长周建平博士汇报，文艺处处长安战国同志说："钢坚同志，你们的邸叙然作品研讨会非常好，很可惜工作的原因不能到你们罗湖参加今天上午的研讨会，恳请罗湖区文联把上午的材料快递给他们"。因为新疆要举办戏剧节，所以很难得有北京、广东专家对邸叙然的关心，讲了很多、很好的意见，文联会把这项工作做好。我们也会通过今天这样的研讨会，作为罗湖区文艺界贯彻落实党的十七大精神的重要举措，而且通过今天这样的平台，今天这样一种形式纪念祖国改革开放 30 周年。罗湖区文艺界策划的"我这 30 年的周年"罗湖区文艺界报告文学等系列活动，刚才在会议的过程中，我问张福生老师，问他的作品什么时候搞好。我们的杨处说到了要尽快。

我们今天这样的研讨会，对我们罗湖九大协会，包括罗湖文联将会推出

20个的名人、名家的包装，这就是我们纪念改革开放30周年，罗湖文艺界软实力的推出。这些人才的辈出确实凝聚了来自全国各地的专家们、来自罗湖区委区政府对我们的关心、呵护和支持。对我来讲，很多的专家让我感受到钢坚做得很不够，会从今天开始，罗湖的文艺界职能其中有一个就是服务，我愿意为我们的文艺界、文艺者提供更好的服务，成为文学艺术家真正的家。我们也将会不断改善罗湖区文联的服务工作，真正起到党委、政府联系文艺界的桥梁作用，加强对文艺人才的培养、包装和推出。为罗湖文艺的大发展、大繁荣做出我们应有的贡献，同时希望邱叙然同志从今天开始，从点点滴滴记住自己肩负着文艺的使命，不负时代的重托，不负在座每一位领导、专家对你的希望，以更高的文化自觉和担当去创作出更多无愧于这个时代的戏剧作品。我再次对各位领导、专家的光临表示衷心的感谢，谢谢你们。

**梅玉文：**现在邱叙然作品研讨会结束。

# 电影工厂网专访邸叙然

（2012 年 1 月 14 日）

**电影工厂网：**

你能先介绍一下你的团队吗？深圳小品艺术团和罗湖现代戏剧社，这两个团队的特点是什么？

**邸叙然：**

深圳比较特殊，是全国唯一一个取消了专业文艺团体的城市。没有了专业文艺团体，这些专业从事戏剧的人员散落在民间，虽然也不时地参加着各种戏剧活动，但一直都缺少归属感。2006 年的 6 月份在深圳资深编剧张福生老师的提议下，由罗湖区文化馆馆长符使安召集了深圳老中青三十多位长期活跃在戏剧舞台上的演员，成立了深圳市小品艺术团，同时罗湖区戏剧家协会主席梅玉文老师注册了罗湖区现代戏剧社，并推举我为团长兼社长，将两个社团合二为一，成了深圳市唯一的具有专业水准的戏剧艺术团体，并成为中国戏剧家协会小品创作基地，在大家的努力下，产生出了大量的原创作品，不断的代表深圳市各单位参加各项戏剧大赛，披金斩银取得了非常理想的成绩——其中二十多个作品都入选中央电视台《周末喜相逢》《笑星大联盟》《快乐驿站》《中国文艺》《流金岁月》《中国小品总动员》等品牌栏目录制并播出，形成了有力的一支戏剧力量，被央视首席导演称为“南派小品”,《中国文化报》

《南方都市报》《深圳特区报》《晶报》《商报》《深圳晚报》等各大媒体竞相报道，深圳小品已经成为深圳的文化名片。

**电影工厂网：**

深圳小品艺术团摘得了中国戏剧文学奖、中国戏剧奖等多个重要奖项，能取得这样的成绩是相当不容易的，有什么经验和大家分享吗？

**邱叙然：**

我在我的排练场，挂着一个大牌子，上面写的是《排练场实话实说》。文字不优美，但真的是我的经验总结。如果说我们取得了这样和那样的成绩有什么经验和大家分享的，恐怕就是这几句实话实说吧！

深圳小品艺术团排练场大实话：

1. 这里是进行艺术实践的地方，与艺术无关的话，少说！

2. 搞艺术，业务是第一位的。如果连业务都懒得钻研，其他方面也好不到哪里去！

3. 戏剧是合作的艺术，编、导、演都有义务维护和谐、快乐、积极的创作氛围，谁搞破坏谁就是坏人！

4. 排练别人的戏的时候，要多看，因为这是一个学习的好机会。别人的长处能学多少学多少，别人的缺点反省自己有没有，如果不想看，出去！

5. 你在场上排练演戏，其他人在下面聊天，你心里啥滋味？有重要的话，出去说，难道不知道尊重是相互的吗？

6. 楼外有楼，天外有天，没谁是最好的。所以必须谦虚做人，踏实演戏。

7. 艺术探讨非常必要，但一定要注意探讨的方式方法。因为如果方式方法让人反感，那么即便你的观点正确，最后都白搭。

8. 来到这里，请把脑子一起带来，因为没人愿意和大傻子一起演戏！离开这里，别忘了用功，因为排练场以外的思考和练习才能保证你不是大傻子。

9. 排练中间可以打电话，但是手机最好打到震动或最低音量，谈话要简短，音量要小，不得影响排练。此时的电话尽显个人素质。

10. 在部队，提高战斗力的重要方法之一就是培养集体荣誉感。在这里，同样。因为如今已经不是单打独斗的年代了。

11. 专业与业余并不是问题——专业的不思进取、故步自封就是业余；业余的坚持追求、钻研创新就是专业。

12. 艺德是从艺人员素质的综合考量。艺德好，天堑变通途，遇难见贵人；艺德差，崎岖又坎坷，落井有下石。其实，艺德就是人生。

**电影工厂网：**

作为管理者和创作人员，你团结带领大家的奋斗方向是什么？

**邸叙然：**

在深圳的戏剧人特别的不容易，大家都是自由职业者，没有固定的工作，没有固定的收入，而深圳的环境又非常的残酷。可以说早晨一睁眼，面临的问题就是怎么把今天的饭钱赚出来——如果没有收入，要么改行，要么就要离开深圳，而且大家都知道，深圳曾经被人称为文化沙漠，要在艺术这条路走下去，恐怕还是北京上海，这些有历史文化积淀的地方才合适。可是深圳相对高级的文明程度和自由的生活环境又吸引着大家，虽然成立了小品艺术团和现代戏剧社，但是并没有固定经费，提高大家的生活质量、解决大家的生活实际困难，成了我这个团长首要解决的问题：一方面要带领着大家艰苦的一个又一个创作出好的作品，适合市场的节目，另一方面又要联系相关部门，尽可能地提供多的演出机会。因为我们的作品特别符合深圳人的欣赏习惯和审美情趣，而且深圳市的群众文化又搞得特别火热，所以我们渐渐地得到了许多演出机会。目前我们每年的演出都在50-80场之间，演员也逐渐小有名气，成了深圳各行业文艺晚会竞相邀请的专业指导老师。在作品的创作上行，我坚持都市题材，强调形式与内容的统一，吸收斯坦尼的体验，布莱希特的体现，以及梅耶荷德舞台蒙太奇，尽可能地让小品团时尚的美女靓仔演员们在舞台上也能幽默诙谐搞笑。坚持我们的作品创作一定要从生活中来，每一次我都会深入行业中去体验生活，在舞台呈现上尽可能地避免与目前主流的小品形式相同，不去创作我没有生活的农村题材。虽然借鉴曲艺、歌舞，但是坚持让小品回归戏剧，形成了特有的深圳小品风格，许多专家们都评价深圳小品新、奇、特，具有时尚感，都市感和强烈的形式感。这正是我们想要的，因为这就是我们的生活。我希望我的演员当中不要出现丑角，靠在舞台上作践自己或糟蹋对手来赢取笑料，我也希望观众们看完我们的作品对演员心有尊敬而不只是取笑。要想达到这个目的，就要求我的每个作品都一定要有正确的思想性和多样的娱乐性，我想只要我们大家都坚定地朝这个艺术方向努力，就一定会不断的创作出精品来，赢得观众的尊重。

**电影工厂网：**

在深圳，政府对你们的扶植力度如何？你们和政府文化管理部门的沟通顺畅吗？有什么经验和大家分享？

**邱叙然：**

我们深圳小品艺术团、罗湖区现代戏剧社在看似不可能的生存环境下，从无到有、由小变大，最主要的其实就是深圳政府对文化的支持。我上面提到深圳的群众文化是全国搞得最好的，许多省市都会不断地来深圳观摩学习。深圳虽然没有专业的文艺团体，但是深圳的文化馆、文化站肩负起了深圳的宣传工作，一个小小的文化站有较为丰厚的活动资金，全年不停地进行着各种艺术活动，在社区、军营、警营、工厂、企业等各行各业不断的举行公益活动。正是在这种大环境的情况下，我们团才能够得到更多的政府采购，并且在政府的扶植下，我们也会得到许多的创作任务和创作经费。在今年刚刚举办的由中共市委宣传部、深圳市文体旅游局、深圳市文明办、深圳市民政局联合主办的深圳品牌政府常设奖第十届鹏城金秋社团文艺汇演中，深圳小品艺术团、罗湖区现代戏剧社获得了团体金奖，被称为深圳戏剧第一团，可以说我们是深圳政府文化宣传的一支非常重要的队伍。

**电影工厂网：**

深圳的百姓对你们作品反响如何？

**邸叙然：**

因为我们的作品都是反映深圳人的生活，我们的演员和所有的深圳市民有着相同的打拼经历，可以说对于深圳的了解谁都比不上我们，所以创作出来的作品自然是很受深圳观众的欢迎：我们的小品专场演出总是会满堂彩，而且每次演完以后所有的观众都会感觉意犹未尽、恋恋不舍，甚至还会跑到舞台上和演员合影留念、索要签名，有的已经成为铁杆粉丝，每场必到……这对于生活节奏极快、生活压力巨大的深圳人来讲真的是很难得。

**电影工厂网：**

你个人和创作团队在一线经过这么多年的实践探索，在现代戏剧方面有什么心得和大家分享？

**邸叙然：**

在这几年的艺术实践当中，我有一个习惯，不定期的会将我的戏剧心得、导演札记、活动感受放到我的QQ空间上，102258344，希望大家一起切磋共同进步。

**电影工厂网：**

你希望得到同行或其他行业的哪方面的信息和帮助？

**邱叙然：**

比赛、演出、文化交流方面的。

**电影工厂网：**

你在经营和创作中遇到过哪些瓶颈？

**邱叙然：**

俗话说，宁带千军万马，不领歌舞杂耍。在经营当中也不时地会与演员们产生误会甚至是摩擦，每到这时候，我就尽可能地让自己心平气和下来。因为我也是演员出身，知道演员都是极其自我的，对于集体管理恐怕是坏事情，但对于艺术创作是好的。一个艺术团体，应该把艺术创作放在首位；作为一个导演，保护演员的创作激情、营造和谐的创作环境应该是首要的，所以大多时候都可以做到相互理解。说到瓶颈，是我不知道怎么去对待掉了队的团员，毕竟在一起生活工作了很久，很难办。在创作方面，我一直都想从舞台转到影视，可是迄今为止我还没有写出一个令我满意的影视剧本，这是我的创作瓶颈，我正在努力寻求解决方法。

**电影工厂网：**

深圳虽然远离北京这样的文化中心，但是和港澳台等地区的文化交流很便捷，你们在这方面的工作做得如何？

**邱叙然：**

香港和澳门是粤语地区，粤曲很流行，但是普通话的戏剧就没有办法交流了，不像深圳，天南地北哪里人都有，大家都自觉自愿地说着普通话。而且香港澳门没有小品的概念，这方面的交流不是很多。倒是想去一趟台湾，因为台湾的戏剧团体经常来深圳演出，我非常喜欢台湾的戏剧，也期待着能够把深圳小品艺术团、深圳罗湖区现代戏剧社的作品带到台湾。

**电影工厂网：**

你们团队在迎接国家大力发展文化产业方面做了哪些准备？

**邸叙然：**

我们的准备很充分，我们在深圳建立了首个以小品演出为主的深圳现代剧场，准备好了三部大戏，其中包括都市OK剧《净化论》，首部非物质文化遗产话剧《太平盛世香云纱》，都市情感小剧场话剧《出租之城》，还精心打造了五个小品参加明年的各级小品大赛，我们所有演员都急切盼望着文化大繁荣，大发展！

# 调研罗湖

# 中国剧协在罗湖区文化馆召开调研会的纪要

**时　　间：** 2013 年 12 月 29 日上午

**地　　点：** 罗湖区文化馆 9 楼会议室

**出席人员：** 季国平（中国剧协党组书记、驻会副主席）

周　光（中国剧协分党组成员、副秘书长，中国文联戏剧艺术中心主任）

赓续华（《中国戏剧》杂志社主编）

黎继德（《剧本》杂志社主编）

薛金岭（中国剧协艺术发展中心主任）

王新荣（《中国艺术报》记者）

汪　刚（中国剧协组联部主任）

林　琳（中国剧协研究室主任）

从　容（深圳市戏剧家协会主席）

符史安（罗湖区文化馆馆长）

梅玉文（原罗湖区戏剧家协会主席）

邸叙然（深圳小品话剧团团长、罗湖区戏剧家协会主席）

李学军（《军哥剧说》系列主说）

穆　荣（罗湖区戏剧家协会副主席兼秘书长）

**周 光：**

季国平老师这次调研带着我们一起来，也是群众路线教育以后，我们想能够深入基层了解，尤其我们深圳这个地方是一个体制外的文艺工作者、从业人员比较多的地方，我们到这个地方来做个调研活动。先谈谈昨天的观看演出，几位专家一起谈一谈，后面我们请深圳的艺术工作者，体制内、体制外的，包括梅主席对区剧协这么些年的领导，你们来谈一谈，对中国剧协、深圳剧协有什么希望、有什么要求，类似这些问题，大家都可以谈谈。

**季国平：**

昨天看了演出以后，给了我很多的惊喜。我昨天说的，这场演出有两个或者三个核心人物，第一个就是整个剧目的创意的呈现（导演），这个戏很少见的，还有洛阳十三朝古都的军哥，还有罗湖区文化馆馆长，这三个非常关键，尤其目前的环境体制下是核心人物，能不能做成是关键任务。怎么把《军哥剧说》系列做成现在这样子，当然最核心的人物是你们，给我惊喜，这样子还真是第一次，以主持人的样式搞一台晚会，这很成功。你们怎么看待这个特点呢？其实把小品串在里面，而且把一个娱乐而胜似娱乐做的这么有品位，我觉得比较少见。东北二人转的演出也很多，它更多的也是娱乐，像你们做的这么有品位，我觉得是有品位，这很少见。可惜其他的都没看到，就昨天看到一场。我怎么说馆长也很关键呢？我一问，深圳已经没有专业或者政府办的院团，一个交响还有一个粤剧，一个就是昨天晚上演出的这台节目、这台演出让我感到惊喜。另外我看这个生存方式，要了解它的生存方式，昨天我问了馆长他们，馆长讲的就是政府党委的基金里面给予一定的支助，公益性不可能有钱，就全靠党委政府支持，一年200万的话，60场，一场平均3万元，3万元投入弄这么一场真的很少。尤其深圳这个地方，3万元弄出这么一台戏真的很不容易。军哥他把这个剧场作为自己酷爱的事业在做，并没有完全计较市场的回报，因为现在没有市场回报，做的是公益。这两点给我印象最深，因为全国文化体制改革，深圳做得比较早，最起码在群众文化这块做出现在的品位，而且做公益性的，现在演了100场，做到今天这样的规模和影响确实非常值得关注。恐怕在全国有这样子的也是很少，像你们做出一个系列、是很难得的，而且没有多少钱，我也问了，除了你以外，不光是你，这里面只有他们两个（邸叙然、穆荣）是属于体制内，是拿工资的，话剧团说是26个人，减掉2个，24个都是爱好者。所以我昨天问了他们，给不给你们一点？给一点。我悄悄问了多少钱，很少，这个话也不好说，说了以后找馆长要钱，馆长也没钱，找基金要钱，翻一倍都不多。我昨天看到这两方面给我印象很深刻。我在想，现在戏剧家协会，当年就争论戏剧家协会工作对象到底是谁。一个是戏剧家，从这个角度主要关注专业，现在肯定不行，尤其随着形势的发展，我们关注除了专业的戏剧家以外，还有相当的戏剧工作者。实际上目前我看到的水准，他们完全可以进入家的范畴，甚至说现在形势确实在发展，文化体制改革也在不断地深入，除了体制内，还有大量体制外优秀的、杰出的人才，作为我们关注、扶持、帮助的对象，需要做什么我们也会大力支持。尤其现在群众路线教育，我们总结过去的工作还有哪些方面需要新的开拓的时候，就是做好体制内的，还有同时关注哪些酷爱这行、但并不是专业从事这行的戏剧工作者。所以我说就像09剧场，这个就非常值得关注。还是两方面，从艺术样式的呈现，我们一些专家，假如说在平时的创意过程中需要专家，需要提供智力支持，一点也没问题；二是有时候爱莫能助，现在主要还是靠党委和政府来关心、支持，怎么讲呢？虽然在国外戏剧院团，像百老汇这样的做音乐剧做成的也是少数，像你们做的这样，而且特别是纯粹公益性的，在这个前提下确实应该做，当地的党委政府应该给予扶持。我们应该这样讲，在国外市场经济，人家本身就是在市场经济里面多少年了，它的剧团一直就是走市场这条路。但是走市场这条路不是政府让它在市场经济自生自灭，相当国家的这些院团，包括政府办的是政府扶持的，指向是走市场，但是它的经费是政府给的。我举一个例子，比如国际剧协的主席，现在已经不做主席了，是原来德国（黑生剧院）的院长，现在是艺术总监，也是国际艺术协会的名誉主席，他们那个剧院经费一半是州政府给，一半是市政府给。我参观它的剧场，都是非常现代化的装置，到他的剧场看，里面真像迷宫一样，没有非常机械化的设备格局，每天要翻台演是不可能的。他们是卖票的，很低，10 多元、20 多元、30 多元、40 多元，可能不像你们，他们是政府办的，绝对是走市场的，不像你们完全是公益性，他低票价也有点收入。我问他们剧院整个运作支撑，他有钱，他的经费是政府给，市场收入只是很小一部分，而且很便宜。有的时候看看我们国内一些改革的院团几百块、上千的票价，我看有些就不是想给我们老百姓看的，看不起。某个儿童剧院，当年很神奇的典型，一张票 680。我们开座谈会，他说可以买套票，套票，两个大人带孩子，没记错的话是 1500，大概七八年前了，那时候北京的工资也就 3000、4000 元，看一场儿童剧半个月工资没了。你们是基金给的，跟公司做，我现在不谈公司做的，公司做的是另外一回事。比如邓董事长，他家自己搞创作、搞投资，卖 10 万元一张票，你管不着。我听说你们这儿都是这样，深圳这个地方，咱们戏剧人做的东西都特别有品位。这儿是文化馆，可能给普通老百姓的关照更多一些，公益特点都需要，既然是公益性的、非营利性的，西方的区别标准不是公益性和产业性，叫营业性和非营利性，不管什么性质、不管什么体制，只要是做得对社会有益的文化事业都是盈利和非营利。刚才我只是举的德国的一个例子，实际上欧洲国家基本上都是刚才说的模式。你们的模式很好，关键是老百姓喜欢。为了保证这个项目的持续性，保证它的品位性，保证军哥还有演职人员收入的增长性，党委政府给更多的资助、关心，我觉得这是很值的。这一点就说这么多，其他的不说了。我还跟我们周秘书长讲，要我今天操作，我肯定想把省文化厅处长留下，然后把你们市委宣传部和文化局的领导再次请过来，知道文化市场、戏剧行业应该怎么操作，跟其他的文化产业不是一回事，西方的经验特别值得借鉴，就是我刚才说的。刚才说的是政府办，就是官方的，但是整个运作机制都是跟你们一样，只是这个剧院有 100 年、200 年的历史，天天演戏。我想我们国家在办那么多电视台，人家十几、20 元就来看戏了。我再说几句一开始说的品位，真的挺不容易，这个确实比我们纯粹演戏更发挥剧场的互动性，尤其现在的对象不一定是戏剧爱好者，也可能是来看热闹的，也可能这里面会培养一些戏剧观众。但是我想你们的操作方式也比较固定，本身剧场就是观众和演员之间的和谐互动和对话的地方，来与观众做心灵的沟通。昨天我看来的观众很多不一定是戏迷，就是社会上一般群众还有小孩，可能用非常专业的戏剧给他们看，也可能能坐住，如果没有吸引住，就坐不住，现在通过这种样式很能抓住人。当然样式要和内容要紧密结合，你们这个内容非常好。而且我昨天看感觉很成功。深圳是在改革开放中崛起的，就跟大楼一样，一下子就起来了。很多人拼命想成功，当然失败的也很多，这也是深圳的特点，深圳人的社会心态——这就是第二个问题，时代感。这个演出能抓住人，样式吸引人，而且你触动了深圳最敏感的那部分。昨天那个老师讲的，深圳人既坚强又很脆弱，是这样，戏剧实际上就是这样，共鸣就在这里，所以这个内容非常具有深圳特点。我们不是深圳人也有感觉，深圳人更感同身受，我想你们那些内容和形式非常适合深圳的观众。更何况无论是你在台上的脱口秀还是那三个小品，都能给人心智以启迪，这很重要。包括最后一个比较抽象的作品，主要是肢体的东西多一些，但是也说明一些问题，也就是你们态度决定一切的问题。我想起一个寓言，一只狗把骨头丢了，看旁边的狗怎么都觉得小偷，后来自己找到了，觉得自己好笑……给小孩看是好玩，但是也会给他产生潜移默化的东西，这就是我们戏剧很重要的东西，潜移默化。我老说高台教化，高台教化背后是潜移默化。我记得前段时间网上有搞影视的说绝对不搞教化，他说这话要不然就是故作惊人之语，你选择什么就有什么。你的思想就有导向在，不想教化都不可能就这么简单，当年鲁迅都讲了。我想你们能成功这非常关键，我相信整个主题是你们设计的，很多即兴的东西是你们，这靠平时的积累。当然整体创意非常有意思，你看邸老师这么年轻，你有一个好老妈，基因好。每个人都身怀绝技，而且我相信他们虽然现在是业余从事这行，很多原来也是专业出身，但是他现在重新回归这个来表达的时候，会比专业养的演员更卖力，会更凸显自己的价值。这也是现在我们这样的机制，当然最关键的还是自己爱好，这毫无疑问是我们这个体制的优势，有的人挣钱，有的不一定能挣钱，不挣钱就不干了？你们这个不挣钱还干得越来越多，我觉得加大投入太值了。我刚才说了能成功是演员们舞台的表现，有着丰富的生活阅历，特别是深圳这个地方，他在舞台上既是演作品也是演自己。包括后来上去朗诵的两位老师，第一位非常精彩，艺术性很强，第二位原创，更有自己的生活阅历在里面，更有自己直接的情感在里面。这是海峡两岸的乡愁，这是南北方的乡愁，尤其在外乡的游子念到这个诗的时候，只要是游子都有乡愁，是不是引起共鸣了？我说这台节目本身很有品位，我没用高雅这个词，我用的是品位，谁说通俗的就没有品位？那些改革的人老说把高雅艺术留下来，把交响乐留下来，难道中国艺术就不高雅了？咱们这台节目很有品位，无论是样式、内容还是呈现的水平都非常精彩。我希望这个能延续下去，每年100场就期待着200场、300场。我相信钱的问题好解决，领导批的时候200万后面加个0很简单，难的是要保持现在这样的品位不容易，把那么多人吸引过来还有现在这样的品位，实际上这个面对的挑战更大。第一个问题更要加大投入，让他们多时间全身心的，因为越往下创作越难，要花更多的时间和精力。第二个我是这样想的，希望通过你们100场乃至几百场，把深圳的观众、群体能进一步培养起来，随着观众、群众的品位不断提高，你们在现有的基础上也弄一点更完整的东西，这样的样式能继续，“剧说”肯定能，你们也可以排小戏，像更完整的作品发展。为什么呢？比如我是你们09剧场的忠实观众，我看了30场，再看也会审美疲劳，这时候已经不完全满足样式了，更希望作品更深刻的来打动我，这些观众就已经进入一个新的层次。我想我们符馆长这儿就把深圳市政府办话剧团或者什么团，哪怕公司制都没问题，不管什么机制，你是文化馆，还是国家办的，假设在这个基础上再产生相对更完整、更宏大一点的作品就更好。

你们的样式要继续下去，再做下去艺术的东西要多一些，不要在舞台上那么累，那些忠实观众可能会不满足。再就是除了小品这种样式以外，从目前来说，昨天你们把民歌穿插在里面，为啥不可以穿插一点戏剧？因为你是在做“剧说”，当然现在也是搞大戏，不是搞小戏，你先从娱乐开始，有培养观众需要的，尤其深圳这个地方，全国各地来的，如果有时候听到一点乡音一样激动。什么最能表达乡音？你们先从影响力大的，黄梅戏、秦腔，再来“谁说女子不如男”，这不光是丰富内容，可能会培养更多的戏迷。比如昨天你母亲唱的山西民歌，偶尔可以请有绝活的人来加盟，然后你们京剧的来几个玩意儿，下面肯定炸锅变脸也是一个……我以为还要在这个基础上，真正弄一台话剧或者来一台什么，这个时候就有意思了。我指的大剧不一定要做的多大，有可能 10 个人、8 个人，内容大，这就看你的本事，然后再看他的本事。你只要给他舞台，他什么都给你表达。我想这块就是坚持做，可以做得更多样化些，但是品位要保持，就是雅俗共赏。再有一个，做一个有 09 剧场特色的，还是体现中国戏剧最经典的东西。昨天我们舞台上什么都没有，很简洁，包括第三个小品就有个门框，多精彩，用得多好。体现 09 特色、深圳特色，叙然和学军特色，才 200 万弄得这么火，太有价值了，投入产出太大了，投 1000 万，明年演 100 场，多好。我们祝贺并期待，一年以后 200 场的时候我们再来看。

**从　容：**

刚才季书记说的一番话非常中肯，也非常有才气，也代表了全国的高度。我觉得深圳戏剧界的这些会员一直非常不容易，而且李学军是深圳电视台出来的主持人，久经沙场。叙然更不用讲了，到深圳，第一次在深圳出现就是在深圳剧协办的小品大赛上，有的评委不同意，我说这个小品好，我们不认识他，但是要给他金奖。到现在 10 年了，这 10 年成绩斐然。深圳会员太多有才华的，包括我们罗湖区剧协主席梅老师，他原来是山西话剧团的副团长，当时在国内话剧界真的就是腕，这么多人才聚集在深圳，我们一直想怎么发动这些人的力量……所以从 1993 年开始，我们就开始是全国第一个排话剧的戏剧家协会，第一台话剧我们做了，然后进京演出，当时的会员都是全国的精英，从那时候到后面，深圳剧协带领这些会员做了几十台晚会和舞台剧，包括第一台原创话剧还有很多。您来提了很多很好的建议，当时因为宣传部钱的问题没有做下去，把会员班底搭起来，让会员有事情做。这些会员本身有单位，挣的钱不少，很多在各自的地方都是老板、老总或者是在银行，还包括当时李学军老师。

**李学军：**

我觉得特别遗憾的是我们每每做一个好的作品或者好的话剧，演两场就 OVER 了。我们“剧说”系列演了 100 场，能演 100 场，它给观众的回馈、给社会的影响、它的价值也都在那里。咱排一个话剧，政府投入几十万上百万，演两场，我作为演员都心疼。昨天真是演了 100 场，我心里感触很多，我看到这 100 场过程当中的付出，不知道往里垫了多少钱、付出了多少，很多演员不知道我们背后要做的工作。昨天晚上演出算是顺利完成了，但是前天晚上发生什么情况呢？你们来，我们心理压力很大，我们想做到最好，灯光控制台全部失灵，熬了 2 个晚上。

**赓续华：**

我来看这个挺感动的，我觉得这台节目真是不错。其实刚才季书记讲了很多话，把我想到的东西基本都说到了。我就把自己的一点感受再说一下：刚大幕拉开的时候，我对这个戏不是特别满意，就觉得挺俗的。但是随着这出戏，你的出场，你和这几个小品的嵌入，我觉得这个戏有了内容，有了后劲儿，尤其最后的时候，我觉得被感动。我们基本上看专业剧团演出为主的人，我一年要看 100 场的现场，就是你演 100 场，我也看 100 场，你辛苦，我觉得自己也挺辛苦的，所以我说剧场是我第二个家。看到这些人的演出，看到昨天晚上这场演出，让你的“剧说成功”，在那儿变成一种特别有意味的东西，不是光说，有时候说的东西不如演，演出来的时候，那几次拳击，真的让我心灵震撼——我觉得这有点像深圳人，也像所有愿意奋斗的人共同的经历，并且不仅仅属于深圳，属于这个社会所有的人想冲破、想创作、想提升自我的那样的东西。而且那两个演员给我感觉很好，我觉得真的一点不亚于专业的。

再说军哥，他出现的时候我以为他 30 岁，后来吃饭的时候，我觉得你好像长了 10 岁，后来我听说你比我想象的岁数还大。我见过很多这样的主持人，感觉你心中还是有一种正义的东西，有一种正能量的东西，就是很昂扬向上的东西，而且你有那么活泼的主持风格，所以才让这场演出表演 100 场，能演起来，我觉得特别好，刚才我们书记也说了。作为罗湖区能有这么好的地方，尤其是我看专业的看多了，我就不满足，觉得这么好的演员，导演也不错，包括你，你要演一个角色也很好，咱能不能弄一个，既然是“剧说”，弄得跟大话剧不一样，跟现在也有不同，就是剧的形式更多一点可不可以？

**李学军：**

我汇报一下，如果您看我们的“剧说沟通”可能会觉得接近期望的东西。我们“剧说沟通”，提到某个点带着就演进去了，把生活情景中的东西直接演出来了，就是您说的戏剧性更强，整个戏里面忽然间我是主持人，忽然间就是演员，不是现在脱口秀，而是很清晰地分开。它设想的是将来更好地和现场互动，让观众一起演，就变成整场是大家在“剧说”。

**赓续华：**

我觉得这样的形式很好，要不然的话，老是在这样的水平上这么徘徊，就是这种感觉。深圳这个地方我以前来过，真的是四面八方的人都有，它的文化是说不清楚的。以前我们跟深圳粤剧团关系很密切，2003 年、2004 年那时候，但是后来慢慢也是疏远。不因为是罗湖区这么一个地方，因为这几个演员的水平达到比较高，相对来说这一台“剧说”中男演员比女演员更专业一点，女演员不是说不行，但是整个气质还停留在小品的档次——我认为小品演员和话剧演员的区别就是人物的贯穿性、人物形象的塑造。像有的演员演小品演多了，就不会演话剧，我觉得有这么好的材料，还是要下点功夫。还有就是你们现在这种方式我也不能评判它的好和不好，就是你们的观众是免费的。我认为这种免费是一时的，我不看作永远是免费，因为这种免费的东西形成一种什么东西，就是你演员的心理、你台上的心理和台下要求不一样，不是最好的关系，可以低票价，可以是补贴，唯独不能这样。这种东西可以一时，如果长久下去，一个免费的剧场是培养不出最优秀的艺术，这是我的观点，因为心态不一样。

你知道花钱看戏的人和不花钱看戏的人，心态是不一样的——只有这个钱是合理的，正好是我付得起，是愿意接受这样精神滋润的观众最好，而不是说反正不要钱，跟转庙会一样来一趟。我觉得艺术家的尊严也需要这样，怎么把这个团和这种公益的东西结合，就是有可以收费的一面，就是卖票的形式，但是这种形式可以低票价，让听的人可以忽略不计的，10 元、20 元也好，但是依然要有票，票价拿来捐也要有，而不是像现在这样，我认为这不是长久的做法。上海话剧中心可能是全国走得最好的一个话剧团体，那边的票价已经形成了一个体系，他可以三四个剧场同时演，但是在网上订票都成为上海一部分白领人或者有追求人的一种生活方式，我认为这个是将来的方向，否则就永远是带着一种使命，我要去所谓的什么送戏、下基层那样，反正心态和你今天晚上演戏不一样。道德的东西大于艺术的东西，我觉得这两个应该平衡。我老夸邸叙然，他面相极好，你们可以看所有的佛像，嘴形、脸形、眉毛，绝对是这样的，极舒展。我说这话的意思是调侃，你们这些人有一个好的就是说是非功利的，大家在一起更多是志趣爱好。志趣这个东西怎么长久，我觉得现在大家趣更多一点，怎么让志给做指引，就是做一种导向，让你的趣不断的能够深挖，我觉得很重要。现在这些人心态很好，来了无所谓给不给钱，这是一个层面，还有一个更高的层面，因为我看你们这些演员太好了，包括军哥，我觉得你远远超过我最反感的上海的周立波，这是我最反感的，因为他装。这是最可怕的，艺术最忌装，你去敷衍什么、你讨好什么人，这绝对不是好艺术，而是你心里真的有所感、有感而发，我觉得昨天军哥给我的感觉就是这点，有感而发。说了一些道理。我只是说现在这种形式，刚才你也辩解了一下，说话剧看的人不多，我依然认为最好的艺术不是说出来的。我希望你们立足当下，但是还要有一点更大的追求，希望你们的坚守开出更灿烂的花。谢谢！

**黎继德：**

昨天晚上看了以后，我想了几点，一是一种精神；二是一种形式；三是一种模式，跟形式不一样，要区别开；四是一个团队。我想从这四个方面讲讲我昨天晚上的感受。昨天看演出的时候，我非常强烈地感觉到咱们文化馆、这个小品话剧团以及所有的主创和演员包括文化馆的人有一种精神，这种精神首先是一种高度的社会责任感，责任感和使命感。二是对艺术执着的追求精神，这是我们非常欣慰的。三是对我们这个社会尤其对来的观众，对观众的一种热情、友好、认真、负责，然后跟这个社会的交流、沟通、服务等等这样一种精神在这里，还包括我们的奉献精神。叙然自己掏钱做这个事情，这种精神我觉得在今天的社会当中有，但是这么突出、这么集中、体现这么强烈鲜明的不一定那么多。但在这个地方，尤其通过昨天晚上的演出我是深深地体会到。这种精神我想可能会成为将来支撑我们艺术团最核心的东西，符合我们的世界精神，符合党中央的要求，从我们社会的发展要求也好，都是符合的。因为我们是搞艺术的，搞戏剧的，我觉得这种精神对我们搞艺术来讲尤其需要，这样一种奉献、这样一种执着，这样一种热情，都需要。这种精神没准再往下，继续发扬光大就会成为我们罗湖区、罗湖区文化馆、罗湖区小品的一种精神。二是就是这样一种形式，这种形式前面书记和咱们主编都讲了非常多，我完全赞同，他们说得非常多、非常好也很细，我看的时候，觉得这个形式确实是独一无二，这种形式，现在讲叫“剧说”，实际上从某种角度来讲是说剧。它的第一大特点跟别的晚会都不一样，跟别的电视台的节目也不一样，跟我们说的戏剧也不一样。它是一种现代的布道，其实布道不准确，这是基督教的说法。布道的方式或者讲现在的俗讲的方式，这个俗讲大家都很清楚，尤其唐代的时候，就是讲经，为了让听众、信众听得明白，经义很深奥，就要用说唱的方式，还要编很多故事——佛经故事用说唱的方式来说，所以出现了俗讲僧人。你说你是企业培训师、布道师，其实就是俗讲僧。你们是有设计的，你剧说成功、剧说沟通、剧说温暖，每次演出的时候都有主题。这个主题是这个团队的一种价值观，一种你们的世界观，你们的人生观的体现，这是你们要告诉来参与的人的，把你们对人生的体验，对世界的认识告诉大家。

昨天我们看的是“剧说成功”，你们谈的是成功是什么、什么是成功、怎么才能成功，这个和你原来做培训师有关系，你们碰撞弄出这么个形式。我们看看所有的文艺晚会的演出不是这个方式，不是围绕这么一个话题、这么一个主题来做，我觉得这个形式第一大特点，就是我刚才讲的，这种现代的，有俗讲的，或者现代布道的方式，这种方式别说谈成功，就谈十八大报告都没问题，而且是好的方式。刚才季书记讲“高台教化”，我们讲寓教于乐，你们把它变成剧场形式、变成文艺演出，这是不一样的。我们在别的演出看不到，包括现在文艺晚会不是这样的方式。你们所有演出的形式，就是满台，不管是唱念做打，所有这些都是围绕着你们的主题来做，这又是一个形式的课题。

三个小品，剧说，说剧，其实以说为主，核心是要说，我要说什么，但是光这样说就变成讲经了，我们也讲经，但是要通过别的方式讲。剧的成分在这里面主要，目前看我认为，是小品让这个晚会具有了戏剧的成分，而且很重要的，在讲这个成功，三个小品紧紧围绕着成功的主题来做的，跟别的晚会，小品各演各的不一样，这是有精心设计在里面，有创意在里面。你们的小品是戏剧性的，但严格说来这台不是戏剧，本质来讲不是戏剧，所以叫戏剧主题晚会。这个主题刚才讲的成功、沟通、温暖，虽然不是我们理解的戏剧，但是里面有很强、很多的戏剧成分。

第三点就是刚才讲的歌舞、才艺展示，里面还有达人秀，很重要的是脱口秀，运用各种方式也是尽量地往主题上靠，让这台的形式和别的所有文艺晚会、戏剧晚会具有不同的特点，这是我的体会，对不对供你们参考。这种形式是独特的，它是富有魅力的。二是它非常重要的一方面就是跟观众的互动，这个互动量之大，我听说昨天减了一些，而且互动的时候是紧紧围绕着主题来做的，跟我们电视看的别的互动偶尔做一下不一样。这台晚会跟观众的互动是非常重要的一方面，特别吸引观众，天南海北来的人，甭管哪儿来的，紧紧围绕这个主题。三是这个主题里面谈的，刚才季书记他们都谈得非常细致，非常重要的一点是紧紧扣着深圳。到这儿就是深圳人，谈的就是深圳这些年的酸甜苦辣，事业打拼，爱情故事，可能还有很多，来看的这些人觉得跟自己有关系，谈的恰好是深圳文化，地域文化，紧紧扣住这点，让这台晚会和别的晚会有鲜明的区别。

我刚才讲，这种现代的俗讲的方式，或者布道的方式，再就是关于互动这块，三是关于紧紧扣着深圳。我觉得这几点构成了这台晚会的特色，这种形式和别的完全不一样。我们是一个非专业的团体，但是非专业团体的演出，呈现出来的是专业水准，昨天的演出不管是唱歌还是表演还是小品还是其他的舞蹈都是专业表现，我觉得这点也是模式之一，这样的模式也是非常好。这个模式将来再怎么发展，再怎么走可能是另外的考虑。重要的是你们跟观众的关系这么密切、这么有机，我虽然只看了一场，但觉得可以适当地考虑，把它设计一下，互动这块非常好。第四个是关于团队，的确是非常了不起的团队，这个团队富有精神，刚才讲了富有创意，这么一种方式本来就是你们创出来的，富有一种创造力，而且这个团队的表现能力，在演出中的表现能力确实是非常优秀。昨天凡是展示了自己的演员，我们都看到了你们不同方面的技艺，甚至你们的绝活，还有幕后的，叙然是创作者，我们搞剧本还要有创作者，这中间还有很多小品的创作、具体的剧目创作，我感觉真不错！三个小品，这么多奖牌在这儿，取得很多成绩，我想这是他创作的能力。军哥我认为在目前他这样的人才很少见，首先你看他的经历，他做了很多，包括企业培训、个人主持，包括做生意、股票、期货，他的经历这么丰富，在舞台上所有的东西变成他舞台上的智慧，变成了他舞台上的精彩，变成舞台上他举重若轻的控制能力、应变能力，跟一般性背台词的主持人肯定是两码事。我相信他每场都在舞台上不断的创造，每次演出创造新的，每场肯定不一样，因为面对的观众不一样，我很能体会这一点，这非常重要。而且他身上所展示出来的，既便从脱口秀的角度，也不一样，你的反映能力、应变能力、控制能力、表现能力都非常强，素质非常好，而且还有才艺展示，我相信他还有别的才艺。这么一个主持人，他很多串词当中，很多话都是很经典的，还是积极向上、正能量的，特别符合现在这个社会，特别符合人生需要，正面引导、正面导向的很多东西，这也难得。他分寸感拿捏得很好，在台上很有修养。刚才他自己检讨了，发型，我建议变一下，另外装束要变一下，不管怎么样，这个气质往上提，腰挺起来。这个发型要考虑你在台上的形象和身份，在这个层面的身份，我觉得可以再设计一下。

军哥这场里面绝对是顶梁柱，这里面大概是最大的亮点，其他的表演都蛮好，这些演员都不错，尤其那两个男演员，表现力非常好。稍微可以控制一下，他们在小品《超越》的表演上，生猛有余，控制不够，艺术还得讲这些东西，演员的控制非常重要。都很好，包括我们这些女孩儿又漂亮，各方面才艺都不用说了。这个仍然是紧紧围绕你说的主题，这样让设计更丰富，有机，不是故意的。总体来讲，深圳这个地方给人的印象曾经是文化沙漠，这个我们说的很多，但是通过昨天这两场演出，我心里深深地感觉到深圳有一批非常执着的，一直在从事文化工作而且不计报酬地进行文化建设的人。这些人跟深圳当年的牛一样，在文化拓荒，在文化方面建设，而且我觉得现在已经卓有成就，我相信深圳的文化会在你们的手里建设起来，发扬光大。说得不对的地方，请大家指正。

**汪　刚：**

来调研真的很高兴，跟深圳罗湖的关系很多年。深圳这个地方确实是藏龙卧虎，人才积聚的地方，这么多年一直交流的也是这个问题。深圳人就是挣钱，不管是早茶还是什么时候，见面了都是挣钱，要说请你看戏、去剧场，没人去，没时间。原来跟文化局的领导沟通的时候经常谈这个事，深圳人怎么走进剧场，怎么搞群众文化，这个真的很长时间感到很困惑。

昨天晚上看了咱们这个“剧说”，里面有几个成功，一是这么一帮热爱戏剧的年轻人出了这么好的创意成功了；二是咱们罗湖文化局和咱们馆凝聚了26个精英，刚才书记也说了，各个身怀绝技，应该说是一个系列，把群众文化搞起来了，创了一台当今时代的新的路；三是深圳市委宣传部、基金给了一定的资助，会演成功了，很高兴。我真心的祝贺你们，希望你们走下去。

我们来调研主要就是体制外文化群体怎么管，前一段时间中国文联的书记召开了文联协会的会员工作的专题会。书记谈到在当今的形势下，要积极的争取、吸纳体制外一切为文艺工作、热爱文艺工作的同志入会，我们在想这些事，在思考，我们现在的会员工作经过群众路线教育我们也在反思，这是一个很薄弱的环节，剧协是一个人民团体，但是经费和一些其他的确实也缺乏，包括人员上。我们现在就是专业的会员每年是两次由各省剧协帮助申报，然后两次集中审批。像体制外这块并不是说不可以入会，现在书记也非常关心，就是我们体制外的这些从事戏剧工作的一些优秀的人才怎么办，现在原则上就是长期从事这项工作，有一定的成绩，包括像参加小品大赛获过奖项的，经过特殊申报是可以的。这个程序就是由咱们梅主席这里报到省剧协，从区里到市里再到省里，一年经过两次审批，就是这么个情况。我们调研以后会去思考一些更深入的如何开展会员工作，如何帮助会员做其他服务的工作，也希望你们能够给我们提供一些好的建议，我们也会积极地去努力，把会员工作做好。

# 以文化为桥梁，创建普惠民生的精神乐园

## ——深圳市罗湖区文化馆文化惠民新举措、新思路、新成效

刘平

文化惠民，是《中共中央关于全面深化改革若干重大问题的决定》（以下简称《决定》）中提出的一项重要内容。《决定》在谈到公共文化时说，“紧紧围绕建设社会主义核心价值体系……建立健全现代公共文化服务体系、现代文化市场体系，推动社会主义文化大发展大繁荣。”同时强调，“构建现代公共文化服务体系……推动文化惠民项目与群众文化需求有效对接”“引入竞争机制，推动公共文化服务社会化发展。”

如何落实中央《决定》的精神，“建立健全现代公共文化服务体系”，“推动文化惠民项目与群众文化需求有效对接”，“推动社会主义文化大发展大繁荣”，真正将文化惠民落实到实处，既提高大众文化的艺术含量，又要使普通民众喜闻乐见，精神上获得享受，是当前各文化馆、群众艺术馆等都在努力实施的目标。在这方面，深圳市罗湖区文化馆在深圳市委领导的直接指导下，借助深圳市谛珑文化传播有限公司的社会力量，以深圳小品艺术团为创作支柱，经过多年的探索与实践，找到了一条切实可行的惠民之路——即整合群众文化力量，注入艺术创造精神，以美的舞台形式使民众喜闻乐见。

## 一、接地气，以文化的魅力架起与民众沟通的桥梁

接地气，以文化的魅力打通与民众沟通的渠道，架起与普通民众对话的桥梁，是深圳市罗湖区文化馆文化惠民的一个新举措、新思路。

文化惠民，顾名思义，就是让民众在文化中获得教益，体会到文化的好处，享受到文化给他的生活和工作带来的裨益，从而增强信心，坚定信念，提升人格素质，提高生活质量。要做到这一点，对于深圳来说则更多了一重考验。

深圳是一个新的移民城市，天南海北的人聚集在这里，有的是为了创业、发展事业，有的是为了来淘金、挣钱，没有亲情、缺少友情，彼此间很隔膜。人们见了面有时连“客气地”打个招呼、问个好都没有，更不用说相互之间的帮忙与关照了。工作上遇到挫折，情感上有了不愉快，或是生活上遇到了烦心的事……都得自己扛着。人与人之间除了工作关系或金钱关系外，缺少一个和谐的环境和沟通的渠道。

那么，怎样才能拉近人们之间的距离，使人们建立起互相信任的信念，营造一个团结和谐的工作环境呢？在深圳市领导的具体指导下，罗湖区文化馆的领导和深圳小品艺术团的同志们都不约而同地想到了“文化”，让文化贴近人们的生活，以文化沟通人们的情感，用艺术拉近人与人之间的距离。深圳小品艺术团的同志们承担了这项任务，深圳市谛珑文化传播文化有限公司则在人力和资金方面给予大力支持。谛珑文化公司领导明确提出：“立足本土戏剧，打造深圳文化品牌，通过戏剧的形式，传递正能量。”

为实现这一目标，他们不想走别人的老路，一说文化惠民，就组织一些人跳广场舞，或临时拼凑一台歌舞晚会。他们想让艺术与普通民众的心灵达到沟通。为此，小品艺术团的同志们充分发挥自己的优势，把艺术创造与普通民众的生活紧密地结合起来，创造出了一种独特的舞台表达形式——“军哥剧说”。即在一台晚会中有一个明确的主题，以单人“脱口秀”加戏剧小品，

加歌唱、朗诵和舞蹈的方式来呈现，内容丰富却不复杂，格调通俗且具有高雅的品格。形式更是简单，舞台上几乎没有什么复杂的舞美、道具，只有演出戏剧小品需要的“一桌二椅”，所有的“戏”全凭主持人的“说”和演员的“演”。其内容就是普通人身边的事，普通人心里的情感，普通人的价值观念和普通人的梦想。让他们在观看演出时没有距离感，一看就明白，容易融入剧情之中。

比如《剧说温暖》，就是以“温暖”为主题贯通整场晚会。戏一开场，“军哥”（李学军扮演）便以脱口秀的形式，把他对于“温暖”这个主题的思考向观众传递——

“打拼奋斗在深圳的朋友们，您背井离乡，生活在这个霓虹闪烁，高楼林立的移民城市，您感觉到温暖吗？还是因为社会的冷漠而收起自己的温暖？”

几句话，立刻勾起每个观众的生活经历和情感记忆，引起他们内心的情感波澜，使他们立刻安静下来，不由自主地被军哥“拉”进剧中，情不自禁地在思考。随后演出的三个戏剧小品《保安日记》《综管员轶事》《请和陌生人说话》则以形象的人物和动人的故事阐释这个主题。三个作品分别讲述了发生在深圳各个居民社区的、每天与市民生活息息相关的社区保安、街道社区的综管员以及居住在小区的居民的故事，描写邻里之间由冷漠到热情，由陌生到熟悉，由事不关己遇事绕道走到主动帮助有困难的人，真实、幽默、快乐、温暖，展示着底层人们的情怀，揭示着“草根”的韧劲。在《请和陌生人说话》表演结束后，“军哥”发表了自己对同事、邻里之间如何相处的见解：你要想获得温暖，就要礼貌地尊重别人，宽容地理解别人，热情地帮助别人，这样才能获得别人的尊重、理解与帮助。他提议，现场的观众以你的微笑，伸出手来，跟你邻座和前后的观众握握手，打个招呼，问声好。随着场灯一亮，只见满场的观众不管认识不认识、熟悉不熟悉，都满面笑容地跟坐在自己旁边的“陌生人”打招呼、握手。欢声笑语顿时洋溢着整个剧场，每个人似乎都感受到了一份温馨与愉快。

## 二、通情感，以民众之事解民众之惑，发挥文化的凝聚力量

通情感，以民众之事解民众之惑，凸显文化的引领作用，是深圳罗湖区文化馆文化惠民文艺创作的又一个特点。比如《剧说沟通》就是如此。

《剧说沟通》是《剧说温暖》的递进与发展。如果说，《剧说温暖》还处于人与人之间打破冷漠、笑脸相迎和力所能及的互助的层次，那么，《剧说沟通》显然又深入一步，涉及人们在实际工作中的相互理解、交流与体谅，所揭示的是人们精神层面的需求。人们喜欢这台晚会，是因为它给了接受者一种为人处世的新理念、新思路。

按说，生活在深圳的人们不缺少新观念，但这里所说的“新理念”却有着不同的含义，对于解决人们生活困惑或工作难题而言，它是新的；就中国文化传统而言，它又是极传统的。所谓“新”，是指它在现代化社会信息爆炸的环境中能够帮助人们找到精神上解困的方法——如何填补精神缺失的空白，使人们明了在今天的现实中如何找到自己的位置，使自己能够恰切地融入社会，学会与人交往、沟通，敞开自己、接纳别人，在生活中发挥出更大的能量，才有可能获得事业上的成功。

这种“沟通”直接涉及每个人的切身利益，是人们非常需要的。晚会用三个形式各异的小品来诠释“沟通”的主题。《清洁交响曲》以默剧的形式和肢体语言表现形形色色的普通人与清洁工之间的沟通。清洁工大婶工作一天又苦又累，为了城市的清洁披星戴月地劳作，她希望得到大家的认可和一声谢谢，而不是因为这样一份过于普通的工作而显得卑微，或被人看不起。其中有一个细节最感人，一个小学生因为学习成绩不好被妈妈打骂，心里很自卑。清洁工大婶看到了，走到小学生跟前轻轻拍她的肩膀，对她竖起大拇指，给了她一个鼓励的手势。孩子立刻产生了被理解的感动，顿时觉得有了信心。她跑出去老远又跑回来，把自己带的一瓶水送给清洁工大婶。《最近我不烦》

表现窗口行业的一位办事员，与两位前来办事的老百姓因为各自态度不同而产生的不同结果，启示人们要办好一件事，双方都要努力提高素质，不能单方面地指责别人、要求别人，更不能走形式主义，这样才能提高办事效率。《守候》由一个路边的书包引发了人们相互之间的情感波动，他们从相互误解与非难，在冷静地思考之后，又在交流与沟通过程中达到了新的认识，实现了相互间的理解与和谐相处。

在这里，“沟通”作为一种交流和交往的方式，在现实生活和实际工作中是必不可少的。它不仅可以增强人们的相互了解，为人们的生活增加快乐，为工作增加顺利，为人们的精神增添愉快，也促进了社会的和谐与完美地发展。在晚会上，林登登女士的诗朗诵《非走不可的弯路》把晚会的主题推向了高潮，“在人生的路上，有一条路每个人非走不可，那就是年轻时候的弯路。不碰壁，不碰个头破血流，怎能练出钢筋铁骨，怎能长大呢？”

诗不长，却给人们留下了广阔的想象空间和人生道路选择的新思路，使得心有所感的观众的梦想像小鸟一样插上了飞翔的翅膀，顿时飞升起来！

## 三、重精神，以文化表达民众情感净化人们心灵

重精神，以文化表达民众的情感，净化人们的心灵，启发、引导人们的精神追求，是深圳罗湖区文化馆文化惠民文艺创作的又一个特点。比如《剧说成功》的创作就是如此。

在现实生活中，人们不仅需要温暖、需要与人交流沟通，更希望事业成功、生活完美。

然而，什么是成功？成功者必备的素质是什么？这是与每个人的生活都息息相关的问题，但一些想成功的人未必清楚。因此晚会一开始，“军哥”向场内的观众提出了这个问题。话音一落，剧场内立刻活跃起来了。有人说成功是不断挑战自我战胜困难，有人认为成功是获得领导的肯定和赞许，有人

认为成功是个人奋斗，有人说成功是扎根深圳……《剧说成功》用艺术的形式对这些问题进行深入探讨，从深圳速度到深圳精神，从人的精神面貌到人的心理素质，从战胜困难到超越自我。“军哥”引领着人们回望30年前的深圳人在成功路上所经历的风风雨雨，所走过的坎坎坷坷，使每个人都有着一份感动与欣慰。小品《铁饭碗》《你要相信我》《超越》就是用形象演绎了发生在普通深圳人身边的真实故事。

如果不深入了解深圳，似乎今天的深圳与内地区别不大，然而我们回到改革开放的20世纪80年代，就会感受到那巨大的差距。这样的回忆有苦涩，有欢笑，更有许多思考：打破了铁饭碗，南下闯深圳，需要怎样的决心？辞掉了工作来深圳，精神上需要承受多大的压力？而深圳精神就是由这种“破釜沉舟”的抉择与坚韧的毅力造就的。《铁饭碗》以形象的故事诠释了当年深圳人与内地人的不同的价值观念与精神风貌。当内地多数人“躺”在铁饭碗的摇篮里过着无忧无虑的生活的时候，深圳人已果敢地断了自己的后路，向时间要速度，在风雨中摸爬滚打，在实践中寻找适合发挥自己才能的路。《你要相信我》以“诚信”主题来表现人与人交往的故事。在一个没有亲情、缺少友情的移民城市，人们如何建立起互相信任、团结合作的工作环境，靠的是“诚信”。如果“诚信”坍塌，人与人之间只是怀疑、欺骗、尔虞我诈，将是多么可怕。当两个在商场中厮杀的老板为了各自的经济利益，嘴上信誓旦旦地希望对方“你要相信我”，而心里却在最大程度地盘算个人的利益时，一位出租司机为顾客送钱包的“诚信”行动，立时让他们耳红心跳，他们不得不对着自己的“心门”呐喊：你要相信我！

成功，是无数次地打拼换来的，没有惊人的毅力和过人的智慧，不付得苦中苦，流得几身汗，如何能奏效？小品《超越》讲述一个年轻的复员军人做保险营销员工作的故事。在一次次的陌生拜访中遭受了种种挫折，工作毫无业绩，就在他的精神即将崩溃之时，他的“心”里“走”出了连长。连长把他带回部队，用残酷的训练让他懂得了忍耐和坚持。他渐渐地重新拾回了信心，鼓起了精神，投入到新的营销工作中，推开了一扇扇陌生的大门，最终获得了成功。

## 四、立信念，让民众在参与中获得文化共享，发挥文化引领作用

立信念，让人们在参与中获得文化共享，发挥文化的引领作用，一直是深圳市和罗湖区文化馆的工作重心，也是谛珑文化公司和深圳小品艺术团艺术创作方面的一贯追求。《军哥剧说》系列晚会的创作就体现了他们的追求与目的。

在这方面，观众的感受是最实际的——

“09 剧场是咱深圳高品位文化的戏窝子更是我们大家的乐窝子！”

（清清照）

“记不得有多少年，没有像今天这样坐在台下，又叫又笑，活力四射，宛如孩童般的纯真。军哥和他的 09 剧场的魅力感染了我和周围的每一位家长、孩子。”

（胡阳妈妈）

“第一次看你们演出，我很是感动。说实话各种剧目我看多了，但唯独你们的演出让我心动了。每个演员在台上是多么认真、到位，我佩服极了！尤其是你（军哥）为了把整台戏做好，又唱又跳还要不惜代价告诉我们沟通与和谐的道理。这是我们现在的演员所缺少的。”

（钩子和通心菜）

“《军哥剧说》给深圳这座移民城市带来了正能量。”

（巧黑力）

“特别感谢《军哥剧说》的到来，感谢 QQ 群里家人们的心灵分享，让我们在这个如泡沫般的浮躁的大城市里，突然有了一丝丝温暖的感觉……这种

温暖太难得了！”

“《军哥剧说》系列让我百看不厌，每次看到，都会有眼前一亮的感觉，轻松幽默的小品，总能让我捧腹大笑，不管你是工作不如意，还是家庭有矛盾，不管是爱情不顺心，还是相处不理想，只要看了军哥剧说的小品，就能让你在快乐中忘掉所有的烦恼，重新做回一个快乐的自己，让你掌握回属于自己的自信。”

**（木子）**

“通过 09 剧场我学会了怎么和人沟通，下次我还要来。”

“观看它是一种有思想的乐，是一种有深度的乐。”

**（朱骏豪家长）**

“我原以为贯名‘公益’的演出，效果未必值得期待。未料整场励志却无说教，幽默却不庸俗，女儿被逗得前仰后合。”

**（观众）**

“各种年龄、职业、身份的人，都可能是 09 剧场的观众——这是一场‘通吃’各种观众的演出：没有一个黄段子，没有一句让人不舒服的台词，却让人由衷地开怀。”

**（《晶报》）**

**中央电视台的编导曹红梅说：**“全国各地的戏我都看了个遍，什么这个印象那个印象，说实话，都没什么意义，看完就完了。但是看完 09 剧场的《剧说成功》我真的触动很大。”

**著名曲艺演员巩汉林看《剧说成功》后赞不绝口：**“形式很新，节目构成新，内容接地气，说观众心里话。”他特别佩服“老妈”（柴京瑞）的表演，他说：“喜剧很难。老妈的表演让我眼前一亮。她的表演超越票友，有专业水平。”中央电视台导演张晶用“用百姓的话，说百姓的事，演给百姓看，输送正能量”来概括这台晚会的艺术特点。

**总政话剧团著名导演李文启看了《剧说爱情》后说：**“这台晚会满台很活泼，跟观众互动，说的都是严肃的话题，爱情是严肃的，尽管它很浪漫，但它是严肃的。你们用亲民的、活泼的形式来体现，我觉得完全是正能量、主旋律。表现的是人们一种正确的生活观念、生活状态，符合核心价值观。”

由此可见，《军哥剧说》系列已成为今天舞台上的一个新“品牌”，它的直接意义就在于提高了群众文化的文化品位、艺术水准和表演水平，创造了群众文化发展的新模式——内容健康、形式活泼、娱乐大众。它使文化馆的文化惠民工作上了一个新台阶，使大众文化的娱乐性与思想性实现了有机结合，在“文化惠民”的普及性基础上提升了文化对民众精神层面的引领作用。

2015 年 3 月 30 日晚演出《剧说沟通》时，深圳地区普降有史以来的大雨，新闻广播不停地播放，叮嘱市民少出门、不出门。在去剧场的路，邸叙然导演心急如焚，一直在嘀咕：“看来今天晚上就是咱们几个人的专场了”。走进剧场一看，真的让我吃惊不小，居然坐了大约六成的观众，其中还有几个孩子。随着演出的进行，还不断有观众走进剧场。我问一位观众，“这么大的雨为什么还来看？”他说：“好不容易订上了票，浪费掉太可惜了。订票太难了。”

有朋友问我，平时看起来没有多大影响的戏剧小品，为什么在“军哥剧说”晚会上演出就显得非常不一般，看起来很有光彩？

我不假思索地说，是“纲”的作用。如果把整台晚会的主题比作“纲”，那一个个戏剧小品和舞蹈、歌唱的节目就是“目”，主题明确了，就带动了“目”的能量发挥。就好比一棵大树，每一片树叶就像是“目”，孤零零地生长无法显露光彩，如果长在粗壮的树干上，立刻就不一般了，它就由一片孤零零的叶子变成大树的一部分，两者互相映衬，互为表里，相互作用。所谓“纲举目张”就是这个意思。那么，“军哥剧说”的“纲”是什么呢？是它所体现出来的社会主义核心价值观，是它所描绘的改革开放 30 年来深圳人艰苦奋斗的形象力量，是它适应了广大观众实现自己“梦想”所需要的精神追求。

## 五、变观念，借助社会力量推动“文化惠民”社会化开展

谈到罗湖区文化馆“军哥剧说”系列作品的成功，很多人都在思考。我认为这大概有两方面的原因：一是以专业艺术团队的力量提升群众文化的创作水平，不满足于群众文化中广场舞和歌唱队的水平，而在内容中注入民众真实的生活和情感，增加民众对身边的人和身边的事的观察与思考，把以前的普通“观者”转变为“参与者”，增加他们的集团观念。既给观众欢乐，又促使观众思考；二是整合居民社区的歌唱队、舞蹈队和朗诵人才，让他们直接参与到《军哥剧说》的表演中来，增强他们参与的积极性与责任意识，同时发挥他们的一技之长，扩大创作范围，丰富晚会的内容。比如“老妈”的唱，林登登女士的诗朗诵和老年表演队童声童趣的表演，就收到非常好的效果。由此，带动了更多的社区居民参与，他们展示才艺的行为本身就是思想意识提高的过程，其辐射式的影响或蝴蝶效应是难以估量的。如今，“军哥剧说”已响遍大江南北，中央电视台于2015年4月做了专题报道，不仅总编导邸叙然成为人们心目中的功臣，“军哥”李学军更是妇孺皆知，令人崇拜。还有在创作演出实践中成长起来的演员们如李牧霏、杨成成、赵勇、穆荣、赵婷婷、马天伟等也都成为人们心目中的明星，他们经常去中央电视台演出或参加全国性的演出，连“老妈”（柴京瑞）、林登登也成为老年人心目中的榜样。而且，小品艺术团的队伍在不断壮大，一批批的新人正在成长……

面对成功，深圳市和罗湖区文化馆的领导没有满足，谛珑文化传播有限公司的领导和深圳小品团的同志们也没有停步，他们虽然发挥自己的特长找到了一种新的艺术表达形式，但他们也清楚自己应该怎么做，就如他们对“09剧场”含义的注释：

“0——9是10个数字元素，0到9是个努力的过程，到10就满了。满招损，谦受益。0——9也是一个周而复始的循环，螺旋式上升。归零是升上一级台

阶的开始。”

此后，他们又一鼓作气创作了《剧说爱情》《剧说快乐》《剧说团队》《剧说成长》和《净化论》等主题晚会，每台都收获了成功的喜悦和观众的赞扬。他们说：“我们的责任就是不但让观众在剧场娱乐，更能在笑声中引发深层次的思考，让人们的心灵更纯净，让我们的城市更文明！”这一点，他们在《净化论》晚会的演出中已经得到了回答。这台晚会是以干净的文化、干净的艺术、干净的社会风气洗涤被污染的灵魂，唤起观众崇尚健康文明的文化需求和对真善美的追求！晚会内容不靠噱头搞笑，不拿庸俗取宠观众，不以丑做戏，不以脏说事。结果是观众照样捧场。有观众说：“到了09剧场，算是感受到了什么是深圳文化”；有人说，“主创者十分了得，居然让满场的观众心甘情愿地接受他们两个半小时的‘教育’。”看来，深圳的观众也在成长过程中逐渐变得成熟了。这大概就是艺术影响的结果吧！

前面的路正长，创作的路也在延伸……

《军哥剧说》属于深圳市和罗湖区宣传文化基金支持的一个公益项目，已得到文化部和中国剧协和广东省有关部门的认可和表彰，被评为“国家公共文化服务体系示范项目”，中国戏剧家协会《剧本》杂志社和中国戏剧家协会艺术发展中心于2006年为“深圳市小戏小品创作基地”挂牌，小品艺术团创作的作品曾多次获得中央电视台、文化部、中国剧协和广东省的创作大奖。荣誉的获得，观众的鼓励，各级领导的支持，为深圳文化馆和深圳小品话剧团的展翅飞翔增添了力量，而艺术创作上的成功，也使深圳小品艺术团的同志们获得了极大的精神鼓舞，每个人都沉浸在成功的兴奋中。在总结成功的过程中，他们也进一步明确了自己的奋斗目标：“提升文化品位，打造本土品牌，面向社区百姓，坚持公益服务”。立足深圳，走向更宽广的世界，让高尚的文化走进更广大的普通人生活中。“文化惠民”是他们永远追求的目标和努力的方向。

（作者为中国社会科学院文学研究所研究员）

# 南国舞台上的星星火

## 邸叙然话剧剧本集萃

中国戏剧出版社
CHINA THEATRE PRESS

**图书在版编目（CIP）数据**

邸叙然话剧剧本集萃 / 邸叙然著. — 北京 : 中国
戏剧出版社，2018.7
（南国舞台上的星星火）
ISBN 978-7-104-04681-3

Ⅰ. ①邸… Ⅱ. ①邸… Ⅲ. ①话剧剧本一作品集一中
国一当代 Ⅳ. ①I234

中国版本图书馆CIP数据核字（2018）第123852号

---

南国舞台上的星星火：邸叙然话剧剧本集萃

**责任编辑：**肖　楠
**项目统筹：**李　静
**责任印制：**冯志强

---

**出版发行：**中国戏剧出版社
**出 版 人：**樊国宾
**社　　址：**北京市西城区天宁寺前街2号国家音乐产业基地L座
**邮　　编：**100055
**网　　址：**www.theatrebook.cn
**电　　话：**010-63385980（总编室）
**传　　真：**010-63383910（发行部）

---

**读者服务：**010-63381560
**邮购地址：**北京市西城区天宁寺前街2号国家音乐产业基地L座

---

**印　　刷：**北京鑫瑞兴印刷有限公司
**开　　本：**787mm×1092mm　1/16
**印　　张：**68.25
**字　　数：**1000千字
**版　　次：**2018年7月　北京第1版第1次印刷
**书　　号：**ISBN 978-7-104-04681-3
**定　　价：**288.00元（全四册）

---

# 序

## 笔走商海　自有我在

周　光

1979年，标志着中国全面迎接改革开放的深圳特区建设，在罗湖口岸旁边的小小渔村破土动工。罗湖口岸的对面就是举世闻名的商业大都市香港。不久，深圳就成了一片商业文化的汪洋，并且将“时间就是金钱”“效率就是生命”“顾客就是上帝”等等商业理念几乎一夜之间传遍了大江南北。

还别说，从那时候开始至今，只要你有钱，就可以在深圳买到各种高质量的服务。所以，也难怪当初从五湖四海到了深圳的人大部分一下子就成了商业文化的仆从。这其中，不乏内地一些文艺工作者。他们为了生存和更好地生存，放下了“灵魂工程师”的身段，用自己的才能把歌舞、曲艺、戏剧等艺术形式转化为商品送进了歌厅、舞厅、餐厅。自然，这些“商品”逐渐失去了以文化人的功效，而是和娱乐画上了等号。

邸叙然就在这样的划时代文化背景下来到了深圳。然而，受家族中长辈们长期从事文艺工作的影响，青少年即进入部队文工团的经历，让他的社会责任感并未被商业文化的汪洋所淹没和侵蚀。翻阅着他的剧作集，许多作品都看过。无论是比较早期的剧本还是近两年的新作，其中所反映出的人生观、世界观、价值观以及爱国情怀都是一以贯之的。

例如话剧《水墨中国》。邸叙然以一位内地画家“偷渡”深圳关口以及在深圳的长期生活为核心线索，把人物命运和改革开放以来深圳的诸多悄然变化关联起来，于不经意间让我们感受到了深圳这个小渔村改革开放以来翻天覆地的巨变：曾经数以万计边民向往逃去香港发财，今天却是香港人为了发财回到内地投资；曾经要带着身份证、边防证才能通过的关口，如今已然静静地矗立在那里，成了贫困与落后历史的见证；曾经“辛辛苦苦干一年，不如人家（香港）八分钱”的渔村百姓，如今坐在家中就享受着丰衣足食甚至自己都感到过于无所事事的惬意生活。这看似不经意的寥寥数笔，恰如一幅大写意画卷中的几点墨迹，点染出了深圳的昨天和今天，而其留白处却是整个中国的昨天和今天。在邸叙然这一幅欣欣向荣、令人振奋的《水墨中国》里面，蕴含着辛酸苦辣的回味、百折不挠的身影、创新发展的蓝图、风卷千帆的壮丽！这代表着邸叙然剧作始终如一的爱国情结和主流价值观。

话剧《水墨中国》不乏喜剧和调侃的桥段，而恰恰是那些对于历史的调侃，使得这部剧作中处处洋溢着作为一个今天的中国人满满的自豪与自信。我看过这个戏的演出，感觉比这里收录的剧本丰满许多。当谢幕的掌声响起来的时候，我和观众们一样为剧中人物命运的变化、为其事业成功与生活美满感到由衷的欣慰。与此同时，更让我感到欣慰的是邸叙然这位年轻的戏剧人初衷不改，他在深圳这样一片商业文化的汪洋中始终保持着正确的三观，保持着对祖国的信赖与热爱，并且用他所熟悉的方式和十分饱满的热情顽强地表达着自己。

言之有物，文以载道，也是邸叙然剧作一以贯之的宗旨。除了一些命题作文之外，即便是趣味性、娱乐性比较强的戏剧作品，其中都必定有着邸叙然对生活的认识以及对生活本质的揭示。

例如小品《最近我不烦》。作者把快节奏生活中的不和谐音符加以放大和重复，目的就是帮助观众认识到换位思考对于和谐生活的重要意义。

环境——情绪——语言——人物关系等元素，构成了每一个人在现实生活中的规定情境。其中一旦有一项出现了问题，规定情境就可能变得紧张、尖锐起来，因而影响到我们的正常生活。小品《最近我不烦》中，邸叙然通过多次“倒带”处理，在一个办事大厅的窗口前不断修复和调整着这些元素，终于在舞台上营造出一个和谐的规定情境。剧作者把自己感悟到的生活哲理用一次次具有递进效果的行动呈现给观众，在增强故事趣味性和舞台形式新鲜感的同时，更带领观众认识到：正是日常生活中诸多不被留意的、细端末节的疏忽，造成了我们的自我困扰。毫无疑问，观众们看过这个小品一定会产生一种豁然明朗的惊喜。

小品《请和陌生人说话》对城市人之间的冷漠开出药方，小品《第五大名著》对于艺术创作恶俗风气的无情讽刺，小品《真话难讲》对当今教育方法以及处世方法的质疑，小剧场话剧《我要恋爱》传递的正确婚恋观念，话剧《净化论》对于人性中真善美力量的信心……总之，在邸叙然的每一部剧作中，我们都能够看到他面对深圳这座商业化城市一次次通过有趣的戏剧故事提出问题，又一次次理性并且机智地解决问题，从而把对事物的正确认识传递给观众。哪怕在现实生活中一时找不到解决问题的最佳方案，他也会和他的创作团队一起为作品寻求一个略带理想化却又不难实现的结局。

深圳毕竟是深圳，商业文化带给人们的速度观念、效率观念、价值观念，似乎成为一种惯性深深浸入了深圳人生活的方方面面。即便是戏剧欣赏，深圳人也绝不会像内地人那样数着板眼去咂摸滋味儿。深圳观众希望在剧场里不仅能够看到自己的生活、体验戏剧带给自己的审美愉悦，同时也希望在最短的时间内获得更多的新鲜感和更大的信息量。而在这一方面，20 多岁就去

深圳打拼的邸叙然深谙其道，因而他除了努力在题材上让自己的剧本更加接地气以外，表现形式上的虚实结合、简洁明快、不拘一格、大胆创新同样是一以贯之。

例如小品《马路遐想》。剧本表现的是在交通方面遵纪守法的现实问题，但是一开幕，一个个违反交通法规的交通参与者却以类似中国戏曲的程式化表演陆续出场。舞台上开车、超车、酒驾、飙车、闯红灯、撞车、死亡、肇事者们亡灵的相互指责，一系列现实生活中常见的情节都被编剧用虚拟、夸张、漫画甚至穿越的手法简洁却又完整地表现出来。这种化实为虚，以虚写实的方法，有效缩短了传统戏剧用在交代和铺垫上的笔墨与时间，完全适应了深圳观众的观剧习惯。

在邸叙然的剧作中，往往为二度创作的体验、表现、间离等表现方法都提供了基础。例如在话剧《净化论》剧本里面，开场时候体验派和表现派的表演方法都有运用。当三个学习骗术的年轻人听老板说要送他们去学习表演，立即本能地表达了对学习和学校的反感、厌恶，继而他们各自回顾了一段上学期间的遭遇。然而到这里编剧在文本中并没有提示更换演员和场景，很显然，他是要演员在此时此刻此景直接跳入彼时彼刻彼景，然后再跳回来。类似大胆的创造性舞台处理和表现方法，在邸叙然剧作中比比皆是，已经成为他剧作的鲜明特色。尤其表现方法的多样化，让大部分演员都会感到排演邸叙然的剧作有着很大的自我创作空间。正因如此，在剧作基础上的二度创作才有可能在舞台上给观众更多的意外、惊奇和更多的信息，甚至带领观众展开想象力、积极参与到三度创作中去。

2016 年，邸叙然被中国田汉研究会评为“最佳前沿戏剧人”。今天想来，这个称号于他是再恰当不过了。身处改革开放的前沿、商业都市的环境中，做戏剧自然也要有前沿的思维和前卫的手段。然而邸叙然在自己的戏剧道路上初心不改，理念不改，探索不改，正如明末画家石涛所谓：“我之为我，自

有我在”。我真诚地祝愿邸叙然在深圳那一片商业文化的汪洋中，用自己的笔作风帆，以自己的心为舵轮，坚定地做自己，坚定地做一个“最佳前沿戏剧人”！

# 目　录

# 太平盛世香云纱

**时　间：**辛亥革命之后

**地　点：**香云纱总号内堂

**人　物：**

欧 阳 和——香云纱老板

欧阳守成——欧阳和之子

舒　　贤——欧阳守成之母

张 碧 华——欧阳和二姨太

珍　　儿——欧阳守成之妻

张 碧 忠——张碧华之弟

惠　　嫂——仆人

阿　　青——仆人

贝 勒 爷——前清皇族

蒋 公 公——前清宫廷太监

〔欧阳守成兴冲冲地上，高声吟诵着爱国诗句，阿青拿着香云纱的衣服紧随其后。

阿　青　少爷，你等等我。

欧阳守成　怒发冲冠，凭栏处、潇潇雨歇。抬望眼……

阿　青　少爷，你别闹了，来把衣服穿上。

欧阳守成　仰天长啸，壮怀激烈。我要去见中山先生了。（模拟与孙中山见面时的情形）中山先生，您好啊。守成啊，很高兴你来到我们的革命队伍，我们很需要你。

阿　青　行了，行了，玩一会就好了。

欧阳守成　欧阳守成啊，革命事业就是要天下为公！

阿　青　求求你了，欧阳和看到会生气的。

欧阳守成　这个，你穿吧（把衣服扔在阿青的身上，站到凳子上高声吟诗）三十功名尘与土，八千里路云和月。

阿　青　少爷你下来，小心摔倒。

欧阳守成　哎呀，你烦不烦啊，该干吗干吗去呗。

阿　青　好，我管不了你是吧，你等着！（阿青下）

欧阳守成　莫等闲、白了少年头，空悲切。靖康耻，犹未雪；臣子恨，何时灭？驾长车、踏破贺兰山缺。壮志饥餐胡虏肉，笑谈渴饮匈奴血。待从头、收拾旧山河，朝天阙……

〔阿青领着两位太太带着珍儿、惠嫂一起上。

阿　青　太太，守成穿着革命党的衣服不肯脱下来。

〔舒贤和张碧华看到欧阳守成的样子，笑起来。

欧阳守成　（发现母亲，跳下凳子跑到母亲身边）母亲，您看怎么样？

舒　贤　好了好了，别再瞎闹了！

欧阳守成　惠嫂。你觉得呢？

惠　嫂　少爷，好看！

欧阳守成　二妈！

张碧华　唉，守成啊，你怎么也穿了这么一身衣服啊？

欧阳守成　这个中山装啊，外面的人都这么穿，好看吗？

张碧华　好看，不过要是用咱们香云纱的料子啊，就更好看了！

舒　贤　那当然了！

惠　嫂　二位太太真有眼光！

欧阳守成　珍儿，你看好看吗？

珍　儿　真好看。

张碧华　（看到珍儿挺着大肚子，站着有点费劲）阿青，你去给珍儿拿个凳子。

珍　儿　不用了，二妈，我都躺了一天了，我也想走动走动。

舒　贤　晚辈怎么能跟我们一起坐呢！

张碧华　姐姐，我看咱家那老规矩也该改改了。

惠　嫂　欧阳和有时候也这么说。

舒　贤　既然是老规矩怎么能随便改呢？

惠　嫂　大太太说的是。

舒　贤　惠嫂，怎么谁说的都对啊？

惠　嫂　是啊，我就喜欢听二位太太说的话，说什么都对，对不对？

〔大家被左右逢源的惠嫂逗乐了。

舒　贤　欧阳守成，你都是当爹的人了，还这么胡闹，快把衣服换了，一会让你父亲看到了，准会生气的。

珍　儿　是啊，母亲说得对，你快去换了吧！

欧阳守成　母亲，现在外面的人都穿这个，我穿怕什么呢？

舒　贤　但是咱们家不行！

欧阳守成　二妈。（央求说情）

张碧华　姐姐，他们年轻人喜欢穿什么就让他穿呗，我要是还在学堂读书啊，我也穿这身。

舒　贤　好了碧华，你就别跟他一起胡闹了！

张碧华　守成，看到了吗？我也挨骂了！

欧阳守成　嘿嘿嘿，对不起。

阿　青　主要是怕让老爷看见了……欧阳和来了。

〔欧阳和拿着一封书信高兴地上，众人将欧阳守成挡在身后。

欧阳和　舒贤啊。

众　人　（施礼）老爷。

欧阳和　二叔的信上说，咱们的香云纱在南洋特别的受欢迎，他连开了三间分号了，看来不仅咱们中国人喜欢香云纱，这洋人更喜欢。老二真是能干，他还说让守成也过去见识见识，你们看怎么样？

舒　贤　那肯定好啊，跟着二叔肯定会长本事。

张碧华　好是好，不过，就是南洋太远了吧！况且珍儿还怀着孩子呢。

欧阳和　好男儿志在四方，要做事就不能儿女情长，守成，你的意思呢？守成！

欧阳守成　欸。（从众人身后走出）

舒　贤　（慌忙打岔）老爷您喝茶。

张碧华　（用手帕挡着欧阳和的眼睛）阿青，你去看看晚饭好了没？

惠　嫂　（跟着打岔）老爷，这是二位太太特意为您准备的桂花糕，您尝尝！

欧阳和　好好好，守成啊，你过来看看你二叔的信。（看到欧阳守成的衣服）你这穿的是什么啊？

欧阳守成　（一边看信一边回答）父亲，是中山装，是中山先生设计的。

欧阳和　换了！

欧阳守成　啊？

欧阳和　（生气地）我叫你换了！

舒　贤　欧阳和，守成穿着玩的，一会就脱了。

欧阳和　你还护着他，给我换了！

欧阳守成　为什么啊？

欧阳和　我们家世代为商，你爷爷是商人，你爸爸也是商人，你也必须是商人。

欧阳守成　我不想当商人，我想去找孙先生。

欧阳和　胡说八道，你以为你穿着这身衣服你就革命了？幼稚！

张碧华　（上来劝阻）年轻人闹着玩，老爷别动气。

欧阳和　（瞪了一眼张碧华）都是被你们惯坏的。

欧阳守成　父亲，不关他们的事，你就让我穿吧。

欧阳和　我再说一次，换了。

欧阳守成　我不换，我再穿一会儿！

〔欧阳和起身要打欧阳守成，众人阻拦。

欧阳守成　（不满地）换就换嘛，您至于发那么大火吗？

〔贝勒爷调戏阿青上，欧阳守成一把摁倒贝勒爷。

贝勒爷　哟，快松手，疼！

欧阳和　（厌烦地看了一眼贝勒爷，言不由衷地说）守成，放开，没大没小。

〔欧阳守成不情愿地松开手，生气地换衣服。

贝勒爷　哟，小少爷，几天不见，您这劲儿可见长啊！（看到珍儿）难怪，少奶奶有喜了。

欧阳守成　（没好气地）关你什么事？

欧阳和　（和贝勒爷寒暄）贝勒爷，今天怎么有空到我这了？您有事吗？

贝勒爷　没事就不能过来看看？想大伙了呗。（厚着脸皮挨个地施礼）大奶奶、二奶奶、少奶奶……

欧阳和　（看不过眼）惠嫂上茶，都下去吧。

贝勒爷　（看到桂花糕）这还有这么多吃的啊？

〔惠嫂一把抢过来，拿下去，贝勒爷尴尬。

欧阳和　（假装没看见惠嫂的无礼）贝勒爷……

贝勒爷　（跳脚骂起来）您还知道我是贝勒爷啊，就刚才大少爷那两下子，如果大清国还在，你们就得满门抄斩。

欧阳和　您大人有大量，别跟小孩子计较。

贝勒爷　我可不是计较，想不到大少爷还是革命党啊！

欧阳和　（不慌不忙地）你是说他穿的那身衣服啊？这满大街不都这么穿吗？我也觉得不合适，让他换了。

贝勒爷　赶紧换，我一瞧见这衣裳就堵得慌！（垂头丧气，不甘心地说）你说这大清国好端端的就这么完了？

欧阳和　呵呵，好端端的一定不会完，完了的它一定不是好端端。

贝勒爷　（色厉内荏）嗯？怎么说话呢？当今皇上还在紫禁城呢，只要皇上还在，大清国就完不了！

欧阳和　（淡淡地）喝茶。

贝勒爷　（悻悻地坐下了，喝了口茶，干笑了几声）欧阳啊，咱说句掏心窝子的话，现在香云纱这么火，是不是有我家的功劳，我们家老福晋就喜欢你们的香云纱，每次一半的货都是我们家包圆儿，这白花花的银子可都到了你们家了。

欧阳和　（冷冷地）我在这谢谢您。

贝勒爷　光用嘴谢啊？

欧阳和　贝勒爷，这逢年过节的我可没少孝敬您呀。

贝勒爷　再给你一个孝敬的机会。皇上想我了，我得去觐见皇上。

欧阳和　（应付着）应该，应该。

贝勒爷　我得穿体面点吧？

欧阳和　那是。

贝勒爷　可我总不能空手去吧？

欧阳和　那不能。

贝勒爷　香云纱一车。

欧阳和　什么？一车？

贝勒爷　怎么的？不行啊？

欧阳和　行，行行，我先给您算算（拿出小算盘扒拉）。算好了，总共 9500 两。

贝勒爷　凑个整数吧，一万两。

欧阳和　（躬身施礼）谢谢您了。

贝勒爷　记我账上。

欧阳和　（停了一下，慢慢起身）不能再记了，这两年您在我这赊的账可都

还没还呢。

贝勒爷　（急了）跟我算老账是吧？我真是落地的凤凰不如鸡，虎落平阳被犬欺，你当我真没有啊？（满身翻兜）

欧阳和　（可气又可笑地）别找了，您身上还有一件真东西吗？

贝勒爷　（气急败坏）是啊。那真的不都到你们那去了吗？（拿起桌上的紫砂壶）这壶呐还是我们家的呢。

欧阳和　（慌忙接着）小心点，别摔了，这玩意您可要了我八百两银子。

贝勒爷　一千两都值啊，那可是皇上赏的。

欧阳和　（缓了缓口气）贝勒爷您也真是，怎么不省着点花啊？

贝勒爷　我省得了吗？我有五房太太呢，（赖皮赖脸地躬身施礼）欧阳啊，您再赊我一回，等我们大清国缓过神来，我加倍还您。

欧阳和　（认真地）贝勒爷，现在时局不好，生意实在难做，这账啊，实在是不能再赊了。

贝勒爷　（气急败坏）耶，欧阳我告诉你，你们家可有革命党！

欧阳和　不是跟您说过了吗？那是小孩子瞎胡闹。

贝勒爷　我不管，只要我们大清缓过神来，我就参你一本，让你们满门抄斩，这生意也就别做了！

〔蒋公公摇着扇子戴着墨镜大笑上，惠嫂急步来到欧阳和面前。

蒋公公　哎哟喂，这生意可真红火啊！

〔惠嫂跟欧阳和耳语，欧阳和起身迎上蒋公公。

欧阳和　（施礼）您是？

蒋公公　（并不回答，还礼）您就是香云纱掌柜的欧阳老板吧？

欧阳和　正是。

蒋公公　呵呵，（到处溜达着看，一边看一边说）我从京城千里迢迢来到这，什么都挺好，就是觉得太热，可一穿上你们这香云纱啊，打心眼里就觉得舒坦。欸，当年老佛爷可说过，穿上这香云纱做的衣服，滑爽，凉快，对皮肤也有一定好处，那可是当之无愧的软黄金，只有大户人家才能享用得起的啊，哈哈哈。

欧阳和　（知道对方来者不善，小心应付着）惠嫂换茶，您请上座，（看着在一旁愣神的贝勒爷，对他做了一个送客的姿势）不送。

贝勒爷　（大声嚷嚷）怎么着？你要轰我？我叫你们家满门抄斩！

蒋公公　（听着烦，摘下墨镜擦着，头也不抬地呵斥）谁这么大口气啊？

贝勒爷　这里没您的事，我……（看着蒋公公，认真辨认了一下）蒋公公？是您呀？您不认识我了？

蒋公公　（吓了一跳，仔细看了看落魄的贝勒爷）您是？

贝勒爷　我是五贝勒啊。

蒋公公　哎哟喂，（忙起身，二人握着手说）贝勒爷，您怎么成这样了？

贝勒爷　甭提了，赶紧跟我说说宫里的事。

蒋公公　（松开手，拿起了架子）我已经不在宫里当差了。

贝勒爷　你也被撵出来了？

蒋公公　什么话！我现在的新主子是袁大公子。

贝勒爷　哪个袁大公子？

蒋公公　就是袁大总统的大公子啊。

贝勒爷　啊？袁大头的儿子？

蒋公公　怎么说话呢？袁大总统一登基，那可就是我们的皇上了，袁大公子可就是当今太子爷。

贝勒爷　（大怒）呸……袁大头算什么东西？他原本就是我们满人的一条狗。

蒋公公　（上前揪着贝勒爷的脖领子扇了几个大耳光）住嘴，刚才你还说让人满门抄斩，就你这么一句话就可以诛你九族，起来，边站着去！

贝勒爷　（被打懵了，也被吓坏了，露出可怜相）蒋公公，刚才是我说秃噜嘴了，您大人有大量，念在咱俩是故旧，您一定得帮帮我……

蒋公公　（懒得搭理）我先谈完正事。

贝勒爷　（施满人礼）喳。

蒋公公　（大骂）喳什么喳，没你们满人什么事了！（看到贝勒爷被吓到在一旁哆嗦，变了个笑脸对欧阳和说），呵呵呵，欧阳老板哪，刚才的话您可都听到了，这其中的利害关系也不用我多说了吧，您可是个聪明人，您自己瞧着办吧。

欧阳和　（赔着笑脸应付着）您这云山雾罩的到底什么意思啊？

蒋公公　（脸色一沉，端起茶杯）哪有商人不懂这个理的？您糊涂了，这点事都闹不清？革命党再闹腾，中国他也得有皇上不是？谁能当皇上啊？大清是没戏了，孙中山不能够，只有我们袁大总统，一旦

登基，袁大公子那就是当今的太子爷。说到我们袁大公子可对你们香云纱钟爱有加啊，这是袁大公子给您的亲笔信，（从袖子里拿出一封信，递给欧阳和）欧阳老板，袁大总统登基后，不得有自己的御林军？这就得要军饷呀，我从北到南，大大小小的商铺可都捐得不少了，这大名鼎鼎的香云纱也不能落下啊。

欧阳和　（态度谦和的推诿）我们香云纱现在是有一些虚名，可说到底不就是个卖布的吗？

蒋公公　（恭维）您这可就过谦了，这大江南北谁不知道您这香云纱啊？只要你多捐点银子，等我们皇上登基以后，您可就是大功臣了，到时候，您不就平步青云、扶摇直上了……哈哈哈。

欧阳和　（把信还给蒋公公）当官我可不敢想了，你说这些年不住气儿地打仗，生意就没法做，他们谁当皇上我管不了，我只是想踏踏实实地做点买卖，蒋公公，您千里迢迢来到我这，我也不能让您空手回去，（掏出几个银圆）您笑纳。

蒋公公　（没想到对方不买账，一边将银圆收起一边骂着）呸！你把我当要饭的了？好啊，等我回去奏明袁大公子，你这生意可就真别做了！

〔张碧忠拎着公文包上，一进屋，看到屋里的三个人没明白这是怎么一回事？

欧阳和　（对着张碧忠打了个招呼）来了？

张碧忠　啊，有客人？

蒋公公　（看到有人来，愤然起身和贝勒爷走下）咱们走着瞧。

张碧忠　（认出了贝勒爷）和庆？你怎么还敢出来？

贝勒爷　（也认出了张碧忠，吓得一哆嗦，慌忙施礼）呦，您吉祥，您吉祥……

蒋公公　（不服不忿地）您是？

贝勒爷　（一把拉住蒋公公，小声地说）公公，现在我救您一命，一会你可得给我指条生路，这位可是地地道道的革命党。

蒋公公　（也吓得一哆嗦）哈哈哈，幸会，幸会，走着。（慌忙下）

贝勒爷　（跟着蒋公公）公公，我怎么办啊？

蒋公公　净了身跟我当公公去吧。

贝勒爷　我还有五房太太呢。

蒋公公　卖了吧！

贝勒爷　啊？公公！

〔二人下。

张碧忠　姐夫，这个家伙怎么跑这晃荡来了？要我说这清朝的遗老遗少就应该都杀了，一个不留。

欧阳和　那是你们革命党的事，我是个商人，来者都是客！什么时候回来的？

〔二人坐下，喝茶。

张碧忠　前天。

欧阳和　（责怪）前天就回来了，怎么不回家看看？

张碧忠　这不是忙吗？刚到这中山先生就召开会议。

欧阳和　这么忙啊，是不是有什么大事？

张碧忠　没错，我告诉您一个好消息，袁世凯要复辟。

欧阳和　嗨，早知道了，这算什么好消息啊？

张碧忠　（高兴地）那当然是好消息了，袁世凯只要一复辟，敢坐这个皇位，狐狸尾巴露出来了吧，他马上就会成为民众的公贼。到时候，我们的力量会越来越壮大，队伍会越来越团结。昨天在会议上，中山先生已经拟好了讨袁檄文，开始联系各地的督军，只要袁世凯一登基，我们马上联合讨袁。

欧阳和　（听着心情沉重）你先坐，你的意思是说，又要打仗了？

张碧忠　打！

欧阳和　（气不打一处来）我说你们这是怎么革的命啊？也是你们让袁大头当的总统啊，他复哪门子辟，你们革到什么时候算个头，这叫什么事！？

张碧忠　姐夫，您消消气，坐下说，革命，不是一朝一夕的事。来，先喝口水。你想啊，中国几千年封建专制思想，根深蒂固，推翻哪有那么容易？我知道，大家都想平平安安生活，安安稳稳地做生意，可目前这种情况不打仗哪儿来的太平啊？

欧阳和　（无奈地摆手）是啊，干什么事都不容易啊，是我想得太简单了，说吧，这次要我捐多少！

张碧忠　哎，姐夫，这次回来可不是跟您要钱来了。

欧阳和　没钱怎么打仗啊？

张碧忠　实话跟您说吧，您那点钱给我们那也是杯水车薪，您还不知道吧，国库已经亏空五六亿了。

欧阳和　（惊讶）多少？

张碧忠　五六亿。

欧阳和　（着急）我的天啊，就把我们这些商家砸锅卖铁倾家荡产也凑不够这个数啊！

张碧忠　是啊，所以中山先生前段时间去日本筹钱了。

欧阳和　筹到了吗？

张碧忠　虽然我们没有筹到钱，但是我们筹到了革命精神。

欧阳和　嗨！

张碧忠　在这种精神的感召下，全国的民众都会觉醒，像守成这样的热血青年都会加入我们的，我们……

欧阳和　（怒喝）守成不能去！

〔守成提着旅行箱和行李，兴冲冲地上。

欧阳守成　父亲，我一定要去，舅舅，我已经买好了车票，准备好了行李，我们可以出发了，父亲，我走了。

〔欧阳和和张碧忠都被吓了一跳，看着欧阳守成坚决地走下。

欧阳和　（突然暴跳如雷，大叫）把他给我拦住（指着张碧忠）你瞧你干的好事！

〔张碧华拦着守成上。

张碧忠　姐夫，我……（也拉住欧阳守成）守成，我看你还是别走了。

欧阳守成　舅舅，你不是一直都支持我么？

张碧华　（冲过来给了张碧忠一耳光）都是你教唆的！

张碧忠　（捂着脸委屈的）姐。

欧阳守成　（拉住张碧华）二妈。

张碧华　（不停地骂着张碧忠）张碧忠，你好好想想，姐夫哪点对不起你了，你忘恩负义，天天胡说八道，会把守成害死的。（把欧阳守成推到椅子上）守成，你不能去，你这是去送死啊。

欧阳守成　我不怕死！

欧阳和　（也摁住欧阳守成）闭嘴！

张碧华　你别听你舅舅胡说八道。

欧阳守成　那不是胡说八道！

〔舒贤和惠嫂上。

舒　贤　（呼喊着）守成

欧阳和　你母亲来了。

舒　贤　（哭着）守成，你这是要去哪儿啊？

欧阳守成　我要去找中山先生。

舒　贤　（急疯了）你哪儿都不能去，惠嫂，快把少爷爱吃的都拿上来，守成，你不能走，你要走了，母亲还怎么活啊。（大哭）

欧阳和　（也要急哭了）守成，你到底要把这个家折腾成什么样才算完啊？

欧阳守成　父亲！（跪在了欧阳和面前，动情地说）您不是常说吗，好男儿志在四方，革命的事业如果你不去，他不去，我也不去，那怎么能成功呢？父亲您想想，如果袁世凯登基，还是那种封建专制独裁，您能受得了吗？父亲，我知道你疼我、爱我，但是您知道追随中山先生是我的理想，我的事业，我的生命，您就让我做一次决定吧，您放心，我一定不会让您失望的，父亲。

〔珍儿被阿青搀扶着上。

珍　儿　守成！

欧阳守成　珍儿。

〔二人拥抱在一起。

珍　儿　（泪眼婆娑）守成，你真的要走吗？守成，就在刚才咱们的孩子还踢我了呢。守成，我跟孩子都离不开你，我求你了，你别走了。啊，守成，是不是有什么我做得不对的？如果是我得不对，那你告诉我，我一定改。

欧阳守成　珍儿，我也离不开你，你知道吗？娶了你是我最幸福的事情，你要知道，我现在所做的就是为了咱们这个小家，还有还没出生的孩子。乖，照顾好自己，也替我照顾好父亲母亲。珍儿，对不起，再见！

舒　贤　（疯了一样）守成，你不能走，老爷，您倒是说话啊！

欧阳和　守成啊，你一定要去吗？

欧阳守成　是！

欧阳和　（突然平静了，步履蹒跚地过来拉着欧阳守成的手，哀求着）看来我也拦不住你了，那你就去吧，不过我有一个条件，你媳妇儿生孩子的时候无论我们这一家子在哪儿，你都必须回来。

欧阳守成 （看着父亲，强忍着眼泪）好。

欧阳和 （又拉过张碧忠）碧忠，守成就交给你了，（厉声地）他要是有什么差池我轻饶不了你！

张碧忠 （内疚地）姐夫，你放心吧，只要我张碧忠在，我肯定让守成好好的！

欧阳和 （悲痛地）走吧。

欧阳守成 （冲到欧阳和面前，低下了头）父亲，要不你打我一下吧。

欧阳和 （猛地抬起手，看着长大了的儿子，却轻轻地放在欧阳守成的肩头拍了拍，深深地叹了口气，黯然地低吼了一声）滚吧！

〔欧阳守成哭下。

张碧忠 姐夫，我走了。

欧阳和 等等，你过来，（语重心长地）这是我库房的钥匙，里面还有不少香云纱，还值些银子，我全捐给孙先生，你们拿去办正事吧。其中有一匹上好的御品云纱，是我给宋小姐留的，你务必亲自交到她的手上，听清楚了吗？

张碧忠 好的。

欧阳和 走吧，走吧。

〔张碧忠下。

欧阳和 （看到家人哭成一片，万念俱灰地跌坐在椅子上）你们过来，有件事跟大家说一下，从今天起，我们香云纱总店关张大吉，过几天我们全家都去南洋，投奔他二叔去。唉，什么时候能盼来个太平盛世啊！（沉重地从椅子上站起来，大声叫道）来人啊，封铺，摘匾，祭祖！

〔音乐。众人排开，庄重地叩拜牌位。

欧阳和 列祖列宗在上，不肖子孙欧阳和携全家叩拜。

吾祖初诞，家资颇丰，

幼承庭训，衣食无忧。
四代单传，责任维艰，
子承父业，商贾世家。
苦心经营，御品云纱，
大江南北，享誉中华。
无奈国弱，列强欺压，
民不聊生，战乱军阀。
时局动荡，辛苦持家，
吾子守成，志向远大。
与舅北上，举家牵挂，
革命捐赠，不为通达。
祈愿吾祖，护我全家，
非我所愿，南洋远下。
祈福和顺，兴我中华，
故地重返，御品云纱！

众　人　故地重返，御品云纱！

〔切光。

〔画外音：2005年4月，“御品云纱牌香云纱”系列产品获得国家质检总局颁发中国纺织品行业首张号称“全球经济护照”的“原产地地理标志”注册保护书，实现深圳地区地理标志产品注册零的突破。由公司重要创始人欧阳小战先生传承发展的《香云纱古法酵色工艺》于2007年11月列入罗湖区第一批区级非物质文化遗产保护名录；2008年12月18日，《香云纱染整技艺》列入深圳市第二批市级非物质文化遗产保护名录。实现了太平盛世香云纱。

〔音乐。众人穿着现代香云纱走时装秀。

〔谢幕。

# 出租之城

**时　间：**现在

**地　点：**老魏家

**人　物：**

老　魏——男，60 岁，曾为公司老板，不安于现状不服老。

小嫂子——女，30 岁，老魏的二婚老婆，曾为老魏公司的秘书兼出纳，贪钱，爱占小便宜。

李小么——女，35 岁，傻白甜，落寞的三线演员。

姚　哲——男，40 岁，成人用品店老板，性格豪爽。

赵　活——男，30 岁，网约车司机。

# 第一幕

〔幕启。小嫂子和老魏从里屋走出。

燕　子　老魏，待产包拿了吗？

老　魏　拿了拿了，都收拾好了。要不再拿个盆儿吧？

燕　子　哎呀，医院啥没有啊。

老　魏　那倒也是，那还有啥没拿？（自言自语）

燕　子　老魏，我这也没反应呀，能不能玩几天再去啊？

老　魏　医生不是说了嘛，预产期到了就过去，安全起见嘛！

燕　子　那好吧！

〔二人走到门口。

燕　子　哎呀。

老　魏　怎么啦？要生啦要生啦？

燕　子　生什么呀？结婚证拿了吗？

老　魏　去生孩子拿什么结婚证啊？

燕　子　当然要拿啦，不拿的话，人还以为你是我爹呢？

老　魏　在哪呢？

燕　子　哎呀，不就在卧室衣柜那抽屉里嘛。

〔一边说，两人一边进卧室。

〔大门外，姚哲，李小么，赵活三人上。

〔小嫂子转身。

燕　子　哎呀！

老　魏　怎么啦？又要生啦？

〔从卧室探头出。

老　魏　来啦？

赵　活　魏哥，这是要去旅游啊？

老　魏　不不，不旅游。

李小么　又要搬家？

老　魏　不不，不搬不搬。

姚　哲　老魏，我看小嫂子，这是快生了吧？

老　魏　是是，这不是正要去医院嘛。

姚　哲　哎呀，您可真有福气啊，别忘了请我们喝酒啊。

老　魏　一定一定，等孩子生下来一定请你们喝酒，（边说边往外走，见三人没有往外走的迹象）那行，你们三人先坐，我送你们小嫂子去医院。

姚　哲　哎呀，那哪行，我们有车送你们去。

赵　活　来，来我帮你拿东西。（抢过东西，却往屋内）

李小么　嫂子，来，走走走。（却摆了个造型堵在门口）

〔老魏和嫂子沉默，老魏坐下。

老　魏　我真没钱。

姚　哲　钱，别提钱，提钱多外气。

赵　活　什么时候还？

姚　哲　干吗呀？不能小声点。

李小么　（用气声）魏哥，什么时候还？

〔姚哲和赵活瞪李小么。

姚　哲　老魏，你从龙岗搬到横岗，从横岗搬到皇岗，再过去可就是香港了。

赵　活　魏哥，你可真难找啊，两个多月电话关机，人又找不着，这是我们仨凑钱找私家侦探才把你找出来。

李小么　魏哥，我这么信任你，你怎么连我都骗！

老　魏　我真的没骗你。

赵　活　还说不是骗，之前你说这个项目怎么怎么好，发展前景很大，说三个月能回本，现在赚不赚钱不说了，你把本钱还我们行了吧！

老　魏　我真的没骗你们，是公司跑了，要不然我也不能搬到这种地方来住。

李小么　你好歹还有地方住，我现在都无家可归了，你现在要不把钱还我们仨，我今天就不走了！

赵　活　小嫂子，这钱也经过你的手了吧，你给我们解释解释。

燕　子　你们赚钱的时候就魏哥长魏哥短的，做生意总是有赔有赚的，这赔了钱就成骗子了，你们输得起吧！

姚　哲　我输得起，但跟你们欠钱有关系吗？

李小么　我输不起，我现在真是无家可归了，那些要账的在我们家门口堵，我还往门上泼油漆，我吓得连家都不敢回了！

老　魏　我实在没钱，要不你看家里有什么值钱的你们就拿吧！

赵　活　这可是你说的。（开始翻箱倒柜）

燕　子　那都是给小孩准备的东西，你个大老爷们害不害臊！

〔活给么使眼色。

李小么　嫂子，你这包真好看，什么牌子的？

燕　子　你看你看（把包里的东西都倒出来）还有什么？

老　魏　（摘下手表）我这还有一块表，还能值点钱，要不，你们先拿去！

〔赵活和李小么赶紧上前接过来研究。

姚　哲　干吗呢？我们是来讨债的，不是来抢劫的。我看看，假的！

李小么　哎呀，这还能卖点钱呢！

赵　活　（翻东西）我还就不信了！

燕　子　要不你们报警吧！

赵　活　你以为我不敢啊，我现在就报警把你们这对贼公贼婆抓起来。

〔姚哲拦住赵活。

姚　哲　你傻啊，把这俩一抓，抓完以后一判一两年，你俩喝西北风啊？

老　魏　我实在没办法了，我烂命一条，你们看着办吧。

赵　活　欸，你个老小子，你还和我哼是吗？我今天就告诉你什么叫烂命一条。

〔两人推搡，争吵，小嫂子劝阻。

老　魏　别吵啦，我给你们跪下行吗？

〔众人懵。

姚　哲　别，我们可受不起，现在这社会真是奇怪了，欠钱的是爷爷，要钱的是孙子。来，我们给魏爷爷磕个头。

众　人　祝你福如东海，寿比南山，早生贵子……

燕　子　你们别这样？哎呀……

老　魏　怎么怎么，是不是要生啦？

赵　活　别装啊，我刚刚没碰到你。

李小么　演戏呢吧！

姚　哲　赶紧看看！

李小么　满头大汗呢！

姚　哲　还愣着干吗？赵活，赶紧送医院吧！

老　魏　记得拿上东西！

〔三人下，姚哲进屋拿东西。

赵　活　哥，这孩子要生在我车上多晦气啊。

姚　哲　晦气，我们已经够晦气的啦。

〔姚哲拿上东西，二人下。

# 第二幕

赵　活　（电话）没事，你只要把钱给我，我就事儿给你办了，放心。

〔赵活从厕所拿出洗完的垫子。

赵　活　哥，这叫什么事啊，要账要成一个免费司机，人家都说不能干缺德事，怕生孩子没屁眼儿，可老魏生这孩子不光有屁眼儿，还长个小鸡鸡，这么大岁数还弄出个儿子来这还有天理吗？你说我这每天还得加着油付这停车费，这都什么事儿？

姚　哲　怎么？心疼钱啦？那我这买菜做饭的，我找谁说理去啊？

赵　活　你是大老板，我没法儿跟你比！

姚　哲　行，只要我们把钱要回来，第一时间先把你的车钱给你报了。

赵　活　那谢谢了，哥！

姚　哲　活，你知道我们为什么这么做吗？

赵　活　为什么？

姚　哲　我们这叫感情投资，人心都是肉长的，将心比心，他要是一感动说不定就把钱还我们了呢！

赵　活　高，实在是高，我怎么没想到呢！

姚　哲　学着点儿。

赵　活　哥，你说老魏是不是傻，那么大公司拿什么不好，抱这么一堆书回来，是不是有病。

姚　哲　以前听说是搞文化的，喜欢书吧！

赵　活　哥，你对老魏还挺了解的。

姚　哲　也没什么，就知道好像以前是内地一工厂的工会干部。

赵　活　那你们是怎么认识的。

姚　哲　他经常来我那个成人用品店，一来二去就认识了。

赵　活　你那成人用品店应该挺能赚的。

姚　哲　还行吧，一个月少说几万块吧。

赵　活　你怎么想起干这个？

姚　哲　唉，说起来都是眼泪啊！以前我是内地一个橡胶厂后勤部门工作，我们厂生产避孕套的，我是专门管理食堂，后来效益不好，我就把这个厂给承包下来了。

赵　活　哥，你可真有魄力。

姚　哲　那是，头两年还真不少挣，一年净利润好几百万呢。有一年我接了笔世卫组织的大单，给非洲埃塞俄比亚做避孕套，这生意要拿下来，一年我能赚好几百万，美刀。我就把全部资金压到这生意上了，结果你猜怎么着？人政府把我给告了，说我产品质量有问题，退货。哎，赔了个精光，没办法，只能来深圳咯！

赵　活　老魏怀孩子不会就用的那批货吧？

姚　哲　不可能，我卖那可都是进口货。

赵　活　我可不敢去你那买了，不过你这饭做得不错。

姚　哲　废话，你忘了我以前管过食堂啦？对了，赵活，我听说你在深圳有个亲戚而且很有钱吧？

赵　活　你说的是我那姐夫吧？其实也不算什么姐夫，我姐之前在深圳打工，被一个香港佬给看上了，然后天天缠着我姐又吃又喝还给家用，后来我姐没扛住。

姚　哲　哦，二奶啊！

赵　活　哥，你这是偏见，生了孩子的叫二奶，没生孩子的叫小三！

姚　哲　嗨，意思差不多，赚钱就行。

赵　活　赚什么钱啊，我姐觉得她在深圳混得还行，就把我也给弄来了，我刚来的时候这香港佬对我还挺好，每个月还给我个万儿八千的花，过了几个月就变成三五千了。现在可好，人间蒸发了。我估计呀，又包上别人了，我姐每天以泪洗面啊，我呢，也就只能开着那香港佬留下的破二手车做个网约车，我一看在深圳这也不是个办法呀，就把我姐的积蓄拿来跟老魏投资，想着一赚钱就跟我姐回老家，谁想到，被老魏给坑了，弄得我是没脸见我姐，是有家不能回啊！

〔李小么开门进。

赵　活　你怎么回来了？

李小么　我怎么不能回来？我都在医院耗了两天了，累死我了。

姚　哲　那谁在那看着呢？

李小么　有护士啊。

姚　哲　那我们把钱要回来，给护士啊？

李小么　呀，我怎么没想到呢？

姚　哲　行了行了，回都回来了，我正好要去送饭，我去看着吧，赵活，把车钥匙给我。

〔姚哲拿着东西往外走。

李小么　姚哥，有饭吃吗？

姚　哲　在厨房呢，自己端去。

赵　活　哥，帮我加满油啊。

姚　哲　行！

赵　活　赶紧吃饭吧！

李小么　不行，我得先冲个凉，这医院里脏死了，我得好好洗洗这细菌。（李小么入浴室）赵活，帮我拿一下我的洗发水和沐浴露呗，在我箱子里。

赵　活　听说你是演员啊？

李小么　是啊！

赵　活　都拍过什么啊？

李小么　那可多了，电视剧、电影都有，不过主要是拍广告。

赵　活　拍过什么电视剧啊？

李小么　《迷情惊魂夜》看过吗？

赵　活　看过啊，我怎么没看到你。

李小么　就第一场戏一排死尸里面左边第二个就是我。

赵　活　哦，群众啊！

李小么　你说什么。

赵　活　啊，没什么，我说能见着活明星激动啊，那应该不少挣吧？

李小么　嗯，还行吧。

赵　活　那怎么会整得这么惨啊？

李小么　唉，别提了。

〔李小么从浴室出，挂衣服，赵活上前帮忙。

李小么　这两天在医院睡那破折叠床，睡得我浑身酸痛。

赵　活　来，帮你按按。

李小么　　你还会按摩啊。

赵　活　　必须的，我们干司机这行的颈椎腰椎的都有毛病，久病成良医嘛。

李小么　　不方便吧。

赵　活　　那算了。

李小么　　那按吧。

赵　活　　你说你一个女孩儿跟我们两大老爷们儿来要账，你老公怎么不来啊？

李小么　　没有。

赵　活　　那男朋友总该有吧？

李小么　　死了。

赵　活　　啊？

李小么　　哎，我今天走到这步田地都是因为他。我前男友是个导演，我们刚在一起对我特别好，还找人投资拍电影，让我演女一号，结果没想到这戏涉及三俗问题给封杀了。

赵　活　　三俗啊？在哪能看到？

李小么　　讨厌。

李小么　　后来投资人找他要账，他可好，撇下我跑了。这些人没办法就天天堵在我家门口，又是泼油漆又是威胁我，害得我现在到处躲，连家都不敢回，我的命怎么这么苦啊。

赵　活　　唉，同是天涯沦落人啊！

（姚哲回，到处找。

姚　哲　　老魏呢？

李小么　　不是在医院吗？

姚　哲　　坏了，坏了坏了！

赵　活　　怎么了？哥。

李小么　　啊？不会吧？

赵　活　怎么可能，是不是下去遛弯儿了，问护士了吗？

姚　哲　废话，当然问了，护士说他们把住院费都结了，抱着孩子拿了行李走了。

赵　活　这老小子，又跑了。

李小么　那我们的钱怎么办？

姚　哲　你说你也是，叫你看着看着，没事往回跑什么？

李小么　那我怎么知道他们会跑啊？刚才我回来的时候还说让我回来好好休息，谁知道他们那么狡猾。

赵　活　是啊哥，一个女孩儿在那待了两天了，回来休息一下很正常。

姚　哲　呀呀，还帮上腔了，刚才我回来就看你们在那腻腻歪歪的，怎么的？跑这干吗呢？泡妞来啦？

赵　活　不是哥，我们俩没什么，你误会了。

姚　哲　误会，我告诉你们，他们要真跑了，所有的损失你们负责赔偿。

赵　活　凭什么啊？你去的时候人跑的，凭什么我们负责？哥，不会是你收了他们钱，把他们俩给放走了吧？

姚　哲　亏你想得出来，我组织大家来要钱的，私家侦探也是我找的，我要单独一个人能要回来钱，我找你们来干吗？照你们这么说，我还怀疑，小么，是不是他们提前把钱给你了，你偷摸把他们放了，然后回来骗我们。

赵　活　她没那个智商。

姚　哲　对，她没那个智商，你有。我还想问你呢，刚我在厨房做饭，你在外面打电话打给谁来着？

赵　活　没有啊。

姚　哲　没有，电话里还说，只要把钱给你了，什么事你来负责。

赵　活　又扯哪去了，实话跟你说吧，这车不是两地车嘛，我除了开网约车还去香港帮别人带带货做水客，这不是最近查得严嘛，我就帮别人带带货，怎么啦？

姚　哲　谁信啊？

赵　活　不信也行，你把车钥匙给我，我把老魏找回来。

姚　哲　你想跑吧。

赵　活　什么跑啊，我想这没多久啊，应该也没跑远吧。

〔两人抢钥匙。

赵　活　老魏这老小子，我抓着他非弄死他。

〔门开，老魏和小嫂子进门口，三人定。

赵　活　（踩地）弄死你小强。

# 第三幕

〔老魏在书堆边看书，姚哲席地而睡。

〔李小么迷迷糊糊地起来从冰箱找吃的，中途吵醒席地而睡的姚哲，反身回卧室，赵活冲完马桶从厕所出来，回到自己的床（沙发），姚哲坐起，点烟。

姚　哲　老魏还没睡啊？

老　魏　是啊，睡不着啊。

姚　哲　睡不着就聊聊呗。

老　魏　好啊。

姚　哲　老魏，我有个事一直想不明白，你说和小嫂子是怎么回事？她以前在你公司当秘书兼财务，你俩有一腿我可以理解，但是她和你结婚生孩子，你够有魅力啊？

老　魏　哎，我和燕子他爸原来是同事。孩子大学毕业以后找不到工作，他爸就拜托我到深圳给她找份工作，我就给她安排到我们公司当出纳，后来又当了我的秘书。前几年，他爸得了重病，没钱治，我看着老同事他们家可怜，所有的钱是我出的，就这样他爸还是走了。临走之前托付我照顾她。她在深圳也没有亲人，我老婆也不在身边，一来二去我们就产生了感情，可能她也有报恩的成分吧，后来我就离了婚，就和她在一起了。

赵　活　不要脸。

老　魏　哲，你都四十多了为什么还不结婚啊？

姚　哲　我以前在内地有个女朋友，长得挺漂亮，都准备结婚了，可是厂子出了问题，钱也赔光了，我是没脸娶她，人家现在还单着呢。

燕　子　能不能别在客厅抽烟啊？

老　魏　不好意思，我抽的，不抽了，不抽了。

燕　子　谁上厕所不冲马桶，以后冲干净点。（小孩哭）

〔李小么从卧室走出来，坐在沙发上。

燕　子　老魏，把奶给孩子热一下，孩子饿了。

老　魏　在哪里？

燕　子　冰箱里。

老　魏　没看到啊？

燕　子　怎么可能，我昨天晚上现挤的，就放在冰箱里，还盖了个保鲜膜。

李小么　妈呀，嫂子那是你的奶啊？

燕　子　啊。

李小么　呃。

老　魏　没事没事，我冲奶粉，冲奶粉。

〔老魏和燕子回卧室。

赵　活　啥味啊？

李小么　有点腥。

姚　哲　你说你没事喝别人奶干什么？

李小么　不就一碗奶，给她赔不就是嘛，到时候给她到香港去买进口奶粉，你们陪我一起去。

姚　哲　我们俩去干吗？

李小么　我多敞亮，给他们多带四罐。

赵　活　不用你去，你不知道我是干什么的，下回我帮你带不就可以了嘛。

李小么　还是你最好，那你帮我把钱也垫上呗。

赵　活　好，没问题。

姚　哲　去什么香港，不知道有个地方叫自贸区。

赵　活　不说这个自贸区还好，现在我真是没法干了，真是来气。哥，商量个事！

姚　哲　干吗？

赵　活　周转两千块钱给我呗？

姚　哲　干吗？

赵　活　别提了，我同学又结婚了。

姚　哲　什么叫又结婚？

赵　活　我前段时间不是同学聚会吗？离了两对，成了四对，份子钱还得给双份的，你说我天天在这耗着，也没什么收入，只能求你帮帮忙了。

姚　哲　行，我给你，手机转给你，不过我和你说清楚，5 分利。

赵　活　没问题，要不你把小么的奶粉钱也垫一下呗。

姚　哲　你行不行？

赵　活　不行，我真的不行，行，男人不能说不行。

姚　哲　这样下去不是个办法，到底是要钱的还是来花钱的？

李小么　我觉得吧，让我看一下，我给你们说，他们可能是真的没钱了，我那天和他去买菜，他连一毛钱都跟人讨价还价，而且从裤子袋掏出来一把散钱，加起来才几十块钱，我看他们是真没钱了，我们还是走吧？

赵　活　我们还是报警吧？

姚　哲　报警，你敢报警吗？我们这是非法集资，报警得把我们都抓起来。

赵　活　那怎么办？

李小么　那总得想个办法。

姚　哲　我们明天想想办法，试探他到底有没有钱，如果真没有的话我们就撤。

赵　活　好。

〔老魏和燕子在屋里。

燕　子　你说这一大家子人，进进出出都不方便，他们到底什么时候能走啊？

老　魏　再坚持几天吧，我看他们也快坚持不住了，到时候自然就走了。

燕　子　那也得想想办法啊，要不然把咱们那十万块钱给他们得了，虽然不够，也能先缓缓，说不准他们拿了钱就走了。

老　魏　那可不行，那钱是我留给你和孩子的。

燕　子　那咋办呀?

老　魏　这样吧，明天我请他们吃顿饭，探探他们口风。

燕　子　行吧!

# 第四幕

〔老魏和姚哲在厨房，李小么和燕子在沙发。

李小么　嫂子，你说他怎么长得这么可爱啊，太好玩了，长得太爱了，好喜欢。

燕　子　喜欢啊?自己赶紧生一个。

李小么　我这男朋友还没着落呢?上哪生去。哎，这什么味啊?

燕　子　来来，我看一下，是不是拉了。

〔李小么把孩子递给燕子，两个人在沙发上换尿不湿，李小么接过尿不湿，去厕所扔掉。

李小么　嫂子，你说这孩子真是神了?身上有一股味道是什么味。

〔姚哲从厨房走出来。

姚　哲　这就是人味。我们生下来就有人味，随着年龄的增长，人味是越来越大，尤其是成年之前。下午四五点都做过公交车和地铁吧，只要车厢内有一帮放学的中学生，这满车都飘满了青春的气息。

李小么　这是汗臭味。

姚　哲　唉，但这随着年龄的增长，人味是越来越淡了。

李小么　那你是说老魏没有人味了吗？

老　魏　是是，我没有人味了。

〔赵活推着婴儿车在门口按门铃。姚哲开门。

赵　活　bibubibu。

姚　哲　这是什么？

赵　活　童车。

姚　哲　干吗？

赵　活　你和我说的啊，感情投资啊！

姚　哲　酒买了吗？

赵　活　买了！

姚　哲　怎么买这么多？

赵　活　酒后吐真言？

姚　哲　真有你的。

赵　活　嫂子来看看，我给大侄子买了辆车。

老　魏　开饭了开饭了，吃饭了。

〔大家都坐上桌。

老　魏　来，我先敬大家一杯，这段时间也辛苦你们了，我先干为敬。

姚　哲　哪能让你喝，我们一起喝。

〔大家一起喝酒。

姚　哲　来我们喝白的吧。

老　魏　我不能喝白酒。

姚　哲　我们第一口，你想喝多少喝多少。

〔老魏喝完。

李小么　第二口，你能喝多少喝多少。

〔老魏喝完。

赵　活　第三口，还剩多少喝多少。

〔老魏喝完。

〔切光。

〔光启。李小么和老魏在玩两只小蜜蜂，三人略带醉态。

李小么　两只小蜜蜂啊，飞在花丛中啊，飞啊……我输了，我喝。你输了，我喝。

〔姚哲把李小么推倒在沙发上。

姚　哲　喝什么喝，其实我们得感谢你，你经常到我们店里面照顾我的生意，你要给别人送礼，你在我那里进，我在你身上可挣了不少钱，我得感谢你，兄弟，兄弟。还有那批钢材我帮你处理了，挣了六万。（李小么划拳六六六）

赵　活　对，（赵活从厕所出来）魏哥我们都得感谢你。当时你那里有什么用车的活，都找到我，油钱也都报了，费用也都不少。

赵　活　魏哥，你知道我当初为什么这么信任你，把钱投给你吗？你和我爸长得太像。

〔赵活拥抱老魏。

赵　活　我爸死得早，我没有尽到孝心，能让我叫你一声爸吗？

〔赵活跪下，老魏把赵活扶起来。

赵　活　钱嘛，钱是王八蛋，花完我再挣。我有一个哥们也是欠别人钱，这哥们对自己真狠，把肾给卖了，愣是把钱给还上了；还有一个哥们，也是欠别人钱，你说我这朋友怎么都是欠别人钱的。没办法，债主就把他孩子给偷了，孩子比你的稍微大点，一岁多，然后呢，债主嫌这孩子吵，就把这孩子嘴堵上，放在纸盒箱子里面了，结果小孩就给闷死了。弄了一个家破人亡，后悔啊，后悔有什么用啊？

〔燕子从房间里面冲出来，拿了十万块。

燕　子　这有十万块钱，你们拿了钱赶快从这走。

〔众人愣住。

老　魏　你怎么把这钱拿出来，这个不能给他们。

〔姚哲接过钱。

姚　哲　还愣着干吗？走啊。

〔三人下场。

老　魏　这钱是我留给你和孩子的，你怎么就这么给他了，以后你们怎么办？

燕　子　他们刚刚说了这事，你就不害怕？

老　魏　那也不行啊。

燕　子　没事，我还有十万块钱。

〔老魏抱住燕子。

老　魏　你真是太棒了。

燕　子　行了，别说。

〔三人从门里面进来，姚哲边走边喊。

姚　哲　你们不会还有钱吧？

## 第五幕

〔李小么在客厅做着瑜伽，赵活在打游戏，老魏从外面买菜回来，提着一只鸡，哼着《我们这一辈》。

老　魏　我说你一只鸡，死了还用眼睛瞪我，我让你瞪让你瞪。（拿刀剁鸡头）

燕　子　老魏，你在那鬼哭狼嚎的干啥呀？

老　魏　杀鸡呀！

燕　子　你杀鸡就杀鸡呗，你跑客厅来杀给谁看呀？

老　魏　给我自己看不行啊！

燕　子　你有病啊！

老　魏　对，我有神经病！

燕　子　你喊什么喊，孩子在睡觉呢！

老　魏　睡什么觉，叫他起来，告诉他鸡又涨价了，明天他只能喝白菜豆腐汤了。

燕　子　老魏，你想干什么？你别大声嚷嚷！

老　魏　这是我自己的家，我大声嚷嚷怎么了？谁不想听，可以走啊！

〔孩子哭。

燕　子　姓魏的，你是不是不想过了，我一个大姑娘嫁给你，还给你生个大胖小子，我够对得起你的了吧，你有没有良心啊？

老　魏　是，我没良心，我的良心早就被狗给吃了，为了你，我把老婆都给离了，我可是妻离子散啊，我儿子现在连我电话都不接了，你想得到的都得到了，我现在就是个孙子。

燕　子　怎么你后悔啦？后悔的应该是我，我得到你什么了？你说你好好的生意不做，跑去做什么融资，你看你招的这一屋子人，这日子没法过了。

老　魏　这不都是为了你吗？住着160平方米的房子嫌小了要住别墅，买了捷达你要宝马，买了宝马你又想要那什么蒂？

赵　活　玛莎拉蒂。

老　魏　对，就这么蒂，杀人不过头点地，爱咋咋地。

燕　子　行，这可是你说的，我走！

老　魏　（拨开赵活）让开，我也走。（上吊）

〔燕子抱着孩子正准备走，回头看到老魏。

燕　子　好，你上天我入地，（把孩子交给李小么）李小么，来帮我抱着！

〔燕子搬着凳子准备跳楼，二人分别劝。

李小么　嫂子，你别吓唬我，你先下来。

赵　活　魏哥魏哥，你先下来，别开玩笑。

姚　哲　这是干啥呢？魏哥，那是灯绳，嫂子，你也别起哄了，要跳楼也得先把防盗网给拆了吧？有事好商量，你们以为死了就完事儿啦？告诉你们，父债子还，老魏，我把店盘出去了，这货你拿去。

〔老魏不要，赵活捡起来。

赵　活　别扔啊，我要。

姚　哲　活，正好我店盘出去了，你出去拉点儿活去，挣点钱去，咱们也别都耗在这。

赵　活　哥，太好了，我总算能离开这了。

李小么　活，我跟你一块去。

姚　哲　你跟着瞎起哄啥啊？你跟我在这盯着，忘了医院的事儿啦！

赵　活　过两天回来换你，你要什么东西我帮你带回来！

姚　哲　要带多带点，不知道要待多久呢！

老　魏　算你们狠（掏出房产证），给，这是我在惠州的一套房产，你们拿去，你们赶紧走！

〔李小么接过房产证。

李小么　哇，这么大呢，姚哥，要不然我们走吧，你都不知道，你回来之前他们又是剁鸡头，又是闹自杀的，太可怕了，再不走，估计该剁我们的头了，晚上你敢睡觉啊？再说了，这房产证都到手了，140 多平呢，咱们走吧。

赵　活　是啊哥，最近辱母案闹得挺大的，别到时候把我们当黑社会给抓起来。

姚　哲　啊，这么严重啊，那，走啊。行，魏哥，两口子好好过，别闹啦，不烦你们了，我们这就走！

〔三人下场。

燕　子　老魏，你跟我说说这房子是怎么回事。

老　魏　赶紧收拾东西，我们走，完了我再给你解释，我们离开这。

燕　子　啊？去哪啊？

老　魏　出国旅游！

燕　子　都什么时候了，你还有心思旅游。

老　魏　先躲躲他们呗，你忘了，咱们还有一张旅游卡，能躲多久是多久，先清净两天吧。

燕　子　可是咱孩子还那么小，这行吗？

老　魏　没事，有我呢，放心吧！

燕　子　哦，行吧！

〔老魏和燕子收拾东西。

燕　子　走，不了了。

〔老魏转过头。

李小么　魏哥，又搬家呀？

赵　活　去旅游？

老　魏　旅什么游啊，这不是收拾收拾嘛，你们怎么又回来了？

姚　哲　魏哥，我们得去验一验啊。

老　魏　这房子是真的。

姚　哲　是，是真的，但也得本人去验一下啊。

老　魏　好啊，验啊，那走啊。

姚　哲　走啊。

两　人　走啊，走啊，走啊！

〔老魏转身坐到了沙发上。

赵　活　不会是假的吧？

老　魏　真不是假的！

赵　活　那怎么不走啊？

老　魏　都卖了三回了！

赵　活　魏哥，都这时候了，你还骗我们啊！

老　魏　你们这样我是实在受不了了，真的死的心都有了！

姚　哲　你不是不想活啊，你这是想换个地方活啊！

老　魏　哦对，去国外旅游，我是想旅游！

姚　哲　旅游？

老　魏　啊，对，我这有一张十万块的旅游卡，是以前买来送礼用的，这不是八项规定送不出去了嘛，这张卡只能订机票住酒店，不能套现，我是真的想出去清净一下！

姚　哲　你是清净了，我们呢？（考虑）欸，你这卡限定人数吗？

老　魏　不限，对，一起，一起去！

赵　活　我可不去，我还得挣钱呢！

姚　哲　我去，反正我店也卖了，钱要不到，出去散散心也好！

李小么　我也去，反正闲着也是闲着，挣钱不就为了享受吗？旅游不就是享受吗？不去白不去！

赵　活　那不行，你都去了，我也去！

姚　哲　行，就这么定了，明天就出发！

# 第六幕

〔机场大厅，李小么戴着口罩、鸭舌帽和赵活两人自拍，老魏和燕子抱着孩子。

〔广播正在播报：乘客王燕女士请注意，您的护照遗失在安检口，请您到安检口领取。

老　魏　燕，那是不是叫你呢？

燕　子　哎呀，叫王燕的多了去了，我能跟这大傻子一样连护照都能忘了吗？欸，我护照在你那吧！

老　魏　没有啊，自己拿自己护照，我拿你护照干啥！

燕　子　（反应过来）哎呀，那是我的！（把孩子交给李小么，跑回去安检口，碰到姚哲）

姚　哲　干吗去？

老　魏　护照给忘了！

赵　活　你看到没，女人千万不能生孩子，这一生孩子智商就变低了，一孕傻三年。

李小么　说什么呢？

姚　哲　小么，你这戴着眼镜、口罩又是帽子的，你不嫌热啊？

李小么　你知道什么呀，这要是被粉丝认出来怎么办！

姚　哲　我的天啦，这演一死尸还能被认出来！

赵　活　给我签个字呗！

〔老魏和燕子回来。

姚　哲　护照拿回来啦？

燕　子　啊？

姚　哲　魏哥，你们照顾嫂子和孩子，我帮你们保管。（拿走二人的护照）

〔五人准备进。

姚　哲　我跟你们说，出国要讲究文明礼貌，素质，素质，别让外国人瞧不起。

〔视频出现飞机出事画面。

# 第七幕

〔四人围坐在一起打麻将。

老　魏　幺鸡！

赵　活　碰！

李小么　碰碰碰，就知道碰，能不能不碰啊！

赵　活　那我不碰了。

李小么　你真好。

姚　哲　来，幺鸡，把你另一条腿也折了。

赵　活　我不碰了，腿碰成这个样子，才赔了20万。

李小么　就是，我脖子都成这样了，我得推掉多少戏啊。

姚　哲　我觉得，我不应该是轻伤，我现在看东西都是重影，刚刚硬把三饼看成了九饼，我的赔偿应该翻倍，60万。

赵　活　是啊，我听说坐我隔壁那个胖子，他就赔了60万，我觉得我们得去航空公司说道说道，不能按体重分赔偿金啊。

老　魏　那个赔60万的，现在还在ICU呢。

姚　哲　小嫂子，你怎么不买美联航的呢？这比挨打可严重多了，赔的可就多了。

燕　子　不是你们着急第二天走吗？只有马航的。

老　魏　唉，兄弟们，人有三晃，一晃大了，二晃老了，再晃可就没了，我已经是两晃了，这活着呀就是胜利，就别再闹了！

李小么　魏哥，其实我们不是为了我们自己，我们是想帮你闹，你看你们一分钱都没赔，我这不是替你们打抱不平嘛。

老　魏　　哎，我们一家三口啥事没有，这就是最好的结果了，赚钱只是游戏，健康才是目的，好好善待自己吧，这叫好人有好报。

姚　哲　　不带这么骂人的，哎，糊了！

李小么　　姚哥，你这小鸡胡有什么好糊的，我这马上就自摸了。

赵　活　　哎哟，又不玩儿钱，干吗呀？

姚　哲　　是啊，这太没意思了，要不然咱们多少带一点吧。

老　魏　　我可没钱，不赌不赌。

李小么　　这又不是赌，光这么玩太没劲了。

老　魏　　那就一块两块！

李小么　　十块二十的。

赵　活　　要玩儿就五十一百。

姚　哲　　什么五十一百啊，一百两百好算账，对了，庄家自带两匹马，大牌翻翻，小嫂子你也加入吧，外围可以买十匹。

燕　子　　这可都是有钱人了，我们没钱，我就不玩儿了。

姚　哲　　没事儿，债多不压身，先欠着。

燕　子　行吧，那我就买两匹吧。

老　魏　你们这每人拿了 20 万，什么时候走啊，在我这住下去也不是个办法，其实你们这次赔偿款，也是因为我的旅游卡，加上我上次给你们的十万，也就差不多了吧。

〔众人不说话。

老　魏　那你们今后有什么打算吗？

姚　哲　我自己不是还有点积蓄，再加上赔偿款，我准备去大鹏开个民宿，应该能赚钱。

赵　活　哥，我参一股，咱俩合伙一起干呗。

姚　哲　你相信我啊。

赵　活　经过这么多事儿，不信你信谁啊，李小么要不你也参一股。

李小么　我才不呢，我想当空姐。

老　魏　我倒是有个打算，我有个哥们儿在内蒙古，有一个特别好的项目，养羊驼。

李小么　什么是羊驼？

姚　哲　草泥马！

李小么　姚哥，你怎么骂人呢！

赵　活　羊驼俗称草泥马！

老　魏　对，草泥马，那是相当值钱啊，一只能卖到 8 万 10 万呢，三个月就能回本，只赚不赔。你们放心，你们当老板，我给你们打工。

姚　哲　出牌。

老　魏　好，没事儿，你们再考虑考虑。

燕　子　老魏你胡了，我算一下，十三幺，庄家自带两匹马，我这还有两匹马，一共一家一万三。

三　人　我去。

老　魏　别紧张，从我欠你们的钱里扣，不过那个草泥马的项目，真的值得投，你好好想想，来继续。

姚　哲　行了，我还有点事儿。

李小么　我还有广告。

燕　子　你这样还拍什么广告。

李小么　颈椎治疗仪。

老　魏　那我欠你们的钱。

赵　活　以后再说，不是得有人味儿嘛，别把我留下啊。

老　魏　你下不了楼。

〔赵活从轮椅上走下来。

〔老魏和燕子相视一笑。

〔切光。剧终。

# 水墨中国

**时　间**：现在

**地　点**：电视台演播厅

**人　物**：主持人、段炼、舞蹈演员

# 第一幕　开篇

〔幕启。舞蹈演员《水墨之舞》。

〔大屏幕《水墨中国》电视栏目版头。

〔主持人出。

主持人　观众朋友们大家好，这里是大型访谈类节目《水墨中国》的录制现场。听到我们的栏目名称大家就知道，这个栏目是围绕着中国的水墨画展开的。中国的水墨画是我们民族的传统文化遗产，也是国画的代表，它蕴含着我们中国文明的智慧和哲学，体现着中国人的精神世界和精神内涵。今天是我们录制的第一期，我们请到的嘉宾也是很特别的，他是我们深圳的本土画家，他的画被誉为中国历史变迁的“清明上河图”。那这个画家是谁呢？请看大屏幕。

〔大屏幕出现段炼的个人艺术简介。

主持人　下面有请画家段炼。

〔段炼上场。

段　炼　大家好，主持人好，我是段炼。

主持人　段先生，您可是我们《水墨中国》栏目请到的第一位嘉宾，您有什么感想？

段　炼　非常激动，也很荣幸。我给咱们栏目还写了一幅字。

主持人　您还带着礼物呢。《春天颂改革开放谱新篇，神州大地换新颜，挥毫描绘繁华景，丹心一片颂春天》谢谢，我们作为珍贵的礼物收藏。

〔礼仪小姐上，将字拿走。

主持人　好，请坐。今天是我们录制《水墨中国》栏目的第一期，我们请到的嘉宾是画家段炼。当然我们和段先生聊天之前我们一定会问的问题，也是深圳人见面共同都会问到的问题，您是什么时候来的深圳？又是为什么来的深圳？

段　炼　我是 80 年代初来的，当时是受了一些刺激。

主持人　受刺激？那个年代深圳康宁医院就在全国出名了？

段　炼　对！我是从那里跑出来的。哈哈，开玩笑，是这么回事。1981 年我从学校毕业，学的是国画，毕业后就分配到工厂里当技术员，主要是绘图。

主持人　等等，您学国画到工厂去绘图？

段　炼　是呀，我也很奇怪啊。可是厂长说啊，这画画和绘图就是一回事嘛。

主持人　这能是一回事吗？

段　炼　可我喜欢画画，我不愿意待，我这一生气就到了北京的琉璃厂，琉璃厂你知道吗？

主持人　那个地方我知道，那是北京古玩字画交易很集中的地方。

段　炼　我就是去那卖我的画。

主持人　哦，这要是拿北京话来说，您是到琉璃厂练摊儿去了？

段　炼　可以这么说吧。

主持人　那您和我们讲讲是什么样的情况。

段　炼　80 年代的琉璃厂，挺有意思的。

〔切光。

# 第二幕 卖画

时 间：1983年某天

地 点：北京琉璃厂

人 物：段炼、万爷、店员、港商、港商老婆、卖画青年、骑车大姐、买菜大妈

〔段炼上场。

〔一青年挎着帆布包，夹着一卷画，不停地吆喝。

青 年 齐白石、徐悲鸿、唐伯虎的真迹。

〔发现段炼。

青 年 哥们儿，买画么？我这有齐白石、张大千、唐伯虎的真迹，古代的、现代的、活着的、死了的，只要您能叫得出名，我这都有。不买没关系，咱聊聊天，聊开心了我这画打折卖给您，六折、五折，五折不能再低了。

段 炼 我也是卖画的。

青 年 嘿，白忙活了。哥们，干吗呢？

段 炼 卖画啊。

青 年 在这儿啊？知道这是谁地盘吗？我地盘。你想卖画去那边知道吗？讨厌。

段 炼 那边是厕所。

青 年 废话，你们新来的不就得去厕所嘛。去去去去……嘿，你听不懂

人话啊？

〔段炼站着举着自己画。

青　年　（看到画）行，你想卖画也行，每张画给我提 20%。不说话？不说话算你默认啦。这是规矩，懂吗？你这卖的是谁的画啊？能卖出去吗？落款谁啊？

段　炼　段炼。

青　年　段炼？哪个朝代的？

段　炼　当代的啊。

青　年　没听说过啊。

段　炼　就是我。

青　年　哟，您会画画呀？我还以为跟我一样，那行，那你就在这儿卖，这一块我地盘，有事儿我罩着你。

〔上来一骑自行车的大姐路过段炼面前，段炼上前。

段　炼　大姐，您买画么？

骑车人　（被吓到，从自行车上下来）哎哟喂，吓死我了，还以为是贴大字报的。

青　年　姐姐，那阵风早过去了，现在都搞经济建设。

骑车人　去，一边去。

青　年　姐姐你别走啊。（拉着自行车）

骑车人　喂，你干吗？要流氓啊你。

青　年　不敢，您买我两幅画，过两年哐哐往上涨，您就发大发了。

骑车人　过两年哐哐往上涨？那您自个儿怎么不留着啊？蒙事呢。

〔骑车大姐下。

青　年　我有病吧，我自个儿留着。（看段炼）哟，我说咱能不举着吗？我看着都瘆得慌。

段　炼　怎么了？

青　年　还怎么了？你用铁丝挂脖子上，再剃个阴阳头，那咱都别做生意了。

段　炼　那我怎么卖啊？

青　年　要我说你是新来的，什么都不懂。练摊练摊，你不得有摊儿啊，来，把画铺地上，找石头压着四个角，哎，这不就是个摊了嘛。蹲住了，没准哪个不开眼的就买你的画。

段　炼　那你怎么不这么卖啊？

青　年　来，给你看看，我这都是名家字画，哪儿能铺地下啊，你傻啊你。

〔老太太上场。

段　炼　大妈，买画吗？大妈，您看看我这画。

青　年　行了行了，别叫了。一个老太太，她懂个屁啊，她只能买点菜知道吗？卖画你得会看人。

〔老太太回头蹲下看段炼的画。

老太太　这是你画的？这画工还行，就这字差点，多临临帖。

青　年　　呦，大妈，您是行家啊。

老太太　　我懂个屁啊，找地凉快去。

青　年　　这大妈还记仇……

老太太　　你这画多少钱一张？

段　炼　　3 块钱一张。

老太太　　要说，真不贵。

青　年　　大妈，我这画也便宜。30 一张，名家字画全卖给您。

老太太　　名家字画？自个儿留着吧。蒙老太太你还嫩了点。（看段炼）小伙子，大妈买完菜就剩五毛钱了，你这有斗方吗？

段　炼　　我这全是四尺一张的。

老太太　　那行，回头再说。

段　炼　　哎，别急，大妈您等等。您要是喜欢的话，您就收着。

老太太　　那太不好意思了，五毛钱。小伙子，你也别太亏着了，大妈再饶你根葱。

段　炼　　好嘞。

〔老太太下。

青　年　　哈哈哈，5 毛钱一根葱，你就把画卖了？纸钱都不够吧，说好的给我提 20% 呢？把葱给我。嘿，我要你葱干吗啊？我发现你真逗啊，陪你侃会儿。

段　炼　　我没你能侃。

青　年　　那是。十亿人民九亿侃，还有一亿待发展。你不就是发展中人吗？

段　炼　　你都是从哪学的啊？

青　年　　老师可不教这个。跟我说说，怎么不上班去，跑这儿来练摊？

段　炼　　我和领导闹意见，辞职了呗。

青　年　　对，十亿人民九亿商，还有一亿待开张，你这刚一来不就开张了。可以呀。

段　炼　嗨，五毛钱一棵葱就开张？你别逗了。

青　年　哎，想赚钱吗？

段　炼　想啊。

青　年　哥们儿给你出个主意，包你发财。

段　炼　什么？

青　年　你改个名。改叫齐白石，然后你在画上一落款，你就发大发了。张大千，潘天寿，你要再狠点，直接唐伯虎。

段　炼　我不卖假画。

青　年　谁让你卖假画了，就是让你改个名。

段　炼　君子爱财取之有道，这事儿我干不来。

青　年　取之有道？你叫什么？段炼是吧。就你这名，市场价你也就五毛钱一棵葱，你想想，到时候我和你合作你就发了，想想。

〔鳌宝斋主人万老板和店员丁子送港商夫妇出门。

丁　子　赖先生，您不知道，我们这鳌宝斋自打开张以来万师傅没出来送过谁，今天亲自来送您二位，那真是给了天大的面子。

万老板　丁子别这么说啊，四海之内皆兄弟，我和赖先生夫妇是有缘分的。再说了，赖先生又是懂画之人，您这个朋友我算是交定了。

赖先生　是这个样子的。我从香港到深圳做家私生意，本想搞一批画回去和我的家私一起卖，但是呀，你这里的画太贵了。

万老板　没关系，您可以个人收藏啊。刚才您看见张大千、徐悲鸿、唐伯虎的画那都是真迹，的确值这个价。我还有笔买卖要谈，改日我请您和夫人吃正宗的北京烤鸭子。丁子，替我送送二位。

赖　妻　（说了一段广东话，意思是嫌贵）

丁　子　赖先生，这赖夫人说什么呢？鸟语花香，真好听。

赖先生　我太太的意思是早上没有吃早餐，现在肚子好饿。

丁　子　刚刚您看到的画都是真迹，真迹就是值这个价。

赖先生　喂，你还要不要我吃东西啊，我肚子好饿啊。

青　年　名家字画 200 一张。名家字画……

赖先生　喂喂喂，同志啊……

青　年　老板，我这有齐白石、张大千、唐伯虎的真迹，古代的、现代的、活着的、死了的，只要您能叫得出名，我这都能找着。不买没关系，咱聊聊天，聊开心了我……你怎么不说话啊？

赖先生　你讲什么东东啊？我一句话都没有听明白啦。

青　年　没听懂，怪我了，讲太快。您看看，名家字画，200 块一张。

赖　妻　（粤语）听懂了，我要买，这个价格可以接受。

赖先生　哇，真是 200 元。

丁　子　是，那画确实便宜，假画，赝品不值。擦屁股嫌厚，糊窗户嫌薄。

赖先生　他讲你的画是假画哦？

青　年　不可能，这年头谁卖假画啊，卖假画生孩子没屁眼。

丁　子　你可真够狠的，为了卖几幅画，连儿子都赌进去了。

青　年　丁子哥说什么呢你。你看你说什么啊？不是说好给你提 10% 吗？

〔赖先生看到段炼的画。

赖先生　哇，好漂亮哦！请问这是哪个名家画的？

段　炼　是我自己画的。

赖先生　你画的？你画的肯定是真画啦。

丁　子　这是真画，就是这人吧没什么名气，这画挂家里跌份。

段　炼　我是没什么名，可也不至于跌份吧。

丁　子　那还不跌份啊？狗屁不是挂墙上算怎么回事啊？

段　炼　你怎么说话呢。

赖先生　好了，好了，不要吵了，和气生财啦。你们北佬就是脾气那么大，算了算了，我不买了。

〔赖夫妇下。

〔鳌宝斋门开，万老板出。

丁　子　万爷！

青　年　万爷！

万老板　你少在这儿跟我套词，你算是哪根葱啊？

青　年　哎，您从我这儿拿画的时候怎么不问我是哪根葱啊？

万老板　我什么时候在你这里拿过画啊，你丫的找抽啊。

万老板　（看到段炼）丁子，门口这堆垃圾赶快清走，什么事呀！

丁　子　（冲着段炼喊）哎！你！看什么看，赶紧走，走走走。

段　炼　别你你你的，我有名字，我叫段炼。

丁　子　段炼是吧？我看你是该锻炼锻炼了。

〔段炼站起来，二人要打架。

万老板　（挡在二人中间）丁子，好好说话，来，让我瞧瞧您的画儿。

青　年　对对对，段炼，叫万老师。

万老板　别介！我说这都是跟哪儿学的啊，逮谁见谁叫老师，我教过你什么了就叫我老师，记住了，千万别叫我老师，我可没你这样的学生。林子大了什么鸟都有啊，就这两下子还敢摆在我鳌宝斋的门口跟我争生意，（一脚踢开地上的画）小子，回去再练上二十年，然后你再来吧！

段　炼　二十年后您还在，我一定来！

丁　子　找打是吧？

万老板　丁子，咱们这是鳌宝斋，是卖名人字画的地方，可别干那些没文化的事。去，去趟派出所，就说有人在这儿闹事。

段　炼　去哪儿我都不怕，我自己画画自己卖，我惹谁了。您不让我叫您老师，我叫您一声前辈，您说我画得不好，行，您当着我的面画上几笔，也好让我心服口服不是。

青　年　对呀，万爷，我来琉璃厂都这么多年了，还没见过您的画呢？街坊邻居，万爷要给咱们露两手了，快来瞧瞧吧。

丁　子　你们两个人啊真是吃了熊心豹子胆了，让我们万爷出手，非把你们吓死不可。万爷我去给您拿笔墨去。

万老板　回来！我说你缺心眼呀，他让我画我就画呀，他是个什么东西。请问你在哪个单位上班呀，是哪个级别的美术家协会的会员呀？也不撒泡尿照一照自己什么模样，不知道天高地厚，厚颜无耻，无耻至极，极不要脸！

段　炼　您是前辈，您骂我几句我不怪您，您不画也行，您以往画过的拿出来让我们看看也行啊。

青　年　对对对，万爷，把您的画拿出来，我给您铺得琉璃厂满大街都是，到时候我们都跪着瞧。

丁　子　跪住了，我现在就去拿！你给我跪住了啊。万爷，您的画搁哪来着？没记得有啊。

青　年　（起哄）万爷您不会是不会画吧？

万老板　哈哈……哈哈哈哈哈，中国画讲究外师造化，师法万物，师法自然，中得心源，懂吗？

青　年　什么意思？

段　炼　这是对我们中国画的评价，是唐代张彦远说的，这话也就是个万金油的评论。

丁　子　没错，万师傅就叫万金油。

万老板　闭嘴！你要气死我啊！（转身就走）没文化是真可怕。

丁　子　万爷，万爷，人还轰不轰啦？（跟下）

青　年　行啊，段炼，琉璃厂没人敢跟他这么说话呢。可以啊你。

〔香港夫妇上。

赖老板　这位先生，同你商量点事情，你这里的画我全部都包了，开个价钱啦。

段　炼　啊？您全要啦？

青　年　（拉过段炼）你这有多少张？

段　炼　20 多张呢。

青　年　200 块。

段　炼　太贵了。

青　年　不贵。等会儿你别忘了给我提 20%，说好的，这是规矩。

段　炼　先生……（段炼伸出两个手指头）

赖　妻　2000 呀，老公！

赖老板　两千就两千，一言为定，成交。

段　炼　啊？我说的是……

青　年　（迅速捂住段炼嘴巴）……不能再涨了，老板诚心买。来来来，老板我给您包上。

赖老板　不用你包啦，我自己来，你还是去卖你的假画。这位先生，我是很欣赏你的啦，如果有机会你可以去深圳呀，我可以介绍我的香港朋友来买你的画。有机会，深圳见。

〔赖夫妇下。

〔段炼攥着两千块钱，惊呆了。

青　年　段哥，刚才说好的给我 20%，你不能要赖。

段　炼　好，400。

青　年　哈哈哈哈，炼哥！您就是琉璃厂冉冉升起的一颗新星啊，以后我就跟您混了。

段　炼　什么？琉璃厂？你自己混吧，我要去深圳啦！

〔二人造型。

〔切光。

# 第三幕　访谈

时　间：现在

地　点：电视台演播厅

人　物：主持人、段炼

主持人　哈哈，这么说来您是受了钱的刺激。

段　炼　是呀，当时内地一个月也就是几十块钱工资，我这一下子挣了两千，这是巨款啊。我就在想啊，深圳是个什么地方，怎么这么有钱啊。

主持人　是呀，那个年代谁都受不了这个刺激，所以有人就总结那个年代来深圳的人无外乎两种情况，一种是淘金；另外一种就是逃避。

段　炼　我两者都有，淘金就不用说了，像我这种不安分守己，受不了内地生活来到深圳就是逃避。

主持人　对您来说应该换一个词，是追求。深圳那时候是改革开放的窗口，这个窗户一打开，大家就都奔这来了。拿着边防证，过了关就像是到了一个新的世界。

段　炼　说是新的世界一点也不假。老深圳们都有这个体会，关内关外两重天，就拿现在来说吧，每每过关的时候胸口都下意识地一紧，生怕自己忘带边防证。

主持人　您是 80 年代来的，我是 90 年代来的，比您晚，即便那时候的进出关依然是件非常麻烦的事。

段　炼　你们那时候是麻烦，我们那时候是恐怖。

主持人　恐怖？

段　炼　那时候你在深圳必须三证带齐了，随时有可能要查你。身份证，边防证，一旦成为三无人员，立马就把你抓起来送到东莞的樟木

头劳动教养三个月，然后遣送回原籍。

主持人　那要真成了三无人员，就像一场噩梦似的。段先生您当初过关有没有碰到让您记忆深刻的事情。

段　炼　哎呀，那个记忆真是太深刻了。

〔切光。

## 第四幕　过关

时　间：那一天

地　点：离关口很远的铁丝网

人　物：蛇头、段炼、女青年甲、女青年乙

〔蛇头带着段炼、女青年甲、乙鬼鬼祟祟地上。

蛇　头　喂，你们跟我那么近做什么？远一点啊。过来过来，蹲下蹲下，没事了没事了……

〔蛇头看了看周围，突然捂着右眼。

蛇　头　我跟你们说我今天状态很不好。有没有看到，我右眼一直在跳，左眼跳财，右眼跳灾嘛。不行，今天状态很不好，回去回去，不过了不过了。

段　炼　（一把抓住蛇头）不行，这荒郊野岭的你让我们去哪啊？

青年甲　这钱你都收了。

青年乙　呜呜，我害怕。

蛇　头　你先把手放开说话，我让你放手啊。好，有本事你就一直抓，我就是不过了。

〔蛇头准备走，段炼一把抓住。

蛇　头　你很喜欢抓人手是不是啊？

段　炼　给你加点儿钱不就完了吗？

蛇　头　加钱可以，不要再抓我手啊。好好好，每人多加 50。

段　炼　好好好，加。

蛇　头　（指着段炼）好什么好？你加 100。

段　炼　凭什么啊？

蛇　头　医药费啊。快点啊。

蛇　头　（三人掏钱给蛇头）哇，你们钱都藏到哪里啊？拿来。（指着段炼）你，蹲下。说对不起。

段　炼　对不起。

蛇　头　大声点。

段　炼　对不起。

蛇　头　丢，你那么大声干什么？哎呀，滚到后面去啊。

〔蛇头走到铁丝网前，找到预先剪好的洞口，打开。

蛇　头　待会儿我们就从这里钻过去啊。

段　炼　啊？这也太小了吧。

蛇　头　那要不要我给你开扇大门，你们大摇大摆走过去啊？爱过不过。

〔蛇头先爬过洞口，四下探视。段炼开始爬洞口。

蛇　头　喂，你是不是男人啊？有没有素质？不知道女士优先吗？滚回去！靓女过。

〔女青年甲带着一大包东西准备钻洞。

蛇　头　喂喂喂，美女啊，你带那么一大包东西怎么过得来啊？东西先丢过来嘛。

青年甲　大哥，帮个忙呗。

蛇　头　带的什么东西啊？

青年甲　棉被。

蛇　头　来深圳还要带棉被啊？

蛇　头　这又是什么东西啊？

青年乙　俺妈带的鸡。

蛇　头　来深圳还要带鸡啊？深圳遍地都是鸡嘛。

〔女青年乙的包袱发出响声。

蛇　头　喂喂喂，能不能让它不要叫啊？

青年乙　花花……呜呜呜……

〔鸡的叫声越来越大，蛇头一脚踹下去，没声了。

蛇　头　丢，被你们搞得那么危险，不过了不过了。

〔把铁丝网关起来，大家焦急哀求。

蛇　头　要过也可以呀，每个人再多加 50。

段　炼　你这是坐地起价呀？

蛇　头　坐地起价？什么意思呀？

段　炼　就是你现在这个样子。

蛇　头　是呀，我就是坐在这里加钱呀，都不给是吧？

〔起身要走。

三　人　加加加。

〔蛇头在女青年钻铁丝网的时候手乱摸，女青年惊叫。

青年甲　你干吗啊？

蛇　头　（搂着两个女生）妹子，你们是第一次来深圳啊？哥哥是好人来的。妹子，你长得那么靓，身材又那么好，来深圳肯定很多机会嘛，来深圳就要开放。晚上跟哥哥去吃宵夜。

段　炼　你别这样，她们都是小姑娘。

蛇　头　关你什么事呀？滚开呀。

〔段炼挥手一拳将其打晕，三人将钱分了，女青年甲踹了蛇头一脚，跑下。

〔蛇头苏醒。

蛇　头　我就说有不祥的预兆嘛。啊，好多星星啊。

〔切光。

## 第五幕　访谈

时　间：现在

地　点：电视台演播厅

人　物：主持人、段炼

主持人　原来您是这么过的关呀。

段　炼　是呀，那时候年轻，现在可不敢了。

主持人　现在也不需要了，关口取消了，关里关外一体化了，深圳关外有些地方比关内还好呢。我想问问现场的观众那时候过关都有什么好玩的记忆，和我们说说。

〔与观众现场互动。

主持人　好多观众对过关看来还是心有余悸记忆犹新，但是新来深圳的就没有那么深的感触了，有的甚至问关口在哪啊？今天看来其实这些变化都是历史的进步。

段　炼　对历史的回忆。

主持人　段先生您也是来深圳挺早的，那您应该是淘到金发达了吧？

段　炼　发达什么呀？来早了。

主持人　来早了什么意思？

段　炼　我到的时候是 80 年代初，刚改革开放，到处都在搞基础建设，都是工地和工棚。您没听说过哪个工棚里挂幅国画的吧。

主持人　对，那时候挥泪挥汗，三天一层楼，工棚挂一幅国画是有点不太协调。

段　炼　是呀，我是背井离乡举目无亲，两眼一抹黑，画也卖不出去，愁死个人呀。

主持人　那您就没想着干点别的？

段　炼　想啊，可是我不会啊。当时和我一起来的同乡和朋友，有的去了竹园宾馆当服务员，有的开始倒腾股票，有的去公司打工做销售。

主持人　那您可以跟着他们一块去干啊。

段　炼　我就会画画。这 2000 块钱眼看就要花完了。我当时就住在罗湖，对面就是香港，一到晚上我就想，这面全部是黑灯瞎火的工地，那面全是灯火辉煌高楼大厦，哎呀，我就想呀，看来香港比深圳好。

主持人　您不会又惦记着去香港吧？

段　炼　说真的，想啊！可还是那个问题，没证件。

主持人　没证件没关系，深圳和香港就隔着一条河，您可以游过去啊。

段　炼　我还真想过。有这么一天啊，我借着画画，到深圳河边去观察，看看有没有机会可以游过去。就在这个时候我碰着了一个人，这个人好像冥冥之中是老天派来帮我的。

〔切光。

# 第六幕　祭祀

时　间：现在

地　点：深圳河岸边

人　物：段炼、老者

〔段炼在岸边画画写生，一老者带香烛上。

老　者　（一面摆祭祀物品一面对段炼说）来啦。

段　炼　嗯。来啦。

老　者　为谁啊？

段　炼　为自己。

老　者　没错，都是为自己，烧吧。

段　炼　烧什么？

老　者　哦，没带火？（老者烧点段炼的画纸）

段　炼　你干什么？

老　者　你不烧死去的人怎么能收到啊？

段　炼　什么死的人？我是画画的，我是来写生，写生的。

老　者　写生？不是写死。生生死死，死死生生呀。

〔老者烧起自己的纸来，嘴里还念念有词，突然老者安静下来，靠着树干如同僵尸，段炼看着心里发毛，壮了壮胆凑过去。

段　炼　大叔大叔，你没事吧？

老　者　你吓死我了。我正在回忆呢。

段 炼　我哪知道您是在回忆呀，您不出声，我还以为您那个了……

老 者　哈哈，以为我死啦？没那么容易。你假装在画画，其实是在观察地形，你想逃港。

段 炼　你你你，你别胡说啊，没有的事。

老 者　别害怕，当年我就是从这逃过去的。

段 炼　你逃过港？

老 者　是呀，我是正宗的香港人呀。哈哈，你是不是特别想知道我是怎么逃过去的？

段 炼　想，但我没钱？

老 者　哈哈哈，只要你有命就行。那是几十年前的事了，这一带流传着几句顺口溜，内地劳动一个月，不如香港干一天，辛辛苦苦干一年，不如人家八分钱。

段 炼　八分钱？什么意思？

老 者　就是说香港的钱好赚，从香港往内地寄钱只要八分钱邮票。那时候看香港什么都好，不管是本地人还是我们这些外地人，冒死都要逃过去。

〔情景再现：程式化表演逃港情节。

段 炼　哎，这都死了这么多人，他们过去干什么啊？

老 者　是呀，被浪冲走的，体力不支淹死的，被水草缠住，当年我就是和我兄弟从这儿下的水，结果……兄弟啊……

段 炼　那过去的人都干什么呢？

老 者　找工作，香港当时的经济也在发展，亚洲四小龙嘛，需要大量的廉价劳动力。

段 炼　那能挣多少钱？

老 者　相差一百倍呀。

〔情景再现：(舞蹈形式）两地做工对比，发工资对比。

段　炼　大叔，我就是个画画的，我过去也能赚那么多吗？

老　者　现在谁还过去呀？现在深圳经过十几年的发展，你去各大口岸看一看，现如今都是我们香港人过来做生意办工厂，这里赚钱的机会大把。

段　炼　那您说，我还过去吗？

老　者　你用脑子想一想，不过没关系，大不了你体力不支淹死了，我明年给我兄弟烧纸的时候给您多烧一份。

段　炼　嘿嘿嘿，您还是给您弟弟留着吧。我走啦，谢谢。

〔老者又烧起自己的纸来，嘴里还念念有词。

〔切光。

## 第七幕　访谈

时　间：现在

地　点：电视台演播厅

人　物：主持人、段炼

主持人　这段回忆我特别有感触。我们查过史料，1978 年在习仲勋主政广东后，专门对那些逃港严重的地区开了一个会，将逃港定为人民内部矛盾而不是敌我矛盾，并且指出，出现这样的情况是我们的政策出现问题，我们应该把内地建设好，让他们逃过来才对，随后，深圳经济特区成立。到今天已经 36 年了，我们再去口岸看看什么景象都不用我多说，反正深圳楼市的火爆，有港人的一份功劳。（以上屏幕出资料片）段先生，现如今已经证明你留在深圳是一个正确的选择，那从留下来到现在也有很长一段时间，您一直是一个人在坚持吗？就没有人与您共同承担？

段　炼　你的意思是我成家了吗？

主持人　是这个意思，在深圳男女比例可是 1∶7，您这么高帅，又是艺术家，肯定有不少追求者。

段　炼　有。我刚来深圳，街上见不到老人，全是年轻人，年轻人一多，爱情就多了。我呢，也就有这么几段。

主持人　哦，还是几段？和我们讲讲。

段　炼　好吧，我的第一个女朋友叫莉莉。

# 第八幕　相亲

时　间：那一年

地　点：大梅沙海边

人　物：段炼、莉莉

〔二人依偎在海边沙滩。

莉　莉　炼，美吗？

段　炼　美。

莉　莉　我是问你大海美吗？

段　炼　是说大海啊？大海当然美啊。我们国画里也有画海洋的，叫海洋画派，不过画的人不多。

莉　莉　炼，你看那岸边的别墅多美啊。

段　炼　你要喜欢的话，我可以画上波涛汹涌的海浪还有展翅翱翔的海鸥，怎么样？

莉　莉　我想要游艇。

段　炼　没问题，我画一艘游艇，画你站在游艇上，画出你与大海抗争拼搏的精神。

莉　莉　拼搏？为什么要拼搏？我都已经站在游艇上，那就说明岸边的别墅也肯定是我的，我都这么有钱了，我干吗要拼搏啊？再说了，你舍得吗？

段　炼　呃……我是说画中的精神。

莉　莉　画中的精神？咱们现在都穷得叮当响，你只想画精神？炼，你现在一幅画能卖多少钱呀？

段　炼　没多少。

莉　莉　那你一天能画多少幅啊？

段　炼　　说不好。

莉　莉　　这么说，如果你一天能画十幅，每幅卖 50 块钱，一天就 500 块钱，一个月可以挣一万五呢。

段　炼　　嗯，怎么啦？

莉　莉　　什么怎么啦？咱们赶快回去画画呀。

段　炼　　不不不，莉莉你等等。画画是需要灵感，没有灵感就没有表达，没有表达我画什么啊？

莉　莉　　没表达？那我问你，你有车吗？你有房吗？你有存款吗？

段　炼　　我没有。

莉　莉　　这不就是最直接、最迫切的表达吗？

段　炼　　这是什么表达啊？要不我全都给你画成人民币算了。

莉　莉　　谁让你画人民币了？刚刚不是和你算过账了吗？一天十幅画。炼……

段　炼　　好好好，我画我画。可就算是我画，那也卖不出去呀。

莉　莉　　那你要想办法啊，把画卖出去，把钱拿回来呀。

段　炼　　莉莉啊，可我觉得艺术和金钱是不能画等号的。

莉　莉　　唉，你的思想太陈旧了，在深圳，钱是衡量一切的标准。不值钱的艺术就是垃圾。

段　炼　　你这是听谁说的啊？

莉　莉　　事实说的啊。

段　炼　　那你没听过，真正的艺术是无价的吗？

莉　莉　　这谁说的？

段　炼　　我忘了，好像是一个大师说的。

莉　莉　　那这个大师是饿死的吧。在深圳没钱怎么活？

段　炼　　莉莉，我觉得吧，我们应该要耐得住寂寞。

莉　莉　　炼，不要为自己的懒惰找借口。你看人家有些画家的画不也卖十好几万呢。

段　炼　是呀，可他们都是大师，是齐白石，吴昌硕，张大千。

莉　莉　对呀，那你就虚心一点请教别人，为什么他们的画就那么值钱。打电话嘛。

段　炼　打电话？

莉　莉　怎么啦？你跟他们不熟啊？

段　炼　他们都死了。

莉　莉　啊？都死了？是不是你们画家死了以后画才值钱？那你……

〔段炼转身就走。

莉　莉　炼，你干吗去？

段　炼　我去死。

莉　莉　炼，记得给我留画。

〔切光。

时　间：那一年

地　点：茶馆

人　物：段炼、男人婆

〔光启。男人婆快步进入茶馆。

男人婆　（径直走到段炼面前）请问你是段炼吗？

段　炼　是是是，您是……

男人婆　对呀，我是！难道你还约了别人吗？

段　炼　不是不是，没有没有。请坐请坐，您喝什么茶？

男人婆　我喝白开水。

段　炼　要不然我给你来点果汁吧。

男人婆　我只喝白开水，我很专一的。（爽笑）我们之间是平等的，你不用站着和我说话，坐吧。我只有半个小时的时间，之后还要赶去开个会，我们长话短说，开门见山，你不介意吧？

段　炼　不介意，不介意，我先自我介绍一下。

男人婆　不用了，介绍人已经和我说过了。我们之间是平等的，你不用站着和我说话，坐，坐。我的情况你也大概都知道吧，公司是我自己的，我平时工作很忙，很忙！你知道吗？我没有时间谈恋爱，身边也没有男人，我这么说你不介意吧？可我毕竟是个女人，我也希望每天下班回到家里的时候一推开门能有个男人扑面而来（大笑）……

段　炼　这……不不不，不介意，我觉得您不如尝试着先养条狗？

男人婆　（突然哭了）死了。

段　炼　啊？谁死了？哦，狗。

男人婆　请不要叫它狗，它有名字的，它叫 Tony，你要叫它狗我会非常介意的。

段　炼　对不起，Tony。

男人婆　（迅速擦干眼泪）我们耽误了 5 分钟，还有 25 分钟的时间。介绍人告诉我你是画画的，哈哈哈哈。来深圳搞艺术，我不知道你是怎么想的，但可以证明一点，你这个人脑子有问题。

段　炼　你为什么说我脑子有问题？

男人婆　你这么问证明了我的判断是正确的。我想你自打来深圳也没卖出去几幅画吧。每个月的收入交完房租只够吃饭，而且是 5 块钱的盒饭。家里没有空调，或者你根本不舍得开空调，电风扇里吹出来的风是热的，刚才你还问我点什么茶，如果我要一道极品铁观音，你可能一个月就没饭可吃了。我这么说你不介意吧？

段　炼　不介意。对了，我忘告诉你了，我这个人特别无趣，我每天就知道画画，在房间里待着，哪都不去。

男人婆　这正是我最喜欢的。我就喜欢一个男人哪都不去就待在家里。我们家 Tony 就是这样。

段　炼　你确定？我用改名字吗？

男人婆　哈哈哈，我们家的 Tony 又回来了。不过有一件事我要和你说明白了，你的父母不可以来深圳，我可以给他们足够的钱，让他们在内地过很好的生活。我想这一点你也不会介意的。

段　炼　我介意！

男人婆　你说什么？

段　炼　我说我他妈介意。

男人婆　粗鲁！在深圳你就是一个穷光蛋，一个穷光蛋有什么资格冲我喊。不识抬举。再给你一次机会，Tony！（气势汹汹下）

段　炼　呸！（撕掉名片）

〔切光。

时　间：那一年

地　点：段炼家

人　物：段炼、酒吧女

〔段炼正在家里画画，酒吧女敲门，段炼打开门发现酒吧女已经喝醉，摇摇晃晃。

段　炼　（开门）哟，明子啊，你又喝多了，你走错门了，你家在对面。

酒吧女　没走错，我就是来找你的。

〔冲进段炼家里，一屁股坐在沙发上。

段　炼　别吐别吐，我给你找纸啊。

酒吧女　不用不用，我在外面都吐干净了，段哥哥，你过来坐啊。

段　炼　明子，少喝点酒，伤身体。

酒吧女　怎么？你关心我啊？

段　炼　邻居。

酒吧女　段哥哥，你在那干吗呢？

段　炼　画画啊。

酒吧女　那你扶我看看。哎呀，你这画的是什么啊？

段　炼　山水。

酒吧女　山水有什么好画的呀？你看我漂亮吗？

段　炼　漂亮！

酒吧女　那你就画我呀，画我。

段　炼　好好好，我画你。

〔酒吧女开始脱衣服。

段　炼　　喂，我不画人体。（阻止酒吧女脱衣服）

〔酒吧女摆着各种撩人的姿势。

段　炼　　你别动啊？你这么一动我怎么画啊？

酒吧女　　哈哈哈哈哈哈哈，画不下去那就说明你对我有想法。

段　炼　　我能有什么想法呀？

酒吧女　　没想法就说明你那方面有问题。

段　炼　　你别胡说八道。

酒吧女　　段哥哥，过来咱俩聊聊。

段　炼　　没什么好聊的。

酒吧女　　哟，真生气啦？段哥哥，人家不是喝醉了嘛，你别生气好不好？（酒吧女一把搂住段炼）段哥哥，你说你怎么和别的男人不一样呢？

段　炼　　有什么不一样的？

酒吧女　　你就像个木头！

段　炼　　我像个木头？！

〔将酒吧女推出门外，使劲将门关上。

酒吧女　　你呀，就不是个男人！哼！

段　炼　　我当然是！

〔段炼走回沙发，抱头痛哭沉思。

时　间：那一年

地　点：广式早茶楼

人　物：段炼、阿芬

〔段炼上，阿芬已点好满桌的饭菜，段炼并不抱成功的希望，坐下来专心致志地吃饭，阿芬话很少，只是不停地加菜加汤剥虾递纸巾，温情无语的一顿饭让段炼有了家的感觉，对阿芬有了强烈的好感，拿着阿芬留下来的电话地址，迫不及待地给阿芬打电话，并决定去家里拜访。

时　间：那一年

地　点：阿芬家里

人　物：段炼、阿芬、岳父

〔阿芬的家里，岳父坐在沙发上听乐曲。段炼上，敲门。岳父开门。

岳　父　您找哪一位？

段　炼　请问阿芬在这住吗？

岳　父　你是阿芬的同事？

段　炼　我不是她的同事，是她的朋友。

岳　父　朋友？什么朋友？

段　炼　男……朋友。

岳　父　哦，男朋友？阿芬，男朋友来了，哈哈哈哈，男朋友快坐快坐。

段　炼　这，买了一箱水果。

岳　父　哈哈哈哈，还带什么水果，阿芬阿芬，快出来。

段　炼　您是？

岳　父　我是阿芬的老豆。

〔段炼和岳父坐在沙发上。阿芬上。

阿　芬　段先生，您怎么来啦？

段　炼　我……

岳　父　怎么说话的啊？男朋友怎么不能来呢？快去倒茶快去倒茶。

段　炼　这不怪阿芬，我事先应该和她打个招呼，这么来挺冒昧的。

岳　父　不能怪你，这个事情怪阿芬，这么大的事情阿芬都没和我讲一句，早知道你来，我让她妈好好准备准备，阿芬啊，你妈哪去了？

阿　芬　好像出去跟阿公打牌去了。

岳　父　一天就知道打牌。是这样的，我们家有两栋小楼房，搞出租，她妈没事情干，又没有小孩看，就出去打打麻将，不是赌博。

阿　芬　要不我去叫她回来？

岳　父　算了算了，不管她了，咱们聊。喝茶喝茶，阿芬把我的好茶拿出来。

〔岳父笑眯眯地看着段炼，段炼稍显尴尬，阿芬站在旁边也有些拘束。

岳　父　站起来，你有多高啊？

段　炼　一米八二。

岳　父　哇！不是吹牛皮啊，我在我们村子里是最高大一条呀，跟他一比，还差一个头呀。站过去！

阿　芬　爸爸你干吗呀？

岳　父　好般配啊，牛郎配织女，高点好，以后生出来的 BB 是很高大的嘛。

阿　芬　爸，您乱说什么呀？我和段先生才见过一次面。

段　炼　对，我是通过朋友介绍才认识阿芬的，今天是第二次见面。

岳　父　一回生二回熟嘛。没有关系，你叫什么呀？

段　炼　我叫段炼。

岳　父　我知道你经常锻炼，要不然不会长这么高大的嘛。

阿　芬　不是啦，他的名字叫段炼。

岳　父　好像不是人的名字呀。没有关系，锻炼身体保卫祖国嘛。继续锻炼，不是，继续喝茶。什么意思？你到我家拿苹果是什么意思？

阿　芬　老爸，你不要这么着急啊，你这样会吓到人家的。

岳　父　他一米八的大个子，我还能吓到他？乖女呀，是你吓到我呀，你都三十了还没有结婚，你知道大家怎么说你吗？我和你妈早就急死了。段炼是北方人，北方人很直爽嘛，可是我这个南方人比他北方人还要直爽。好啦！男人讲话没有女人什么事情，给我们煲个靓汤来。

〔阿芬下。

岳　父　讲话呀。

段　炼　我，我叫段炼，32岁，老家山东，在天津上的学，学的美术，就是画画的。

岳　父　是不是大学毕业啊？

段　炼　是大学毕业。

岳　父　大学毕业就OK啦。

段　炼　我和阿芬是经朋友介绍认识的，我挺喜欢她的，今天来家里就是来看一看。伯父您说的对，作为男人应该要直率一点，那我就实话实说。我刚来深圳，没房没车，没什么钱，不过您放心，您要是同意我就和阿芬交往下去，您要是不同意的话……

岳　父　啊？（沉默不语，低头喝茶）

段　炼　明白了，再见。

岳　父　站住！没有让你走嘛。

段　炼　我知道我什么都不是，配不上阿芬。

岳　父　是，你什么都不是，可你是不是个男人？

段　炼　是！

岳　父　这就是了嘛。你是个男人，阿芬是女人，这男人和女人终究是要在一起的嘛。阿芬是我的乖乖女，她就像长在地里的白菜，我就怕被猪拱了。

段　炼　伯父，您放心，我绝对不拱白菜。

岳　父　但是！虽然白菜没被猪拱，可是让白菜烂在地里更让人心痛嘛。

段　炼　　您什么意思啊？

岳　父　　我就是问你一句话，你拱不拱白菜？不，你是不是真心喜欢我们阿芬？

段　炼　　喜欢。

岳　父　　大声点。

段　炼　　喜欢！

岳　父　　哎呀！有理不在声高的嘛，这么大声干什么？你还有我喜欢她呀？阿芬，出来，刚才段炼说很喜欢你，你喜不喜欢他？

阿　芬　　我……我……我……

岳　父　　快点讲嘛，就是你这个扭扭捏捏的性格，拖拖拉拉，把你的人生大事都耽误了。今天有个送货上门的，我觉得他不错，你要是不好意思讲，爸爸帮你搞掂。喜不喜欢嘛。

阿　芬　　我……我觉得……画画挺好的，我想学。

段　炼　　没问题，我可以教。

岳　父　　哈哈哈哈，不就完了嘛，搞掂！你们今天就算订婚了，段炼，彩礼的事……算了，跟你说也没有什么用呀。我就只有一个要求，马上生孩子，这方面你没有什么问题吧？

段　炼　　这……没有经验，应该没问题。

岳　父　　哈哈哈哈，肯定没问题的嘛。这么高大威猛……

阿　芬　　爸爸，你不要那么着急嘛，我和段先生都没什么了解。

岳　父　　了解是吧？好好好，我在这里不合适？我现在去找你三叔公，把酒席订一下，另外今天我让你阿妈和阿哥不要回家，让你们慢慢了解。

〔岳父下，二人四目相对。

段　炼　　你爸，也太逗了……

阿　芬　　是呀，他平时就是这么搞笑。

〔阿芬准备递茶杯给段炼，两人手不小心碰到一起。

〔岳父上。

岳　父　你们继续你们继续，我拿点钱去把酒席订下来。乖女啊，爸爸真有点舍不得你呀，不过你放心，以后他要对你不负责任，阿爸就发动全村的人，搞死他。

阿　芬　爸爸。（拉住爸爸的手）

岳　父　拉我干什么？你去拉他的手呀。段炼，你要对我们阿芬负责任，另外，你是个男人，要主动一些。哎，（自言自语）白菜终究是要被猪拱呀。

〔岳父下。

段　炼　你爸爸也太直接啦？

阿　芬　是呀，他平时就是这个样子。你要是不同意，我把他叫回来。

段　炼　（一把拉住阿芬）别，不用了，挺好的。

〔二人相拥。

〔切光。

## 第九幕　访谈

时　间：现在

地　点：电视台演播厅

人　物：主持人、段炼

主持人　我发现您还是挺有女人缘的，恭喜您找到了自己的幸福。段先生，咱们换个话题。我刚才观察了您的画，说起来也是用的传统水墨画的技法，但是一般的水墨画都是画的花鸟鱼虫写意山水，可是您的作品有高楼大厦和现代的地铁和建筑，您是怎么考虑用水墨画来体现现代题材呢？

段　炼　我一直认为传统艺术需要与时俱进，他应该吸收各个门类的特点才可以发扬光大，所以我就大胆地做了一些尝试。

主持人　这样的现代与传统之间的交融和碰撞，可能会产生新的创意。我们编导特意编了一个现代与传统交融的舞蹈，我们一起来看看是否有一些启发。

〔舞蹈。古典舞和现代的拉丁舞展现现代与古典的交融。

主持人　我再请教您，这 30 多幅组画，您从构思选材到创作，您花了多长时间？

段　炼　我是结婚之前画了 6 年，结婚之后画了 6 年。

主持人　哦，那加起来有十几年。您在画画的时候是一种什么状态？

段　炼　哎呀，什么状态？嗯，我老婆说就跟个精神病一样，只不过我自己不知道，但在别人看来就像一个疯子。

主持人　疯子？

段　炼　应该是一种忘我、投入、纯粹的状态。

主持人　其实这样的创作境界我们都很向往，但是现实中很多杂事和俗事使我们的心浮躁起来。像您这样看着这花鸟鱼虫，山水美景，让我们的心静下来，让我们不由得去思考什么叫道法自然。

段　炼　这正是中国画的魅力所在，今天我们在这里和大家共同探讨中国传统艺术，因为这可以提高我们的文化自信。在世界各地，很多收藏机构都在争先恐后地收藏国画，不仅仅是因为它的市场价值，更重要的是通过一幅幅看似简单的水墨画，让他们体味到我们中国人的哲学思想和生活境界。

主持人　看看，一说起这个您就神采飞扬。以我个人来看目前电脑制图软件的盛行和照相机的普及的前提下，国外的油画、水彩画、水粉画的生存空间都会被挤压，唯独我们中国的水墨画是无法替代的，水墨画的欣赏讲究的是意境。

段　炼　情景、情境可以模拟再现，而意境却是可遇不可求的呀。

主持人　我真的很羡慕您。做着自己喜欢做的事情，也有如此幸福的家庭，人生堪称完美。

段　炼　完美谈不上，能做自己喜欢做的事情的确很幸福，但是遇到家人的不理解，让我束手无策。

主持人　您太太不是很支持您吗？而且她又那么温柔贤淑。

段　炼　我太太挺好的，可是谁受得了我这样的，一天到晚就知道画画，一画就是好几年，家里的大小事我一概不闻不问，再温柔贤淑的妻子不也得闹意见嘛。

主持人　那要是闹意见您哄哄不就完了吗？

段　炼　要是哄哄那么简单就好了。她带着我的女儿去美国了。

## 第十幕　离别

时　间：那一天

地　点：机场

人　物：段炼、阿芬、妞妞

〔阿芬拉着妞妞走，妞妞不时回头张望。

阿　芬　妞，看什么呢？快点，好好走路。

妞　妞　爸爸为什么不来送我们。

阿　芬　爸爸在画画，没有时间来送我们。

妞　妞　我们去美国什么时候回来呀？

阿　芬　我们不回来了？

妞　妞　那爸爸什么时候来看我们呀？

〔阿芬不说话，摇摇头。

妞　妞　我们真的不回来了吗？

阿　芬　走吧。

〔段炼跑上，妞妞扑在他的身上。

妞　妞　爸爸，扎，臭。（亲昵状）

段　炼　对不起呀，爸爸刚从画室出来，没洗脸也没刮胡子。对了妞妞，去美国要早点回来哟，不然爸爸会想你们的。

妞　妞　爸爸，妈妈说我们这次去了就不回来了。

段　炼　妞妞，妈妈是跟你开玩笑的，怎么可能不回来呢？

阿　芬　我没有开玩笑，我是认真的。妞妞，下来，我们走。

段　炼　阿芬，不回来是什么意思啊？

阿　芬　就是这个意思，我已经辞职了，我要带妞妞去美国生活。

段　炼　去美国？我们在这好好的，发什么神经？

阿　芬　我发神经？我们在这里是好好的吗？

段　炼　（生气）这么大的事情怎么不找我商量商量？你要走还要把孩子带走。

阿　芬　段炼，我怎么没有和你商量？我要怎么和你商量？这几年我每次去你画室和你商量的时候你有认真听过吗？

段　炼　画室？对对对，你是和我说过，我以为你跟我开玩笑呢？这么大的事你别和我在画室里说呀？

阿　芬　你除了你的画是认真的，其他事情都是开玩笑。那好，你现在不在画室，我认真告诉你，我再也忍受不了这种生活了，我要带妞妞去美国。

段　炼　不行，我不同意。妞妞，和我回家。

阿　芬　段炼，你凭什么不同意？你看看你眼前这个孩子，这是你口口声声说爱着她的孩子。我问你，孩子出生我难产的时候，你在哪里？孩子第一天上幼儿园的时候你在哪里？孩子生病的时候你在哪里？孩子开家长会的时候你又在哪里？甚至所有人都以为妞妞是一个单亲家庭的孩子。可是现在她长大了，现在为了孩子也为了我自己，我一定要带妞妞走。

段　炼　阿芬，你说得对，是我不好，我改还不行吗？你是知道的，我是爱孩子，爱这个家的。妞妞，你爱爸爸吗？妞妞乖，你帮爸爸劝

劝妈妈留下来别走好吗？

阿　芬　妞妞乖，你不是已经答应好舅舅了吗？舅舅在美国给你买了好多芭比娃娃等着你，跟妈妈走吧。

妞　妞　好，那我们走吧。

〔回头到爸爸怀里，来回看爸妈，大哭。

段　炼　老婆，能不走吗？

阿　芬　老公，你和我们一起去美国好不好？我们现在再买一张机票也来得及啊。

段　炼　去美国？去美国能做什么？我的事业怎么办？

阿　芬　你可以什么都不做，我哥可以帮助我们过很好的生活，只用当好一个好丈夫，做好一个好父亲就可以啦。

段　炼　等等，你让我想想。去美国，什么都不做，那我不就成了行尸走肉了？

阿　芬　你以为你现在就不是行尸走肉吗？

段　炼　我是行尸走肉？

阿　芬　难道不是吗？段炼，我和你结婚6年了，你喜欢画画，我什么都不说我支持你，你要开画室，我替你租房子，你要开公司我拿出家里所有的钱来帮助你，甚至我老爸拿出他养老的钱给你，可是这些年你的画室、你的公司为家里带来一分钱了没有？你不是行尸走肉是什么？美国我是去定了，最起码去到那里我可以给女儿很好的生活。

段　炼　这是为什么呀？阿芬你应该知道，我做这一切都是为了这个家，为了给你们更好的生活，我一定会成功的，你要相信我。

阿　芬　什么时候？

段　炼　不知道。

阿　芬　我再问你一遍，你要不要跟我们走？

〔段炼沉默。

〔此时机场播报响起。

〔阿芬和妞妞下，段炼蹲在地上大哭。

## 第十一幕　访谈

时　间：现在

地　点：电视台演播厅

人　物：主持人、段炼

〔光启。

主持人　段先生，您控制一下，擦擦眼泪。的确是这样，我认识许多艺术家，他们在艺术行走的道路上，都会碰到这样的问题，在艺术创作过程中他们可能会变得很自私、很自我，甚至有些不可理喻，时间一长他们的家人、朋友、同事等等都会受不了，有些艺术家甚至会落到众叛亲离的境地。我问他们这么做值不值，艺术家们只有一个衡量标准，那就是是否能创作出好的艺术作品被大众接受，被世人认可。当然这需要一个机会，每一个人的人生都需要这样的契机，只要你准备得够充分，机会来临时你就一定会成功。在庆祝深圳改革开放30周年的大型画展中，段炼的画一鸣惊人，之后大型历史组画《中国梦·春天颂》亮相第六届文博会，并在深圳市民中心和深圳市博物馆展出。段炼先生，您还能记得你开画展那一天的心情吗？

段　炼　　我当然记得，那是我终生难忘的。

## 第十二幕　画展

时　间：现在

地　点：展览厅

人　物：段炼、领导、学者、记者、观众若干

〔大屏幕中和谐号飞驰而过，走出许多人，从舞台的四面八方走出许多人，相互握手谈笑，来到主席台下落座，段炼走上主席台，大家掌声雷动。

段　炼　　各位领导，各位老师，我的亲朋好友们，大家好。非常感谢主办单位、协办单位、赞助机构给我做这次画展，想我一个小小的画家能得到如此厚爱，真是太意想不到了。以前我在家里画画的时候，有的时候实在画不下去了，我也曾经幻想过有这么一天来作为我的动力，可是这一天真到了，我才发现我当时的梦想还是太小了，没想到有这么大的场面，这可太好了。刚才有许多记者朋友问我，你为什么要画画，是什么让你坚持画下去的，是什么让你坚持画深圳？我现在告诉大家，我要画画是因为我别的都不会，因为我只能画画，就坚持下来了。问我为什么要画深圳，因为我爱这座城市。就跟你们大家一样，你们都用自己的方式来表达着对深圳的爱，我自然也用我的画笔来表达对这座城市的爱，就这么简单。这些画我画了十几年，可挂在这里看到画中的场景，我

就不由得激动，这不仅记录了深圳的变迁，也记录了我的成长，每一个情景和画中背后的故事都是我一生宝贵的财富，能让大家看到我的艺术作品就是我的梦想，今天我的梦想实现了，谢谢大家。

## 第十三幕　访谈

时　间：现在

地　点：电视台演播厅

人　物：主持人、段炼、阿芬、妞妞

主持人　您的讲话非常好，您的梦想实现了，我们也祝愿您取得更大的辉煌。

段　炼　其实那天的讲话我准备了好久，都是事先写出来的。

主持人　那也是您的真实想法吗?

段　炼　是，也不是。

主持人　为什么呢?

段　炼　其实当时我站在台上我就想看见我老婆和女儿在台下坐着。作为一个男人，要谈什么成功，谈什么辉煌，谈什么成就，只有你的老婆孩子和你在一起分享那才是真正的辉煌成功。当我完成了我的艺术作品，我第一想的就是回家，可是家没了，这一切有什么意义呢?

主持人　我听了您前面所有的话我都可以控制，听了您这段话我真有点控制不住了，的确，没有什么比家更重要的。无论你挣多少钱，无论你在何种位置，取得什么样的成绩，家才是我们心里最需要最珍贵的地方。所以，我们栏目组专程从美国将段炼先生的妻子和女儿接了回来，有请张静芬、妞妞。

〔阿芬、妞妞音乐声中上，段炼惊呆。

妞　妞　爸爸!

〔段炼和女儿相拥，段炼泣不成声。

阿　芬　这是你给孩子留的画，现在她已经画完了。

妞　妞　是妈妈帮我画完的。

段　炼　阿芬，不走了好吗?

阿　芬　不走了，再也不走了。

〔段炼一把搂住阿芬。

阿　芬　大家都在看着，有什么话我们回家再讲吧。

段　炼　主持人，我不想录了，我想回家。

主持人　啊?我们就剩最后一段没录完了。

段　炼　您自己说吧，您也挺能说的，你们这栏目办得好。祝收视长虹，就不多聊了，我要赶紧回家了，改天请您吃饭。

〔一家三口下。

主持人　这久别胜新婚，也不能急成这样啊，不过可以理解。那我就自个来，导播切到他们拥抱的场景。多好的一家人啊，段炼用他的坚持，用他坚韧不拔的追求，追寻他的梦，用他手中的水墨画笔实现了他的中国梦。这就是我们这期的《水墨中国》，谢谢您的观看，我们下期节目再见。

〔结束曲《深圳深圳》，大屏幕播放段炼的画。

〔演员谢幕。

〔切光。剧终。

# 净化论

**时　间：**现在

**地　点：**骗子公司办公室、表演学校

**人　物：**

张　总——开了一家公司，一心想用骗人的方式赚钱。

赵大志——个性叛逆，因为受不了家里人管束，来到深圳，后成为张总公司员工。

李小来——懦弱悲观，家境贫苦，想要改变自己，来到深圳，得到张总的帮助，成为张总公司员工。

马壮壮——个性豪爽，向往过着朴实的生活，谁知被一夜变得身无分文，被张总救助，成为张总公司员工。

杨老师——表演老师

穆老师——舞蹈老师

立　儿——表演学校学生

明　子——表演学校学生

大　凯——表演学校学生

小　弈——表演学校学生

# 第一幕

〔幕启。音乐。

〔开场舞蹈展现都市生活的状态。

〔切光。

# 第二幕

〔光启。张总公司。

〔李小来、赵大志、马壮壮站定。

马壮壮　小来好！

李小来　大志好！

赵大志　壮壮好！

三　人　好！很好！非常好！

马壮壮　切掉懒惰！

李小来　切掉抱怨！

赵大志　切掉借口！

三　人　追寻梦想！

李小来　我今天的目标是发出一万条短信。

赵大志　我今天的目标是打出五百个电话。

马壮壮　我今天的目标是把话说清楚。

李小来
赵大志　啊？

马壮壮　大志、小来你们不知道，上次张总让我打电话，本来是这么说的“喂，我是黑社会，你儿子在我手上”，结果我给说成“喂，我是你儿子，黑社会在我手上”。

赵大志　你是该好好练练。

李小来　没事，我们一起努力！

〔张总上场。

三　人　张总好！

张　总　我在楼下就听到你们振奋人心的口号声，今天的晨会我们就来讲讲 Dream！

三　人　啊？

张　总　梦想！背！

三　人　梦想是成功的原动力，没有梦想将一事无成，耶！

张　总　对，没有梦想将一事无成。你们有梦想吗？

三　人　有！

张　总　说出你们的梦想，赵大志。

赵大志　我的梦想是周围人都围绕着我，离不开我。

张　总　做一个重要的人，坐！李小来，说出你的梦想。

李小来　我的梦想开名车，住洋房，嫁一个富二代。

张　总　漂亮！马壮壮……

马壮壮　我的梦想是把爸妈接来深圳，娶个媳妇儿过上好日子。

张　总　实在。可是你们有没有想过怎么实现你们的梦想？

三　人　努力。

张　总　大声点！

三　人　努力！

张　总　再大声点！

三　人　努力！！！

张　总　对，不吃苦中苦难为人上人。在这个世界上成功的人仅有20%，剩下的80%是为他们服务的、打工的，难道你们就想沦落为那80%吗？

三　人　（摇头）。

张　总　可是你们知道吗？这每一个成功人士的背后都有着一段痛苦的、艰辛的、不堪回首的经历，你们有吗？

三　人　有。

张　总　说！大志。

赵大志　以前我在内地最讨厌人管着我，他们还挤对我给我穿小鞋，买了张火车票我就来到深圳。后来把钱花光了，就投奔了您，我想在您这里挣完钱了再去玩，玩到三天三夜……

张　总　我就喜欢你这种旺盛的精力，强烈的欲望。坐！

李小来　张总，我刚来深圳根本找不到工作，他们都说我的专业太冷门了！

张　总　有多冷？

李小来　非常冷。

张　总　什么专业？

李小来　防寒抗冻。

张　总　是够冷的。

李小来　后来我就把简历给改了，还真有一家美容院要了我，还让我做整容手术呢！

赵大志　你真敢啊？

李小来　那有什么不敢的？后来不小心把人家鼻子整歪了。

〔大家笑。

张　总　笑什么笑？李小来这就叫胆大妄为。不是，敢作敢为！给她鼓掌！坐，壮壮。

马壮壮　我苦啊！刚到深圳的时候，我就觉得深圳这座城市车多、楼多、人也多，我也不知道去哪，我就顺着深南大道走啊走啊走啊走，一直走到了晚上。住酒店吧，太贵，我就住了个 10 元店，等我第二天起来，我的行李钱包全都被别人偷走了，当时我真是叫天天不应叫地地不灵，这个时候我就在一个垃圾桶里捡到了一个小铁盒，跪到了路边，我就要了饭了……

张　总　在这个时候你遇上了我，我跟你说，别干那种没有技术含量的事，跟我走！可是我就纳了闷了，你说说你们三个，也有梦想，也有痛苦的经历，完全具备成为成功人士的潜质。可你们呢？这几个月你们都干什么了？

马壮壮　张总，我们已经很认真工作了。

李小来　我们已经很努力了。

赵大志　我们已经尽力而为了。

张　总　我要的是尽力而为吗？我要的是全力以赴，你们业绩呢？业绩呢？

李小来　张总我可是发出了一万多条短信，还有不少客户对我进行了回访。

张　总　啊？都说什么了？

李小来　呸！不要脸，鬼才信你，滚！

张　总　你发的什么信息呀？

李小来　就是那个您教我的：恭喜你已成为《非常 6+1》幸运观众，如需兑奖请与我联系。

张　总　没错啊。

赵大志　张总，这不怪她，这都过时了，现在都玩《欢乐喜剧人》。

张　总　对，赶紧改！

马壮壮　张总，我可是全部按照您的要求去办。我到乡下找了一群小女孩，在深圳的大街小巷卖花，我都教她们了——老板买花，老板买花。

张　总　不买。

马壮壮　不买？抱腿！

张　总　松开！

马壮壮　买花。

张　总　我叫你现在松开。

赵大志　张总您别生气，我这有业绩。

张　总　真的？

赵大志　人家都汇款了。

张　总　哈哈，你们听听，听听，付出就有回报。那赶紧把钱取出来啊。

赵大志　银行说一块钱不给取。

张　总　笑什么笑？那一块钱也是业绩。你怎么打的电话？

赵大志　我就照您说的：

喂，知道我是谁吗？

你是谁啊？

你猜。

你是小王吧？

是啊，是啊！

你是小王八？

哈哈，是啊，是啊！

他就哈哈大笑，他说我骂你小王八你还听不出来，还骗我，我也不白骂你，把账号给我我给你汇钱，还真汇来一块钱。

张　总　脑残！笨蛋！蠢驴！我说你们三个倒是也想想，找找原因这是为什么？

马壮壮　张总，现在的人太聪明了，都不相信我们。

赵大志　都说我们太假。

李小来　说我们演技太差。

张　总　你说什么？

三　人　演技太差！

张　总　你们还信我吗？还想实现自己的梦想吗？还想成功吗？

三　人　想。

张　总　好，我决定，我出钱送你们去表演学校，学表演。

三　人　啊？上学啊？

马壮壮　这上学能行吗？

赵大志　我最讨厌上学了。

李小来　我也不喜欢，我上学的时候曾经受到一次深深的伤害，这次伤害对于我来说是刻骨铭心的。

〔切光。

〔光启。场景为李小来中学课堂。

明　子　立儿，暑假你去哪儿玩啦？

立　儿　我妈带我去欧洲了。

李小来　同学们好！

〔大家都不理李小来。

老　师　上课！

同学们　老师好！

老　师　今天是开学第一天，关于班费……

立　儿　老师，这个学期的班费我交500。

小　奕　我交1000。

明　子　我交2000。

大　凯　我交……

立　儿
小　奕　　我们包了。
明　子

李小来　　老师，这是我爸送给您的老婆饼，他说班费能不能下周交？

老　师　　就这点班费都交不起，把我这当什么了？慈善机构啊？好了，今天我们选班干部，希望大家踊跃报名，毛遂自荐。班长？

〔李小来举手。

老　师　　立儿。学习委员？

〔李小来举手。

老　师　　小奕。文艺委员？

〔李小来举手。

老　师　明子。生活委员？

〔李小来举手。

老　师　大凯。班干部……

〔李小来举手。

老　师　选完了，接下来大扫除，我希望班干部能起到带头作用。班长？

立　儿　老师，我妈咪说请你喝茶。

老　师　好的。

小　奕　老师，我爸比说你的事情他帮你搞定了。

老　师　明白。

明　子　老师，我爷爷说你的体检报告出来了。

老　师　保密。

大　凯　妈妈……

老　师　乖！

李小来　老师，我爸是部长。

老　师　哪个部？

李小来　小卖部。

〔众人大笑。

老　师　李小来，这个学期的卫生你包了。哼！（下场）

〔四位学生起立对小来做鬼脸。

〔李小来哭下。

〔切光。

〔光启。回到三人对话的场景。

马壮壮　小来你就别难过了，其实小时候我也不喜欢上学，在学校里说一样的话，做一样的事，动不动还挨老师的骂。

〔切光。

〔光启。舞台上为壮壮小学课堂场景。

小　奕　学习雷锋……

同学们　好榜样，忠于革命忠于党，爱憎分明不忘本，立场坚定斗志强，立场坚定斗志强。嘿!

〔老师上场。

同学们　老师好!

老　师　坐下，今天我们上语文课，请打开课本。

〔同学们表演。

老　师　在上课之前要问一下同学们的理想是什么。

〔同学们同时举手。

老　师　立儿同学。

立　儿　我的理想是老师。

明　子　老师。

小　奕　老师。

大　凯　老师。

马壮壮　校长。

老　师　胡闹！今天作文的题目是《一件小事》。

立　儿　我在马路边捡到一分钱，把它交到一位老师手里边，老师拿着钱对我把头点，我高兴地说了一声，老师再见。

明　子　我在马路边捡到两分钱，把它交到一位老师手里边，老师拿着钱对我把头点，我高兴地说了一声，老师再见。

小奕、大凯　我在马路边捡到三分、四分钱，把它交到一位老师手里边，老师拿着钱对我把头点，我高兴地说了一声，老师再见。

马壮壮　我在老师那拿了一些钱，风风火火跑到超市买了个大榴梿，老师心疼钱掐着我的脸，我对老师说了一声，榴梿很甜。

老　师　出去……

马壮壮　闻着臭，吃着甜，你们想吃给我钱，给我钱。

老　师
同学们　出去。

马壮壮　我高兴地说了声老师再见。

〔壮壮下。

〔切光。

〔光启。回到三人对话的场景。

赵大志　你们这算什么？我上学前班的时候，幼小的心灵就受到了伤害！

〔切光。

〔光启。舞台上为大志幼儿园的场景。

同学们　找呀找呀找呀找……找到一个好朋友……敬个礼呀握握手……你是我的好朋友……再见！

老　师　上课。

立　儿　起立，老师好！

老　师　小朋友们好，坐下！

赵大志　报告！

立　儿　报告老师，赵大志今天又迟到了。

老　师　赵大志，怎么今天又迟到了呢？以后不能迟到了，快点回座位。同学们打开语文课本，今天我们学习一首新的唐诗，我来朗读一遍，床前明月光，疑是地上霜……

〔立儿哭。

明　子　老师，大志揪立儿的脸蛋儿。

老　师　赵大志，现在上课时间，不能做小动作。

立　儿　老师，疼。

老　师　疼了啊，老师给你揉揉。

立　儿　吹吹。

老　师　好，吹吹，不疼了。乖，继续上课。老师奖励你一朵小红花，下面哪位同学可以把这首唐诗朗读一遍？

明　子　（举手）我。

老　师　明子。

明　子　床前明月光，疑是地上霜，举头望明月，低头思故乡，哎呀！呜呜呜。

〔赵大志把明子的凳子抽走，让明子坐空摔跤。

老　师　赵大志，又是你，你再这样就到后面罚站去。摔疼了吧，老师扶你起来。

明　子　我也要吹吹。

老　师　呃……这个揉揉就不疼了，老师也奖励你一朵小红花。下面我朗读一句，同学们跟着我朗读一句。床前明月光。

同学们　床前明月光。

老　师　疑是地上霜。

〔赵大志用皮筋做弹弓打小奕。

小　奕　啊！呜呜呜。

大　凯　老师，是赵大志拿皮筋打他眼珠子。

老　师　赵大志，你没完了是吧？站起来，到后面罚站去。

小　奕　老师，疼……呜呜呜。

老　师　老师看看，哦，没流血，男子汉要坚强要勇敢。

小　奕　老师我最勇敢了，我要三朵小红花。

老　师　继续上课，哪位同学知道这首诗的作者是谁？

大　凯　你们都不知道吧，书上都写着呢，是李白。

〔赵大志扒下大凯的裤子，大凯哭，同学笑。

老　师　赵大志，又是你，你给我出去，你到门口罚站去，明天把家长叫来。

赵大志　呜呜呜，老师我能不能不请家长啊？

老　师　不行。

赵大志　我向您坦白，今天上课的时候我带玩具了。

老　师　你还敢带玩具？拿过来，上交。（赵大志拿出一条蛇，放在老师手上）啊……（晕过去）

同学们　啊，老师！

〔大志下。

李小来　你也太坏了吧。

赵大志　后来老师就被我吓疯了，就为了这个我爸差点把我打死。

李小来　你们说，这表演学校里面会是什么样啊？

赵大志　是呀。

〔切光。

# 第三幕

〔光启。表演学校课堂。

小　奕　欢迎来到表演学校——

〔音乐响起，同学们唱歌跳舞。

杨老师　同学们，先安静一下，和大家说个好消息，我们班上要来三位新同学啦。

立　儿　男孩女孩？有我漂亮吗？

杨老师　等会看看不就知道了，同学们，这充分说明了社会上还是有非常多的人是喜欢我们表演艺术的，在他们来了我们要表示热烈的欢迎。

同学们　OK！

杨老师　黑夜给了我黑色眼睛，他却用来发现光明……三位同学是来学表演的吗？别在外面站着啊，请进请进……这形象可真奇葩啊。来，同学们表示欢迎。

同学们　欢迎！

杨老师　同学先自我介绍一下。

〔学生们分别自我介绍。

杨老师　三位新同学也自我介绍一下。

赵大志　我叫赵大志，只要你们不管着我，我就不欺负你们。

李小来　我叫李小来，我没什么要说的！

马壮壮　（抱拳跟众人打招呼）马壮壮，马壮壮。

同学们　欢迎壮壮。

杨老师　我也自我介绍一下。我，是这个班的表演老师，我姓杨，以后就叫我杨老师，有什么困难尽量找我，在我的课堂上，就是一个字：玩儿！现在我们正式上课，上课之前我们先回回课。台词是表演

当中非常重要的环节，如果一个演员不能把台词说好的话，怎么能把戏演好呢？我们先回课。

明　子　白石塔白石搭，白石搭白塔白塔白石搭，搭好白石塔，白塔白又大。

小　奕　八百标兵奔北坡，炮兵并排北边跑，炮兵怕把标兵碰，标兵怕碰炮兵炮。

立　儿　有个小孩儿叫小兰儿，挑着个水桶上庙台儿，摔了个跟头捡了个钱儿。又打醋，又买盐儿，还买了一个小饭碗儿。小饭碗儿，真好玩儿，没有边儿，没有沿儿，中间有个小红点儿。

大　凯　出东门，过大桥，大桥前面一树枣，拿着竿子去打枣，青的多，红的少，一个枣，两个枣，三个枣，四个枣，五个枣，六个枣，七个枣，八个枣，九个枣，十个枣；十个枣，九个枣，八个枣，七个枣，六个枣，五个枣，四个枣，三个枣，两个枣，一个枣，这是一个绕口令，一口气说完才算好。

杨老师　新来的三位同学，谁上来试试？大志，想说哪一个？

赵大志　枣……

杨老师　这个看起来容易，其实有要求的。他是气息儿化音练习，要求是从头到尾不许换气。

〔赵大志试，说不下来。

杨老师　知道绕口令不是那么好说的吧，行。我们回课结束，正式上课，今天表演课的主要内容是交流练习。时间：晚上，事件：妻子发现归来丈夫的衣服上不知道哪里来的口红印……想一想，想好了我们就开始。

〔立儿，大凯一组开始表演。

立　儿　谁啊？

大　凯　我！开门！大半夜还能有谁？

〔开门。

大 凯 开个门还这么磨叽!

立 儿 大着肚子能走多快?

大 凯 小样儿!(掐脸蛋)

立 儿 (躲)怎么这么晚才回来?

大 凯 有事呗!我饿了，给我整点吃的。

立 儿 我挺着大肚子给你做饭?

大 凯 大着肚子咋的了?我妈怀我的时候啥家务都能干。

立 儿 叫外卖吧!

大 凯 叫外卖不得花钱呐，你买单!

立 儿 (递手机)给……

大 凯 你吃不吃?你这么胖别吃了。

立 儿 (发现口红印)这什么?哪儿来的?

大 凯 什么呀?

立 儿 这个口红印哪儿来的?

大 凯 你看错了，没有。

立 儿 你当我瞎呀，这么明显的口红印我看不见?!哪个女人的?

大 凯 哎呀，现在男人也擦口红啊!

立 儿 (扇耳光)你混蛋!

大 凯 你有病啊?

立 儿 你才有病!

大 凯 打我干什么?

立 儿 打的就是你!

大 凯 你看你这黄脸婆的样，要不是你肚子里怀着崽儿，早把你撵出去了。

立 儿 离婚。

大　凯　　离就离，滚！现在就给我滚！

立　儿　　你就是个畜生！（出门）

大　凯　　喂！赶紧约几个妞来我家喝酒。

〔立儿、大凯二人拍手，表演结束。

杨老师　　好，我们做艺术的，固然要抨击假恶丑，但更应该弘扬真善美，所以下面一组里，我想看到一些美好的温暖的东西。

〔明子和小奕一组开始表演。

明　子　　老公你回来了，怎么又这么晚啊？

小　奕　　公司加班。

明　子　　天天加班啊？！这么累要不然别干了。

小　奕　　不干谁来养家啊？行了，我饿了去给我弄点好吃的吧。

明　子　　我给你做好吃的去。（发现衣服上的口红印，背过身哭泣）

明　子　　老公我想和你谈谈……

小　奕　　怎么了？

明　子　　（拿着口红印的衣服问）这个是什么啊？

小　奕　　什么啊？（看到衣服上的口红印）老婆……

明　子　　老公你别说了，我给你做饭去。

小　奕　　老婆，我也有话要说……

明　子　　（打断）老公你别说了！我知道你要说什么。我知道你工作忙、压力大，过段时间放个假我们带着孩子全家一起散散心吧！

小　奕　　哎呀，我要说的不是这个事。

明　子　　老公，你想想你有多久没有陪过我们了？上次说带孩去迪士尼已经是多久前的事了？你是家里的顶梁柱，所以我们不能没有你。至于你要对我说的那些事我不信！

小　奕　　（转头看向老婆）老婆我错了，对不起！这件衣服已经脏了，咱不要了。

明　子　　那我去给你做好吃的。

小　奕　　我和你一起！（二人牵手下）

〔小奕、明子击掌，表演结束。

杨老师　　多善解人意的老婆啊！同学们，我们的社会是由一个一个的家庭组成，家庭和谐了，这个社会自然而然就和谐了，大家说对吗？

众　人　　对！

杨老师　　你们两对演得都非常得好，新来的同学，你们能来表演一下吗？

马壮壮　　duangduangduang，老婆！

李小来　　老公！

〔壮壮和小来笑。

杨老师　　严肃点。

马壮壮　　老婆，我回来了。

李小来　　我看着了。

马壮壮　　你往这看，口红印。

李小来　　我怀孕了。

马壮壮　　孩子去睡觉了。

李小来　　咱们叫外卖吧。（小来使眼色）结束，结束。

〔壮壮、小来拍手示意结束。

杨老师　　停停停，同学们，他们演得像夫妻吗？

同学们　　不像！

杨老师　　作为演员应该做到……

同学们　　此时此地我就是！

杨老师　　对，要相信规定情境，此刻你们就是夫妻，不许笑，来，闭上眼睛我启发一下你们，李小来，你跟你丈夫结婚 5 年了，你在家是上伺候老的，下伺候小的，今天是你们结婚五周年的纪念日，你准备了一桌丰盛的晚餐，可是丈夫一直没有回来，等啊等啊，终于，他回来了，但是你发现衣服上有个不知道是谁的口红印！

马壮壮　老婆。

小　来　（给了壮壮一巴掌）畜生！

马壮壮　你疯了？

李小来　嘚嘚瑟瑟嘚瑟你姥姥个腿啊，我今天弄死你！

〔众人劝，纷乱中，李小来踢到了老师。

杨老师　李小来，你怎么打人啊？

李小来　他骗我。

杨老师　这是演戏！

李小来　你不是说让我投入的吗？

杨老师　作为演员就是需要控制，不会控制的演员他就是一个疯子。打人不能这么打的，来，给示范一下（大家示范）真是的，好了，表演课下课准备上形体课。

立　儿　你去哪？

杨老师　我要去买个保险……你们继续打。

〔众人跑下，小来朝大志求助。

赵大志　你别过来，我怕你。

马壮壮　你说说你，怎么真打啊？

李小来　对不起嘛，我控制不住啊。

马壮壮　你让我打回来。

〔三人在台上练习刚才假打的动作。

穆老师　同学们，同学们，同学们安静了，上形体课啦。我，是你们的形体课老师，我姓穆，以后你们可以叫我穆老师。不过我还有一个英文名叫：安吉拉。形体课是你们在艺术表演当中不可或缺的一门课程，无形的肢体语言会让你们在舞台上的表演更具有张力和魅力。啊，让艺术净化我们的心灵。要想学好表演，必须要学好形体课，听懂了吗？记住了吗？

三个人　记住了。

穆老师　非常好。同学们准备好了吗？

同学们　好了。

穆老师　上课。

〔形体基础训练。

同学们　安吉拉。

穆老师　上把杆。新来的同学上把杆。

三个人　安……拉。

穆老师　手指尖，脚背的力量，要美起来。赵大志，把你的肩打开，打开打开啊！

赵大志　打开啦。

穆老师　你打不开是因为你从来没有压过肩，我来帮你压压肩，你就打开了。双手扶在把杆上，放松吐气，一二三，下去！

赵大志　哎呀。

穆老师　非常得好，你的肩已经打开了，多坚持一会儿。把上压腿练习，用手指间去够脚尖，身体贴在腿面上，好，非常得好。李小来，你这是在压腿吗？要使劲使劲，不使劲怎么能压得下去呢？

李小来　老师，我不行。

穆老师　同学们过来帮帮她。把腿放下来，身体靠在把杆上，放松吐气，一二三，上去！

李小来　哎呀，折了！

穆老师　没有关系，我们学校有医务室，多坚持一会儿。把上踢腿，踢腿要高一点，高一点，好，非常完美。马壮壮，你这是踢腿吗？要高一点高一点。

马壮壮　已经很高了。

穆老师　壮壮过来，过来！趴下，趴下！

马壮壮　老师、老师……

穆老师　你的腿踢不起来是因为你的胯不开，我帮你压压胯，放松，吐气，一二三，下去！

马壮壮　啊！……

穆老师　要想成为一个优秀的演员，必须要吃苦钻研。美起来，手指尖的感觉，脚趾尖的感觉，脚背的力量，非常得好。好了，今天的课就上到这，下课。（穆老师回身踩上马壮壮）很好，就喜欢你这种吃苦耐劳的同学。（穆老师下）

〔切光。

# 第四幕

〔光启。三个人龇牙咧嘴地从地上站起来，互相搀扶着，疼得大声叫唤下场。

马壮壮　我是坚持不下去了。

赵大志　我是受不了了。

李小来　咱们还是回去找张总去吧。

三　人　张总，我们回来了。

张　总　这是怎么啦？怎么就回来啦？不是在表演学校学表演吗？你们这都是什么造型啊？

三　人　学表演学的。

张　总　学表演能学成这样？都学什么了？

三　人　玩。

张　总　玩？

李小来　老师说表演就是玩。

张　总　玩？来玩一个我看看。

赵大志　出东门……

张　总　你也不怕被憋死。

马壮壮　张总好，胳膊，还有前腿。（练习把杆踢腿）

张　总　我的天啊，腰别闪着了。

小　来　（打人表演）畜生。

张　总　你疯了！

李小来　表演。

张　总　停停停，什么乱七八糟的，你们去那表演学校就学这些玩意儿？

三　人　张总，我们真的不是这块料。

张　总　这……这刚开始，你得坚持，只有坚持才可以学到表演的真谛！

马壮壮　我坚持不了了，我要退学！

张　总　什么？你说什么？

大　志
小　来　他说要退学。

马壮壮　他们让我说的。

张　总　我花了那么多钱送你们去表演学校学表演，这才学了多长时间你们就要退学？你们对得起我吗？你们对得起钱吗？你们对得起自己的梦想吗？背！

三　人　出东门……

张　总　不是这个，梦想！

三　人　梦想是成功的原动力，没有梦想将一事无成。

张　总　对，没有梦想将一事无成，不要忘记自己的梦想，不要忘记我们的约定，我们将相聚在成功的巅峰。

三　人　张总。

张　总　说。

三　人　咱改行吧。

张　总　我呸，改行！改行是那么容易的吗？这行我投入了多少钱，多少设备，你说说你们这几个月，吃我的喝我的，你们给我挣回来一分钱了吗？

〔三人跟张总示意大志挣回来一块钱。

张　总　滚！大志，你那强烈的欲望、旺盛的精力都哪去啦？小来，你说你惹了那么多事，是不是都是我帮你擦的屁股？壮壮，你最难的时候是不是我帮的你？你们做人得讲点良心吧，不带这样的。好好好，我呀，弱弱地提醒你们三个一句，你们三个的学历证、身份证、还有户口本我都保存得非常好，不上学想改行，你们自己看着办！（张总下）

三　人　哎！！！

〔切光。

〔光启。表演学校大家正在练习新的舞蹈。

杨老师　停停停，你们三个先下去。你们怎么回事啊？为什么不跟着同学们一起跳？

马壮壮　杨老师，我不想学表演了。

赵大志　杨老师，我们压根就不是这块料。

杨老师　不对，只要是正常人都有艺术潜能，只是自己不知道。

李小来　杨老师，每个人都有吗？

杨老师　那当然，艺术是精神领域的高级产物，只要是头脑清醒的人都应该有。你们闭上眼睛好好想想，想想你们心灵深处最真实的情感……

李小来　杨老师，我很难过。

杨老师　好，非常好，难过，那就用一种方法把它表现出来。

李小来　我想哭。

杨老师　古人云，喜极而泣，悲极而歌，那就唱吧。

〔大志唱《去大理》、小来唱《那些花儿》、壮壮唱《小孩》。

杨老师　你们听听，你们唱得非常好，事实说明你们还是有艺术才能的，你们要相信自己，相信老师，相信艺术可以净化你们的心灵，我们要相信，相信……

〔杨老师唱《奔跑》众人欢呼。

杨老师　好了，大家开始准备你们的毕业作品！

## 第五幕

〔光启。张总拿着《四大名著》走上台，翻书，看。

张　总　（对观众）啊？您问我在看什么呢？《四大名著》啊！什么？您说我这种人还要看《四大名著》？那您是太不了解我们这行了，干我们这行的，都得是高智商，那得上知天文下知地理，学贯中西洞晓人性。不然您想想看，我一不偷，二不抢，就凭那么几句话，你就把钱给了我，这还不是高智商吗？！您说我这是骗，对！可是你干吗要受骗呢？其实啊，每个人心里都有一个贪字，只要我们找的准，你就一定会上当受骗！那三个臭小子他们还以为我送他们去表演学校真的学什么唱歌跳舞，那玩意儿有什么用呢？关键是能弄到钱。唱歌跳舞谁不会啊？什么？您不相信，Music！

〔张总唱歌。

张　总　天不怕地不怕，就怕骗子有文化！

〔张总唱歌。

〔切光。

## 第六幕

〔光启。艺术学校舞台。

〔杨老师和穆老师以主持人的身份出场。

杨老师　欢迎各位观众的光临，今天是我们表演班中期汇报演出的时间。

穆老师　没错，今天的节目都是由我们的老师和同学们自编自导自演的，希望你们喜欢，给他们一点掌声鼓励。啊，让艺术净化我们的心灵。

杨老师　相信很多观众来看戏是开着车来的，交通安全是每个人都关心的，所以我们为了交通安全排了这么一个节目。

穆老师　没错，希望大家看完戏以后能够平平安安回家去，啊，让艺术净化我们的心灵。

杨老师　我们作品的名字叫《马路遐想》。

穆老师　表演者是……反正大家都有节目单，自己看吧。

〔众同学演小品《马路遐想》。

时　间：当代

地　点：某城市的马路上

人　物：女司机、男司机、新手、路人男、路人女、单车男

〔幕启，马路环境音效。

〔女司机边打手机边开车，开得很慢，男司机后面猛按喇叭。

女司机　好了，好了，不跟你说了，后面一傻子按喇叭呢。

男司机　（超车并行）喂！你会不会开车呀？

女司机　怎么啦？

男司机　（一边喝酒一边超车）我——刹车！

女司机　哎呀（差点撞上，超车并行）！你会不会开车？

男司机　（醉意）你猜……

女司机　我猜？

〔音乐、舞蹈表现二人飙车。司机男、女下，新手上。

新　手　（缓慢开车）我是新手，我是新手，我是新手……（车停）哎呀！我的车怎么不走了？使用说明书！第一步，先坐下，我坐着呢；第二步，系好安全带，我系着呀；第三步，打火，火着着呐。噢！原来我把刹车当油门了，哈哈！开车真好玩儿！

〔司机女、司机男上，新手挡路。）

司机女<br>司机男　让开！我俩飙车呐！

〔分两边飞快超车。

新　手　哇！飞机！

〔路人男、女上，司机男女发现。

司机女<br>司机男　啊！有人！（定格）

路人男　（怀抱榴梿，慢动作）老婆，榴梿太臭了！

路人女　老公，红灯！

路人男　没关系！

司机男女<br>路人男女　啊……

〔四人撞在一起，定格。

司机女　科学证明，汽车在180迈的速度的情况下是马上停不下来的，所以我就冲了过去。（定格）

司机男　科学证明，酒后驾车导致司机四肢麻痹，反应迟钝，所以我什么都没做，就冲了过去。（定格）

路人男　（扔掉榴梿）就在汽车离我只有0.01米的时候，我心里在想，要是我能有一双翅膀该有多好呀！（定格）

路人女　翅膀？就算你有翅膀你也就是个鸟人，叫你不要闯红灯，你偏闯！

新　手　喂！你们还演不演了？

司机男女<br>路人男女　（转身）啊？

新　手　啊呀！

司机男女<br>路人男女　（恍然大悟）啊……

〔单车男骑自行车上。

单车男　啊……出事了！出事了！喂！你们是在拍电影吧？

司机女、司机男、路人男、路人女去！

新　手　闪开！闪开呀！（撞向单车男）

单车男　（飞起）好——高——啊！

司机男女
路人男女　高啊，高啊！

新　手　（下车）呀？怎么人都在天上啊？一、二、三、四、五，（被砸下来的榴梿砸中头部）啊！哪里飞来的榴梿啊？

所有人　（一起倒下）啊………

〔诡异音效。

路人女　老公！老公！你没事吧？

路人男　没事，没事，我好像没事！

司机女　哎哟！我的车怎么成这样啦？

司机男　我什么时候下的飞机啊？！

单车男　刚刚该不是真的在拍电影吧？太壮观了！

新　手　请问，这是你的榴梿吗？

单车男　不是。

司机女　你们怎么过的马路？

路人男　你们怎么开的车啊？

司机男　没看红灯呀！？

路人女　红灯也不能撞人呀！

新　手　（晃晃悠悠走到人群中）请问这是你们的榴梿吗？

〔司机女、司机男捂着鼻子猛摇头。

新　手　请问这是你们的榴梿吗？

〔路人男、路人女点头，然后也猛摇头。

路人男
路人女　嗯！不是，不是！

新　手　这是怎么回事？这到底是谁的榴梿啊？

司机男女
路人男女　不知道！

单车男　我知道！我知道！你们两个（司机），刚刚那车开得可是飞快，简直就像飞机；你们两个（路人），走路是没看灯；结果，你们四个，咣当！就撞一起了。你们俩（路人），啾！飞出去二十多米，你手上拿着那什么东西？啾！四十多米。然后，你们两个，啾！也跟着飞了出去，这个时候，我就看见天上有四个超人在飞。看着，看着，不知道怎么回事，我也跟着飞起来了。

〔大家恍然大悟。

新　手　顺便问一下，（指着头上的榴梿）这就是那四十米吗？

司机男女
路人男女　嗯！
单车男

〔众人倒吸一口凉气，意识到自己已经死了，然后拍打着自己，咬自己。

司机女　那我们不就……

〔众人哀号倒地。

〔音乐起。

路人女
路人男　（唱）是否，不该不看红灯过路口，是否，不该将榴梿丢出手。

单车男　（唱）是否，不该在机动道上胡乱走，看热闹时把性命丢。

新　手　（唱）是否，不该把马路当作练车场，是否，无证驾驶成杀手。

司机男　（唱）是否，不应该酒后驾车把气斗，车祸现场人孤独。

司机女　（唱）多少次我边开车边煲电话粥，可惜现在后悔生命已难留。

众　人　（唱）多少次把血的教训记心头，只是为了告诉我守法我别糊涂。

呜——

〔众人哭。

司机女　我告诉你们，交通规则都是你们行人破坏的。

路人男　不对，都是你们开车的破坏的。

司机男女　行人！

路人男女　开车的！

司机男女　行人！

路人男女　开车的！

司机男女　行人！

单车男
新　手　（僵尸跳）停！

单车男　（僵尸跳）下面我宣布辩论比赛正式开始！

新　手　（僵尸跳）首先由正方一辩发言！

路人男　（僵尸跳）下面我给大家揭露一下，开车的种种不道德行为：你们开车的擅自把车头灯改装成雪白的氙气灯！这种灯极具杀伤力，可以令对面的车辆和行人暂时失明，我们怎么看红灯啊。对不对啊？

单车男
新　手　（僵尸跳）对！道德！道德！

司机女　（僵尸跳）下面我给大家揭露一下，行人的种种不道德行为，行人过马路根本不看红灯，就是因为你们大大地提高了交通事故的发生率。对不对？

单车男
新　手　（僵尸跳）对！道德！道德！

路人女　（僵尸跳）开车的，长时间开远光灯，只要轻微碰撞，就扯皮讹人的！对不对呀？

单车男
新　手　（僵尸跳）对！道德！道德！

司机男　（僵尸跳）你们行人打车，不看地点招手就上车，你们这种行为简直就是找死！对不对？

单车男
新　手　（僵尸跳）对！道德！道德！

路人男　你们开车的，遇到水坑不减速！

路人女　新手上路，慢道开快车，快道开慢车。

司机女　你们行人过马路，嬉笑打闹还围观看热闹。

司机男　就是因为你们严重地阻塞交通！

司机男女
路人男女　对不对？！

单车男
新　手　对！对！道德！道德！

单车男　下面我宣布辩论比赛到此结束！

司机男
路人男　谁对谁错呀？

司机女
路人女　谁赢谁输呀？

新　手　都错了！

单车男　都输了！

司机男女
路人男女　你们俩是干吗的？

围　观
新　手　我们俩？裁判呀！

司机男女<br>路人男女　裁你个头！

路人女　（指）最讨厌你这种看热闹的。

路人男　（指）没事找事。

司机女　（指）唯恐天下不乱。

司机男　（指）呸！

单车男　你们都别冲着我来啊，我还没喊冤呐，我就上来看了这么一会，就被她撞了。我说，你的本是假的吧？

新　手　不是！

司机男<br>司机女　买的？

新　手　不是！

路人男
路人女　考的？

新　手　也不是！

司机男女
路人男女　那是什么呀？
单车男

新　手　嘿嘿……我压根就没本！

司机男女
路人男女　啊？（对新手没有驾驶证的反应）
单车男

单车男　没本？没本你还敢开车上路？你就是“马路杀手”！

新　手　（指着单车男）你好，你好。我要是你的话才不会骑自行车往机动车道上跑！

单车男　（指着路人男女）那，那我还不是看他们来着的嘛。

路人男女　（指着司机男女）那，那我们也是被他们给撞的啊！

司机男女　（指着路人男人）那，那不是因为你们闯红灯呀！

司机男女
路人男女
新　手　哼！
单车男

〔众人互不理睬。

旁　白　如果生命可以再来一次的话，你们该怎么办呢？

〔音效起，舞蹈展现和谐有序的交通秩序和文明的人车行为。

〔音效变，把众人拉回现实，大家回到准备撞车前的那一刻，音效加快，众人撞在一起倒地。

〔切光。

〔杨老师出。

杨老师　恭喜你们，演得非常好，尤其是三位新来的同学，非常好。

〔大家欢呼。

杨老师　基于大家此次表现如此优秀，我宣布，期中放假啦。

〔众人下，三个人鞠躬谢谢老师。

三　人　放假了！

马壮壮　终于放假咯。

赵大志　我已经好久没放过假了。

李小来　终于可以休息了。

马壮壮　（用原来的状态说）梦想是成功的原动力，没有梦想将一事无成。

赵大志　（推了推壮壮，充满激情地说）梦想是成功的原动力，没有梦想将一事无成。

〔切光。

## 第七幕

〔光启。三人回到张总办公室。

三　人　张总，我们回来啦！

张　总　哈哈，看起来状态不错嘛。喜欢上表演啦？

李小来　嗯，老师和同学都很喜欢我们。

马壮壮　他们都特别善良。

赵大志　他们都特别真诚。

张　总　善良？还真诚？我送你们三个去表演学校学表演，可不是让你们回来跟我演戏啊。

李小来　张总，我们没有跟你演戏。

马壮壮　张总，我们以后可以演出挣钱啦。

张　总　什么？

赵大志　他的意思说我们表演去挣钱，挣完钱后分期还给你。

张　总　可以靠表演挣钱？分期还给我？你拿我这当银行啊？脑袋让门挤了？进水了？还是被驴踢了？又惦记着改行是不是？呸！我告诉你们三个，别以为上了几天表演学校就当自己是艺术家了？别忘了你们跟我一样，彻头彻尾就是个骗子，你们就是茅坑上起高楼，臭底子，洗不白。怎么着？不服气？我告诉你们，老子我当年在江湖上混的时候，我弄死个人就跟碾死个蚂蚁一样，不上学想改行，没门！

〔壮壮、大志、小来合唱《张总》。

（唱）张总，我想对您说，

话到嘴边又咽下。

张总，我想对您笑，

眼里却点点泪花。

噢张总，慈祥的张总，

我把你当成爸爸妈妈。

可爱的张总，

你就是我的唯一呀。

噢爸爸，烛光里的妈妈，

您的脸颊印着这多牵挂。

噢爸爸，烛光里的爸爸，

您的腰身倦得不再挺拔。

噢爸爸，烛光里的爸爸，

您的眼睛为何失去了光华。
爸爸呀，我们已长大，
不愿意牵着您的衣襟走过春秋冬夏。
噢爸爸，相信我，
我们自有儿女的报答。

张　总　好孩子们，唱得真好，把我给忽悠了。行了，我知道你们的心思，看来你们是真的喜欢上表演了。那我就满足你们心愿，我最近正好写了个剧本，想不想演？

三　人　想！

张　总　好。（悄声对三人说话）

李小来　啊？

马壮壮　不行不行。

赵大志　不能演不能演！

张　总　不行不行？不能演啊？我告诉你们，老子这个剧本，你们演也得演，不演也得演。要不然我就到你们那个表演学校，和你们的老师和同学们认认真真地说一说，你们三个到底是个什么东西！

〔切光。

# 第八幕

〔光启。艺术学校排练室。

〔穆老师正在给同学们上形体课。

穆老师　同学们停一下，杨老师有事要宣布。

杨老师　同学们，告诉大家一个好消息，李小来他们认识一个导演，他们把这个导演介绍到我们班来选演员。

同学们　真的，太好了。

杨老师　不要激动不要激动，大家一定要拿出平时最好的状态，去准备吧。

立　儿　老师，我们都准备些什么啊？

杨老师　准备你最拿手的。

立　儿　老师，那小来他们呢？

杨老师　他们当然是去接导演了。快去准备吧。

张　总　请问哪位是杨老师？

杨老师　您就是张导吧，同学们都等着您呢，同学们，安静一下，这就是导演。

同学们　导演好。

张　总　同学们好。杨老师，你们这些学生都真的好优秀啊。难怪他们跟我讲，你们这个学校是社会上最好的表演学校，我都想来学习啦。

杨老师　你这大导演怎么能来我们这上学呢。不敢当不敢当。

张　总　你看你培养的这些学生，个个都有明星相。冰冰，子怡，道明，都敏俊 xī，在我们这部戏里，子怡，冰冰，道明都有客串，不过你们不用担心，他们仅仅只是客串，这次主要是推新人，主角都是年轻人。

杨老师　那就非常感谢了，导演能透露一下这个是什么戏吗？

张　总　说！

三　人　这是一部大型武打科幻言情悬念搞笑穿越片。

张　总　对，继续！

三　人　忘了。

张　总　没有关系，我来讲。这是一部人类自从有了电影以来，最值得期待的，大场景、大制作、大手笔，超时间、超空间、超想象，传奇中的传奇，经典中的经典的电影，《三水红西传奇》。

杨老师　唉，张导，什么叫《三水红西传奇》？

张　总　四大名著你不知道吗？四大名著我们把它融汇在一起，就成了我们这一部百集电影，《三水红西传奇》。

杨老师　太有想法了。不过这个电影一百集是不是多了点？

张　总　哎哟，就那个《赤壁》，在《三国》中就是那么一小段历史，就拍了上、中、下三部电影。我们四大名著拍一百集很多吗？

同学们　不多。

立　儿　导演，你可不可以告诉我们这个故事的主线是什么啊？

明　子　导演，你能不能说说这个故事的主要人物都有谁啊？

小　奕　导演，拍摄周期有多长啊？

大　凯　导演，给个剧本呗。

张　总　你们什么意思，想剧透吗？杨老师，这些个学生怎么这么不懂行规呢？你想我们这么大部电影这么好的创意，万一要是被哪个媒体或者是互联网提前曝了光，那将大大影响我们的票房。

杨老师　对不起导演，请原谅他们，他们也是上戏心切啊。

张　总　孩子们很可爱，很真诚。

杨老师　我的意思是说您还是给透露一些，好让我的学生们有所准备。

张　总　好吧，看在老师的面子上，看在同学们这么投入，我就来给大家讲一下我们这部百集电影第一集的梗概。我可不可以坐着说？

小　奕　导演，导演，我来了，请坐。

张　总　有前途。第一集，一块大石头从外太空飞向银河系，飞向太阳系，飞向地球，穿过大气层，着着火落在了水泊梁山上。惊天一声巨雷，下起了大雨，大雨浇灭大石头的火，石头上面赫然写着三个大字——石头记。突然石头爆炸，炸出一只猴子，名叫孙悟空。孙悟空神通广大，会大变活人，它拔下一把猴毛，吹了一口仙气，顿时变作梁山一百单八将，众将与刘关张结义，占山为王，山寨修得非常气派，取名叫“大观园”。大观园里竖起两根大旗，一根上写“替天行道”、一根上写“齐天大圣”，与此同时，如来佛祖和观音菩萨共同炼出一部绝世奇经——《紧箍咒大法经》，“人在江湖飘啊谁能不挨刀啊”这下不得了了，天上的玉皇大帝、二郎神，地下的曹操、孙权全都想把这部经搞到手。无奈之下，如来佛主和观世音带着经书逃难来到了大观园。

〔众人表演。

张　总　不好了，打起来了，攻打曾头市，三打祝家庄、赤壁之战、草船借箭。谁料想白骨精设下美人计迷惑了梁山好汉之首的宋江。

〔众人表演。

立　儿　导演，这里面怎么没有爱情戏？

张　总　有，他们一起来到了女儿国，患难之时见真情，林黛玉看上了孙悟空，薛宝钗喜欢上了沙和尚，王熙凤勾引唐三藏，晴雯、袭人与诸葛亮眉目传情，尤大姐、尤二姐疯狂追求猪八戒。

〔众人表演。

张　总　却不知猪八戒喜欢王熙凤，沙和尚爱慕晴雯，诸葛亮动心于薛宝钗，孙悟空却钟情于刘姥姥，而只有唐三藏是个同性恋，有情人终成眷属，由唐三藏主持婚礼。大结局是猪八戒和王熙凤成亲，沙和尚娶了晴雯，孙悟空嫁给刘姥姥。

穆老师　孙悟空不是和林黛玉的吗？

张　总　林黛玉是二奶。转变了时空，来到了现代。咣当！掉下一块大石头，结果这次炸出一头羊。

穆老师　为什么这次炸出的是羊？

张　总　羊年到了，不炸羊炸谁啊？我们十二生肖一个炸 10 集，就可以炸出 120 集啦。

杨老师　谢谢导演，谢谢把这么好的机会留给我的学生。

同学们　谢谢导演。

张　总　机会总是给有准备的人。

同学们　我们已经准备好啦。

〔众人兴奋得不得了，开始跳起来。

（唱）导演导演，

我是你的演员，
说学逗唱形台表演，
站在舞台星光灿烂。
导演导演，
我是你的演员，
小偷妓女鬼魂罪犯，
甲乙丙丁我要露脸，
我没有关系也没有靠山，
只有热爱艺术的真心一片。

导演导演，
您选您选。
导演导演，
开出条件。
可以试镜先别谈钱，
请您吃饭给您买烟，
如果您想潜规则，
就请离我们远一点远一点。
导演导演，
我是你的演员，
说学逗唱形台表演，
站在舞台星光灿烂。

张　总　还是同学们跳得好，我宣布，你们都可以上我们这部戏。不过我们这部戏投入非常大，尤其对你们这些新人，我们是采用了一流的服装师，一流的化妆师，一流的造型师对你们进行全面的包装。所以为了让我们的拍摄顺利进行，也显示出我们合作的严肃性，我们要真正地签一个合同，交一个小小的保证金，不多，两万块。拍摄结束之后我们会还给大家。

杨老师　导演，他们都是学生，两万块是不是多了点？

张　总　杨老师，如果我现在给你们十万块，你能给我提供这样的机会吗？没有关系，大家可以继续考虑，我去别的学校看一看，社会上这样的学校很多的。

三　人　张导再……

张　总　再什么？

三　人　再考虑一下。

张　总　对嘛，给大家一点考虑的时间，我可以等等。

杨老师　是这样，我的学生都同意，都交。你们三个……没钱是吧？没问题，你们的钱由我和同学们一起想办法解决，以后再还我们嘛。

张　总　杨老师，你们太善良，太优秀了。走走走，我们去签。

马壮壮　哎呀我的亲娘啊，太笨了……

张　总　你又有什么感想？

赵大志　我们要演一个小品，请张总配合一下。

张　总　干什么？

赵大志　老师，同学们，你们看好啦。（演）我告诉你们，这部戏你们演也得演，不演也得演，你们要是不演我就去学校告诉老师和同学们，让他们知道你是什么东西。

马壮壮　（演）想当年老子在江湖上混的时候，弄死个人，就像碾死个蚂蚁一样简单。

李小来　（演）别以为你们上了几天艺术学校就成了艺术家了，别忘了你们和我一样都是骗子！

〔张总欲逃，大家把他围住。

三　人　老师，他是骗子！

杨老师　那你们……

三　人　我们也是。

〔切光，呼啸的警笛声。

## 第九幕

〔光启。马壮壮、赵大志、李小来站在三束定点光里。

马壮壮　我们在这里尽情地歌唱舞蹈，不断用精彩演绎生活，现在发现这才是我们想要的生活。也许这样的生活不会达到我们的梦想，但是在这个过程当中才觉得我们人生有价值，我们找到了自己，我们多想就这么继续下去，可是我们是骗子。我们现在不敢面对你们失望的眼神，害怕你们知道我们的过去，我们不配叫你们老师，不配叫你们同学，因为我们欺骗了你们，辜负了你们。（哭）

赵大志　我们就是想坐牢，我们的工作不是骗你、骗我就是骗大家。我们三个几乎对这个社会已经绝望了，但是当我们来到学校，跟老师同学们一起上课的时候，我们忘了，我们真的忘了，忘了我们三个居然是骗子。

李小来　我们曾经有过这样的那样的梦想，可是现在梦想破碎了，不敢再去梦想了，我现在只希望能够简简单单、真真实实、快快乐乐地生活。今天我们要带着张总去公安局自首，在走之前我想问问老师，同学们，等我们出来以后还能跟你们在一起吗？还能一起上学吗？你们，还要我们吗？

〔三人表演唱《深圳深圳》。

## 第十幕

〔三人出，同学和老师们在派出所门外等着三人。

立　儿　小来、大志、壮壮。

李小来　立儿，你怎么来了？

立　儿　听说你们三个揭发有功，提前释放，来接你们三个。

〔三人扭头就跑，撞到大凯、明子。

明　子　你们要去哪了？

〔三人扭头就跑，撞到小奕。

小　奕　我用千里眼看看你们！

〔三人扭头就跑，撞到杨老师和穆老师。

马壮壮　老师，我们没脸再见你们了。

赵大志　老师，张总从监狱里让我们给你捎话，他说对不起你。

杨老师　张总如果在监狱里多看上几本书，他一定是个好编剧。

马壮壮　您不恨他吗？

老　师　我恨他干嘛呀！

李小来　不恨我们吗？

杨老师　你们跟他有本质上的不同，知错能改善莫大焉啊。

穆老师　没错，我想你们三个是对艺术表演的学习让你们的内心充满真、善、美。如果你还有梦想，请不要放弃艺术，啊，让艺术净化我们的心灵。

马壮壮　那我们还能一起排练演出吗？

赵大志　我们还能跟你们学习表演吗？

李小来　你们，还要我们吗？

老　师　当然。

（唱）只要你神志清醒还在呼吸，
你就可以把梦想继续，
但是不要忘记，也别放弃，
一定来听音乐、来跳舞、来看戏，
朗诵、书法、绘画、拿起照相机，
让艺术净化你的心灵，朝着美好走去。

〔众人舞蹈。

〔切光。剧终。

# 我要恋爱

**时　间：**现在

**地　点：**舞台

**人　物：**

马胖胖——男，31 岁。憨厚朴实，对待朋友真心热情，对爱情充满向往也会热烈追求。

张老师——女，35 岁。马胖胖的高中老师，大龄剩女，喜欢网恋。

阮妹纸——女，18 岁。马胖胖的大学师妹，音乐系，清纯甜美，大胆地追求爱情。

雷　哥——男，29 岁。马胖胖同事。长相坏坏的，热衷追各种各样的女孩子，熟悉每个女生的应对模式。

星　星——男，28 岁。马胖胖同事。为人热心，只是不满意自己与生俱来的性别，渴望追寻内心最真实的自己。

立　哥——女，28 岁。马胖胖同事。性格大大咧咧，与所有人都兄弟相称，典型的女汉子。

莎　莎——女，26 岁。马胖胖同事。气质优雅，内心善良，是马胖胖一见钟情的女神，对待爱情的标准很高。

女老板——女，35 岁。马胖胖的老板。嗓门大，不拘小节，尤其喜欢自己的员工雷哥，不喜欢比自己漂亮的女下属。

〔幕启——劲爆、青春、活力的开场舞。

〔众人下，留胖胖一人。

马胖胖　大家好。欢迎大家来到剧场观看我们的新戏《我要恋爱》。我先自我介绍一下吧，我叫马胖胖，我的朋友都管我叫胖哥。我是个IT小白领，今年31岁，这个年纪挺尴尬的，父母总是催着我结婚，有朋友问我“你是不是性取向有问题？”他们还让我去医院看男科。我不就胖点吗？胖点就不能有女朋友？胖点就不能谈恋爱啊？我看到现场有很多靓仔领着自己漂亮的女朋友来的，你知道我多羡慕你们吗？我多妒忌你们吗？我恨你们！看在我羡慕嫉妒恨的份儿上，给我一点鼓励的掌声吧。说真话，我真想谈恋爱呀，今天就把我浪漫美好而又凄惨的爱情故事告诉大家。你们爱听吗？说起我的恋爱经过呢，我至今谈过20多次，哈哈哈，我自己说得都觉得牙疼。好，不骗你们，我谈了8次，我知道你们看不起我，我跟你们说很多女孩儿喜欢我的，好吧，3次！这回真的不骗你们了，骗你们是小狗。说起我的第一段恋爱经过，有那么点莫名其妙，那是在十几年前，我上高中的时候，我们是在聊天室相遇的。

〔转场——聊天室。

〔大家热闹地聊着，键盘声此起彼伏。

甲　男　作业写完了吗？

甲　女　讨厌！

乙　女　我找男的，我找男的，我找男的……

丙　女　　我是女的，我是女的，我是女的……

乙　男　　你好。

丙　男　　好。

乙　男　　聊吗？

丙　男　　聊。

乙　男　　你是男的女的？

丙　男　　男的。

乙　男　　我也是。再见。

甲　男　　在吗？

甲　女　　在。

甲　男　　聊吗？

甲　女　　不！

甲　男　　为什么？

甲　女　　玩！

甲　男　　玩什么？

甲　女　　好玩的！

甲　男　　什么好玩的？

甲　女　　烦！

甲　男　　烦就跟我聊。

甲　女　　滚！

甲　男　　地不干净。

甲　女　　靠！

甲　男　　借你肩膀。

甲　女　　晕！

甲　男　　我有止晕药。

甲　女　　我服了。

甲　男　服了药就不晕啦。

甲　女　大哥。

甲　男　妹妹。

甲　女　拜托。

甲　男　拜不用，托可以。

甲　女　去死吧。

甲　男　我在网吧，不在死吧。

甲　女　我的天啊！

甲　男　小孩子不要这么迷信！

甲　女　还让不让人活啦？

甲　男　有我你会活得更精彩！

甲　女　饶了我吧！

甲　男　好了好了，把你家地址告诉我，给你寄束花。喜欢什么花？

甲　女　我只喜欢两种花。

甲　男　什么？

甲　女　有钱花，随便花。

甲　男　呵呵，你真美。

甲　女　我哪儿美？

甲　男　想得美。

〔甲男、甲女下。乙男、乙女上。

乙　男　你好。

乙　女　你也好。

乙　男　你在哪个区？

乙　女　南山，你呢？

乙　男　我也在南山。你漂亮吗？

乙　女　当然了。

乙　男　　你白吗？

乙　女　　白呀。

乙　男　　有多高？

乙　女　　168。

乙　男　　你做吗？

乙　女　　做什么？

乙　男　　朋友啊。

乙　女　　哪种朋友？

乙　男　　情人那种！

乙　女　　流氓！

乙　男　　我可以给你钱的！ 500。

乙　女　　我不要钱！

乙　男　　1000？

乙　女　　喂喂喂，我都说我不要钱啦。

乙　男　　不要钱更好。

乙　女　　大哥，我说我不是卖的！

乙　男　　那要怎样才可以啊？

乙　女　　你结婚了吗？

乙　男　　结了。

乙　女　　那你不能给我婚姻的啊！

乙　男　　我可以给你我的爱啊！

乙　女　　爱这个东西看不见、摸不着，谁稀罕啊。

乙　男　　我可以给你看给你摸啊！

乙　女　　你真恶心！

乙　男　　那好吧，我先走了。

乙　女　　等等……要不你给我买辆车吧！

乙　男　车？

乙　女　奥迪 TT，我超级喜欢。好吗？

乙　男　对不起，我真的有事，88。

乙　女　奥拓也行啊，哼！

〔乙男、乙女下。

〔几天后。

乙　男　Hi？

乙　女　哎呀，你怎么才来啊？人家等你很久很久了。

乙　男　我也等你很久很久了。

乙　女　真的？你是不是来给我买车了？

乙　男　……不好意思，我认错人了，再见！

〔乙男、乙女下。马胖胖和丙女上。

马胖胖　Hi，可以跟你聊一会儿吗？

丙　女　好啊。

马胖胖　“骚动的粉红”，你的名字真好听。

丙　女　谢谢，你的名字我也很喜欢，不羁的晚风。

马胖胖　是喜欢我的不羁吗？

丙　女　是喜欢你的晚风。

马胖胖　哈哈，我的晚风撩起了你的骚动。

丙　女　是你的不羁掀开了我的粉红。

马胖胖　对了，你是女的吗？

丙　女　是，那你是男的吗？

马胖胖　是。

马胖胖<br>丙　女　耶！我们继续。

丙　女　你多大了？我觉得你好成熟。

马胖胖　沧桑的岁月我不想计算了，我不在乎年龄，感觉你还是个小女孩儿。

丙　女　你的感觉真准。能让我们多一点了解吗？

马胖胖　我觉得我们已经很了解了，年龄不是问题，身高不是距离。

丙　女　我也是这么想的。跟着感觉走，永远不回头。

马胖胖　既然这样，不如做我女朋友吧？

丙　女　讨厌，人家谁要做你女朋友呀？我要做你老婆。

马胖胖　这么直接，做就做，谁怕谁？

马胖胖　小粉红！

丙　女　小晚风！

马胖胖　小骚骚！

丙　女　小羁羁！

马胖胖　……

丙　女　人家不是那个意思，老公！

马胖胖　老婆！

〔几天后。

丙　女　老公，你怎么才来啊？人家都等了你一晚上了。

马胖胖　老婆，你想我啦？

丙　女　有点！相思树底说相思，思郎恨郎郎不知。

马胖胖　（赶紧翻书，找出一句诗，照抄）身无彩凤双飞翼，心有灵犀一点通。

丙　女　亲我。

马胖胖　MUA。

丙　女　还要。

马胖胖　老婆，要不我们见面吧！

丙　女　好啊，在哪儿？

马胖胖　　咖啡厅，我穿黄色 T 恤。

丙　女　　我穿粉红色裙子。

〔转场。咖啡厅内。

马胖胖　　李老师？

李老师　　马胖胖？你，你怎么在这儿啊？（晴天霹雳）

马胖胖　　我刚刚路过的时候肚子疼，进来上个厕所。

李老师　　哦，肚子疼啊，上完了吧？赶紧回家。放学不回家到处瞎溜达，熊孩子。

〔丙女发现马胖胖是自己的学生；马胖胖发现丙女是自己的老师，二人凌乱，无限尴尬。

马胖胖　　骚动的粉红？

李老师　　不羁的晚风？（悲痛欲绝）天啊，让雷劈了我吧！

马胖胖　老师，小粉红……你说咱们班同学知道我们的关系会不会祝福我们？

李老师　不许再这么叫我！

马胖胖　粉红，我会对你负责任的。

李老师　负你妹啊！你，我让你坐下！

马胖胖　坐下坐下。哈哈哈哈，老师……

李老师　马胖胖，你不好好学习，沉迷于网恋，我要见你父母。

马胖胖　好好好，我想他们会同意的。

李老师　我不同意。

〔服务员上。

服务员　二位好，请问二位需要点什么？

马胖胖　高乐高。

李老师　二锅头，敌敌畏！！！

服务员　（吓一跳，低声问胖胖）哎哟，要不要报警啊？

马胖胖　不用不用，走吧。

〔胖胖为了稳定情绪，熟练地拿出烟来叼在嘴上。

李老师　你还抽烟？

马胖胖　哦，粉红你晚上留的作业太多了，我需要提提神。

李老师　掐了，我让你掐了！

马胖胖　好，掐了掐了，还没过门就管上了，听老婆话没错。粉红，我觉得其实咱俩挺合适的。你看现在大街小巷上都是姐弟恋，咱们师生恋也挺时尚的。粉红，我觉得你应该好好考虑一下我们的关系，想想我们之间的甜蜜，我记得你说过，“相思树底说相思，思郎恨郎郎不知。”“身无彩凤双飞翼，心有灵犀一点通。”

李老师　（听不下去，解释）不……不……哎呀，胖胖啊，你看你还只是个孩子，可是老师不想要孩子。你明白吗？

马胖胖　老师，我明白了，我也不想这么早要孩子，我会很小心的。哈哈哈哈……粉红要不这样，你等我，你等我上大学，你等我大学毕业，我娶你。

李老师　（猛地站起来）马胖胖！你看是这样的，我是你老师，你是我学生，咱们之间可能有一点小小的误会，所以这个事情以后就不要再提了，保密好不好。好，就这样，再见。

马胖胖　（扑通一声跪倒在地，声泪俱下）粉红，你别走啊，你知道吗？这可是我的初恋啊！我把我的初吻，给你。（胖胖深情地嘟起了嘴）

李老师　（一把掐住胖胖的脖子）马胖胖我警告你，你再敢胡说八道，我就杀了你！以你目前的学习成绩，我觉得你可以考虑转学了。

马胖胖　（抱住老师大腿）粉红，不，我不转，我要和你在一起！

李老师　（幽怨又绝望的高喊下）你不转，我转！

〔转场。

〔胖胖独白。一束追光。

马胖胖　大家看到了吗？一个如此纯情少男的初恋，就被我的班主任无情的摧残了，从此以后，在我的心里落下了阴影，以至于听到“骚动”这个词儿我就抖动。骚动！（颤抖）骚动！（颤抖数遍）我也不知道我是怎么度过那段校园生涯的，因为沉迷于网络，我对电脑产生了极大的兴趣，高考填报考志愿的时候，我二话不说就填报了计算机专业。也就是在那个时候开始了我的第二次亲密接触，那是在学校组织的一场的联欢晚会上。

〔转场。学校的小型联欢晚会现场。

〔主持人上。

主　持　感谢老师和同学们的精彩观看，刚才那个节目：啊，我们的骚年。下一个节目，计算机征服马胖胖……马胖胖计算机征服……马胖胖，计算机系，征服。

〔胖胖演唱歌曲《征服》，音乐出现错误，马胖胖没唱完就下场。

马胖胖　怎么回事？音乐放错了……

主持人　感谢老师和同学们的精彩观看，最后一个节目，晚会结束。

〔大家鼓掌，阮妹纸对胖胖产生了好感，大家散去，阮妹纸与胖胖打招呼。

阮妹纸　师哥。

马胖胖　你叫我啊？什么事啊？

阮妹纸　师哥，你唱歌真好听。你怎么能学计算机专业呢？你应该去学声乐，我就是声乐系的。

马胖胖　计算机是我的专业，唱歌只是我的爱好。其实刚才那个歌都没唱好，不知道哪个大傻子把我音乐都给放错了。

阮妹纸　我放的。

马胖胖　呵呵呵呵，放得挺好，挺好。

阮妹纸　师哥对不起，那，我先走了。再见。

马胖胖　再见。

阮妹纸　你真的不会怪我吗？

马胖胖　不会。对了师妹，我还不知道你叫什么名字呢？

阮妹纸　我姓阮，阮玲玉的阮。

马胖胖　哦，那名字呢？

阮妹纸　妹纸。

马胖胖　阮妹纸？哈哈，这名儿真好听，我叫胖纸。

阮妹纸　师哥你真幽默。

马胖胖　师妹你真漂亮。

阮妹纸　师哥再见。

马胖胖　再见。

阮妹纸　我真的真的不是故意的。

马胖胖　没事，真的没事的。对了师妹，一会儿你去哪啊？

阮妹纸　回宿舍。

马胖胖　你看天都这么晚了，要不然我送你吧。

阮妹纸　谢谢师哥。

〔二人走在校园的小路上。“风花雪月，蛙叫蝉鸣”一同来到女生宿舍楼下。

阮妹纸　师哥，今天音乐没放好都是因为我电脑有问题，你不是学计算机的吗？帮我看看呗。

马胖胖　电脑坏啦？行，这个我最拿手了。走吧。

阮妹纸　谢谢师哥。

马胖胖　女生宿舍我也不能进去吧？

阮妹纸　师哥，跟我来。

〔马胖胖男扮女装混入女生宿舍。

〔转场。师妹的宿舍。

〔二人暧昧地坐在师妹的床上，师妹将电脑拿给胖胖。

阮妹纸　我们开始吧！

〔马胖胖误会，开始脱衣服。

〔阮妹纸打出电脑，看到马胖胖赶紧转过头去。

马胖胖　（尴尬地放下衣服）好热啊！

马胖胖　（打开电脑）哦，没什么大问题，可能是中病毒了，我帮你杀杀毒就好了。

阮妹纸　师哥，你真厉害……

马胖胖　师妹，你真漂亮……

阮妹纸　师哥，你会弹钢琴吗？

马胖胖　欸，不会……但……但我可以学。

阮妹纸　我这里有好多钢琴曲，我放给你听。

〔钢琴音乐起。

马胖胖　真好听。

〔师妹陶醉地听音乐，靠在胖胖身上，胖胖意乱情迷，情不自禁地抓着师妹的手。

阮妹纸　（假意嗔怪）师哥，你怎么抓人家手呀？

马胖胖　（不好意思，试探的起身）时候不早了，我该走了吧？

阮妹纸　师哥，钢琴曲多好听呀。

马胖胖　（赶紧坐下）那我再听一会儿。

〔两人在钢琴音乐声中渐渐地拉上床上的帘子，刚合上，突然一声巨响，胖胖因为体重原因把床板压塌。

马胖胖　（卡在床框，疼得大叫）床啊……床啊……床……

阮妹纸　你怎么一直叫床啊？

马胖胖　床……床……床板塌了。

阮妹纸　那可能是我们两个太胖了，怎么办？怎么办呀？

马胖胖　拉我一下。

阮妹纸　师哥你使点劲啊……（床完全的倒塌。胖胖发出更大的叫声）

〔宿管阿姨上，站在门外大声骂起来。

阿　姨　你听听你听听什么声音啊，我跟你们说，现在的这些年轻人真是太不要脸太不像话啦！开门，给我开门！再不开门我可就叫校长来啦！！！

阮妹纸　（师妹左右为难，看着卡在床上的胖胖，一时不知道怎么办，情急之下慌乱地拉开了房门）阿姨，这个男的突然闯进我的宿舍，我不认识他。

阿　姨　哦，我明白了，有色狼，我最喜欢打色狼啦。色狼在哪儿啦？你就是那个色狼啊？我不打死你这个色狼。（一笤帚打下去）

〔在胖胖的惨叫声中，阿姨造型定格。

马胖胖　（从床底滚出来，狼狈地对着阿姨的造型说）有没有搞错？要不要那么用力，我叫的是床，不是叫床，区别很大的！这个破床板就不能结实点吗？无情地破坏了我的这个美好浪漫的夜晚。

〔切光。舞台上一束追光追着马胖胖。

马胖胖　就这样，学校最终给了我一个留校察看的处分，从此，我在学校也落下了一个色狼的名声。阮妹纸为了避嫌开始不再与我见面，只在QQ上和我联系，时间长了，我们的感情慢慢地淡漠了，最后我用尽了各种方法也没能寻找到一丝她的下落，她给我留下的就是那几首连名字都不知道的钢琴曲，也许我们只有在梦里才能相见了。

〔胖胖唱《好久不见》，阮妹纸伴舞。

马胖胖　就这样大学毕业后，我到了一家公司上班，从此以后我就再也不敢谈恋爱了，在我心里也没有了女性。幸好我还有朋友，只好整夜买醉了。

〔转场。酒吧卡座内。

星　星　嘿，胖哥来呀……

马胖胖　哈，星星。

〔两人猜拳喝酒，“两只小蜜蜂啊，飞到花丛中啊～～～～～～喝，哈哈”几杯之后，胖胖跌坐在沙发上。

马胖胖　不玩了不玩了。

星　星　怎么啦？

马胖胖　没什么，就是觉得生活太无聊了。

星　星　无聊？我在这陪了你一个晚上，你竟然说无聊？我走了！

马胖胖　星星，我错了，错了，自罚一杯。

星　星　我说你又想女人了吧？

马胖胖　没有。

星　星　还没有，不就是个大学时期的女人吗？我问你这女人她有什么好？她们无时无刻不在和别人攀比，在你面前只会说别人家的老公又买了什么车，又买了什么房，然后就催着你赚钱，等你赚到钱之后又开始疑神疑鬼的怕你会抛弃她，于是每晚你回家之后她都会像只警犬一样在你的头发和外套上寻找着别的女人的任何一点蛛丝马迹，稍微有一点不对劲她们就会死死地管住你的钱包，你每天口袋里的钱只够吃碗拉面的，从此你连吃顿肯德基都变成一件奢侈的事情。听完这些你还喜欢女人吗？

马胖胖　喜欢。

星　星　你就没有考虑过男人？

马胖胖　哈哈哈，你神经啊。

星　星　有很多事情在我们没有接触过之前，我们并不知道自己真正喜欢什么。

马胖胖　是吗？

星　星　是呀。在这个世界上有很多东西都比你想象中的美好 100 倍，只看你敢不敢去尝试……

马胖胖　怎么试？

星　星　跟我试啊！

〔胖胖惊恐，跌落沙发，欲逃，星星突然从身后抱住胖胖。

星　星　胖哥，我已经喜欢你很久了，死鬼。

马胖胖　（全身发麻）救命啊……救命啊……我一直把你当兄弟看，你放过我，不要啊，不要啊。（胖胖用力把星星甩到了地上。又逃，星星站起来挡住胖胖）

星　星　胖胖，你能让我亲一下么？

马胖胖　不要再开玩笑了。

星　星　就一下，我保证。

〔星星诱惑的向胖胖走来，胖胖情急之下用双手顶住了星星的胸，星星反而享受了起来。

星　星　讨厌，你摸人家。（胖胖赶紧把手移开）你还说你不喜欢我。（羞涩）

马胖胖　我受不了呀！（转身逃跑）

〔雷哥上。胖胖躲在雷哥身后。

马胖胖　雷哥，快救我救我，星星他……

雷　哥　来，星星呀，你看看胖哥一看就不是啊，你天天缠着他干什么？

星　星　雷哥，人家真的喜欢他很久了啦！（凑到雷哥身边，用手搭住他）

雷　哥　大家都是同事，又是好兄弟，把手拿开。还有后面那只。我们来这里是干吗的？开心啊，Happy 啊……来，喝酒。

马胖胖　（惊魂未定）雷哥，这事你早就知道了？

雷　哥　傻子都看出来了，就你不知道。你说你这大脑袋一天到晚都想什么呢？

星　星　还不是想那些个臭女人。

雷　哥　收！你光想有什么用？你得抠啊。

马胖胖　这个还用你说吗，想当初那我也是打遍天下无敌手……身边那可是美女如云啊！

雷　哥　你不吹牛能死啊？你连他是基佬都看不出来，还能抠女？

星　星　基佬基佬基佬，什么基佬，多难听啊，人家是同志。

雷　哥　胖胖，如果你再这样继续下去阿星就是你唯一的选择。

马胖胖　啊！不要！

星　星　我等你。

雷　哥　大家都知道你没有女朋友了，你说说你的电话除了 10086 会打给你，还有哪一个异性会打给你啊？

星　星　还有 10000 号。

雷　哥　收。有几个大男人来酒吧是喝酒的？你的大脑袋除了 Word、Excel、PPT，你再想点别的？

马胖胖　Photoshop。

雷　哥　哎呀，我真是受不了你，我作为你上司，我真的有必要好好给你上一课。在现在这个时刻，我的第 108 个女朋友都已经洗白白在家里等我啦，你顺着这个思路好好想一想，是不是应该马上行动啦？

马胖胖　好，雷哥，我马上行动。

雷　哥　对嘛。

马胖胖　雷哥，你太够意思了，太仗义了。雷哥，把你家门钥匙给我。

雷　哥　我去，我让你去抠女，谁让你去抠我的女啦？你看看你这身 IT 造型，你怎么出去见人啊？阿星。（星星从沙发后拿出一堆道具）

雷　哥　一件好的商品推向市场一定要进行全新的包装，请看 PPT，（用道具和服装对胖胖进行打扮“点代表温柔、斜纹代表勇敢、开胸代表感性、低腰代表性感、金表显示身份、微笑流露浪漫”）这些你都已经足够了，你还需要一个标签。

马胖胖　什么标签？

雷　哥　官二代或是富二代这两种东西啊。

马胖胖　雷哥，这两种不是东西。

雷　哥　这两种怎么不是东西呢？

马胖胖　真的不是东西。

雷　哥　（好像领会了胖胖的意思）想象一下，你现在就是一个官二代或者富二代，展示去吧。

〔一脚把胖胖踹入观众席，胖胖展示标签。

马胖胖　雷哥，没人搭理我。

雷　哥　你在干什么，啊？

马胖胖　我在展示标签啊。

雷　哥　你给我上来上来。

星　星　你不要再打他啦。

雷　哥　OK。胖胖，你告诉我啊，你这件破衣服给你在东门买的菜 18 块钱，你有什么标签可展示的啊？我是让你去搭讪，搭讪啊！

马胖胖　可是雷哥你没教我搭讪啊。

雷　哥　我没教你搭讪吗？（星星摇头）没关系，我忘记了，不要紧，我们现在开始。比如说我是个男人……哦，这个不用比如，再比如他（指星星）是个女人。

星　星　这个也不用比方。

雷　哥　我们俩现场就教你怎么抠女。

星　星　来来来，抠我抠我抠我。

雷　哥　我这暴脾气，我……我真想把你眼珠子抠下来，我们现在是在帮朋友，你把你私人的菊花先收敛一点好不好？我和你演戏，也是对你演技的一种认可，你还是再这样，我就去叫个小姐。

星　星　别别别，雷哥，叫小姐多贵啊，而且还不干净。我好好演，好好演。（手又搭在了雷哥身上）

雷　哥　手拿开，后面那只！好，你现在就是一个淑女，我来抠你。

星　星　来来来来……抠我。

雷　哥　我靠……小姐，小姐！

星　星　好了，雷哥，淑女！

雷　哥　胖胖，都是为了你啊，好好学。（入戏）Hi……

星　星　Hi.

雷　哥　数据表明，当你跟一个女人说 Hi 的时候，有 80% 的女人会回你同样的话。（对星星）Cheers!

星　星　Cheers!

雷　哥　（对胖胖）数据还表明，当你跟一个女人说出 Cheers，有 65% 的女人会回你同样的话 Cheers。接下来你要表现得很有趣。

（对星星）小姐，我敢跟你打个赌，如果你把你的电话号码告诉我，我会用我的智能芯片储存一晚上。

（对胖胖）看，她感觉很开心，这就表明她要上钩啦。所以接下来有些小把戏很管用。（瞬间变出一朵玫瑰花，送给星星）趁热打铁，这是展示财富最好的机会。小姐，你是第一次来这间酒吧吧？我说之前怎么没有见过你？其实这间酒吧是我朋友开的，当然，我也有一点小小的股份，所以作为这里的老板我能否请你再喝一杯呢？你看这发浪的眼神，最后一步展示权力。小姐是怎么来的呢？打车？打车多没意思啊，待会儿你喝完这杯酒我开我的奔驰送你回去。

星　星　可是你也喝酒了啊。

雷　哥　我没关系的，在这座城市没人能管得了我，因为我爸是李刚！（星星顿时躺在雷哥的怀里）乖，去洗澡！

星　星　一起洗，么么哒。

雷　哥　学会啦？

马胖胖　哦，学会一点了。

雷　哥　那这节课算上完了？

马胖胖　嗯，上完了。

〔雷哥把星星拖入沙发后暴揍。

雷　哥　你还站在这里干什么？你现在是一匹发了情的雄狮。

〔一脚把胖胖踹入了观众席。

〔胖胖在观众席进行一系列笨拙的搭讪之后，莎莎以性感撩人的姿态出现在了舞台上。

马胖胖　（看到莎莎，愣在了观众席）爱情，我的爱情来了。朋友们，当我快要绝望的时候，我遇到我的爱情了，你们能感受到我内心的变化吗？就像火山要喷发，滚烫的岩浆在我体内沸腾，眼看就要喷发了，一见钟情，典型的一见钟情。喜欢就应该大胆地去做，我现在就过去和她搭讪，你们说我会成功吗？

〔胖胖耍酷做作地走过去。

〔莎莎性感撩人的舞姿让胖胖目瞪口呆。

〔胖胖也酷酷地展示舞姿。

马胖胖　Hi……

莎　莎　Hi……

马胖胖　Cheers!

莎　莎　Cheers!

〔马胖胖变了个魔术，变出了朵菊花。

莎　莎　哇，好漂亮。

马胖胖　送你。

莎　莎　可为什么是菊花呢？

马胖胖　哦 ~~~ 清凉下火，清咽润喉，菊花茶。小姐我敢跟你打个赌，如果你把你电话号码告诉我，我能用我的智能芯片记住一晚上。

莎　莎　真的？不必啦。

马胖胖　小姐是第一次来这间酒吧吧？

莎　莎　你怎么知道？

马胖胖　我说以前怎么没见过你。其实这间酒吧是我一个朋友开的，当然我也有一点小小的股份，作为这里的老板之一我觉得我应该再请你喝一杯。（两人干杯一饮而尽）小姐你一会儿怎么回家呢？

莎　莎　打车啊。

马胖胖　打车多没意思啊，等你喝完这杯酒，我就开我的奔驰送你回去。

莎　莎　可是你也喝了酒啊。

马胖胖　没关系，在这座城市没有人敢拦我的奔驰……因为我爸是李刚。你喜欢我吗？

莎　莎　我喜欢你爸。（倒在了胖胖的怀里）

〔切光。

〔光启。

马胖胖　（回到沙发）其实刚才这一切都是我的想象而已，整晚我都坐在那里一动不动，不知道你们有没有这样的感觉，就是一旦遇到自己喜欢的女孩儿，就不知道该怎么说，怎么做，只能坐在这里傻傻地看着她，一杯一杯的喝酒。当我喝到第十二杯的时候，我终于鼓足了勇气，站起来朝她走去（猛地站起，眩晕）哎呀，起猛了。劲酒虽好，可不要贪杯哦！（晕倒）

〔切光。

马胖胖　其实我多么想有一场轰轰烈烈的爱情，但是我知道那只是一个肥胖屌丝的幻想而已。我跟自己说过，也许她并没有那么好，她只是我在酒精的刺激下看花了眼而已。我也问过我自己，如果用那几招就能把女人搞掂，那还能叫爱情吗？算了，我还是老老实实上班吧。

〔转场。办公室。

〔办公室里出现繁忙的工作场景。

马胖胖　立哥早，星星早……

立　哥　星啊，我 Men 吗？

星　星　Men!

立　哥　你爱吗？

〔星星摇头。

雷　哥　阿星，你有没有试过加班加到肾疼啊？

星　星　什么感觉？

雷　哥　有一种被掏空的感觉。

星　星　我没有。

雷　哥　立儿，你怎么看？

立　哥　少抠女！

雷　哥　不抠女还怎么活啊？

星　星　你可以抠我啊……

立　哥　老板来了。

众　人　老板 V5……

老　板　好啦，收！

老　板　（对雷哥）雷雷……

雷　哥　千万别戳我的肾，拜托。

老　板　大家把手头的工作先停一下，跟大家宣布一件事情。今天我们公司来了位新同事，叫……给大家介绍一下自己啦。

莎　莎　大家好，我叫莎莎，以后请大家多多关照。

老　板　大家欢迎。（大家鼓掌，只有胖胖一个人愣在那里）胖胖，你为什么不鼓掌，我看你好像不是很欢迎吗？（胖胖突然超热情不停地鼓掌转圈）至于吗？（胖胖悻悻地坐了下来）莎莎，你的座位在那边。

老　板　狐狸精。

莎　莎　老板你说什么？

老　板　我说你工作要用心。

莎　莎　好的。

〔莎莎落座之后，大家又开始了正常的工作状态。

老　板　（走到雷哥身边）大雷哥，今晚有空吗？一起加个班吧。

雷　哥　本来……有空的，可是……

星　星　哦，他大姨妈来了。

雷　哥　哦……是，我大姨妈来了。

老　板　你大姨妈？

雷　哥　哦……对，和我大姨夫一起！

老　板　那他们来多久啊？

星　星　一周。

雷　哥　哦……对，一周。

老　板　哦，你大姨妈来一周？

雷　哥　亲戚之间常来往嘛！

老　板　呵呵，你调戏我。

马胖胖　我的妈啊，这是在开玩笑吗？还是在拍电影啊？天杀的编剧，这是要玩死我呀？如果她要是不出现也就算了，可是她现在却硬生生地走进了我的现实生活当中，而且就坐在我的对面。我跟自己说过，她不适合我，你们看她，这么性感这么妖娆……可我就喜欢性感的啊！对啊，喜欢就应该大胆去做，我现在一天可以跟她单独相处八个小时，近水楼台先得月，我不能再放弃这次机会了，我要想办法，我一定要得到她。（回头却已发现被雷哥捷足先登了）

雷　哥　新来的美女同事，下班有空吗？一起吃顿饭吧？

莎　莎　我还不饿，谢谢。

马胖胖　雷哥……我……

雷　哥　胖胖，你来得正好，我现在就给你现场演示怎么搞定第109个。同事之间认识一下吧。

莎　莎　可我是真不饿，谢谢。

雷　哥　那你有没有什么喜欢看的电影？

莎　莎　最近好像没有什么好看的电影吧？

雷　哥　那你有没有什么喜欢的运动？

莎　莎　我倒是很喜欢有活力的运动。

马胖胖　雷哥，我也喜欢运动。

雷　哥　呵呵，你看我们单位的同事也都很喜欢运动，但是我知道一种运动，它代表了激情与动感。

莎　莎　什么运动？

雷　哥　我带你去看看？

莎　莎　好吧。

马胖胖　雷哥，我也想运动运动，正好减肥。

莎　莎　那一起去吧！

〔雷哥不爽中。

〔转场。溜冰场。

雷　哥　莎莎，慢点啊……

莎　莎　雷哥，你滑得可真好啊。

雷　哥　那是，想当年我在这也泡过不少的妞啊。

莎　莎　啊？

雷　哥　我是说滑冰不好溜啊。

莎　莎　是呀，我教你，我一教，你就会。

〔雷哥对莎莎上下其手。

莎　莎　雷哥，我不想在这蹲着好累，我想让胖哥教我，你看他滑得多好啊，太好玩了……

雷　哥　胖胖你过来。

马胖胖　雷哥……

雷　哥　你会滑旱冰啊？

马胖胖　以前玩过。

雷　哥　你没告诉过我啊。

马胖胖　你也没问过啊。

雷　哥　你抢我风头了。

马胖胖　我没有……

雷　哥　我给你找个地方休息。（推胖胖走）

莎　莎　胖哥！

雷　哥　莎莎！

〔《甜蜜蜜》音乐。

莎　莎　雷哥你真棒！

雷　哥　还有更棒的呢！走，我带你去开个房。

莎　莎　去哪儿？

雷　哥　开个大包的卡拉 OK 房！

莎　莎　胖胖一起去吧。

马胖胖　雷哥我～

雷　哥　你！

马胖胖　　我嗓子疼……

雷　哥　　这才是好兄弟，嗓子疼就应该在家休息，莎莎我们走。

〔雷哥莎莎牵手下。

马胖胖　　（转身走，抽自己）我太笨了，太没用了。不，不是我没用，是我的对手太强了。不行，我要想个办法，想个办法。（灵机一动）有困难，找百度！！！

〔在时尚的音效中“百”和“度”现身。

百　　泡妞最高手法撕破你的脸皮，抛开你的自尊。

度　　挖空你的心思，掏空你的钱包。

百　　用尽你的时间，耗尽你的精力。

度　　这样就没有泡不到的妞。

百　　欢迎来到百度泡妞宝典，翻开第一页。若练此功，必先自宫。

度　　若脸皮厚，无师自通……

百　　第一招孔雀开屏寻找机会自我展示，让对方觉得自己是个很有魅力、很有个性、很有品位的男人。

度　　第二招黄鼠狼拜年寻找机会接近对方，表示出对她的关心、欣赏。

百　　第三招陈仓暗度制造与对方单独交往的机会，借机展示一番学识、才华与智慧。

度　　第四招欲擒故纵平时滔滔不绝、口若悬河，突然变得沉默寡言，郁郁寡欢，让对方忍不住地想问你——Are you Ok？

百　　第五招单刀直入对方追问，进入正题，开始表白。倾诉一番自己的不幸以博取同情“我好像一叶疲惫的归帆，摇摇晃晃驶向你温暖的臂弯”。

度　　第六招埋下伏笔表白之后，基本上她就上钩了。

百　　以上招数，可全面掌握、灵活运用，天下无敌；此招一出。

百、度　　当使天下无淑女！哈哈哈哈哈哈……

〔“百”和“度”隐去。莎莎出现，胖胖围绕着莎莎使出网上学来的各式招数。

莎　莎　（轻蔑地）胖胖，你别再费劲了？我知道你是个好人，可你并不了解女人。其实我也知道你喜欢我，可是你知道我喜欢什么样的吗？

马胖胖　你喜欢靓仔？

莎　莎　不。

马胖胖　你喜欢大款？

莎　莎　不。

马胖胖　你喜欢官二代或富二代？

莎　莎　都不是。爱一个人和他的身份地位都没有关系，爱情可以不轰轰烈烈，但是爱情一定要坦荡荡……

马胖胖　莎莎，我很坦荡荡啊。我喜欢你我就会和你说我喜欢你。

莎　莎　好，你说你喜欢我，那我问你你喜欢我什么？你知道我喜欢什么样的吗？

〔马胖胖摇头。

莎　莎　胖哥，你知道结婚誓言吗？无论顺境与逆境，无论贫穷与富有，无论健康与疾病，我们都要在一起，这就是我理想中的爱情。我知道金钱能让爱情更美好，但却买不到爱情。所以什么标签并不重要，重要的是是否有一个人可以让我托付终身。我希望我将来的男朋友一定要诚实、善良，有责任、有担当。你明白了吗？胖哥。

马胖胖　莎莎，你难道说我不诚实不善良吗？莎莎我求你了，你把你的爱施舍给我好吗？

莎　莎　施舍？你认为爱是可以施舍的？你这么做让我更看不起你！（莎莎跑下，留下胖胖一个人孤单地留在了舞台中央。星星穿着睡衣出现在舞台一角。）

星　星　胖哥，我知道你这次还是不会成功的。

马胖胖　你怎么知道？

星　星　因为在这个世界上，最爱你的人就是我。

马胖胖　停，不要让我听到爱这个字，尤其是从你的嘴里说出来。

星　星　从我嘴里说出来怎么啦？爱对于我们每个人来说不都是正大光明的吗？我爱你就要说出来啊，我爱你，爱你，爱你，就是爱你。

马胖胖　滚，你个死变态……

星　星　你说什么？我不是变态，我从来没有试图伤害过任何人，你为什么要这么说我？你爱莎莎，我爱你，爱对我们来说不都是一样的吗？你可能很难接受我，就像一开始我发现自己和别的男孩儿不一样的时候你知道我有多讨厌我自己吗？我恨老天，为什么给我一个男儿身却不能让我像个正常男人一样去生活。我开始自卑，开始沮丧，不喜欢说话，更不愿意把自己的心事告诉任何人，我甚至想过……呵呵，但是后来我想明白了，我们不能选择自己想要的生活，但是我们可以快快乐乐地活着，开开心心地活着，因为，我就是我。

〔音乐。

〔专场。海边

〔胖胖走在江边，乞丐唱着乞讨歌曲，胖胖往乞丐碗里扔了一个硬币，乞丐感谢，于是胖胖把所有的钱掏出来给了乞丐。

乞　丐　谢谢老板！你真是个好人啊。

马胖胖　好人？一个连爱都没有的男人还算是人吗？我活着有什么意思？

乞　丐　老板你不要这样讲嘛，如果你这样的人都觉得活着没意思，那我不就跳海好几次啦？

马胖胖　跳海？

乞　丐　对呀，你面前就是大梅沙海啊，我都没跳。

马胖胖　你不跳，我跳！（纵身跳下）

乞　丐　哎哟喂，你还真跳啊，救命啊，救命啊！！！有人跳海了。

〔等了一会儿看没人回应，自己跳了下去救人。

〔转场。水底。

马胖胖　（在胖胖即将沉到水底的时候）咦……我好像会游泳啊！（于是开始往上游，在往上的过程中看见乞丐沉了下去。胖胖一看，于是再次游下水把乞丐救了上来。）

〔水中游泳的场景。

马胖胖　（上岸后）我说你不会游泳？

乞　丐　我肯定不会啊。

马胖胖　你真瞎啊？

乞　丐　我不是瞎子，我大白天戴着副眼镜装酷吗？

马胖胖　你说你不会游泳，还是个瞎子，你还跳海救我？

乞　丐　老板，你要是因为我那一句话就跳海，我不得后悔一辈子啊？我肯定要救你的嘛！

马胖胖　哎，谢谢啊，兄弟！

乞　丐　你要感谢我？那你再表示一下吧。

马胖胖　我刚刚不是都给你了吗？

乞　丐　哎呀！我刚刚救你的时候全部都掉海里了。

马胖胖　那我再帮你捞上来。

乞　丐　不要不要不要！你这个老板跳海有瘾啊？没事啦，正所谓失去了才知道珍惜，活着才知道生命的意义。

马胖胖　怎么这么像歌词啊？

乞　丐　职业习惯嘛，道理是相通的。老板你到底是因为什么事情想不开，要跳海寻死啊？

马胖胖　……

乞　丐　我晓得了，你是有不开心的事。没事，你有什么不开心都可以冲着大海喊出来嘛。

马胖胖　冲着大海喊出来？

乞　丐　不明白啊？“我是个瞎子！”

马胖胖　我不喊，不喊。

乞　丐　哎呀，免费的又不花钱。来来来……

马胖胖　“我是个瞎子”……我不是瞎子啊！

乞　丐　老板，把头往这边甩甩，耳朵里边有水吗？

马胖胖　有。

乞　丐　那你就是脑子进水了。你不是瞎子还要喊吗？选择适合自己的内容嘛。

马胖胖　我是个胖子！

乞　丐　老板，感觉好点儿了吗？

马胖胖　好像是好点儿了。

乞　丐　那就继续，你把那些不开心都冲着大海喊出来就好啦。我要饭了！

马胖胖　我失恋啦！

乞　丐　我打工被人骗啦！

马胖胖　我失恋啦！

乞　丐　我还要养家啊！

马胖胖　我失恋啦！

乞　丐　不是，老板你喊来喊去就一句话啊？

马胖胖　我本来就是失恋了嘛。

乞　丐　哎哟，我还以为好大事，不就失个恋嘛。跟你说了你也不懂，行了，我走了。

乞　丐　老板，来来来，过来让我摸摸你。

马胖胖　你摸我干什么？

乞　丐　瞎子都会摸骨的嘛。

马胖胖　摸骨算命啊。哦，那你摸吧。

乞　丐　老板，你光有肉没有骨头啊。

马胖胖　我都跟你说我是胖子了。摸完没？

乞　丐　差不多嘛，跟我一样都是有胳膊有腿的人，还要寻死……

马胖胖　跟你一样？切，谁跟你一样啊？

乞　丐　瞧不起我啊？我跟你讲啊，我眼睛没瞎掉以前，我也是在大公司工作的。

马胖胖　做什么啊？（乞丐比划刷油漆的动作）搞印刷的？

乞　丐　差不多吧，刷油漆的。

马胖胖　刷油漆的……（轻蔑）

乞　丐　听你这口气不过也就是个坐办公室的吧。

马胖胖　我……我那可是脑力劳动。

乞　丐　了不起啊，我这是技术工种啊，赶上旺季你未必有我赚得多。

马胖胖　那你怎么混成现在这样？

乞　丐　我那家公司油漆甲醛超标，工作时间一长，这眼睛就瞎掉了。

马胖胖　那你可以去告他啊。

乞　丐　一讲起这个我就来气啊。那天我去找那个孙子算账，那个孙子叫了一帮孙子，真把我打成个孙子。哎呀，真是个孙子！

马胖胖　那你是真够惨的，是应该去跳海。

乞　丐　那你可讲错了，我可是从来就没想过死啊，我上有老、下有小，我死了他们怎么办？

马胖胖　我失恋啦……但是我不能死，我还有我爸还有我妈，我死了他们怎么办啊？旁边这家伙比我惨多了，他都没死。哈哈哈哈。我想通啦，我不死了……哈哈哈哈哈哈哈哈哈……大哥，我想通了，不死了。

乞　丐　这就对了嘛，天也不早了，赶紧回家吧。

马胖胖　大哥再见。大哥，能不能给我点钱坐车？

乞　丐　老板你搞清楚我才是乞丐呀？等等，这个硬币是你刚刚给我的，你有恩于我，给你1块钱，拿去坐车吧。

马胖胖　谢谢大哥。可是这1块钱……

乞　丐　没事，我在这一带好火的，1块钱嘛，我再唱两首歌就赚到了。

马胖胖　行，谢谢大哥，你真好。大哥，1块钱不够坐车的。

〔乞丐舍不得钱，佯装哭泣。

乞　丐　老板我跟你讲，我这里头的钱都是靠我自己辛苦劳动赚到的，你要也可以，你要靠自己的双手……

马胖胖　我明白了。（胖胖说着伸手去乞丐的桶里拿钱）

乞　丐　喂，是靠双手去赚，不是抢。你这个人思路还真奇葩呢。

马胖胖　对不起大哥，那怎么赚啊？

乞　丐　你可以做一回乞丐啊，从我这里把钱都赚回去。

马胖胖　我做乞丐？

乞　丐　喂，你以为乞丐很好做啊？

马胖胖　你当个乞丐你有什么了不起的？我不做！

乞　丐　哎呀，死都不怕，怕做乞丐。

马胖胖　你……不就当乞丐吗？我当！可是乞丐怎么当啊？

乞　丐　还脑力劳动？我都鄙视你。你有什么才艺都可以展示的嘛。

马胖胖　才艺？有！（胖胖跳舞）行吗？大哥。

乞　丐　你干什么啦？

马胖胖　跳舞啊。

乞　丐　你对一个瞎子跳舞啊？哎呀，你真是一泡屎啊。

马胖胖　哦，对不起，我忘了。我给你唱首歌。

乞　丐　也行，你赶紧唱啊。

〔胖胖唱乞丐歌。

乞　丐　喂，我是一泡屎是我的专利，你要是再唱就是盗版你知道吗？这个文化产业发展到今天再没有创新，那就是死路一条啊。你不要唱了。

马胖胖　哦！那我给你唱首国语的。

乞　丐　行，你赶紧唱吧，我都要下班啦。

〔胖胖唱《不要认为自己没有用》。

〔乞丐把另外一个硬币给了胖胖。

〔两人齐唱，高亢结束。

〔切光。

〔转场。办公室。

阮妹纸　胖哥回来啦！没少胳膊没少腿啊，完好无损啊。

星　星　胖哥我知道我爱你是没有错的。

莎　莎　胖哥对不起啊，之前是我误会你啦，原来你那么厉害，真棒！

马胖胖　怎么了你们？

老　板　胖胖回来啦。

众　人　V5……

老　板　收！胖胖你回来啦，你给大家讲一下，你是如何英勇救起这个落水乞丐的？

马胖胖　老板，我跟你说这事你误会了……

老　板　哎呀，胖胖你就不要再谦虚了嘛。现在网络和媒体铺天盖地全部都是你的报道，（老板连忙打开手机点击观看有关这次事件的新闻）没错吧？照片上的胖子是你吧？我跟你讲啊，现在已经不是做好事不留名的时代了。

老　板　今天我们公司要做一场盛大的新闻发布会，我已经邀请了各方的媒体，雷雷已经在去接记者回来的路上了，你现在好好准备准备，一会儿媒体见面会的时候一定要好好表现，一定要好好宣传我们公司。

马胖胖　老板，这怎么还有媒体啊？

老　板　当然要有啦。你现在已经是我们公司的大名人大英雄啦。不要废话啦，赶紧准备，布置会场。

〔大家下场准备，老板留在台上。

雷　哥　老板老板老板，我回来啦。所有的媒体记者都被我请到啦，一切尽在掌控之中。

老　板　好样的！雷雷啊，今天我要送你一样东西。

雷　哥　哎哟，这区区举手之劳还有奖金……谢谢老板。谢谢老板送一支笔也蛮有纪念意义的。

老　板　验孕棒，我的，两道杠。

雷　哥　恭喜老板，贺喜老板。

老　板　你的！

雷　哥　（惊讶）老板你和我开什么玩笑？我的？两道杠？我的？我们根本就没有……我的？

老　板　哎呀，雷雷，我看你的记性不是很好啊，你忘了我们每次加班的时候……

〔情景再现与老板一起加班的时候。

雷　哥　哎呀，我才想起来，我怎么说我每次加班都加到肾疼啊！你跟李宗瑞是什么关系？

老　板　他是我表哥啦。

雷　哥　哎呀我的天啊。哎呀老板，不对吧，这距离我们上次加班才多长时间？这么快就有啦？哎呀，差点就让你骗了。

老　板　雷雷啊，看来你记性真的不是很好啊。难道你不记得我们从去年到现在一共加了多少次班?

雷　哥　你每次都不放过我吗?

老　板　来，大家都过来一下啊，我今天要跟你们宣布一件事情。从今天开始我们公司就由雷总全权打理，我就要安心养胎啦。

众　人　雷总好。

雷　哥　（假一本正经）去，布置会场。

〔众人开心地忙碌着布置会场，胖胖和莎莎待在一起，莎莎突然抱住胖哥吻了他。

马胖胖　（胖胖被突如其来的爱情冲昏了头脑，看着大家都在为自己忙碌着，内心邪恶的自言自语）对，我是英雄。我是刘胡兰，我是黄继光，我是董存瑞，为了我的女朋友，这个英雄我当定了。我是英雄……

〔胖胖一本正经地登上了领奖台，各种闪光灯和照相机的灯光音效。雷哥主持。

雷　哥　感谢新闻媒体来参加本公司的记者招待会，下面就是答记者问环节，有需要提问的记者可以提问啦。

〔记者画外音：你好，我是美国《花花公子》杂志的记者，我想问你一下……

〔记者画外音：萨瓦迪卡，我是泰国人妖网的记者，我想问你一下马先生的……

〔记者画外音：你好，我是香港《龙虎报》的记者，我想采访一下……

〔记者画外音：你好，我是《深圳商报》的记者，我想问一下马先生救人的经过。

老　板　（抢麦）你好，我是这间公司的老板，我们的公司主要是做软件开发的，我们的企业文化是蓬勃发展……

〔众人齐唱《感恩的心》。

老　板　如果大家有任何业务上的需要可以拨打我的电话，我的电话是……

星　星　（抢麦）还是让我讲两句吧，我们公司的人都特别喜欢胖哥，比方说我，我就特别爱胖哥，胖哥我爱你。（被雷哥拽下）

立　哥　（抢麦）胖哥这人老实在了，纯爷们儿，杠杠滴，让我们祝他永垂不朽啊。（被雷哥拽下）

雷　哥　（抢麦）乱讲，把胖胖都说死了。还是我讲两句吧，胖胖是我喝酒的时候认识的，他教了我很多人生的知识，我也教了他很多抠女的姿势……（被大家拽下）

莎　莎　（抢麦）哎呀，还是我来说吧。是这样的，之前他说我是他的女神，现在他是我的男神；之前我受不了他的眼神，现在他扰乱了我的心神。（众人愣住，随即起哄）

老　板　喂，我说你们都在干什么啊？我们在开新闻发布会好不好啊？不好意思，见笑了。今天晚上全部留下来给我加班！（悄悄对胖胖说）别忘了宣传公司。（众人下）

马胖胖　（站在演讲台前，紧张地）大家好，对，我是英雄，作为英雄我很激动，我从来都没想过我会成为英雄。刚才你们问我为什么能勇救落水乞丐，大家都知道超人、蜘蛛侠、钢铁侠，蝙蝠侠他们都救人，所以他们都有女朋友，我也要做一个英勇救人的胖胖侠，为了我的女朋友，我英勇的救起了那个落水乞丐，而且把他救上岸后，我还把身上所有的钱都给了他，呵呵呵呵，我可厉害了……（看着观众内心痛苦挣扎，本能的良心告诉自己不能说谎）对不起，我可能有点不太适应这种场合，摄像大哥你们先把机器关了吧，别录像了，他们都说你们电视台总是喜欢说假话，我也不知道你们是怎么做到的。不，我的意思是说，爱情的力量真的很伟大，爱情可以让人幸福，爱情可以让人快乐，当然爱情可以让人痛苦甚至会让人犯糊涂，就好像我……其实事情是这样的，那天我向莎莎表白，要莎莎做我的女朋友，我做她的男朋友，可是莎莎说不要我这样的男朋友，她不做我的女朋友。那我就想莎莎想要雷哥做他的男朋友吗？可是雷哥已经有大把的女朋友了，况且我们老板想让雷哥做他的男朋友。就在这个时候星星向我表白了，要我做他的男朋友，他做我的女朋友，可是我不想要他这样的女朋友，也不想做他的男朋友，因为他是个男的……我们公司太乱啦！总之，我失恋了，想到了死，我就跳海了。岸上一位乞丐大哥为了救我也跳海了，可是跳下海之后我发现水不太深，我又会游泳，所以我就把他救上了岸。上岸之后我们就开始聊天，乞丐大哥对我讲了他的故事，他的一生非常非常悲惨，可是他没有选择去死，他依然坚强快乐地活着，就在这个时候我突然明白了一个道理，人的一生会遇到很多很多的挫折和困难，我们不应该去逃避它，我们应该怀着一颗积极向上的心勇敢地去面对他。对于乞丐大哥，我很感激他，我觉得媒体应该多给他们一些关注和关心，真的，他们真的很不容易，我们比起他们，很幸福，很幸福……（泪流满面）我记得莎莎曾经和我说过，说我不懂得什么叫爱。莎莎，今天我想跟你说，我懂了。爱就是责任和担当，如果连责任和担当都没有了，又怎么会有爱呢？所以根本不是我救了乞丐大哥，而是乞丐大哥救了我，我没有勇救落水乞丐，我更不能做这个冒牌的英雄。是我辜负大家了，我欺骗了大家，对不起，我错了。

〔莎莎冲上台紧紧地抱住了胖胖，胖胖一时间没缓过神儿，看着怀里的莎莎，知道自己这次做对了，同时也紧紧地抱住了莎莎。

〔音效起。

〔转场。莎莎家。

〔胖胖和莎莎拎着礼品上台。

马胖胖　走啊走啊，快点。

莎　莎　胖哥你别着急啊，我跟你说件事但你不许生气。

马胖胖　我不生气，你说。

莎　莎　咱俩的事我还没告诉我妈啊。

马胖胖　为什么啊？你怎么不说啊？

莎　莎　其实我不就想着给她个惊喜吗？

马胖胖　对对对，给她个惊喜。走吧走吧。

莎　莎　还有一件事，自从我爸去世后，我妈的精神状态不太好，你一会儿可不能刺激她呀。

马胖胖　明白明白，不刺激。

〔两人互相鼓励，二人进家门。

莎　莎　妈，我回来了，我今天把男朋友带回来啦！

妈　妈　（坐轮椅上）哦，是吗？

马胖胖　阿姨……好……（惊恐）骚动的粉红？？？？？？？？？？

妈　妈　不羁的晚风？？？！！！（晴天霹雳，妈跌坐在轮椅上全身不停地抽搐，胖胖惊恐，莎莎奇怪，造型定格）

〔转场。胖胖、莎莎婚礼现场。

〔莎莎挺着大肚子，穿着婚纱幸福的挽着胖胖，在婚礼进行曲中缓缓走来，众人簇拥。雷哥主持婚礼，莎莎感到腹痛，即将分娩。欢快的音乐响起，大家齐跳《快乐的生产舞》。

〔切光。剧终。

# 夜色阑珊

# 第一幕

**时　间：**九十年代

**地　点：**内地某县剧团

**人　物：**阿勇、团长、老团长、老演员若干、舞蹈演员若干、勇母、小芳

〔幕启。光启。

〔县剧团剧目汇报审查。

〔阿勇唱着《夜色阑珊》舞蹈演员伴舞。一曲唱罢，舞台一角区域光起，内坐团长和老演员若干。

团　长　好！不错不错，这次咱们剧团的节目汇报审查，所有节目都完成得很不错，虽然有些日子没有演出了，但是大家都没有松劲儿，尤其是新排的这个节目……小勇这个节目叫什么？

阿　勇　《夜色阑珊》。

团　长　哦！对对对……《夜色阑珊》，看得出是下了一些功夫的。今年咱们参加县里的团拜会，我看这些节目就不用担心了，在审查之前大家还在议，剧团没有演出大家会不会退步，看来这个担心是多余的，您说呢，老领导？

老团长　哎呀，我都已经退下来了就不要再说了，何况退下来的人说的话

谁还会听啊？

众　人　老领导，您可不能这么说啊！您可是我们团的定海神针啊！您的意见相当重要！

团　长　老领导，您这是在批评我啊！哈哈。您还是我们艺术委员会的主任，专业的事还要您发表意见啊！

老团长　哈哈哈！说错话了，我退下来就是想偷个懒。那我就说两句，这次审查小张，不，张团叫我来，开始的确我很担心，看完大家的汇报，我很欣慰啊！前几天和县领导在一起吃饭，我还在呼吁：要多给我们剧团一些政治宣传任务。同志们啊，一年一度的团拜会是党交给我们的任务，是党对我们的信任。看到大家很用功很努力，我很欣慰，我相信，这次一定能够展现咱们剧团的艺术水平，不辜负县委县政府对我们的期望。

〔众人鼓掌。

老团长　但是，最后这个……这个节目，我发表一下个人的看法。小勇作为年轻的演员很努力很有才华，这个我们大家都认可，可是他选择这首歌，非常不妥！当然了，他还年轻嘛，像这样的歌，不积极、不阳光、不健康，甚至还有点这个……这个……是不是？

阿　勇　这歌怎么了？这是流行歌曲啊。

老团长　什么流行歌曲，我看是流氓歌曲。

阿　勇　哪儿流氓了？

老团长　你听听那歌词写的，在大马路上走得好好的，你突然问人家姑娘，还是美丽的姑娘，是不是和我一样啊？这不是要流氓是什么？

阿　勇　这首歌写的是深圳。

众　人　深圳也不能要流氓啊，深圳警察是吃干饭的？

阿　勇　歌词上就是这么写的。

老团长　你可以改词啊，可以问老太太呀，要不要过马路呀？

阿　勇　（气乐了）那我干脆唱《学习雷锋好榜样》算了。

老团长　你这叫什么态度！这么跟你说吧，你这首歌就是流里流气、靡靡之音。

阿　勇　老团长，您就别给扣帽子了，这首歌电视上都播出了。

老团长　电视？电视上播这首歌？我没看到，我家没电视，你们谁看到了？

〔众人摇头。

众　人　我们家也没有电视。

老团长　赵忠祥也唱这首歌？

〔众人大笑。

老团长　总之，这首歌就是不能唱。张团，你说呢？

团　长　您说得很有道理，我看就这么定吧！散会。

〔众人散会。

阿　勇　等一下！我想说两句。

〔其他演员制止阿勇。

阿　勇　你们当领导的想过没有，团里为什么这么长时间没有演出？因为咱们的节目太旧了，观众不爱看。如果按照您这套观点继续下去，咱们剧团迟早要解散。

团　长　小勇，闭嘴！散会！

阿　勇　团长，我也给你提个意见，你当演员的时候不也这么说吗？怎么一当团长就变了？能不能给我们做个主啊？

老团长　有我在一天，就不能由着你们性子胡来！张团，今后你一定要抓牢思想教育和意识觉悟，对这种歪风邪气要狠狠地打压。

阿　勇　谁歪风邪气了？张嘴就给人扣帽子，你以为还是“文化大革命”呢，我看你就是不懂装懂，倚老卖老，你都已经退休了，能不能回去带孙子。

老团长　你……你……

〔老团长犯病，众人扶下。

团　长　小勇啊小勇，你是不想干了吗？

阿　勇　不干就不干，我明确地告诉你，老子不干了！

〔切光。

〔光启。阿勇拿着行李上，众人跟在身后为他送行。

阿　勇　行了，别送了。都回去吧！

〔众人悲悲切切依依不舍。

阿　勇　哎呀，你们这是干吗？你们这哪像是在送行啊，怎么感觉像出殡啊，大家都开心点。妈，你咋又哭了呢？放心，挣了钱我就回来。

勇　母　儿子，我听说那骗子多，你还能把骗子的钱挣了？你给我注意安全，早去早回。

阿　勇　大柱、二毛，替我照顾好我妈。

大　柱　好，你放心！你在外也要照顾好自己，尤其那个边防证千万别弄丢了，听说要是没证件，拉出去就枪毙。

〔勇母腿软。

二　毛　是，我听说深圳特别好，旁边就是香港，全是黑社会，拿着真刀真枪在街上干，特别刺激。

〔勇母喘不上气。

阿　勇　我让你俩照顾我妈，你们怎么净吓唬我妈呢？什么黑社会，哪有那么夸张！

二　毛　我都是在录像里看的，大家都看过，女的长得可好看了。

大　柱　说啥呢？还会比小芳好看呐。

小　芳　阿勇——

阿　勇　小芳，等我回来！

〔团长上。

团　长　阿勇——

〔众人回头。

阿　勇　团长你怎么来了？

团　长　这不是来送你吗？年轻人就是冲动，啊？你说你服个软回去做个检讨不就完了吗？辞职去什么深圳，这不是莽撞吗？

勇　母　小张啊，你现在当领导了，可要说说他呀。

团　长　阿姨，那天你是没见啊，我拦都拦不住，他直接把老孙气住院了。

阿　勇　活该！谁让他给我乱扣帽子。

团　长　唉！事情闹到现在这一步，你出去躲躲也好。

勇　母　小张，那深圳到底是个啥地啊？

团　长　虎狼之地啊！

〔勇母差点儿坐地下。

团　长　阿姨，我的意思深圳是中央搞的经济特区，去那儿的人都是各地的精英，阿勇想在那里混口饭吃没那么容易。阿勇，到了深圳撑不住了就回来。

阿　勇　（握住团长的手）张团，我一定混出样子给大家看。

团　长　别死要面子活受罪！听说深圳电视机便宜，回来的时候带一台。

二　毛　张团，你来是为电视机啊？

团　长　我……我为什么电视机啊，带回来送给老孙，兴许他能放过你。

阿　勇　我给他送个屁！大家等我的好消息吧。大柱，唱起来！

〔音乐《别为我送行》。

〔火车汽笛声起。

〔切光。

# 第二幕

**时　间：**九十年代

**地　点：**深圳火车站、十元店

**人　物：**阿勇、骗子、失主、男子、女人、华哥、彪哥、行人若干

〔大屏幕放着深圳早期的照片。

〔音乐《深圳湾情歌》。

〔光启。阿勇拿着行李来到火车站。

阿　勇　深圳我来了！

〔花枝招展、西装革履，具有深圳特色形形色色的人陆续上场……在舞台上跳舞，阿勇惊奇地穿梭其中，轻松快乐、优美而滑稽。

骗　子　（上场）老板你好！

阿　勇　我不是老板。

骗　子　一看你就嗫老板，我先自我介绍一下，我嗫香港人。

阿　勇　香港人？

骗　子　对呀，我今天过深圳玩，这嗫我的回乡证。

阿　勇　你好，你好！

骗　子　嗫这样，昨天玩得太开心，钱包丢掉了，今天回香港，没有钱回不去啊，你能不能借300块给我？我回到香港一定双倍还给你，而且嗫港币哟！

阿　勇　啊？你把钱全都丢了？

骗　子　嗦呀，不然我也不会像个骗子一样，到处找人借钱，很丢脸的嘛。

阿　勇　这……

骗　子　请你相信我呀，我嗦香港人怎么会骗你呢，帮帮我啦，一看你就嗦好人来的嘛，我们交个朋友，谢谢你啦！

阿　勇　那……好吧！（掏出钱包，拿出钱递给香港人）

骗　子　哇！谢谢啦！你真是好人来的喔。你的BB-call是多少号？等我来深圳呼你啦！

阿　勇　没关系的，都是朋友互相帮助，没什么的。（一边说一边写下自己的地址）

骗　子　谢谢！下周我找你。

阿　勇　再见！路上小心别再把钱弄丢了。

〔一名年轻男子急匆匆的行走，路过阿勇身边掉下一包钱，阿勇发现。

阿　勇　你的钱掉了！

〔年轻男子没有听见已经远去。

阿　勇　（大声呼喊）钱……你的钱掉了！

〔另一位陌生男子上，制止阿勇。

男　子　嘘！别喊！咱俩一人一半。

阿　勇　谁跟你一人一半，这是别人掉的钱。

男　子　这是我捡的，你不要就别喊，不然我弄死你！

〔一个女人走上。

女　人　老公，怎么了？

男　子　我捡到钱了，咱们赶紧走。

阿　勇　不许走！

失　主　你们……站住！

女　人　老公你先走，我拦着他！

失　主　（一把抓住阿勇）把钱还给我！

阿　勇　我没拿你钱，刚才她老公拿着你的钱跑了，你快去追啊。

女　人　你掉的钱是他捡的，还和我说要一起分。

阿　勇　你血口喷人，明明是你老公拿了钱，还说回家分钱，你赶紧找警察。

失　主　我已经报警了，你们俩谁也别走，就你们俩拿的。

女　人　真的不是我拿的，你可以翻我的包。（主动掏出包给失主看）

失　主　（翻完包，拉着阿勇）那就是你拿的，你的包也给我看下。

阿　勇　（掏出钱包）你看，这哪有你的钱，都是我的钱。

〔在阿勇和失主对话时，女人在旁不断地喊。

女　人　就是他拿的。

〔阿勇与女人理论时，失主已将阿勇钱包里的钱调包了，女人撒腿就跑。

阿　勇　你看，她跑了，你快追啊！

失　主　她做贼心虚了，肯定是她拿的，钱包还你，我去追他，你别走！一会儿警察来了给我作证。（追下）

阿　勇　你放心地去吧，我在这等着。（看着对方远去的背影后发现自己上当受骗，恍然大悟。大喊）骗子——

〔切光。

〔音乐《青春的城》。

〔阿勇在路边卖唱，面前放着小盒子。

〔大屏幕为深圳街景。

〔在来来往往的人群中，偶尔有人扔钱给阿勇。

〔夜晚，凌乱的门面上挂着“十元店”的招牌。

〔阿勇躺在一张凉席上，彪哥走上，看到阿勇。

彪　哥　小兄弟，东西不要放在我这里。（铺开自己的凉席）小兄弟，你掉个头不然睡觉时你的脚会蹬到我的脸。

〔华哥上场。

彪　哥　大老板回来啦？

华　哥　滚蛋！赶紧去把你的脚好好洗洗，臭得要死！

〔彪哥拿着臭袜子熏华哥，嘿嘿一乐然后离开。

华　哥　（发现阿勇）你是阿彪家的亲戚？

阿　勇　谁是阿彪？

华　哥　哦！新来的？把你的东西挪开，这是我的床。（铺床）哪儿人啊？

阿　勇　青海的。

华　哥　我北京的，刚来深圳？

阿　勇　嗯，三天。

华　哥　前两天在哪儿住的呀？甭问！荔枝公园。我跟你说，其实这儿比荔枝公园好不到哪儿去，为嘛来深圳啊？甭问！在老家失恋了、单位混不下去了，总而言之，就是要离开那块伤心地对不对？

阿　勇　嗯，失恋倒没有，就是把领导气瘫痪了。

华　哥　（大笑）可以啊，这就叫打破铁饭碗。怎么一来深圳就睡公园啊？甭问！在火车站被骗了吧？

阿　勇　我真没想到深圳是这样！

华　哥　这是来深圳的第一课，交点儿学费正常。来，给你推荐一本书。

阿　勇　书？

华　哥　《粤语速成》，来深圳得学粤语，没人告诉你？“木怪有落”总得会说。5 块钱一本。

阿　勇　这么贵？不买。

华　哥　不说粤语没法和香港人沟通，挣不着钱的。

阿　勇　和香港人沟通也不用粤语吧，我认识一个香港人，普通话说得很好呀。

〔彪哥上。

二　人　香港人？是不是说钱包丢了过不了关，下周来还你港币？

阿　勇　嗯，是啊。

〔二人对视哈哈大笑。

阿　勇　怎么了？他也是骗子？

彪　哥　小兄弟，你那个香港朋友有可能也住在某个“十元店”，他每天都过不了关。

〔阿勇崩溃。

华　哥　哥们儿，傻了吧？我告诉你啊，没事儿！太正常了。你这根本不算啥！你看你彪哥，以前做进出口，他就是一款爷，找一女朋友爱得死去活来，结果出差三天，回来一看…… 女朋友连房都给他卖了，人间消失，跑了！可他不还是每天乐呵呵的吗？

彪　哥　华哥他三个月前还是大老板，跟人家打了一场官司，输得干干净净，还欠了人家十几万，现在每天蹲在路边卖签名，不也好好的吗？

阿　勇　真的啊？那你们还留在深圳干吗？不回家。

华　哥　说真的，我没脸回。我离开北京的时候跟一帮朋友吹牛逼，我就这么灰溜溜地回去，那多没面儿啊！不就十几万嘛，这是哪儿？深圳！机会大把，别看哥们儿我现在在“十元店”，只要让我抓住机会，我立马就能咸鱼翻身、东山再起。

彪　哥　对！我那个老乡之前还在工地搬砖头，没过多久身价几百万，深圳就是这样，只要你敢干，一定会出头的。

阿　勇　那我买一本吧。深圳不说普通话吗？

华　哥　语言这种东西，是最嫌贫爱富的，哪里有钱，大家就学说哪里的话，兄弟，深圳不是奇迹就是传奇，你才刚来，前途无量啊！只要机会来了，那日子过得，风含情水含笑，美！

〔音乐《风含情水含笑》。

〔阿勇捧着粤语书看。二人进入梦乡。

〔切光。

## 第三幕

**时　间：**九十年代

**地　点：**歌舞厅

**人　物：**阿勇、主持人、丽姐、歌手、乐队、舞蹈演员若干、服务员

〔光启。舞台上女歌手唱《风含情水含笑》，舞蹈演员伴舞。一曲唱罢，主持人出场。

主持人　有请情歌王子赵勇。

〔阿勇上场，些许紧张，先给大家唱《透过开满鲜花的月亮》。唱完之后，观众席两位香港人点歌，阿勇说："不会！"香港人很生气，其中一人拿起两瓶啤酒放在台上，阿勇一边唱一边喝酒，酒喝完人倒在舞台上，被保安抬下。

〔音乐《春天的故事》。

〔演员化妆间里阿勇躺在沙发上，节目经理丽姐在一旁看着。

演员甲　丽姐，都这么晚了，你一直看着也不是个事儿啊！

演员乙　丽姐，他也没跟咱签合同，就算喝死也跟咱没关系呀！

鼓　手　这小子以前在哪儿唱的？来咱们这儿第一天就被放倒了。

键　盘　丽姐，我怎么发现你看他的眼神不对，你该不会喜欢这种类型的

吧?

丽　姐　少废话，点评。(训人——舞蹈演员、歌手、乐队等问题待补充描述当初跑场人的状态，丢自行车的、因跑场多建议雇门口的摩的等等)

〔点评完毕，大家喊着吃夜宵往出走，键盘拿手中的矿泉水倒在阿勇的脸上。

丽　姐　你干吗?

键　盘　帮他醒酒呢！再说，他老睡着你也没机会呀。

丽　姐　你混蛋!

〔键盘乐着跑下。

〔阿勇醒，擦着脸上的水，丽姐递纸巾给他。

阿　勇　经理，不好意思！喝得有点猛，平时不怎么喝，没把场子搞砸吧?对不起！其实我挺需要这份工作的，你要是觉得我不行，那我去别的地方试试。谢谢！（站起来准备走）

丽　姐　站住！坐下！给我讲讲你的事儿。

阿　勇　啊？我的事儿?

丽　姐　对呀，你以前在哪里唱歌？为什么来深圳?

阿　勇　我干吗和你说这个?

丽　姐　我对你一无所知，我怎么用你?

〔服务员上，端上一碗面一碗酱。

丽　姐　一人一碗。

阿　勇　不了。

丽　姐　什么不了，你就是空着肚子喝酒，喝多了。

阿　勇　唔该!

丽　姐　你不是会说粤语吗?

阿　勇　就这一句。我想问一下，我是不是非得会粤语呀?

丽 姐　能唱粤语歌当然好，但是不会唱也没关系，现在内地的客人也很多，他们喜欢听国语，都是当下流行的。你吃呀，一边吃我一边跟你讲讲……

〔音乐《蓝蓝的夜蓝蓝的梦》。

〔大屏幕出现深圳老照片，丽姐陪阿勇找房、为阿勇做饭、欣赏地看着舞台上阿勇演出等各种关照。

〔切光。

## 第四幕

**时　间**：九十年代

**地　点**：歌舞厅

**人　物**：阿勇、丽姐、豪哥、龙哥、阿全、德哥

〔光启。阿勇站在舞台上，丽姐坐在台下。

阿 勇　我今天最后这首歌，是献给台下一位美丽而让我永生难忘的女人，她的出现让我的生命有了光彩，因为有了她，我的世界与众不同，我们相识了很久，但这是我第一次这么对她说，因为《牵挂你的人是我》。

〔丽姐在台下幸福地听着，阿勇唱到一半，丽姐老公和朋友们上。

港 商　阿丽，你今天怎么坐在这里啊？是不是知道我要来啊？哇，好有面啊！你们看，这嗾我的女朋友，这里的经理，正不正点？

朋友们　哇！正、正、正，大嫂好！

丽　姐　你怎么今天过来了？

豪　哥　想你了嘛！给你介绍一下，这位是龙哥，身价3000万；这个是阿全，我们都叫他股神；给你隆重介绍这一位——德哥，到很多地方提起他的名，没有搞不定的事情。快！赶紧拿酒，好好敬敬这几位大哥。

〔阿勇唱完歌走过来，制止丽姐喝酒，被豪哥呵斥。

豪　哥　你算什么东西？

丽　姐　这是我们的歌手。

豪　哥　这里没你什么事，你去唱歌啊！（对阿丽动手动脚，继续灌酒）

丽　姐　对，阿勇你回去唱歌。

阿　勇　我的歌唱完了，我来陪你们喝，各位老大，我代阿丽敬你们一杯！

豪　哥　阿丽是你叫的吗？

丽　姐　叫丽姐！

阿　勇　哦，我代丽姐敬大家。

龙　哥　你是谁啊？我们认识吗？干吗和你喝酒？

豪　哥　我们喝酒关你什么事？

丽　姐　阿勇，你下班吧！

阿　勇　那我等你。

豪　哥　阿丽，搞什么？

丽　姐　就是一歌手，普通朋友，等我结账呢！那个，要不明天给你结账好吧？

阿　勇　阿丽，这位是？

豪　哥　再次警告你阿丽不是你叫的，她喺我的女。你想怎样？

丽　姐　阿勇，有什么事情明天说好吗？不要扫大家的兴！

阿　勇　这几天你不是不能喝吗？我帮你喝。

丽　姐　我不用你帮，要帮也是我男朋友帮，你赶紧滚！

〔阿勇愣住。

豪 哥　阿丽，你背着我搞什么？

丽 姐　我没有。

阿 勇　（端起酒杯）大哥，对不起！我误会了。

〔阿勇喝完酒转身走向舞台唱《晚秋》。

〔切光。

# 第五幕

**时　间：**九十年代

**地　点：**出租房

**人　物：**阿勇、彪哥、嘉俊

〔光启。阿勇在出租房里收拾着，彪哥带着嘉俊提着酒上场。

阿 勇　彪哥，你怎么这么快就到了，不才刚挂的电话没几分钟吗？

彪 哥　路上一辆车都没有，你都知道啦！深圳一过年就变成了空城。

彪 哥　给你介绍一下，这位是我的小兄弟嘉俊。

嘉 俊　勇哥好！彪哥说要和大明星一起过年，我很激动就过来了。

阿 勇　什么大明星，就是一唱歌的。你好！我是阿勇。

彪 哥　喂，你这个大明星怎么还住在出租房里？没买房吗？

阿 勇　买啦！

彪 哥　有眼光。

阿 勇　后来又卖了。

彪　哥　啊？

阿　勇　我是四千五买的，涨到五千就卖啦！呵呵……小赚了一笔。

彪　哥　那你户口迁过来了没有？

阿　勇　没有，入户指标我也卖了。

彪　哥　那你还准备买房入户吗？

阿　勇　不买，我准备买车，车能开走，房又不能带走。

彪　哥　你都成大明星了，还想回老家？

阿　勇　深圳的钱是挺好挣，但是节奏太快，我总觉得不踏实。咱们边吃边聊吧！你怎么没有回家过年？也是买不到票吗？

嘉　俊　我是本地人，家人都出国了，一个人过年没意思，就跟着彪哥混啦！勇哥，该买房买房、该入户就入户，过年大家都留在深圳，很热闹的嘛！作为本地人，欢迎大家！来了就是深圳人嘛！

彪　哥　这句话说得好！来，干杯！咱们一起过年。

〔阿勇打开电视，看春节联欢晚会。

阿　勇　这电视也就今天派上用场了，平常都没有时间看。

嘉　俊　为什么要看电视？

阿　勇　看春晚呀！

嘉　俊　春晚是什么？

阿　勇　春节联欢晚会，中央电视台的。

嘉　俊　我都不知道哦，我们平时都是看本港、翡翠、明珠的。

〔电视里传出主持人的声音。

嘉　俊　好像不好看哦！

阿　勇　现在春晚是越来越不好看了，但是不看就不像是过年，这是我们北方人的习惯。

嘉　俊　好奇怪的习惯，喝酒啦！

阿　勇　（端上饺子）饺子来喽！你们怎么不吃？

二　人　还有别的菜吗？

阿　勇　过年不就是吃饺子吗？那你们过年吃什么？

二　人　烧鹅、椒盐排骨、白灼虾、糖醋排骨、白切鸡、清蒸鱼、酱油鸡、头啖汤、梅菜扣肉、香芋扣肉、芹菜炒烧肉、酸辣荷花鱼、冬菇炒菜心、腊味糯米饭、酸甜猪脚、盆菜、汤圆。

阿　勇　行了，行了，我这只有饺子和几个凉菜，要不咱们出去吃？

彪　哥　算了，过年店铺都关门了，就吃饺子吧！

嘉　俊　有饭吗？

阿　勇　这就是饭啊！

嘉　俊　那我们还是喝酒吧！

〔电视里播放着赵本山的小品，阿勇哈哈乐。

嘉　俊　勇哥，你看的这个我听不懂，有什么好笑的？

阿　勇　这个小品多好笑啊！

嘉　俊　我告诉你还有更好笑的，我给你换本港台啊！

〔嘉俊换完台，一个人哈哈乐。阿勇低头喝酒。

彪　哥　算啦，把电视关掉，难得聚在一起过年，多喝几杯吧！

阿　勇　彪哥，我敬你。你真厉害，没几年又当上老板了。

彪　哥　我之前就和你说过了，深圳就是这样，只要肯干，一定会咸鱼翻身。

阿　勇　对了，这些年你还有和华哥联系吗？他过得怎么样？

彪　哥　阿华他在搞普通话培训，现在应该回老家过年了，等他回来我们一起聚一下。（对嘉俊）你不知道，他见过我最惨的时候，我们一起住在“十元店”。

嘉　俊　那个时候你们不认识我，要不然可以到我家里去住，我家有好几栋楼，都租给外地人啦！来一拨走一拨，真正能留下的没几个。

阿　勇　深圳变化太快了，就说这深南道几天没见就有很大的变化，不认识。

嘉　俊　深圳的发展是太快，我小时候觉得最远就是东门，上中学的时候最远是上海宾馆，后来最远就变成了蛇口，到现在去哪儿都不算远，最远的是我家。

阿　勇　为什么？

嘉　俊　我的祖屋在大鹏，每到节假日回去都要很久。吃完饭咱们去哪里？

阿　勇　不出门，在家守岁。

嘉　俊　待在家里多无聊啊，我知道一个很好玩的地方，东莞去不去啊！

阿　勇　我不去。

彪　哥　我去！

〔三人干完一杯，彪哥和嘉俊下场。阿勇打开电视机看春晚，音乐《走进新时代》。

〔切光。

# 第六幕

**时　间：**九十年代

**地　点：**老家机场

**人　物：**阿勇、大柱、二毛、团长、小芳、舞蹈演员若干

〔光启。大柱和二毛在候机楼等候，三人相见相拥在一起。

大　柱　阿勇，你行啊！坐飞机回来，在深圳挺好？

阿　勇　挺好，你们呢？

二　毛　还那样呗，没变。

大　柱　你咋回来？这么多年，你家老太太想死你了。走走走，上车！

阿　勇　行啊！小伙儿，都买车啦？

二　毛　他哪儿买得起车呀，管朋友借的，专程来接你的。你难得回来，多待段时间。

阿　勇　过了初五就回。

大　柱　那没几天啊！

阿　勇　深圳开工早。

二　毛　开工？

阿　勇　就是上班，还有开工利士拿呢！

大　柱　哈哈！那这几天得喝好，走！

〔三人上车，与别车剐蹭，对方司机下车就破口大骂，双方冲突，各自打电话叫人。

阿　勇　你这车有保险吗？

司　机　没有啊。

阿　勇　蹭这么一块多少钱？

司　机　（絮絮叨叨说了一大堆）至少 500 块。

〔阿勇掏出 500 块给对方，对方开车走了。

大　柱　这就把钱给他了？太没面子了。

阿　勇　这和面子有什么关系，蹭了别人的车要不叫交警要不交保险，这么点儿事私了得了。

二　毛　那也不给 500 呀，在我朋友那喷漆最多 200。

阿　勇　（掏出 500 块给大柱）给，拿着。

大　柱　给我钱干吗呀？

阿　勇　你这车不是向朋友借的吗？修好把油加满还给人家。

大　柱　阿勇，你发达啦？你在深圳一个月挣多少？

阿　勇　不一定，最少一万多吧！

二　毛　我天！你在深圳干吗呢？贩毒啊？

〔三人出门准备上车，遇到小芳和团长手挽着手，小芳和阿勇愣住。

大　柱　你们咋过来了？

团　长　我们来接人，阿勇你怎么回来啦？事先也没说一声。那个，我和小芳前年结婚了，她现在是我太太，我们挺好。你们俩没告诉阿勇吗？这次回来还走吗？

阿　勇　走，后天就走。

〔二毛想说话，大柱制止。

团　长　那我就放心了，不是，我是说我们还有机会一起吃饭，我请你。

〔团长挽着小芳走。

阿　勇　小芳——

〔歌曲《等你在老地方》起　舞蹈演员上，情景模拟。音乐结束回到现实。

阿　勇　小芳，有空来深圳玩儿，和你老公一起。

小　芳　嗯。

团　长　没问题，肯定去深圳看你。我们先去接人，这两天约你，咱几个哥们儿好好聚聚。（拉着小芳下）

二　毛　你说这巧不巧，阿勇你没事吧？

阿　勇　没事儿，这很正常，分开好几年了，小芳跟着他挺好。

大　柱　这些年我们都没变，就刚才这事有点变化，没敢跟你说。

阿　勇　真没事儿，我现在就是想我妈。

大　柱　老太太给你做了一大桌饭菜，走！回家。

〔切光。

〔音乐《小芳》。

# 第七幕

**时　间：**2000 年

**地　点：**现代酒吧

**人　物：**阿勇、DJ、舞者、丽姐

〔光启。阿勇坐在吧台边，看着台上的 DJ 和舞者、舞池中的型男靓女喝着酒，然后冲进舞池跳舞，周围人嫌弃地走开，阿勇站在 DJ 台想唱歌，被安保架走。阿勇坐在台阶上。

阿　勇　（打电话）王哥，怎么歌舞厅说关就关了…… 我知道我知道，钱已经结了，我就想知道歌舞厅怎么就关了呢？哦……哦……王哥保重啊！（又拨号）喂！张姐，最近什么情况啊？啊？都改包房啦？那就不要歌手驻场了？哦……行！行！知道了。（再打）赵总，好久不见！你那场子还要歌手吗？小弟我都半年多没什么演出了，还需要您关照呢！什么？哦……你们需要唱英文的女歌手，有空聚吧！（再打）丽姐，是我……

丽　姐　阿勇？这么多年没有联系，怎么现在想起我了。

阿　勇　你猜我现在在哪儿？

丽　姐　你喝酒了？

阿　勇　对呀，我在以前咱们的场子，被几个保安架出来了。

丽　姐　（乐）以前的场子？那都转了多少手了，现在还是演艺吗？

阿　勇　酒吧，里边都是一群乱蹦跶的小孩儿。你还好吗？

丽　姐　我在澳洲挺好的。

阿　勇　你怎么跑到澳洲去了？

丽　姐　我移民了，都好几年了。

阿　勇　难怪一直没有你的消息。

丽　姐　你呢？你过得怎么样？

阿　勇　怎么说呢！最近几年歌舞厅一个跟着一个倒闭或者转型，我都已经闲了大半年了。丽姐，你说这到底是怎么了？

丽　姐　很正常，深圳的客源变了，客人的需求也变了，不再需要之前那种形式演出了。

阿　勇　是啊，很多之前的歌手都去了湖南、湖北、成都或者回东北发展了，也有很多消失了。

丽　姐　你也要离开深圳吗？

阿　勇　我还没想过，但是我感觉这座城市把我抛弃了。不聊了，你在那边电话费挺贵。

丽　姐　阿勇别挂，钱不是问题，我觉得你现在很迷茫。

阿　勇　不光是迷茫，感觉到很悲哀，我喜欢这座城市，一直在为它歌唱，可是瞬间就被它抛弃了，就像当年……

丽　姐　阿勇，你别这么想，在深圳要学会改变和适应。我离开这个行业这么久，才明白一个道理：这座城市是一棵大树，而我们只是树上的知了，作为知了的我们，欢快的歌唱总以为夏天是因为我们的歌唱而到来，其实即便我们不唱，夏天依然会来。

阿　勇　丽姐，我怎么觉得你像诗人？

丽　姐　在国外待久了，才知道国内的好。尤其是现在的中国，充满了活力，它在高速的发展，令其他所有的国家羡慕不已，我周边很多朋友都想回深圳发展，只不过再回去不能做知了，而是应该和这棵大树融为一体，做它身旁的小草，做它的树叶。

阿　勇　可是我们应该怎么和这棵大树融为一体？除了唱歌，我什么都不会。

丽　姐　别老觉得这座城市对不起你，而是你能为这座城市做什么。阿勇，可能我说这话你不爱听，你肯定还恨着我，觉得我太绝情。可是我的选择就像深圳的选择一样，只选择强者。

阿　勇　这么说我是弱者喽！

丽　姐　可能咱们对强弱的评判标准不一样，来闯深圳的人，每个人都有不相同的梦想，没有对错没有强弱，只是你的梦想是否和这座城市的发展契合。我建议你最好别离开深圳，因为那是一座有希望的城市。

阿　勇　谢谢你！丽姐。真的谢谢！你是一直都在帮助我，你的话我都听进去了，很幸运在深圳能有你这个朋友。再见！（挂电话）

〔歌曲《南方以南》。舞台上舞蹈演员展现阿勇一路走来的各种场景。

〔切光。

# 第八幕

〔歌曲《爱是一座城》。

〔大屏幕以 MV 形式记录阿勇近十年的拼搏：阿勇进入彪哥的公司，管理企业文化、参加社区活动、进行各种公益演出、结婚生子、推着坐在轮椅上的母亲，携妻女来到梅沙海边等等。

献给深圳拼搏的人们

深圳改革开放四十周年

# 创客人生

**时　间：**现在

**地　点：**舞台

**人　物：**

邱　总——48岁，上市公司总经理

邱　太——52岁，上市公司董事长

于　珊——28岁，普通上班族

凯　琪——26岁，酒吧歌手

思　懿——27岁，蛋糕师

张　俭——26岁，快递员

魏博涵——20岁，大学生

小　锦——28岁，视频技术人员

王　光——29岁，婚礼主持人

老男人——45岁，大老板

王光前女友——27岁，普通上班族

# 第一幕

〔魏博涵开场架子鼓表演

魏博涵说唱：

当初来到深圳，我们有些彷徨，靠自己双手成就创业梦想。

太多社会现象，阻碍实现愿望，但我依旧在蓝天像鹰隼一样翱翔。

积极创业的激情，仿佛澎湃的波浪。

无所顾忌，毅然出发，定能铸造辉煌。

找准定位，贡献力量，全民创业，大国工匠。

一起书写财富的神话，开启壮丽的篇章。

创业，不分白天和黑夜；创业，一起走出世界。

创业，不分白天和黑夜；创业，一起走出世界。

〔舞台上邱老板办公室，六个人整齐地坐在沙发上，邱老板在傲气的招待大家，把预先准备好的红包傲气地甩给每个人，给每个人沏茶后，居高临下的给大家开会。

邱老板　你们真是好运气啊，碰上了我，原本是让大家挣个小钱，你们可赚着了，没想到能这么赚吧？说你们怎么谢我吧。

〔大家站起来拿着红包齐齐鞠躬。

众　人　谢谢老板，老板再见。

邱老板　你们干什么去？

众人 A　回去上班啊。

邱老板　你们没病吧？昨天不是说好了吗？咱们开一个新公司，你们都是股东。

众人 B　昨天不是说好了演戏嘛？一个小时 2000 元，之后的事我们就不管了，不是应付董事长的检查吗？就凭昨天那几句话就让我们当股东？骗子吧。

众人 C　哦，我明白了，是不是之后就让我们投钱当股东啊？

众人 D　这招我见多了，我们走。

邱老板　别走啊，你们走了我怎么和董事长交代啊？咱们可是一条绳上的几个蚂蚱，谁也跑不了。你们是脑子进水了，这么好事还不信。

众人 E　就凭这几句话你就是骗子，让不让走了，不让走我报警啦。

众人 F　我就说这么好事，一个小时就 2000 元，连环骗。

众人 G　你给的钱是假钱吧？

（邱老板看着近似于疯狂、害怕的大家，哭笑不得）

邱老板　大家先不要着急，也不要害怕，来来来，把东西先放下，没人打架，也不怪你们，怪我没太说清楚。是这样，昨天本来是让大家帮我应付一下董事长的检查，结果大家表现实在太好，这董事长也不知道哪根筋搭错，昨天开会所有的承诺都是真的，咱们这叫假戏真做。这一切都是真的，这公司必须得开，而且一个都不能少。明白了吗？

（众人面面相觑，一时难以接受）

众人 A　怎么听怎么像骗局，哪有这么好事，蒙谁呢？

众人 B　你少废话，让我们走。

邱老板　（欲哭无泪）这年头真是好人难做，你们遇上这等好事简直是祖坟上冒了青烟，你们还不信，真是大傻 ×。

众人 C　你骂我也没用，你就是说出大天我也不干。

众人D　让我们走。

邱老板　不用你们出钱，每个月还给你们钱，还给你们股份，听明白了吗？

众人E　让我们走，你听明白了吗？

邱老板　（暴怒）谁不让你们走啦？你们不都已经站在门外了吗？

众人F　我们走！

（邱总气急败坏，在办公室生气地来回走动，嘴里喃喃地念叨：我是骗子，我是骗子，却不知六人又都回到办公室门口）

众人E　（众人看着邱老板，邱老板还未来得及说话）看吧，你自己都承认是骗子吧，快跑。

邱老板　你们再考虑考虑，给我电话。

（六人紧张地走出邱总的公司，小心翼翼地来到电梯前，电梯打开众人要进，被A拦住）

众人A　我们就这么轻易地走啦？别进，小心有诈。

众人B　那怎么办？

众人A　他们怎么能让咱们拿着钱这么顺利地逃走？也许……

视　频　（恐怖想象：六人在电梯中，出现几个彪形大汉用枪指着每个人的头，拧出电梯套上头套，再打开头套时出现在一间破旧的房屋，几个大汉拿着刑具，邱老板坏笑着：把钱掏出来。）

回到现实，众人神情凝重，战栗不已。

众人A　为了保险起见我们还是走楼梯吧。

视　频　（众人逃向安全门，疯狂的下楼梯）

（六人跑到大街上，不停地喘着粗气）

众人A　好险啊。

众人B　终于逃出来啦。

（正在庆幸，邱老板出现）

邱老板　你们还没走啊？你们再想想，想清楚了明天早上9:00来上班，我等着你们。再见！

（众人望着远去的车陷入了思考）

众人F　我怎么觉得像真的？

众人A　你傻啊？明显就是一个骗局。你们说呢？

（其他人不置可否）

众人D　宁可信其有，不可信其无。

众人A　天上掉馅饼，馅里肯定有毒。

众人C　万一是真的呢？

众人A　你是被僵尸吃了脑子了吧？

众人E　要不明天来试试看？反正说什么咱们不掏钱就是了。

众人B　这真是一个充满奇迹的城市啊。

众人A　走吧走吧，各回各家，赶紧上班去。

（众人下）

视频（片头隔断）

（小乐队音乐秀）

魏博涵说唱：

不是这样的简单风光一路歌唱。

在那些恢宏业绩璀璨笑容背后，

多少汗水挥洒心血的流淌，

多少艰难抉择辛酸苦涩的品尝。

面对那迷雾那风雨寒霜，

是退缩是放弃还是坚持理想？

脚踏实地一如既往这种境遇，

不是热血和疏狂能够承当。

啊成功总是构建在坚实基础上，

放开长远眼光明确目标方向。

还有过人胆略坚韧与顽强，

自是不可或缺的支撑和依仗。

然而若没有平和乐观的心态，

一旦遭遇挫折屈辱跟毁谤，

如何能不慌不忙不卑不亢？

将急功近利剔出脑海心房。

## 第二幕

视频（字幕：他们离开之后，魔咒开始了。）

（照片：凯琪）

（凯琪在舞台上拨弄着吉他，刚刚唱完了一首歌，对着评委说）

凯 琪 JASON哥，我唱完了JASON哥，我觉得吧，我的原创歌曲特别符合这个有情调的酒吧，所以就唱了这首歌，见笑了，不好意思。希望你能喜欢，说真的，我特别想在这里唱，我特别珍惜这个机会，谢谢JASON哥，你是我最敬佩的前辈，能在您的麾下我真的很荣幸，我没拍马屁哦，真心话，您觉得我可以吗？没关系，我现在再给您唱一遍？也好，正好我这两天感冒，嗓子特别紧，当然主要是紧张。没要求，没要求，按标准就行，我把来这里当成一次学习机会，价钱好谈，我很便宜的。JASON哥，主持过的，以前的酒吧主持人生病了，我也会偶尔主持一下，所有朋友们大家晚上好，希望大家过得开心，这里是男人的世界，这里是女人的天堂，这里是梦想的乐园，这里是……（地名）人最爱来的地方……让陌生的朋友不再陌生，让熟悉的朋友更加熟悉。对不起JASON哥，把您吓到了。我们以前那个酒吧风格是这样的。能跳呀，我之前学过一点点，（民族舞）是有点不合适，要劲爆一点的。（打碟舞蹈）性感？可以呀！（扭）我是不大，但是匀称呀。真的吗？我有这个荣幸可以看您展示吗？我天哪，您比女人还女人。JASON哥，我觉得我还是比较适合唱歌JASON哥，你能告诉我理由吗，额，你是想要个男歌手。您早说呀。我是辞了原来的酒吧来这儿的，（收拾包）真的，招聘上说明一下不就完了吗。我真的把原来的酒吧辞了，不，不是我唱的不行，对，我是为了来这里。（爆发）你刚听我唱歌了吗你就说我唱歌不行？坐下给我听，谁都不许动，听好了，闭嘴别说话！JASON哥，我觉得应该叫你JIASON姐，我没认识你之前，我真没发现原来我有以貌取人这毛病。这么多年谁一直照顾你啊？我很佩服他的胆量。你出生时是不是被扔上去过3次而只被接住过2次？长得很科幻，长得很抽象！大哥，把你脸上的分辨率调低点好吗？你妈生你时是不是把人扔了把胎盘养大，别跟我说话，我有洁癖。我忍屎忍尿也忍不下你呀。一巴掌把你打到墙上抠都抠不下来。找男歌手，祝你女朋友永远都是充气的。祝你男朋友永远都是电动的。我是不够完美，但是我坦白自然，你呢。对了，刚有一个公司让我去当股东我都没去，我觉得我明天就应该去，而且第一件事就是收购你这个酒吧。我炒你鱿鱼。你等着。

（凯琪下）

视频（照片：晓锦）

【LED 屏幕上播放着美好的电影画面，在很高端的设计空间做设计，旁边还有助理，在很多人的大会上演讲他的设计理念。闹钟响起，画面关闭。】

独　白　（对观众）我刚才做了一个梦，在梦里我终于雄起了一回，一键盘就把客户给拍死了，爽！可是这终究是个梦。大学毕业的时候我来到这个有梦想的城市，因为我的梦想是当一名设计总监，是，我现在也是设计总监，我的设计总被强奸。

【定点光】

独　白　（对观众）我已经熬了一星期的通宵了，今天我说什么都不干了，我是个设计师，不是技术员。我们那老板就对我说：（模仿老板）晓锦啊，你刚毕业没多久，应该多学习，你看看我，也是什么苦都吃过才走到今天的。公司要上新三板，我很看好你。

（对观众）他妈的骗谁呢，谁不知道你是为了节约请人工的钱。我现在最害怕听到的……【电话铃响】就是电话。

【酝酿情绪想摔电话，但是还接了起来。】

独　白　（接电话）王总，您好，您收到了吗？根据您的要求，现在的色彩搭配非常符合贵公司的形象。很多国际化的大公司都是用这种颜色搭配。不行？王总，这已经是修改到没有办法的修改了，最好的搭配我都已经尝试过了。（对观众）我都尝试过了，真的都尝试过了。（脱掉外套，露出T恤，T恤上写着初稿两个大字）初稿，我修改了9次。（脱掉T恤，出现新的T恤，写着审定稿，后面如下）审定稿9次，修改稿5次，总监修改稿5次，客户修改稿4次，最终稿7次，你以为结束了？哼~孙子才会修改稿6次，现在到了爷爷说改哪稿就改哪稿4次。我就真的不知道该怎么做了。最后你们猜他怎么说？（模仿王总）晓锦啊，把底色换成灰色，字体换成黄色。我就说了，这样不好看，灰色跟黄色搭配不突出。他怎么说？他指着这个底色问我这是什么颜色？我说灰。他指着字说这是什么颜色，我说黄。他说这不就得了吗，做企业一定要辉煌啊。只有这样才吉利啊。就这么定了。我怀疑我大学学的是假设计。就这种人悍跳预言家肯定被标狼打！女巫毒！猎人带！村民投！好在这个活终于在辉煌中结束了，（脱掉衣服，露出老哥稳的图片T恤）我本来以为可以休息一天，结果我×××。

【电话铃响】

（接电话）姐，这个设计思路是这样的，底色灰色，字是黄色，是辉煌，吉利啊。什么？这可是王总说的。这感觉没找准？到底哪里不合适啊？圆的修改成方的？姐，这相当于重新做啊。不是不是，做，但是这工作量需要三天。三天，这还是我加班才能完成的工作量，她说一小时，说什么你可以用美图秀秀啊，美图秀秀几分钟都可以搞定。我真×××我们做设计的，六爻八卦，奇门遁甲，阴阳风水，属相运程什么都要学，只要是甲方提出不合理的要求，你就得这么对她讲。姐，这个圆形啊，在八卦里属水，可以给你们带来财气。啊？就是要改，诶，姐，姐~（对观众）她说，她就是不喜欢圆，因为她男朋友的前任叫圆圆。行，我熬夜加班各种红牛终于修改成方的了。（脱掉T恤，出现一个正方形）她说：哎呀，这个我做不了主啊其实，你还是拿给张总看看吧。不是，这项目到底几个对接人啊？你们都提意见，我还怎么弄啊，能不能统一一下意见？我给我们老板打电话，老板说张总是央美毕业的。真的？早说啊，早知道有这样专业的人我就不这么麻烦了。张总确实给出了意见：我的意见就一条，你记一下（对观众）央美毕业，高才生，这可是个学习的机会！张总您说！我的意见就是一定要梳理，多梳理，梳理不通的地方就要剪掉。关于色彩呢，你可以多焗一些颜色，也不要拘泥于圆也不要拘泥于方，你可以弄个卷，这不就立体了么。（对观众）我怎么觉得不太对呢？张总啊，听说您是央美毕业的？什么？中央美容美发学院毕业的？

【画外音：目的是要办会员，没有会员企业赚不了钱，你这个设计一定要让他们产生办会员的冲动，实在不行有点离子烫的感觉，我说的你记了吗？】我记你奶奶个脚，我特么不干了。（脱掉T恤，上面出现羊驼的头像）

视频（照片：思懿）

被渣男欺骗，狂做蛋糕，痛苦后释然，舞蹈展现。

视频（照片：张俭）

不停地送快递。

视频（照片：王光）

（王光在酒店大堂碰到急救人员抬着担架，担架上躺着婚礼主持人，礼仪公司老板急切把他往婚宴后台拉，一路上不断地求王光

一定要帮这个忙，帮他救场。王光表示没问题，礼仪公司经理给他跪下了，王光奇怪干嘛行这么大的礼，经理眼泪都下来了，说：王光，但凡是还能找到主持人，绝对不会来麻烦你，你要答应我，无论发生什么情况，都要完成婚礼。王光奇怪极了，说：救场又不是这一回。经理逼着王光发誓，王光发誓到一半突然想到不会是穆荣的婚礼吧，经理羞愧说：是。王光怒喝道：你小子居然让我主持前女友的婚礼，我弄死你。经理掏出一把刀：如果这婚礼弄不成我也得被人弄死，左右都是死，不如死在兄弟手下。)

（婚礼现场，主持主持）

王　光　女士们先生们，亲爱的各位来宾朋友们，大家晚上好，今天是2016年 × 月 × 日，是一个让我们大家都激动不已的日子，因为就在今天有一对情深意浓的情侣踏上了和谐美满的家庭生活，扬起了爱的风帆，驶向幸福生活的彼岸，我是主持人王光。非常高兴可以和大家一同来见证这对新人的新婚和爱情，接下来让我们用我们共同的礼物热烈的掌声有请新郎新娘步入幸福舞台。

（王光看着前女友与一个老男人挽手走上了舞台，三人站在舞台上，前女友发现主持人是王光，二人倍感尴尬，看着满身挂着金镯子的新娘，王光悲哀地勉强主持完婚礼。）

## 第三幕

魏博涵说唱：

把理性冷静装进胸怀行囊，

一步步攀登拓展一点点积蓄力量。

一天天一年年，

全力以赴奋发图强。

这样才能有开创去想去的方向，

跟着时代朝阳我们在成长。

创业的路上不会再有迷茫，

刻下大写的人字珍惜青春的时光。

我们是国家栋梁会更自信更强！

创业不分白天和黑夜创业一起走出世界！

创业不分白天和黑夜创业一起走出世界！

邱总办公室

（众人在邱总办公室谈判，要问清事情真相，被逼无奈，邱总娓娓道来）

（邱总回忆）

【场景转换到生日派对现场】

（邱老板含情脉脉的打开一个首饰盒，里面的项链闪闪发亮，把站在对面的于珊照耀得心花怒放。二人深情相望、相拥。身后的LED大屏五彩斑斓，闪烁出："丘比特之夜——祝于珊生日快乐。"）

邱老板　宝贝，我真想当着大家的面把这个送给你，可是……

于　珊　老邱，我懂的。（二人抱在一起接吻，邱老板电话响）别接好吗？

邱老板　你是我的世界，其他人都不重要。

（二人激情澎湃，饥饿的撕扯，邱老板手机铃声一直在响）

于　珊　（娇喘地说）把它挂了。

（邱老板掏出手机准备挂掉，发现来电显示是老婆，顿时停住手脚）

于　珊　她不是出差了吗？

邱老板　是呀，按道理现在在飞机上啊，等一下（做了个深呼吸，按了接听，用低沉的声音）喂，老婆……

邱太太　喂老公，干吗呢？

邱老板　我在外面谈个项目。到北京了吗？

邱太太　哎，别提了，这趟航班取消了。

邱老板　（惊呼）什么？停飞了？（掩饰）看来北京的雾霾越来越严重。连航班都停了，那就等下一班吧。

邱太太　我不想去了，你在哪儿？我过去找你。

邱老板　好。不过这个事让董事长亲自出马是不是有点杀鸡用牛刀？呵呵呵……

邱太太　你昨天不是还让我过来帮你谈吗？现在又不让我来，你是在开会吗？

邱老板　哈哈哈，老婆你真逗，你过来我求之不得呢，你大概多久到？

邱太太　刚出机场，不堵车一个小时吧。

邱老板　哎哟，那你到了我们可能都谈完了。

邱太太　啊？这么快啊。

邱老板　（压低声音）人都不靠谱。

邱太太　怎么你每次事都谈不成？你能不能让我在爸爸面前有点脸啊？你等着我去给你搞掂。

邱老板　做生意不能强求，那得是缘分。

邱太太　你少废话，你懂还是我懂啊？把地址发给我。

邱老板　好好好。

（在通话中于珊不停地在邱老板身上缠绵，邱老板挂电话之后一把推开于珊）

邱老板　快快，通知你的朋友们，一会儿的生日晚宴取消。

于　珊　什么？这怎么可以？

邱老板　废什么话呀？她可能随时到。

于　珊　你不告诉她咱们在哪儿不就完了吗？

邱老板　（长叹一口气）你是个懂事的宝贝，我爱你，我爱你的懂事，我爱你的善解人意，你知道这些我已经没必要再向你解释。我现在还没法逃出她的魔掌，即便要和她一刀两断也不能用这样的方式。（掏出一沓钱）你和你的朋友说换地方了，你去 KTV 找个大包房，相信我，相信我们的爱情。快快，不能因小失大。（于珊看着手里的钱和新到手的首饰，有火发不出，任由邱老板推出门外）

（邱老板环视生日宴会大厅，大脑中不断地设想如何应对）

（若干穿帮被老婆各种惩罚场景）

（邱太太按照手机上发的地址一路奔来）

（邱总关门，清理现场，发现从 LED 屏幕后方出来的晓锦）

邱　总　你谁呀？

晓　锦　我装 LED，怎么了？

邱　总　你刚才没听见什么吧？

晓　锦　没有啊！

邱　总　就你一个人吗？

晓　锦　对！

邱　总　哦！你把过生日这个画面换了。

晓　锦　啊？换什么？

邱　总　投资见面会。

晓　锦　啊？

邱　总　赶快去！

晓　锦　哦！

（LED 屏幕更换好，邱总看完屏幕后坐在椅子上，要晓锦坐下。觉得人少，二人大眼瞪小眼）

（敲门声响起，思懿推着蛋糕进来。）

思　懿　邱先生，您好！您订制的蛋糕……

邱　总　蛋糕？！不要了……等一下！你进来，蛋糕藏起来，你坐这儿。

思　懿　啊？哦！Surprise……

（思懿放完蛋糕，高兴地坐下，三人大眼瞪小眼。）

（敲门声响起，王光进来）

王　光　您好！我是今天生日宴会的主持人，我叫王光。

邱　总　坐！

王　光　啊？是要开会吗？

邱　总　对！开会。

（王光坐下）

（凯琪背着尤克里里进来）

凯　琪　邱总，您好！我是您邀请的歌手凯琪。

邱　总　你赶紧坐下！

凯　琪　哦！

（凯琪坐下）

（四人头上戴着生日帽，邱总发现后让大家摘下来。

众　人　（莫名其妙）不是过生日吗？

邱　总　我宣布，生日宴会取消。不许提生日！

（众人惊诧）

（张俭拿着快递进来）

张　俭　快递……请签收！

邱　总　（看着快递）你……你坐！

张　俭　啊？我送快递。

邱　总　我知道，你先坐！

（众人坐好）

邱　总　大家听好！生日宴会取消。

（众人反应，水词儿）

邱　总　放心！费用照给。我现在急需大家帮我一个忙。

张　俭　老板你是不是搞错了，我就是送快递的，你赶快签，我急着走呢！

（魏博涵推门进来）

邱　总　你干吗？

魏博涵　啊？这不是有个生日宴会？！

邱　总　走错了，把门关上！

（魏博涵出去。张俭拿着单子）

邱　总　大家听我说，你们帮我一个忙，不白帮。一个小时两千！

（众人愣住）

（魏博涵在门口听到）

张　俭　违法的事我不干！

（众人附和）

邱　总　绝不违法！很简单，就是配合我开个会。

张　俭　我干不了！

邱　总　订金给我放下，你出去！

魏博涵　（走进来）我可以，我可以！

邱　总　用不着你！小屁孩别捣乱！

（魏博涵坐在张俭的位子上）

魏博涵　我没捣乱，我真可以，你会需要我的。

邱　总　行行，你坐那儿，别说话！

（张俭回来）

邱　总　你不是干不了吗？

张　俭　我能！

邱　总　好，时间紧迫！我再说一次，你们配合我开一个会，明白吗？

思　懿　生日会？

邱　总　不许再提生日，没人过生日。听懂了吗？（从兜里拿出一沓钱，边发边说）我先预付200。我们这是个项目研讨会，我是投资人，你们是社会精英，来和我一起探讨项目。一会儿总公司董事长来视察，明白了吗？董事长是我老婆，（众人不解）你们不用管那么多，开会就行。

王　光　那我们是个什么项目呢？

邱　总　这还不简单，那么多项目你随便说，是不是？就比如说……是吧？这个……你们动动脑筋，别光让我想啊！（看着大家）快……快说……说呀！

（众人紧张的思考，王光站起）

王　光　各位尊敬的来宾，女士们先生们……

邱　总　不是让你主持，让你说项目！

（王光尴尬地坐下）

思　懿　我们这个生日蛋糕……

邱　总　不许提生日！（邱总崩溃抱头俯桌，众人不知所措）

魏博涵　大家是不是都把事情搞复杂了？这不很简单吗？你是大老板，是投资人，我们都是找投资的创客，大家是干什么的就说自己的职业，说自己的创业计划，很简单的事情啊。

邱　总　（缓缓抬起头来）对！对！我就是这个意思。

魏博涵　大家别有负担。反正都是假的，一个小时以后拿钱走人。OK啦！邱总，不需要我吗？

邱　总　需要需要！（给钱）大家就按照这个说。（电话响）大家准备！（接电话）

（众人围坐在桌前，邱太审视着大家，大家尴尬表现得不自然。）

邱　总　（边给邱太倒水边掩饰着）大家不要拘束不要紧张，我们董事长非常和蔼可亲。

（众人假笑着和邱太打招呼）

邱　太　不好意思！你们继续开会，我只是想听听。

（众人有点怯场）

邱　总　（赶紧搭话）对！我们继续。刚才谈了这么多，大家都讲得非常好，让我很有启发，至于这个项目呢！我们回去还要继续商讨，今天就先到这儿。散会！

邱　太　等一下！先坐。看来我是错过了精彩部分，既然我都来了，大家不妨再谈谈，让我也受下启发。

邱　总　那……那就大家先坐。

张　俭　不都说散会了吗？

邱　总　你看你，董事长亲自到场，是不是？大家再把刚才所说的再拣重点重复一遍嘛！

（众人坐下，互相倒水，就是不说话）

邱　太　小伙子，你多大了？

魏博涵　16，怎么了？

邱　太　那你应该在上学呀！

魏博涵　对呀！

邱　太　那你也参加这个会议？你有什么项目？

魏博涵　董事长，现在的高中都在搞创客项目，这有什么奇怪的？

邱　太　哦！那你说说。

魏博涵　有一句名言：不想赚钱的公司就是耍流氓。传统行业的赚钱模式不用我多说大家都知道是过时的，一个企业想要做到一直被模仿从未被超越就是要掌握核心技术力，那就是互联网思维，关键在于创新。对不对？

邱　太　不错，有没有具体的例子？

魏博涵　例子嘛，当然有！我们在座的这几位都非常有创意。比如说……他。

王　光　（产房一段）

邱　太　有些道理，能不能再具体一些？

邱　总　是，很空洞！

王　光　再具体？（看着众人，众人共同起身，邱总吓了一跳）

（大屏幕出现产房和婴儿，几声啼哭后，音乐响起《生日歌》，欢快地给邱太过生日，邱太被感染）

邱　太　（开心的）非常好非常好，可以了。的确很有创意，的确给我一扇窗。真的是很有创意，邱总，你做得很好，这个项目不错，我马上会安排注册新公司，会给你们最好的办公条件，待遇问题公司的 HR 会有具体的标准，我会额外给每个人配股。我希望明年看到一个漂亮的财务报表。

邱老板　这个，是不是太……仓促？

邱太太　邱总，商场如战场，公司的核心竞争力就是人才，既然我们找到就不要再犹豫，就这么定了。散会！看好你们。老邱，我们回家。

【场景转换回到办公室】

邱　总　大家都清楚了吧！原本是一个美丽的、浪漫的、毫无杀伤力的、善意的谎言，你们只是路人甲乙的角色，可谁能料到剧情发展成这样，你们都成重要角色了，我和那个她变成打酱油的了。所以说，你们非常重要。咱们是拴在一根绳上的蚂蚱，革命友谊的小船不能说翻就翻，哈哈哈！

（得知真相，众人尴尬）

# 第四幕

视频（片头隔断）

（小乐队音乐秀）

魏博涵说唱：

六人坐在办公室商量，大家总觉得这件事情很难让人接受，但是又觉得是自己的机会，各抒己见。最后大家觉得只有一点不合理，就是如果没有于珊，将是非常棒的创业机会。于是，大家决定：劝退于珊！（大家想象用各种方法劝退于珊）

（于珊上）

大家笨拙的要实施计划，没想到于珊叫上邱总说了一番女子宣言，明确和邱总分手，大家喜，邱总悲。

（邱太上）

大家看到邱太装作若无其事，邱太将邱总支开，和大家交底，因为办公室安了监控，已经知晓事情真相。邱太知道自己在生活当中处于强势，导致邱总一直找不到自己的位置，她选择原谅邱总，请大家对这件事情保密并提供创业基金。六人内心感叹邱太的豁达，提出因为没有任何过硬的创业技能，贸然创业必赔无疑，恳请邱太能让自己到旗下工厂一线打工，学习技能积累经验，邱太欣然应允。

# 第五幕

（视频：标板隔断）

（字幕：一年以后）

（工厂中，众人工作状态：思懿承包工厂食堂，成为大厨；王光、凯琪负责工会，引领企业文化；魏博涵成为一线工人；晓锦负责电脑维护、公司网站；张俭负责工厂物流，成为经理，领着众人高喊：“这真是一座充满奇迹的城市啊！”）

# 第六幕

【工会举办的演讲比赛，“90后”男生魏博涵是一位有个性、有思想、爱耍酷的阳光男孩。】

（魏博涵上场）

魏博涵　大家好！我是×××的×××，作为一名演讲者，站在台上听不到掌声，真的很失望，而我今天演讲的题目却是《希望》。《希望》这个题目又大又空，特别不好讲，我的同事跟我说，你一个“90后”小屁孩，还能上台说希望？倒不如说愿望呢！我说你好像很了解“90后”嘛，他说那当然，你们“90后”最希望的事：睡觉睡到自然醒。数钱数到手抽筋。可大多数的“90后”是：睡觉睡到手抽筋，数钱数到自然醒。我一听我就生气了，你们“70后”“80后”就是这么看待我们的？！他一看我蓝肉香菇，语气变了，他说小伙子，其实你们“90后”也不容易，就像一只趴在玻璃上的苍蝇，前途一片光明，但就是找不到出路。哎呀！一副语重心长的样子，看他这么大岁数我不跟他计较。今天我在这里问问大家，同意他的观点用掌声告诉我！不对，不同意他观点的请用掌声告诉我！太好了，看样子台下坐的全是咱们“90后”，尤其是主席台，坐的全是小鲜肉。没错，我们是“90后”，我们是年轻，可年轻是我们的错吗？谁没年轻过？哪个爷爷不是从孙子走过？“90后”——世人眼中的另类、叛逆的代名词。我们坐着时代的火车大嚷大叫地前行，我们接过潮流的火炬自由自在地奔跑。我们用自己的情感书写人生，我们用独特的行为向未来宣战。火星文、非主流是我们张扬个性的旗帜，夸张、搞怪是我们放松心情的方式。我们沐浴着改革开放的阳光长大，我们在时代的前沿领跑，我们是与众不同的一代！所以，不要企图改变“90后”，因为“90后”是来改变世界的。我们“90后”崇尚个性，我们有自己独特的审美观，但我们分得清是非黑白，我们辨得明善恶美丑。就像现在如火如荼进行的零缺陷质量变革，我们“90后”比任何一个年龄段的都清楚，我们知道这就是我们“90后”的希望，机会来了，我上Google上百度一下“中国制造”这四个字，其中有一个发生在美国的故事，让我的助演演给大家……

（美国夫妻上场）

妈　妈　亲爱的，My dear! 我有两个消息，一个好消息、一个坏消息，你想先听哪一个？

爸　爸　先听坏消息吧！

妈　妈　我们家已经被中国包围了，全家人用的杯子、盘子、叉子、帽子、鞋子……这么说吧，你能在家找到一个不是中国制造的吗？

爸　爸　能！儿子。

妈　妈　滚犊子！

爸　爸　好吧！你的好消息是什么？

妈　妈　我们家准备抵制中国制造！从此以后，我们再也不买中国货了。

爸　爸　好！

（魏博涵拿上一块有两个洞的景片，上写“一年以后……”，两位演员头从景片洞中探出头来）

妈　妈　亲爱的，My dear! 我有两个消息，一个好消息、一个坏消息，你想先听哪一个？

爸　爸　我要先听好消息。

妈　妈　好消息是我们在这一年中，成功抵制了中国货。

爸　爸　这个我知道，赶紧告诉我坏消息吧！

妈　妈　坏消息是我们不能失去这块板子。

爸　爸　我烦透了这块破板子！（把景片推开）

（露出二人裸体）

妈　妈　滚犊子！（拉回景片）

爸　爸　事实证明，没有中国制造我们死不了，但是我们也活不好。

妈　妈　I need you Made in China!

（美国夫妻下场，魏博涵上）

魏博涵　我相信这个故事大家是耳熟能详，我的助演为了让大家开心，所以夸张了一丢丢。我当时看到这个故事非常振奋，我觉得中国制造非常牛，很符合我们“90后”做人原则：做人做事就要徘徊在牛A和牛C之间。可能很多人不服气，认为中国制造在世界上是廉价低质、抄袭山寨的代名词，那么我在Google的百度上还查到：1871年，德国仿造英法美等国的产品，并廉价销售冲击市场。偷窃设计、复制产品、伪造制造厂商……德国产品因此被扣上那顶不光彩的帽子。1887年8月23日，英国议会通过了侮辱性的商标法条款，规定所有从德国进口的产品都须注明“Made in Germany”。“德国制造”由此成为一个法律新词，用来区分“英国制造”，以此判别劣质的德国货与优质的英国产品。然而到了1894年，德国制造业界已经可以骄傲地称，“德国制造”比“英国制造”还要强。眼光再放宽些——1876年美国费城世博会上德国产品被视为廉价的劣质品时，德国学者就开始呼吁工业界清醒过来：“占领全球市场靠的不是廉价产品，而是质量。”这部励志大片的时间跨度：7年，或最多20年。我们的“中国制造”还就需要听听这样的励志故事。国际上，“Made in China”时不时就会成为被批判的对象。而在国内，各种揶揄和抱怨声也不绝于耳。“中国制造”的处境，恐怕并不比当年“德国制造”要好多少。其实我想说的是：一旦意识到了，下决心去改变，令人痛苦的顽疾并非那么可怕。现在，零缺陷来了，我刚听到零缺陷也觉得不可能！于是我又在Google百度了一下，又是一则小故事，有请助演！

（军官和制造商上）

甲　我有一个好消息和一个坏消息，你想先听哪一个？

乙　将军，我先听好消息。

甲　好消息是你们生产的降落伞已经全部装配给了空军，你要发财啦！

乙　哈哈哈，感谢将军，这真是个好消息，太好啦，我太荣幸了，为了敬爱的将军阁下，干了这一杯。

甲　据说你们的质量是全世界最好的！

乙　我亲爱的将军，我们的降落伞合格率是99%，在全世界和行业处于领先。感谢将军选中了我们公司的产品，为了您的慧眼我们再干一杯！

甲　可为什么合格率不做到百分百呢？

乙　我可爱的将军，这怎么可能呢？世间没有完美的东西，怎么能追求百分百呢。您是醉了吧，我再敬您一杯。

甲　你想听坏消息吗？

乙　我高兴得差点儿都忘记了，坏消息是什么？

甲　坏消息你来之前我已经让99个人背着降落伞从这里跳下去了，他们都安然无恙，这里只剩最后一个降落伞，轮到你了。

乙　什么？将军，您不能这样做。

甲　（拔出枪）我当然可以这样做。（随便开了两枪）赶快穿上降落伞，这里有三十层，足够你打开降落伞飘一阵子了，祝你好运，要不然把这一瓶酒都喝下去，壮壮胆子，也许是你这一生最后一口酒了，希望能再见到你。

乙　（吓跪了）不要啊，将军，我向您保证，我一定生产出百分之一百合格率的降落伞，一定……

甲　好吧，这可是你说的，我就替伞兵的那些孩子谢谢你了。来，我敬您一杯。只要有一位伞兵因为降落伞丧命，咱们就来玩这个游戏。OK!

乙　（哆嗦不停）好的将军，一定百分之百。不行，我要上洗手间。（扭着下场）

甲　　哼哼！合格率 99%，见鬼去吧！

（甲下，魏博涵上场）

魏博涵　　这个故事让我们知道在品质上打折，客户就会对你打折，所以我们要做到 100%，在生产之前极力地预防错误的发生，这就是零缺陷。作为工厂一线的“90 后”们，将是这场变革的生力军，不是我们伟大，而是伟大的时代选择了我们，我们的才华将会集体迸发，真的，我很有才的。当然，怀才就像怀孕，时间久了才能让人看出来。我不会因此而骄傲，天使之所以会飞，是因为她们把自己看得很轻……我们会紧紧地抓住这次机会，因为命运负责洗牌，而玩牌的是我们自己！ 我们不会浪费时间，上天赐予我们青春的同时也赐予了我们青春痘。但是青春就像卫生纸，看着挺多的，用着用着就不够了。我们会满怀希望，因为我们承载着你们的希望，我们就是中国制造的希望！我的演讲完了，感谢工会，感谢评委，谢谢大家！

切光

视频（投资者采访）

说唱

谢幕

剧终

2017 年 2 月 19 日

# 蔡老小传

**时　间：**现在

**地　点：**舞台

**人　物：**

蔡印时、姐姐、妻子、外国警察、港人甲、乙、丙、丁、群众若干

# 第一场

〔幕启。八十年代初，罗湖口岸第一批移民香港的人群。

〔背景是罗湖口岸最初的模样，破烂的关口房屋，尘土飞扬的土路。

〔送行的，找小孩的，吵架的，大声聊天的，排队过关的人挤人、人挨人乱成一片。

〔蔡老姐姐上。

姐　姐　蔡印时！蔡印时！（被嘈杂的声音掩盖，索性站在高处，大喝一声）蔡印时！

〔众人被吓得安静下来，继而又继续嘈杂，姐姐又要继续喊。

群众甲　别喊了，干什么你？！喊什么喊？

姐　姐　咋啦？我找我弟弟，不能喊？

群众甲　我还以为又有啥最高指示呢，不就是找你弟吗，你弟叫啥？

姐　姐　蔡印时。姓蔡的蔡，印证的印，时代的时。

群众甲　知道了，不许喊了，我给你往下传，（对前一位说）帮个忙往下传，就说蔡印时他姐姐找他，让他赶紧出来。

〔每个人都努力地往下传，到最后这句话变成了：蔡印时他爷爷死了，让他老实交代，快出来。

〔排在前排的蔡印时两口子听到后呆住了。

群　众　别愣着呀，往下传。

蔡印时　传个屁！我就是蔡印时！

妻　子　印时，又出啥事了？我跟你出去。

群　众　（七嘴八舌）人都死了，还交代啥呀？该平反就平反，还交代什么？不对，肯定前几年整别人了，完了，交代去吧。

蔡印时　（镇静了一下）你在这儿等着排队，不会出啥事的。

妻　子　我不放心，我要跟着你。

蔡印时　你放心吧，不管出什么事，咱们是走定了。再说“文化大革命”早结束了，别怕。（跑出来挨个地问）我是蔡印时，怎么了？谁说的？谁说的？

姐　姐　嗨！这儿呢。

蔡印时　（哭腔）姐，咋整的，家咋又出事了？

姐　姐　（莫名其妙）没出事呀。

蔡印时　不是不搞运动不整人了，还交代啥呀。

姐　姐　交代啥呀？我不知道啊，你都听到啥了？

蔡印时　他们说爷爷死了，让我老实交代。

姐　姐　（捅了一下前边的人）我说你咋传的，咋胡说八道的。

群　众　你咋说我咋传，这不人都出来了，还怪我，真是的！

蔡印时　姐，你说的啥？

姐　姐　我说蔡印时他姐姐找他，让你赶紧出来，没想到他们给传成这样。

蔡印时　我的妈呀，吓死我了，我以为又闹啥运动，一听交代头就大。我腿软了，站不住，坐会儿。

姐　姐　哈哈哈哈！

蔡印时　姐，你怎么来这儿了，妈呢？

姐　姐　妈在关外等着呢，说你没拿钱，让我给你送过来。

蔡印时　都说不用了嘛，那边都用港币，没人要人民币，人民币不值钱。

姐　姐　行了行了，一出国还就牛上了。

蔡印时　不是，主要是为了这次去香港，咱家都没钱了。

姐　姐　钱的事你就甭管了。你媳妇呢？

蔡印时　前面排队呢。

姐　姐　哦，妈再三地说，你去了别和老婆吵架，上门女婿，得多听娘家人话。

蔡印时　我最不爱听这话，上门女婿不是人啊？

姐　姐　你不得靠她们家的人吗？

蔡印时　就凭我，我谁都不靠！妈怎么在关外不进来呢？

姐　姐　废话，你以为这深圳是随便进的？我为了弄这么个破“边防证”费死劲了。（看着边防证）我来趟深圳已经挺牛了，你这一出国，咱们那儿多少人羡慕死你呀。钱你拿着，不然妈那边我没法交代。去吧，我还得和妈一起赶回广州坐火车回家呢。在国外有啥事两口子多商量。

蔡印时　嗯，你让妈多保重身体，我会回来看她的。（欲哭）

姐　姐　你以后不许回来，你要是真有孝心就在那边混出个人样，把妈接过去，省得在这边受罪。（哭）快去排队吧，我走了，记住写信。

蔡印时　我肯定能混出个样子来，我绝不会回来。

〔嘈杂的声音又一次响起。

## 第二场

〔海关检查处。

〔一名英国警察一边悠闲地喝着咖啡一边傲慢的检查过关人的行李。

蔡印时　老婆，咱一过了这关，就算是出国了。

妻　子　嗯，应该是，从哪儿吹来一股股的凉风？

蔡印时　是啊，（四处张望）我知道了，从那屋子里吹过来的。

妻　子　有电扇？

蔡印时　什么电扇，那是空调。

妻　子　哦，我知道，咱那里友谊宾馆里装的那种，特别费电，怎么这儿破房子里咋也装这东西呢？

蔡印时　有钱呗，到咱们了。

警　察　You, come on!

蔡印时　说我呢？（懵懂过来）

警　察　（指着箱子）Open!

蔡印时　（打开箱子）是这个意思？

〔警察用警棍捣鼓着箱子里面的东西。

妻　子　慢点，别把东西弄坏了，我给你拿。（走过来）

警　察　Stop！（用警棍指着妻子）

妻　子　不是，我给你拿，要不你全给弄坏了。

警　察　Stop！（用警棍杵着妻子的肩膀，逼迫她后退，妻子痛得叫了起来）

蔡印时　（一把抓住了警棍）你干吗？怎么动手打人呢？

〔警察抽回了警棍，照着蔡印时打了过来，一躲，棍子打在肩膀上。二人相持。

〔妻子高声叫着，众人也你一句我一句地喊起来，“不许打人”的抗议此起彼伏。

〔警察看着众人，狠狠地骂了一串英文，转身关门下。

妻　子　（揉着蔡印时的胳膊）印时，没事吧？

蔡印时　没事，这个混蛋，太欺负人了，我跟他没完，我找他们领导去。

妻　子　别，就剩这最后一关，忍了吧！

众　人　哥们儿，忍了吧，别闹得大家都出不去。你就当是被狗咬了一口，只要一过去，他就管不着咱们了。服个软算了，惹不起的。

蔡印时　（长叹一口气）我知道，大伙不用劝我，就是这么个道理，谁让咱不如人家要上人家那儿呢，人家欺负咱，咱也得认呐，（大喝一声）来！都排好队，把箱子打开，等着人家挨个的检查吧！

〔众人愕然，继而默然，无声的排好队将自己的箱子打开，个个顺从状。

## 第三场

〔香港的大街上。

〔快节奏的人群。

〔夫妻二人与其格格不入，二人努力的和大家合上节奏，终于合上节奏。大家突然脚步一停，同时指着夫妻俩说：表叔来啦。

〔场景成为8平方米的房间，岳母与蔡印时聊天，妻子收拾床上的物品。

蔡印时　8平方米，我天哪，8平方米，我记得老家的鸡窝都比这个大。

岳　母　你们刚一来，有8平方米不错了，这也是我们在这里，不然你就得流浪街头。

蔡印时　是，是，是，我们已经很满足了。岳母，表叔是啥意思？

岳　母　（粤语）表叔，哈哈哈，我家的表叔数不清，香港人管大陆来的亲戚都叫表叔。

蔡印时　您能不能跟我讲普通话，这鸟语我实在听着费劲。

岳　母　什么鸟语，我告诉你，到了香港必须讲白话，否则处处被人瞧不起。

蔡印时　这也太难学了。

岳　母　你要不会讲白话，你就一辈子当你的表叔吧。

蔡印时　哦？闹了半天这表叔是骂人的？

岳　母　骂人倒是不至于，不过不太尊重罢了。总之，大陆那么穷，容易被人瞧不起。

蔡印时　穷就瞧不起，香港人也太势利眼了。

岳　母　（冷笑）香港就是这样，你也快点找份工，不然这 8 平方米你都住不起，谁尊重你呀？

妻　子　妈，你说印时能找个什么工作呢？

岳　母　不知他会什么？印时你会做什么？

蔡印时　我都行，我会，要不做生意吧。

岳　母　做生意，你做过吗？你有本钱吗？

蔡印时　我是没本钱，您要不先借我，赚了钱我双倍还您。

岳　母　哈哈哈，双倍，好是好，但我没有钱，我去向别人借一借，看看借到借不到。不过你不要抱太大希望，香港人是不借钱给别人的。你自己也去试一试，找份事做先。

蔡印时　我就不信我堂堂七尺汉子还找不到工作。

〔场景换成了一个个的应聘大门。

〔画外音：蔡先生，你会英文吗？会法文吗？会德文吗？会日文吗？……

蔡印时　我不会，我只会讲普通话，非常标准的普通话。

〔应聘大门一个接一个的重重地关上了。

蔡印时　我，可以学，没关系，做什么都可以，先让我做……

〔应聘大门远去。

蔡印时　（发狂）我的天哪！难道我不会说其他国家的语言就是废人了吗！中国话不是话吗？普通话不是话吗。（郁闷地坐在地上）

〔一扇小门过来。

门　蔡先生，你的普通话很标准吗？

蔡印时　是的。

门　　我是电影公司，这里有一份工，薪水很低，不知你愿不愿意做。

蔡印时　　愿意！我愿意！

门　　最近香港的电影在大陆很火爆，所以我们需要把电影中的白话对白翻译成普通话，你来做配音，怎么样？

蔡印时　　好，您放心，我肯定用心的干。

门　　好，现在我们开始试用一下。

〔出现八十年代经典的港产电影的一段。

〔蔡印时用标准的普通话为男主角配音，一段下来，自以为干得很好。蔡先生，你的普通话很不标准呀！

蔡印时　　我的普通话不标准？我以前是电台的，怎么会不标准呢？

门　　蔡先生，你要谦虚。

蔡印时　　谦虚？我……（莫名其妙）普通话我知道的……

门　　我再给你一次机会，让你听一听标准的普通话。

〔一段港产片，对白是浓重的广东普通话。

蔡印时　　（哭笑不得）就这个普通话，我会，我会。（把刚才的对白用广东普通话说了一遍）

门　　这就标准了嘛！开工。

〔港产片原音大做。

## 第四场

〔香港回归前。

〔一个公开的关于普通话和粤语的讨论会上。

甲　　我认为，白话是香港的母语，在全世界白话的使用要比普通话范围广得多。而且香港如此发达，回归祖国之后，经济地位自然是老大，中国的经济一定要靠香港，所以要大家都讲白话啦。

乙　没错，语言的确是和经济走的，就像英语一样，发达国家在使用，那么，其他国家要发展就得学习英语。但是有一点我们必须得看到，香港目前经济老大的地位只是暂时的，内地正在崛起，一个九百六十万平方公里十几亿人口的大国要崛起，就凭我们弹丸之地的香港是无法和内地相比的。

丙　刚才这位先生讲得有道理，中国是在崛起，否则英国人也不会归还香港，这是不言而喻的。但是正因为中国太大了，这个崛起谈何容易，我想在今后相当长的一段时间里香港的经济地位肯定高高在上，请注意，我讲的这个相当长一段时间，最少估计50年或者更久。在如此长的时间里，白话肯定会成为中国的普通话啦！

丁　我想问这位先生一句话，你去过内地吗？去过几次？你讲的50年从何而来，我认为内地用不了20年，甚至更短时间，就会成为世界强国，而不是和香港比较。北京、上海、广州这些地方权且不说，就说深圳，这才几年时间就已经快和香港一样了，香港人去深圳消费、购物，甚至还买了房，虽然现在还不多，但已经有这个苗头。等回归之后我看这就是大趋势，所以我认为将来是香港依靠大陆，而不是大陆依靠香港。

甲、丙　香港依靠大陆？哈哈哈哈，有没有搞错，我看你是痴人说梦，哈哈哈！

〔众人争论时，蔡印时上，推门进来。

蔡印时　（白话问后排的服务员）这里是不是1503房间嘛？

服务员　是呀。

蔡印时　不是要上普通话培训课吗？我是普通话老师。

服务员　是有培训课，但是4点开始，之前是普通话和白话公开讨论会。

蔡印时　这不是已经4点了吗，（看到房间的表才3点）不好意思，我的表坏了。

服务员　那你先等一下吧。

〔蔡印时后排找了个座坐下来。

甲　我讲一下我的真实感受，我觉得普通话根本就不好听，很土的，舌头会打弯的。（学普通话，把大家逗笑）

丙　我们白话多好听，（说了几句日常用语）怎么样，白话好听。

〔众人沉默。

主持人　我看今天的讨论就到这里吧，我个人赞同推广白话，普通话我看还是算个人爱好吧，还有人发言吗？

蔡印时　有！（走上主席台）大家好，我是香港居民蔡印时，十几年前从内地来到香港，刚才听了几位先生的讲话，我感触颇深，我现在正是教一些外国朋友和做生意的香港人学习普通话，为什么他们要学习普通话呢，因为他们已经看到了内地的强大和香港的明天，我想你们也看到了，只是觉得普通话不习惯，那是你们并不了解普通话。

甲　我就觉得普通话不好听！

蔡印时　普通话是非常好听的，如果不信我们做个比较，我们都朗诵一首诗，你用白话，我用普通话。

〔众人齐声说好。

甲　那好，（白话）

朝辞白帝彩云间，千里江陵一日还。

两岸猿声啼不住，轻舟已过万重山。

〔蔡印时用普通话朗诵了一遍，技惊四座。

〔众人鼓掌。

〔争着与蔡印时合影，蔡印时乐不可支。

乙　　太好听了，蔡先生，我聘请您为我的普通话私人教师，薪水你定。

丁　　我也要学普通话，蔡先生，你教我吧。

〔众人争着要学普通话。

〔音乐起。

## 第五场

〔罗湖口岸，过往人群急促而有序。

〔丁送蔡印时。

丁　　蔡先生，内地的生意就交给你了，希望你能不负众望，把我在内地的亏损赚回来。

蔡印时　　老板，你放心，我会尽力的。

丁　　我要是早几年认识你就好了，当初内地经济如此的好，可是我对内地了解太少，做一单亏一单。

蔡印时　　老板，说实在的，我也不一定就做得很好。

丁　　你是从大陆过来的，内地人情风俗很了解，通过这一段教我学说普通话的日子里，我也在观察，你有做生意的天赋，我看好你！

蔡印时　　呵呵，您怎么就这么肯定呢？

丁　　当然，也不完全就是你个人让我有信心，你记不记得 8 年前的那次辩论，当时有人说内地 50 年也赶超不了香港，我大胆地预测说用不了 20 年，可谁想到不到 10 年，内地的经济已经为世界瞩目，了不起呀，那么多的香港人在大陆发了财，我为什么不可以？所以中国的崛起让我更有信心。

蔡印时　　是啊，亚洲的金融危机要不是内地的支援，香港恐怕就垮了。

丁　　所以，只要你认真用心地去做，没有赔钱的道理，只不过我们和大陆的贸易，必须要有一个了解内地人来做。

蔡印时　　既然您这么有信心，我可就放手做了，其实这件事对我来说也是一个机会。再见。

〔过关来到深圳。

〔深圳一片繁荣。

〔快节奏的人群。

〔舞台分成两个或多个表演区。

〔一表演区——罗湖口岸情景歌曲加舞蹈。

〔场景一：大陆成群结队的人从香港带货过来。

〔场景二：香港人成群结队从内地带货过去。

〔场景三：双方都成群结队的双向往来。

〔场景四：各国人自由通行罗湖口岸，香港阿婆提着菜篮子来内地买菜，深圳女孩轻装去香港购物游玩。

〔二表演区——歌曲加情景舞蹈。

〔场景一：蔡印时在谈判桌上。

〔场景二：蔡印时与香港电话通报情况。

〔场景三：丁与蔡印时高兴地看报表。

〔场景四：众人庆功。

〔一片热闹与繁华。

# 第六场

〔深圳某社区。

〔蔡印时和社区的居民一起准备“庆祝香港回归十周年”的业余文艺演出节目。

〔甲、乙、丙、丁、妻子、姐姐等都在其中。

蔡印时　老板，时间催人老，一晃就三十多年了。

丁　是啊，你看你都老成什么样子了。

蔡印时　这话说得，你也强不到哪里去，别废话，我教你们的诗朗诵都背会了吗？

乙　老蔡，庆祝回归庆祝就行了，还出啥节目呢。

蔡印时　嘿，这可是街道下的任务，你要是不愿意，你回香港去吧，我们不带你玩儿。

丁　我们房子卖到这里，就是这里的居民，要听从街道领导的话嘛！

蔡印时　对了，还是老板觉悟高。

丁　呵呵，那我先休息一会。

蔡印时　不行不行，闹了半天要偷懒，都站好了，都不能偷懒。

妻　子　印时，就你爱瞎折腾。

蔡印时　老婆，这可不是瞎折腾，这太有意义了。来，起音乐，开始。

〔集体朗诵《我是中国人》。

# 第七场

〔罗湖口岸，罗湖桥。

〔蔡印时、姐姐、妻子、孩子们、丁老板和所有的演员手拿国旗，头戴奥运小帽，等待奥运火炬手的到来。

姐　姐　印时，咱中国太牛了，想当初，就在这桥上，不对，当时还没这桥呢，就是一片土路。

妻　子　就短短的三十年，深圳发展变化太快了，说国际化就国际化了。

蔡印时　是啊，姐，当初你还记得不，你说让我出来混成个人样。

姐　姐　记得，怎么不记得，出去没几年就风光得很，大老板了。

蔡印时　姐，老婆，原来我一直以为我这么多年的成绩是因为我自己努力，肯干。其实我现在明白了，我之所以能有今天，是因为中国的强大，你们想，如果当时内地的影视业不发达，我怎么会有能让我糊口的配音工作，如果内地经济不发达就不会有人找我学普通话，如果中国不搞改革开放我怎么会赚到钱，有了今天的富足生活呢？

姐　姐　呵呵，你还挺有良心。

蔡印时　你还记得吗，当时你让我一定不要回来，混好了，把你们都接出去？

姐　姐　你啥意思？

蔡印时　我没听你的话，后来在深圳定居了，不光是我，我认识的香港人都回内地买了房。倒是把你接出去没问题。

姐　姐　哈哈哈，你小子，翻后账，你们都回来了，让我出去，没门儿，就深圳待着吧，我哪儿都不去！

蔡印时　哈哈哈，火炬手过来了。

〔大屏幕投影播放奥运火炬在深圳的实况。

〔音乐起，五星红旗与《国歌》。众人摇旗合唱。

〔切光。剧终。

# 南国舞台上的星星火

## 邸叙然小品剧本集萃

中国戏剧出版社
CHINA THEATRE PRESS

**图书在版编目（CIP）数据**

邸叙然小品剧本集萃 / 邸叙然著. — 北京 : 中国
戏剧出版社，2018.7
（南国舞台上的星星火）
ISBN 978-7-104-04681-3

Ⅰ. ①邸… Ⅱ. ①邸… Ⅲ. ①戏剧小品—作品集—中
国—当代 Ⅳ. ①I238.8

中国版本图书馆CIP数据核字(2018)第123848号

---

南国舞台上的星星火：邸叙然小品剧本集萃

**责任编辑：**肖　楠
**项目统筹：**李　静
**责任印制：**冯志强

---

**出版发行：**中国戏剧出版社
**出 版 人：**樊国宾
**社　　址：**北京市西城区天宁寺前街2号国家音乐产业基地L座
**邮　　编：**100055
**网　　址：**www.theatrebook.cn
**电　　话：**010-63385980（总编室）
**传　　真：**010-63383910（发行部）

---

**读者服务：**010-63381560
**邮购地址：**北京市西城区天宁寺前街2号国家音乐产业基地L座

---

**印　　刷：**北京鑫瑞兴印刷有限公司
**开　　本：**787mm×1092mm　1/16
**印　　张：**68.25
**字　　数：**1000千字
**版　　次：**2018年7月　北京第1版第1次印刷
**书　　号：**ISBN 978-7-104-04681-3
**定　　价：**288.00元（全四册）

---

# 序

## 笔走商海　自有我在

周　光

1979年，标志着中国全面迎接改革开放的深圳特区建设，在罗湖口岸旁边的小小渔村破土动工。罗湖口岸的对面就是举世闻名的商业大都市香港。不久，深圳就成了一片商业文化的汪洋，并且将“时间就是金钱”“效益就是生命”“顾客就是上帝”等等商业理念几乎一夜之间传遍了大江南北。

还别说，从那时候开始至今，只要你有钱，就可以在深圳买到各种高质量的服务。所以，也难怪当初从五湖四海到了深圳的人大部分一下子就成了商业文化的仆从。这其中，不乏内地一些文艺工作者。他们为了生存和更好地生存，放下了“灵魂工程师”的身段，用自己的才能把歌舞、曲艺、戏剧等艺术形式转化为商品送进了歌厅、舞厅、餐厅。自然，这些“商品”逐渐失去了以文化人的功效，而是和娱乐画上了等号。

邱叙然就在这样的划时代文化背景下来到了深圳。然而，家族中长辈们长期从事文艺工作的影响，青少年即进入部队文工团的经历，让他的社会责任感并未被商业文化的汪洋所淹没和侵蚀。翻阅着他的剧作集，许多作品都看过。无论是比较早期的剧本还是近两年的新作，其中所反映出的人生观、世界观、价值观以及爱国情怀都是一以贯之的。

例如话剧《水墨中国》。邱叙然以一位内地画家“偷渡”深圳关口以及在深圳的长期生活为核心线索，把人物命运和改革开放以来深圳的诸多悄然变化关联起来，于不经意间让我们感受到了深圳这个小渔村改革开放以来翻天覆地的巨变：曾经数以万计边民向往逃去香港发财，今天却是香港人为了发财回到内地投资；曾经要带着身份证、边防证才能通过的关口，如今已然静静地矗立在那里，成了贫困与落后历史的见证；曾经“辛辛苦苦干一年，不如人家（香港）八分钱”的渔村百姓，如今坐在家中就享受着丰衣足食甚至自己都感到过于无所事事的惬意生活。这看似不经意的寥寥数笔，恰如一幅大写意画卷中的几点墨迹，点染出了深圳的昨天和今天，而其留白处却是整个中国的昨天和今天。在邱叙然这一幅欣欣向荣、令人振奋的《水墨中国》里面，蕴含着辛酸苦辣的回味、百折不挠的身影、创新发展的蓝图、风卷千帆的壮丽！这代表着邱叙然剧作始终如一的爱国情结和主流价值观。

话剧《水墨中国》不乏喜剧和调侃的桥段，而恰恰是那些对于历史的调侃，使得这部剧作中处处洋溢着作为一个今天的中国人满满的自豪与自信。我看过这个戏的演出，感觉比这里收录的剧本丰满许多。当谢幕的掌声响起来的时候，我和观众们一样为剧中人物命运的变化、为其事业成功与生活美满感到由衷的欣慰。与此同时，更让我感到欣慰的是邱叙然这位年轻的戏剧人初衷不改，他在深圳这样一片商业文化的汪洋中始终保持着正确的三观，保持着对祖国的信赖与热爱，并且用他所熟悉的方式和十分饱满的热情顽强地表达着自己。

言之有物，文以载道，也是邱叙然剧作一以贯之的宗旨。除了一些命题作文之外，即便是趣味性、娱乐性比较强的戏剧作品，其中都必定有着邸叙然对生活的认识以及对生活本质的揭示。

例如小品《最近我不烦》。作者把快节奏生活中的不和谐音符加以放大和重复，目的就是帮助观众认识到换位思考对于和谐生活的重要意义。

环境—情绪—语言—人物关系等等元素，构成了每一个人在现实生活中的规定情境。其中一旦有一项出现了问题，规定情境就可能变得紧张、尖锐起来，因而影响到我们的正常生活。小品《最近我不烦》中，邸叙然通过多次“倒带”处理，在一个办事大厅的窗口前不断修复和调整着这些元素，终于在舞台上营造出一个和谐的规定情境。剧作者把自己感悟到的生活哲理用一次次具有递进效果的行动呈现给观众，在增强故事趣味性和舞台形式新鲜感的同时，更带领观众认识到：正是日常生活中诸多不被留意的、细端末节的疏忽，造成了我们的自我困扰。毫无疑问，观众们看过这个小品一定会产生一种豁然明朗的惊喜。

小品《请和陌生人说话》对城市人之间的冷漠开出药方，小品《第五大名著》对于艺术创作恶俗风气的无情讽刺，小品《真话难讲》对当今教育方法以及处世方法的质疑，小剧场话剧《我要恋爱》传递的正确婚恋观念，话剧《净化论》对于人性中真善美力量的信心……总之，在邸叙然的每一部剧作中，我们都能够看到他面对深圳这座商业化城市一次次通过有趣的戏剧故事提出问题，又一次次理性并且机智地解决问题，从而把对事物的正确认识传递给观众。哪怕在现实生活中一时找不到解决问题的最佳方案，他也会和他的创作团队一起为作品寻求一个略带理想化却又不难实现的结局。

深圳毕竟是深圳，商业文化带给人们的速度观念、效率观念、价值观念，似乎成为一种惯性深深浸入了深圳人生活的方方面面。即便是戏剧欣赏，深圳人也绝不会像内地人那样数着板眼去咂摸滋味儿。深圳观众希望在剧场里不仅能够看到自己的生活、体验戏剧带给自己的审美愉悦，同时也希望在最短的时间内获得更多的新鲜感和更大的信息量。而在这一方面，20 多岁就去

深圳打拼的邸叙然深谙其道，因而他除了努力在题材上让自己的剧本更加接地气以外，表现形式上的虚实结合、简洁明快、不拘一格、大胆创新同样是一以贯之。

例如小品《马路遐想》。剧本表现的是在交通方面遵纪守法的现实问题，但是一开幕，一个个违反交通法规的交通参与者却以类似中国戏曲的程式化表演陆续出场。舞台上开车、超车、酒驾、飙车、闯红灯、撞车、死亡、肇事者们亡灵的相互指责，一系列现实生活中常见的情节都被编剧用虚拟、夸张、漫画甚至穿越的手法简洁却又完整地表现出来。这种化实为虚，以虚写实的方法，有效缩短了传统戏剧用在交代和铺垫上的笔墨与时间，完全适应了深圳观众的观剧习惯。

在邸叙然的剧作中，往往为二度创作的体验、表现、间离等表现方法都提供了基础。例如在话剧《净化论》剧本里面，开场时候体验派和表现派的表演方法都有运用。当三个学习骗术的年轻人听老板说要送他们去学习表演，立即本能地表达了对学习和学校的反感、厌恶，继而他们各自回顾了一段上学期间的遭遇。然而到这里编剧在文本中并没有提示更换演员和场景，很显然，他是要演员在此时此刻此景直接跳入彼时彼刻彼景，然后再跳回来。类似大胆的创造性舞台处理和表现方法，在邸叙然剧作中比比皆是，已经成为他剧作的鲜明特色。尤其表现方法的多样化，让大部分演员都会感到排演邸叙然的剧作有着很大的自我创作空间。正因如此，在剧作基础上的二度创作才有可能在舞台上给观众更多的意外、惊奇和更多的信息，甚至带领观众展开想象力、积极参与到三度创作中去。

2016 年，邸叙然被中国田汉研究会评为“最佳前沿戏剧人”。今天想来，这个称号于他是再恰当不过了。身处改革开放的前沿、商业都市的环境中，做戏剧自然也要有前沿的思维和前卫的手段。然而邸叙然在自己的戏剧道路上初心不改，理念不改，探索不改，正如明末画家石涛所谓：“我之为我，自有我在。”我真诚地祝愿邸叙然在深圳那一片商业文化的汪洋中，用自己的笔作风帆，以自己的心为舵轮，坚定地做自己，坚定地做一个“最佳前沿戏剧人”！

# 目　录

# 你要相信我

**时　间：**现在

**地　点：**二人的心门

**人　物：**

张老板——男，42 岁，公司董事长

李老板——女，38 岁，公司董事长

出租车司机——男，40 岁，20 年驾龄的司机

〔幕启，舞台上立着一个爱心门，门前置一桌两凳。

〔李老板从心门出，面前是铜钱做成的凳子，坐下。

李老板　现在呀，什么都是假的，就骗子是真的！知道怎么回事吗？刚才我公司的人去另外一个公司取货款，这一沓子钱里面居然就夹着一张一百块钱的假钱，你说可气不可气！得亏我反应得快，刚才我坐车的时候把那假钱给司机了……哈哈哈。哎！他找我的钱不会有假的吧？我得看看。（验钞票）

〔张老板从心门出，坐下。

张老板　李老板。

李老板　哟，张老板您可真是有闲情逸致啊！这有事没事就数钱玩儿。

张老板　嗨！我呀是看看刚刚找的钱有没有假的。

李老板　哟！那是得好好看看，现在这社会骗子太多了。就说我们公司吧，

今天上午来个收欠款的，这一摞钱里夹了一张一百的假币，你说气人不气人！

张老板　什么？

李老板　幸好我反应得快，随手给了下一家来接欠款的公司。哈哈哈！不会是你们公司吧？

张老板　是！

李老板　是我也不认！

张老板　就当送你块表吧。

李老板　表？我这可是限量版，一百块钱可就看一眼。（给张老板看一眼表）

张老板　什么？看一眼就一百啊？那我多看几眼不就破产了？

李老板　哟，张老板，您哪能破产啊？听说前两天您又换个大奔？车牌号还特好，54138？

张老板　（指着李老板）3838438。

李老板　（指回张老板）绝配啊。哈哈哈哈。

李老板　好了张老板，今天你找我来可不是打嘴仗的吧？

张老板　没什么其他事，就是闲聊天。想和您探讨一下，关于政府那个项目招标的事情不知道您有何高见啊？

李老板　哦，我能有什么高见啊？关于那个项目您不是也参加竞标了吗，说起来我们还是竞争对手了。谁能中标，谁就做呗！

张老板　哟！看来李老板是胸有成竹呀。

李老板　张老板不也是势在必得吗？

张老板　其实我认为这次竞标，我公司的硬件比较强，您公司软件比较强，如果我们两家强强联手，那中标率肯定就是100%。

二　人　合作愉快。

张老板　那以谁的名义去竞标呢？

李老板　当然是以我的公司啦。

张老板　那不合适吧？以您公司的名义竞标，那我们公司干什么吃？

李老板　　不用我们公司你找我来干什么呀？

〔二人相背，互相不理。

二　人　　一起注册新公司。合作愉快。

张老板　　你先打 50% 的注册资金。

李老板　　那也行，你给我打欠条。

张老板　　这是你应该出的钱，为什么我打欠条？

李老板　　你把钱给我，我给你打欠条。

张老板　　我把钱给你，你跑了怎么办。

〔二人相背，互相不理。

张老板　　一起去注册？

李老板　　好主意。

李老板　　那你说，咱们两家谁是法人，谁是董事长？

张老板　　当然你是法人，我是董事长啦。

李老板　（自言自语）他倒不傻，我是法人，他是董事长，万一犯了事，关进公安局的可是我。

李老板　张老板，我觉得这么办比较合适。我是董事长，我是法人。

张老板　你又是法人又是董事长！

张老板　（自言自语）这个女人太狡猾了，我得防着点。

李老板　（自言自语）他更狡猾，我更得防着点。

〔二人互相说：我不相信你。

〔二人相背，互相不理。

李老板　找保人？

张老板　找谁？

李老板　赵总！

张老板　（拨电话）赵总吗？不是，这是赵总的手机吗？是，你是哪位？他把手机卖给你了，他人呢？啊！犯了诈骗案，抓起来了！那你叫他一下嘛！

李老板　抓了上哪儿叫去？

〔二人对视、沉思。

张老板　你说还能相信谁啊？

李老板　这年头连赵总这么讲诚信的人都诈骗，我……

〔二人思量。

张老板　（自言自语）其实我和他合作，有可能把这件事做大哦。

李老板　（自言自语）其实我和他合作，那才是强强联手啊。

张老板　（自言自语）那我就相信她一回？

李老板　（自言自语）要不我信他一次？

〔张老板、李老板相互走近，把手握在一起，说合作愉快。

〔爱心门上方伸出出租司机的头，大叫老板！

〔二人被吓了一跳。

张老板　你是谁呀？

司　机　你不认识我了？你等会儿啊，我马上来。

张老板　啊！坏了坏了，他怎么找到这儿了。

李老板　他是谁？

张老板　就是我刚给假钱的出租车司机。

李老板　你可真缺德，你怎么能给人家假钱！

张老板　你才缺德呢，那钱明明是你给我的。

〔出租车司机跑上。

司　机　我的个亲娘，我可找到你了，老板你看看，你不认识我啦？

张老板　不认识。

司　机　你再看看，你是不是坐我的车来的？

张老板　没有。

司　机　没有，那你没坐谁坐的？

张老板　我管谁坐的。

司　机　不是你？

张老板　不是。

司　机　真不是你？

张老板　不是不是。

司　机　那我可走了？

张老板　走吧！

司　机　你让我看看你的脸，你别拿手捂着，你拿手捂着我怎么看啊？

张老板　哎呀，你看你看，是吗？

〔张老板把脸捂着，只露出眼睛。

司　机　我的个亲娘姑奶奶，不是他是谁啊？这么可爱的……

〔司机问李老板。

李老板　事情可跟我没关系啊，是这样的，他给了我，我给了他，然后他给的你，有什么事你找他去。

司　机　不明白，（从口袋里拿出张老板的钱包，看着身份证。）这个人是不是他?

李老板　张老板，这不是你身份证吗?

张老板　啊呀，我的钱包。

司　机　不是你的。

张老板　是我的。

司　机　你又没坐我的车。

张老板　谁说我没坐?

司　机　你刚才说的。

张老板　我……这，（狠抽自己的嘴）这真是我的。

司　机　（对着身份证）姓名?

张老板　这上面不是写着呢吗?张守信。

司　机　你当我傻啊?你还看着说。身份证号码?

张老板　3838438。

司　机　骂谁呢!

李老板　想不起来告诉他家庭住址。

张老板　对呀，我住在太白路 210 号。

司　机　那是罗湖妇幼保健院，你怎么了？

张老板　我……222……

司　机　是挺 2 的，112 号，对吧？

张老板　对对对。

司　机　哈哈，是你的，给你开个玩笑，拿着，看看少啥没有。

张老板　没少，没少。

司　机　老板，以后坐出租车一定保管好自己的财物。好了，没事我先走了……

张老板　等等！大哥（掏出几百块钱）谢谢你！

司　机　不用钱，你要是想谢谢我，你给我们公司打个感谢电话，我就能获公司嘉奖。

李老板　嘉奖能奖你什么呀？

司　机　嘉奖多了年底能评优秀。

张老板　评优秀能给多少钱？

张老板<br>李老板　五万？

司　机　五百。

张老板　我都给你好了。

司　机　我都跟你说过了，钱虽然少点，但是我高兴心里舒坦，大家说对不对啊？

〔二人背对，羞愧坐下。

司　机　怎么啦？不高兴啦？不舒坦啦？高兴起来，人生嘛快快乐乐的，我走啦。

张老板　（起身抱住司机）大哥！

司　机　我知道你想感谢我，没事，我应该做的，没事，我走啦。

张老板　等等，你把车钱给我。

司　机　好的。（缓过神来，抓着张老板脖领子。）什么，你是不是有病呀，我送还给你丢的钱包你还问我要回车钱！你什么意思？想打架是不是？

李老板　大哥，他刚刚给你一张假钱。

司　机　不可能，我相信他。

张老板　不是，大哥，是这么回事。刚刚我公司人去她公司取钱，发现有一张假钱，我坐车的时候我就把这张假钱给您了，这张，这张才是真的。

司　机　你俩在这儿干吗呢？

张老板
李老板　（不好意思）合作，合作……

司　机　合作印假币呢？

张老板　我给你的是一张假钱。

司　机　啊？（掏钱）坏了，我刚才买水喝用出去了，你，你，你，你怎么能用假钱呢，你像我，我就从来没用过假钱。不对，我刚刚用过了，我得赶紧换回来。不行，我还得说你两句，这做人嘛得要点脸吧，赚钱没关系，两个人合作连个最起码的信任都没有，还合作？合作个屁啊。

〔司机跑下。

张老板　月有阴晴圆缺，人有坑蒙拐骗，此事古难全啊！

李老板　诚信难，难于上青天。蓦然回首，全都为了钱！

〔心跳声响起。

〔张老板、李老板对视，回到各自心门前，想了想，用手抚摸着金钱，只将头探入心门，一起叫道：张（李）老板，你要相信我。

〔画外音：相信相信相相相相相信，你要——！！！

〔切光。剧终。

# 最近我不烦

**时　间：**现在

**地　点：**办事大厅

**人　物：**咨询员、办事人甲、办事人乙

〔幕启，音效为窗口大厅内的嘈杂声。

〔舞台中间置一张咨询台，咨询台两侧放着两张椅子。

〔咨询员坐在咨询台前，忙着接电话，回答办事人的问题。办事人甲、乙从背景片两侧出。

办事人甲　（满面怒容）我想问一下，我要改名字怎么办？

办事人乙　我想问一下……

咨询员　（不耐烦看着乙）一个一个来！（望着甲）改什么名字？

办事人甲　房产的名字，以前有两个，现在我要去掉一个。

办事人乙　（满面愁容）我想问一下，我这个事情呀……

咨询员　（满脸不耐烦）没看我这忙着吗？（望着甲）你，什么原因？

办事人甲　啊？这还要有原因？！

咨询员　不同的原因有不同的处理办法，（拿出资料）把这个好好看看。

办事人甲　（不耐烦）哎呀，我不用看了，我就是改一下名字，没有什么原因。难道这也不行吗？

咨询员　我不是和你说了吗？这是规定！把这个好好看看！

办事人乙　你先好好看一下啊。

咨询员　（不耐烦看着乙）说啊！

办事人乙　我的爷爷……走掉了……

咨询员　找去！

办事人甲　哈哈哈哈，我说你这人……（对着咨询员小声嘀咕）

咨询员　嗨，死了？

办事人乙　你爷爷才死了呢！对老人家要尊重，是不能讲那句话的，应该说是……走掉了……

咨询员　好好好，走掉了走掉了……跟你们二位说啊，不告诉我原因这事儿就没法儿办。

办事人乙　那你就把原因告诉他吧。

办事人甲　这是我个人隐私，我凭什么告诉他呀？

办事人乙　是呀，凭什么要告诉你啊？神经！

咨询员　好呀，那你们就隐着吧。

办事人甲　这个人有毛病是不是啊？你连最基本的礼貌都不懂吗？你以为你是谁，你怎么那么爱打听别人的隐私啊？我看你就是吃饱了撑的，闲得没事干！

办事人乙　没错，我告诉你呀，你这个人根本不懂得讲话，根本不懂得尊重别人。

咨询员　你怎么这么讲话呢！

办事人甲、乙　怎么啦？

咨询员　神经病！

办事人甲、乙　哎！你什么态度啊？我过来找你办事情，你不会好好地跟我讲人话呀？看你戴个眼镜像个人似的，怎么逮谁咬谁呀，我要投诉你！！（转身走）

咨询员　停！（办事人甲、乙定格）我一天八个小时都工作在这个嘈杂的环境里，我容易吗？如果换成你们两个，待半小时你们都受不了。我承认我刚才态度是不好，我向你们道歉还不行吗？可你们俩也

太过分了！大不了我换种态度，我对你们笑脸相迎，这总可以吧。倒回去，从头再来。

〔倒带音效。

〔三人像录像带倒带一样，回到刚才。

咨询员　（一脸堆笑）二位好，二位请坐。请问有什么需要帮忙的呢？

办事人甲　我要改名字怎么办？

办事人乙　我想问一下……

咨询员　不好意思，女士优先。请问您改什么名字呢？

办事人甲　房产的名字，以前有两个，现在我要去掉一个。

咨询员　（一脸堆笑）请问什么原因呢？

办事人甲　这还要有原因？！

咨询员　是的，不同的原因我们有不同的处理办法。

办事人甲　我离婚了。

咨询员　（一脸堆笑）哦，离婚了。

办事人乙　哎！不就是离个婚嘛，搞得这么复杂，我这个原因很简单，我的爷爷走掉了，房产证的名字换成我的怎么办？

咨询员　（一脸堆笑）去世了。明白了，一个离婚的，好！一个去世的，好！咱们先离婚，再去世，好好好，呵呵呵……

办事人乙　我爷爷去世了你好什么好？！

办事人甲　我离婚了你好什么好啊？！

办事人乙　你变态！

办事人甲　你神经病！

办事人乙　看到别人倒霉你就高兴。

办事人甲　看到别人伤心你就乐。

办事人乙　刚才我一进门的时候就看你咧着一个大嘴，我还以为你让开水给

烫着了呢!

办事人甲　你瞧你长的个熊样，还在那儿咯咯咯地笑，我还以为你要下蛋呢!再笑我把你嘴给撕啦!

办事人甲、乙　我要投诉你！（指向咨询员）

咨询员　停！（甲、乙定格）我的妈呀！没法干了，我这一天八小时，我见谁我都笑，您看我这嘴都笑大了，怪不得有一天一个小孩指着我说，妈妈你看麦当劳叔叔。我都成了哄孩子玩的了。对！我哄哄他们总可以了吧。倒回去，从头再来。

〔三人像录像带倒带一样……

咨询员　哎！怎么停啦!

办事人甲　没看卡碟了吗?

办事人乙　不要倒了嘛，倒来倒去好辛苦的。

办事人甲　就说从哪儿开始吧。

咨询员　就从这儿开始吧。二位好，请坐。（一脸同情）咱爷爷他去世了……

办事人乙　咱爷爷?

咨询员　你爷爷就是我爷爷呀。

办事人乙　哎呀，听着好不习惯哟。

咨询员　每当您看到这些遗产，您是否就想起了那位慈祥的老人?（唱）世上只有爷爷好，有爷的孩子像块宝，离开爷爷的怀抱，幸福哪里找……

办事人乙　（哽咽、抽泣、号啕）我说你这个人咋这么讨厌呢，我过来找你办事情你告诉我怎么办就好了嘛，你和我说这些干什么?呜呜呜，我不办了！我要投诉你！呜呜呜。（哭下）

咨询员　慢走，常来……（看向甲）唉！离就离了嘛，这样子就可以开始新的生活。

办事人甲　不能再有新的生活！我真是太伤心了，他真是太狠心了，不就是嫌我有点儿老了吗。

咨询员　您看看您，一点儿都不显老啊。您要比起十七八岁的……那当然不能比了。那要比起二十多岁的，那显得您更有内涵，更加成熟，更加吸引人。

办事人甲　真的？

咨询员　嗯。

办事人甲　（撒娇）今天晚上有时间吗，一起吃个饭吧。

咨询员　啊？不不不，我想您误会了，我不是那个意思。

办事人甲　还不好意思呢，我请你。

咨询员　这不是谁请谁的问题，您是真误会了，我真不是那个意思。

办事人甲　你刚才不是说我很有吸引力的吗？

咨询员　我其实就想哄哄您。

办事人甲　你说什么？哄哄我？（一记耳光）流氓！（哭下）

〔咨询员捂着脸，心里委屈，左右为难。

〔《最近比较烦》音乐起，追光起，咨询员跟唱。

咨询员　（唱）最近比较烦　比较烦　比较烦

每个人对我都有很大的意见

我问大家说　怎么办　都说基本上这个很难

咨询员　哎……我多么希望能有一个新的局面开始。

〔音乐停，灯亮，办事人甲、乙上。

办事人甲　您好，我想问一下我要改名字怎么办呀？是房产的名字，以前有两个，现在我要去掉一个，因为，我离婚了。

咨询员　知道了。

办事人乙　你好，我想问一下，我是家里面的长房长孙，这个房产是遗产，换成我的名字怎么办？

咨询员　好的，二位所需的事项我都用红笔标好了，请到1号窗口，注意窗口叫号。慢走。

办事人甲、乙　好的，谢谢。

咨询员　　咦？你们怎么变了？

〔办事人甲、乙相对一笑。

〔音乐起，三人唱《最近比较烦》中“我不烦，我不烦……”

〔三人造型。

〔切光。剧终。

# 保安日记

**时　间：**现在

**地　点：**某个小区

**人　物：**

亮　子——保安

小　雷——找工作的年轻人

老　板——喝醉酒的老板

大　勇——男业主 A

小　张——男业主 A 的老婆

小　芳——保安老婆

建　国——流浪歌手

莉　莉——女业主 A

欧　巴——女业主 A 的男朋友

星　星——男业主 B

〔舞台上一大的保安亭，保安坐在岗亭里。

〔保安独白，岗亭门口行走着来来往往，形形色色的人。

保　安　6 月 28 日，星期六，晴，温度 23℃。心情？我不知道，谁会在乎一个保安的心情？我是一名保安，天天就工作在这间小小的门岗，看着小区里来来往往的人，有的时候觉得和他们应该打个招呼，可是，又觉得不太合适，因为他们高傲的眼神和居高临下的神情让我不敢，不能，不，是心里不舒服，我，唉，一个保安想那么多干吗……

小　雷　大哥，你们这个小区不是说招聘保安吗？怎么你们管理处关着门啊？

保　安　管理处的人都去吃饭了，你明天再来吧。

小　雷　吃饭去了？大哥，我问一下，你们当保安待遇怎么样？

保　安　包住不包吃，一个月 3000。

小　雷　3000……大哥，你看我怎么样？

保　安　我说了也不算，明天你到我们管理处问问我们队长。

小　雷　你们当保安，一天在这里累不累？应该也不会很累哦，就看个大门咯……大哥大哥，你要不就跟你们队长讲一声，就直接把我搞进来吧。你们队长可抽香烟？要不我给他拿两条香烟可行？你跟他讲一声嘛。

〔保安看见小区门口违规停了一辆车，车主喝醉酒下车准备进小区。

〔老板上。

保　安　（上前拦住老板）老板老板，小区门口不能停车，请您把车移开。

老　板　（醉酒）我没喝酒，警察叔叔我知道，开酒不喝车，喝车不开酒。

保　安　我不是警察，我是这个小区的保安。

老　板　我去，吓死我了。你个保安整得跟个警察一样，你吓唬谁啊？你给我让开。

保　安　你要不找你朋友把你车移开，小区门口不能停车……

老　板　你说什么？

保　安　把车移开。

老　板　你敢动我的车？你知道我那是什么车吗？我告诉你，你敢碰坏了，你赔都赔不起。你给我让开。

保　安　不行，这是规定！

老　板　你个破保安，你牛什么牛，我跟你说，我今天还就把车停在那儿，你还得给我看好，看不好我整死你。

保　安　不行，小区门口真不能停车，请你把车移开。

老　板　（用手拍打保安肩膀）让开，你给我让开。

〔保安闪到一边，老板没站稳摔倒在地上。

老　板　（怒视保安）你敢打我？

保　安　我没打你。

老　板　那我咋摔地上了？

保　安　是你喝多啦。

老　板　对，我喝酒了。扶我起来，哎呀，你扶我起来！

〔保安上前扶起老板，老板身体颤抖，又摔倒在地上。

老　板　你敢拿警棍电我！

保　安　我没有警棍啊！

老　板　（摸了下自己的口袋）哈哈，是我的电话，我开到振动上了。扶我起来。

保　安　你赶紧找个朋友把车移开。其他业主进不来。

老　板　（接电话）喂，对，我在你家楼下，你家楼下有一个长得像狗熊一样的保安他就是不让我进去。对，快下来，下来我们一起收拾他，对，收拾他。

保　安　你赶紧找你朋友把车移开，小区门口不能停车的。

〔大勇、小张急匆匆上。

大　勇　哎！哎！哎！干吗呢！动手是吧？你知道他是谁吗？我老板！

保　安　这小区一千多户呢，我哪知道他是谁的老板？

小　张　哟，就算你不知道他是谁，那你也不看看他开的什么车，开那种车的能是坏人吗？

大　勇　真是。瞎了你的狗眼，你也不看看，这一身名牌——阿尼玛。

小　张　那是阿玛尼。

大　勇　对，道歉！

老　板　对不起。

小　张　（指着保安）让你道歉呢。

保　安　这是规定，我没错。

小　张　规定？规定是死的，人也是死的？你是火星来的，听不懂人话吧？

保　安　如果再这样的话，我只能报交警拖车了。

〔老板欲出手打保安，小张和大勇拦住。

大　勇　喂！告诉你啊，管理费我们照交，养你们这帮人干吗吃的？我就不信了！走！（拦住保安，让他俩先走）

〔保安欲上前制止，老板、小张下。

大　勇　干吗干吗？想和我动手是吧？（指着头）往这儿打，打啊！

保　安　不是，小区那里不能停车，你停了其他业主进不来，请配合 一下工作吧。

大　勇　呵呵呵呵，你本事多大啊，有本事把那车砸了，砸了啊！

〔大勇下。

〔保安左右为难。

小　雷　我的个乖乖，这保安哪是人干的？我还是去富士康吧。

〔小雷下。

〔定格 切光 光起 音效起

保　安　心情糟透了，可必须得忍着，也许他们就是想找那种财大气粗的感觉。没办法，还是想点开心的事吧。我最开心的就是在上班的时候，老婆来看我，我们俩一起来深圳打工，日子虽然苦点，但是感情特别好。

〔小芳上。

小　芳　亮子！

保　安　芳，来啦！坐！

小　芳　咦！你队长呢？

保　安　刚走。

小　芳　刚走啊，好，快吃。

保　安　做啥好吃的？

小　芳　稀粥。

保　安　又做稀粥……

小　芳　稀粥咋啦？你快吃吧。等你队长来了，别说稀粥了，连西北风你都喝不上。

保　安　看你说的，咋啦？

小　芳　咋啦？你忘啦！我上次给你买了一只烧鸡，你队长说是尝一口，左一口右一口，最后只剩个鸡屁股。快吃……

〔流浪歌手提着音响上。

歌　手　（唱）煮酒那个寒冬下大雪，哎呀妈呀，下大雪，下大雪……

保　安　喂！（示意歌手离开）

小　芳　你让他唱呗。

保　安　小区门口不能唱歌，这是规定。

〔歌手等保安回到岗亭继续唱歌。

歌　手　（唱）若我说燕燕，我爱你燕燕，这又是欺骗了你燕燕，若我说燕燕，我不爱你燕燕，这又是违背我心意……

〔保安劝阻，歌手依旧唱歌，保安大声喝止。

保　安　这里不能唱歌。你走不走？你……（拿出对讲机）队长队长，小区门口有情况，请叫几个人过来。走不走？

歌　手　（无奈地唱）伤不起，我也伤不起，我恨你恨你……

〔歌手下。

小　芳　哎哟，你咋这残忍呢？

保　安　我不残忍啊，队长就对我残忍了。

小　芳　你快吃吧。

〔小区女业主和男朋友搂着上。

莉　莉　欧巴，人家真的舍不得让你走……

欧　巴　（一段听不懂的韩语）

莉　莉　（一段听不懂的韩语）刚刚经纪人打电话了，说明天早上有通告呢。山无棱天地合，乃敢与欧巴绝，思密达。（两人欲亲吻，发现保安亭的夫妻正盯着他们）

欧　巴　看什么看啊？没见过谈恋爱啊？喝粥！

莉　莉　明天！（与欧巴飞吻告别）

欧　巴　（喜笑颜开，接电话）喂，老婆，对，我正在加班呢。不是跟你说过了吗？加班的时候别打我电话，我忙，我特别忙。好，拜拜。

〔欧巴下。

小　芳　他给谁打电话呢？

保　安　给他老婆打电话。

小　芳　　他老婆？那刚才那个女人是谁呢？

保　安　　二老婆。

小　芳　　我的个娘啊，太凌乱啦。

保　安　　哎呀，你凌乱啥？这在小区门口经常见到，正常！

小　芳　　经常见到？你可别学坏了。

保　安　　我哪能学坏了。好了，我吃完了，你也回家吧。

小　芳　　那我走啦，你晚上几点回来？

保　安　　我加班。

小　芳　　（欲走突然想到什么转身回头）加班？

保　安　　我是真加班，跟他们不一样啊。

小　芳　　我陪你加班。

保　安　你在这儿，一会儿我们队长来了看见了不好。

小　芳　又不是没见过。

〔星星上。

星　星　喂喂喂，你！

保　安　在。

星　星　我问一下，你认识钟点工吗？

保　安　干什么？

星　星　我找钟点工能干什么？当然是打扫卫生啊。我家要请个钟点工，工作三个小时，能帮我找一个吗？

保　安　有有有。

星　星　哎哟，有啊。那太好了，快点。

保　安　你等一下啊。芳，钟点工你干不干？

小　芳　钟点工？干。

保　安　真能干？

小　芳　那有啥不能干的？不就是打扫个卫生吗？

保　安　那三个小时你问他要多少钱？

小　芳　80。

保　安　100。

小　芳　80。

保　安　100。

小　芳　人家不给。

保　安　这是行价。

星　星　好了没有？快点快点。

保　安　（带着小芳站出来）行不行？

星　星　就你啊？

小　芳　嗯。

星　星　多少钱？

保　安
小　芳　（几乎同一时间说）100……8……

星　星　180呀？我的天呐，你们这行涨价涨得也太快了，比房价还快啊。我最讨厌你们这种小市民跟我这种纯爷们儿浪费时间。哼！

〔星星下。

小　芳　老板，老板……哎呀，我说你弄啥呢？我说80，你非说100，人走了吧？

保　安　呵呵，走就走了，你看他那不男不女的样……

小　芳　你干活管他不男不女干啥呢？现在80都木有了，讨厌！

〔星星跑上。

星　星　120行吗？

〔小芳和保安相视一看，惊讶。

星　星　最多130！

〔小芳和保安赶紧点头。

星　星　行了走吧走吧。（偷偷说）便宜50是50，哈哈哈哈！

〔星星下。

小　芳　（高兴地大笑）哈哈，我说这深圳人可真有钱，耶！我加班去啦！

〔小芳下。

保　安　老婆，有重活叫我……

〔定格 切光 光起 音效起。

保　安　我明白，我的工作真的是不起眼，我的日子真的是很无聊，为此我很纠结，到底还要不要干下去。那天队长说，甭瞧不起咱这行，这么多楼哪栋能缺了咱。又听电视里说，生活原本是灰色无聊的，之所以看见五彩缤纷，是因为我们有一颗快乐的心，有道理，对，我要调整一下我的心情，也许就不那么无聊了……

〔岗亭门口路过各种形形色色的路人，保安热情地与每一位行人打招呼，行人不习惯地回应保安。

〔路人停下，互相对视后看着保安若有所思。

〔温馨的音效起。

保　安　咦，你们别都这样看着我，其实你们在我眼里都是可爱的。

〔保安与每个人问好，路人也热情回应。

〔众人下。

保　安　这样多好啊，10月1日，星期日，晴，温度28℃，心情非常好，马上要下班了，愉快的一天就要过去啦，真期待美好的明天……

〔可爱诙谐的音效起，定格。

〔切光。剧终。

# 超　越

**时　间：**现在

**地　点：**办公室门外

**人　物：**

张　泉——基层部队的连长。

李　浩——曾经是连长的三班长，复员后是保险公司的业务员。

〔舞台上的灯光昏暗，正中央放着一扇可以移动的门，低沉忧伤的音乐在四周回响。

〔李浩心情沉重，垂头丧气上，忧郁地来到办公室门前。

李　浩　（几次欲敲门，却鼓不起勇气，悲伤地看着这扇门，绝望地自言自语）看到这扇门了吗？我不知道我为什么要敲开这扇门，然后接受他们的嘲弄和白眼，每一次的陌生拜访，我真的受够了，我不干了行不行？可是作为一个保险业务员就要敲开这一扇扇的门，这是必须的，这平时随处可见的门，现在我看来就像是一张张血盆大口，只要我一进去，我就会被咬得体无完肤，伤痕累累，我怕极了这扇门。

（想起了自己的部队生涯）记得我当兵的时候，是那么的勇敢、那么的自信，怀念我的连长，怀念我的战友，怀念在部队的每一分，每一秒，不管怎样的摸爬滚打，我都没有怕过，（悲伤地趴在门上，大声地呼喊）可现在我怕了，我真的怕了，谁能帮帮我，帮帮我！

〔突然连长端着锅上，锅冒着热气，连长高兴地张罗着下面，摆放凳子。

连 长 来来来，帮帮我，帮帮我，可真香啊。

李 浩 （惊愕不已，愣愣地看着连长）连长，你怎么会在这儿？

连 长 （乐呵呵的）我一直都在这儿啊。

李 浩 （疑惑地环顾四周）这是哪儿？

连 长 你的心里啊。

李 浩 我心里？

连 长 对呀，谁没个心啊，谁心里没有几件事和几个人啊？你小子还算有良心，心里有我。

李 浩 （摸着自己的胸口，自言自语）连长见到你太好了！想死你了！

〔李浩跑过去与拥抱连长，连长高兴地给了他一个军人般的拥抱，温馨的音乐荡漾在两个男人的心中。

连 长 （怎么也推不开李浩，亲切地呵斥）行了，抱一下得了，两个大老爷们儿搂搂抱抱的像什么样子，立正！吃饭！

李 浩 是！

〔二人吃得不亦乐乎，一边吃饭一边聊天。

连 长 （给李浩夹了一筷子菜）你小子跟我说说，复员以后情况怎么样？

李 浩 （不停地吃）马马虎虎。

连 长 （呵呵一笑）狗屁马马虎虎，我又不和你借钱。

李 浩 我不是那个意思，我也找了个活儿，你看。（掏出名片）

连 长 （夸张地大叫）哎呀，还有名片，让我看看，公司业务员，不错啊，从小事做起，以后当个大老板！

李 浩 （不好意思地笑）当什么老板，我马上就不干了！

连 长 （听出李浩的颓废，放下了碗筷）为什么？

李 浩 连长，说实话，我在部队干得怎么样？

连　长　好兵啊！

李　浩　（控制不住地发起牢骚）可一出去我才发现我什么都不是，这部队啊，我算是白待了。

连　长　胡说八道些什么呀！

李　浩　部队那一套在地方上行不通，你不懂！

连　长　我不懂？

李　浩　（一阵委屈和气愤涌上心头）你知道吗？在这几个月里我一共敲开了几百扇大门，见到了无数个老板、经理、主任，不停地向他们介绍我们的产品，可是他们不是嘲讽就是拒绝，更有甚者直接把我的名片和计划书当着我的面扔到了垃圾桶，几个保安揪住我的脖领子把我轰出去，没有一次成功。（痛苦地大喊）我是人，我有尊严，我受不了。

连　长　（心疼的看着李浩，突然把碗筷扔在桌上，毫不留情地下起了命令）老规矩，100 个俯卧撑。

（李浩不情愿地做起了俯卧撑。

连　长　（怒视着李浩）怎么，不服气，又没尊严了？

李　浩　我没想过！

连　长　为什么不想？

李　浩　没做完，顾不上想！

连　长　那你的工作都没有做完，要什么尊严？

李　浩　我没有尊严！

连　长　怎样才有尊严？

李　浩　只有成功以后才有尊严！

连　长　对，只有成功以后才能有真正的尊严，脸是自己丢的也要自己给我挣回来，明白吗？！

李　浩　明白！

连　长　（气愤地呵斥）欠练！

〔连长收起锅和凳子，气愤地下场。

李　浩　（认真地做着俯卧撑）可是……（发现连长不在，起身寻找）连长，连长，（连长的离去，让他更加惆怅，看着门，心里突然怒火中烧，绝望地叫道）连长你不知道啊，站在这扇门前，我可以不顾及我的尊严，但面对这座城市的冷漠，我心中有股无名的怒火，这股怒火在我心里到处乱窜，我想喊，我想叫，哪怕找个人打一架也好，至少证明我的存在！

〔连长戴着拳套上，把李浩的拳套砸在他的头上。

连　长　（做着攻击前的准备）捡起来，戴上。（不停地击打李浩）你有尊严吗？你存在吗？存不存在啊？说话啊！

李　浩　（被无情的拳头打得更加暴躁）别逼我！连长。

连　长　（仍旧不停地击打李浩）我逼你怎么了？

李　浩　（彻底被激怒了，狂叫着疯狂地挥拳反击，一边打一边吼）我存在，我叫李浩，2004 年入伍，在部队是优秀士兵，部队复员后来到公司当业务员，也应该是优秀的，因为我是最好的！

〔连长一记重拳将李浩打倒。

连　长　（轻蔑地嘲笑）最好的倒了？起来，再来！

〔李浩愤怒地爬起来。

〔战争音效起。

〔连长和李浩慢动作打拳击，李浩又被打倒。

李　浩　（在连长的读秒时间，再一次爬起来攻击，暴跳如雷。）再来！

连　长　停，别打了（搂着李浩认真地劝导）你看你，急功近利，心浮气躁，打架也要动动脑子，知己知彼才能百战百胜，想好了我们再来。

李　浩　（冷静下来，看了看连长的身高，想到攻击方法。）报告连长，我想好了！

连　长　想好了，那我就不客气了啊，准备开始啊。

〔李浩突然躬身，攻击连长下盘，连长被击败。

李　浩　连长，没事吧？

连　长　（抱着小肚子）你小子敢下黑手。

李　浩　你高我矮，我只有攻你下盘，才能打败你！

连　长　行，你还一套一套的，不玩了，你学坏了……

〔连长捂着肚子下。

李　浩　（猛然醒悟）知己知彼，百战百胜，对啊，我不能盲目地进行陌生拜访，只有充分地了解客户的需求，这样才能有希望，欠练，我太欠练了！

〔连长背着背包跑步上。

连　长　训练开始，我们训练的科目是五公里越野，目的锻炼我们的毅力和耐力。跟上！

〔二人跑步，渐渐地李浩有点体力不支。

李　浩　连长，休息会儿吧。

连　长　怎么，累了？

李 浩　有点。

连 长　你知道你为什么累吗？因为你心里没有目标。你看我，我心里就有目标。我的目标第一个就在前方三公里处，在那有一片桃林，我老家大门口也有一片桃林，桃花开的时候真美啊，当我看到那片桃林，我就想起了我家，想起了我的妈妈，我浑身上下就充满了力量。我的第二个目标啊，在前方四公里处，在那我们会路过一个小学校，每当我听到孩子们琅琅的读书声，看到一张张可爱的笑脸的时候，我明白了我的价值。正因为有了我们的存在，他们才能过上幸福安宁的生活。其实呀过了四公里，我也累，我也想歇一歇，但我知道我不能停下，因为前方还有一个目标在等着我，李浩，你知道前方有什么？

李 浩　终点。

连　长　终点有什么？

李　浩　军旗。

连　长　对，军旗，当我跑到军旗下，看到军旗迎风飘扬的时候，我是胜利者，我是战无不胜的，在那一刻我是全世界上最幸福的人，李浩，正前方就是你的目标，出击，加快速度！

李　浩　（李浩疯狂地跑步，越跑越快，嘴里大叫着）尊严，方法，耐力，毅力，目标，价值……

〔澎湃激昂的音效大作，灯光变得耀眼夺目，二十多个公司业务员纷纷跑上，跟在李浩的身后，努力地跑着，他们脸上充满着希望，奔向前方的目标。

〔切光。剧终。

# 出租之恋

**时　间：**一个下午

**地　点：**咖啡店

**人　物：**

陈　锋——自由职业者

孙　琦——公司白领

〔萨克斯音效起。

〔陈锋坐在桌前等孙琦，孙琦上，边走边找。

陈　锋　（招呼孙琦）这儿，这儿。

孙　琦　（看到走过来，坐下）干吗到这儿啊，特别不好停车。

陈　锋　这不是离我家近嘛。

孙　琦　你家？

陈　锋　啊，（指窗外）就在那边儿。

孙　琦　哦，（看着窗外）农民房？租的？

陈　锋　租的怎么了？

孙　琦　不是，我的意思是干吗不直接去你家啊？

陈　锋　去我家？那走吧。

孙　琦　呵呵，行了，我逗你玩呢，单身汉的家没法进，肯定臭烘烘的。

陈　锋　谁说的？我家干净着呢。

孙　琦　干净？你有女朋友啦？

陈　锋　没有啊。我哪来的女朋友啊？哎，我怎么觉得你对我有没有女朋友特别关心？

孙　琦　我……我干吗要关心你有没有女朋友，你有没有女朋友跟我有什么关系，再说了，我们只是普通朋友，不，连普通朋友都不是，严格地说我是你的老板。

陈　锋　好，老板，我就是一打工的，咱结账吧。

孙　琦　好，没问题，多少钱？

陈　锋　你雇佣我 3 次，一共 5860 块。

孙　琦　（掏出钱）拿去，不用找了。

陈　锋　谢谢老板。（装钱欲走）

孙　琦　等一下！我说你一个大男人，心眼儿怎么那么小啊？

陈　锋　谁心眼儿小啦？

孙　琦　你回来，回来！坐下。

陈　锋　干什么？

孙　琦　坐下！要走可以，把咖啡给我喝完！

〔陈锋端起杯子就喝完了。

孙　琦　哎呀，我刚才逗你玩的。

陈　锋　知道你逗我玩的。

孙　琦　陈锋，你还记不记得我们第一次见面时候的情景。

陈　锋　当然记得，在你车里。

孙　琦　对，在我车里。

〔情景模拟表演。

〔孙琦开车，停车，陈锋上车。

孙　琦　哎！过来过来，是你吗？

陈　锋　你是细雨霏霏？

孙　琦　你快上车吧，这儿不能停车。快点。

陈　锋　（在车外一直拉门）您开个门呗。

孙　琦　　我说你这人有没有一点常识啊？这儿不能停车你不知道吗？你怎么长这样？跟网上照片不一样？显得老，你多高啊？

陈　锋　　我1米75。

孙　琦　　这么矮。你价钱能便宜点吗？

陈　锋　　便宜不了，谁雇我都是这个价。

孙　琦　　要不是因为我奶奶，我才不会租你当男朋友。你拿花干吗？

陈　锋　　哦，这花是给你买的。

孙　琦　　呵呵，就这花儿还能看。

陈　锋　　这是道具，显得真点儿。哦，对了，这是买花的发票你给报一下销。

孙　琦　　找我报销？

陈　锋　这是道具呀，给你买的当然你报销了。（看窗外）唉，小姐……

孙　琦　叫谁小姐呢？叫老板。

陈　锋　老板，你怎么开到医院了？不是看你奶奶吗？

孙　琦　我奶奶就在医院。

陈　锋　哎小……小老板，你有没有注意我网上发的消息呀？这可是高危场所，那是要加钱的。

孙　琦　这医院怎么能算是高危场所呢？

陈　锋　医院到处都是病菌，很容易被传染的。

孙　琦　这位先生，我奶奶得的是癌！癌症！（刹车，头伏在方向盘上痛哭。）

陈　锋　（不知所措，安慰孙琦。）人一上岁数病就都来了，现在医学发达了，有可能治好的。

孙　琦　（叹了口气）但愿如此吧。

陈　锋　不过这钱还得加。

孙　琦　我说你这人有没有一点同情心呀？

陈　锋　我啥心都有，可是这和加钱是两回事。

孙　琦　（停车）不加。

〔陈锋欲下车。

孙　琦　100。

〔陈锋推车门准备下车。

孙　琦　200。

〔陈锋起身要走。

孙　琦　再加 50。

陈　锋　哎！250，你骂人呢你！

孙　琦　280！

陈　锋　280 呀？那，那行吧。你别生气啊，我们这行啊……

孙　琦　少废话。这是我的简历，你的呢？（陈锋拿出简历，两人相互看

简历）

陈　锋　姓名孙琦。

孙　琦　姓名陈锋。

陈　锋　学历博士？！

孙　琦　学历本科？！

陈　锋　年龄30？我说姐姐……

孙　琦　叫谁姐姐呢？无聊！我告诉你，我这上面写的可全是真的，看看你的，假的吧。

陈　锋　谁说的？我这大学毕业证可是真真儿的，就是为了和你登对，工作履历做了一点假。

孙　琦　行啦，甭管你是真是假，跟我一点关系也没有。我告诉你，等会进去见着我奶奶，你说话一定要小心点，千万别露馅儿了。我奶奶她现在……

陈　锋　行行行，老板，我一句话也不说行了吧？

孙　琦　下车。

〔来到病房门前。

〔进房门，奶奶坐在轮椅上。

孙　琦　奶奶，呀，今天都能坐起来了，太好了。看，这是我给您买的花，闻闻香不香。奶奶，这是我男朋友，他叫……（尴尬）快点给奶奶介绍一下自己。说话啊，奶奶等着呢。

陈　锋　（支吾着小声问）我能说话吗？

孙　琦　当然了，可以，快。

陈　锋　奶奶，您不知道，刚刚在来的路上，她跟我说见了你一句话也不能说，她说的！

孙　琦　哎呀，不是的，奶奶。他这个人啊平常特别啰唆，我是让他少说一点。现在可以了，你说吧。

陈　锋　奶奶，您好，我叫陈锋，我今年29岁，在一间贸易公司做业务经理，最近我们公司接了一个大单，比较忙，没及时来看您，您别怪我啊奶奶。奶奶，我听孙琦说了，您最喜欢她，说您最疼她，您是她一把屎一把尿喂大的……不不不……

孙　琦　（急忙拦住陈锋）陈锋你渴了吧？你喝点水。

陈　锋　我不渴。奶奶，您瞧您身体这么硬朗，哪像是生病的？

孙　琦　陈锋，你吃点水果吧。

陈　锋　不吃不吃。奶奶，您就是一个小感冒，等您出院了，我带您一块儿去大梅沙划船。

孙　琦　带您一起去。您说什么？我们怎么认识的？我们……

陈　锋　奶奶是这样，我来说啊。我们是大学同学。

孙　琦　对，大学同学。

陈　锋　我上学的时候就非常喜欢孙琦。但那时候我胆儿特别小，后来毕业我们就分开了。老天有眼，前段时间我们公司开年会，我就遇到孙琦了，当时我们就喝了一点酒。

陈　锋
孙　琦　（一齐说）白酒、红酒。

陈　锋　掺着喝的。后来我就借着点酒劲我就向孙琦表白了。奶奶您放心，我一定会对孙琦好的。（抱着孙琦）是不是啊孙琦，我一定会对你好的。

孙　琦　什么呀？我一定会对你好的。是吧奶奶。

〔音效起。

孙　琦　奶奶自从第一次见了你她就喜欢上你了，非得让我每次去看她的时候把你也带上。

陈　锋　她老人家真是有一双慧眼，只可惜走得早了一点。

孙　琦　是啊，奶奶病危，我不得不又一次租你当男朋友。

〔情景模拟表演。

〔二人抓着奶奶的手呼唤昏迷的奶奶。

陈　锋　奶奶。

孙　琦　奶奶。

陈　锋　奶奶，我是陈锋，您放心我一定会对孙琦好的。

孙　琦　奶奶，您放心，我一定会和陈锋结婚的。

陈　锋　结？结婚，结婚！

孙　琦　结婚。

〔奶奶走了……

孙　琦　奶奶，奶奶！

陈　锋　奶奶，奶奶！

〔孙琦和陈锋一齐哭了起来。

〔回到咖啡店。

〔二人抹眼泪。

陈　锋　唉，孙琦，你开心点儿，奶奶都走这么久了，你开心，奶奶才能安心。

孙　琦　是啊，开心一点儿。哎，陈锋你还记不记得我第三次租你咱们就睡在一张床上……

陈　锋　哎，你能不能含蓄点儿，那是被逼无奈。

孙　琦　（笑）是啊，咱们陪我爸爸妈妈回乡下散心。

陈　锋　结果半路车坏了。

孙　琦　耽搁到了晚上。

陈　锋　于是去了一间宾馆。

孙　琦　可是房间只有……

陈　锋<br>孙　琦　一张床。

〔情景模拟表演。

〔陈锋、孙琦开门进房间，房间内一张双人床，二人傻眼。

陈　锋　不是吧，真就一张床呀！

孙　琦　是呀，这怎么睡呀？

陈　锋　哎呀，我是累得不行了，先休息会儿吧。（躺下）

孙　琦　哎呀，我也累了，我也先休息会儿。（转身）啊！哎呀，你下去，你下去。

陈　锋　你干吗啊？

孙　琦　哎呀，我告诉你啊，你休想！

陈　锋　我想什么了？

孙　琦　你还没想什么？你都跟我睡到一张床上来了。

陈　锋　嗨，这又不能怪我。嘘，小点声，你爸妈已经睡觉了。

孙　琦　我告诉你啊，你可不许碰我。

陈　锋　我还怕你碰我呢。

〔孙琦关灯上床。

〔二人辗转反侧，睡不着。

陈　锋　你这么折腾我能睡得着吗？

孙　琦　你喘气我也睡不着。

陈　锋　不喘气那不成僵尸了吗？唉，你要睡不着，咱俩聊聊呗。

孙　琦　好啊。我问你啊。你干吗要干这行？

陈　锋　这行怎么了，你说这行我感觉那么猥琐呢，我是替别人排忧解难。

孙　琦　那倒是，可再怎么说这也不算个正经行业呀。

陈　锋　我知道，但是这行门槛低起步快。我赚够我的第一桶金之后，立马改行。

孙　琦　什么时候能赚够？

陈　锋　很快，像你这样到年龄因为各种原因嫁不出的剩女太多了，我现在生意太多了。

孙　琦　谁嫁不出去啦？我告诉你，我是看不上不想嫁。明白吗？

陈　锋　是，我信。像你这样一个听歌听神曲只看偶像剧，时尚而且接地气的女博士，总有一个高大威猛，戴着大粗金链子的纯爷们儿，

开着带重点音炮的摩托车，放着《最炫民族风》来娶你的。哈哈，是吧？

孙　琦　讨厌，又逗我！我问你啊，你说现在怎么那么多剩女啊？

陈　锋　你不知道？我帮你分析一下。据我分析吧，这剩女产生的主要原因吧有以下几点：好男人你们嫌丑；帅男人嫌不安全；又好又帅又正常的男人大部分都结婚了；又好又帅没结婚的男人人家自己喜欢男人，更何况你还是个博士！

孙　琦　博士怎么了？

陈　锋　哪个男的和博士在一起不自卑？那种无形的压力根本没办法承受。

孙　琦　那倒是啊，他们和我在一起的时候都说压力特别大。

陈　锋　对吧，我没说错吧。

孙　琦　那我问你？你和我在一起的时候也自卑吗？

陈　锋　我自卑？开玩笑。

孙　琦　嗯。我看你是不自卑，而且呀，还很嚣张。

陈　锋　我嚣张吗？

孙　琦　嚣张。

陈　锋　我嚣张吗？

孙　琦　你太嚣张啦！

〔陈锋把孙琦掰了过来。

陈　锋　不仅嚣张，我还要兽性大发！

〔陈锋把孙琦抱住了。

孙　琦　你……你怎么了？

陈　锋　对不起，我冲动了，睡吧，明天还得赶路呢。

孙　琦　你。（陈锋翻身睡，孙琦看着陈锋生闷气。）

〔回到咖啡店。

孙　琦　你那天晚上是真想兽性大发吗？

陈　锋　我要是真那么做了你会怎么看我？

孙　琦　禽兽。

陈　锋　嘿嘿，我控制住了，啥也没干。

孙　琦　禽兽不如！

〔二人对视，哈哈大笑。

孙　琦　你有想过我吗？

陈　锋　嗯？

孙　琦　我这个问题很愚蠢，你天天都当人家男朋友，早就……

陈　锋　想，其实……我还有事我先走了。（转身要走）

孙　琦　咱们什么时候再见？

陈　锋　我忘了告诉你了，我第一桶金赚够了，我想和朋友去上海开花店。

孙 琦　开花店干吗非要到上海，这儿不一样可以。

陈 锋　可我朋友在上海。

孙 琦　你可以让你朋友来这一起开呀。

陈 锋　为什么？

孙 琦　因为，我要是还租你……

陈 锋　啊。没关系，我会帮你找一个比我更好的。

孙 琦　不，我谁都不要，就要你！

〔孙琦拉着陈锋的手。

孙 琦　陈锋，我学过心理学，能看出来，你喜欢我，可是你为什么不留下来，你为什么不试着追追我呢？

陈 锋　孙琦，我是喜欢你，可你也不想想当初咱们是怎么认识的？你雇我当男朋友，你会信我吗？不把我当成坏人就不错了。你老问我女朋友，你也不想想，我要工作没工作要事业没事业，可以说一无所有，像我这样的谁跟我？

孙 琦　我跟你。你说的那些都不重要，因为我爱你！

〔音乐起。

〔二人拥吻。

〔切光。剧终。

# 请和陌生人说话

**时　间：**现在

**地　点：**某小区楼道

**人　物：**

记　者——女，某报社记者。

IT　男——宅家，在 IT 公司上班。

女老板——在家楼下的小区开了一家美容院。

大白狗——女老板养的狗狗。

〔幕启。旁白。

大白狗　在很久很久以前，有三户人家，他们住在同一栋楼的同一层。因为他们是刚搬进来的，所以彼此都不认识。

〔电梯口。

记　者　（抱着一大堆东西）哎~ 电梯等等，等等……

〔大白狗上。

记　者　这狗长得——熊样！

〔IT 男抱着箱子上。

记　者　按哪！

IT　男　你怎么不按？

记　者　我腾不开手。

IT　男　　我也腾不开。

记　者　　你……哎呀，谁的一百块钱啊？

IT　男　　（放下箱子找钱）我的。

记　者　　腾开了吧？（乐）

〔IT 男反应过来，抱起箱子不屑地瞥了一眼。

〔两个人互不搭理，女老板上。

女老板　　哎哟～你干吗呢？

IT　男　　我？搬家啊！

女老板　　到处乱跑什么呀？讨厌！（准备按电梯）

IT　男　　啊？

女老板　　这怎么都没人按电梯啊？你们以为电梯不按自己就会下来啊？连这点常识都不知道，真好笑！呵呵…… 放下！

IT　男　　我的。

女老板　　放下！

〔IT 男放下箱子。

女老板　　过来！过来！

〔IT 男疑惑地站起。

〔大白狗跑过去。

女老板　　说它呢，没说你！

〔女记者大笑。

〔大伙儿一起等电梯。

〔电梯里。

〔三人同时按电梯，女记者和 IT 男对视一眼把手缩回去。

女老板　　哎呀，不就住 18 楼吗？按一下不就完了吗？我都见过你们很多次了，你住在 1806，你住在 1803，我住在…… 我不告诉你们！

大白狗　　（惨叫）汪——汪——汪！

女老板　　哎哟！宝贝，疼不疼啊？（转向 IT 男 ）嗨！

IT　男　　嗨！

女老板　　嗨！

IT　男　　嗨！

女老板　　你嗨什么嗨啊？你踩到我们家狗狗了，你没看着啊？你怎么连句对不起都不会说啊？你这个人怎么一点礼貌都没有啊？

IT　男　　不就是只狗吗？

女老板　　什么叫就是一只狗啊？！它是一只狗，它是有感觉的，你踩到它，它也知道疼的。

IT　男　　你至于吗？

女老板　　怎么就不至于了？我是它妈，它是我儿子，当然至于了。

IT　男　　有本事让它叫你妈。

大白狗　　妈！

〔众人惊讶。

女老板　听到没有？听着了没有！我告诉你啊，你今天必须向我们家狗狗道歉，你要是不道歉，你这个人就是没素质、没品位、没……

〔IT 男打嗝，其他人用手捂嘴纷纷跑出电梯。

〔电梯口。

IT　男　（看着大白狗）你妈真能说。你会说话？我再教你几句，涮——你——狗——肉！哈哈……

大白狗　在很久很久以前…… 有三户人家，他们住在同一栋楼的同一层。他们已经搬进来一个多月了，可他们还是不认识！

〔装修房子。

〔女记者和 IT 男在家装修房子，严重地影响到女老板。女老板和大白狗还了一个漂亮的反击……

〔门口走廊。

〔IT 男抱着一大堆垃圾出门，不小心掉了一袋儿在女老板家的门口，正当他弯腰去捡的时候…… 他直接起身离开了。

女老板　（在家中制止大白狗）等等！（打开门）出去！

〔大白狗看见地上的垃圾，闻了闻。

女老板　呀！这谁家的垃圾啊？到处乱扔，有没有点儿素质啊？讨厌（跑到 IT 男家的门口听，再跑到女记者家门口听）肯定是她们家，正打扫卫生呢！（把垃圾踢到女记者家门口）

〔大白狗跑到女记者家门口，正准备对着垃圾排小便。

女老板　哎！去那边！你忘了，他踩过你。（唆使大白狗去 IT 男家门口小便，完了回家）

记　者　（拎着垃圾出门，看见垃圾）哇！（小心翼翼地把地上的垃圾扔到 IT 男家门口，同时也把自己的垃圾扔在他家门口，得意地拍了拍手，回家）

〔IT 男回来看着地上的垃圾，看了看邻居家的门，不小心滑到，闻了闻。

〔女记者和女老板家的门同时“啪”地关上了。

大白狗　在很久很久以前…… 有三户人家，他们住在同一栋楼的同一层。他们已经搬进来一年多了，可他们……他们还是不认识！

〔电梯口。

〔三个人同时打着电话，看到对方态度立刻转变。

女老板　不说了！

记　者　就这样吧！

IT　男　挂了！

〔三人放好手机同时转身准备按电梯，互相瞥了一眼立刻把手收回。

〔大白狗站起按电梯。

〔电梯里。

〔再次同时伸手，同时收回。

〔大白狗再次站起按电梯。

〔三人惊讶，互瞥一眼背过身。

〔电梯开，互相挤。

大白狗　我说，你们可是多年的老邻居了，总该见面打个招呼吧！就是见面笑一笑也好啊！喂—— 说你们呢！

IT　男　谁呀？谁呀？我天天上班下班见谁跟谁打招呼，我回来还跟她们打招呼？我累不累啊？

女老板　我凭什么要跟他们打招呼啊？他们都是一些什么素质的人啊？跟他们打招呼，我还嫌掉价呢！

记　者　我为什么要跟他们打招呼啊？日防夜防，家贼难防，更何况他们？谁知道他们是什么人呀！不得防着点嘛！没听人说过吗？

三　人　不要和陌生人说话！

〔电梯里。

〔电梯发生故障，大家被困在电梯里了。顿时，尖叫声、哭喊声、狗叫声掺杂在一起。

〔女老板抓着 IT 男的胳膊。

IT 男　啊！！！……

女老板　你叫什么呀？

IT 男　你指甲好长啊！

女老板　你怎么知道？

IT 男　都扎到我肉里了。

女老板　（松开手）怎么回事啊？

记　者　电梯坏了吗？

IT 男　按警铃啊？

记　者　你怎么不按？

IT 男　我……我走不动了！

记　者<br>女老板　我也走不动！

〔三人眼神交流，让大白狗去按警铃。

〔大白狗无奈地向警铃爬去。

记　者　轻点儿……

〔大白狗按了，没反应。

IT 男　坏了？

记　者　没反应？怎么办呢？

女老板　呜呜……

IT 男　别慌！别慌！我这儿有管理处的电话。

记　者　你打呀！

IT 男　打打打打打……喂，喂！管理处吗？废话，我能好好说话吗？我们这电梯坏了。什么？我的妈呀！

记　者<br>女老板　啊？

IT 男　我的妈呀！

记　者
女老板　啊？

IT　男　我的妈呀！

记　者
女老板　啊？怎么回事啊？

IT　男　缆绳断了！

记　者
女老板　我的妈呀！

IT　男　不过还有保险绳！

记　者
女老板　我的妈呀！

IT　男　危险还没排除呢！

记　者
女老板　我的妈呀！

IT　男　不会有生命危险的！

记　者
女老板　我的妈呀！

IT　男　应该没事了吧？（向前迈一步）

记　者
女老板　哎……

记　者　把另外那根保险绳弄断就死定了！哎呀…… 今天怎么那么倒霉啊！家里电脑坏，出门电梯也坏。

IT　男　你电脑怎么坏了？

记　者　就是突然开不了机了。

IT　男　哦，那可能是系统的问题。

记　者　你懂修？

IT　男　我就是干这个的。

记　者　　那有空帮我修修吧！

IT　男　　只要电梯能修好，修什么都行！

记　者　　是，是，是。谢谢你啊！我的稿子就有着落了。

女老板　　（大声地）哎～

〔IT 男、记者和大白狗吓一跳。

女老板　　你？（小心翼翼地挪到记者旁边）你是记者呀？

记　者　　晚报的。

女老板　　哎呀！太好了。我跟你说啊，楼下那间美容院就是我开的。

记　者　　哦！挺大一家。

女老板　　谢谢！

记　者　　装修也不错！

女老板　　谢谢！

记　者　　服务也不错！

女老板　谢谢！

记　者　就是价钱黑了点！

女老板　谢…… 哦不，你要是去，我给你免费。嘿嘿！

记　者　真的？

女老板　真的。

记　者　为什么呀？

女老板　是这样的，我想在你们的报纸上给我美容院做个广告。你看行吗？

记　者　没问题！我跟我们主任说，给你打个折。好吗？

女老板　哎呀！太谢谢你了。

记　者　不用，不用。

IT　男　（大声）哎～

〔女老板、记者吓一大跳。

IT　男　不好意思啊！

女老板　哎哟～吓死我了！

IT　男　我女朋友她也喜欢美容。

女老板　没问题！你让你女朋友去，我给她打折。

IT　男　谢谢啊！

女老板　不客气！谁让咱们是邻居呢！是吧？

记　者
IT　男　（不好意思）是，邻居，邻居。

IT　男　你们家的小狗挺可爱啊！叫什么名字？

女老板　爹地！

IT　男　这名字好占便宜啊。会叫妈咪的爹地！呵呵…… 有意思。（蹲下摸着爹地的爪子）小爹地，上回我把你踩疼了吧？对不起啊！

女老板　哎呀，没关系啦！我忘了跟你们说，其实我们家这只狗狗吧，它就喜欢在别人家门口随地大小便。嘿嘿……

〔大白狗抬头看着女老板，女老板拍了它脑袋一下。

IT　男　淘气点好。

记　者　我突然想起咱们上回那个，垃圾……垃圾……

女老板
IT　男　哦，垃圾呀！下回注意！！

〔正当三个人尴尬地笑着，这时电梯恢复正常。

三　人　好了！

〔一起往外挪，大家相互礼让。

女老板　你先！

记　者　你们先！

IT　男　哎，小爹地先！

〔大白狗开心地从电梯里出来，三个人紧跟着一起出来）

〔楼道门口。

记　者　勇哥，你出去啊？

IT　男　哎~是啊！电脑怎么样？

记　者　你弄过以后啊，贼快！呵呵……

IT　男　以后有问题，尽管找我。

记　者　谢谢啊！呵呵……

女老板　回来啦？

记　者　是啊！

女老板　我叫爹地回去吃饭。

记　者　哦！好好好。

女老板　对了，最近工作忙吗？

记　者　还行，还行。

女老板　上次那件事情谢谢你啊！

记　者　不用客气！

女老板　有时间去我们家吃饭啊！

记　者　好的，好的。

女老板　再见，再见！

记　者
IT　男　再见！

〔三人定格。

大白狗　在很久很久以后，他们成了和睦相处的好邻居。

〔切光。剧终。

# 大话环保

**时　间：** 现在

**地　点：** 舞台

**人　物：** 主持人、家庭主妇、观众 4 人

〔家庭主妇上，开电视，不停地换台，电视停在了一个频道上。

主持人　观众朋友们大家好，欢迎收看这一期的《环保漫谈》。我们今天的话题是——环保！有请嘉宾就座。在这里我想问大家一个问题，现如今我们最关心的问题是什么？

观　众　环保！

主持人　为什么呢？

观　众　因为，因为我们现在做的是环保节目，所以我们必须说环保重要。

主持人　那我要是做财经节目？

观　众　财经最重要！

主持人　我要是法制节目？

观　众　法制最重要！

主持人　我要是娱乐节目？

观　众　娱乐最终要！

主持人　我要……

观　众　你做啥啥重要！

主持人　我想听真话，你们真正关心的问题是什么？

观　众　赚钱、爱情、健康、和平。

主持人　为什么呢?

观　众　那还用说吗，赚钱是首位，谁不需要钱?有了钱什么买不到，对不对?

主持人　那好，比如说十年后你是一位百万富翁。

观　众　哈哈，我是百万富翁?哈哈哈。(作富翁牛状，众人羡慕)

主持人　根据中新网的调查，中国70%的江河湖泊已被污染，照这个速度下去，十年以后我们不会有一滴干净的水源，如果你想喝到干净的水，将要支付高额费用。

观　众　我有的是钱，拿瓶水，多少钱?

主持人　5万块。

观　众　多少?你穷疯了，抢钱呐!看我是百万富翁，眼红了!一瓶矿泉水要我5万块。

主持人　对不起先生，这不是普通的矿泉水，这是火星的冰块溶化后用宇宙飞船运回来的火星冰水，你坐过宇宙飞船吗?它坐过，买您5万块已经是八折价了。

观　众　我……不要火星冰水，我就要咱们地球产的矿泉水。

主持人　好的，一千块。(拿出一瓶黑墨汁)

观　众　啊?这是什么呀，能喝吗?还卖一千块?

主持人　这就是十年后被我们污染了的水。

观　众　污染了还卖我一千块。

主持人　水是不可再生的资源，十年之后剩的可就不多了，虽然是污染了但也是水呀，卖您一千块很合理的。

观　众　这也没法喝呀，对了，十年后科技发达了，这种水可以净化的。呵呵。

主持人　您太聪明了，是可以净化，只要您再出点钱。

观　众　还要钱?照这样下去我很快就成穷光蛋啦。

主持人　所以你还认为人这一生赚钱最重要吗？

观　众　那应该是爱情最重要。爱情可以战胜一切。

主持人　好，想象一下，照这样下去，五年后空气污染更加严重，每个人不得不时时刻刻戴着防毒面具。

〔观众模拟表演戴着防毒面具谈恋爱到失恋。

主持人　你还认为人这一生爱情最重要吗？

观　众　健康最重要。

主持人　健康当然重要，可是你生活在污浊的空气中，喝着污染了的水还能拥有健康吗？你们虽然努力地赚钱可依然用不起干净的水，虽然时刻都戴着防毒面具可依然会生病。你们束手无策，忍耐等待，煎熬期盼，这时如果发现地球上还有一块还算干净的地方，全世界几十亿人都会蜂拥而至，那么多人聚在一起，为了生存，就会引起战争，战争一旦爆发，谁也不能保证活下来。

〔众人一个个死去。也许，没有了人类，地球会变回原来的样子。不过人都没有了，地球变回去又有什么意义呢？

〔众人复活。

主持人　好了，都起来吧。和平了，现在你们怎么看待环保呢？

观　众　呵呵，也还凑合吧。

主持人　什么叫凑合呀？

观　众　就是还行吧。

主持人　难道你们刚才的亲身表演还说明不了问题？

观　众　其实根本没有那么严重，刚才那些都是吓唬我们的，我们混了这么多年，都懂。环保喊了那么久，不就是节约用水、爱护花草树木、不乱丢垃圾、不随地吐痰吗！谁不知道呀。

主持人　既然知道，都做到了吗？

观　众　想到了就做一做呗，想不到也无所谓喽，很久以后的事情想它干吗？再说现在的环境也不至于那么差了。即便环保挺重要，但也不是眼前急需要做的。

主持人　那么你们认为真正的环境恶劣会在什么时候呢？

观　众　100年以后，200年、500年、反正我们这代人是看不到了。

主持人　错！世界著名自然灾难专家、英国伦敦大学学院地球物理学教授比尔·麦克古尔在其新书《7年拯救地球》中提出人类只剩7年时间来拯救地球和人类自己，如果温室气体在这7年中无法得到控制，那么地球将在2015年进入不可逆转的恶性循环中，包括战争、瘟疫、干旱、洪水、饥荒、飓风在内的各种灾祸将席卷地球，使人类遭遇“末日式劫难”。

观　众　七年，不会吧！太可怕了，我怎么没感觉到？

主持人　就像自己身体一样，病变之前只是会有轻微的症状，一旦耽搁了治疗，有了明显的症状的时候已经来不及了。如果环境恶化到让在座的诸位明显感觉到的程度，世界可能已经无法拯救了。大家说我们一生中真正重要的是什么?

观　众　这么说来，环保重要。

主持人　对，财富、爱情、健康固然重要，但是环境保护是基础，尤为重要。七年之后的地球可能就会进入无法挽回的恶性循环。可现在我们每个人却只是有意识、没行动。

观　众　是啊，七年之后我还不到40岁，看来我这辈子是躲不过去了。那怎么办?

主持人　怎么办?很简单，改变我们的习惯，环境保护，从我做起。(观众配合主持人环保模拟表演，包括节水节电不浪费、爱护动物、选择绿色交通和环保产品、垃圾分类、无污染旅游等)全国有108个城市严重缺水，我们深圳是其中之一，节约用水迫在眉睫，你必须做到，无论在什么时候不要让水龙头清水长流，洗澡冲凉只用5分钟，洗手间、厨房准备小水桶，尽量做到一水多用。不用的灯就关掉，少开空调，夏天空调的温度最好设定在26度，尽量选用节水用具，我们要形成一种良好的社会风气，鄙视奢侈浪费，让奢侈浪费达不到炫耀的目的。如果不需要赶时间，就尽量乘坐公交地铁。我国的垃圾包袱十分沉重，仅仅做到将垃圾丢进垃圾桶是远远不够的，垃圾分类可以创造出一个无垃圾的社会。

好了，我们这期节目就要结束了，据统计，每三个小时地球上就会消失一个物种，也许就在此时南极的一座冰山已经倒塌融化了。环境保护，时不我待，环保应该是人的生活态度而不是一句口号，下期节目再见。

〔观众鼓掌。

〔音乐起。

〔急切光。剧终。

# 大腕儿

**时　间：**现在

**地　点：**舞台

**人　物：**导演、剧务、演员

〔幕启。导演与剧务上。

导　演　有你这么主持的吗？你这么主持行吗？状态！我要状态！下去好好想一想，不行我就换人了，刚才那个节目怎么搞的，说了多少遍了，这是我们区历史以来最大的一次文艺汇演，第一次电视台来录像，你们就这种状态，行吗？

剧　务　您别急，坐下来慢慢说，喝水。

导　演　我是不想着急，可我是总导演，排了这么多节目，没有一个搞笑的，观众会闷死的，尤其是这次要上电视，电视讲究收视率的嘛！

剧　务　其实我觉得这节目还行，挺搞笑的。

导　演　胡说，我看了半天，就没笑出一声。

剧　务　您不是一直在打电话吗。

导　演　（接电话）喂，主任，嗯，嗯，您放心，其实这节目还行，挺搞笑的，对，刚才那个节目最好，呵呵，对对，好好，主任再见。你看什么看，我这是安慰领导呢。我让你找的那个小品联系好了吗，这都什么时候了还不来。

剧　务　人家不是大腕儿吗，得晚来一会儿。

导　演　他们也算腕儿？那我还是大腕儿呢，打电话，让他们马上。

剧　务　好好好，（打电话）喂，大腕儿，你们什么时候到，导演等着呢，全世界的人都等你们呢，到了，我怎么没看到。

〔演员上。

剧　务　哎哟，大腕儿，总算到了，导演都等着急了。

演　员　急什么呀，有什么急的，不就是一个节目吗。

剧　务　对对对，主要是导演想你们了，呵呵。导演，演员到了。

导　演　到了，好好，来，开始吧，这一台节目可就看你们的了。

演　员　导演，我先跟你商量点事。我们这个小品本来是三个人，可是公安局和银行今天都演出，撞一块儿了，我们哪头都不敢得罪，所以每个人到一个地方，我就来这儿了。

剧　务　就来了一个人？

导　演　一个人？那演什么呀！

演　员　小品。

导　演　一个人的小品？胡闹。

剧　务　那怎么演？不行。

演　员　那我没办法。要不您跟我演一个小品。

剧　务　我？开玩笑，不行不行，要演也得是导演上，你们两个大腕儿联袂那才配，我一个剧务算什么呀。

演　员　对，导演，咱俩演一个。

导　演　咱俩？不行不行。

演　员　那这不行那不行，那别演呗，我走了。

导　演　回来，我说腕儿呀，活活被你们气死。你去打听打听，有演员不来让导演顶锅的吗？再说我哪会演小品呀。

演　员　这好办，我教你。

剧　务　这马上就演出了，现教来得及吗？

导　演　我可什么都不会。

演　员　其实这演小品特别简单，我把这里的窍门告诉你，你马上就会。

导　演　有这么简单。

演　员　当然，这么说吧，给狗拴根骨头，狗都能演小品。

导　演　有你这么说话的吗？我能和狗比吗？

剧　务　一时着急，对不起，导演比狗强多了。

导　演　这话怎么这么别扭，你会不会说话？

剧　务　嗨，我是说，导演不能和狗比，不是，狗和导演不能比，不是，导演是导演，狗是狗，他们俩，不是，你们俩，不是，不怨我导演，是她先说给狗拴骨头的。

演　员　那我又没说给导演拴根骨头。

剧　务　我也没说拴骨头。

导　演　行了，住口，像话吗你们，这是什么节骨眼上了，还胡说八道，说的是演小品的窍门，快说，我该拴根什么骨头，不是，什么窍门！

演　员　第一，得先说东北话，你看现在哪个小品不说东北话？干啥呀这，咋的，嗯哪，杠杠的。

剧　务　对对对，我们导演会说东北话。

导　演　那啥，对付吧，半个东北银（人），你嫂子就是那疙瘩的，说话大馇子味。

演　员　这第二，就是男扮女装，越丑越好，最好是一亮相就有一半观众都想吐。跟我学。（导演学女人走路）

剧　务　导演，你的扮相真恶心，简直天生就是演小品的。

演　员　这第三就是互相吐口水，说话的喷口都冲对方脸上喷，比如说呸！你怕不怕！我是小品一霸！我刚才吃大蒜了。

导　演　我也吃大蒜了。

剧　务　我吃葱了。

〔大家擦脸。

导 演　这也太不卫生了。

演 员　是呀，我们干演员的容易吗？最后也是重要的窍门就是脑筋急转弯。

导 演<br>剧 务　太对了，现在的小品就是脑筋急转弯。

剧 务　可没有现成的呀。

演 员　作为一名专业的小品演员，随身携带一本或者若干本脑筋急转弯的书籍已经是我们这一行的行规了。（拿出书）

剧 务　大腕儿就是大腕儿，专业。

演 员　请听题，树上有 5 只麻雀，飞走了两只麻雀，又飞来了 1 只，可数来数去，树上还是只有 3 只麻雀，为什么？

导 演　不可能，就应该是 4 只，为啥成 3 只了。

演 员　你得听清题，你算，树上 5 只麻雀，飞走了 2 只麻雀。

导　演　5 减 2 等于 3 只。

演　员　又飞来 1 只。

导　演　3 加 1 是 4 只吗？

演　员　我问的是树上还只有 3 只麻雀，为什么？

导　演　不对，应该是 4 只呀。

演　员　我刚才说又飞来 1 只，但是飞来的一定是麻雀吗？

剧　务　可以是老鹰。

导　演　所以树上还有 3 只麻雀，1 只老鹰，哈哈，有意思。

演　员　请听题，1 只麻雀早上从甲地飞向乙地用了一个小时，中午从乙地飞回甲地用了两个钟头，为什么？

剧　务　回来时迷路了。

演　员　不对。

导　演　回来时碰到熟人聊天了。

演　员　不对。

导　演
剧　务　为啥？

演　员　因为早上去的时候太阳不大，这样飞（表演双手飞）一个小时到了，中午太阳晒，这样飞（表演一只手遮阳，用一只手飞）费劲呀，两个小时才到。

导　演
剧　务　哈哈哈，（边学边比画）有意思。

演　员　请听题，树上并列站着 3 只鸟，猎人拿枪打鸟，一声枪响之后，第一、第二只鸟没事，第三只鸟死了，为什么？

剧　务　前边两只鸟飞走了？

演　员　不对。

导　演　猎人从后边打的。

演　员　不对。

导　演
剧　务　那为什么？

演　员　来，咱站成一列，（三人站成一列）第一只鸟看到猎人，害怕，缩成一团，第二只鸟心里想，没事，前边有一只鸟，替我挡子弹也缩成一团，第三只鸟心里想，前面有两只鸟替我挡子弹，啥事没有，咦？咋还不开枪（伸头看）咋还不开枪（伸头看）砰！第三只鸟死了。

导　演
剧　务　哈哈哈哈，明白了，枪打出头鸟！

导　演　咱这小品就这么演。

演　员　导演，还有一最关键的窍门，那就是得有人在观众席中当托儿，领乐领掌。

导　演　好，剧务，你就在下面领乐领掌，每 5 秒钟鼓一次掌，10 秒钟领一次乐。

演　员　好，这样一来，咱这小品肯定火。

导　演　对，领导看了肯定满意，演出开始。

〔主持人报幕，剧务指挥掌声，导演戴假发学女人与演员上。

演　员　呸！世界上发行量最小的报是什么报？

导　演　呸！电报！

〔剧务领掌。

演　员　呸！什么书在书店里买不到？

导　演　呸！遗书！

〔剧务领笑。

演　员　呸！为什么大雁冬天要飞到南方？

导　演　呸！因为走路太慢了！

演　员　呸！农场里没有养鸡，怎么会有蛋？

导　演　呸！养鸭子了，鸭蛋。

〔剧务疯狂领掌领乐，导演与演员无法继续演出。

导　演　过来，你干吗呢！

演　员　你捣什么乱！

剧　务　不是您让我领掌的吗？

导　演　你就这么领掌？观众是看你还是看我们！

剧　务　你们是大腕儿，当然看你们了，我算什么呀。

演　员　可现在观众都看你呢！没人看我了。

剧　务　是吗？要是都看我！那我就是大腕儿呀，这回可得让我好好过过瘾。

〔剧务满台游走，更加疯狂地领掌领乐，导演、演员呆傻在舞台上。

〔音乐起，切光。剧终。

# 年 会

**时 间：**现在

**地 点：**企业工会办公室

**人 物：**

张主席——女，34 岁，企业工会主席

柴老师——女，66 岁，京韵大鼓表演艺术家

李总监——女，36 岁，企业行政总监

王 总——男，48 岁，企业总经理

〔幕启：工会主席办公室内。一张办公桌一张办公椅，沙发与茶几。

张主席 师傅—— 我好久不见！我可想您了。师傅在上，受徒儿一拜。

柴老师 快起来，你现在是领导了。

张主席 师傅，您这话说得，当再大的领导您也是我师傅，更何况我这算啥领导啊？不过就是个工会主席。

柴老师 主席好啊，中国最大的官就是主席。

张主席 哈哈哈，您别逗我啦。师傅，我都安排人去接您了，您怎么自己打车来了？您可是我们公司年会特意邀请来的大艺术家，又是我的师傅，可得把谱儿摆足了。

柴老师 丫头，这么久你都没有和我联系，我一接是你给我打的电话，立马就赶过来了，师傅惦记你啊！

张主席　我早就想去看您了，自从当上工会主席太忙了，您甭怪我！

柴老师　现在工会这么忙啊？我们那时候：工会工会，吃饱就睡，醒来收点会费。

张主席　那是您那个年代，我们玩的是企业文化，哎哟，师傅您这些年一点都没变，还是那么貌美如花。

柴老师　你也没变，小嘴还是那么甜。

张主席　您不是说了吗？嘴甜不吃亏，观众喜欢有人追。

柴老师　记性不错嘛！

张主席　您说的我都记着呢，师傅领进门，修行靠个人；台上一分钟，台下十年功。

柴老师　然后呢？

张主席　改行了。

柴老师　唉——白瞎了！

张主席　师傅，幸亏我改行了。您说我要是继续跟着您唱大鼓，哪有我的饭吃啊？！

柴老师　人各有志不强求，现在当了领导可别忘了京韵大鼓。

张主席　那哪能啊？您看我们公司搞年会，我立马提议上您的节目，您猜我跟他们报了多少钱？

柴老师　咱们师徒谈什么钱啊？多少钱？

张主席　您大胆猜！

柴老师　五千？

张主席　大胆猜！

柴老师　八……八千？

张主席　师傅，您都干一辈子了，怎么还在千上打转？上万！

柴老师　一万？！我就唱一段京韵大鼓，哪值那么多钱？

张主席　十万！

柴老师　啊？

张主席　师傅，您别大惊小怪。我们这台企业年会花好几百万呢，给您个十万算啥呀！再说了，京韵大鼓在我心里，我说您值您就值！

柴老师　好啊，有了这十万我又可以给孩子们多排几个新节目了。谢谢闺女！

张主席　不客气！师傅。

〔张主席与柴老师抱在一起，李总监上。

李总监　你们二位干吗呢？

张主席　李主任，这位是著名京韵大鼓表演艺术家柴老师，也是我的师傅。师傅，这位是我们公司的行政总监，李总监。

柴老师　李总监，你好！

李总监　都准备好了吗？

张主席　准备什么呀？

李总监　什么准备什么呀？五分钟后王总过来审查。

张主席　啊？开会时没说啊。

李总监　这还用说吗？领导不审查，节目出了问题怎么办？你承担得起吗？

张主席　柴老师是艺术大家，节目质量肯定没问题。您放心！

李总监　有没有问题不是你来说，得领导定，这是程序。你们搞艺术的怎么一点规矩都没有！

柴老师　好好好，审查。李总监说得没错，每次领导是要审查的，审吧！

李总监　什么都没准备，怎么审啊？

柴老师　领导来了我就唱呗。

张主席　对对，柴老师张嘴就能来。

李总监　你这样太不尊重领导了，领导来了坐哪儿？喝什么茶？纸笔准备好了吗？有没有评分表？记录是谁？谁负责拍照？有没有演员简介？最重要的是有没有节目单？

柴老师　就一个节目要啥节目单啊？

李总监　演员可以不重视。但是我们必须重视！

张主席　对对对，我很重视。对不起，李总监，我马上准备。

李总监　该下载的下载、该打印的打印、马上布置，演员在这儿坐着是不是有点不合适。

柴老师　那我上哪儿？

李总监　我怎么知道您上哪儿？领导来了，你在这儿坐着，谁审谁啊？

张主席　师傅，您受累，咱先藏起来。

柴老师　我又不是贼，藏什么？

张主席　她们搞行政的就这样，拜托您！回避一下。

〔张主席把师傅藏在椅子后面，王总上场。

李总监　王总，真不好意思！让您百忙之中过来审查，一点休息的时间都没有，好心疼啊！您渴了吧？（问张主席）茶呢？

〔张主席给王总倒茶。

李总监　（掏出保温杯）王总，这是我为您准备的茶。（看张主席）别放下，我也渴了。大家鼓掌欢迎王总！

柴老师　欢迎王总！

〔王总被突然出现的柴老师吓了一跳。

李总监　哎哟！王总，您没事吧？

张主席　王总，这位就是我跟您说过的著名京韵大鼓表演艺术家柴老师，也是我的师傅。

王　总　哦哟—— 大艺术家怎么藏这儿了？久仰您的大名，贵姓？

柴老师　柴，火柴的柴。

王　总　哦—— 火老师。

柴老师　不是，我姓柴。

王　总　我知道，您火呀！

柴老师　您抬爱。听我徒弟说您特别关照，谢谢您！我们这京韵大鼓也算国粹，您能喜欢，我特别高兴。

李总监　我们王总是行家。

王　总　小李又捧我，我哪是行家？我纯属外行。

李总监　哈哈，在我的印象中王总没有不会的，大才子。（变脸）王总特别忙，一会儿还有个会议！

〔张主席放音乐，柴老师准备开场。

李总监　等等！节目单呢？

张主席　京韵大鼓。

李总监　我知道是京韵大鼓，节目内容是什么？王总不知道！

柴老师　我这有词儿。

李总监　有词也不拿出来。

〔张主席把词给王总，准备放音乐。

〔柴老师准备唱，王总叫停。

〔王总嘬牙花子，弄得大家很惶恐。

王　总　这词儿谁写的？不行啊？

柴老师　啊？这是电视剧《四世同堂》的主题曲啊，电视台都播过。名段儿！

王　总　是吗？这词很不合适啊！

柴老师　您指教！

王　总　这第一句……

柴老师　千里刀光影

王　总　太暴力了！还有第二句……

柴老师　仇恨满九城。

王　总　太不和谐了！现在是和谐社会，搞得打打杀杀不合适吧？我们企业的年庆晚会唱这个词肯定不行！

李主任　王总说得太对了，这么一唱欢乐祥和的气氛全打散了，而且这里面没有一句提到我们近期的中心工作。

王　总　对！中心工作一定要提。

柴老师　你们的中心工作我也不知道啊，怎么提啊？

李主任　张主席，你没有和柴老师提吗？你的前期工作准备得太不扎实了。

张主席　中心工作？有有有。

王　总　我给你把重点标注出来，老艺术家肯定没问题！

李总监　哎呀，王总真是有才啊，经您这么一修改，肯定特别棒。

〔张主席将文件递给柴老师。

柴老师　（看着文件）就把这些唱出来？

张主席　对！师傅，您就这么唱。按王总的意思办肯定没有错，王总是大才子。

柴老师　别放伴奏，我找找。来，你拿着。千里刀—— 唱错了。（唱）庆祝公司成立五周年，感恩敬爱的李总裁——

王　总　李总裁是我们老大。

柴老师　要把企业当成自己的家，紧跟李总裁业绩上台阶，利润每年翻两番，狠抓经济 GDP!

王　总　好！有味儿。

柴老师　啥？这还有味儿？我怎么起了一身鸡皮疙瘩，差点跪下了。

王　总　这就对了，您要是在年会上真能唱跪下，李总裁肯定特别高兴。

柴老师　我要真这么唱，观众能爱听吗？

李总监　爱听啊，我就很爱听！

张主席　师傅，只要您往那里一站怎么唱观众都爱听。

柴老师　王总，我今天是来看我徒弟的，不是来给你唱堂会。就你这词不用给十万，有个千儿八百的很多人都愿意唱。

李总监　您怎么说话呢？

王　总　小张，你过来。你师傅什么意思？嫌钱少？李总监，再加十万！

张主席　师傅，您就别犟了，就这么定吧！又加十万了。

柴老师　你到一边去！

张主席　（小声）二十万呢！

柴老师　给我倒杯水！王总，刚才你说你是外行，我以为您谦虚呢！看来您是真不懂，就是个外行。

王　总　柴老师，您不就是个唱大鼓的吗？说我不懂，我当领导这么多年我什么不懂？我见过的明星哪个不比您名气大？没人说我不懂。

柴老师　那是他们不敢说实话。

王　总　你你……不识抬举！（生气下）

李总监　（追下）哎哟—— 王总您别生气啊，您一生气我都要哭了，万一气坏了身子可是我们公司的损失！

张主席　师傅，这是干什么呀？！您这不是砸我饭碗吗？！您都这么大岁数了，怎么一点人情世故都不懂？

柴老师　丫头，师傅不是不懂人情世故，知道你为师傅好，想让师傅赚点钱，我跟钱没仇。但是咱搞艺术的，不能为了钱糟践自己啊！

张主席　不就是让您改词吗？文件上写得又没错。

柴老师　文件上是没错，可文件上还写着呢：扎根人民、深入生活。观众是谁？我们的衣食父母！你们公司注重企业文化，挺好！可一个企业的文化就是溜须拍马、阿谀奉承，这企业能走多远啊？！丫头，看来你是很久不练功了，师傅给你说说活儿吧！京韵大鼓就应该这么唱：千里刀光剑影，仇恨满九城，月圆之夜人不归，哎——重整河山待后生！

〔张主席跪下。

〔切光。

# 第五大名著

**时　间：**现在

**地　点：**夜总会包房

**人　物：**

钱老板——文化投资公司老总

胡编剧——自由职业者，编剧

咪　咪——钱老板的小秘

〔钱老板、咪咪跳舞蹦迪，胡编剧来到钱老板耳边说了几句话。

钱老板　什么！我的电视剧马上就要开拍了，你告诉我不干了！姓胡的，你可要想清楚，我上千万的投资要是赔了钱，你不会有一天好日子的，你以为合同是签着玩玩的，我让你倾家荡产、身败名裂！

胡编剧　钱总，您的要求太高，我写不了。

钱老板　写不了？！好，好，好，五十五万！

胡编剧　钱总，这不是钱的问题。

钱老板　六十万！

胡编剧　钱不是万能的。

钱老板　七十万！

胡编剧　您能不能不提钱？

钱老板　八十万！

胡编剧　这个钱嘛，当然是越多越好了，但是我们搞的是艺术，谈钱多俗。八十八万！

钱老板　不就完了吗，钱吗！老子有的是钱，咪咪，把咱们的要求再给他说一遍！

咪　咪　钱总要拍一部百集大型武打、科幻、神话、言情、悬念、搞笑片，我们要把它拍成一部不可不看的、不可多得的、不折不扣的、自从世界上发明了电视以来最值得期待的大制作、大手笔、大气魄、大动作、大场景、超时间、超空间、超想象的、传奇的、惊艳的、名著中的名著的电视连续剧。

钱老板　胡先生，要按这个要求写，可不能欺骗观众呀！

胡编剧　是，是，我前几天按照您的想法写了大纲，可您说不行。

钱老板　肯定不行，听都听不懂，都是些什么？

胡编剧　“滚滚长江东逝水，浪花淘尽英雄……青山依旧在，几度夕阳红……”

钱老板　这是什么吗？都什么年代了！谁还听这些？整点新鲜的。

胡编剧　我，我……这，这……要不就拍《三水红西传奇》？

钱老板　三什么？

胡编剧　“三水红西”就是中国四大名著《三国演义》、《水浒传》、《红楼梦》、《西游记》的简称，咱把这四部书攒在一起，拍一电视连续剧。

咪　咪　这个题材太有创意了，一定会赚钱的。胡先生肯定能写好的，何况还有我演女一号。

钱老板　好！有点意思，就按这个写。

胡编剧　啊！？不不不，不能这么写，这么写是不尊重名著、不尊重历史，严重违背了创作规律和道德。

钱老板　我管你什么道德不道德的，只要能赚钱，你就给我编。

胡编剧　我，我没灵感。

钱老板　你他妈的又给我卖关子！

咪　咪　（拉住钱老板）胡编剧，您不喝酒怎么会有灵感？

〔拿出酒与酒杯。

钱老板　对，我一喝酒，就来精神。来，（行酒令）人在江湖飘呀，谁能不挨刀呀，一刀砍死你，我两刀砍死你。

〔三人喝且猜拳，醉。

胡编剧　第一集……一块大石头从外太空飞向银河系，飞向太阳系，飞向地球，穿过大气层，着着火落在了水泊梁山上，惊天一声巨雷，下起了大雨，大雨浇灭大石头的火，石头上面赫然写着三个大字——石头记，突然石头爆炸，炸出一只猴子，名叫孙悟空，孙悟空武艺高强，会大变活人，它拔下一把猴毛，吹一口仙气，顿时变作梁山一百单八将，之后率领众好汉与刘关张桃园结义，占山为王，山寨修得非常气派，取名叫“大观园”，大观园里竖起两杆大旗，一根上写“替天行道”、一根上写“齐天大圣”，与此同时，如来佛祖和观音菩萨共同炼出一部绝世奇经——《紧箍咒大法经》，这下不得了了，天上的玉皇大帝、二郎神，地下的曹操、孙权全都想把这部经搞到手。为了《大法经》的安全，如来和观音带着经书逃难来到了大观园。这下可不得了，攻打曾头市，三打祝家庄、赤壁之战、草船借箭、但是白骨精和貂蝉设下美人计迷惑了梁山好汉之首的宋江，这个叛徒率领大多数好汉招安投降。孙悟空躲避追杀时丢失了《大法经》，为了找回经书，孙悟空、刘备、关羽、张飞只得出家，刘备法名唐三藏、关羽法名沙和尚、张飞法名猪八戒，孙悟空还叫孙悟空，他们一起来到了女儿国，患难之时见真情，林黛玉看上了孙悟空，王熙凤爱上了唐三藏，薛宝钗喜欢上了沙和尚，晴雯、袭人与诸葛亮眉目传情，尤大姐、尤二姐疯狂追求猪八戒。却不知猪八戒喜欢王熙凤，沙和尚爱慕晴雯，诸葛亮动心于薛宝钗，孙悟空却钟情于刘姥姥，而只有唐三藏是个同性恋，他们之间花前月下、海誓山盟、爱来爱去、死去活来、最终有情人终成眷属，由唐三藏主持婚礼，大结局是如来变化成诸葛亮，和薛宝钗结婚，观音变化成刘姥姥，嫁给孙悟空。

钱老板　胡说，孙悟空是和林黛玉的嘛。

胡编剧　林黛玉是二奶。

胡编剧　唔，唔，正在这时候，转变了时空，来到了现代。两个人喝起了交杯酒。咣当！掉下一块大石头，结果这次炸出一头猪。

咪　咪　完啦？

胡编剧　完啦！

咪　咪　为什么这次炸出的是猪？

胡编剧　你想啊，这二十集一播出，肯定赚钱，钱老板一定要找我拍续集，上次炸的是猴子，这次就轮到炸猪了。

咪　咪　对对对！哎呀，胡先生真是太周到了，真不愧是胡编剧，您这个创意简直就是第五大名著。

胡编剧　哈哈哈哈!

钱老板　对，明天开新闻发布会，改名《第五大名著》，给你，八十八万，咪咪，我们去 Happy。

咪　咪　Yes 。

〔钱老板拥搂咪咪下。

胡编剧　（手拿支票，自言自语）呸！什么东西，第五大名著，我又算什么东西！哈哈，管他算什么东西，八十八万，人在江湖飘呀，谁能不挨刀呀，一刀砍死你，我两刀砍死你……

〔蹦迪音乐。

〔切光。剧终。

# 法官与社区

**时　间：**现在

**地　点：**社区

**人　物：**

法　官——社区法官

男房东——社区的一名房东

男租客——社区租房子的租客

丈　夫——社区住户

妻　子——社区住户

张工头——女，包工头

李工头——男，包工头

王工头——男，包工头

女经理——女，社区经理

〔幕启。

法　官　百度百科里面搜索法官有如下解释——法官是拥有娴熟法律技艺、具有强烈贵族精神和丰富知识在司法机构中审判人员的通称，司法权的执行者。在不同法系中法官的角色不尽相同，但要求都是不偏不倚、不受他人影响或掣肘、大公无私地根据法律判案。法律的符号是个天平，而每一个人心中都有一个天平，如果天平失

衡就会变得不稳定，比如就像这样。（租客表演）

房　东　我说你这个人怎么这么不讲理啊？

租　客　我怎么就不讲理了？

房　东　你怎么那么赖啊？我就没见过你这样的。

租　客　我也没见过你这样的。

房　东　你少给我废话，你现在赶快给我搬。

租　客　房东，你不能不讲道理啊？

房　东　好，我再跟你讲一遍道理，我是房东，你是租客，现在我不租了，你赶快给我搬。

租　客　你怎么能这样啊？

房　东　我怎么样了？

租　客　你看啊，你没有提前告诉我吧，我的租金不少吧，合同没有到期吧，而且我现在很忙，没有时间搬。

房　东　签合同那时候没有这个情况，你不搬，人家就不买，你能赔得起吗？

租　客　房东，不是我非得住你的房子，只是我真的没时间搬，即便有时间搬，我住哪儿啊？

房　东　你住哪儿那是你的事！我不管。

租　客　你要这么说那你卖房子是你的事，我不搬。

房　东　你凭什么不搬？

租　客　我凭合同。

房　东　合同？合同怎么签的，我看看。

租　客　你自己签的你都忘了。

房　东　忘了，拿过来我看看。

租　客　（拿出合同）给你。

房　东　（房东撕毁合同）现在没合同了，给我搬。

租　客　你怎么能这样呢？

房　东　现在合同没有了，你赶快给我搬。

租　客　我就不搬。

房　东　给我搬。

租　客　我不搬。

房　东　搬。

租　客　不搬。

房　东　搬，我告诉你，你要是不搬，我就把你的东西都扔了。

租　客　我看你敢动一下我。

房　东　我就动了，怎么了？你看你那样，我就动了！

〔法官上。

法　官　社区法庭现在开庭，根据相关法律规定，房东有告知义务，租客有优先购买权，也就是说，在租赁期间，房东告知租客后，没有买卖意向，方可再交易，根据我多年审判经验，房东有可能败诉，如经正规司法途径，手续烦琐，周期漫长，我建议，调解，你们双方的意见呢？

房　东
租　客　同意，调解。

〔天平持平。

法　官　你是第一购买人，你愿意购买吗？

租　客　这倒是可以考虑的，但是你那房子的风水？

房　东　我那风水可好了，要不让你走你怎么都不走呢。

租　客　是是是，那你卖给我什么价啊？

房　东　那当然便宜了，咱们都这么熟悉了，啊，对了，你看刚才那合同我给撕了，咱们再补一个。

租　客　算了，刚才你撕的那个是复印件，我还有好多份呢，走吧！

法　官　脱下法袍走进社区、接地气，我感觉法律的条文是冰冷的，但是人心是温暖的，有的案件用情去处理似乎更有效，其实我们都应该多用心，多关心身边的每一个人，除了情感上的纠纷，在我们身边还存在着这样的案件。我们社区法官的主要职责是实行定期巡回、走访制度，接受社区居民的咨询；遇有突发事件，提前介入，指导处理，提供法律意见；对涉及社区居民的邻里纠纷、物业纠纷等案件，实行巡回审判，方便群众诉讼。我们也会经常碰到这样的案件。

丈　夫　签，签，签了字就没事了，听没听到？别装聋子，你倒是说话啊，离吧，我求求你了姑奶奶，离了一了百了，这半年我嘴皮子都磨破了，你听着不烦吗？你不烦我烦，我告诉你，无论如何这个事今天一定要定下来，你倒是说话啊，行，不说话也行，把字签了，签了就没事了，你到底想怎么样？该给你的都给你了，你想要什么？你说啊，房子给你了，车给你了，钱都够你下半辈子花了，你还想要什么？只要今天能离婚，你什么要求我都满足你，好，不签也行，按手印吧，按手印更方便，哭哭哭，哭什么哭？我告诉你，这手印你按也得按，不按也得按，今天这个婚我是离定了！

法　官　你们的案件我已经了解了。

丈　夫　法官，这你可得给我做主啊，我提出要离婚她就是不答应。

法　官　你愿意吗？

妻　子　我不愿意。

丈　夫　你凭什么不愿意啊？啊？这婚姻是两个人的事情，我要离婚难道我就没有权利吗？

法　官　既然你这么坚决要离婚，那么你先做一件事。

丈　夫　别说一件事，就是十件事，一百件事，一千件事，我都愿意做，只要能离婚。

法　官　你现在就背着她，从这里给她搬到八楼再从八楼把她背回来，我就会接你们的案子。

丈　夫　背就背，这有什么难的。

〔丈夫背妻子。

法　官　法律是没有规定，作为一个女人我是这样想的，站在你面前这个女人就是你的老婆，这些年来，她无怨无悔地、任劳任怨地每天都坚持背着自己瘫痪的婆婆去看病，难道这些你都忘了吗？你有什么资格来要求她跟你离婚？你做到了作为丈夫承担的责任了吗？你做到了作为儿子应有的孝心了吗？你都没有想过这一切吗？你还是个男人吗？

〔二人和好，玩跷跷板。

法　官　我们社区法官的主要职责是实行定期巡回、走访制度，接受社区居民的咨询；遇有突发事件，提前介入，维护稳定。比如像这样的案件。

女经理　怎么回事？谁先说？

张工头　这位小姐，事情是这样的。

女经理　对不起，打断一下，不是小姐，是经理。

王工头　经理好。

张工头　事情是这样的，102 室的张经理。

女经理　等下，102 是十楼的吧，他们经理姓什么？

张工头　姓张。

女经理　你们是？

张工头　我们是做装修的，我是做木工的。

王工头　我是做展台的。

李工头　我是做电路和防水的。

张工头　张经理说让我们在 5 天内把这工期赶完。

王工头　是就给 5 天。

张工头　我们没日没夜地给他赶工啊，这 5 天之内给他做得好好的。

王工头　是做得可好。

张工头　他说第六天就给我们结工钱，可是这都第十五天了，钱没结不说，人都找不到了，打电话不接，要不就关机。

王工头　是啊，好像人间蒸发。

女经理　哦，是这样的事情啊，那我能为你们做什么啊？

李工头　找人。

女经理　那好，这个事情我已经记下了，你们回去等我通知。

李工头　那你光记下来也不行啊，那你人找不到我钱找谁要啊？

女经理　哎哎，这人是你们带来的吗？请控制一下情绪，这是办公场所不许大声喧哗。

张工头　经理，也别怪他，这也确实着急，您说张经理不给我们结钱，我们这小本生意资金周转不过来，就等于让我们这个店倒闭啊，您说我们这个年还怎么过啊？

女经理　那行吧，那我查查电话，我现在给他打一个吧，关机。

李工头　关机咋办啊？

女经理　那我有什么办法啊？

张工头　经理你看，张经理是租的你们公司的房子吧，我们是给张经理的商铺装修的吧，那就等于给你装修啊，张经理不给我们钱，那就得你们给我们钱啊，那你们要是都不给我钱，让我们三个怎么活啊？

女经理　等等，你们要搞清楚，你们是给张经理装修，不是给我装修，我叫你们了？我跟你们签合同了？我认识你们吗？

张工头　经理，你不认识我们，我们也不认识你，但是这中间不是有个张经理么，现在张经理找不到了，就得你们负责啊！

女经理　行了，行了，这是你们之间的事情，跟我没有关系，走吧，走吧！

李工头　什么叫跟你没有关系啊，我们找不到人就找你啊！

〔喊口号三次。

女经理　闭嘴，你们吵什么吵？这栋楼里面四百多家商户，要都来找我，我能管得过来吗？你们再吵吵，我就叫警察把你们都抓起来，出去！

李工头　这可咋办啊？

张工头　不行，咱们得上访，咱们得游行！

王工头　对，喊口号！

李工头　还我们血汗钱！

〔三个人一起喊。

女经理　哼，喊吧，喊也没有人管你们。

法　官　怎么没人管，法律会管，我就是社区法官，这件事情我管了，根据相关法律规定，房东虽然不是装修合同一方的当事人，但是实际受益人，受益人在受益范围，包括收取押金的范围内，应该承担相应的法律责任，因此房东在这个案件中，必须要承担一定的责任。

〔和好。

法　官　法官进社区是我院在此前开展的法律进社区的延伸和创新，是我院坚持司法人民性、坚持能动司法、积极参与社会管理创新、推进社会自治又一重大实践，各社区负责人和人民群众，给予了高度评价，认为社区法官的进驻，对提高街道社区管理水平，化解矛盾纠纷，以及建立和谐社区、平安社区，有着非常重要的意义，谢谢大家，再见！

〔切光。剧终。

# 搞 掂

**时 间：**现在

**地 点：**舞台

**人 物：**

经 理——男，一门心思想靠各种关系获取利益。

主 任——男，特别擅长溜须拍马。

财 务——女，胆小怕事。

〔背景一个大大的“道”字，三把椅子。

〔主任与财务战战兢兢地站着，经理坐在中间的椅子上大发雷霆。

经 理 混账，废物！怎么能让他们查出来呢！你们是干什么吃的！我养你们有什么用！吃干饭的吗？！

主 任 经理，您，您先别发火。

经 理 屁话，罚了我十几万，还让我不发火！？倒是有一个办法让我不发火。

主 任 您说，什么办法？

经 理 你把罚款交了，我肯定不发火。

主 任 （大惊失色）我交？又不是我做的账！

财 务 （怒）主任，你什么意思，账是我做的，可也是经理交代我这么做的。

经　理　　胡说八道！

财　务　　（大惊失色）经理，您可要讲道理，是您要我做两本账的。当时主任也在场。经理，你凭良心说，当时是不是这样？（哭）

主　任　　经理，您是这么说过，一本真的，一本假的。

经　理　　那你就给他们看假的嘛。

财　务　　我是给他们看假的，可他们不信。

主　任　　他们不信你也不能把真账给他们看呀！

财　务　　谁给他们看了？是他们搜出来的。

主　任　　搜出来你也不能让他们看！

财　务　　搜都搜出来了，我怎么不让他们看？

主　任　　你，你不会撒泼耍赖呀。

财　务　　你说得轻巧，那当时人家一搜出账本你为啥就瘫在地上？

主　任　　胡说，明明是你晕倒了砸在我身上，我才晕的。

〔二人跌坐在椅上。

财 务　你说他们咋就知道假账在哪里放着呢？

主 任　废话，人家就是吃这碗饭的。

财 务　这就叫搬起石头砸自己的脚。

主 任　就是……

经 理　闭嘴！你们俩要气死我。滚蛋！回来，回来，事还没说清楚呢，税款罚款，咋办？怎么都不吭声了？

主 任　呵呵，既然查出来，就交呗。

财 务　嘿嘿，已经都这样了，认罚呗。

经 理　什么？大点声！有本事再说一遍！

主 任<br>财 务　（惶恐）那您说该咋办？

经 理　咋办？罚咱们的也是人，是人就有弱点，有弱点我们就能把他搞掂！

主 任<br>财 务　对，搞掂，怎么搞掂？

经 理　一对笨蛋，找关系，找熟人，和他们扯上关系！

主 任<br>财 务　对。

〔音乐起，经理、财务、经理疯狂打电话，音效。

主 任<br>财 务　经理，有回音了。

经 理　怎么说的，这税款？

主 任　一个字，交！

经 理　这罚款？

财 务　一个字，罚！

经 理　就我这边还有点戏。

主 任
财 务 怎么说的？

经 理 也一个字，等！

主 任 那就有门。

财 务 那就有希望。

经 理 先别高兴得太早了，5分钟后那边给我电话。想一想，如果把人请出来，咱怎么办？

主 任 吃饭。

财 务 卡拉OK。

主 任 桑拿。

财 务 搞掂。

主 任 拿下。

主 任
财 务 哈哈哈……

经 理 狗屁搞掂、拿下，要不说你俩蠢。那得这个。（点钱手势）

主 任
财 务 对对对，再给他个大红包。

经 理 不不不，我们打麻将。

主 任
财 务 打麻将？

经 理 少废话，让你们打你就打。

〔三人一围，打麻将。

财 务 经理，没法玩儿。

主 任 这三缺一呀。

经 理 我知道，我先打两家牌。（三人洗牌）我问问你们，一会儿人来了，你们该怎么办呢？

主 任 这还不好办，让她用美人计。

财 务　哼哼，你怎么不用苦肉计。

主 任　你用美人计和他，哈哈，我用照相机，咔嚓，人证物证俱在，羞死他们，不用交了也不用罚了。

财 务　你用苦肉计吓他，掏出一把刀，咔嚓，剁下四根手指头，喷他们一身血，吓死他们，不用交了也不用罚了。

经 理　什么破方法！多卑鄙，多无耻。我告诉你们，等人家一来，谁也别提款罚款的事，就是交个朋友，打打麻将娱乐一下。听明白了吗？

主 任
财 务　（不解地）明……白……了。

〔三人打麻将。

经 理　五万。

主 任　吃。

经 理　碰，六筒。

财 务　碰。

经 理　不许碰。

财 务　我是碰。

经 理　我说不许碰就不许碰。

财 务　那这怎么打？

经 理　一条。和了！

主 任　赖皮，你一个人看两家，没法打。

财 务　这哪是打牌，就是专门送钱的。（说完二人恍然大悟）

经 理　对喽，就是送钱，你以为把人家请出来就是为了打打牌？

主 任　经理这叫高明，不露声色，名正言顺就把钱送出去了。

财 务　又娱乐又赚钱，精神物质双丰收。

经 理　当然了，偶尔你们也小和一把，整得像一点。他既高兴又得了钱，求他帮点小忙不就是小意思了？

主　任
财　务　明白！

经　理　好好好，就是这样打，你们将功补过。

财　务　没问题，咱这个方法太绝了，这就是一个坑，只要是掉进来，谁也别想跑！

主　任　经理，我们都准备好了，他们什么时候来呀？

经　理　就是，这什么时候来呢？

〔音乐起，三人舞蹈，切光。

〔光起，背景变成监狱，三人在狱中手扶面前铁栏杆。

主　任
财　务　放我出去！放我出去！

主　任　经理，我说该交就交，该罚就罚，现如今可倒好。

财　务　都是什么人呀，根本搞不掂，直接把咱们抓到监狱啦。

经　理　别吵，抓咱们的也是人，是人就有弱点，有弱点就把他搞掂！我们要牢牢记住那句诗：砍头不要紧。

主　任　搞掂主义真。

财　务　杀了我们仨。

众　人　还有后来人。

〔音乐起：我们要搞掂，我们要搞掂，想尽一切办法，一定要把他们，搞掂，搞掂。

〔切光，光起，背景变成精神病医院，三人穿病号服上。

主　任　（疯态）苦肉计、苦肉计、苦肉计……

财　务　（疯态）美人计、美人计、美人计……

经　理　（疯态）别吵，我的电话呢？（脱下财务的鞋当作电话）我正在打电话，关我们的也是人，是人就有弱点，有弱点就把他搞掂！

主　任
财　务　对！搞掂！

经　理　（煞有介事地把鞋捂在耳朵上）喂……

〔音效。

〔切光。剧终。

# 胡杨回响

**时　间：**冬天的一个傍晚

**地　点：**南疆咬牙沟

**人　物：**杨田立、司机小勇、古丽、木秋叶

〔幕启。欢快的新疆乐曲。

杨田立　（打电话上）我现在要去一趟大南沟，把过冬的棉被送给牧民们，放心，放心，一定注意安全，天黑之前赶到大南沟，在那儿住一宿再往回赶，我也知道大雪天那儿路况不好，就是因为大雪天我们才要去探望驻点的民众和援疆干部。

〔打电话期间，古丽在杨田立身边不停地绕着，杨田立被她绕得有点晕。

杨田立　古丽，你干什么，绕来绕去的你累不累呀？

古　丽　我不累，这是我准备当记者的第一篇稿子，刚写了一个开头，哪会累？

杨田立　（哭笑不得）古丽记者，你要不采访别人吧，我马上要去大南沟送物资去了。

古　丽　我找别人啦，可他们说你是援疆干部里最能话，采访嘛，就要找能说的。

〔小勇抱着两床被子上。

小　勇　老杨，要不要多带一部车？路上好照应。

杨田立　我看不必了，车上多放些烤馕和矿泉水应该没问题。

小　勇　雪可是越下越大。

杨田力　赶紧出发。

〔二人上车，古丽也跟着坐上去。

杨田立　古丽你上来干什么？我们这是去送物资，晚上就住在大南沟不回来了。

古　丽　没事，走嘛走嘛，正好去一路采访回一路采访，合适得很。

小　勇　古丽，不是老杨不给你采访，主要你这个女孩子干什么事都没谱，你先是想和田医生学做白内障手术，没几天又要和老刘学种蘑菇，我刚听说你蘑菇不种了要去学导游，怎么今天又干上记者了？

古　丽　谁规定了我不能干记者？报社是你家开的？

小　勇　你愿意干什么那是你的事，但你这个记者要采访老杨，老杨和你说了一大堆，结果没准你又要干司机，老杨呀，白费力气。

古　丽　我干吗要干司机呀，司机有什么好的？

杨田立　你可不能小看司机呀，这北疆大漠，走到哪儿不都得靠司机呀。

古　丽　从这儿到那儿不用司机，我都靠牲口。

小　勇　哎，你个古丽，骂人不带脏字的，下车下车。

古　丽　我没有骂你，是你自己和牲口比的，我不下。

杨田立　别吵了别吵了，再耽误下去，天黑之前就到不了大南沟了。

〔小勇极不情愿地上车，古丽得意地笑。

〔音乐响起，三人坐在车上向前奔去。

〔忽然间音效停，急刹车。

小　勇　老杨，前面是咬牙沟，路况车况都不太好，好像有点不大对劲。

〔三人跟着车不停地颠簸，突然车子停住了。

小　勇　糟糕，发动机熄火了。

〔小勇不停地踩着踏板，车子就是发动起不来，他下车打开车盖检查，回到驾驶室，再试，车子依然发动不起来。

杨田立　什么问题？

小　勇　空滤沾雪弄湿了，影响进气，油路和电路都出问题，赶在一块儿了。

古　丽　赶紧打电话，让他们来救我们。

〔老杨拨电话，小勇在修车。

杨田立　坏了坏了，这一段路手机没信号，根本打不出去。

古　丽　那正好，有大把的时间接受我的采访。老杨你随便谈，当然也不能太随便，开始吧。

小　勇　古丽，你脑子短路缺根筋呀，我们已经很危险了，你还采访？大南沟开车到咬牙沟，白天都要 2 个小时，而这种天气太阳都已经下山了，走夜路至少 3 个小时才能到。等到他们找到咱们，我们三个早就冻死了。

杨田立　怪我怪我都怪我，当初就应该听小勇的建议多叫上一部车，大意了大意了。车子马达不能发动，车内也不能供暖，就算把所有御寒设备都盖在身上，不到下半夜就冻僵了。

古　丽　（急哭了）不会吧，我刚决定当个记者结果就被冻死了，怎么那么倒霉呀。

杨田立　大家先别沮丧，我们还有希望，万一有路过的车我们就能得救。现在先上车。

〔三人上车，三人盖在大被子里不停地哆嗦。

古　丽　老杨，真的会有路过的车吗？

杨田立　会的，肯定会的。

小　勇　不可能，这么晚不可能有车的。如果再不来我们只能有一个办法。

杨田立　什么办法？

小　勇　把车轮卸下来，把轮胎点着，四个轮胎加一个备用的，烧到天亮应该没问题。

古　丽　（跳起来）那还愣着干什么，赶紧烧呀。

〔在音乐声中三人点起了火围坐在火堆旁。

〔古丽拿着纸和笔追着老杨。

古　丽　这下可以了吧？

杨田立　真服了你了，好吧，你要问什么你说。

古　丽　本来我是想问你……我的问题……我的问题……你随便讲。

杨田力　我还是看看你这开头怎么写的吧。（拿过古丽的小本子）啊，你这一个字都没写呀。

小　勇　你这是啥记者？就是个装样子，你到底想干什么嘛？

古　丽　这能怪我吗？本来以前我没什么想法的，可是自打你们建了牧民定居点、希望小学和乡镇医院，又搞种植、又搞旅游，一下子搞得我好忙。我想学医生，又想种蘑菇，又想当导游。经常和你们援疆干部在一起，有文化了，能当记者了，你们觉得我不行吗？

杨田立　啊，行行行，我看行！

古　丽　那你就说嘛，想说啥说啥。例如说，刚才我们要冻死了你是咋想的？

小　勇　这是个傻子问题，都冻死了还想个屁啊！

杨田立　古丽这个问题我明白，你是在问那一刻我最想谁？

古　丽　对对对，就是这个意思。

〔音效。

杨田立　我想我的妻子。今年夏天，疆嫂探亲，我们这一年多就见了一面，我怎么也忘不了我 们临别前的那个晚上。

〔转换场景。

〔杨田立和妻子坐在草地上。

木秋叶　时间过得真快，明天我就要走了。

杨田立　这次你来新疆我也没有时间好好陪你，别怪我。

木秋叶　多少年了，我还不了解你，虽然你没陪我，但这次安排疆嫂们走了不少地方，不仅看了新疆的风景，还看了新疆的企业和新修建的环城路，援建的医院，双语学校和牧民新村。牧民住进新房子，又搞旅游又搞刺绣，牧民见到我们都拿出热气腾腾的奶茶，他们的笑容把我们的心都融化了。

杨田立　看来你们这趟新疆没白来呀。

木秋叶　田立，我真没想到新疆的条件是这么艰苦。你一待就是一年半，不是亲自来一趟的话真想象不出来。

杨田立　这回知道了吧？其实也有开心的一面，这新疆人淳朴、豪爽，性格豪爽、说话豪爽、喝酒豪爽、做事豪爽。

木秋叶　没错，喝酒居然用碗！论瓶，论箱，而且还不打沙枪。而且新疆是那么的美，美得就像大地的彩绘。还有，我最喜欢那些历尽沧桑、千姿百态的胡杨林。

杨田立　真是我亲老婆呀，和我一模一样。每当我工作碰到困难一筹莫展的时候，我就会来到胡杨林，看着这些胡杨，看着它们在缺水的大漠中顽强地生长，在如刀的沙漠中勇敢地抗争，在似火的骄阳中努力地拼搏，在隆冬的朔风中坚强地屹立。

木秋叶　这就是胡杨精神。

杨田立　对，就是特别能吃苦，特别能忍耐，特别能战斗，特别能坚守，特别能奉献，这是新疆建设兵团战士的精神，也应该是我们援疆干部的精神。

木秋叶　你给我的信中曾经写过一首诗。他活着一千年用顽强的生命谱写金色的灿烂，他死后一千年，用挺立的身躯守望戈壁荒滩，他倒下一千年用不朽的枝干演绎最后的涅槃。写得真好。

杨田立　我抄的。

木秋叶　啊，害得我感动，蒙我！

杨田立　呵呵，说真的，在没来新疆之前，我真的没有这个感受。来新疆是一种好奇，可能还有点功利，这一年多我好像被新疆净化了，这段岁月将是我人生一段刻骨铭心的经历，我要把这段经历和故事好好说给我们的后代听，让援疆情缘代代传承。我这个人以前很少掉眼泪，到新疆我掉过许多眼泪，有太多的人和事感动着我，感染着我，也许随着岁月的流逝，援疆会成为后人铭记的历史，但援疆干部的精神与胡杨精神同在，融进新疆大地。

木秋叶　田立，我觉得你好高大。

杨田立　哎呀，我就受不了你崇拜我的眼神（一把搂住木秋叶）。

小　勇　有文化的人真是啰唆，这一分手就是一年多，说那么多干什么，赶紧交功课嘛，时间都浪费了嘛。

古　丽　你很庸俗，很无趣，很那个，不过他们两口子话是多了点。他们没有骗我，说你能白话，两口子都能说，可我好多字不会写，记不下来。看来当记者不太适合我，我觉得还是当演员吧。这个我行，把车里面的音响打开，一起跳一曲《我们新疆好地方》。

〔三个人唱歌跳舞，远处传来喇叭声，大家欢呼雀跃：这是来救我们的车，大叫着跑下。

〔切光。剧终。

# 棚户区的春节

**时　间：** 除夕夜

**地　点：** 幸福小区

**人　物：**

军　哥——幸福小区住户。

可　乐——8岁孩子，是个小光头，军哥邻居的孩子。

李大鹏——军哥的邻居。

老　陈——军哥的邻居，可乐的爸爸。

姚　斌——军哥的邻居。

江　天——军哥的邻居。

何正武——军哥的邻居。

小　梅——何正武的相亲对象。

〔幕启。军哥牵着可乐，右手拎着一袋面上。

军　哥　哟，过年好，大家都在呢！猴年过了是金鸡，喜气洋洋进社区，虽然只有我一人，包顿饺子过除夕。大家都吃饺子了吗，没吃上我家吃去，就到我们小区，一问：谁是好人军哥？如果他说不知道，那可能就真不知道。

可　乐　军哥舅舅，你说的不对啊，你怎么是一个人过除夕啊，这不是有我吗？

军　哥　（呵呵一乐）你是暂时寄存在我这儿的，一会儿你爸就给你领回去了，（感慨）我要真有这么个儿子啊……

可　乐　那好办啊，你去充话费啊。

军　哥　充话费？

可　乐　我就是我爸充话费送的。

军　哥　（被逗乐）现在的孩子个个都是小明。

李大鹏　军哥，过年好！

军　哥　过年好！

〔二人擦身而过，邻居想起什么又转回身，掏出一个红包来。

李大鹏　（红包递给军哥）过年好。

军　哥　啊？给我红包？

李大鹏　不是给你，给孩子。

军　哥　这，这，这不行。

李大鹏　又不是给你，这是给孩子。

军　哥　给孩子更不行。

李大鹏　那有什么不行的，我给孩子没你的事。

军　哥　不是，你没搞清楚，这不能给。

李大鹏　这有什么不清楚的，大过年的给孩子个压岁钱有什么的。

军　哥　这不是我孩子。

〔李大鹏从推搡中停下来，尴尬。

李大鹏　哦，这不是你儿子啊？

军　哥　大家都知道，我是单身，哪有儿子啊？

〔李大鹏把红包放回兜里。

可　乐　（大叫一声）爸爸！

〔二人石化，邻居甲赶紧把红包塞到孩子手里。

李大鹏　乖。

可　乐　谢谢叔叔，过年好。

军　哥　不是……这是二期老陈家的……他有事暂放在我这儿……我单身……

李大鹏　我懂，懂，个人隐私，正常。

〔李大鹏下。

军　哥　（缓过神来）这还正常，你这孩子怎么这么气人啊？你这一句爸爸，我的贞操，不是，我的贞洁，不是，我的名声。

可　乐　爸。

军　哥　你还来？

〔老陈晃晃悠悠上。

老　陈　（醉醺醺）儿子。

军　哥　（一回头）哎。

老　陈　（愣住）

军　哥　我说你们真是一对父子啊，大过年的净占我便宜。

老　陈　（醉醺醺）谁占你便宜了，你把我吓一跳，我说怎么喝一顿酒回来我儿子长这么大了。

军　哥　老陈啊，我得跟你说，这孩子可得好好教育教育，刚才就为了人家这 100 块钱压岁钱……

孩　子　哪有 100 啊？

军　哥　多少？（打开一看，生气）就五块！（转念一想）这就不是钱的事，就为这点压岁钱就管我叫爸。

老　陈　（训孩子）你给我过来，你这孩子太不像话了，就为这点压岁钱，你怎么能认贼作父呢？

军　哥　（吃了吐）呸，你怎么说话呢？

〔二人争执，调度，老陈将军哥挡住。

老　陈　（忽然呕吐，定格）对不起啊。（慢慢地挪开）

军　哥　（扶起老陈）哥，你喝这么多干吗呀？

老　陈　喝得不多，就是喝前没垫底。

军　哥　干吗不垫底呀？

老　陈　想垫底来着，可是第一道菜上的是鸡。你想呀，这鸡年怎么能吃鸡呢！不能吃，结果连干三大杯。

军　哥　啊？那你什么都没吃。

老　陈　也吃了，我剥了好几个鸡蛋。

军　哥　嗐！那鸡蛋不也是鸡嘛？

老　陈　我不是喝糊涂了吗。兄弟啊，我难受呀，我在这里住了十几年，老婆是在这里找的，孩子也是在这里生的，棚户区一改造，马上要搬走了。想起这事难受就多喝了两杯，谢谢你帮我照看孩子，我们回家了！

军　哥　这么回事啊？这有什么难受呢？早点搬走是对自身安全最大的负责。你醉成这样也做不了饭，这样吧，你们爷儿俩在家等着，我回家包饺子，包好了咱们一块儿过年。

老　陈　谢谢啊，你真是好人！

军　哥　行了行了，赶快回家，我先回去把衣服换了。

〔老陈领着儿子晃晃悠悠下。

军　哥　（对观众）大家都说我是好人，我可真没觉得我有多好，我无非就是爱操心，住在棚户区操不完的心，到处都是安全隐患，不是这儿着火了，就是那儿塌方了，一点心操不到就会出人命，终于要改造了，陆陆续续都搬走了不少住户了，过完春节我也搬走啦。在座的诸位，要搬的赶紧搬，有什么忙尽管说，我是我们小区的群主，我在群里说一声（拿起手机边走边说,LED 场景流动，上楼，来到军哥家）群里的朋友大家好，谁要搬迁说一声，我一定全力以赴，不图别的，只为两个字：安全。

〔进家把衣服挂起来，把鸡扔到地上，把面放到一边，拿出菜，准备包饺子，姚斌上，有人敲门，军哥开门。

姚　斌　哟，军哥，看着你在群里发的信息了，我还真有点小忙，不好意思说。

军　哥　这有什么不好意思的，说说说。

姚　斌　我家从外地来了几个亲戚，吃年夜饭凳子不够，现在谁大年三十借凳子啊，正发愁呢，看着你信息了，这不……呵呵。

军　哥　有，我家有凳子，拿走拿走。

姚　斌　（就是不走）太谢谢你了，太谢谢你了。

军　哥　什么情况，不够啊？来了多少亲戚？

姚　斌　40 多位。

军　哥　那这 6 把椅子也不够啊，那就把我们家沙发、床、茶几、鞋柜、小板凳都拿走也不够啊！

姚　斌　（看了看）够了。

军　哥　那那……你一个人也拿不走啊！

姚　斌　不是说来了 40 多个亲戚吗，（扭头）来，搬。（上来一堆亲戚一抢而空下）

军　哥　（惊呆）这是先帮我搬了。

姚　斌　太谢谢你了！

〔姚斌下，江天上，敲门，军哥开门。

江　天　军哥，哟，你一人住这么大房子。

军　哥　对对对，空了是显大。

江　天　你在群里发的信息我听了，好人。

军　哥　有事您说话，但是，凳子是没了。

江　天　谁说要凳子了，是这么回事，我们家那小孙子得多淘气，大过年的包饺子，正和面，一个没留神，这孩子就给尿面盆里了，打开橱柜一看，还就没面粉了，你说气人不气人，大过年的，你说我……

军　哥　没问题，我这有面粉，给你一……

江　天　哟，太谢谢了，（拿起面粉）这一袋刚好够。（扭身走）

军　哥　半。

江　天　（回身）对，你提醒我了，拌的那个馅也可能尿了，你说这孩子，哟，你这还有芹菜，和我家一样，芹菜馅的。

军　哥　好好，拿，拿走，你们家有刀吗？

江　天　你这什么意思啊？嫌我什么都借！

军　哥　不是，你误会了，万一那孩子（比画），有可能那菜刀案板上也……

江　天　哎呀，对对对，你倒提醒我了。那我可就不客气了。

〔江天拿着所有东西下，军哥关上门。

〔何正武上，敲门，军哥开门。

何正武　军哥，求你帮个忙。

军　哥　兄弟，真不巧，我们家什么都没有了，只有我和这房子了。

何正武　我就是借你和房子。

军　哥　（被气乐）啊？

何正武　是这么回事，有人给我介绍两个女朋友，你说怎么这么巧，都约到今天见面，一个先在我家，另一个只好带来你家，你呢，先帮我看着她，如果我家那位合适，我就不过来了，如果不合适，我再来你家。

军　哥　那如果在你家那个合适，在我家这个怎么办？

何正武　那你就让这个走呗，这么简单的事。

军　哥　这我得说你几句，没有你这么相亲，感情的事能是这样吗？

何正武　军哥，这有什么啊！你看电视台的相亲节目，哪个不是整的跟买东西似的，这叫货比三家，我要是办这栏目，摆一排女朋友，我一上场，手里拿个弹弓，啪啪啪，挨个把灯就瓬了，那多刺激，收视率噌噌就上去了。我这让她们互不相见就够尊重的了，就这么定了，如果我家那位合适，我就不过来了，如果不合适，我就来你家。（转脸）小梅，来，上我哥家先待一会儿，我哥家清静，一会儿我就过来。

〔小梅上。

小　梅　好的，没事，你先忙！

何正武　军哥，你得让人进来。（何正武下）

军　哥　对对对，请进，小梅是吧，坐……这儿也没得坐，那我们站会儿吧！

小　梅　（二人稍有尴尬，小梅没话找话）你家装修挺特别的啊？

军　哥　对，极简主义。

小　梅　那你平时……都是……站着吗？

军　哥　不不不，有时候也坐，坐累了可以直接躺，你试试。（一边说一边做示范）

〔小梅和军哥一起躺在地上。

军　哥　怎么样，挺舒服的吧！

小　梅　挺好的，就是有点热。

军　哥　对，你进家都没脱衣服，把衣服脱了。

小　梅　好。（脱衣服）

军　哥　（突然坐起来）我怎么感觉怪怪的呢，小梅，咱还是站起来吧！

小　梅　（站起来把外套脱掉，看着不知所措的军哥）你怎么了？

军　哥　（紧张的）我在提示自己，境界！

小　梅　（一步步贴近军哥）呀，我好像在哪里见过你。

军　哥　（更加紧张）不要不要，我是一个有境界的人。

小　梅　对了，我想起来了，你是不是救过一个老太太？

军　哥　我救过好多老太太。

小　梅　就是在你们小区，有一个捡废品的老太太，（没错）你有时候会帮老太太进行垃圾分类，（我怕她扎了手）结果连续三天你发现老太太没来意识到出事了，（我猜的）打听到她的住址，物业撬开门发现老太太奄奄一息了，（幸亏打了 120）老太太得救了！她们家人要感谢你，你却什么都不要。

军　哥　这事你怎么知道的？

小　梅　她们家人把这消息发到了网上，我看完感动得都哭了。

军　哥　（不好意思）是吗？这不就顺手的事？

小　梅　（娇羞地）哥，咱们站半天挺累，坐下说呗！

〔二人坐下。

小　梅　军哥，你这个极简主义的风格是挺好，就是没有靠的地方。

军　哥　啊？那你靠我。

〔二人背靠背。

小　梅　军哥你人这么好，嫂子该多幸福啊！

军　哥　什么嫂子，我单身。

小　梅　啊？为什么啊，你人这么好。

军　哥　我条件差。

小　梅　你有什么毛病？

军　哥　我身体棒得很，就是经济方面，现在的女孩，你懂得。

小　梅　军哥你错了，你条件多好呀，这里马上要改造搬迁，将来这里的房……环境……

军　哥　听你这么一说，我还应该挺抢手。

小　梅　那当然了，咱们加个微信吧。

〔以上对话，一面说一面改变姿势，头靠着墙，躺在地上，直到凑到一起加微信。何正武上，推门。

何正武　军哥，我……

〔看到二人躺在一起，傻定。

军　哥　（慌忙站起来）哥们儿，你咋回来了？

何正武　（弱弱地）我不该回来，是吧。

军　哥　那个没看上啊？

何正武　（弱弱地）啊。

军　哥　那你看这个吧。

何正武　（弱弱地）都跟你躺一块儿了我看啥啊？

军　哥　不是你想的那样，我们家没凳子，最开始站着，站累了就坐，坐累了就躺下，要不你来，咱们一块儿躺下聊。

何正武　（弱弱地）仨人躺着相亲，军哥，口味有点重啊！

军　哥　你这叫什么话，别误会。

何正武　军哥，啥也别说了，你这手段也太高了，能不能教教我，这么快就搞掂了。

小　梅　话别说得那么难听，你以为这事就你货比三家吗？彼此彼此，军哥什么招都没使，人好，我喜欢，这一比呀，对不起，我没看上你，军哥，咱不是有微信吗，常联系！（小梅下）

军　哥　兄弟，真不好意思，我真没想到会是……

何正武　别别，军哥，没事，她不灭我灯了吗，我也灭她灯，这个让给你，其实赵勇家我还放了一个，我现在去相那个。

〔何正武跑下。

军　哥　（回头看空荡荡的房子，自言自语）饺子也包不成了，家里也没啥可待的了，我还是上外面走走吧！

〔音乐起，LED小区全景，淡淡的《春节序曲》悠扬地飘来。军哥戴着红袖标，拿着手电筒，在小区里巡逻守夜，孤独的身影滑过一个个路灯，小区的居民陆续出来，呼喊着军哥的名字邀请军哥一起到家里过年，军哥在观众席，蓦然回首，所有的灯光聚集在军哥这儿，军哥惊喜地看着大家真诚的邀请，感受着大家的温情，化作无限的欣慰感动。

军　哥　（一边走向大家，一边喃喃地）好，过年，一起过年……

〔大家簇拥着军哥开心地来到舞台中间。

李大鹏　咱们一起合个影吧！以后这里重建了，就是另外的样子了。

军　哥　是呀，终于改造啦！太期待啦……

〔大家全家福，开心造型。

众　人　一二三，安全！

〔切光。剧终。

# 他和她的真心话

**时　间：**晚上

**地　点：**一个没有其他人的地方

**人　物：**贾有钱、甄美丽

贾有钱　我叫贾有钱。

甄美丽　我叫甄美丽。

贾有钱　在剧中我要追求她。

甄美丽　因为我模样漂亮人人夸。

贾有钱　我也是相貌堂堂都不差。

甄美丽　那咱俩的事你有没有什么想法？

贾有钱　这……请听他和她的真心话。

〔甄美丽下场，贾有钱在等着甄美丽。

贾有钱　（对观众）亲爱的朋友们，这几年来我一直都在寻找，找那只能和我比翼双飞的小鸟，想来想去觉得甄美丽挺好，今天约她出来得好好聊聊。

甄美丽　（上场来到贾有钱面前）嗨，有钱！对不起我来晚了。

贾有钱　美丽，没关系，我也才刚刚到一个小时。

甄美丽　找我会有什么好事儿？不会是看到人家成双成对儿，你一个人寂寞让我陪你解闷儿？

贾有钱　这怎么会有可能，我一直都在诚心诚意地等，看到人家我心里特别平衡，约你出来是想问你我们能不能成。

甄美丽　什么！（大笑）

贾有钱　笑什么呀！我们相识一年，感觉情意绵绵，如果家长们不阻拦，结婚的事情就可以谈。

甄美丽　你喝多了吧！

贾有钱　美丽，请你认真对待，我是深思熟虑才向你说出来，行与不行我决不耍赖，但是你要一定相信我对你的爱。

甄美丽　我不相信。

贾有钱　我可不是信口开河，向你表白之前我也想了很多，我们郎才女貌大家都这么说，相处当中也感觉我们是同一种风格，我感觉你就是我的老婆，希望我不是剃头挑子一头凉一头热。

甄美丽　我们真的很般配，你也一直当我是你的宝贝，对我的旨意从不敢违背，时不时整点浪漫让我陶醉，知冷知热决不让我受累，没有狐朋狗友一大堆，能找到这样的老公难能可贵。

贾有钱　我要这么好，那……

甄美丽　你是怎么看我的？

贾有钱　你是我心目中的女神，温柔可爱美丽动人，你眼睛一闪我立刻销魂，你朱唇轻启我脉搏狂奔，你要是冲我招手我马上昏昏沉沉。

甄美丽　我怎么听着不像好人。

贾有钱　不！你根本不是人，是神，尤其是你对我一笑，很蠢很蠢，不不，很纯很纯。

甄美丽　有钱，看来你真的爱我。

贾有钱　当然！

甄美丽　那你准备怎么结婚？

贾有钱　我全部都想好了，结婚方案你来起草了，一切按你的意思来搞了，这样我们就不会有争吵了，将来肯定能白头偕老了。

甄美丽　那怎么好意思呢？

贾有钱　咱们俩谁跟谁，眼看都成夫妻了对不对？有话谁都憋着不说累不累，反正结婚嘛就这一次，是刀山是火海我都敢会一会。

甄美丽　至于吗？那好吧，既然这样我就说了，你虽然做着一点小生意，手头也不见得很宽裕，结婚的一些条件我也会为你考虑。别墅洋房是不可能的，奔驰宝马是买不成的，我张口要一百万你会心疼的，送我个几十克拉的钻戒也不见得你对我就是永恒的。

贾有钱　美丽，你简直是太好了。

甄美丽　那还用说，不过我要是就这么和你结婚，我也显得太没自尊，好歹人家风华正茂大好青春，怎么娶怎么嫁我自有分寸。结婚之前你必须坦白你的所有财产，将其百分之四十作为我个人的存款，其余百分之六十我替你保管，防止你将来在外边胡来，让你有这贼心没这贼款。结婚的新房至少四房两厅复式带花园，上下班你开丰田，我开本田，意大利进口的家私全套的名牌家电，还得保证我婚后每月的一万元钱。

贾有钱　每月一万？！

甄美丽　算了，打个八折，算你八千。父母最好不要同住，我们双方也不要有太多约束，对对方的小秘密要表现大度，哪天觉得不合适就立刻分手各走各的路。

贾有钱　你是走路了，我可就该要饭了，要是这样当初干吗结婚呀？

甄美丽　现代的婚姻早就是这样了，就说这婚礼吧，绝对不要在酒店里办，要找个教堂才浪漫，管风琴唱诗班，你拉着我的手站在中间，旁边的亲戚朋友高兴地看，婚礼一结束大家一起找个草坪开始红酒冷餐，接着就是篝火晚宴。

贾有钱　这样的婚礼谁都喜欢，可你开的条件对我来说实在太难，听得我吓出一身冷汗，你能发发慈悲把数目减半。

甄美丽　什么！我告诉你贾有钱，这已经是极其优惠了，你居然还讨价还价嫌贵，谁家娶媳妇不吃点苦受点累，谁家办喜事能不破费？

贾有钱　我……甄美丽，我实在没有这个能力，我真后悔上次买奖券我没有去，也不敢抢银行怕被枪毙，鉴于目前的情况我想再考虑考虑。

甄美丽　怎么，你要反悔？

贾有钱　不好意思。刚才你就当我开了一个玩笑，我的确是寂寞无聊来把时间消耗，现在我准备回家睡觉，请原谅我的胡闹。

甄美丽　贾有钱，你没本事还跟我瞎吹，到了关键时刻就成了缩头乌龟，你玩弄我的感情欺骗我的眼泪，还口口声声说我是你的宝贝，真让人恶心令人反胃，早就该看出你是一个窝囊废。

贾有钱　你！

甄美丽　瞧你的德行，腰软肚硬水蛇腰，长的就像个大草包。呸！（急下场）

贾有钱　哎哟我的妈呀！亲爱的朋友们，我真没想到事情会是这样，好像我真把她骗得上了一当。看来我的想法要改一改，娶媳妇不能是娶而是买。噢！我还有个约会，再会。

〔切光。剧终。

# 狭　路

**时　间：** 抗日战争时期
**地　点：** 深圳南澳村的深山里

**人　物：**
刘黑子——东江纵队队长
克　尔——美国飞行员
阿　梅——刘黑子的未婚妻，东江纵队队员

〔幕启。黑子背昏迷的克尔上场，走到一半，不远处的地雷响了。黑子筋疲力尽，二人瘫倒在地上，黑子起身寻找隐蔽点，发现隐蔽点并隐藏克尔，做好隐蔽工作。

〔阿梅上场，黑子发现阿梅，叫住阿梅。

阿　梅　谁?

黑　子　快过来，是我。

阿　梅　黑子哥!

黑　子　别说话，蹲下，有情况。

阿　梅　啊!

黑　子　有情况啊!

阿　梅　两个鬼子倒了，两个鬼子在救人，剩下两个鬼子往咱们这儿来了，咱快跑吧!

〔黑子松了口气，躺在地下，看着阿梅一言不发。

阿　梅　你怎么躺下了？咱赶紧跑吧，鬼子马上就追上来了，任务就完成不了了！怎么没看着美国大兵啊，你把他弄丢了吧，咱们任务咋办？

黑　子　是啊，就是因为你，行了，任务也失败了，你赶紧回去！

阿　梅　哦！

〔阿梅跑了一半又折回。

阿　梅　黑子哥！

黑　子　你咋又回来了！

阿　梅　你咋不跑啊，是不是哪受伤了？

黑　子　我是谁？我能受伤？行了回去吧。

阿　梅　哦，那你没负伤（边往台上爬被黑子哥推下来），咱快跑吧。

黑　子　哪那么多废话，我不得看着这个大兵啊？

阿　梅　黑子哥，你骗我。

〔阿梅爬上隐蔽点踩在大兵身上。

阿　梅　在哪儿呢？黑子哥，你把他藏哪儿了？

黑　子　你踩着那不就是吗！

〔阿梅惊吓跳下来：他怎么不动了？

黑　子　呀，不动了？被你踩死了呗！

阿　梅　啊，不会吧？

〔刘黑子把阿梅推下台。

黑　子　怎么不会？他从那么高地方摔下来，已经就半死不活了，我说放在这儿让他缓一缓，兴许还能活过来，这你倒好，上去两脚，踩死了，我告诉你，这次任务失败，就因为你，先是非要死皮赖脸地跟着来，笨手笨脚，傻乎乎的结果让小日本发现了吧，我这累死累活把这美国飞行员救出来，结果你又给踩死了，你没什么可说的吧？你犯了严重的错误，你不能成为我们东江总队的队员，

回去我就跟政委说，你这样的哪儿来回哪儿去。

〔阿梅爬上隐蔽点，摸飞行员心跳。

阿　梅　有气，黑子哥，他还活着。

黑　子　被你踩了一脚也成重伤了，你蹲下，站那么高小心一枪被鬼子点了！

〔阿梅蹲下！

黑　子　我执行任务再也不带你了，就是因为你做事笨手笨脚的，你就是个蠢货，赶紧走，赶紧走！

〔阿梅跟黑子在推搡。

阿　梅　刘黑子，你太不是人了，咱俩当初订婚的时候，你一声不响跑到东江纵队打鬼子，你知道我有多担心你吗？我背着爹娘跑了三天三夜山路才找到你，你可倒好，你见面就让我走，你良心被狗吃了，我不都是为了你吗？

黑　子　你小声点，什么为了我，犯不着，当时你家人不是给你介绍一家吗？直接嫁人得了！

阿　梅　（搂住黑子）黑子哥，我非你不嫁！

黑　子　说得那么好听，还不是见了？

阿　梅　那是我爹娘非让我去的，我见完不就来找你了嘛！

黑　子　你放开！

阿　梅　我不放！

黑　子　这要被鬼子抓到，咱俩都得玩完。

阿　梅　我不怕，反正跟你死一起。

黑　子　什么死死死的，能不能说点吉利的？

阿　梅　那咱俩就好好待着。

黑　子　好好待着行，你先把手放开。

阿　梅　把手放开行，你先答应我，以后对我好点，别欺负我了。

黑　子　行行行。

〔阿梅靠着黑子哥。

黑　子　阿梅同志。

阿　梅　啊？

黑　子　啊什么啊，下来答到，平时练兵怎么教你的，我是队长你是队员，我们的任务是好好救出美国飞行员，情况紧急，我命令你赶快回去找增援。

阿　梅　是。

〔跑了一半又折回。

阿　梅　黑子哥，不对啊！我有点不明白，美国飞行员也没丢，现在背着赶紧跑啊，叫啥增援？

黑　子　这是战术！

阿 梅　啥战术？跟我说说！

黑 子　跟你说了你也不懂！

阿 梅　我能懂！

黑 子　等回去再说。

阿 梅　你不说我就不回去。

〔黑子跳下舞台。

黑 子　好，那我告诉你为什么，鬼子来了多少个人追我们。

阿 梅　12个。

黑 子　阿才和阿旺引走了几个？

阿 梅　6个。

黑 子　还剩几个？

阿 梅　12个。

黑 子　阿旺和阿才引走6个，应该还剩6个。

阿 梅　哦。

黑 子　我们一路上埋了几颗雷？

阿 梅　两颗。

黑 子　6个鬼子分成两个小队，那6个被阿才、阿旺引走了，剩下的6个鬼子还剩两个追咱们，这两个鬼子会怎么样？

阿 梅　会很生气。

黑 子　我才很生气。

阿 梅　黑子哥，你别生气，继续说。

黑 子　小日本虽然不是人，但他也要命，他们发现有地雷，还敢玩命追咱们吗，那不得弯着要撅着腚走得比牛车还慢啊，再说就这俩鬼子，我一枪一个就干掉了，慌什么？

阿 梅　啊，明白了，那你之前为什么总让我回去。

黑 子　这儿太危险，回去你就安全了。

阿 梅　哦，我明白了黑子哥。你让回去是怕我危险，你担心我，你就是我心中的大英雄！

黑　子　啥英雄不英雄的。

阿　梅　黑子哥，你教我咋当英雄呗，这样我就可以跟你在一起了。

黑　子　你个小姑娘当什么英雄？当英雄都是大老爷们儿的事，再说了当英雄必须临危不惧，就算枪指脑袋上也毫不退缩。

〔克尔拿枪指着黑子。

阿　梅　你干啥，我们队长救了你，你咋还指我们，真没良心，还指！

黑　子　鬼佬听不懂。

〔黑子和阿梅开始跟克尔比画。

〔克尔明白了，放下了枪。

克　尔　Thank you!

黑　子　牲口？没牲口，我拉的你！

克 尔　Thank you!

黑 子　三口，哦哦哦，他要喝水！

克 尔　Thank you for saving me,I'm an American pilot. How can we get out of this?

黑 子　哦？嗯！

阿 梅　黑子哥，他说啥？

黑 子　我没听懂！

阿 梅　你咋能听不懂？

黑 子　他说得太快了，哎，你再说一次！

〔克尔与黑子一直不明白对方说的话，克尔无奈准备抽烟，发现黑子和阿梅一直盯着他。

〔克尔掏出烟递给黑子跟阿梅。

黑 子　我不抽，她也不抽。

〔黑子看着火机，开始玩火机。

克 尔　Do you like it？ It's for you.

黑 子　不用不用。

〔克尔掏出照片。

克 尔　They are my family, they have been waiting for me, I love them.

黑 子　（恍然大悟）你想家了，行行，我帮你收着。

克 尔　Are you a couple?

〔克尔将两人手放在一起。

阿 梅　他是我男人。

黑 子　啥啊！还没过门呢！阿旺阿才咋还不来！

克 尔　Hey.man.

黑 子　你还有望远镜！

阿 梅　给我看看，黑子哥，山，鸟，还有小鬼子！

〔黑子赶紧拿过望远镜。

黑　子　什么，我看看，怎么有6个鬼子从那边过来了？坏了，肯定是阿旺阿才出事了，阿梅来！

阿　梅　干啥啊？

〔黑子示意阿梅和克尔一块儿藏好。

黑　子　我去引开他们！

阿　梅　黑子哥！

〔阿梅冲出去，看着黑子。

黑　子　阿梅，还记得我怎么教你用手榴弹吗，不到万不得已，千万别拉，记住，记住了吗？

〔黑子又折回来。

黑　子　来，再说一遍！

阿　梅　不到万不得已我不能用！

〔阿梅抱住黑子。

黑　子　阿梅，你还在这拉拉扯扯的干吗，松开！

阿　梅　我不松手！

黑　子　松手！

阿　梅　黑子哥，我就问你一句话，这次活着回去你会娶我吗！

黑　子　这时候还说这些干吗？回去再说！

阿　梅　现在就告诉我！

黑　子　阿梅，别慌，你上去隐蔽好，看好美国大兵，我去把他们引开，只要我活着回去，我一定娶你！

阿　梅　黑子哥！

黑　子　你又咋了？

阿　梅　我想撒尿！

黑　子　哎呀，什么时候了，憋着！

阿　梅　憋不住了！

阿　梅　那个大兵在看我！

黑　子　你别看！

〔反应过来克尔听不懂中文，上前捂住了克尔的眼睛。

黑　子　阿梅，你快点！

〔阿梅看到黑子没有看到，赶紧往远处山上跑。

阿　梅　哎，小鬼子！我在这儿呢！

黑　子　阿梅，你要干什么？

阿　梅　黑子哥，鬼子都朝我这来了，你们快走，你一定要记得娶我！

黑　子　阿梅！

克　尔　You help her.

〔看到鬼子朝阿梅这来了，阿梅拉响了手榴弹。

〔阿梅的定点光熄。

〔黑子哭得跟孩子一样，背着克尔赶回东江纵队。

〔切光。剧终。

# 龙凤呈祥

**时　间：**现在

**地　点：**舞台

**人　物：**阿龙、阿凤、宠物狗

阿　龙　大家好，我是阿龙，这是我温馨的家；我来介绍一下，这位就是我的老婆阿凤；这是，就是我们家的小宝贝儿，来小宝贝……过来过来。（指着家里的宠物狗）

〔阿凤和宠物狗全跑过来，阿龙抚摸宠物狗，不理阿凤。

阿　凤　喂！你到底叫谁小宝贝？

阿　龙　（指狗）当然是叫它小宝贝啦。

阿　凤　你以前可都是叫我小宝贝的！

阿　龙　嗨，以前是叫你小宝贝，可是现在你都是老宝贝咯。

阿　凤　哎呀，你还嫌我老了？！

阿　龙　你瞧瞧你，吃狗什么醋啊。你看，我已经把咱们的小宝贝训练成什么样了，来一个。

〔狗狗展示才艺。

阿　龙　哈哈，怎么样？

阿　凤　这狗训练的再好有什么用啊？还不是只狗。能跟咱儿子比吗？

阿　龙　那是。咱儿子不是在国外留学的吗？等咱儿子回来之后啊，这小宝贝就什么都不是啦。

阿　凤　对了，你给我爹买的机票买了没？问你话呢。

阿　龙　怎么又提你爹呢？

阿　凤　我爹想外孙了，想去看看不行啊？

阿　龙　怎么到哪都得带上你爹呢？

阿　凤　我爹到底把你怎么着啦？

阿　龙　你爹把我怎么着了，你忘了，我可没忘！

〔80年代歌曲响起，场景变换成内地农村老家。

〔阿龙阿凤坐在地下谈恋爱。

阿　龙　凤。

阿　凤　龙。

阿　龙　凤，我想。

阿　凤　我也想。

阿　龙　那咱就……

〔二人欲接吻。

〔宠物狗摇身一变成为阿凤父亲。

父　亲　吠！干什么呢？

〔阿凤阿龙惊恐万分，起身。

阿　凤　爹。

父　亲　你给我过来！过来！

阿　龙　叔叔好！

父　亲　好个屁！你说，这事你打算怎么办？

阿　龙　啊？我，我下次不敢了。

父　亲　下回不敢了？那这次就算了？（捋袖子要动手）

阿　凤　哎呀，爹，他会娶我的。

父　亲　你闭嘴！让他自己说。

阿　凤　快点，快说。

阿　龙　说，说什么啊？

阿　凤　说你会娶我的。

阿　龙　（对着爹）我会娶你的。

父　亲　啊？

阿　龙　她会娶我的。

父　亲　啥？

阿　龙　我会娶她的。

父　亲　你这小伙子……好，来来来，过来坐。小伙子，叫什么名字呀。

阿　龙　阿龙。

父　亲　好，和我们阿凤很般配啊。多大了？

阿　龙　19。

父　亲　好，年纪刚刚好啊。在哪儿工作呀？

阿　龙　环卫所。

父　亲　好！掏大粪的？

阿　龙　不是，有时候也扫地。

父　亲　起来！蹲那儿去。你掏大粪一个月挣多少钱？

阿　龙　16 块半。

父　亲　家里几口人？

阿　龙　我爹、我妈、我爷、我奶、我姑、我姑父、我妹、我弟……

父　亲　停！房子多大呀？

阿　龙　20 平方米。

父　亲　你们家猪圈呀！

阿　龙　他们都说我家鸡窝。

父　亲　来来来，小伙子，起来。我跟你说，没钱没房你就别想再打我闺女的主意！滚！（飞起一脚，踹走阿龙。）

〔场景变换回到家里。

〔父亲的角色又变回宠物狗。

阿　龙　哎哟，小宝贝儿啊，长本事了？来，起来起来。（一脚踹狗狗下去）

阿　凤　哎哟，你和狗置什么气啊？

阿　龙　看见没有，当年你爹就是这么对待我的。哎哟，我这腰还疼着呢。

阿　凤　好了好了，我给你揉揉。

阿　龙　我说凤啊，如果你爹现在要是再问我，我可以理直气壮地说，我有房有车有银行卡，还有那个高尔夫会员卡！这些你爹听都没听过。

阿　凤　对对对。

阿　龙　学你爹求我。

阿　凤　你说你咋又来了。

阿　龙　求我！！

阿　凤　好好好，（学父亲）阿龙啊，快把我们家凤儿娶了吧！

阿　龙　这个事嘛……不急。

阿　凤　哎呀，你还来劲了是吧。

阿　龙　哈哈哈！当年可不是这样的，你爹当年可差点活生生把咱们给分开呀。

〔90 年代音效。

〔场景转换回到当年的火车站，阿龙背着行李准备走。

阿　凤　阿龙。

阿　龙　阿凤。

〔阿狗上。

阿　凤　阿龙，这是我爹给我介绍的新男友，叫阿狗。阿狗，这是阿龙。阿狗，我和阿龙说几句话，他都快走啦。

阿　狗　你就是阿龙？！哼，快点啊！（下场）

阿　龙　凤，你！

阿　凤　哎呀，我有什么办法嘛？

阿　龙　你和他……那啥没？

阿　凤　啊？没。

阿　龙　真的？那你等着。你，过来！

〔阿狗上。

阿　狗　干什么？

阿　龙　我是阿龙！

阿　狗　我是阿狗！

阿　龙　阿凤是我的！

阿　狗　阿凤是我的！

阿　龙　我和她那个了！

阿　狗　我和她……哪个啊？！

阿　龙　你看着！你看好了！（抱着阿凤响亮地吻了一口）

阿　狗　你！你们！我！我！呜呜呜，呜呜呜，我告我妈去！

〔阿狗哭下，阿龙阿凤哈哈大笑。

阿　凤　阿龙，你真的要走？

阿　龙　对呀。

阿　凤　去哪儿？

阿　龙　去深圳。

阿　凤　你去深圳能干吗？

阿　龙　深圳也有大粪啊。

阿　凤　哎哟，人家去深圳是淘金，你倒好，去淘大粪。

阿　龙　对，我就是去淘金！

阿　凤　那，带上我吧！

阿　龙　好！走！

〔火车音效，场景转换回到现在。

阿　龙　哈哈哈哈。来了深圳这么多年，咱们辛苦打拼才有了今天的龙凤集团啊。

阿　凤　是呀，眼下咱们生意越做越大。

阿　龙　对了，你还记不记得咱们开的那个小餐馆？

阿　凤　你快别说那个小餐馆了，想起来我这心里都难受。

阿　龙　那也是咱的第一桶金呀。

〔90年代深圳音效，场景转换回到小餐馆。

〔一装阔的食客上。

阿　龙<br>阿　凤　欢迎光临！

阿　凤　请坐，请喝茶，请点菜。

食　客　有鲍鱼吗？

阿　龙　没有。

食　客　有燕窝吗？

阿　凤　没有。

食　客　鱼翅龙虾？

阿　龙
阿　凤　没有。

食　客　啥都没呀，那来盘炒河粉。

阿　龙　好嘞！

食　客　多放点肉。快点！

〔阿凤下。

食　客　靓仔，有酒吗？

阿　龙　有！！！！

食　客　多少钱？

阿　龙　白酒 40 块，啤酒 5 块。

食　客　那我要白酒。炒河粉多少钱？

阿　龙　5 块。

食　客　5块是吧？哦，那我白酒退掉不要了，找我35。快点啊！

阿　龙　好。（找给食客35元）

食　客　炒河粉多少钱？

阿　龙　5元。

食　客　给你5块，我还有事，先走了。

阿　龙　可是，炒河粉已经做了。

食　客　我钱不都给你了吗，账都结清啦，还有事吗？

阿　龙　哦，好好好，您慢走，常来。

〔食客逃下，阿凤端炒河粉上。

阿　凤　哎？人呢？

阿　龙　走了。

阿　凤　我这都做好了，你怎么能让他走呢？

阿　龙　钱都给了。

阿　凤　哦，给钱啦？那咱俩吃。

阿　龙　凤啊，你帮我算一下账。（模拟）刚才他来了问我有没有酒？我说白酒40块，啤酒5块。后来他又问我炒河粉多少钱？我说5块。他说白酒不要了，让我找他35元，我就给了他钱了，你说对不对啊？

阿　凤　（想了想）嗨！对了！

阿　龙　对了？哈哈，吃！

〔二人吃炒河粉。

〔时空转换，回到现在。

阿　凤　哈哈哈哈，对什么对啊，就你那脑袋瓜子还学人家做生意。

阿　龙　你不也是满脑子糨子？

阿　凤　哈哈哈，算错了就算错了，爱咋咋地。

阿　龙　凤啊，你说咱们现在日子过得已经不错了，这往后的日子怎么过啊？

阿　凤　现在咱们不缺钱了，不过这有句俗话：男人有钱就变坏。

阿　龙　女人她坏她就有钱。

阿　凤　什么意思啊？谁变坏啦？倒是你啊，年轻时候的那些花花肠子，我都不想说你！

阿　龙　嗨！我说凤啊，我的那些花花肠子不都被你扼杀在摇篮里了吗？你也不想想，咱们都多大岁数了，经历了这么多，懂得该珍惜什么。你可是跟我私奔来到深圳的，我阿龙可不能对不起你啊，我的老宝贝儿。对了，给！

阿　凤　这什么？

阿　龙　给咱爹买的机票。凤啊，我现在什么都不想，我只想牵着你的手慢慢走完下半生，因为我是阿龙。

阿　凤　我是阿凤。

阿　龙　咱俩在一起才是……

阿　龙
阿　凤　龙凤呈祥。

〔音效起。

〔宠物狗弹着吉他上，依偎在阿龙、阿凤身旁。

〔切光。剧终。

# 集 训

**时　间：**早上

**地　点：**部队操场

**人　物：**班长、女战士甲、女战士乙、女战士丙、女战士丁

〔幕启。舞台正中放置预备役部队旗帜徽章景片。

〔军号。

〔操场战士训练声此起彼伏。

〔班长一声哨响，战士上。

班　长　全班集合！

〔女兵们嬉笑打闹着上场。

班　长　队列中不要嘻嘻哈哈的，毛病！今天是我们预备役五团九连第一天集训，大家表现不错，没有迟到的。

四　人　谢谢班长！

战士甲　班长你好。

班　长　喊报告。

战士甲　说……

班　长　这个……（反应过来）我让你喊报告呢。

战士甲　报告。

班　长　说。

战士甲　报告。

班　长　说。

战士甲　报告。

班　长　你有毛病？

战士甲　你不是说我光让我喊报告就行了。

班　长　你故意捣蛋是不是？

战士甲　呵呵，不是班长，我第一天从公司来到预备役部队参加训练，心情非常激动。

战士乙　报告班长！我的心情也非常激动，因为我是设计战争游戏的，希望通过这次训练能找到点灵感，顺便减点肥。

战士丙　报告班长！我是从歌舞团来到部队的，我的心情也非常激动！

战士丁　报告班长！我是从 Office 来到部队的，当我一推开部队大院的门，Oh My God! 这么多长腿欧巴，我不但激动，还有点冲动！

班　长　激动可以，冲动就算了。但不能光激动呀，还要认真训练。

战士甲　班长，其实训练不训练都无所谓，不就是走队列，喊个一二一吗？

战士乙　是呀，我大学军训时练过，我很专业的。

战士丙　这些在电视上经常看，早就会了。

战士丁　就我们几个往这儿一站，用小眼神唰唰唰⋯ 瞬间秒杀一片。

班　长　哎呀！我的天哪！入列！

战士丁　热恋？这样不太好吧？！我们才刚刚认识耶！

班　长　我让你入列—— 看来都很厉害嘛，不用训练了？

四　人　嘿嘿嘿……

班　长　好！立正！向右转——（战士左右不分）跑步走——

〔四人肢体不协调、懒散，见到其他训练的兵哥哥们，飞吻、招手、狂打招呼，战士乙不小心摔倒。

班　长　你摔得很专业嘛？起来—— 入列——

战士乙　是！（爬起）

班　长　你们说这不训练，行吗？

四　人　　不行！

班　长　　所以还是要认真训练的，听我口令，立正——！（大喝一声）

〔四人造型。

〔切光。

〔军号声。光启。

〔操场战士训练声此起彼伏。

〔班长带战士们跑步，战士们懒懒洋洋、迷迷糊糊、哈欠连天的跟在后面。

班　长　　立定！向左转！怎么了？都咽气了？

战　士　　（打哈欠）啊——

班　长　　毛病！

战士甲　　报告班长！俺们想跟你商量点事。

班　长　说！

战士甲　以后出早操的时间能不能改一改？

班　长　改到几点？

战士甲　上午十点半。

战士丁　十点半？这可是部队，要我说……（众人瞪）十二点！

战士丙　对，十二点直奔饭堂！

战士乙　吃饭——吃饭——吃饭！（跑出队列，奔向饭堂）

班　长　向后转！

战士乙　忍着——忍着——忍着！（抱着肚子跑回队列）

班　长　早上起不来，晚上早点睡嘛！

战士丁　怎么早点睡吗？这部队的夜生活太无聊了。要我说，咱们可以开个大 Party——

三　人　耶！（唱跳着）三天三夜……三更半夜……跳舞不要停歇……耶！（相互击掌）

战士乙　然后，咱们直接去吃宵夜，咱们食堂的饭太难吃，早吃腻了。我现在特别想吃肯德基、麦当劳、哈根达斯、必胜客、土豆丝儿、土豆块儿、土豆丁儿、土豆片儿、土豆泥、土豆粒儿、土豆饼、土豆馅儿……

班　长　你就快成土豆了。站好！

班　长　（对战士甲）你听说过哪个部队十点起床出操啊？啊——？！
（对战士乙）你听说哪个部队天天吃垃圾食品啊？啊——？！
（对战士丙）你听说哪个部队一起床直奔饭堂啊？啊——？！
（对战士丁）你又听说哪个部队晚上不睡觉开 Party 啊？

战士丁　（冲向三人）啊——？（撒娇）班长，我帮你喊了。

班　长　行，我知道大家有满肚子的牢骚，说出来就好了。

战士甲　班长，不是我矫情。俺们家那杀猪菜生意老火了，可我这一来部队十几天，店里生意赔了钱，别说杀猪菜，你拿把刀把我杀了得了。

三　人　　杀了我吧！

战士丁　　班长，我们 Office 很忙的，我一来就是半个月，老板要是知道了，不高兴炒我鱿鱼，你养我啊？

三　人　　你养我啊！

战士丙　　班长，人家以前在部队文工团不用化妆都是跳白天鹅的，你看现在，就算化妆就知道是跳黑天鹅的了。

三　人　　黑天鹅——

战士乙　　班长—— 我现在生物钟严重紊乱，内分泌严重失调。以前一餐只能吃三个馒头，现在一餐吃十三个，半饱啊——

三　人　　悲剧啊。

四　人　　班长，我们走了。再见！

班　长　　等一下！我还有话说。

四　人　　哎呀——（坐在地上）

班　长　　这都像啥样子嘛？！行，别的我不说，作为一名老兵对你们这种逃兵的行为感到莫大的羞耻。

战士甲　　行了吧，班长。别看你是正规军，我们是预备役，可我们几个不比你们差，是吧？！

战士乙　　就是，我们几个一上战场绝对毫不退缩！

战士丙　　我要是上了战场，呼呼哈咿一脚踢飞他！

战士丁　　我要是上了战场，我就是双枪美少女。我左手一枪，啪—— 撂倒一个，右手一枪，啪—— 撂倒俩。（唱）蓝天大道上，彩云在追……

三　人　　（合）年轻的我们歌声在飞，陆海空天亮丽的心，共和国女兵军中姐妹。

战士甲　　同志们…… 冲啊……

战士丙　　我掩护……

战士乙　　为了新中国……

战士丁　　向敌人开炮……

班　长　咣……

四　人　啊……

〔战士表演在战场上个个神勇。

班　长　咋了？都死了？

战士甲　悲壮乎？

战士乙　英勇乎？

战士丙　感人乎？

战士丁　潇洒乎？

〔英勇就义造型。

班　长　傻乎乎！起来起来，配合很默契，值得表扬。但是，现代战争先是飞机导弹狂轰滥炸，噢，还由得你，左一枪，啪，一架飞机，右一枪，啪，一枚导弹。你是神仙？神经病！共和国女兵？我们共和国就靠你们来保卫吗？我看呀，要真要打起仗来，你们有多远就滚多远，现在就可以滚！回去自己别说当过兵，更别说我是你们班长，我丢不起这个人。在部队你们是孬种，回到地方你们还是狗熊。

〔班长背身叉腰，众人沉默。

战士甲　嘿嘿嘿！班长……

班　长　嘿嘿嘿！

战士丁　唰唰唰！班长……

班　长　哎呀……

战士丙　班长……

班　长　我还不信甩不掉你了？

战士乙　报告班长！我内分泌正常了！

班　长　我不正常了。

四　人　班长，别生气了！

班　长　能不生气吗？就没带过你们这样的兵。

战士甲　班长，我们第一次从地方来到部队，肯定有小小的不适应，闹点小小的别扭是正常的。

战士乙　提点小小的要求是可以理解的。

战士丙　闹点小小的情绪也是可以原谅的。

战士丁　当回小小逃兵是……

四　人　嗯？

战士丁　不可能！

战士甲　下面欢迎班长给我们讲一次小小的大道理，鼓掌！

班　长　对嘛！我是老兵，跟你们讲一点小小的道理是很应该的……（众人打哈欠）毛病！如果真打起仗来的话，（对战士甲）咣！你杀猪菜还开得下去吗？（对战士丁）咣！还炒鱿鱼，炒青菜你都吃不上。（对战士丙）咣！白天鹅黑天鹅，你直接就成了一只烤天鹅。（对战士乙）开饭了……

战士乙　真的？

班　长　（对战士乙）咣！家都炸没了你还减肥，不用减了，你已经饿死了。我们是高炮部队，防卫第一线，不训练，行吗？（大喝一声）对，不行！

四　人　咣……

〔切光。

〔军号。光启。

〔操场战士训练声此起彼伏。

班　长　全班集合！今天是我们预备役五团九连第一次实战演习，大家一定要拿出最好的水平，有没有信心？

四　人　有！

班　长　听我口令，炮后集合！向中看齐！向前看！报数！

战士甲　1

战士乙　3

战士丙　4

战士丁　2

四　人　好！

班　长　一炮好，就地位。

战士乙　三千……

三　人　好！

班　长　一炮好，右前方发现目标。

战士甲
战士丙　目标捕住！

班　长　瞄准第一架，放……

〔万炮齐鸣。

战士甲　哦，打中了！

战士乙　我决定请大家吃宵夜，班长买单！

班 长 没问题！

战士丙 咱们和班长一起拍几张照片吧！

四 人 5……4……3……2……1 咔嚓！（合影造型）咔嚓！（合影造型）咔嚓！（合影造型）咔嚓！

〔军礼造型。音效起。

〔切光。剧终。

# 恋　曲

**时　间：**现在

**地　点：**舞台

**人　物：**

李雯雯——女，22岁

赵天泽——男，24岁

方　凯——男，24岁

周　浩——男，26岁

孙月月——女，20岁

吴巧依——女，21岁

〔幕启。热闹的婚礼，二位新人被大家围在中间，大家高兴地逗着赵天泽新娘。

李雯雯　大家准备好了吗？我数一二三可真扔啦！谁要能抢到这束花，男的就能娶个好老婆，女孩就能嫁个好老公。一、二、三……

方　凯　我抢到啦，我抢到啦！

〔周浩从方凯手里夺过花，送给了吴巧依。

众　人　在一起，在一起，在一起！

周　浩　那就在一起吧？

吴巧依　行吧。

众　人　哦，发表获奖感言。

方　凯　停，今天谁结婚啊？

孙月月　李雯雯！

吴巧依　是啊，今天是他们俩的大喜日子，我们应该折腾他们呀。

孙月月　掌声欢迎我们赵天泽新娘发表结婚感言！

李雯雯　行，那我说两句。今天是我们结婚大喜的日子，感谢大家来参加我们婚礼，所以你们要吃好喝好～

孙月月　赵天泽，到你啦！

赵天泽　行，那我说两句。我是第一次结婚……

孙月月　第一次？

周　浩　说什么呢？

赵天泽　我是第一次结婚也是最后一次，李雯雯我爱你。

李雯雯　哎呀，你们别闹啦！

孙月月　大喜的日子不闹你们闹谁啊？赶紧跟大家伙儿说说你们的恋爱史。

李雯雯　你们不都知道了吗？

周　浩　是，我们知道，可是大家伙儿不知道啊！

赵天泽　行，那我来说。我记得那是2008年的一个冬天，我们俩都被滞留在了火车站……

〔情景再现。

记　者　大家好，我是第二现场的记者，我现在在火车站，马上就要春节了，我们来采访一下回家过年的朋友们。您好您好，马上就要过年了，您非常开心吧。我想采访您一下，您家的家风是什么？

方　凯　我一回到家就疯了，我爸我妈天天逼着我结婚呢！

周　浩　喂，妈，票买不上今年可能回不去了。

吴巧依　您好，请问您贵姓。

周　浩　我姓周。

吴巧依　从哪里过来的？

周　浩　东莞。

吴巧依　您是做酒店业的吧？

周　浩　什么啊？我是开养鸡场的。

孙月月　（叫卖东西）炸鸡啤酒，庆丰包子……

吴巧依　您好您好，请问您幸福吗？

孙月月　大过年的我卖包子，你说我幸福吗？

吴巧依　喂，主任啊，赶快找个群众演员过来，没一个能用的。

〔爱情音效。

〔赵天泽新娘背着行李，撞在一起。

赵天泽　对不起。（看着女孩）这个女孩……

周　浩　真漂亮。

李雯雯　他怎么总是……

吴巧依　看着我。

周 浩 我一定要……

方 凯 认识他！

吴巧依 我有一种……

孙月月 一见钟情的感觉。

〔二人坐下来。

众 人 你叫什么？

李雯雯 我叫李雯雯，你呢？

周 浩 我叫周浩……你是哪的人啊？

吴巧依 四川的。你呢？

方 凯 我是湖北的。你在哪儿工作？

孙月月 09电子厂上班。你呢？

方 凯 我也在那附近。

孙月月 真的？那咱们……

众 人 认识一下。

周 浩 你去过大梅沙、杨梅坑、红树林吗？

吴巧依 没有。

周 浩 那改天我带你去玩儿，那挺好玩的。

吴巧依 那多不好意思啊，让你那么破费。

周 浩 哈哈哈，放心没事，那些地方都免费。

方 凯 你们厂的伙食真好。

孙月月 你什么意思？

方 凯 我们厂的伙食也好。我们都是按《舌尖上的中国》安排的。

孙月月 我们是《舌尖2》。

李雯雯 我们厂今年过年特别热闹，大家伙在一起包饺子贴对联可好玩了。

赵天泽 我们厂还请了书法老师给我们写对联呢。

李雯雯 真的？那不如咱们……

众 人 一起过年！走！

赵天泽　冷吗？

李雯雯　嗯。

赵天泽　要不，我帮你暖暖。还冷吗？

李雯雯　不冷了。

〔回到婚礼。

方　凯　哟哟哟，上钩啦上钩啦。

吴巧依　哎哟，我的手也好冷啊，我也想暖一暖。

周　浩　我给你暖。

孙月月　天泽，赶紧和大家伙儿说一说，当初是怎么追李雯雯的？

赵天泽　见到李雯雯以后，我就把原来的工作辞了，到你们工厂来上班。

〔情景再现。

〔场景转换来到工厂车间的情景。

〔大家忙碌在生产线上，赵天泽不知不觉来到李雯雯身边。

李雯雯　咦？你怎么来啦？

赵天泽　来上班。

李雯雯　上班？为什么啊？

赵天泽　因为你。

李雯雯　为了我？

赵天泽　雯雯，自从见了你以后，我发现我已经喜欢上你了，我离不开你。

李雯雯　其实，我也喜欢你。

李雯雯　最让我感动的是，那天我们不约而同地来到了仙湖，为我们的爱情祈福。

赵天泽　在这里，衷心祝愿像我们一样来到深圳打拼的年轻人都能找到自己的幸福，有情人终成眷属。

周　浩　喂，干吗呢？

赵天泽　祈福呢。

周　浩　吓死我了，我还以为你们要出家呢。

方　凯　　你们尘缘未了，佛祖是不会要你们的。

〔回到婚礼。

方　凯　　天泽，快说说，当初是怎么求的婚啊？

赵天泽　　那是大运会开幕前半个小时，我为她准备了一个惊喜。

〔情景再现。

李雯雯　　天泽，今天我们赶紧吃，吃完了我们去看大运会开幕式。

赵天泽　　今天咱们不吃这个。

李雯雯　　不吃这个吃什么啊？

赵天泽　　你等一下。上菜！

吴巧依　　来咯！海带丝炖猪手。

李雯雯　　这……

吴巧依　穿过她的黑发，你的手。

李雯雯　他的手是猪手。

周　浩　来咯！臭豆腐烩臭咸鱼，祝你们永远臭味相投。

方　凯　来咯！辣椒炒猪嘴，火辣辣的吻。

孙月月　来咯！猪心鸭心牛心炖菜心。

李雯雯　这么多心？你还挺花心。

孙月月　你把这些心吃进肚子你就放心啦。

赵天泽　对对对，放心。

李雯雯　今天你给我准备这么多菜，你想干什么啊？

赵天泽　我想向你求婚。这个是我奶奶给我留下的传家宝，我想把它送给你。

李雯雯　那我不成你奶奶了？

赵天泽　只要你愿意，叫什么都行。哈哈，雯雯，嫁给我吧。

李雯雯　嗯。

众　人　啊，天泽求婚成功。

孙月月
吴巧依　今天她要嫁给他啦！今天她要嫁给他啦！啊啊！

〔大运会音效起。

孙月月
吴巧依　开幕式开始啦，我们去看开幕式啦。

〔李雯雯、周浩二人拥抱在一起。

〔回到婚礼。

吴巧依　哎哟，好幸福啊。

孙月月　好甜蜜啊。你们俩就没有吵过架，拌过嘴？

吴巧依　小两口吵架不记仇，说！

〔情景再现。

赵天泽　因为工厂效益不好，我们面临失业的压力，所以我做了一个决定。

李雯雯　天泽，天泽，你别走。

赵天泽<br>李雯雯　你别跟着我，我给不了你幸福。

李雯雯　我不要，我不要和你分开。

赵天泽　你放手！

李雯雯　天泽，当初是你说你要和我在一起一辈子的。

赵天泽　可我是个男人，我不想让你跟着我一起吃苦。

李雯雯　我不怕，只要我们两个人不分开，就没有过不去的坎。

赵天泽　雯雯。

李雯雯　天泽。

〔二人相拥。

吴巧依　太感人了。

孙月月　太累人了。我的腰都直不起来了。

吴巧依　这大喜的日子就别讲这些不开心的事儿了。

孙月月　我宣布婚礼继续进行。

〔回到婚礼。

孙月月　请问赵天泽，你是否愿意成为新娘的小火车，永远不出轨呢？

赵天泽　我愿意！

吴巧依　请问新娘，你是否愿意成为赵天泽的美人鱼，永远不劈腿呢？

李雯雯　我愿意！

〔二人拥吻。

〔众人欢呼。

〔音效起。

〔切光。剧终。

# 评　选

**时　间：**现在

**地　点：**评选现场

**人　物：**王主任、杨老师、孙老师

王主任　都别吵啦！安静安静！在这里我先预祝我们街道搞的这次评犬大赛圆满成功，现在进行最后的决赛，在开始评比之前，请允许我介绍一下三位评委。

杨老师　鄙人姓杨，毕业于农业学院畜牧科，钟爱养狗，尤其喜欢大型犬，这方面颇有研究。

孙老师　大家好，我是三号评委，我姓孙，我是开宠物狗店的，我养过很多狗，比如金毛藏獒牧羊犬、黑背松狮圣伯纳、萨摩猎狼哈士奇、贵宾贵妇拉布拉多等等等等。

王主任　我姓杨，养狗 20 多年很有经验，同时也担任本次大赛的评委会主任。本次大赛领导高度重视，参赛选手也很积极，我们要在前几届大赛的基础上，继续秉承公平公正公开的原则举办一次与众不同的大赛。经过层层选拔，有四只小狗进入到冠亚季军的争夺时刻，它们是 1 号京巴狗权权，汪汪！ 2 号德国黑背钱钱，汪汪！ 3 号藏獒熊熊，汪汪！ 4 号……喵！

孙老师
杨老师　什么声音？喵！（找猫）

王主任　这猫谁送来的？你？

孙老师　（摇头）

杨老师　（摇头）

王主任　太不像话了，这件事一定要一查到底！评犬大赛出评来一只猫，我们是要担责任的！赶紧想办法。

杨老师　王主任，有了，您就说是临时工干的。

王主任　对，哈哈哈，我宣布，经调查是临时工玩忽职守，现已将其开除，并且取消这只猫的参赛资格！举手表决。

孙老师
杨老师　好！（举手通过）

王主任　好，全票通过，我们进行冠亚季军的评选，各位评委，发表一下意见吧。

孙老师　我先说一下，作为一个权威的，专业的养狗人士，我认为，1号京巴狗权权应该当冠军。

杨老师　凭什么？

孙老师　凭它是北京宫廷犬啊，皇亲国戚才能养的，慈禧都视为珍宝，不说别的，就这皇族血统，它都得是冠军。

杨老师　我认为，2号藏獒熊熊应该得冠军，大家看，这条藏獒，额宽鼻窄耳朵耷拉呈“V”字形，身材粗壮高大，一看就是血统纯正的藏獒，这一点很难得啊。

孙老师　可藏獒攻击性太强啊。

杨老师　你懂什么？藏獒俗名东方神犬，忠诚勇敢，就拿我家那条藏獒来说，一个月前我带它出去遛弯，突然窜出一条大狗跑到我家藏獒面前挑衅，我家藏獒二话不说上去吭哧一口就把它给咬死了！

孙老师　主任，你看这狗多凶猛啊。

王主任　是啊！太残忍了。

杨老师　那条狗是菲律宾的。

孙老师
王主任　哦……

杨老师　回家我就在犬舍门上贴了四个大字。

孙老师
王主任　小心危险？

杨老师　民族英雄！

孙老师
王主任　哈哈哈哈！

王主任　二位老师，我认为呀，2号德国黑背钱钱应该是冠军，它是退役的警犬，能搜救能缉毒能扫黄，不！扫不了黄，据我所知，这事孙老师知道，前两天这狗跟主人出去，远远看见一辆车撞了一小孩，路过的人管都不管呐，只见这条狗噌蹿了过去叼起小女孩直奔医院，你猜怎么着，救活了。

杨老师　真有这事？

孙老师　是有这事，人是救活了，可又狂犬病了。

杨老师　啊！

孙老师　被那黑背叼的。

王主任　提这事干吗呀。

孙老师　好好不提，你们这都算什么呀，我们家京巴神了，那天我突然想喝酸奶，它噌就蹿出去了，过一会儿叼了只破皮鞋回来，我还纳闷呢，后来一看新闻，敢情酸奶都是破皮鞋做的，打那以后我再也不喝皮鞋了，不是，不喝酸奶了。你说这京巴多聪明，不得是冠军啊？

王主任
杨老师　京巴冠军？你是皮鞋喝多了吧。

王主任　言归正传，2号黑背必须是冠军，我也不绕弯子了，这狗是咱主办方选送的。

杨老师　那 3 号熊熊还是赞助方选送的呢！

王主任　杨老师，没有主办方哪来的赞助方？（孙老师：哎，我说）我知道赞助商是你拉来的，他不就是想宣传他的獒园吗？眼光放远一点，主办方高兴了以后多举办几次比赛，那他宣传的机会不是更多吗？（孙老师：哎，你们）要不这样，冠军给黑背，奖金全归你。再给你个亚军。

孙老师
王主任　这我还好交代点儿。

孙老师　哎哎哎哎！这么一会儿你们就把冠亚军给分啦，说什么公平公正，我呸！你们要这样我就嚷嚷得满世界都知道。

杨老师　孙老师，就一只京巴你至于吗？

孙老师　杨老师，上次比赛你就牵一只土狗硬说是什么田园犬，我昧着良心背着主任给你一个冠军。

王主任　杨老师，你还有这事？

杨老师　不是不是，主任你听我说呀，上次那事儿没办法，那狗是我一哥们儿的，那哥们儿刚给我孩子解决一学位，这点事咱不给办了说不过去呀。

王主任　什么说不过去，你是评委你知道吗？一定要公平公正公开！

杨老师　我知道我下回注意，这样，今晚我请你去东莞。

王主任　去什么东莞？去什么东莞，现在都去淡水！

杨老师　行，去淡水！

孙老师　我不管你们去哪儿，反正京巴一定要得冠军！

王主任　孙老师，你懂不懂规矩呀，你不要忘了评委的原则。

孙老师　哟！王大主任跟我提原则，那你那天大半夜的约我出来怎么不讲原则呢？

杨老师　啊，你们俩啊……

王主任　哎哎哎，这不喝多了嘛，失态失态。

孙老师　　我实话告诉你吧，这京巴是我们家老爷子掌上明珠，就相当于我后妈，你看着办吧。

王主任　　哦，咱后妈呀，那行，我宣布：京巴冠军，黑背亚军，藏獒季军。

杨老师　　哎，怎么又成季军啦，怎么回事？

孙老师　　怎么啦怎么啦，不服气呀？

杨老师　　主任，那今晚还去吗？

〔王主任接电话（找猫）。

孙老师　　哎，主任，什么情况啊？这猫不是取消比赛资格了吗？

杨老师　　对啊！怎么又拿回来啦？

王主任　　刚才接一电话，这猫是一号楼的。

孙老师　　一号楼怎么啦，一号楼它也是猫不是狗啊。

王主任　　你的宠物店不想开啦？

孙老师　　不开就不开谁怕谁呀，一号楼就了不起呀！咱这可是评犬大赛，弄一猫来算怎么回事啊？它真是一号楼的？

王主任　　（点头）杨老师你的意见呢？

杨老师　　我同意，规矩咱懂，但我必须得有名次。

王主任　　行行行想办法，好，既然大家都没意见，那就重新评选，电话那头可说了，一定要公平公正公开，大家都发挥各自的专业知识想办法把这事圆下来，要不咱以后在狗圈可没法混了。

孙老师　　咱来个瞒天过海吧？

王主任　　你瞒得住谁呀，当人家都傻子啊？要不咱来个借尸还魂？

杨老师　　是你死还是我死啊？对！借刀杀人怎么样？

王主任　　你要杀谁呀，你跟一号楼有仇啊？

孙老师　　我知道了，三十六计走为上！

杨老师　　对！走！

王主任　　回来！现在要走？当初就别来呀！赶紧想办法！

杨老师　　哎对啦，你那宠物店能整容吗？

孙老师　啊……能，你让嫂子来吧。

杨老师　什么嫂子，我是说把那只猫整成一只狗不就完了吗?

王主任　哎呀杨老师，人才呀！太绝啦!

孙老师　得了得了，你俩先整整脑子吧，人家就喜欢猫，给人整成狗事不就更大了!

王主任　也是啊，你想的什么馊主意?

杨老师　那你说主任，你想个办法，怎么办?

王主任　这样，咱们上网查一查，三十六计不行，整容不行，哎，那咱从人类的起源，对，咱从科学方面找点根据!

孙老师　对啊，达尔文的进化论，物种的起源，净化的过程是这样的是从鱼到两栖类到爬行动物，然后到哺乳动物，然后到灵长类然后才到人类。

杨老师　哦，明白了，您的意思是说这猫和狗都应该是哺乳动物对吧，它的前身就应该是爬行动物，再前面就应该是两栖动物，再前面就应该是鱼，因此这次的冠军就应该是鱼。

王主任　呸，哪儿来的鱼，你个笨蛋，行了行了，让我在网上查一查，哎，这有一篇鲁迅先生的杂文——《立论》。

杨老师<br>孙老师　噢!

〔切光。

〔光启。

杨老师　我梦着自己正在小学校的课堂里预备作文，向老师请教立论的方法。老师从眼镜圈斜外射出一股眼光来，看着我说："难呐！"我给你讲一个故事，有一家人家生了个男孩，阖家高兴透顶了。满月的时候，抱出来给客人看，自然是想得到点好兆头。一个说："啊呀呀，这孩子将来是要当官的。"于是他收回了几句恭维。一个说："啊呀呀，这孩子将来是要发财的。"于是他得到了一番感谢。另一个说：这孩子将来是要死的。于是他遭到了大家一顿合力的痛打。说要死的必然，说富贵的虚谎，可是说好话的得好报，说必然的遭打，你……

〔三人相视大笑。

王主任　这只波斯狗长得可真是啊！哈哈哈……

〔音乐。

〔切光，剧终。

# 马路遐想

**时　间：**当代

**地　点：**某城市的马路上

**人　物：**司机女、司机男、新手、路人男、路人女、单车男

〔幕启，马路环境音效。

〔司机女边打手机边开车，开得很慢，司机男在后面猛按喇叭。

司机女　好了，好了，不跟你说了，后面一傻子按喇叭呢。

司机男　（超车并行）喂！你会不会开车呀？

司机女　怎么啦？

司机男　（一边喝酒一边超车）我——刹车！

司机女　哎呀（差点撞上，超车并行）！你会不会开车？

司机男　（醉意）你猜……

司机女　我猜？

〔音乐、舞蹈表现二人飙车。司机男、女下，新手上。

新　手　（缓慢开车）我是新手，我是新手，我是新手……（车停）哎呀！我的车怎么不走了？使用说明书！第一步，先坐下，我坐着呢；第二步，系好安全带，我系着呀；第三步，打火，火着着呐。噢！原来我把刹车当油门了，哈哈！开车真好玩儿！

〔司机女、司机男上，新手挡路。）

司机女
司机男　让开！我俩飙车呐！

〔分两边飞快超车。

新　手　哇！飞机！

〔路人男、女上，司机男女发现。

司机女
司机男　啊！有人！（定格）

路人男　（怀抱榴梿，慢动作）老婆，榴梿太臭了！

路人女　老公，红灯！

路人男　没关系！

司机男女
路人男女　啊……

〔四人撞在一起，定格。

司机女　科学证明，汽车在180迈速度的情况下是马上停不下来的，所以我就冲了过去。（定格）

司机男　科学证明，酒后驾车导致司机四肢麻痹，反应迟钝，所以我什么都没做，就冲了过去。（定格）

路人男　（扔掉榴梿）就在汽车离我只有0.01米的时候，我心里在想，要是我能有一双翅膀该有多好呀！（定格）

路人女　翅膀？就算你有翅膀你也就是个鸟人，叫你不要闯红灯，你偏闯！

新　手　喂！你们还演不演了？

司机男女
路人男女　（转身）啊？

新　手　啊呀！

司机男女
路人男女　（恍然大悟）啊……

〔单车男骑自行车上。

单车男　啊……出事了！出事了！喂！你们是在拍电影吧？

司机女

司机男

路人男　去！

路人女

新　手　闪开！闪开呀！（撞向单车男）

单车男　（飞起）好——高——啊！

司机男女
路人男女　高啊，高啊！

新　手　（下车）呀？怎么人都在天上啊？一、二、三、四、五，（被砸下来的榴梿砸中头部）啊！哪里飞来的榴梿啊？

所有人　（一起倒下）啊………

〔诡异音效。

路人女　老公！老公！你没事吧？

路人男　没事，没事，我好像没事！

司机女　哎哟！我的车怎么成这样啦？

司机男　我什么时候下的飞机啊？！

单车男　刚刚该不是真的在拍电影吧？太壮观了！

新　手　请问，这是你的榴莲吗？

单车男　不是。

司机女　你们怎么过的马路？

路人男　你们怎么开的车啊？

司机男　没看红灯呀！？

路人女　红灯也不能撞人呀！

新　手　（晃晃悠悠走到人群中）请问这是你们的榴梿吗？

〔司机女、司机男捂着鼻子猛摇头。

新　手　请问这是你们的榴梿吗？

〔路人男、路人女点头，然后也猛摇头。

路人男
路人女　嗯！不是，不是！

新　手　这是怎么回事？这到底是谁的榴梿啊？

司机男女
路人男女　不知道！

单车男　我知道！我知道！你们俩（司机），刚刚那车开得可是飞快，简直就像飞机；你们俩（路人），走路是没看灯；结果，你们四个，咣当！就撞一起了。你们（路人），嗖！飞出去二十多米，你手上拿着那什么东西？嗖！四十多米。然后，你们两个，嗖！也跟着飞了出去，这个时候，我就看见天上有四个超人在飞。看着看着，不知道怎么回事，我也跟着飞起来了。

〔大家恍然大悟。

新　手　顺便问一下，（指着头上的榴梿）这就是那四十米吗？

司机男女

路人男女　嗯！

单车男

〔众人倒吸一口凉气，意识到自己已经死了，然后拍打着自己，咬自己。

司机女　那我们不就……

〔众人哀号倒地。

〔音乐起。

路人女<br>路人男　（唱）是否，不该不看红灯过路口，是否，不该将榴梿丢出手。

单车男　（唱）是否，不该在机动道上胡乱走，看热闹时把性命丢。

新　手　（唱）是否，不该把马路当作练车场，是否，无证驾驶成杀手。

司机男　（唱）是否，不应该酒后驾车把气斗，车祸现场人孤独。

司机女　（唱）多少次我边开车边煲电话粥，可惜现在后悔生命已难留。

众　人　（唱）多少次把血的教训记心头，只是为了告诉我守法我别糊涂。呜——

〔众人哭。

司机女　我告诉你们，交通规则都是你们行人破坏的。

路人男　不对，都是你们开车的破坏的。

司机男女　行人！

路人男女　开车的！

司机男女　行人！

路人男女　开车的！

司机男女　行人！

单车男<br>新　手　（僵尸跳）停！

单车男　（僵尸跳）下面我宣布辩论比赛正式开始！

新　手　（僵尸跳）首先由正方一辩发言！

路人男　（僵尸跳）下面我给大家揭露一下，开车的种种不道德行为：你们开车的擅自把车头灯改装成雪白的氙气灯！这种灯极具杀伤力，可以令对面的车辆和行人暂时失明，我们怎么看红灯啊。对不对啊？

单车男
新　手　（僵尸跳）对！道德！道德！

司机女　（僵尸跳）下面我给大家揭露一下，行人的种种不道德行为，行人过马路根本不看红灯，就是因为你们大大地提高了交通事故的发生率。对不对？

单车男
新　手　（僵尸跳）对！道德！道德！

路人女　（僵尸跳）开车的，长时间开远光灯，只要轻微碰撞，就扯皮讹人的！对不对呀？

单车男
新　手　（僵尸跳）对！道德！道德！

司机男　（僵尸跳）你们行人打车，不看地点招手就上车，你们这种行为简直就是找死！对不对？

单车男
新　手　（僵尸跳）对！道德！道德！

路人男　你们开车的，遇到水坑不减速！

路人女　新手上路，慢道开快车，快道开慢车。

司机女　你们行人过马路，嬉笑打闹还围观看热闹。

司机男　就是因为你们严重的阻塞交通！

司机男女
路人男女　对不对？！

单车男
新　手　对！对！道德！道德！

单车男　下面我宣布辩论比赛到此结束！

司机男
路人男　谁对谁错呀？

司机女
路人女　谁赢谁输呀？

新　手　都错了！

单车男　都输了！

司机男女
路人男女　你们俩是干吗的？

围　观
新　手　我们俩？裁判呀！

司机男女
路人男女　裁你个头！

路人女　（指）最讨厌你这种看热闹的。

路人男　（指）没事找事。

司机女　（指）唯恐天下不乱。

司机男　（指）呸！

单车男　你们都别冲着我来啊，我还没喊冤呐，我就上来看了这么一会儿，就被她撞了。我说，你的本是假的吧？

新　手　不是！

司机男<br>司机女　买的？

新　手　不是！

路人男<br>路人女　考的？

新　手　也不是！

司机男女<br>路人男女<br>单车男　那是什么呀？

新　手　嘿嘿…… 我压根就没本！

司机男女<br>路人男女<br>单车男　啊？（对新手没有驾驶证的反应）

单车男　没本？没本你还敢开车上路？你就是马路杀手！

新　手　（指着单车男）你好，你好。我要是你的话才不会骑自行车上往机动车道上跑！

单车男　（指着路人男女）那，那我还不是看他们来着的嘛。

路人男女　（指着司机男女）那，那我们也是被他们给撞的啊！

司机男女　（指着路人男人）那，那不是因为你们闯红灯呀！

司机男女

路人男女

新　手　哼！

单车男

〔众人互不理睬。

旁　白　如果生命可以再来一次的话，你们该怎么办呢？

〔音效起，舞蹈展现和谐有序的交通秩序和文明的人车行为。

〔音效变，把众人拉回现实，大家回到准备撞车前的那一刻，音效加快，众人撞在一起倒地。

〔切光。剧终。

# 铁饭碗二重奏

**时　间：**80年代

**地　点：**舞台

**人　物：**

孙铁柱——男，32岁，内地某厂员工

李桂香——女，26岁，内地某厂员工

王建国——男，28岁，内地某厂员工

杨主管——男，32岁，深圳某公司主管

小　莉——女，26岁，深圳某公司职员

小　穆——女，28岁，深圳某公司职员

〔舞台两个表演区，一侧为内地某厂，另一侧为深圳某公司。

〔内地某厂光起，80年代背景音效起，王建国四仰八叉在椅子上，盖着一张中国地图睡觉。李桂香专心致志地打毛围脖。孙铁柱唱着电视连续剧《上海滩》主题歌上。

李桂香　哎呀妈呀，我说你咋刚一上班就唱上了呢？

孙铁柱　咋地？给你家老爷们儿的毛线裤衩子织好啦？

李桂香　你瞎啊？这是毛围脖，这要是裤衩你穿呐？

孙铁柱　我可穿不了，我怕扎得慌……

李桂香　去！我说，你刚刚哼哼唧唧这唱的是二人转哪一段儿？

王建国　啥二人转呀？那明明就是流行歌曲！

孙铁柱　听见没？咱们厂有明白人，流行歌曲！这是香港电视连续剧《上海滩》主题歌，那里头许文强老帅了！……

李桂香　哎呀，行了行了，不就香港明星吗？谁没见过。

王建国　有邓丽君吗？

李桂香　嘘！别瞎说。

王建国　咋的啦？

李桂香　哎呀，你没听咱们厂那个大喇叭整天哇啦哇啦说嘛？那邓丽君的歌是靡靡之音，谁唱谁流氓！

王建国　拉倒吧，你没啥事不也偷听吗？行了行了，我睡觉了。

李桂香　那能一样吗？

孙铁柱　行了行了行了，别扯那些没有用的。告诉你们一个惊天大的秘密（王建国鼾声响起）。不是，你上班一天 8 小时，睡 7 个半小时，你能不能别睡了，天天睡睡睡的……

王建国　哎呀，你口水喷我一脸。

孙铁柱　告诉你们一个惊天大的新闻，你知道我搁哪看的电视吗？（两人对孙铁柱的话不以为然，各干各的）我在二狗子家看的电视。

王建国　哪儿？

孙铁柱　二狗子他们家。

李桂香　啊？！二狗子他家买电视了？

王建国　他家凭啥买电视呀？！

孙铁柱　小点声，吵吵什么玩意儿。不知道了吧，是这么回事，二狗子家有个亲戚，原来也是咱们厂的，后来不干去一个叫深圳的地方上班，赚钱了，从深圳给二狗子家买个电视机。

李桂香　（羡慕）深圳？深圳在哪疙瘩呢？

孙铁柱　香港对门？

李桂香　香港？香港又在哪疙瘩？

孙铁柱　深圳的郊区。

王建国　哎，瞎猜啥呀，我这后面有地图呀。

〔三人举地图看。

李桂香　上边！

孙铁柱　下边！

李桂香　左边！

孙铁柱　右边吧！

李桂香　那不搁这儿吗？香港。

孙铁柱　旁边就是深圳。

李桂香
王建国　啥深圳，深川，没文化。

孙铁柱　二狗子和我说那字念“圳”。（尴尬）呵呵。那你们说在深圳那边都咋上班呢？

李桂香
王建国　对呀，他们是咋上班的呀？

〔定格。

〔深圳表演区光起，音效起。

〔杨主管，小莉、小穆急匆匆上，来到打卡机前打卡，井然有序地坐在办公椅上工作。

杨主管　早。

小　穆　早。

小　莉　早。

杨主管　你们昨天的计划案做好了吗？

小　穆　做好了。

小　莉　（电话铃）喂，您好，好的。（扭头对杨主管）主管，老板叫你，他很着急。（杨主管急下）

小　穆　（电话铃）喂，您好，好的，我马上去复印。（小穆急下）

小　莉　（电话铃）喂，您好，兴发贸易有限公司，（粤语）你好李生，50万港币支票已经收到，想和您商量一下，下次能否用美金结算，这样大家都方便点，好，好，谢谢！

小　穆　（电话铃）喂，您好，兴发贸易有限公司，（英文）你好，史密斯先生，有什么可以帮到您，您的货还没有收到？好的我查一下，请放心，不会有问题的。

杨主管　（上）小穆小穆，你这报表怎么做的？

小　穆　怎么了？

杨主管　你自己看，里头有一个数字错了，（对小莉）你审核了吗？（小莉摇头）不是跟你说过这种情况下一定要审核吗？

小　穆　对不起主管，这不怨她。是我昨天加班太晚，一时疏忽……那现在怎么办呢？

小　莉　什么怎么办啊？赶紧重新做啊。

杨主管　抓紧时间赶紧重做！等一下，这次可千万不能再出错了，要不然

我们都会被炒鱿鱼的。抓紧时间。

〔切光。

〔内地表演区光起，音效起。

〔王建国、李桂香、孙铁柱围坐打扑克，一脸的纸条。

王建国　着啥急呀？一个 6。

李桂香　一个破 6 你整半天，一个 7。

孙铁柱　手下败将。我出张牌管死你俩，一个 8。

王建国　磨磨叽叽的，一个 2。你说我啥时候能像二狗子一样买个电视机呢？

孙铁柱　呵呵，等你要能买起电视机啊，四个现代化早实现 360 回了。

李桂香　哈哈，话也不能这么说，他要是一年不吃不喝搁家里一趴，也能买上。

王建国　那不饿死了？

孙铁柱　王八饿不死。

王建国　瞎掰呼啥啊。

〔电话铃，孙铁柱接。

孙铁柱　喂？我接的，找谁啊。（对王建国）来，接电话，找你的。

李桂香　谁呀？

孙铁柱　他媳妇。

李桂香　吓我一跳，我还以为厂长呢。

孙铁柱　厂长咋的了，厂长也管不了咱打牌呀。

王建国　（大吼一声）啥玩意？你，你，你咋整的？！（放下电话，放声大哭）

李桂香　咋地啦，大兄弟？

孙铁柱　媳妇又怀孕啦？

李桂香　别瞎说，计划生育呢。

王建国　（抽泣）这个败家娘儿们，刚领完我俩这月工资，一出门就给丢了。

李桂香
孙铁柱　啊？！那赶紧找去呀。

孙铁柱　这败家娘儿们，你说把她丢了也不能把钱丢了啊。

王建国　（抽泣）找啦，找七十多回都没找着，这两个月就剩 5 块钱独生子女费了，你说我这可咋过呀！

孙铁柱　是呀，俩人工资，那可是 70 多块钱呀。

孙铁柱　建国同志，那啥别着急啊，（脱了鞋放到王建国面前）一点心意，你先拿着用。

王建国　谢谢，谢谢你把鞋穿上。

李桂香　（不舍地掏出钱）哎呀大兄弟啊，这是你姐我攒了 3 年的私房钱，三块两毛八，你可得省着点花……

王建国　（接过钱）那我多不好意思啊。我，我，我现在就回家削那个败家娘儿们去。

〔李桂香、孙铁柱拦住王建国。

李桂香　干啥呀，没看到妇女主任在这儿吗？破马张飞的。

孙铁柱　你张飞啊？

李桂香　你看你那熊样！

孙铁柱　你熊啊？

李桂香　不知道冲动是魔鬼啊？

孙铁柱　魔鬼呀？

李桂香　坐下！

孙铁柱　敢坐！不，坐下！

王建国　（哭）还是同志们好呀。

李桂香　那不是雷锋同志说得好啊，对待同志要像春天般温暖。

王建国　（感动）我真是太温暖了。

李桂香　行了，别光顾着温暖，记得还钱。

王建国　哦（又哭）。

孙铁柱　别哭了，她说的不是这个意思，她说这丢钱丢的也太不公平了，要丢也是二狗子他们家丢呀。

李桂香　就是，谁要他们家在深川那疙瘩有亲戚，话说回来，咱不是没有吗？

王建国　你们说，二狗子他家亲戚在深川是咋挣的钱啊？

李桂香
孙铁柱　是啊，咋挣的呢？

〔深圳表演区光起，音乐起，深圳人快节奏的、象征着积极工作，轻松愉快的、具有80年代特征的舞蹈，打破时空，教内地人跳舞。

〔内地人随着深圳人的节奏也跳起来，音乐结束，深圳人回到自己的岗位。

〔内地与深圳打破时空对话。

李桂香　喂，大妹子，问你们点事呗，你们在深川，整天忙叨啥呢？

小　穆
小　莉　哈哈哈，那个字念圳，深圳。

孙铁柱　　你看，我说是深圳吧。

王建国　　（尴尬）多音字。哎呀，这深圳大妹子衣裳穿得，个个都像邓丽君。

孙铁柱　　大哥啊，说你呢，你们是正式工？

杨主管　　不是，我们是，签合同的。

王建国

李桂香　　啊？！合同工？！哎呀！我们都是正式的，铁饭碗。

孙铁柱

李桂香　　你们那疙瘩唱二人转不？

小　莉　　二人转？我们这边不唱。

王建国

李桂香　　啊？！二人转都不唱，哎呀！！！（得意）

孙铁柱

王建国　　你们那儿下雪不？

小　穆　　我们这儿不下雪。

王建国
李桂香　啊？！雪都不下？哎呀！（得意）
孙铁柱
李桂香　哎呀，那我说，你们几个整天忙忙叨叨能挣几个钱啊？
杨主管　也没多少。
小　莉
小　穆　一千多。
王建国　一年呐？（吃惊）
小　莉
小　穆　一个月。

〔王建国、李桂香、孙铁柱吓得坐在地上。

王建国
孙铁柱　我的妈呀，哎呀妈呀，哎呀妈呀……
李桂香　哎呀妈呀，你俩叫我妈有用吗？
孙铁柱　不是，他们挣得也太多了。花得完吗他们？

〔李桂香、王建国使眼色让孙铁柱先说找工作。

孙铁柱　大哥，求你们点事呗……
杨主管
小　穆　哎呀！说。
小　莉
孙铁柱　大哥，和你们厂长说一声，让我们去你那疙瘩上班去呗。
杨主管　这我可帮不了你们，忙完我手头上的工作之后，我就要离开这家公司了。
小　穆
小　莉　啊，你要走？
杨主管　另外一家公司聘请了我，我觉得那里更能展示我的才华。
李桂香　哎呀妈呀，你挣那么多你还走啊？

杨主管　这就是深圳，双向选择，我也可以炒老板，老板可以炒我。好了我还要忙了，不聊了。

〔杨主管下。

李桂香　大妹子，你俩呢？

小　穆　我不走，我大学毕业就来到了这座城市，我喜欢深圳，年轻时尚充满活力，不跟你们多说了，我还要去上夜校呢。

〔小穆下。

王建国　老妹，那你呢？

小　莉　我也不走，之前我跟你们一样，也是端着铁饭碗，后来我来到深圳，我喜欢他进取创新的精神和相对公平的竞争环境，你们要来也可以，记住一定要靠自己的能力哟。

〔小莉下。

李桂香　哎呀妈呀，说得太好了。

孙铁柱　这小词整的……

王建国　一套一套的。

李桂香　啥意思啊？

王建国<br>孙铁柱　不知道啊。

李桂香　不知道你俩还杵这儿干啥啊？走！

〔三人边想边慢慢地转身欲回家，突然三人转身。

孙铁柱　走啥走？！

王建国<br>李桂香　走，去深圳！<br>孙铁柱

〔定格。

〔音效起。

〔光渐弱，切光。剧终。

# 希　望

**时　间：**现在

**地　点：**舞台

**人　物：**小柯——“90后”男生

〔幕启。工会举办的演讲比赛，“90后”男生小柯是一位有个性、有思想、爱耍酷的阳光男孩。

〔小柯上场。

小　柯　大家好！我是×××的×××，作为一名演讲者，站在台上听不到掌声，真的很失望，而我今天演讲的题目却是《希望》。《希望》这个题目又大又空，特别不好讲，我的同事跟我说，你一个“90后”小屁孩，还能上台说希望？倒不如说愿望呢！我说你好像很了解“90后”嘛，他说那当然，你们“90后”最希望的事：睡觉睡到自然醒。数钱数到手抽筋。可大多数的“90后”是：睡觉睡到手抽筋，数钱数到自然醒。我一听我就生气了，你们“70后”、“80后”就是这么看待我们的？！他一看我蓝瘦香菇，语气变了，他说小伙子，其实你们“90后”也不容易，就像一只趴在玻璃上的苍蝇，前途一片光明，但就是找不到出路。哎呀！一副语重心长的样子，看他这么大岁数我不跟他计较。今天我在这里问问大家，同意他的观点用掌声告诉我！不对，不同意他观点的请用掌声告诉我！太好了，看样子台下坐的全是咱们“90后”，尤其是主席台，坐的全是小鲜肉。没错，我们是“90后”，我们是年轻，可年轻是我们的错吗？谁没年轻过？哪个爷爷不是从孙子走过？“90后”——世人眼中的另类、叛逆的代名词。我们坐着时代的火车大嚷大叫地前行，我们接过潮流的火炬自由自在地奔跑。我们用自己的情感书写人生，我们用独特的行为向未来宣战。火星文、非主流是我们张扬个性的旗帜，夸张、搞怪是我们放松心情的方式。我们沐浴着改革开放的阳光长大，我们在时代的前沿领跑，我们是与众不同的一代！所以，不要企图改变“90后”，因为“90后”是来改变世界的。我们“90后”崇尚个性，我们有自己独特的审美观，但我们分得清是非黑白，我们辨得明善恶美丑。就像现在如火如荼进行的零缺陷质量变革，我们“90后”比任何一个年龄段的都清楚，我们知道这就是我们“90后”的希望，机会来了，我上Google上百度搜了一下“中国制造”这四个字，其

中有一个发生在美国的故事，让我的助演演给大家……

〔美国夫妻上场。

妈　妈　亲爱的，My dear! 我有两个消息，一个好消息一个坏消息，你想先听哪一个？

爸　爸　先听坏消息吧！

妈　妈　我们家已经被中国包围了，全家人用的杯子、盘子、叉子、帽子、鞋子…… 这么说吧，你能在家找到一个不是中国制造的吗？

爸　爸　能！儿子。

妈　妈　滚犊子！

爸　爸　好吧！你的好消息是什么？

妈　妈　我们家准备抵制中国制造！从此以后，我们再也不买中国货了。

爸　爸　好！

〔小柯拿上一块有两个洞的景片，上写“一年以后……”，两位演员头从景片洞中探出头来。

妈　妈　亲爱的，My dear! 我有两个消息，一个好消息一个坏消息，你想先听哪一个？

爸　爸　我要先听好消息。

妈　妈　好消息是我们在这一年中，成功抵制了中国货。

爸　爸　这个我知道，赶紧告诉送坏消息吧！

妈　妈　坏消息是我们不能失去这块板子。

爸　爸　我烦透了这块破板子！（把景片推开）

〔露出二人裸体。

妈　妈　滚犊子！（拉回景片）

爸　爸　事实证明，没有中国制造我们死不了，但是我们也活不好。

妈　妈　I need you，Made in China!

〔美国夫妻下场，小柯上。

小　柯　我相信这个故事大家是耳熟能详，我的助演为了让大家开心，所以夸张了一丢丢。我当时看到这个故事非常振奋，我觉得中国制造非常牛，很符合我们“90后”做人的原则：做人做事就要徘徊在牛C和牛A之间。可能很多人不服气，认为中国制造在世界上是廉价低质、抄袭山寨的代名词，那么我在Google的百度上还查到：1871年，德国仿造英法美等国的产品，并廉价销售冲击市场。偷窃设计、复制产品、伪造制造厂商……德国产品因此被扣上那顶不光彩的帽子。1887年8月23日，英国议会通过了侮辱性的商标法条款，规定所有从德国进口的产品都须注明“Made in Germany”。“德国制造”由此成为一个法律新词，用来区分“英国制造”，以此判别劣质的德国货与优质的英国产品。然而到了1894年，德国制造业界已经可以骄傲地称，“德国制造”比“英国制造”还要强。眼光再放宽些——1876年美国费城世博会上德国产品被视为廉价的劣质品时，德国学者就开始呼吁工业界清醒过来：“占领全球市场靠的不是廉价产品，而是质量。”这部励志大片的时间跨度：7年，或最多20年。我们的“中国制造”还就需要听听这样的励志故事。国际上，“Made in China”时不时就会成为被批判的对象。而在国内，各种揶揄和抱怨声也不绝于耳。“中国制造”的处境，恐怕并不比当年“德国制造”要好多少。其实我想说的是：一旦意识到了，下决心去改变，令人痛苦的顽疾并非那么可怕。现在，零缺陷来了，我刚听到零缺陷也觉得不可能！于是我又在Google上百度了一下，又是一则小故事，有请助演！

〔军官和制造商上。

军　官　我有一个好消息和一个坏消息，你想先听哪一个？

制造商　将军，我先听好消息。

军　官　好消息是你们生产的降落伞已经全部装配给了空军，你要发财啦！

制造商　哈哈哈，感谢将军，这真是个好消息，太好啦，我太荣幸了，为了敬爱的将军阁下，干了这一杯。

军　官　据说你们的质量是全世界最好的！

制造商　我亲爱的将军，我们的降落伞合格率是99%，在全世界和行业处于领先。感谢将军选中了我们公司的产品，为了您的慧眼我们再干一杯！

军　官　可为什么合格率不做到百分百呢？

制造商　我可爱的将军，这怎么可能呢？世间没有完美的东西，怎么能追求百分百呢。您是醉了吧，我再敬您一杯。

军　官　你想听坏消息吗？

制造商　我高兴得差点都忘记了，坏消息是什么？

军　官　坏消息是你来之前我已经让99个人背着降落伞从这里跳下去了，他们都安然无恙，这里只剩最后一个降落伞，轮到你了。

制造商　什么？将军，您不能这样做。

军　官　（拔出枪）我当然可以这样做。（随便开了两枪）赶快穿上降落伞，这里有三十层，足够你打开降落伞飘一阵子了，祝你好运，要不然把这一瓶酒都喝下去，壮壮胆子，也许是你这一生最后一口酒了，希望能再见到你。

制造商　（吓跪了）不要啊，将军，我向您保证，我一定生产出百分之一百合格率的降落伞，一定……

军　官　好吧，这可是你说的，我就替伞兵的那些孩子谢谢你了。来，我敬您一杯。只要有一位伞兵因为降落伞丧命，咱们就来玩这个游戏。OK！

制造商　（哆嗦不停）好的将军，一定百分之百。不行，我要上洗手间。

〔扭着下场。

军　官　哼哼！合格率99%，见鬼去吧！

〔军官下，小柯上场。

小 柯　这个故事让我们知道在品质上打折，客户就会对你打折，所以我们要做到 100%，在生产之前极大的预防错误的发生，这就是零缺陷。作为工厂一线的“90 后”们，将是这场变革的生力军，不是我们伟大，而是伟大的时代选择了我们，我们的才华将会集体迸发，真的，我很有才的。当然，怀才就像怀孕，时间久了才能让人看出来。我不会因此而骄傲，天使之所以会飞，是因为它们把自己看得很轻…… 我们会紧紧地抓住这次机会，因为命运负责洗牌，而玩牌的是我们自己！ 我们不会浪费时间，上天赐予我们青春的同时也赐予了我们青春痘。但是青春就像卫生纸，看着挺多的，用着用着就不够了。我们会满怀希望，因为我们承载着你们的希望，我们就是中国制造的希望！我的演讲完了，感谢工会，感谢评委，谢谢大家！

〔切光。剧终。

# 网格员轶事

**时　间：**某一天

**地　点：**09 生活社区

**人　物：**

网格员——男，社区网格员

住户甲——女，租客

住户乙——男，租客

住户丙——女，穿着 Hello Kitty 睡衣

住户丁——男，穿着 Hello Kitty 睡衣

赵　姐——女，刀子嘴豆腐心

住户戊——男，外地租客

住户己——女，外地租客

〔幕启，舞台上有三扇门，舞台左侧定点光起。

网格员　（兴冲冲上）大家好，我是网格员小郭，祝大家心想事成，万事如意。您问我们网格员是干什么的？我呀，就是每天不停地穿梭在每一栋住宅楼，敲开每一户的大门，进行租户的登记，不多聊了，我要工作了。（舞台出现三个大门）

网格员　（敲门）有人在吗？有人么？

住户甲　（过了一会儿）没人。

网格员　明明有人说没人，我们网格员就是要有个好脾气，（继续敲）大妈，大娘，出来一下好吗？

住户甲　（开门）你叫谁大妈呢？

网格员　不好意思，大妹子，我是网格员小郭，要进行租户登记。请问怎么称呼？

住户甲　（不耐烦）请等等。

网格员　哦，好。

住户甲　（不耐烦）记呀。

网格员　哦，怎么称呼？

住户甲　（不耐烦）请等等。

网格员　哦，好。

住户甲　（不耐烦）记啊。

网格员　（耐心）请问怎么称呼？

住户甲　（不耐烦）我叫请等等。

网格员　（恍然大悟）您叫请等等啊！请给我您的身份证？

住户甲　我凭什么给你看我的身份证呀？

网格员　请您配合我们的工作，我是确保您的安全。我就看一眼。

住户甲　（不耐烦）行行行，就一眼？

网格员　嗯，一眼就行。

住户甲　就一眼啊，（迅速晃了一下身份证）看一眼！

网格员　（疑惑）我看见什么了我，请您让我多看几眼。

住户甲　哎呀，你这人真是麻烦。给！

网格员　秦等等，呵，还真叫秦等等。身份证还给您，麻烦提供免冠照两张。

住户甲　没有。

网格员　没事，我带着相机呢，（拿出相机）一张，两张。

住户甲　哎呀，不许拍，不许拍，不许拍。（摆各种姿势）

网格员　好了。

住户甲　（大喊）人家还没有化妆呢。（关门）

网格员　（无奈）哎，看见了吧，网格员每天要吃多少闭门羹啊。再看看下一家吧。

〔住户乙手里拎着一个垃圾袋，开门直勾勾看着网格员。

网格员　大哥，你好！我是网格员，是来进行安全登记的。（说了几遍看住户乙没反应，怀疑他是聋哑人）哦，听不见啊？

〔用哑语跟住户乙比画，告知自己是网格员过来登记的。

住户乙　（大喝一声）你有病啊？

网格员　（吓一跳）你听得见了？

住户乙　废话。

网格员　租户登记，请出示下身份证。

住户乙　你的呢？

网格员　哦，给，我的。

住户乙　拿着，等我核实完你的身份再说。

〔住户乙准备关门进屋，突然转身将塑料袋递到网格员手里。

网格员　这是谁给谁登记呀！我手里的这个塑料袋？

住户乙　哦，垃圾，扔了。（关门）

网格员　我跑这儿给他倒垃圾来了？哎、大家不理解我们干吗要登记，如果我们不认真登记，您怎么知道住在您身边的是好人还是坏人呢？请大家多理解，看看下一家吧。（准备敲门，听到屋里吵架。）

住户丙　滚！

住户丁　你！

住户丙　你看看你这样，还像个男人吗？

住户丁　我。

住户丙　你要再这样，我就出去找别的男人气死你。（出门，看到网格员。）站住！你干什么的？

网格员　哦，网格员。

住户丙　网格员？大哥，帮个忙，当我男朋友？

网格员　啊？

住户丙　（撒娇）求求你嘛。

网格员　（害羞挠挠头）嗯。

住户丙　老公，出来啊，老公！

网格员　啊？你有老公？

住户丁　（出门）你找啊，你找，你……（看到住户丙和网格员，愣住了。）

住户丙　哼，看到没有，出了门就有现成的。我气死你！

网格员　（着急）大哥，您误会了。我是网格员。

住户丁　悲哀啊。这是所谓的深圳速度吗？银行卡、存折都给你，我净身出户。

〔住户丁转身走，住户丙急忙叫住。

住户丙　Hello。

住户丁　Kitty。

〔二人慢动作朝对方跑去。

住户丙　我现在才知道 Hello 永远离不开 Kitty。

住户丁　Kitty 永远离不开 Hello。（二人相拥）

二　人　HelloKitty、HelloKitty……

网格员　哎，我说，登记登记。

住户丙　我们早登记了！（发现网格员手上的银行卡和存折）喂！你怎么拿着我们家的东西？你谁啊？讨厌！老公，走，咱们回家喝酒酒。（进门）

住户丁　老婆，我们回家吃腿腿。（进门）

网格员　哎，跑这儿闹猫来了。我又成家庭调解员了，这小区有 12500 多户，8800 租户，每天我是跑上跑下，什么事都会发生，我也见怪不怪了。这不，还有一件租赁纠纷的调解工作要我来办。大妹子、大兄弟，出来吧！

住户已　（外地口音）咋办呢？

外地男　（外地口音）咋办呢？

网格员　别着急，是这家吗？

住户已　（外地口音）就是。

网格员　（敲门）赵姐，在吗？

赵　姐　谁啊？

网格员　是我，网格员小郭。

赵　姐　（广东话）等阵先。

〔赵姐推门出来看到网格员，拉住手开始寒暄。

赵　姐　小郭仔，食佐早餐么？

网格员　吃过了！我这次来……

〔赵姐看到了在旁边的外地租户两口子，生气地把网格员拽到旁边。

赵　姐　（广东话）小郭仔，你知唔知！佢地两个月唔交租！

网格员　这他们可没有告诉我。（问男女）情况属实吗？

〔外地男女摇头，听不懂。）

网格员　赵姐，你和外地人讲什么广东话呀？说普通话。

赵　姐　（广普）啊，我讲的就是普通话，难道我的普通话不标准啊？

〔赵姐说话的时候喷了网格员一脸口水，网格员赶紧制止。

网格员　好好好，那你们为什么不交房租？解释一下吧。

住户己　（外地口音）哎呀，大妹子呀！我婆婆病了我们把钱都花在给婆婆治病上了，等我们有了钱就给你嘛，你就再宽限几天给我们嘛。

赵　姐　（广东话）你说咩野？我听不明！

网格员　我都听不懂，你慢点说。

住户己　（外地口音）我婆婆。

网格员　哪破了？

住户己　（外地口音）他妈。

网格员　哦，他妈。

住户己　（外地口音）病了。

网格员　吃饼了？

住户己　（外地口音）病了。（让住户戊学）

〔住户戊躺地。

网格员　死了？

住户己　（外地口音）病了，不是死了。（踢住户戊）

〔住户戊捂肚子，呻吟。

住户己　（外地口音）去医院，打针，打针！

网格员　什么？

〔住户戊学救护车声音。

网格员　哦，医院。

住户己　（外地口音）给医院，缴费。一二三四五，五百一针。

网格员　五百一针？

住户己　（外地口音）一二三四五，五百，一针。又病了。

网格员　油饼？

住户己　又病了。（踢住户戊）

〔住户戊又躺下装病。

住户己　去医院，打针打针。

〔住户戊学救护车。

网格员　哦，明白了，上医院。

住户己　（外地口音）三针。给医院缴费，一二三四五，五百一针，一二三四五，五百一针，一二三四五，五百一针，一二三四五，五百一针。

网格员　怎么多一针？

住户己　（外地口音）病重了。

赵　姐　（广普）好了好了，你们早点说嘛，是不是。哎呀，小郭子，来来来，你看看，这一片楼，上上下下都是我的房子，是不是？

网格员　是是是。

赵　姐　（广普）做人嘛，是要讲狼心的，是不是？

网格员　啊？狼心？

赵　姐　（广普）多呀，我就是一个很有狼心的人。关键是他们把楼道里每天弄得脏兮兮的，哎哟。

网格员　这就是你们不对了，你们都干吗了？

住户己　（外地口音）做了点小买卖。

网格员　啥？别笑！

住户己　是小买卖！

网格员　哦，卖的什么？

住户己　（外地口音）卖……臭豆腐。

网格员　是啥？

住户己　臭豆腐。（推住户戊）

〔赵姐拉住网格员问到底什么意思，住户戊拍了拍网格员肩膀。

住户戊　（脱鞋让网格员闻）臭不臭？

网格员　臭，臭死了！

住户戊　（外地口音）臭豆腐。

网格员　臭豆腐啊，你们这样乱摆摊不行啊，不能做点别的吗？

住户己　（外地口音）没文化，没技术。

网格员　也是，这样吧！我帮你们找个打扫卫生的活儿？

住户己　（外地口音）真的？太好了！谢谢你，我请你吃臭豆腐。

网格员　我不吃，赶紧把楼道先打扫干净。

住户己　（外地口音）谢谢，谢谢大妹子。

赵　姐　（广普）行了行了。（拉住网格员）哎呀，小郭子，还是你有办法。

我跟你说，我这可是给你面子，你知不知啊？

网格员　啊，是是是！

赵　姐　那你是不是也要给我一个面子啊？

网格员　啊，好。

赵　姐　走了，三缺一。（欲拽网格员进门）

网格员　赵姐，我还要工作。（挣脱赵姐的手）哎，因为安全登记我才可以合理调解，虽然我的工作很频繁，但每当我看到万家灯火的时候，心里还是觉得这份工作的伟大。（众人依次出门）哎，大家怎么都出来了？

住户戊　这不要过年了吗？我们和你一起跟大家拜个年。

网格员　好啊，太好了。

众　人　（数来宝）竹板一打笑开怀，兴高采烈走上台，走上台先向大家问声好，各位来宾朋友女士先生大爷大妈大叔大婶大哥大姐兄弟姐妹姑娘小伙儿，所有的亲朋好友大家好！

网格员　要说好来都说好，咱们说说今天好。

住户丙　小朋友兴高采烈玩得好，老人们乐乐呵呵笑得好。

住户戊　小伙子个个精神好，姑娘们不高不矮不胖不瘦不大不小不多不少，一个比一个长得好。

赵　姐　千好万好事事好，都比不上咱们09社区办得好。

住户戊　演员秀技巧，观众点评高，台上台下真热闹，我们一起笑弯了腰。

住户甲　朋友们，只要有才你也来，我们一起乐开怀。

众　人　祝大家，吃好喝好玩好乐好，千好万好事事好，大家来点掌声尖叫好不好？

〔切光。剧终。

# 军歌嘹亮

**时　间：**一天晚上

**地　点：**某部队的连长办公室

**人　物：**连长、班长、小超、大雷

〔班长气鼓鼓的，欲冲下，被连长摁住。

连　长　冷静，冷静！

班　长　连长你别拦着我，我今天一定要收拾那两个兵！

连　长　要说收拾我比你会收拾，你不就是我收拾出来的么？

班　长　对呀，我就是你收拾出来的，所以才当班长么。

连　长　也对啊，看来这个兵就得收拾。

班　长　就得收拾！

连　长　不收拾不成材啊。

班　长　不成材，我是左收拾、右收拾，啊！（做饿虎扑食状）

连　长　你这是干吗呢？

班　长　收拾！

连　长　你要咬人啊？

班　长　那怎么办？

连　长　你是哪个年代的兵？他们是哪个年代的兵？他们这个年代的都是独生子，个个思想活跃，要想管住他们，你得想办法。

连　长
班　长　（拼命挠头）哎呀。

连　长　嗨，咱俩想嘛办法啊？

班　长　对啊，把他们叫出来啊。

连　长　叫！

班　长　大雷！

大　雷　（怪声）到。

班　长　小超！

小　超　（怪声）到。

班　长　连长，你听有这么答到的吗？到、到、到哪儿去啊？出来！

〔大雷与小超吊儿郎当上。

连　长
班　长　你看看。（强压怒火）冷静，嘿嘿嘿，来来来，坐。

班　长　大雷、小超，叫你们去打扫卫生为什么不去啊？

大　雷
小　超　没有啊。

连　长　那班长让你们擦玻璃怎么不擦啊？

大　雷
小　超　没有啊。

班　长　是不是对我有意见啊？

大　雷
小　超　没有啊。

连　长　是不是身体不舒服啊？

大　雷
小　超　没有啊。

班　长　那你们到底想干什么？

大　雷
小　超　没有啊、没有啊……

连　长　（发火）来部队这么长时间了，还吊儿郎当，告诉你们，今天晚上不许吃饭！

班　长　对，还不能睡觉！

大　雷　（与小超私语）坏了，怎么办啊？

小　超　你说吧。

大　雷　我说什么啊？

小　超　你不说他们不知道啊。

大　雷　不知道就不知道吧。

小　超　好好好，不讲就不讲。

大　雷
小　超　（对连长、班长）真的没有啊！

大　雷　连长。

小　超　连长啊，不是我们不讲啊。

大　雷　是你们太不了解我们了。

连　长
班　长　我不了解你？

〔把大雷和小超叫到自己面前。

班　长　你是深圳本地的。

连　长　你是广州的。

班　长　你爸炒股票。

连　长　你爸做地产。

班　长　你妈是医生。

连　长　你妈开酒楼。

班　长　你喜欢上网泡吧。

连　长　你喜欢偷菜唱歌。

班　长　你的座右铭是——有什么不高兴的事告诉我，让我高兴一下。

连　长　你的座右铭是——不成功则成人，如果成不了人，也坚决不做鸟人。

小　超　哎呀！

大　雷　哇！

小　超　我们部队是不是在搞人肉搜索啊？

大　雷　是啊。

小　超　我们在你们面前好像已经是赤裸裸啦！

大　雷　我们好像已经脱光光啦！（与大雷私语）既然连长班长都这么了解我们，我们就跟他们讲了。

小　超　好啊。

大　雷　你先讲。

小　超　那夜我喝醉了酒拉着你的手胡乱的说话，只顾着自己心中压抑的想法狂乱的表达，我迷醉的眼睛已看不清你表情，我伤悲，我伤悲啊连长，我讲完了。

大　雷　曾经年少爱追梦，一心只想往前飞，行遍千山和万水，一路走来不能回；啊哈哈，给我一杯忘情水，还我一夜不流泪；啊哈哈，给我一杯忘情水，还我一生不伤悲啊，不伤悲。班长我也说完了。

连　长　他们这是说嘛呢？

班　长　是歌词。

大　雷　你们听出来了？

小　超　哎呀，同道中人啊。

连　长　太不像话了。

班　长　太不严肃了，连长找你们谈话，你们用歌词糊弄连长，简直是藐视连长！

连　长　还敢藐视我？给我回去写检讨！

班　长　对，写检讨！

大　雷　连长啊！

小　超　班长啊！

大　雷　不是这个意思啊。

小　超　你们理解错了。

班　长　那你什么意思啊？

大　雷　连长班长，你知道我们来部队前是什么样的生活吗？

班　长　什么样的？

大　雷　高楼大厦霓虹闪烁，不是在酒店吃喝，就是在KTV引吭高歌，我的爸爸妈妈都非常的爱护我啊，就连我的女朋友都非常非常的呵护我啊，这种感觉虽不是特别美好，那也绝对是非常非常的快活啊，而我们现在的生活呢……

小　超　（数板）现在的生活实在是苦，不信你听我来数一数，早起跑步喊一二一，一跑就是数十里，弄脏的衣服还要自己洗，这样的生活太压抑，想起伙食最可气，一日三餐太规矩，想吃宵夜不能去，只

能空腹看墙壁，二位班长我求求你，快带我们去 Happy，KTV 里大声唱，一直吼到大天亮，大天亮！

连　长　你们想干什么？

大　雷　我们就是想唱一下卡拉 OK 了。

小　超　卡拉一下就 OK 了。

连　长　哈哈哈哈，哦，闹了半天就是想唱首歌啊。

大　雷
小　超　是啊。

连　长
班　长　哈哈，唱！

小　超　哎呀，连长你让我们唱歌啊？

连　长　随便唱。

大　雷　哇，你们真是地球上最最可爱的连长班长了。

大　雷　小超走。

连　长　哎，去哪儿？回来！

大　雷　出去啊。

连　长
班　长　出去？

大　雷　我知道外面有一个 KTV 音响特别的好啊。

小　超　是啊，要不要一起去啊？

班　长　你俩给我回来吧。

连　长
班　长　坐下！

连　长　告诉你们说，哪儿也不许去。

班　长　对！

小　超　哎呀，连长，你反悔了？

大　雷　你说话要算数啊！

连　长　我说话当然算数了。

大　雷
小　超　算数，走。

连　长　回来，告诉你们说，咱们是军人，不许去娱乐场所！

大　雷　哎呀，我们能来当兵都已经很不错了。

小　超　是啊，唱一唱 KTV 就不要再管了么。

连　长　要想唱歌，可以啊，去军人俱乐部。

小　超　俱乐部怎么能跟 KTV 比呢？

大　雷　跟你这里差不多了。

班　长　那就在这里唱。

大　雷　这里怎么能唱歌呢？

小　超　我的妈妈啊，这地方什么都没有啊。

班　长　那你要什么啊？

大　雷　我要，不是，要，最起码这个椅子它也不是沙发啊。

小　超　是啊，沙发啊。

连　长
班　长　（拿出枕头）起立，（垫在凳子上）坐。

连　长　感觉怎么样啊？

班　长　舒服吧？

大　雷
小　超　（无奈）一般般了。

连　长　唱啊。

大　雷　这个灯光也没有气氛了。

小　超　是啊，灯光啊。

连　长
班　长　（拿出手电筒，来回晃）哈哈。

小　超　连长啊，没有服务员啊。

大　雷　啊是啊，还没有服务员啊。

班　长　还要服务员？

连　长　班长。

班　长　到。

连　长　服务员。

班　长　我？

连　长　难倒还我啊？

班　长　二位先生需要什么服务？

小　超　这是什么态度吗？

大　雷　太不温柔了。

连　长　温柔点。

班　长　（装女性）嘿嘿嘿，二位先生需要什么样的服务啊？

大　雷　班长变成这个样子好怕怕啊！

小　超　行了，行了，行了，服务员，把果盘拿上来。

班　长　我到哪儿给你找果盘去啊？

连　长　班长，上次你妈给你寄的吃的呢？拿过来。

班　长　又用我的？

连　长　下次用我的。

班　长　（拿出食物，不情愿地）拿着，拿着。

小　超　谢谢啦。（二人猛吃）

班　长　给我留点啊。

大　雷<br>小　超　服务员不能吃。

班　长　哎，你们倒是唱啊！

大　雷　没有音响怎么唱啊。

小　超　哎，对啊，再说也没有伴奏啊？

连　长<br>班　长　（无奈地模仿低音炮）预备——齐，咚嗒，咚嗒。

小　超　你们两个扔炸弹啊。

大　雷　我的妈妈啊，好怕怕呀。

连　长<br>班　长　（轻声的）咚哒、咚哒，（二人忘我地打节奏）咚哒哒咚哒，咚哒。

〔大雷和小超看到班长和连长一心为自己做事的样子，又想到自己百般刁难连长和班长，心里涌起一股感激，二人来到班长和连长身边。

大　雷　连长。

小　超　班长。

连　长　怎么了？不唱了？

班　长　唱啊。

连　长　又怎么回事？

大　雷　你们坐了，连长，班长，其实你们今天能为我们做这些，我们已经很知足了。

小　超　已经太够意思了。

大　雷　以后我们就是受再大的委屈，我们也不说什么了。

小　超　不说了，走了。

连　长　别走啊。

班　长　对，别走。

连　长　来来，咱们一起聊聊天。刚才是我和班长做得不对。你们也不想想，以前我们当兵的时候条件没那么好，但是现在不同了，你们更需要的是我们的关心和爱护，哎，既然已经都布置成这样了，咱就唱一首！

班　长　对，就唱一首。

大　雷
小　超　（被感动和感染着）好啊！

大　雷　我先唱。

连　长　好。

大　雷　麦克风，（拿起手电筒当麦克风，学唱刘德华的《忘情水》，唱到一半时手电筒亮了）不好意思啊，麦克风漏电了。

小　超　连长，我也要唱一个。

连　长　唱。

小　超　你们知道在家里他们都叫我什么吗？

连　长　叫嘛啊？

小　超　小刀郎啊。

连　长
班　长　好。

〔小超扭捏作态。

连　长　干吗呢？

小　超　前奏。

〔小超唱得非常难听，刚两句就被连长堵住嘴巴。

连　长　别唱了。

小　超　怎么样啊？连长。

连　长　你这哪是刀郎啊？你简直就是拿刀宰狼啊。

小　超　连长，你什么意思啊？

班　长　连长的意思是说你的声音太有杀伤力了，为了大家的安全你就别唱歌了。

小　超　班长啊，你是不是不会唱歌才这么说我的啊？

大　雷　连长，班长啊，如果你们两个人有一个懂流行音乐的话，我们也不至于这么难以沟通啦。

小　超　是啊。

〔连长唱歌，唱得非常好，大家不由得起来伴舞。

大　雷　哎呀连长啊，你好厉害啊。

小　超　你真是我的偶像啊。

连　长　别这样，怪不习惯的，坐坐。这有嘛啊？

| | |
|---|---|
| 班　长 | 有嘛啊？ |
| 大　雷<br>小　超 | 是啊。 |
| 连　长 | 我都会。 |
| 班　长 | 都会。 |
| 大　雷<br>小　超 | 是啊。 |
| 连　长 | 在家里我号称麦霸。 |
| 班　长 | 麦霸。 |
| 大　雷<br>小　超 | 是啊。 |
| 连　长 | 我还不如你们？ |
| 班　长 | 不如你们。 |
| 大　雷<br>小　超 | 是啊。 |
| 连　长 | 什么？ |
| 班　长 | 不不不，你比他们强多了。 |
| 连　长 | 告诉你们说，这些歌，我都会，可是我偏偏就不唱，知道为嘛吗？ |
| 大　雷<br>小　超 | 不知道。 |
| 连　长 | 因为我们是军人。你站岗的时候能唱《饿狼传说》吗？压炮弹的时候能唱《鬼迷心窍》吗？走队列的时候能唱《死去活来》吗？穿上这身军装能唱《你好毒你好毒你好毒毒毒》吗？ |
| 班　长<br>大　雷<br>小　超 | 不能！ |
| 连　长 | 我们应该唱嘛？ |

班　长
大　雷　　军歌！
小　超

连　长　　对，只有军歌才能唱出我们的心声，只有军歌才能唱出我们的战斗力，这就是我们精神的源泉，这就是……

连　长
班　长
大　雷　　《军歌嘹亮》。
小　超

连　长　　好样的，来，我们一起打扫卫生，然后训练！

班　长
大　雷　　是！
小　超

〔音乐。

〔四人一起打扫卫生，随着音乐逐一定格，剪影。

〔切光。剧终。

# 超级小兵

**时　间：**现在
**地　点：**部队营房内

**人　物：**
班　长——35 岁，部队班长
小　兵——29 岁，部队军人

〔幕启。班长边接电话边上场。

班　长　（接电话）喂？连长呀，哈哈，我是赵班长啊，这次军民联欢晚会我们要出个节目，对啦，演小品，而且是我写的啦！哈哈哈，你放心，保证完成任务。（放下电话，大声叫）小兵同志！

〔小兵跑上。

小　兵　到！（看到得意扬扬的班长）班长笑得很灿烂，一定找我有事办，啥事班长，说！

班　长　你猜。

小　兵　猜？今晚加餐？

班　长　比这个好！

小　兵　明天晚上也加餐？

班　长　还要好！

小　兵　哎呀，后天晚上还加餐？

班　长　我说你的思路可不可以打开一些啦?

小　兵　哎呀妈呀，这个星期都加餐！哈哈哈哈。

班　长　你就知道吃！告诉你个好消息，这回军民联欢晚会我们要出个节目，演小品，而且是我写的！哈哈哈。

小　兵　你写的？得了吧班长，你平时给嫂子写情书还是照抄的呢。

班　长　什么?

小　兵　你相不相信老母猪会上树?

班　长　当然不可能啦!

小　兵　我也不信。哈哈哈哈……

班　长　喂！我写的可是你呀。

小　兵　啊?

班　长　前些日子你勇救落水儿童，你的事迹都被我写出来啦。

小　兵　哎呀班长，你别写我，写我干啥呀？多不好意思啊？哈哈哈，你让我看看……

班　长　这不就完了吗？哈哈。好好看，有意见可以提嘛，但是，不要说我不爱听的啦。

小　兵　那就没啥说的呢。班长，你咋写我咋演。

班　长　哎呀，关于这个演员问题嘛，我打算在部队进行海选，选出6个超级小兵来进行PK。

小　兵　班长，超级小兵还用PK吗？ Look，my name is 超级小兵。

班　长　哇，你就是超级小兵啊?

小　兵　嗯。

班　长　我看你像超级有病啊。

小　兵　不是班长，你不写的就是我，正好就是我演吗?

班　长　哎呀，如果叫你演的话，那对其他人不是很公平的啦。况且我又是导演，又是编剧……

小　兵　哎呀，班长，今天你这个服装搭配得太帅了。

班　长　是吗？

小　兵　看班长，多娇艳，如花似玉真好看。班长是温文尔雅秀丽端庄亭亭玉立落落大方，不似貂蝉，更赛过那潘金莲……

班　长　我是女人呐？

小　兵　不是，我是说，看班长真气派雍容华贵真可爱。班长是英俊潇洒，英气逼人。比刘德华有风采，比施瓦辛格有力量！

班　长　你这个同志就是有这点不好，老讲实话。

小　兵　我哪有实话啊？

班　长　什么？

小　兵　我尽说实话。

班　长　就是因为你讲实话，所以这个小品就让你演啦！

小　兵　是！

班　长　不过你都会些什么？

小　兵　班长，我会唱歌。

〔小兵又唱又跳又演又模仿，各种才艺大显露。

班　长　哇，太精彩了。

小　兵　班长，我像不像明星？

班　长　像！

小　兵　像不像大腕儿？

班　长　像！

小　兵　我给你签个名好不好？

班　长　喂！明星是靠导演导出来的，大腕是靠包装包出来的。

小　兵　班长你包我。

班　长　你是包子啊我包你。

小　兵　不不不，包装我，班长。

班　长　哈哈哈哈，演我的小品就是对你最好的包装啦。开始排练？

小　兵　是。

班　长　立正！开始。

小　兵　嗯。

班　长　在一个伸手不见五指的夜晚，天上连一颗星星都没有，更别提月亮。

小　兵　不，班长，我救人那是白天。

班　长　我这不是在渲染气氛嘛！忽然间，你听到远处有人在呼喊……

小　兵　救命啊救命啊……

班　长　命啊命啊……

小　兵　有人吗有人吗……

班　长　人啊人啊……

小　兵　出事啦！

班　长　事啊事啊……

小　兵　班长你咋老学我呢？

班　长　我这是回音啊，音啊，音！此刻，小兵同志展开了强烈的思想斗争。

小　兵　我没想。

班　长　想。

小　兵　我没想。

班　长　我叫你想你就想嘛。

小　兵　我想啥啊？

班　长　哎呀，你想想董存瑞，想想刘胡兰，想想黄继光，想着马上要上战场。好极了，小兵同志抡开了蹄子哗啦哗啦哗啦……

小　兵　我是马呀班长？

班　长　我这不是形容你比马跑得快嘛。

小　兵　班长，没多远就在营房旁边。

班　长　到了。不要急！你该干什么了？

小　兵　做思想斗争。

班　长　对，想！

小　兵　我想起了炸碉堡的董存瑞，堵枪眼的黄继光，学习他们的好榜样！动次打次动次打次……班长，想好啦！

班　长　跳！小兵同志纵身跳入了河中，他时而蛙泳，蛙泳啊！时而蝶泳，时而自由泳……起来！你这叫英雄形象吗？

小　兵　班长，我就会狗刨。

班　长　现在我是导演，我让你会什么你就会什么，潜泳！

班　长　小兵同志潜入了河中，我说你是鱼啊？潜泳啊！他左手一捞，捞起了一把水草；右手一抓，抓起了一只酒瓶，双手再一捧，捧起了一只破鞋。

小　兵　班长，我上这儿捡破烂来啦？

班　长　接着潜啊！小兵同志潜入了河底，看到了一个孩子静静地躺在河底啊。游进一看，哎哟，这个孩子太漂亮啦，他是浓眉大眼，樱桃小嘴，可把我们小兵同志喜欢的……他蹲在河底拍着大腿哈哈大笑，哈哈哈哈。

小　兵　班长，在水底下能哈哈大笑吗？！

班　长　是呀！在水底下能哈哈大笑吗？你可以微笑啊。微笑！捞孩子啦。小兵同志一把抱起了孩子，不要急不要急，刚刚我们想过了董存瑞，又想过了黄继光，刘胡兰也想到了，接下来……

小　兵　班长，你慢慢想，让我和孩子在湖底歇一会儿。（躺在地上）

班　长　抱孩子好不好！小兵同志一把抱起了孩子放在了岸边，孩子此刻纹丝不动，小兵同志悲痛万分，他再一次抱起孩子唱了一首歌。

小　兵　唱歌？

班　长　唱啊，这里是高潮，唱！

小　兵　唱啥歌啊？

班　长　唱一首孩子的歌。

小　兵　（唱）班长，孩子已经被我救上岸啦。

班　长　好啊。

小　兵　现在我们应该干点啥啊？

班　长　等等，现在我们唱歌，这首歌实在好听啦，啊……啊……啊……

小　兵　班长孩子快没气啦。

班　长　（陶醉在歌声里）别停，继续，唱得太美了。

小　兵　我不演了，不演了。

班　长　凭什么不演？

小　兵　说不演就不演！

班　长　我叫你演就演！

小　兵　谁叫我演都不演！

班　长　你……

〔二人生气。

班　长　小兵同志。

小　兵　到！

班　长　今天晚上我给你加餐啊。

小　兵　加餐也不演。

班　长　明天也加啦。

小　兵　明天加也不演。

班　长　这个星期都给你加好不好？

小　兵　你说了真算啊班长？

班　长　排练啦！

小　兵　加餐也演不了。班长，事情不像你想的那么复杂，那天我正在站岗，就听见远处好像有人在喊救命，我三步并作两步跑过去一看，水里面好像有个人，我跳到水里边游啊游，原来是个孩子。我把孩子救到了岸边，发现都快没气了，当时给我吓坏了，这个时候还好有两个战友赶过来，大家一起把孩子送到了医院，后来孩子得救了。就这么点事儿。

班　长　这个我知道，你这么一讲也太简单了。

小　兵　班长，这就是这么简单的事。

班　长　太平常了。

小　兵　班长，我觉得作为一名军人，救人是再平常不过的事了！

班　长　小兵同志。

小　兵　到。

班　长　来来来，坐。我的好同志啊，你深深给我上了一课，剧本要改。

小　兵　要改！

班　长　要改得再生活一些。

小　兵　对。

班　长　要改得再真实一些。

小　兵　对。

班　长　救一个孩子太简单。我们要救十个孩子啦。十个孩子扑通扑通跳下水，你左手一捞，右手一推，将十个孩子全部都推上岸……这样才能显出你的光辉形象。

〔小兵听着完全崩溃，逃下场。

班　长　（发现小兵不见了）小兵，排练！

〔班长追小兵下。

〔切光。剧终。

# 维和记忆

**时　间：**现在

**地　点：**海地驻地宿舍

**人　物：**

小队长——一级警司

战员乙——二级警司

战员丙——二级警司

战员丁——二级警司

〔战员乙、丁在宿舍里轰蚊子，丙抱着笔记本上网。

战员乙　你好好上网啊。

战员丁　给你保驾护航。

战员乙　海地的蚊子太厉害了！

战员丁　就像恐怖分子。

战员乙　蚊子打不尽。

战员丁　春风吹又生。

战员丙　（突然大叫）老马！

战员乙　干吗啊？

战员丙　连上了。

战员乙　别骗我啊，骗我跟你急！

战员丁　真的连上了。

战员乙　真连上了，你小子真行，没白帮你打蚊子。给我用用。

战员丙　这是我连上的，我先上！

战员丁　这是规矩。

战员乙　呵呵，小邱，我给你擦一个月皮鞋。

战员丙　不用！

战员乙　洗一个月袜子？

战员丙　不用！

战员乙　我给你按摩。

战员丙　哎呀，老马不要啦，我也想家。

战员乙　邱福军，你小子忘本啊，昨晚上谁帮你站的哨？

战员丙　你。

战员乙　你病了谁帮你打的病号饭？

战员丙　你。

战员乙　谁帮你提高的射击成绩？

战员丙　你。

战员乙　我女儿干爹是谁？

战员丙　你。

战员乙　嘛玩意儿？

战员丙　不，不，不！我！给你上。

战员乙　（拿过笔记本电脑）这才有点干爹的样，上网了，嘿嘿，别看我密码。都在啊，我妈也在，妈妈我想……

战员丁　哎……又断线了。

战员乙　再连一次。

战员丙　你这个臭手，好不容易才连上的！（低头操作电脑）

战员丁　又连上了，又连上了！

战员乙　哎呀，太好了，给我用用，用用。

战员丙　别动，站旁边去，你手太臭了，等会又断线了。

战员丁　邱哥，你看，我手香，嘿嘿，给我用用呗。

战员丙　去，你也臭。

战员乙　上厕所都不洗手的人。

战员丁　（灵机一动，假装立正）政委好！

〔二人迅速放下电脑，立正，战员丁拿起电脑上网。

战员乙　（发现被骗）哎……

战员丙　你小子，谎报军情？

战员丁　（低头上网）邱哥，兵不厌诈。

战员丙　你拿来！

战员丁　等会儿，等会儿！

战员乙　你到底给不给？

战员丁　（将电脑还给战员乙）给。

战员丙　哎，又断线了！你？你……（欲打战员丁）

战员丁　邱哥，你又不是不知道，海地的网络就这样，连上又断，连上又断，这也不能怪我啊！

战员丙　（生气）唉……不上了！

战员乙　小邱，咱队里就你一个电脑高手，你不上谁上啊？

战员丁　是啊，邱哥，为了咱海地维和战士的思乡之情，你就再连一次？

战员丙　（无奈）最后一次啊。

战员丁　最后一次。

〔小队长拿摄像机三脚架上。

战员丁　（起立，立正）队长来了！

战员丙　没完了！

战员丁　真的来了！

战员乙　他来了也解决不了网络问题！

小队长　我是解决不了啊。

战员乙
战员丙　　呀！队长真来了。

小队长　　你们在干什么呢？

战员乙　　上网。

小队长　　啊？上网，就海地这网速，你们也不怕急出毛病来！

战员乙　　呵呵，我们这不都快神经了么！

小队长　　把电脑放下，来……看看，我给你们带什么来了。

战员乙　　摄像机？

小队长　　知道摄像机还不快抓紧时间准备。

战员乙　　准备什么？

小队长　　拍视频啊！

战员乙
战员丙　　拍视频？
战员丁

小队长　　大队说了，让我们每个人拍段视频寄回家里去。

战员乙　　太好了！

战员丙　　太周到了！

战员丁　　真是雪中送炭啊！来，我先来，（抢到镜头跟前）奶奶，您老还好么？我在海地一切都好，就是天天吃罐头，现在想想你做得那些好吃的，铁锅炖鱼、杀猪菜、小鸡炖蘑菇、猪肉炖粉条、那肉块咬起来吱吱冒油！再来一碗苞米馇子粥就贼顺了，要是有水萝卜，蘸上大酱，咔嚓一咬……

战员乙　　（听着满嘴流口水）你吃完了么？

战员丁　　还有两个菜呢。

战员乙　　去去去，吃得我直流哈喇子，一边儿吃去，到我了，（抢到镜头前）妈，您老身体还好么？儿子在这儿都挺好的，看，这就是我们宿舍，我这维和服漂亮么？对了，小邱也在，他跟我住一个宿舍，他媳妇儿也快生了，等孩子出生了我也能当干爹了，等儿子回去给你做好吃的。

战员丙　（抢到镜头前）老婆，我想……（用客家话叽里咕噜一大通）

战员乙　你说完了吗？

战员丙　说完了。

战员丁　根本就听不懂。

战员丙　我和老婆说悄悄话，当然不能让你们知道啦！我这是正宗的客家话。

战员乙　来，我们跟亲人们问个好。

战员乙

战员丙　家乡的亲人们，耶！（三人造型）

战员丁

小队长　（摆弄摄像机）很好！大家准备，我们现在开始拍。

战员乙　啊？你还没开始拍呢？

小队长　是啊。

战员乙　浪费我的感情！

战员丁　忽悠我的心情！

战员丙　欺骗我的爱情！

战员乙

战员丙　哼！（坐在一旁，不搭理小队长）

战员丁

小队长　嗨，你们这帮臭小子，这能怪我吗？我说开始了吗？我说开始了么？哎！这不就完了吗。再说，你们都说得些什么啊，寄回家里去也不怕家里人担心，我们要说就说点有意义的事。

战员乙

战员丙　什么是有意义的事呀？

战员丁

小队长　有意义的事就是最难忘的事，好！想想，预备——开始！

〔音效。

战员乙　我最难忘的事，是在廊坊基地培训的时候，他们带回来一个消息说，我被淘汰了。

战员丙
战员丁　老马，老马。（痛苦拥抱乙）

战员乙　（推开乙丙）你们俩这是干吗啊？

战员丙　老马你要挺住啊。

战员乙　怎么了？

战员丙　你被淘汰了。

战员乙　别开玩笑了，我五公里跑 17 分钟，战斗动作比你们标准，战斗意识比你们强，英语我也过关了，射击我打了 99 环，我被淘汰了，你开玩笑了吧。

战员丁　真的。

战员丙　我刚听文书亲口跟我说的。

战员乙　真的？

战员丙　嗯！

战员乙　那有你吗？

战员丙　有！

战员乙　有你吗？

战员丁　有！

战员乙　（发火）有你们为嘛没有我呢？不行，我找政委去！

战员丁　老马，你不能去啊。

战员乙　为嘛不能去？你小子也不让我去？

战员丁　老马，我不是这个意思，我的意思是说你去找政委说什么？

战员乙　我说，我说嘛呀我？

战员丙　就是找政委也得知道什么原因啊。

战员乙　那你们帮我分析分析！

战员丙　老马，我分析啊，咱们国家不像美国，保安公司随便在网上发个信息、贴个告示人就全都来了。

战员丁　我们是第一次代表祖国到海地维和，履行大国义务，体现中国军人的形象，形象最重要。

战员丙
战员丁　对了，我知道了，形象问题。

战员乙　谁的形象问题啊？

战员丙
战员丁　你的形象。

战员乙　我的形象怎么了？我的形象怎么了？

战员丁　你看看，你看看，青面獠牙。

战员丙　凶神恶煞。

战员丁　眼珠子太圆。

战员丙　鼻孔太大。

战员丁　太不和谐了。

战员丙　有点可怕。

战员丁　海地人民见到你。

战员丙　分不清是歹徒还是警察。

战员乙　（急哭了）胡说八道，我打小生出来就这样，我有嘛办法。

小队长　（上场）集合，集合，向右看齐，向前看！下面我宣布赴海地维和人员名单：邱福军。

战员丙　到！

小队长　户浩光。

战员丁　到！

小队长　马天伟。

战员乙　到！（转悲为喜）嗯，有我！哈哈哈！

众　人　（排成一列，举拳宣誓）我志愿加入中国维和警察防暴队，我保证忠于党、忠于祖国、认真履行使命、维护世界和平、为人民服务，为祖国争光。

〔定格。

〔回忆音效、海地机场音效。

战员丁　我最难忘的是从飞机上下来，第一次感受海地，那就是——热！平时的温度在40摄氏度以上，阳光刺得人睁不开眼睛。然后就是——穷！一个国家的机场还不如我们村里的打谷场，硬件设施还不如我们村的汽车站，更别提我们出发时国内机场了，再一个感受就是——乱，随时可以听到枪声（配音效），随时都有可能被子弹打中，我的神经不由自主的紧张起来，甚至听到枪声会条件反射。

〔四人制暴情景模拟，多个战术队列动作组合。

战员乙　（法语）我们是中国维和警察，放下武器，缴械投降！

众　人　放下武器，缴械投降！

〔定格。

战员丙　（音效）我最难忘的事是第一次坐在装甲车里巡逻，装甲车被太阳烤得火热，都可以在上面煎鸡蛋了，车里又闷又热，就像在蒸桑拿。我们坐在车里透过观察孔紧张地注视着太阳城的每一个角落，随处可见的断壁残垣和苦难的海地人民，更让我们感受到战争的残酷和和平的可贵，就在大家非常压抑的时候，在车里发生了一件挺好玩的事。

〔四人模拟坐在装甲车内，又热又颠。

小队长　前面就是太阳城了，大家打起精神。

战员乙<br>战员丁　是！

战员乙　哎，队长这也太热了。

战员丁　　是啊。（起身，把天窗打开）

战员乙　　（迅速关上天窗）唉，你小子怎么把天窗打开了？

小队长　　（怒斥）谁让你把天窗打开的？不想活了！

战员乙　　不怪队长说你，前两天巴西的装甲车就因为把天窗打开了，恐怖分子扔进两个燃烧弹来，把一车人都烧死了，臭小子！回去队长再收拾你。

战员丁　　（惭愧地）对不起啊，队长。

小队长　　（呵斥）少废话，注意警戒！

〔四人紧张地通过瞭望孔观测。

小队长　　（看看表）前面有棵杧果树，把车开过去我们休息会儿！大家喝点水休息一下。

〔车停下，突然传来敲击声。

小队长　　什么声音，注意警戒！

战员乙　　报告队长，没有情况。

小队长　　全体下车搜索！

战员乙

战员丙　　是。

战员丁

〔四人各方位有序的搜索。

战员丙　　（发现地下的芒果，心中明白，捡起芒果）报告队长，不是敌人丢的炸弹，是杧果。

战员乙

小队长　　芒果？

战员丁

小队长　　全体上车。

〔四人上车，心情稍微放松，都看着芒果。

战员乙　　闹了半天是芒果砸到车上了。

战员丙　海地的芒果也太大了。

战员丁　不会有人拿芒果袭击我们吧？

战员乙

战员丙　哈哈哈。

战员丁

小队长　笑什么？把它干掉。

众　人　是！

〔定格。

〔音效。

小队长　我最难忘的事，在海地每次升国旗，在这里和在国内完全是两种截然不同的感觉，只要听到国歌响起看到五星红旗每个人的眼睛就不由自主地热了起来，这时我每个人可以切实地感受到，自己与祖国母亲看不见的那根纽带，作为中国军人，每当看到五星红旗心中会顿时充满一种浓浓的自豪和骄傲！

战员乙　队长，咱这升旗台也太简陋了，有时候国旗升到一半就升不上去了。

小队长　是啊，太简陋了。

战员丙　咱们得想想办法啊！

战员丁　就海地这条件，我们能想出什么办法来？

小队长　没有关系，办法总比困难多，我们自己动手做一个升旗台！

（《五星红旗》音效，四人各忙各的，将升旗台做好）

小队长　同志们，看！这是国旗护卫队送给我们的礼物，这是一面曾经飘扬在天安门广场上的五星红旗。（国歌，四人站成一排，看着国旗）敬礼！

〔切光。剧终。

# 记者故事

**时　间：**现在

**地　点：**舞台

**人　物：**记者、少妇、服务生、司机若干

〔幕启。记者信步走上台向大家深鞠一躬。

记　者　尊敬的各位领导，各位嘉宾，电视机前的观众朋友们，作为《第一现场》的记者代表我非常荣幸，作为记者，一直都在幕后，突然从幕后走到台前还真有点紧张，刚才主持人给我传授经验，说只有观众的掌声才能让我放松的，我能体验一下吗？谢谢！还真是好多了，我看到是领导们带头鼓的掌，谢谢领导！我就怕领导绷着脸，知道今天大家都高兴，因为是我们《第一现场》的十岁生日，一档电视栏目能做十年绝对是和观众的关注和喜爱分不开的，感谢观众！当然，作为《第一现场》的记者们也有一点小小的功劳，有一首诗是这么说我们的，从旭日东升到灯火辉煌，我们的身影，始终出现在新闻现场，从宁静山村到繁华商场，我们的声音，永远回荡在大街小巷，无论春夏秋冬还是雨雪风霜，我们的身影，始终出现在新闻现场，无论艰苦岁月还是快乐时光，我们的声音永远回荡在大街小巷。下面就给大家讲几段我们采访当中的故事。

〔舞台另一表演区，高台之上站着一个情绪激动的少妇，不停地大叫着。

少　妇　董超，快点来，再不来我就跳下去了，《第一现场》，董超，我要跳楼了。

记　者　（在高台下）喂，不要激动，有什么事情你跟我说。我是《第一现场》的记者。

少　妇　董超为什么不来？

记　者　董超正主持节目呢，他让我先来。

少　妇　真的？

记　者　真的，你看我的记者证。（走上高台）

少　妇　你们可来了，我要曝光，你们给我曝光。

记　者　什么情况？曝什么光啊？

少　妇　我失恋了，我要曝光我的老公。狼心狗肺、忘恩负义。

记　者　好、好、好，那您是不是下来慢慢说？

少　妇　不，我就要在这里说，你们要不曝光我就跳下去。

记　者　好、好、好，你说我拍，什么情况？

少　妇　我老公是个小气鬼，他不允许我和别的男人接触，哪有这样的男人？讲不讲理？

记　者　那你就少接触呗。

少　妇　那怎么行？我另外一个老公怎么办？

记　者　啊？

少　妇　你怎么不录了？不录我跳下去了。

记　者　好、好、好。

少　妇　我老公就天天看着我，哪里都不让我去，结果他老婆就找上门来了。

记　者　啊？

少　妇　你啊什么啊？你少来了，记者什么没见过？你怎么又停了？

记　者　录、录、录。

少　妇　他老婆一进门就打我，把我打得鼻青脸肿的，我出去就把我老公找来了。

记　者　哪个老公？

少　妇　另外一个。我老公就和我老公的老婆打起来了，我老公也开始打我老公，打着打着我老公和我老公和我老公的老婆又一块儿打我，你说他们讲不讲道理啊？到现在都不理我了，我失恋了，你们《第一现场》要曝光。

记　者　小姐，我得劝你一句。

少　妇　你叫我什么？

记　者　小姐。

少　妇　你歧视我。

记　者　不、不、不，我没那个意思，我只是想说您自己的感情生活过于复杂，要想生活的幸福还是简单一点得好。

少　妇　你什么意思？我跟你说不明白，你这人根本不懂得感情，你让董超来，他肯定懂。

记　者　董超也不见得懂。

少　妇　你怎么又不录了？举起来，举起来，我跟董超说两句话，董超，你真帅，我好喜欢你，一般男人不懂得我，你肯定懂我，因为我小名叫超，而你叫董超，给我打电话，13252525422。

记　者　真够2的，哎，你怎么走了？

少　妇　董超要是不给我打电话我继续跳楼，拜拜。

〔少妇下。

记　者　这条新闻当然没有播出，那位小姐也没有继续跳楼，希望她能找到她自己的幸福，当然了不能什么事情都找董超，否者他会比杜甫还要忙，大家肯定特别想了解我们记者是怎么乔装打扮的暗访吧？必须带着偷拍机。

〔舞台一侧出现一幕布背景，剪影效果。

〔记者乔装打扮进入幕布后躺在按摩椅上，一服务生出现。

服务生　老板需要什么服务啊？

记　者　都有什么服务啊？

服务生　老板您听好了（掏出快板）老板老板您真行，我这服务是正宗，搂膝拗步斜中行，一手按膝一手拥，坐腕舒掌朝前打，分清虚实转换灵，手挥琵琶抱在胸，左前右后身前迎，右实左虚足跟点，小费五百要记清。

记　者　你以前是说快板的？

服务生　对，演出一完就到这儿上班了，比说快板赚得多。

记　者　你这还是复合型人才，刚才我什么都没听懂，就最后一句听清了。

服务生　您记住最后一句就行了，老板有没有熟悉的技师啊？

记　者　没有。

服务生　老板是第一次来这里吗？

记　者　对啊，有朋友介绍你这里很好玩的。

服务生　很好玩？

记　者<br>服务生　哈哈哈。

服务生　您放心吧，包您满意，春香冬香夏香秋香国色天香，出来见老板。

〔画外音：（一群娇滴滴的女声）老板好，很高兴为您服务！切光。

记　者　请大家放心，我是肯定不会接受任何服务的，真的，我是记者。无冕之王，洁身自好……相信我的用掌声告诉我，谢谢还我清白，我老婆还在现场呢。我们主要是去取证，刚才的一切还有之后的一切我都记录在偷拍机里，视频内容在取缔查处黄赌毒场所当中是至关重要的证据，暗访当然很危险，如果被发现后果可想而知。但是作为一名记者，常常为了能采访到第一手的资料需要赶赴第一线，不管那里是天堂还是地狱，不管是在上班还是下班，哪怕累个半死，只为了能给观众报道最新的消息。当然我们第一现场的记者也得到了观众许多的回报，记得有一次，台风来了，我们去现场采访，结束之后却发现路面上一辆的士都没有，风雨越来越大，我们躲在树下，用微博向主任报告了情况，没想到的是短短的十几分钟，微博就被转发了上千次。

〔大屏幕出现微博内容和转发的留言及评论。

〔一辆汽车停在了记者的身边。

司　机　都是《第一现场》的记者吧，我在微博里看到了，我送你们回电视台。

记　者　不用，不用，我们领导正开车过来呢。

司　机　我知道，微博上我看到了，问题是他那么远，现在又刮台风，过来也危险，还要等半天，上车吧，我天天看你们《第一现场》，挺好的。

记　者　谢谢，谢谢。

〔记者们上车，发现四面八方开来多辆汽车，都打着双闪。

司　机　怎么这么多车？（看到车上下来人四处寻找）我知道了，都是来接你们的。（司机下车）哎，大家别找了，《第一现场》的记者在我的车上，我先接到了。

众司机　哦，接到就好，你跟《第一现场》的记者们说，我们特别喜欢他们的栏目，天天都看，（记者下车和大家打招呼，不断道谢）这样吧，我们一起送他们回电视台，这么大风万一有什么事大家互相也有个照应。

司　机　好！

〔舞台上多辆汽车打着双闪缓缓前行。

记　者　那一刻我们真的被感动了，在这之后每当我们疲惫的时候，想想这件事就会干劲十足，《第一现场》，回望10年，品味人生的成长和时代的发展，多少精彩在其中，作为记者，我们在成长，然而，时代不断前行，新闻人的使命也被不断赋予新的内涵。我希望，我始终保持着当初那份执着与勤奋，用行动诠释职责的价值。

〔切光。剧终。

# 平凡的访谈

**时　间：**现在

**地　点：**电视台演播室

**人　物：**主持人、侦查大队张乐

〔幕启。铿锵有力的音效起。

〔主持人信步走到台中。

主持人　各位现场的观众嘉宾们，大家好。这里是《警察故事》栏目的录制现场。因为我们是第一期录制，所以需要大家的配合，为了让我们这期节目有收视率，大家先把现场气氛活跃起来，大家一起鼓鼓掌。非常好，谢谢大家。大家这么给力，我们这期栏目一定收视率高。要不大家再来一次，让我们的摄像机、照相机留下您精彩的画面，预备——开始。谢谢大家。现在开始正式录制。我们《警察故事》从名字大家都知道，就是展现发生在我们身边警队故事的一个访谈栏目，我们第一期录制肯定是要找一些我们深圳市民非常关心的话题，或者深圳市民最为关心的热点案件。那么三洲田飙车案就是这样一个案件。11 辆来自香港的豪车在沿江高速疯狂飙车，由深圳交警查处，这些豪车有兰博基尼、法拉利、迈凯伦等，堪称深圳史上最大飙车案件，中央电视台、凤凰卫视、《南方都市报》等各大卫视和主流媒体都相继深度报道，一时间成了深圳百姓热议的话题。那么今天我们就请来了深圳交警支队侦查大队二中队的交警张乐，来和大家谈一谈这个案件，有请张乐。

〔音效起。

〔张乐出场。

主持人　张乐请坐。张乐你好，别紧张。

张　乐　不紧张。

主持人　你现在心情怎么样？

张　乐　我的心情？不紧张啊。

主持人　看来你真的不紧张啊。到时候我们播出去所有的警察都会看到你，你要好好表现。

张　乐　我们警察哪有时间看电视呀？

主持人　那到时候会在网上播啊。

张　乐　放网上？谁看啊？

主持人　看来你还挺瞧不上这个栏目。

张　乐　那倒不是。你问吧，咱们开始吧。

主持人　弄得我倒是有点紧张了。那好，第一个问题你给我讲讲沿江高速飙车的事。

张　乐　没啥可说的呀。

主持人　这怎么没什么可说的呢？当时有多辆跑车在沿江高速超300码飙车，严重影响过往车辆，你们交警大队立马展开调查，将其抓获。

张　乐　你都知道了，还问啥？

主持人　那你得说啊。

张　乐　必须我说？

主持人　那当然。

张　乐　当时有多辆跑车在沿江高速超300码飙车，严重影响过往车辆，我们交警大队立马展开调查，将其抓获。

主持人　都是什么车啊？

张　乐　机动车。

主持人　我是说都是什么牌子的车？从哪里来的车？

张　乐　这有关系吗？

主持人　当然啦。法拉利啊，GTR 啊，这些都从香港来的车，多有新闻热点啊。你得说啊，你不说我们录什么啊？

张　乐　那让我来录就是为了说这些啊？那你上网上查啊，资料很全的。

主持人　那你们领导让你来录节目可不就是说这些吗？

张　乐　主持人，我们领导没说过来要讲这个。

主持人　那你们领导让你过来讲什么？

张　乐　我们领导让我过来借这个机会说点真话。

主持人　对呀，说这个香港豪车飙车，也是说真话啊。让你说说香港豪车，这难道不是事实嘛？即便你不想说，你可以讲一讲他们为什么来这飙车的原因嘛。比如说他过了关 8 分钟就到了东莞，多刺激啊。

张　乐　你要让我说真话，很简单，他们飙车的原因就是深圳的马路比香港宽，另外甭管哪来的车什么牌子，只要是在深圳违章违法他就没跑，就这么简单。至于你说的新闻热点，应该是这起案件的情节恶劣，在高速路上开到 300 码，自己玩命还玩别人的命，而不是什么香港豪车。

主持人　这怎么录啊，你这么不配合，没有新闻点嘛。

张　乐　你要这么说，你这栏目根本就别办了，你们媒体也好主持人 也好记者也好，舆论导向和报道事实是最基本应该做到的，为了制造热点胡说八道的。

主持人　我们怎么胡说八道啦？怎么导向不对？你们侦查大队领导让你来是配合咱们录制的，不是捣乱的。

张　乐　是呀，领导让我来参加这个节目，当时我就觉得很难。说案件吧，你们要听的，网上报道都精彩；说我们同事吧，他们都觉得自己很普通，谈一谈我自己的事吧，真不值得拿来谈。来的时候我们领导说你咋想咋说就行了，结果你又说我不配合你，既然这样我就不录了。走了。

主持人　哎哎哎，别走别走。哎呀，你是我见过最有性格的嘉宾，刚开始我还让你别紧张，现在你倒把我弄得很紧张了。你在你们侦查大队是干什么工作的啊？

张　乐　我是情报信息研判员，有时候也负责对外抓捕和蹲守。

主持人　哦，情报信息研判员，天天对着数字打交道，可能是比较认死理。

张　乐　不是认死理，情报信息研判员必须准确，得说真话。

主持人　对对对，说真话说真话。可是对外抓捕蹲守看你这挺文弱的样子，有点……呵呵。

张　乐　呵呵，要不咱俩练练？

主持人　开个玩笑。既然你就来了，那咱们就好好聊聊。前面的稿子呢，是编导给我写的，其实也不是真实想法，我们这编导以前可能是小报记者，所以这之前的稿子把他撕了，咱俩就在这儿好好聊聊，说说真话。说吧，把你想说的都说出来。

张　乐　这个飙车啊，我就想你们不要把目光放在香港来的豪车，这车多少钱，开的多快，去干吗，而是应该想想他开那么快，十几辆车我们怎么才能把他们抓住，这可不是电子游戏，你一按暂停他就停那了，他也不是飚完车就停在那儿等你去抓，抓住了你要有大量有力的证据让他认罪。整个案件面临着破解、稽查、取证、起诉等一系列难题。为了抓他们，连续蹲守了50多天，大量的走访摸排蹲守暗访，底下坐的都是同行，大家都懂，说多了也没用。

主持人　你说得对，这让我们编导下下功夫，从这几个角度深度挖掘一下。刚刚听你这么一讲啊，的确挺不容易，要不你给大家讲讲你的不容易。

张　乐　不容易？我只是一位普通的年轻民警，没资格说不容易。

主持人　那你觉得谁不容易？

张　乐　军哥，那你觉得谁容易？各有各的不易，也各有各的容易。

主持人　对，这倒是句实在话。那你就说说你的辛苦吧。

张　乐　没啥辛苦的。我只是一位普通的民警，没资格说辛苦。

主持人　那你觉得谁辛苦？

张　乐
主持人　各有各的不辛苦，也各有各的辛苦。

主持人　我就知道你是这句。你今天是和我杠上啦，是谁招你惹你啦，你这么大意见？

张　乐　对不起主持人。你没招我也没惹我，咱们在这之前也不认识，个人没恩怨，我只是对咱们这样的栏目有点自己的想法，您要是觉得不接受，要不行找别人录吧。（扭头又要走）

主持人　回来回来，别走啊，我真是服了你了，你……这……我这么说吧，是不是你们领导让你们来的？

张　乐　是。

主持人　那既然是领导让来的，那就是命令，对不对？

张　乐　对。

主持人　那你现在该怎么办？

张　乐　执行领导的命令，接受你的访谈。

主持人　这不就完了吗？

〔张乐不服气坐下，看着得意的军哥。

张　乐　军哥我问你一个问题：你平时开车吗？

主持人　（读懂了其中的意思）有话好说，我刚刚态度不好，我道歉。

张　乐　哈哈哈，我也和你开个玩笑。我知道你也挺恼火我的，我可能是你碰到过最不配合的嘉宾。

主持人　没错，可你这是为什么啊？

张　乐　我就是对你们这种栏目有意见，想给你们提点建议。

主持人　好，你说。

张　乐　我觉得吧，你们办这些栏目出发点是挺好的，反映一下我们警队的生活，可是目的搞错了。动不动拿一个大案要案吸引观众眼球，要么就说我们多辛苦多累干了哪些事，整的跟工作汇报似的。

主持人　这有什么不对啊？

张　乐　你这个栏目做给谁看啊？看完要起到一个什么目的啊？

主持人　栏目做给领导……不对，做给警队……也不是，做给深圳市民的。目的就是让大家知道你们不容易。

张　乐　对呀，你们什么都知道，那干吗不这么做呢？通过这样的节目拉近市民和警察之间的距离，让我们互相了解，互相理解，有了好的警民关系我们苦点累点不也应该吗？公安也是一份事业，当警察就是一份职业，可是当这份事业和职业被群众误解，被家人误解，我们所有公安民警装的全是辛酸的时候，让们怎么能够全心奋斗和付出？

主持人　你的意思是……你现在不喜欢警察这个职业？

张　乐　当然喜欢。我公安大学毕业，学的就是这个专业，这是我的使命，可我现在的工作动力很大一部分是来源于我的战友，我所在的团队。可我更希望得到家人、朋友、社会的方方面面的认可。

主持人　看来你很爱你的团队。

张　乐　没错，可不是跟你吹，我们队个顶个的棒！谢大身体不好，但是从来没撂挑子。今年年初去山东抓捕，他带着我在冰天雪地里蹲了整整一晚，北方的冬天下着雪，在户外蹲了一晚，他一个南方人，又是我们领导，能做到这分上，服！马队加班都已经是习惯了，我们说马队老这么加班，老婆孩子都不要了吧？他眼睛一瞪：少闲扯，干活！还有抓捕嫌疑人，手指骨折的东哥，还有用自己胸口挡住了逃犯也挡住了迎面而来的子弹，中枪之后还抓住了逃犯。还有刘勋队长、陈杏发、王君求……太多太多的前辈，都是这么拼，能与他们为伍，是我的骄傲，看到他们这样，我怎么好意思不去奋斗不去付出？这是一种精神，我们年轻人挺服这个的，你懂吗？

主持人　那你就说说他们呀，这么多人的故事我们都想听。

张　乐　那你就让你的编导好好做采访提纲吧。这回真的走了，再见。

〔张乐敬礼下。

主持人　这位年轻的警察真是太有个性了。不过说真的我们得好好做做提纲，多从他们的角度好好想一想。没错，警察是应该付出，是应该冲在打击犯罪活动的第一线，是应该勇于和犯罪分子做斗争，而如何能让大家真正理解体会到公安民警的辛酸？能让市民们知道他们一边承受着不能照顾家庭的内疚，一边承受着我国法制进程中的痛苦。他们是如何把不解、唾骂、愧疚咽到肚子里而从未发出任何的激愤和抱怨。能让大家都感受到他们在五星红旗下的铮铮誓言，无怨无悔，是我们这个栏目必须考虑到的。这期节目录制完了，我们下期再见！

〔切光。剧终。

# 门　外

**时　间：**一天晚上

**地　点：**李总家门外

**人　物：**李总、王老板

〔李总回家准备开门，王老板上。

王老板　李总!

李　总　王老板，你怎么在这儿?

王老板　我一直在您家门口等您呢。

李　总　谁告诉你我家地址的?

王老板　呵呵，这您就别问了，真不好意思，这么晚还打搅您。

李　总　行行行，别说了。有什么事明天到办公室谈。

王老板　李总，我还能有什么事，就那个事。

李　总　那个事没得谈！该罚款就罚款。

王老板　我，呵呵，我知道要罚款，我就想很和您……认识一下。

李　总　我们已经认识了。

王老板　我是说交个朋友。

李　总　啧！你，好好，我们已经是朋友了。行了，你快回去吧，我要回家了。

王老板　那，那我到你家坐一会儿。

李　总　你这个人怎么？王老板，现在很晚了，我要回家休息了。

王老板　真的对不起，李总，我错了，你就让我在你家坐一小会儿，十分钟。

李　总　我儿子明天考试已经睡了，不方便！

王老板　我进去不说话，保证不吵醒你儿子。

李　总　不说话你做什么呀，再说这么晚不合适。明天办公室谈。

王老板　我悄悄地说，只有咱俩能听见。

李　总　那不成了秘密阴谋，行了，回去吧。

王老板　李总，不，你看你，刚才还说咱们是朋友呢，现在咋就成这样，我在您家家门口站了4个多小时，就是个要饭的您也不能这样吧？

李　总　王老板，是朋友你就回家去，明天到我办公室谈。

王老板　李总，是朋友，您让我进您家十分钟。

李　总　你这个人怎么……

王老板　脸皮厚，是吧，您说我脸皮厚就脸皮厚，你就让我坐十分钟。再说咱们在楼道里这算咋回事，邻居看见了还以为怎么了，影响多不好。

李　总　你，行行行，进来吧。（欲开门，又将门关上）不行不行，你不能进来，有事你就在这里说吧。

王老板　我，我，我那个罚款，呵呵。

李　总　就是这个事？没别的？

王老板　嗯，您是不是高抬……

李　总　我再告诉你一遍，我不可能高抬贵手，制定的安全规章制度就要遵守，找我没用。懂吗？

王老板　那找谁管用？

李　总　找谁都不管用。

王老板　那我就找你了。

李　总　你怎么听不懂我的话呢？！

王老板　是您没听懂我的话，我的意思是，对于公司的安全制度我双手赞成，对于您我特别佩服，您又这么讲原则，我更佩服的您呀是不得了。所以我对于您非常崇敬呀，就想到您家坐那么十分钟，表示一下。

李　总　你这是什么逻辑，表示什么？

王老板　就……就……是一点小意思，（掏出一个红包）您该查查，该罚罚。这和那个没关系，真的！（帮李总开了家门，钻进去露出头）来，进家进家，别让别人看到，不好！

李　总　出来！快出来！谁让你进我家的？

王老板　没事，要不我放在桌子上就走了。

李　总　你敢，我报警了！（拨电话）

王老板　别别别，好好好，我出来，出来了，行吧！

李　总　（把门关上）我告诉你王老板，你是搞工程的，搞工程安全第一你不知道吗？咱大铲湾这么大的一个工程，你怎么能使安全为儿戏呢？

王老板　我没有视为儿戏，我很重视的呀！不过就犯了一点小错。

李　总　你那还是小错，就为了图省事，你的运输船就非得横穿爆破区到码头？

王老板　不是没出事吗？

李　总　出事就晚了，船毁人亡，那时就不是罚款的问题了！

王老板　那也不能罚那么多呀。

李　总　50 万是多了点。但是这个数字才会让所有施工单位重视的。

王老板　那我不就是只鸡，杀我给猴看。

李　总　只要能让大家提高安全意识，甭说是鸡，是猴，我照样杀！

王老板　你，哼哼，好好好，我可算是碰到个廉洁奉公的了，我也告诉你，我就不走了，我天天就在你家门口。你不就是要这种效果吗，让所有人都知道你廉洁，拒腐蚀永不沾，有人送钱上门，都让撵出来了，还报了警，用不用通知报社，好好宣传宣传，党员吧？想当官吧？我成全你。不会是嫌少？您开个数。

李　总　王老板，你不用拿话激我。只要你今后把安全搞上去，我们还是合作单位，知道你们不容易，你看，就拿这个事来说吧，你为了等我，在我家门口站了一晚上，这份辛苦，不容易，可是你想一想，如果你依法生产，那还用费这份心吗？

王老板　哼！

李　总　只要是忽视安全的公司或个人他总会有倒霉出事的一天，我想你总不会到那时才明白吧。

王老板　你不用给我讲大道理，我就进你家坐坐就走。

李　总　我绝不会让你进我的家门，不是我没礼貌，而是要告诉你我不会为你开后门，更不会拿你的贿赂，安全规章制度如同法律，讲安全不犯法，我们都应该做到。

王老板　怪了，怎么让你网开一面怎么就这么难？

李　总　怪了，怎么让你安全生产怎么就这么难？！

王老板　我！行，我算栽在你手里了。

李　总　王老板，你是栽在你自己手里了。你把红包里的钱交了罚款吧，今后记住安全生产，我要休息了，再见。

〔李开门进去，关门。

〔王怔怔地看着李家大门，又看看手中的红包，摇头，又点头。

王老板　行，服了！

〔王老板下场。

〔音效。切光。剧终。

# 拆　迁

时　间：现在

地　点：舞台

人　物：

张主任——综治信访维稳中心的主任。

王　勇——男，农民工人。

何　欢——女，农民工人。

王　凯——男，农民工人。

程　露——女，农民工人。

李　拥——男，农民工人。

孙　建——男，农民工人。

尤老板——拖欠工资的包工头。

小　李——综治信访维稳中心办公人员。

王　勇　　店铺不能拆。

何　欢

王　凯　　店铺不能拆。

程　露

王　勇　　还我们血汗钱。

何 欢

王 凯　还我们的血汗钱。

程 露

王 勇　我们要维护合法权益。

何 欢

王 凯　我们要维护合法权益。

程 露

王 勇　都拆到这边来了，喂，推土机，你要敢开过来，就从我身上压过去。

何 欢　你们快点啊，告诉你们啊，谁要过来我可就削人了。

程 露　不能拆啊。

王 凯　不能拆啊，不能拆啊，你要是拆了，我们的房租和押金就要不回来了。

何 欢　这可怎么办啊？

王 凯　让你找尤老板，你去了吗？

王 勇　我去了，可是在他家等了一天一夜都没有见到人啊。

程 露　那可怎么办啊？打电话了吗？

何 欢　打了，可是打不通啊。

王 勇　咱们要把事情搞大，跟我一起喊口号，店铺不能拆。

何 欢

王 凯　店铺不能拆。

程 露

王 勇　还我们血汗钱。

何 欢

王 凯　还我们血汗钱。

程 露

李 拥　哎呀，不能拆啊，不能拆啊，这可真不能拆啊，这拆了工钱找谁要啊？侄儿。

孙　建　叔，干啥？

李　拥　堵住。

孙　建　叔，堵不住。

王　勇　农民工工资不能拖欠。

孙　建　农民工工资不能拖欠。

王　勇　尤老板是大骗子。

何　欢
王　凯
程　露
李　拥
孙　建　尤老板是大骗子。

张主任　施工人员，你们先停一下，给我点时间，我去了解一下怎么回事？大家安静一下，听我说。

何　欢　你是谁啊？

张主任　我姓杨，是咱们街道综治信访维稳中心的主任，这是我的工作证，什么情况跟我说。

〔众人群说。

张主任　先别乱，先别乱！一个一个来，你们这么说我也听不清楚。

何　欢　我先说。

张主任　你好，你贵姓？

何　欢　我姓张。

王　凯　我姓王。

张主任　啊，你们好。

何　欢　主任，这是我老公。我们两口子在这个市场做生意，和尤老板签了两年的合同。

张主任　尤老板是谁？

王　勇　他是个大骗子。

何　欢　他没良心啊，应该把他抓起来。他收了我们两年的租金和押金，三天前告诉我们这里要拆。

张主任　等一下，三天前你们才知道这里要拆迁。

众　人　是啊。

张主任　可是三个月前政府就已经下通知了，你们不知道吗？

程　露　不知道啊，我一个月前签了合同，交了两年的押金。

众　人　不知道啊。

张主任　啊，这个情况我知道了，事情是这样的，尤老板没有及时通知你们这里要拆迁，反而收了你们两年的租金和押金，你们三天前才知道这里要拆迁，现在你们找不到尤老板了，你们的诉求就是让他退还你们的押金和租金。

众　人　还要赔偿损失。

张主任　好，我知道了。谁有尤老板的电话？

王　凯　我有。

众　人　尤老板跑了，他的电话打不通，在他门口等了一天一夜也没见到人影。

张主任　你们找不到，我一定能找到。你们几个的情况都一样吗？

李　拥　不一样，不一样，这可真不一样啊，我的工钱还没给呢。

张主任　你是河南的吗？

李　拥　你也是河南的。

张主任　我媳妇儿是河南的。

李　拥　那也算半个老乡。政府啊，我们给尤老板装修了半年，工钱还没有结。

张主任　兄弟，你放心，现在国家对农民工欠薪的问题非常重视，你放心，我一定会帮你把这个问题解决。好了好了，这个事情我都知道了。大家回去赶紧写一份书面材料，明天早上九点钟派几个代表到综治信访维稳中心来解决问题。大家散了吧！大家散了吧！

李　拥　那你让推土机停下，现在不许拆。

张主任　这里的拆迁是政府的规划，是一定要施行的。我现在就去找尤老板，找到他问题就解决了。大家先散了吧 。

〔众人欲散。

李　拥　侄儿，走。

孙　建　叔，这人是个啥干部?

王　勇　街道干部，你们先回来。

李　拥　那是啥级别?

王　勇　就相当于你们村里的治保主任了。

李　拥　那能管啥用啊?

王　凯　不能乱说，街道也是一级政府，很管事情的啊。

程　露　刚才他不是让我们上午九点跟尤老板开会么?

何　欢　还去那个什么什么。

王　凯　维稳中心。

何　欢　哎呀，走吧，走吧。

王　勇　唉，回来回来，你们听过维稳中心吗?我只知道搞计生的，搞文化的，搞卫生的，哪儿有什么维稳中心啊?

何　欢　哎呀，我们都被骗了。

王　勇　他这是缓兵之计啊，等我们走了之后，他们就叫推土机把我们的铺头推掉，我们的钱就拿不回来了，所以说，我们一定要把事情搞大，我们要去游行，要去上访。

程　露　那你说怎么办呢?

王　勇　打电话，有多少人叫多少人，喂。叫两个中巴过来，我们这里有问题了。

李　拥　同志，我们这儿叫不过来人咋办啊?

王　勇　你们农民工的事情我搞不清楚，不过我听说，前段时间啊，有一个农民工要不来钱，就去跳楼，钱就要回来了。

何 欢　我们这里没有找到人啊。

程 露　我这里也没有啊。

王 勇　不用怕，我这里有，都找来两卡车了。

何 欢　那现在咋办啊?

王 勇　跟着我继续喊口号，商铺不能拆。

何 欢<br>王 凯<br>程 露<br>李 拥　商铺不能拆。

王 勇　还我们血汗钱。

何 欢<br>王 凯<br>程 露<br>李 拥　还我们血汗钱。

王 勇　把尤老板绳之以法。

何 欢<br>王 凯<br>程 露<br>李 拥　把尤老板绳之以法。

张主任　怎么回事?不是说好了，怎么又闹开了?

王 勇　还我们合法权益。

何 欢<br>王 凯<br>程 露<br>李 拥　还我们合法权益。

张主任　怎么回事啊，怎么还闹啊?告诉大家，我已经把尤老板找到了。

王 勇　等一下，他说尤老板找到了啊!

程　露　那你把他叫到这里来啊。

张主任　是这样，尤老板我已经找到了，他答应明天早上就九点来我们维稳中心解决问题。

何　欢　拉倒吧？别提你那个什么中心了，我们都不知道。万一你是忽悠我们的呢。

张主任　说了半天你们是不相信我啊，来，你们过来看看，这是我前几天调解的两件事，和你们的情况非常相像，也是租赁双方的经济纠纷。涉及的人员、数额都要比你们大得多，还有也是农民工欠薪的问题，这些都在我的调解下得到了圆满的解决。你们看到那辆车了吗？车上写的什么啊？

何　欢　综治信访维稳巡逻车。

张主任　那就是我们的流动办公室，我们综治信访维稳中心就是专门解决这些问题的。

〔众人相信。

何　欢　哎呀，闹了半天你是真的。我们还以为你是尤老板的托儿呢。我们还准备游行上访，还叫了两大巴的人来呢。

张主任　什么？叫人？谁叫的？

〔众人指王勇。

张主任　你叫的？你这样做不利于问题的解决。从哪儿叫的？

王　勇　西乡。

张主任　喂，西乡维稳办吗？哦，你听出来了，我是杨主任。有个情况我要跟你们通报一下，你们那儿啊，可能有两大巴的不明真相的群众正在聚集，这边的事情我来负责，我会把这儿的事情处理好的，有什么情况及时通报。好，好，谢谢啊。你看，人来不了了，这样做解决不了问题，你怎么那么糊涂啊，把事情闹大了对你们有什么好处，你们担得起责任吗？

何　欢　主任，勇哥也是为了我们好，千万别抓他。

张主任　我知道，但不是解决问题的方法，只会把问题越搞越复杂，尤老板已经找到了，明天上午九点到综治信访维稳中心事情就可以解决，大家放心只要我已介入，我一定会跟到底，散了吧，拆迁肯定要拆的，咱们回去把自己的东西收拾一下，尽量把损失降到最小，散了吧，散了吧，千万别喊口号了。

王　勇　我们要相信政府。

张主任　怎么又喊上了，千万别喊了啊，明天见。

孙　建　叔，跳不跳。

众　人　哎呀！

张主任　这怎么回事。

李　拥　他说跳楼能解决一切事情。

王　勇　不是我，不是我。

张主任　这人可是你带过来的，要是出了什么事情，你要负全责，快点把他叫下来。

李　拥　侄儿，下来吧。

众　人　哎呀！

〔转场。

李　拥　哎呀呀，你这个孩儿，谁让你跳的！

孙　建　你这样摆手，我想你要我跳呢！

李　拥　我这样摆手是让你下来，谁让你跳了！

张主任　来了，你没事儿吧。

孙　建　没事，这市场才两层高，还没我家树高呢，我在少林寺练过。

张主任　以后要注意啊，不能这么鲁莽。

王　勇　张主任，我们都来了。

张主任　你们坐坐，让你们带的文字材料都带来了吗？

王　勇　带了，带了，给。

李　拥　那尤老板怎么还没来啊？

张主任　这不还有几分钟么，我给他打个电话，喂，尤老板，你怎么回事，怎么还没到啊？你今天要是不来的话，你知道这个问题的严重性吗？什么？已经到门口了？那好、好、好，你们看，这不来了么，我可跟大家说好啊，一会儿他来了以后我们要心平气和地解决问题，一定要控制好自己的情绪。

众　人　会的，会的。

尤老板　啊，你好。

〔众人冲上去打尤老板，张主任阻拦。

张主任　干什么？这里是综治信访维稳中心，是给你们搭建一个解决问题的平台，不是给你们的打架的擂台。

何　欢　看他就来气。

张主任　别说了，行了行了，小李啊，来一下。

程　露　张主任，你这儿流血了。

张主任　谢谢，把商户朋友和农民工兄弟带到心理咨询室，让大家听听音乐放松一下。

小　李　好的，大家跟我来。

李　拥　侄儿，门口堵住，堵住。

尤老板　张主任，你可看到了，这可是他们先动的手，这事啊，我不管了。

张主任　尤老板，别说气话，这事不是你想不管就不管的，现在我们政府已经介入了，道理已经跟你讲清楚了，昨天晚上给你讲了三个小时的电话，我媳妇儿听着都生气了，把我电话都给扔了。

尤老板　我送你个电话。

张主任　你少来这套，把问题解决了比什么都强，租金给退吧？

尤老板　退。

张主任　押金退吧？

尤老板　退。

张主任　农民工工资给吧？

尤老板　给。

张主任　赔偿金给吧？

尤老板　给，啊？这个我不能给，张主任，我是冲着你的面子，还有昨天晚上三个小时的电话才来的，你看刚才那样，我今天来，就是想把所有的事情好好的解决一下，你看他们那样，上来就动手，他们要赔偿，我还要赔偿呢，再说了，这商铺我当初宣传只是一种手段，我没逼着他们租吧，是他们求着我租的，有什么事也要风险共担吧！

张主任　尤老板，刚才他们打人，是他们不对，我也及时制止了，你说风险共担，那我问你，你明知道要拆迁，你还收人家的押金、租金，而且我们三个月前就通知要拆迁了，你为什么三天前通知人家，你这是一种欺诈行为。

尤老板　我……

张主任　别说话，听我说完，如果他们真的上街游行了，这事情可大了！如果真的有人出了人命案子，这是我可就管不了了，再说了，尤老板，你是个生意人，求财不求气，这个事可大可小，如果这个事情不想让我管，想换个部门管，那你自己看着办吧。

尤老板　张主任，你不能不管啊。

张主任　我管是吧，这是我为你们这件事起草的协议，你自己先看看。

小　李　主任。

张主任　你先想想吧。

小　李　这有几份文件，需要你签字。

张主任　这件事啊，让他们双方当事人派出代表，明天下午两点约到办公室来开第四次协调会。

小　李　好的。

张主任　这件事情必须要司法介入了，马上转给派出所。

小　李　嗯，好的。

张主任　群众在网上提出的这些问题和建议咱们一定要重视，你去找到相关的法律法规马上回复他们。

小　李　好。

尤老板　张主任，请抽烟。

张主任　办公场所不让抽烟。

尤老板　我也想了想，这个事情我也有错误，我冲着你这个人，冲着你昨天晚上给我打了三个小时的电话，这个钱我给了。

张主任　这不就对了么，大老板要有大气魄，才能做大事嘛！小李啊，让大家进来吧，这样啊，尤老板啊同意了大家的要求，对他以前的行为呢，让我代表他给大家道歉，这样先看看这个起草的协议。

〔音乐。

张主任　如果没什么问题就签字吧。

尤老板　好，张主任，你看这事也解决了，这样，我请你吃饭，大家都去。

众　人　对，对对，一定要去。

张主任　事情得到解决，大家回去好好做事情，千万不要在采取过激行为了。

李　拥　那咋能不去呢？侄儿，扛走。

孙　建　哦。

李　拥　错了，错了，扛张主任。

〔孙建扛起张主任下。

〔切光。剧终。

# 弄巧成拙

**时　间：**一天下午

**地　点：**总经理办公室

**人　物：**总经理、老邪、真税官、假税官

〔总经理准备出门，老邪上，敲门。

〔老邪赖在办公室，总经理往外轰了几次都不出去。

总经理　你干吗？不在底下站岗，谁让你上来的？你不走，我走。

老　邪　您慢走，来我帮您穿外套，这鞋有点脏。（蹲下来替总经理擦鞋）

总经理　（厌恶地推开老邪）滚一边去，你就不能正正常常地？

老　邪　大哥，不是，总经理，你让表弟我说句话行不行。

总经理　少废话，说。

老　邪　我觉得咱们公司在用人制度上存在着缺陷。

总经理　什么缺陷？

老　邪　比如说，用人要唯才是用，是人才就应该把他放在能发挥才能的地方，不能怕别人说：这个人是你的表弟，避嫌，怕别人说三道四，让他看大门去。

总经理　你闭嘴吧，你算啥人才？

老　邪　你别忘了，我以前不也干过总经理吗？

总经理　后来呢？

老　邪　后来，后来不干了。

总经理　为啥不干了？

老　邪　监狱里头不让开公司。

总经理　呸，都进监狱了还人才呢？

老　邪　凡事都得一分为二，再说我进监狱又不是因为杀人放火。

总经理　那你还挺冤枉。

老　邪　是呀，不就是行贿受贿，算啥大事，一判就是好几年。

总经理　我看判少了，就你这改造程度，连保安都不能给你做了。

老　邪　（无奈）你真是我的好大哥，你就当我啥都没说，走了。

总经理　等等。（拿出一个信封）给。

老　邪　（拿出来一看，是钱）红包？！大哥，你放心吧，这种事情交给我最稳妥了（神秘的）把这个东西交给谁？

总经理　我说你就不能想点正道的，给我侄女的，学费，快走吧！

老　邪　（哭）大哥，你就看在我们是亲戚，看在你侄女的面子上再给我一次机会吧，呜呜呜！

总经理　你这话说得，我不是一直给你机会吗，你一出来，我不就安排你当了保安吗？

老　邪　（哭）呜呜呜！

总经理　（烦）你就是想要我提拔你，你自己也得差不多吧？

老　邪　（哭）公司是你的，你想提拔就可以提拔的，呜呜呜。

总经理　那我也得有理由呀，上上下下都看着呢，你从来也没为公司做出贡献和成绩，我怎么提拔你！

老　邪　真的，只要我为公司做出贡献和成绩你就提拔我。

总经理　对，（电话响）喂，我马上就来。老邪，我走了，不说了，把门给我带上。

〔总经理下。

〔老邪正要关门，假税官上。

假税官　（霸气十足）是总经理吗？

老　邪　总经理不在，（看到税服，改成笑脸）哈哈哈，不过没关系，您先里边请，请坐。

假税官　你是？

老　邪　我是保……副总经理。

假税官　哦，副总经理。我是税务局的稽查队长。

老　邪　（阿谀）哈哈哈哈，我看出来了。您这套衣服多帅气呀！

假税官　（蛮横）别说没用的，你知道我为什么来吗？

老　邪　（奉承）哈哈哈哈，不知道。不过没关系，虽然我没见过您，但是早就仰慕您了。

假税官　（紧张的）你见过我？

老　邪　（吹捧）没见过但是听说过，真是如雷贯耳呀。

假税官　（紧张的）谁说起过我？

老　邪　还能有谁，我们总经理呀。来，您先喝点好茶，抽支中华。

假税官　烟还不错。

老　邪　您拿走。

假税官　（傲慢）你把我当什么了，一包破烟酒把我打发了。

老　邪　我哪是那意思，您坐，我这就给总经理打电话，（拿起听筒）能不能先问问您是什么事？

假税官　大事！我们已经查清了，你们公司有严重的偷税漏税现象，我今天来就是要好好地查办你们。

老　邪　啊？

假税官　（厉声）啊什么？快让你们总经理回来。

老　邪　好好，（欲打电话，停住，自言自语）这不是我为公司做出贡献和成绩的好机会吗？（向假税官）我的好大哥，您先别生气，呵呵呵，您这一路赶过来，累吧？来，我给您按摩按摩。（说罢为假税官按摩起来）

假税官　（很受用）副总经理，你倒是个人才呀。

老　邪　这不算什么，晚上我请您吃海鲜，吃完桑拿，再找个专业的小姐按摩，哈哈哈！

假税官　哈哈哈，不错不错，我就喜欢交你这样的朋友。

老　邪　啊呀，您可真是太看得起我了。从此以后咱们就是朋友了！

假税官　不过，（假正经）朋友归朋友，但是工作还是要做的，要公私分明吗！

老　邪　那是那是，既然是朋友，您能告诉我这次的事，大吗？

假税官　（故弄玄虚）既然是朋友我就告诉你，这次的事，很大，估计你们公司够受的！

老　邪　那太好了。

假税官　啊？

老　邪　不是，我的意思是，事情越大，我的贡献也就越大。也不是，我是说，事情越大，教训也就越大。我们就会更好地吸取教训。

假税官　嗯，你的这个觉悟到还是蛮高。

老　邪　队长，你是不是真把我当朋友？你要是真把我当朋友，（拿出总经理给的信封）把这个收下。

假税官　（按捺住兴奋）这不太好吧！这怎么可以呢？这是违反原则的，我是不能这样的，党不是这样教导我们的。（一面说着，一面数了数钱，一面把钱和信封装进口袋，用眼四处看，盯在半条中华烟上）

老　邪　噢，您都拿去，晚上我再给您多备几条。

假税官　哈哈哈，兄弟真是豪爽呀。看在你的面子上，这件事包在我身上了。

老　邪　哈哈哈，谢谢，谢谢。

假税官　对了，给你留一个我的电话，（掏出名片）如果有其他税务来，就打我电话，我就知道他们的动向了。

老　邪　动向？

假税官　不是不是，我的意思是，你通知我，我好通知他们不要查了。

老　邪　行，晚饭我让总经理再好好谢您。

假税官　好，再见！（溜下）

老　邪　再见。

〔老邪高兴激动，看到经理班椅，坐上去，找经理的感觉。

〔税官上。

税　官　（彬彬有礼）你好，王总不在吗？

老　邪　呦，这么快就来了。王总不在，副总在，您先喝点茶，稍等一下。（拿出假税官留下的名片，压低声音打电话）喂，队长吗？您刚走就又来了一个税务，您跟他说，喂，喂，信号不好，挂了，可能是没电了。（挂电话，看着税官，把心一横）来一个我搞掂一个。呵呵呵，我的好大哥，呵呵呵，您这一路赶过来，累吧？来，我给您按摩按摩。（说罢为假税官按摩起来）

税　官　（义正词严，站起来）副总经理，你这是干什么呀？

老　邪　这不算什么，晚上我请您吃海鲜，吃完桑拿，再找个专业的小姐按摩，哈哈哈！从此以后咱们可就是朋友了！

税　官　（正义凛然，不悦的）对不起，我不去。

老　邪　您不喜欢桑拿，好办，我陪您打牌。

税　官　（厌恶的）我说过了，我不去。

老　邪　你是不是真把我当朋友？你要是真把我当朋友，我给您个大红包。

税　官　（厉声严肃的）你有没有搞错，你以为你是谁，你以为我是谁。你知道你这是在干什么？你这是行贿！

老　邪　（吓得一哆嗦）我……（转而想了想，又得意扬扬）您别发火，不知者不怪，咱们谁也别装，你知道我和你们领导是啥关系？铁哥们儿，他刚走，（拿出名片）你看，你不给我面子，也得给他面子吧？呵呵呵。

税　官　（接过名片，看了看）我们领导，你弄错了，这个人不是我们领导，很有可能是假冒的。

老　邪　（一惊，想了想）假冒的？连你们领导都不认识，你是不是假冒的？（恐吓）哼哼，我说你出来骗人，你也应该把业务搞好一点，一点都不敬业，你看人家队长，那谱，那派头，一看就知道是真的。跟我着玩儿花活，你还嫩了点，不瞒你说，我是刚放出来，也是道上的！

〔总经理上。

总经理　老邪，你干吗呢！你怎么还在这儿呢？（看到小贾高兴的）小贾，你在呢，什么时候来的？

税　务　王总，我刚来一会儿，给您送一份通知。

老　邪　（大惊）大哥，他是真的税务？

总经理　废话，有你什么事，该干什么干什么去！

老　邪　他要是真的那刚才……不对，（气急败坏）税务怎么会是他这个样子的。

税　务　那应该是什么样子？

老　邪　应该是这个样子的。（学假税官的语气和派头）

总经理　你神经病呀！你能不能不给人家泼脏水，小贾是我们公司的税务专管员，我的好朋友，几年了，人家除了例行公事来喝口水之外，没干过一件你说的那些事。就说上个月他爸爸生病住院，我让他把发票拿来报销，他就是不肯，小贾，你太见外了。

税　务　老王，不是我见外，既然咱们是朋友你应该更了解我，我谢谢你的好意。其实说句实在话，我现在是比上不足，比下有余，工作、生活、家庭、收入我都挺满意的，我知足了。犯不着去给自己惹麻烦，我穿着这身衣服做这样的事，正常的事也会变得不正常了。更何况社会上还有很多像他们这种对税官有偏见的人呢。

总经理　正所谓知足常乐啊，这是我表弟，刚放出来，脑子在里面弄坏了。甭理他，坐。

税　务　说正事吧，我来送一份通知，是提醒大家提防假冒税官对企业进行诈骗的。我怀疑刚才表弟接待了一个假冒的税官。

〔老邪欲逃走。

总经理　站住，你接待假税官？怎么哪儿都有你呀？怎么回事？

老　邪　没有什么，刚才有一个说是他们队长的人来说要查我们公司。说有大问题！

税　官　人呢？

总经理　问你呢，人呢？

老　邪　走……走了。

税　官　向你勒索钱物了吗？

老　邪　没……没有。

税　官　那还好。

老　邪　但我主动给了。

税　官　啊？！

老　邪　（哭）我也没想到，我以为他那样的就是税官，可谁想到现在税官咋变得这么好，你，你怎么不早来呀，我的提拔算没戏了，还有我女儿的学费……（晕倒）

〔电话响。

总经理　喂，我是，派出所？什么？抓到一个冒充税务人员的骗子，让我们去指认。好，马上去。老邪，醒醒！赶紧走！

老　邪　（醒过来）大哥，上哪里？

总经理　派出所！

老　邪　不会吧，我刚放出来呀，又要进去了。（又背过气，晕倒）

总经理　（一把拎起老邪）走吧你！

〔三人下场）

〔切光。剧终。

# 老李和小李

**时　间：**“5·12”汶川大地震期间

**地　点：**悬崖边

**人　物：**老李、小李、哑婆

〔幕启。余震的轰隆声。

〔老李背着哑婆上。

〔老李摇摇晃晃往前行，突然又一阵强烈的地震，二人趴倒在地。

〔声效渐弱，老李爬起身，扶起哑婆。

老　李　哑婆，哑婆，你没事吧？

哑　婆　啊……啊……

老　李　没事就好，又地震了。我的妈呀，怎么震起来没完呢。不过我估计没有8级，应该是余震，走，（背哑婆）赶快离开这儿。

哑　婆　啊……啊……（不好意思继续要老李背着走）

老　李　怎么了？哑婆，您的脚伤了，能自己走吗？来，快点，咱得赶紧离开这儿，太危险了。

哑　婆　啊……啊……（被老李背起）

〔突然又有余震，烟雾升起。

〔烟雾散去，二人傻了眼。

老　李　坏了，滚下来的大石头把路给挡住了。

〔小李扛着救援器械，趺趺撞撞上。

小　李　老李。（腿一软，坐在地上。）

老　李　小李，你怎么啦？

小　李　（指着烟雾处，大口喘气，一句话说不出来。）

老　李　别急别急，喝口水，慢慢说。

小　李　（喝了几口）我的妈呀，吓死我了，刚才余震的时候，一块大石头从山顶上冲我砸过来，我玩了命地跑，捡了条命回来。

老　李　就你一个人？大部队呢？

小　李　在后面呢，说要到前边一个村子里救人，我打头阵追你来了。

老　李　快起来，看看你脚伤着了没。

小　李　（站起身伸胳膊蹬腿）没事，没事。

老　李　没事就好，别咱来救人最后让人家救咱们。那边救出几个？

〔小李一屁股坐在地上，默默地摇头。

老　李　一个都救不出来？

小　李　（悲痛的）全埋了，连房子都看不到，这地震也太可怕了！愣把两座山变成了一座。

哑　婆　啊……啊……（递上一支自制的烟卷）

小　李　哑婆，谢谢，我不吸烟。咱们还是赶快走吧。

〔哑婆一定要小李和老李吸烟，然后自己点起一支，一面吸一面拜山。

小　李　老李，他这是干什么呢？

老　李　估计是拜山神之类的。哑婆，别拜了，没用！我背你快走吧。

哑　婆　啊……啊……（对自己和远处比画）

小　李　您是说，因为您拜了神，所以活了，他们没拜神，所以被埋了。

〔哑婆神秘地点头。

老　李　哑婆，那不关拜神仙的事，地震，自然灾害，懂吗？是因为您住在山顶上才没有被埋。

小　李　就这样您不是也被压住了脚，现在走不了路吗？快走吧。

〔哑婆执拗地拜神，并且要小李和老李拜神。

小　李　我不拜，您还是省省吧。

老　李　哑婆，我们是消防战士，公安，武警，您懂吗？当兵的。我们不信这个。

〔哑婆想了想，从兜里掏出一张旧版的毛主席像，举起来。

老　李　对，对，我们是毛主席的队伍。（敬军礼）

小　李　（小声地对老李说）哑婆估计有三四十年没下山了。

〔哑婆拉住老李的胳膊，放心地点点头，做了个出发的动作。

老　李　（背起哑婆）小李，你给探探路。

小　李　（跑下，跑上）老李，不行，前边的路被彻底堵住了，咱们得找其他的路。

老　李　（环顾四周）这边是山，这边是悬崖，就这么一条路，哪还有其他的路呀。

小　李　你的意思是咱们爬过去？

老　李　当然了，说是一条路，其实早让地震弄垮了，咱这一路不都是爬过来的吗。

小　李　老李，可爬这个地方……

〔二人同时向侧上方望去，吸了一口冷气。

老　李　刚才我怎么没看到这块石头。

小　李　应该是余震过后露出来的。

老　李　这要是咱过的时候掉下来，全得玩儿完。

小　李　你看它旁边的碎石不住地掉下来，它也很快滚下来了。

老　李　要是再有一次余震，它一准儿掉。哑婆，先下来，咱们为了安全，在这儿等一会儿。

〔三人席地而坐，哑婆从兜里掏出肉干给老李和小李。

老　李　谢谢，阿婆，您今年高寿？多大岁数了？

〔哑婆比画 68 岁，又指指老李。

老　李　我，55。

〔哑婆惊讶地比画55。

小　李　没错，55，他是这次我们深圳消防局派过来最大岁数的抢险队员。

老　李　小子，别老提我岁数大，你敢跟我比比体力吗？

小　李　不敢不敢，老李，说真的，挺佩服你的，我要到你这岁数不知道会不会像你一样。

老　李　必须像我这样，消防员的职责就是救险，咱的体力要是跟不上，那怎么行，多少年了，我每天一场羽毛球，等咱回去你天天跟我练。

小　李　回去，这一段恐怕不行。

老　李　怎么了？啊呀，对了，我差点忘了，你小子要生了。

小　李　什么我要生了，是我老婆要生了。

老　李　对对对，你想生也没那功能，呵呵。那你怎么跑这儿了，不在家伺候月子。

小　李　你这话问的，一声令下，就来了呗。

老　李　不后悔？

小　李　你逗我，这有啥后悔的，咱是消防员呀。老李，你说巧不巧，其实我妈也正怀着我的时候，唐山地震，我爸去抢险，现在我老婆快要生了，汶川地震，我又来抢险。

老　李　哈哈，你们家连这个还遗传！一生孩子就地震。

〔二人哈哈大笑，小李笑着笑着，眼圈一红，低下了头，老李也安静下来。

小　李　其实，我挺想我老婆的，她现在还不知道我来四川了，希望他们母子平安吧（用手狠狠地抹了一把脸）不说了，老李，其实这次我觉得消防员特别牛。

〔二人会心地笑了。

老　李　（学）喂，这里有人还活着，快叫解放军，解放军来了挖半天弄不出来。然后说：快叫消防员。

小　李　（学）喂，这里有人还活着，快叫武警，武警来了挖半天弄不出来然后说，快叫消防员。

老　李　咱们一到，扩张器，生命探测仪……一会儿就救出来了。

小　李　这就看出来了，咱在救险方面还是很专业的。

〔哑婆听到此，咕咚跪下来要拜小李和老李。

小　李
老　李　（赶忙扶起哑婆）哑婆，您这是干什么，这都是我们应该做的，（哑婆又要跪）哑婆，您忘了，我们是消防员，公安，武警，当兵的，毛主席的队伍，不用弄这些。

〔哑婆感激地拥抱小李和老李。

〔又一阵余震。

小　李
老　李　石头掉下来了。可以走了，出发！

〔画外音。

小　李　老李，你说咱们每天只睡三四个小时，起来就是不停地挖呀刨呀，连续几天了，要是搁在深圳早就累得不成样子了，怎么在这里好像还不觉得累。

老　李　（想了想）我想，这可能就是所谓的精神吧，咱们消防战士的精神！

〔音乐起，舞台两侧跑出拿着各式仪器的消防员。

〔消防员舞蹈。

〔切光。剧终。

〔

# 平凡中的精彩

**时　间：**现在

**地　点：**舞台

**人　物：**汪法官、民工、老板、群众若干

汪法官　各位领导、各位同志，大家好！我是汪法官，因为热爱法律，我本科、硕士、博士学的都是法律专业；因为崇尚法治，毕业后我考入深圳中院工作，并于2006年底，开始了我的法官生涯。六年多来，我一直在劳动争议审判庭工作，在很多人眼里，劳动争议案件单调、琐碎，多则涉及几万块钱，少则是因为几百块钱，但这些普普通通的劳动者连接着千家万户，关系到一个个家庭的生活乃至最基本的生存。因此，多年来，我一直信守“群众利益无小事、民生无小事”的办案理念，用真情、用智慧，让每一位诉讼群众得到应得的利益，让每一位诉讼群众感受到公平正义的力量！

〔大屏幕：厂房门口远景。

〔王甘木是个急脾气，他气哼哼地跟着任经理，一步不离。任经理不厌其烦，冲着王甘木喊。

任经理　你是不是有毛病！你这么跟着我不无聊吗？你以为这样就可以解决问题吗？

王甘木　（一把抓住任经理的脖领子）你说咋解决！你少跟我打官腔。法院

二审都判下来了，都快一年啦，欠我的工资补偿金为啥还不给！

任经理　你给我放手，你懂不懂法呀？法院判下来厂里也有得个手续和过程，总经理、董事长一层层得审批，开会研究，你以为是厂子就为你一个人开呀。松手，再敢跟我动粗，我让保安把你轰出去。你是自己走还是我叫保安？！

王甘木　我不走，法院都判我赢了，你个破人事经理还跟我牛什么！你别以为我不知道，厂子过几天要搬出深圳，你们想一跑了之。是不是！？

任经理　王甘木，我看你真的是脑子进水了，你是不是以为你赢了场官司就不得了了，天下就是你王甘木的了？厂子搬不搬那是根据市场和成本来决定的，是为你个小破官司吗，就为你那点破钱？你也太自大了，你知道你自己是谁吗？赶紧给我滚！

王甘木　我就不滚，我不会再信你们啦，当初就是我相信你们才被你们骗，反正，反正今天你要是还不给钱，那就鱼死网破，同归于尽。

任经理　行行行，就你这种素质，我和你说话都是多余，还是叫保安吧。（拿手机打电话）

王甘木　这可是你逼的（拿出一个小酒瓶，一饮而尽。又拿出两个大酒瓶，到处泼，泼向自己，一把拉住任经理，浇到他身上）。

任经理　你干什么，疯了吗？这是什么？啊？汽油！（看到王甘木掏出打火机，立即跪倒在地）王甘木！老王！甘木！大哥！爹！千万别冲动！（声泪俱下）我上有八十岁老母，下有八岁小孩，我死不要紧，关键是你把我烧毁容了，我老婆还不得和我离婚呀。有话好好说，王叔，你要搞清楚，欠你钱的可不是我呀。

王甘木　（怒目感慨）你变得好快呀，难怪说你们管人事的都不是人，刚才的脾气呢，你说你贱不贱！有本事你站起来！你有八十岁老母，老婆、孩子，我呢？我老婆生病住院，两个孩子马上开学，看病、上学哪一样不急等着用钱，你们经理、总经理、董事长都个个神气活现，都腰缠万贯，都是人，人和人是不能比，但人与人就能欺？开这么大的厂子，还要赖我这几个破钱？我也有家，一个男人救不了老婆，养不起孩子，还活个啥呀，我，我一把火烧光你们，要死一起死！（将手中打火机打着）

汪法官　王甘木，住手！快把打火机灭了。

王甘木　汪法官，这事你别管了，法院判决这些家伙们都敢不听，我要让他们知道我也不是好欺负的。

汪法官　王甘木，你糊涂了吧，法院的判决都得执行，你以为他们能拖的过去吗？再说，你死了就能帮得到家人吗？老婆病就好了，孩子就有学上了，你是一家之主，他们还得指望你呢，快把打火机放下。

王甘木　（崩溃）汪法官，你说我能咋办呢！他们坑我呀！

汪法官　我这不是来了吗，你放心，我一定帮你要回工资和补偿金。

王甘木　（泪流满面，放下打火机）汪法官，我真是逼得没办法了，才……

汪法官　行了，你现在赶快去换衣服，之后就回家，我不许再胡闹了，处理好后就会给你电话通知。

王甘木　就这么走……这。

汪法官　你不放心他们，还不放心我？

王甘木　那就拜托汪法官了，我这就回家。（下场）

任经理　（从地上爬起来）太谢谢您了，还得说是人民法官，三下五除二，亡命之徒就被搞掂。

汪法官　你们董事长呢，不会是又不在吧，每次我来可都事先电话通知的，这是第几次了？

任经理　董事长还真的有急事刚出去，哎呀，刚才是多亏您及时赶到，要不然万一着了火，那损失可就大了，我一定和我们董事长汇报，好好谢谢您。

汪法官　要想谢我就赶紧调解，把王甘木的钱给了。

任经理　（支开话题）得请您吃饭，您老家是哪里？您喜欢吃什么菜？有什么忌口？

汪法官　（皱眉头，拿出电话拨打）王董事长，是我……嗯……你已经听说了，王甘木已经回家了，不客气，不用说那么多，你这样躲着没有用，呵呵，知道你很忙，但再忙这件事情也要你处理呀，你做生意求财不是治气……对嘛，守法是最基本的呀，法律不是开玩笑，这你是知道的。嗯！你已经到厂门口了，我也在这里，哦，看到你了。

〔王董事长上。

董事长　（与法官尴尬的握手）不好意思，让你跑了这么多次。

汪法官　本来很好解决，不用我这么来回跑的，董事长非要把小事变成大事。

董事长　哈哈哈，我真服你，没想到你们法官也挺不容易，就冲你们跑这几趟，我同意调解，马上给钱！

〔二人握手，音效，董事长与经理下。

〔大屏幕：法院全景。

〔法官正走着，手机响，王甘木打来的电话，王甘木上，二人时空电话。

王甘木　法官，您好，我王甘木，钱拿到了，谢谢您，我想去看看您。

汪法官　你好，不用谢，拿到赶紧去办事，就别来看我了。今后什么打算？

王甘木　先回家休养一段时间，之后我还来深圳打工！再有了事，我还来找您！

汪法官　嗯，好好休养，照顾好家人，不过最好别有事，再见。

王甘木　再见！（笑容定格，音效，法官走向王甘木，王甘木扛起行李径直走下，法官在此过程独白：这只是我众多调解案件中的一个。我审理的案件中有近百分之七十都是调解结案的。高调解率的背后，意味着需要付出更多的精力和心血，为调解案件，六年多来，我涉足深圳近百家工厂，风吹日晒，酸甜苦辣。但看到当事人欣慰的笑容，我觉到一切都是值得的。）

〔大屏幕：调解案件时各种当事人的满意的照片。

汪法官　法官办案，不能机械司法，还要倾注“真情”。这个“情”，既是合乎情理，更要充满温情。很多劳动者受自身条件限制，法律常识缺乏，知识水平不高，诉讼能力不强。他们遇到问题时，往往着急上火、束手无策。但如果我们能多花些时间帮他们一把，他们认为很棘手的问题也许会迎刃而解。

〔大屏幕：法院远景。

〔一群女工上。

众女工　（轻声地叫）汪法官，来，你来。

汪法官　是你们呀，怎么样？款都拿到了吧。

女工甲　拿到了，拿到了，我们真的不知道咋谢你呀。

女工乙　我们几个还说呢，这咋连个回扣都不吃呢。

女工丙　闭嘴吧，说啥呢，我们是过来谢人家汪法官，提啥回扣呢。

女工乙　对对，我的意思是说，不吃回扣吃点特产吧。（拿出一袋子瓜子）这是我们家乡特产。

女工甲　我说你还能行不，人家汪法官给你要回好几千块，你就给人家吃瓜子，你抠死算了。汪法官你吃我的，我家乡特产花椒你拿一袋。

女工丙　你们俩谁也别说谁，一对财迷，瓜子和花椒，你们也好意思，看我这块大花布，多漂亮，汪法官做一身衣服才叫漂亮。

众女工　您收下吧。

汪法官　谢谢几位，你们找我就是为了这个呀？真的不用，赶紧回去上班，我还要工作，再见。

众女工　汪法官！谢谢。

汪法官　好，知道了。不用客气，回吧。

众女工　汪法官，你真的不收礼吗？

汪法官　不收，快回去吧。

众女工　汪法官，是不是嫌太便宜了。要不给您多扯几十米布料，当窗帘都够。多给您拿几十斤花椒，够吃好几年。要不我让老家您寄几十斤瓜子，您没事就嗑。

汪法官　哈哈哈，你们真是太逗了，没有那么复杂，快回去吧。

众女工　那我们走了，再见。汪法官。

汪法官　你们是不是有什么事呀？

众女工　没有，有。

汪法官　有就说，只要我能帮到你们。

女工甲　汪法官，我们的案子已经结了，钱也拿到了。真的不好意思再麻烦你呀。

女工乙　按理说，我们再到别的工厂打工就可以了，可是在打官司这一段时间的社保，原来的厂子没有给我们交。

女工丙　我们谁都不认识，只能求您了，请您和厂子里说说。给我们补交。您看可以吗？

〔三人期待地看着法官。

汪法官　这事吧……已经结案了，按说我的工作到此应该结束了。

〔三人失望地走。

汪法官　等一下，我想想。（女工们凑上前）好吧，我替你们和厂里沟通。

众女工　（激动地）太好了，咋感谢你呀！这是好人呀！您还是吃点瓜子吧，这块料子您披上。（众人欢笑，定格）

汪法官　这件事在别人看来，我可能是“多管闲事”，但在我看来，我付出多一点，群众的麻烦就会少一点；之后，我抽出时间多次与公司和社保部门沟通，让他们满意而归。（众女工下）

汪法官　一个案件在普通人眼里可能是鸡毛蒜皮的小事，但对当事人来说却是关系切身利益的大事。我们在审判中不仅仅是追求审结一起案件，还要有“衙宅卧听萧萧竹，疑是民间疾苦声”的思考。我们的工作要想得到群众的认可，一定要“用心”。这个“心”，既是公正之心，也是同理之心。

〔大屏幕：汪法官办公室。

〔李宝龙拖着伤腿，拄着拐杖一声不响的来到汪法官面前，面无表情地坐在办公桌前的椅子上。

汪法官　老李，来啦，你这个案子是这样。你刚来深圳三个月，入职时公司没有为他购买工伤保险，为逃避高额的工伤保险赔偿，公司不承认与你有劳动关系。你是否能够提供相关证据？只要能证明你们存在劳动关系，官司就能打赢。

李宝龙　证明？我……（指着自己的伤腿，无语）

汪法官　但这不能证明呀，公司可以说是你自己弄伤的？

李宝龙　啊？我自己？（愤怒得有些颤抖）

汪法官　你先别激动，我是相信你的，但法律规定：谁主张，谁举证。你必须拿出证据才能打赢官司呀。

李宝龙　我……证据？（不解地看着法官）

汪法官　例如：你在有公司公章的单据上签过什么字，在公司工作的照片，和公司领导谈工作的影像声音记录？或者类似的都可以成为证明你们劳动关系的证明。

李宝龙　（茫然地想了想，无助地低下头）没，没有。

汪法官　那就难办了。

〔李宝龙绝望地站起身，流下了眼泪，默默地拄着拐杖，摇着头要离开。

汪法官　还有一个办法，去你们公司的工地现场调查。（转场到工地）

〔大屏幕：工地全景。

〔隔壁工地保安上，二人上前询问，保安说认识李宝龙，在旁边工地干了三个月活，天天都可以见到。工友甲（胆小怕事的广东人）扛着竹竿走来，和李宝龙打招呼，看到身后的拿着录像机的法官，扭身就走，法官上前采访，工友甲只说我什么都不知道，推脱躲避。工友乙

（侠肝义胆的西北人）上，主动上前询问，说认识李宝龙，虽然不熟悉，但绝对是工友，在此公司上班，说假话天打五雷轰。工地负责人上，呵斥工人散开，法官上前质询，负责人想不承认，法官告知之前有录像录音，负责人无奈承认。

〔众人下。

〔大屏幕：法院远景。

汪法官　老李，有了这些证据，就没有问题了。但是根据你的诉讼要求，简单地判决认定双方存在劳动关系，因为工伤案件的特殊性，你还要申请工伤认定，要走好几个法律程序，需要花费少则一年、多则两三年时间。

李宝龙　啥？两三年？！（苦笑）

汪法官　走正常程序是这样的，不过我现在就可以和你们公司联系，也可以见面沟通，以目前的情况，你们公司应该可以同意提前支付工伤赔偿款的。

李宝龙　（激动得不知说啥好）谢谢！（扔掉拐杖跪倒在法官面前）

汪法官　（扶起李宝龙）快起来。（造型）

〔李宝龙下。

汪法官　从穿上法袍的那一刻起，我就感觉到肩上沉甸甸的责任。整天面对堆成山一样的案卷，整天忙着开庭、调解、写法律文书、写调研报告，一年到头没有轻松过。在法院工作十多年，我从没回过老家过年。春节前，许多讨薪的劳务工都等着拿钱回家过年，每年我都要工作到除夕那一天，直到最后一位当事人离开法院，才算结束一年的工作。

〔女儿上。

〔大屏幕：温馨的家。

女　儿　妈妈。

汪法官　宝贝，什么事呀？

女　儿　人家的妈妈都是白天上班，你怎么晚上也上班啊。

汪法官　我……宝贝别闹，乖乖的，妈妈忙完了就下班。

女　儿　呵呵，我什么时候闹过呀？再说我闹管用吗？

汪法官　臭小孩，打电话什么事，快说。

女　儿　妈妈，明天还是让外婆去学校吧？

汪法官　去学校？干吗？

女　儿　亲妈呀，您这么问肯定又忘了世上还有家长会这种事情吧？

汪法官　哦，对对，没忘没忘。

女　儿　行了您就别装了，我早就习惯了。

汪法官　你爸呢？

女　儿　你们二位法官我都指不上。

汪法官　你们班主任没意见吧。

女　儿　我和她说，要想见我爸妈，很简单，犯点事打官司呀。

汪法官　啊，你就这么和老师说呀？

女　儿　哈哈哈，您当我傻呀，让外婆明天去搞掂他。

汪法官　小坏蛋，行啦，早点睡，亲亲妈妈，去睡觉吧。

女　儿　妈妈，我想抱抱你。

〔母女拥抱，定点。

〔切光，女儿下。

汪法官　虽然有时也会有委屈、困惑、动摇和彷徨，但我深知：既然选择了当法官，就要肩负更多的责任和使命；既然选择了当法官，就意味着更多的牺牲和奉献；既然选择了当法官，就要对得起这份事业的神圣和崇高！谢谢大家！

〔切光。剧终。

# 村里那点事

**时　间：**大运会期间

**地　点：**大运村治安办公室

人　物：

王主任——大运村治安办公室安保处主任。

小　张——大运村治安办公室安保处职员。

联络官——以色列安全联络员。

朝鲜运动员——大运村参赛成员。

俄罗斯运动员——大运村参赛成员。

〔背景音乐：大运会会歌。

〔王主任、小张打着哈欠上场，小张拿起桌上的电话。

小　张　喂，国际联络中心吗？我安保部啊，让你们查那个事，查出来了吗？啊，啊，啊，啊，哦，嗨，知道了！（挂电话）

主　任　怎么回事？

小　张　主任，还真让我猜着了，这是一种仪式活动。

主　任　是吗？什么仪式？

小　张　国际事务部的人说吧，好像是伊斯兰的一个什么……斋月仪式，在此期间就是要不停地敲敲打打，很正常。

主　任　这还正常，那全楼怎么都跟着敲敲打打的？

小　张　我分析吧，可能是别的国家队也没闹明白是怎么回事，听着敲敲打打也就跟着敲起来了，国际事务部也是这么分析的！

主　任　我的妈啊，他们搞个斋月叮叮咣咣地敲了一晚上，把咱们吓得够呛，哎呀，觉没得睡没关系，只要别出事就行！行了小张，这我盯着，你去眯 20 分钟！

小　张　主任算了，20 分钟还不如不睡呢，这真要睡着了，你叫不醒我怎么办？

主　任　呵，你是铁人哪？这几天是饭也不吃，觉也不睡，你要玩命啊？

小　张　主任您可别再跟我提吃饭了，想当初这安琪盒饭，我一个人两盒都不够，可一个多月了，顿顿都不换样啊，多好的东西都得吃恶心了，我们现在可是想安琪、盼安琪、安琪来了骂安琪。

主　任　行了，我不是也一样吃吗？说实话啊，这个安琪啊是挺恶心的，但是要加上这老干妈呢，就变成美味了。

小　张　啊，主任，你还私藏了一瓶。

主　任　什么私藏啊，我那是拿老干妈拌着饭吃，不像你们把饭扔了，光吃老干妈，那给你们多少也不够啊，这瓶匀给你一半，省着点吃。

小　张　主任，你叫我说什么好呢？你叫我怎么报答你呢？要不这样吧，你就当我的老干爹吧。

主　任　你拉倒吧，我要当了你的老干爹，我就再也吃不上老干妈了！

〔以色列安全联络官上到处看。

主　任　小张，赶快给国际事务部打电话叫翻译来，就说有外宾来参观！

小　张　那哪国翻译啊？是英语、法语、还是德语啊？

主　任　我去问问（英语、法语、德语）你好，有什么需要帮忙的？

〔联络官直勾勾地看着主任不讲话。

主　任　不会是阿拉伯语吧，我也不会啊！我讲了这么多你就是听不懂你也说说话我好知道你是哪国人给你请翻译啊！

联络官　您好，原来你会说中国话。

主　任　（被吓了一跳）我是中国人当然会说中国话！

联络官　对不起，这里亚洲人很多，长得很像，我很难分辨。

小　张　那倒是，我看你们欧洲人长得也差不多，我还用请翻译吗？

联络官　当然不用，我一直都在学习汉语，现在终于有机会了，我是以色列安全联络官，我想关于这次大运会的安全保障做一个详细的了解，我已经和你们的国际事务部申请过了。

主　任　哦，我知道，我接到通知了，您想知道哪方面的呢？

联络官　我这里问题不多，关于安全方面的，三百多个问题。

小　张　多少？三百？那我一天什么都干不了了。

联络官　没有你的事，你忙你的，我只找你们主任。主任，这是我的证件。

主　任　好，小张你先去忙吧，回答安全联络官的安保问题是我的职责，也是我的义务，只是这么多问题必须允许我一面工作一面回答。

联络官　没有问题，首先我想非常清楚地知道大运村的安保是怎样搞得，你们会用什么样的方式保证我们以色列的运动员在大运村的安全？

主　任　（指着后面的地图）我们大运村安保简单地说是三线、五区、六关、七点，所谓的三线，在大运村内外有三道防线，五区，就是把大运村内分成了五个区，六关，就是进入村内有六道关口，七点，就是村内有七个验证口和安检口，在一线村外每五十到一百米有流动的武警哨位，进行外围盘查，二线核生化检测验证安监，三线进入居住区再次验证，村内五个区各区的证件不同，互不相同，全区内人员密集巡逻，24小时全天候全方位，我想这样是应该可以保证每个国家运动员的安全的。

联络官　不、不、不，这样并不能保证我国运动员的安全，大学生运动会是国际大型赛事，你们这样的安保系统远远不够，我非常担心恐怖分子从非正常渠道进入。

〔小张带着外籍运动员吵吵嚷嚷上。

小　张　不是跟你说过多少次了，真的是不可以带酒进去的，大运村里有规定，就是不可以带进去的。

〔俄罗斯运动员情绪非常激动，大声地嚷着。

主　任　对不起您稍等一下。小张，怎么回事？

小　张　主任，说了他多少遍了，他一定要带酒进去，怎么都不听。

主　任　赶快让国际事务部派个翻译来。

联络官　不用了，我来问问怎么回事。

联络官　你们前几天没收了他的酒？

小　张　不是没收是寄存，酒是不允许带入大运村的。

联络官　你们误会了，他不是要把酒带进去，只是想看一看他寄存在这里的酒是否安全。

主　任　你让他们放心，我们会妥善保管的。

联络官　他还是不放心，想亲眼看到。

主　任　那好吧，小张，去把他们的酒拿给他们。

〔小张拿出酒，运动员接过来。

小　张　是你的吧，上面写着你的名字呢。

〔外国运动员仔细端详着酒，突然打开其中一瓶酒盖，把一瓶喝了进去。

运动员　好酒，再见，明天我还来。

〔运动员跑下。

小　张　嘿，把这当酒吧了！

〔主任、联络官回到座位上。

联络官　主任你看，这种事情是防不胜防。

主　任　这是两回事，我们总不能把运动员当恐怖分子吧！

联络官　对，恐怖分子更狡猾，他绝不会从正常渠道进入的，你们怎么防？

主　任　我想您说的是地下管网，在建大运村前多个月，我们进行了排查摸清和评估，有三处可进入大运村，我们已经进行了物理封闭，六千多个井盖都已铅封，24 小时进行检查，探头监控 24 小时巡逻，大运村内，我们有一千七百多个探头，村外有一百六十多个探头，指挥部和监控室联网，无论哪里有问题，两分钟之内赶到现场，我们真是做到了，人防、物防、技防，可以这么说我们连老鼠都不放过，蚊子敢飞过来我们用大炮打，这应该是安全保卫的最高等级！

联络官　一千九百多个探头！如此多的人力物力，维护成本很高啊！

主　任　没关系，我们国家很富有。

〔小张和女外籍运动员上，女外籍运动员一直在哭。

主　任　小张，怎么回事？

小　张　这位运动员把钱包丢了，一个劲儿哭。

主　任　情况问清楚了吗？

小　张　问清楚了，已经让小王他们去查了。

主　任　她怎么还哭啊？

小　张　她说怕回了队被处罚。

主　任　不至于吧，哪个国家的？

小　张　朝鲜。

主　任　哦，那难怪，丢了多少钱啊？

小　张　五六百吧！

〔主任掏出六百块钱人民币。

主　任　行了，别哭了孩子，这个你先拿着。

〔朝鲜运动员接过钱放进口袋不停地鞠躬。

小　张　主任，我说的是我五六百朝鲜元。咱们的一块钱等于他们的十六块钱，你算算，你可给了她 9600 朝鲜元啊！

主　任　你小子不早说。

〔朝鲜运动员不停地鞠躬致谢。

主　任　算了算了，朝鲜小姑娘也不容易。

〔小张的手机响。

小　张　喂，小王，什么？钱包找到了？在饭堂的一个座位上，证件是朝鲜运动员的，翻译也在旁边啊，那让她接电话。

〔朝鲜运动员接电话。

小　张　那肯定是她的了，我这就带她过去。

〔朝鲜运动员高兴地跑下。

联络官　她钱包找到了，可是没想着还你的钱。

主　任　是啊，国际形势就是这样的么，这就是中朝友谊啊！

联络官　I 服了 You！你们的外围安保措施做的是很好，但是你们有没有考虑到，大运村三面环山，怎么防范从空中袭击。

主　任　对于低慢小的飞行器我们早已防控，大运前期我们对生产销售使用飞行器的单位个人全方位排查，并签订了安全责任书，在大运期间，商店不可销售场馆周围不可放飞，包括风筝在内，三面的山上我们有固定的岗位 24 小时巡逻并封山，而且我们又设立了无线电监控室，可以屏蔽专业无线电设备，使之无法遥控，我们并且配备了网枪，以防万一。

联络官　你说了有这么多的巡逻、巡逻员和警察，我怎么没有看到呢？

主　任　你当然看不到，我们在每栋楼都设立了警务室，楼顶、配电房、太阳能设备、垃圾点都设有固定的哨位，都有固定的正面、反向、定点观察哨，走廊电梯都有探头监控，除了房间内，我们没有监控死角，但是我们为了增加大运村的和谐氛围，所有巡逻的人员都穿着便服，你看不出是很正常的。

联络官　这么说也许楼道里扫地的阿姨，可能是你们的人？

主　任　不是也许，是一定！

〔主任手机响。

主　任　什么？意大利的队员推着电瓶车满处跑，管不管？这个咱们还是咱们的政策，不主动强行制止，不被动任其发展，他们推着玩可以，但不要把车推到河里，对，什么？还有不知道哪个国家的运动员在草地上搂抱，当然了还是不强行主动制止么，什么？开始解皮带了？那不能任其发展，把草地上的洒水设备打开，每隔两小时开一次，草地都是湿的也就不会有人在那儿抱了，好，不要延误请示报告时间。

联络官　主任，你倒是什么事都管。

主　任　那当然，大运村里无小事，你还有什么问题？

联络官　你们的安保做得的确很出色，可是万一我们的队员出现紧急状况，比如说你们现在是台风季节，或者说是山洪暴发，或者说运动员自己摔伤，怎么办？

主　任　深圳现在的确是台风季节，我们在种树时已经考虑到，大树种在外面，小树种在里面，并且加了铁支撑，十几级台风应该没问题，这里历史上没有山洪暴发的记录，而且也不具备山洪暴发的条件，如果运动员受伤，大运村里面有医疗救护中心，您站起来可以看到，那里配备了较强的医疗设备，也调配了全市的精英，如果做较大的手术，有三辆救护车在北门东门做全天候的待命，至龙岗医院只有五分钟，在我们大运专用通道上至深圳市医院只有二十分钟。

联络官　可是，如果，万一，出现什么状况威胁到我们以色列队员的生命，比如说，例如，假如……

主　任　我想你可能不会找出其他状况了！即便出现万一和假如，请你放心，我们中国警察会以我们的生命保护运动员的安全。

〔联络官行军礼。

联络官　我也会的。

〔小张上。

小　张　主任主任，快看快看，中国女足夺冠了。

主　任　哎呀，中国的男足啊，你丢不丢人啊，赶快打开电视。

〔电视里传出国歌，众人出来激情唱国歌。

〔切光。剧终。

# 潜　水

**时　间：**现在

**地　点：**某旅游区潜水区

**人　物：**游客、岸上服务员、潜水教练

〔幕启。舞台上一人高的大台子，台子一侧是商店，海报写着标语打造优质服务，售货员就在海报上微笑。台子另一侧是潜水处，海报也写着标语　创建旅游强区，潜水教练一身潜水服就在海报上造型。台子中间是透明的，看上去像是水下世界，上边停着一艘小船。

〔游客穿着潜水服上场。

游　客　观众朋友们过年好！以前过年就在家里吃饭喂嘴，现在过年就得出来旅游遛腿，刚欣赏了北边的雪景壮美，马上来到南边热带海边潜水，这种境界就叫，人生无悔！（来到商店前，看到许多的旅游纪念品，随便拿起一个）哈哈哈，现在全国的旅游景区卖的东西都一样，买回去都一大堆了，便宜得很，服务员，这个多少钱？

服务员　三百。

游　客　多少？

服务员　三百！

游　客　有没有搞错，最多五十，（又拿起一件）这个呢？

服务员　二百八。

游　客　最多三十。（又拿起一件）这个呢？

服务员　二百六。

游　客　太黑了，最多二十。

服务员　好了，好了，大哥真会讲价，三件一百，你拿去。

游　客　啊？我不要，我就随便问问。

服务员　好了，好了，九十五块你拿走了。

游　客　我不买，我是来潜水的，不买东西。

服务员　哇，大哥，不要走啦，九十块，九十块可以的啦。

游　客　我真的不买。

服务员　（一把拉住游客）你这个人怎么回事？讲了半天价，都给你优惠了，还不买，你搞什么飞机！玩我呀！不许走！必须买。

游　客　你干什么你！你什么态度？我问价就必须买，谁规定的？我是消费者，有权利不买！放手！

服务员　我什么态度？像你这样的人，就是神经病，不买东西还要乱讲价，给你便宜了又不买，耍无赖，不要脸，不像个男人。我告诉你，有本事你潜水不要回来！

游　客　你说什么？（欲发火动手）

服务员　我告诉你，不要乱来，看在过年的分上我不理你，要是在平常，我一个电话全村人就都来了，你想不买，根本走不出这个村。

游　客　行行行，我惹不起你，东西我肯定是不买，是坐船去那边潜水吧？

服务员　不知道！！！

〔游客上船，像跑旱船一样，模拟快艇飞驰表演，来到潜水处，下船。

游　客　服务员，我要潜水。

教　练　对不起，请叫我教练。

游　客　哦，教练，我要潜水。

教　练　好的，给我咬嘴。

游　客　咬嘴？（用牙齿咬了咬嘴唇）咬完了。

教　练　咬嘴给我。

游　客　（不解的）给你咬嘴？我给你咬？为什么？

教　练　什么为什么，快给我呀！

游　客　凭什么呀？咱俩又不认识，我是男的，也没有那个方面的倾向，怎么还咬嘴呢？

教　练　有没有搞错！咬嘴呀，你到水里要呼吸，氧气瓶管子有个咬嘴才可以，这样。（做示范）

游　客　噢，明白了，明白了，我说两个大男人咬什么嘴嘛。可是我没有咬嘴。

教　练　你买门票的时候会发给你一个咬嘴，每个人都有。

游　客　可她没给我。

教　练　不可能，你回去跟她要。

游　客　回去？你这里没有吗？

教　练　有，公用的，你用不用？

游　客　放在嘴里东西怎么公用？

教　练　没关系，加上你也才七八个人用过。

游　客　（干呕）别把我算上，我还是回去向她要吧。

〔游客上船，像跑旱船一样，模拟快艇飞驰表演，来到商店，下船。

游　客　服务员，我买门票的时候，你怎么没给我咬嘴呀？

服务员　有本事不要回来找我呀！

游　客　废话，你没给我咬嘴我能不来找你吗？

服务员　你什么态度？好，我告诉你，不可能，我们一张门票配一个咬嘴，不会多也不会少。

游　客　可我没看到呀。

服务员　那我也没看到，是你丢了吧！

游　客　好好好，我丢了，我再买一个。

服务员　不卖。

游　客　什么？

服务员　我们一张门票配一个咬嘴，卖给你一个我账对不上了。

游　客　那我怎么办？

服务员　找一找喽。

游　客　这么大的沙滩，我到哪里找呀！你必须帮我处理。

服务员　我帮你处理？那里不是有公用的咬嘴了？

游　客　这还用你说，我给你个公用的牙刷刷牙可以吗？

服务员　好恶心呀。

游　客　你也知道恶心？！赶紧给我处理，穿着这身衣服，热死了！

服务员　你什么态度？凶什么凶！现在是你求我，不是我求你。

游　客　（强颜欢笑）呵呵，对，对不起，是我态度不好，您看这事怎么处理？

服务员　这还差不多，你去和教练买嘛，他那里有新的。

〔游客上船，像跑旱船一样，模拟快艇飞驰表演，来到潜水处，下船。

游　客　（气喘吁吁）教练，那边说你有新的，让我跟你这里买。

教　练　不是吧！我这只管潜水，不卖东西的。要买必须到她那里买。

游　客　有什么关系呢？不都一样吗？

教　练　这怎么能一样呢？我们村委会规定了，收钱卖货只能一个地方，谁都收钱卖货不都乱套了。

游　客　那这也太不方便了。我不管，我就在你这里买了，贵一点都行！我是不来回跑了。实在不行我退票，六百多一张，退我钱。

教　练　你怎么回事？不要耍赖好不好！

游　客　我耍赖？

教　练　是你自己把咬嘴弄丢了，关我什么事？是你的责任，懂不懂，一点道理都不讲，我们在帮你懂不懂？还这个态度！要退票，你去试试看喽。

游　客　（无奈的）好吧，感谢你们的帮助，那我现在怎么办呢？

教　练　你去找她买嘛!

〔游客上船，像跑旱船一样，模拟快艇飞驰表演，来到商店，下船。

〔游客上船，像跑旱船一样，模拟快艇飞驰表演，来到潜水处，下船。

游　客　（都快哭了）求你了，我错了，我不对，买给我一个咬嘴吧。

教　练　不要哭吗，一个大男人像什么话？（掏出对讲机）喂，一次性的咬嘴我先拿给他，一会儿你记得收钱。

售货员　喂，好的，他跑不了。

游　客　天哪！！你有对讲机不早用，让我跑了这么多趟!

教　练　你这个人怎么光想自己，对讲机是应急的，不能随便用，用没电万一出了事怎么办？（把面罩套到游客头上）咬嘴咬住，好，均匀呼吸，不要紧张，慢慢地下水，咬紧咬嘴，不能松开，否则就会呛到水，（把游客慢慢地放到水里）下水之前我要先说一件事，我们有水下拍摄服务，一张照片五十块，留下您海底美妙的纪念，您要不同意就说话，不说话就是同意，您没说话就是默许了，好我们先照相。（教练也跳到水里，不由分说地照了起来）

〔二人模拟水下拍照潜水表演。游客被拍了无数，一把抢过照相机，跪在水底求教练别再照了，要求上岸，教练把游客拉出水面。

教　练　这怎么刚下去就要上来。

游　客　（气急败坏）我能不上来吗，你拍一张就五十，水里头也听不到快门声，你老实说，拍了多少张？

教　练　（看了看相机）没多少，也就八十多张？

游　客　啊！？我的妈呀，潜水要有胆，一次就破产。

教　练　至于吗？还不到五千块。

游　客　（坐上船）我要回家，我要回家！（在商店和潜水处来回跑）

售货员　我先跟您说好了，每次快艇二百元，加上咬嘴，还有三件八十可以吧？一共是……

游　客　哇，打劫呀。

教　练　　等一等，你的咬嘴给你，还没开封呢。

游　客　　没开封？

教　练　　刚刚我拿错了，你用的是公用的。

游　客　　啊？（干呕）我要回家！（下）

教　练　　（拿起对讲机，回到海报的位置）村长村长，又有人开船跑了，打捞队准备，打捞一次三千。

〔音效起。

〔台子中间呈现出色彩斑斓的海底世界，美轮美奂。

〔切光。剧终。

# 傻了吧

**时　间：**某一天
**地　点：**家中

**人　物：**
爸　爸——48 岁，网络防诈骗专家
妈　妈——45 岁，公司职员
女　儿——15 岁，中学学生
奶　奶——68 岁，退休在家

〔舞台中置一桌两椅，桌上置书本。
〔爸爸从观众席走上，边走边说。

爸　爸　网络生活有变化，手机不光打电话。微信微博朋友圈，见着消息就转发。哪管是真还是假，又是评论又是骂。各种谣言分不清，当心变成大傻瓜。我叫军哥，但是我还有一重身份叫网络防诈骗专家。现在大家都说网络手机有三多——谣言多，骚扰多，骗子多。其实这话还得分两头说——如果大家看得透，骗子只能去卖肉；如果大家不上当，急得骗子把墙撞；如果大家都懂行，骗子只能跳楼房；如果真假分得清，最后骗子只能神经。所以啊，我从中我就发现了商机，我研制了一个网络防诈骗的 APP，就叫“傻瓜测试”。您想啊，家里的老人、孩子出门前先通过这个测试，到外边都能不信谣言不上当受骗，多好。在座的诸位谁想试试自己是不是傻瓜。（对着一位观众）您想测啊？还是算了，万一当着大家面测完之后发现自己是傻瓜多没面子，真想测回头去我家找我吧。说起我家，最近还真有情况，我妈最近经常往家拿一摞小广告，一看就是非法印刷的，这可是上当受骗的节奏啊。

〔上舞台，进家门

爸　爸　妈。

奶　奶　儿子回来啦，锅里热好了蛋炒饭，你自个儿吃，我先走了。

爸　爸　您干什么去啊？

奶　奶　排练啊。

爸　爸　排练？！

奶　奶　我们这是参赛节目。

爸　爸　还参赛？！

奶　奶　我还是主角呢。

爸　爸　还主角？！

奶　奶　儿子你这是怎么了？是不是我的信息量太大，你内存不足，憋死机了。看来还得关机重启，来，老妈给你充点电。

〔奶奶唱歌。

爸　爸　哼，您开心啦？

奶　奶　你开机了？

爸　爸　您开心，我不开心。

奶　奶　怎么了，啥事？

爸　爸　（将奶奶扶到座位上）您坐下，妈我来问您，最近是不是总有人给您发小广告，还免费发米、油、鸡蛋？

奶　奶　是啊。

爸　爸　是不是经常围着你嘴特甜，奶奶奶奶叫着？

奶　奶　是啊。

爸　爸　是不是还经常带着你看什么免费的讲座，免费的体检？

奶　奶　是啊。

爸　爸　您知道他们都是什么人吗？

奶　奶　一帮小骗子。

爸　爸　（吃惊）您知道啊？

奶　奶　那当然啊，你妈我是谁啊！

爸　爸　那您还跟着他们去干什么啊？

奶　奶　嗨，这你就不明白了。他不是想忽悠我们这帮老头老太太上当受骗吗？我就告诉咱们小区这帮老头老太太，大家注意啊，只要他们忽悠你，给你啥你都要，就是不买他东西。想蒙咱的钱啊，白想。我的钱啊，只有我儿子才能用。

爸　爸　哈哈哈哈，要么说这有其子必有其母。

奶　奶　啊？什么？

爸　爸　说，说反了。哈哈，这有其母必有其子。

奶　奶　这还差不多。

爸　爸　行了，妈，您排练去吧，我放心了。

〔奶奶欲走，突然反应过来。

奶　奶　你找我就这么点事？

爸　爸　是呀，就这么点事。

奶　奶　我是你妈，你有啥事不能直说啊？还拐弯抹角的。

爸　爸　妈呀，我主要是考虑到您岁数大了，智商呀下降了，我这么说不就顾及一下您的感受。

奶　奶　你是怕我智商下降啊？儿子，有件事妈始终没敢告诉你。小时候，妈领你上商场，一不留神商店的门就把你脑袋给挤了，给妈心疼的呀，就怕你留下后遗症，可是现在你当了什么防诈骗专家，妈这心里才放心。不过今天看你这表现，还是有点后遗症，多吃点鸡蛋补补。

〔边跳边下场。

爸　爸　（疑惑）小时候脑袋被门挤过？难怪他们说我这脑袋有点方。

〔女儿玩着手机上。

爸　爸　没礼貌，爸爸都不叫。

女　儿　（语气冰冷，头也不抬）爸。

爸　爸　（笑嘻嘻地对着女儿）还生我气呢？哎呀女儿啊，你想想我也不是存心告你状啊，你妈那威逼利诱的本事，我也抗不住呀，别生气了啊，怎么说我也是你亲爸。

女　儿　（头撇向一边）哼！我可不一定是你亲闺女。

爸　爸　（拉着女儿坐到腿上）这话说得太伤爸的心了，可不能这么和爸说话，我这心里可疼你啊。

女　儿　（迟疑）那你这是要跟人家和好吗？

爸　爸　多明显啊？

女　儿　（转身搂住爸爸）和好也不是不可以。那你说想和好是不是得拿出点诚意来。（用手示意钱的动作）

爸　爸　又想要钱。

女　儿　不多，3000。

爸　爸　（吃惊）你要那么多钱干什么呀？

女　儿　我要去旅游。

爸　爸　旅游？咱小区楼下，那有喷泉，有假山，人又少，还安全。

女　儿　抠门，（撒娇地给爸爸捶肩膀）那我想买个包！

爸　爸　你都成了包包控了。不可以！

女　儿　（神秘地说）好，这只是给你一次机会，如果你一会非要给我，而我不要的话，那你得是多尴尬。

爸　爸　哈哈，我还非给你？你还不要？不要正好。

女　儿　老爸，昨天我同学陈丽颖正好路过水会门口，看见咱家车了，还给我拍了照片，（拿出手机照片给爸爸）您去那干吗呀？

爸　爸　（紧张）爸是工作应酬，接待客户。

女　儿　这样啊？那你和我妈说去吧。（拿手机欲找妈妈）

爸　爸　站住，开个条件吧。

女　儿　（走回来叉腰问）我像是那种可以用钱收买的人吗？

爸　爸　难道你不是吗？行了闺女，你刚说想买个包是不是？给你500。

女　儿　（不屑）我不要。

爸　爸　再给500。

女　儿　（看着钱难过）我不要。

爸　爸　嘿，人家都说女儿是爸爸的贴心小棉袄，你怎么连个袜子都不如呢。

〔女儿生气的起身给妈妈发微信，“妈，我跟你说一事”。

爸　爸　站住！闺女，过来我问你，天底下最爱你的人是谁？

女　儿　我妈呀。

爸　爸　不是。天底下有个男人你不化妆的时候他都喜欢死你了，你胖了他高兴，你瘦了他心疼，（晃着手中的钱）这个人是谁？

女　儿　老爸！

爸　爸　这就对了嘛。钱拿着，买包。

女　儿　爸你真好。（数着钱）不要以为钱给我了我就不告诉我妈了。

爸　爸　没完了是不是？我还不信就治不了你了。你给我坐下，我问你，我上次给了你一笔钱我让你去买中考复习资料，钱，哪去了？

女　儿　（撒谎）买资料了呀。这不在这儿吗？

爸　爸　就这些？得了吧你，你连碰都没碰过。我倒是拿出来看了看，都什么呀？到处是缺页、错行、白字，还胡说八道，你听听：历史题，诸葛亮上知天文下知地理，博览群书，只有一本书没读过，《三国演义》；成语解释，举世无双是什么意思？我一生下来就没了双亲；数学题，面和线组合到一起是什么？饺子，还包子呢！这都是非法出版物，论斤称，顶多 50 块钱一斤。

女　儿　不用，10 块。

〔爸爸生气，女儿意识到说漏嘴了。

爸　爸　钱哪去了？我告诉你，我要是把这些个事情我要是告诉你妈，哈哈哈哈，今年都别想出门了……

女　儿　（向爸爸跑去）爸爸，我错了。

爸　爸　你没错。

女　儿　（给爸爸揉肩）你渴了吧？

爸　爸　我不渴。

女　儿　（给爸爸按头）你饿了吧？

爸　爸　我不饿。

女　儿　（掏出一百块放在爸爸手里）其实那包包在打折，我用不了这么多钱，退您点儿。

爸　爸　旅游的事？

女　儿　（又掏出一百块放在爸爸手里）楼下小区。

爸　爸　非法出版物？

女　儿　（再掏出一百块放在爸爸手里）再也不买了。

爸　爸　剩下还有钱呢？

女　儿　（看着手里的钱，跟爸爸单膝下跪）父皇，钱财乃身外之物，（偷偷拿回父亲手里的钱）你我君臣莫要如此计较，伤了和气……

爸　爸　我告诉你，汝若继续沉迷追剧穿越宫斗，休怪父皇断尔 WiFi，毁尔 App，追生二胎，动尔储位。

女　儿　父皇息怒。

爸　爸　退下！

女　儿　喳！

爸　爸　快去做作业去吧！

〔女儿下。

〔妈妈上，一声不吭。

爸　爸　哟，老婆大人回来啦？什么情况，拿箱子干什么啊？

〔妈妈拿出旅行箱，收拾衣服。

爸　爸　你要出差啊？去几天，我问你去几天啊？

妈　妈　（冷冰冰）一辈子。

爸　爸　哦，不是，你们出差不住宾馆还要自己带被子啊。

妈　妈　去，你少给我打岔，从今往后你别想见着我。

〔妈妈拉着箱子就走。

爸　爸　（唱）你快回来，我一人承受不来，你快回来！

妈　妈　又唱，又是这一招。

爸　爸　老婆，我发现你变了。以前我一唱歌你就跳舞，现在我一唱歌你要动武，到底是怎么了。

妈　妈　站好，立正。我就问你现在还有没有一句实话啊？

爸　爸　我跟你句句都是实话。

妈　妈　那你还爱我吗？

爸　爸　当然爱。（撒娇）人家都说七年之痒，这都多少年了，从来没痒过。老婆平时上班忙，累了，辛苦了，我给你按按肩。（给妈妈按肩膀）怎么样，舒服吧？

妈　妈　手法可真专业，跟水会小姐学的吧？

爸　爸　你这么说对我就是一种侮辱。我是自学成才，那种地方我是不去的。

妈　妈　真不去？

爸　爸　从来不去。

妈　妈　（举起火机）那好这个写着水会名字的打火机哪来的啊？

爸　爸　邱叙然的。对对对，邱叙然的。那天想抽烟找不到打火机了，看邱叙然那正好有个打火机，我就拿过来了，正好顺手放兜里。

妈　妈　邱叙然跟你是铁哥们儿吧，你就黑他他知道吗？这是一个普通的打火机，上面可什么字都没写着。

爸　爸　哈哈哈哈，老婆你这诈我的本事见长呀。

妈　妈　你现在说谎的本事也见长哦。

爸　爸　我……我说什么谎了，我也就是说了一种可能性。

妈　妈　哦，我知道了，那邱叙然有可能去那种地方，那我可得告诉他老婆，我现在就打电话。

爸　爸　不是，你告诉人家老婆干什么啊？别别别，你惹那事儿干什么？邱叙然，好朋友，我不去他也不去的。尤其我们俩在你们俩的英明领导下，我们俩喝 35 块钱的咖啡都觉得贵，那么贵的地方我们怎么会去呢？不会去的。

妈　妈　哈哈哈，那这打火机哪儿的？这上面可写着水会名字呢！

爸　爸　我真不知道啊。

〔电话铃声响。

〔邸叙然打来电话，爸爸准备接电话。

妈　妈　（严厉）开免提！

邸叙然　喂，军哥，问你个事啊。我有个印着水会的打火机是不是在你那儿？

爸　爸　是啊是啊。

邸叙然　那我就放心了。吓死我了，这要是被我老婆发现了说不清啊。哎呀，军哥我跟你说啊，咱们下次再去水会千万别再拿那儿的打火机了，这太危险了，好了挂了。

〔爸爸低头认错。

妈　妈　（生气）李学军，你……你就不能跟我说句实话啊？

爸　爸　这不是怕你小心眼吗。

妈　妈　你做什么了，你怕我小心眼？

爸　爸　我可什么都没做啊。

妈　妈　什么都没做？那你看这条短信是怎么回事？（拿出手机）

爸　爸　还有啊。（跪下）

妈　妈　你自己看。（把手机递给爸爸）

爸　爸　（看着手机短信念）你老公和那个女的开房，所有的照片都在这个链接里，自己点开看看吧。（无奈）哎哟，这个你也信啊。

妈　妈　我是不信。这条短信我看了已经有一天了，我一直犹豫着我到底是点还是不点，我不敢点我不想点我也不愿意点，我就是想听你跟我说句实话，你要是跟她真的有感情，你跟我说清楚，我带着女儿走把家让给你。可是你要只是逢场作戏，那你也跟我说清楚嘛，我还是可以考虑原谅你的。

爸　爸　那个，不是不是，那都是没有的事。老婆，那个明显就是个诈骗短信嘛。

妈　妈　你别总拿诈骗说事。你总说你是个防诈骗专家，我看你就是个诈骗专家。

爸　爸　你不能点，你点了会出事的。

妈　妈　我点了是你出大事了吧。

爸　爸　我能出什么事？不信你点！

妈　妈　好，这是你说让点的，我就点了让你看。

〔爸爸妈妈抢手机纠缠在一起，奶奶上，看到两人这般情景，误会两人在亲热，一边捂着脸一边走。

奶　奶　你俩先等会，我孙女出啥事了？

妈　妈　妈，您孙女没出事，您儿子出事了！

奶　奶　儿子你出啥事了？

爸　爸　不是啊，我啥事没有。我不让她点击，她非要点击。

奶　奶　就这事？还至于？这事我做主了，今天中午咱们就吃鸡，点鸡。

妈　妈　不是点鸡。

奶　奶　点鸭？

爸　爸　压根儿就不是吃的事。

奶　奶　那不是这事，那究竟我孙女出啥事了？

爸　爸　您孙女没什么事啊。

奶　奶　那你干吗给我发微信，你告诉我让我速转 2 万，孙女有事。

爸　爸　我没给你发过微信。

奶　奶　你看看，这不是你发的？这就是你头像啊，这不是你吗？脑袋这么方。

爸　爸　他盗用我的头像，妈，你是上当受骗啦。

妈　妈　老公，我这手机怎么死机了呢？

爸　爸　怎么回事啊？

妈　妈　我刚点了那个链接。

爸　爸　停！我是防诈骗专家，可是遇到这样的事情，我也没办法！

妈　妈<br>奶　奶　嗨，傻了吧！

〔爸爸蹲下，妈妈和奶奶摊开手无奈状定格造型。

〔切光。

# 调解报告

**时　间：** 现在

**地　点：** 舞台

**人　物：** 维稳干部、男邻居、女邻居、轻生者、老公

干　部　各位领导，各位来宾，大家好！我是一名综治信访维稳中心的干部，作为一名基层的维稳干部，在工作当中我有一些心得体会，借此机会向领导和来宾做一个简短的汇报：发展是第一要务，稳定是第一责任。维护稳定，一个重要的基础就是化解矛盾纠纷，在我工作的这一段时间里，我觉得只要对大家多一些耐心，多一些关怀，许多矛盾都可以迎刃而解的，比如说，有一次我碰到了一件让人啼笑皆非的事情——

〔男女邻居吵架上。

干　部　你们两个什么情况？我来调解一下。

男女邻居　我先说，我先说。

干　部　女士优先，你先说。

女邻居　非礼！

男邻居　谁非礼你了……

干　部　你别说话。

女邻居　事情是这样的，我是香港人。

男邻居　我是深圳人。

女邻居　我们住在同一个小区。

男邻居　我们是邻居。

女邻居　那天我们在花园散步。

男邻居　我们相遇了。

女邻居　我冲他微笑地点了点头。

男邻居　我冲她挥了挥手。

干　部　这不挺好的吗?

女邻居<br>男邻居　我们擦肩而过，突然……

女邻居　光天化日，众目睽睽一点控制都没有，商量都不商量就……

干　部　众目睽睽?

女邻居　是啊!

干　部　难道就没人管吗?

女邻居　这种事情谁会管啊?

男邻居　是啊!

干　部　那好，我们报警吧。

男邻居　这种事情报什么警啊?

女邻居　报警已经来不及了。

干　部　为什么?

女邻居　已经有 Baby 了。

干　部　Baby？多大了?

女邻居　已经快生了。

干　部　啊?

女邻居　你看我干什么?不是我啊，是我女儿。

干　部　你女儿?她多大了?

女邻居　3 岁。

男邻居　我儿子才两岁半。

干　部　哎，等一下，你们能不能说得清楚一点。

女邻居　难道我们说得还不清楚吗？我是香港人。

男邻居　我是深圳人。

女邻居
男邻居　清楚了吧？

女邻居　我们住在同一个小区。

男邻居　我们是邻居。

女邻居
男邻居　清楚了吧？

女邻居　那天我们在花园里散步。

男邻居　我们相遇了。

女邻居　我冲他微笑地点了点头。

男邻居　我冲她挥了挥手。

女邻居
男邻居　清楚了吧？

干　部　不清楚，你们手里这是什么啊？

女邻居　我女儿啊。

男邻居　我儿子啊。

干　部　那为什么要这样呢？

女邻居
男邻居　遛狗都是这样啊。

干　部　狗啊？！

女邻居
男邻居　清楚了吧？

干　部　清楚了！

女邻居
男邻居　我们擦肩而过，突然……

干　部　停，别突然了，你们刚才说的是你们养的狗啊？

女邻居<br>男邻居　是啊。

干　部　这狗打架的事儿我们是不管的。

女邻居　你不能不管的，这种事情要发生在我们香港，是很大件事来的，比如说狗狗的住院费、医疗费、看护费、营养费、精神损失费，都是由他负责的啊，先生，You know?

男邻居　小姐，我没收你配种费就不错了，You know?

女邻居　No! 有没有搞错？我女儿三岁发生了这样的事情，都是你儿子造成的。

男邻居　我弄死它，我弄死我儿子你就满意了吧。

女邻居　你这样是不对的，你就是一个杀手，是个屠夫！

干　部　停，别吵了，这样吧，我给二位调解一下可以吗？

女邻居　OK!

男邻居　OK!

女邻居
男邻居　哼!

〔音乐。

〔一段舞蹈展示调解成功，男女邻居下。

干　部　如果说刚才的事情非常特殊，不具有代表性，那么还有一次，在我们辖区里有一位生活受到严重打击想要轻生的人，我得知后，迅速在第一时间赶到了现场，说真的，现场有点吓人，他不停地喝酒，汽油洒了一地，手里还拿着打火机，我鼓起了勇气才敢走上前去……

轻生者　谁?

干　部　是我。

轻生者　你是谁?

干　部　我是综治信访维稳中心的干部。

轻生者　你们怎么才来啊?我打电话都多长时间了?你是不是觉得我在开玩笑，告诉你叫你们来没有别的意思，我就是想在我临死前找个人说说话。

干　部　大哥你冷静一点。

轻生者　不许说话，你还说?你再说你信不信我把这房子都点了，听我说，你是不是很瞧不起我，我也辉煌过，我也火过，刚来深圳的时候，我努力打工挣钱，在这5年里我天天买彩票，我终于中了一百万,一百万啊，你能说我不上进吗?我不上进吗?你说话啊!

干　部　不是你不让我说话吗?

轻生者　我什么时候不让你说话了?

干　部　大哥……

轻生者　不许说话，听我说，为了能有更多的钱，我开了一家公司，聘请了一位非常漂亮的姑娘当总经理，我深深地爱上了她，我很信任她，我把什么东西都交给了她，我以为我们两个会成为一段美丽的神话，可万万没想到，她把我骗得一无所有，这时候我才觉得我是一个笑话，我的心很冷，我是个冷笑话，你说话啊。

干　部　大哥，你可以从头再来。

轻生者　废话，我这么有上进心的人，我不知道从头再来啊，我到庙里烧香，出门就买了一只股票，它的名字叫中石油，跌停、跌停、跌停、破发，我被套牢了，高端的玩不了，我从基层做起总可以了吧，我花了 8000 块钱，买了一辆二手车，足足跑了三天啊，好不容易拉到一个客人，等他下车付钱的时候，他掏出一个证件，我一看，呀，公路局的，说我是非法营运，而且是套牌车，要罚我 3 万，买车 8 千，罚我 3 万，我直接就下车了，车归你了，不要了，你说我是不是善事做得不够，好事做得不多，嗯？我奉献爱心，我去献血，可医生说我是三高，白给都不要，这些我都能挺过去，可偏偏在这个时候，我老娘给我打电话，说我妹妹得了癌症，需要医疗费，我哪有钱啊？我没有钱了，她可是我亲妹妹啊，我活着还有什么意思啊？我死了算了……

干　部　那你为什么要自焚呢？

轻生者　为什么？俗话说，火烧三年旺，我就是想在我临死前再火一把。

干　部　好，我佩服你，大哥，在听完你刚才的这些遭遇后，我觉得任何一件放在我的身上我都承受不了，所以，我觉得你是个男人。

轻生者　我是个顶天立地的男人！

干　部　好，我敬你酒，你坐下，我还要告诉你一件事，其实你并没有走上绝路，你的这种情况，完全可以向政府和社会求助，政府会通过媒体，向社会上的慈善家和好心人发出呼吁，为你的妹妹筹集医药费，通过这种方式得到援助的事情，电视里和电台里经常报道啊，可是你为什么不去争取一下，而选择放弃呢？

轻生者　这可行吗？

干　部　当然可行，这个事我来帮你办。

轻生者　真的吗？

干　部　真的！

轻生者　只要能把我妹妹的病治好，我就是死也瞑目了，我谢谢你！

干　部　你先起来，这第三口酒我决定不喝了，你知道为什么吗？

轻生者　为什么？

干　部　因为我觉得一个男人放弃了责任那他就什么都不是了，你有没想过，你这一走，你是解脱了，可你的家里会是什么样的呢？一位白发苍苍的老人正在为躺在病床上的女儿做饭，她再累也不敢倒下去，因为全家的重担全在她一个人身上，她唯一的儿子已经不在人世了，这个儿子他简直是太自私了，只因为生活中遇到了一些挫折和困难，就这样不负责任地逃走了，他根本都不会去想，以后谁来照顾她生病的妹妹，谁来照顾她年迈的老娘……

轻生者　老娘，老娘。

〔音效，歌曲《白发亲娘》。

干　部　把火机给我，走，跟我一起出去把情况跟派出所的同志说清楚。

〔轻生者下。

干　部　类似这样的事情，我统计了一下，在我们辖区一共有128件，解决率96%，虽然有些事情看起来都是小事，但如果不能把矛盾化解到基层，化解在萌芽状态，化解在第一时间，矛盾就会由小变大，把矛盾化解在基层既是一项基本的要求，也是一项艰巨的任务，其实工作再辛苦，调解再困难，我都不怕，我最怕的是，在维护大家的稳定时，我的小家出现不稳定，这位就是我的老公，他对我特别好，今天是我俩的结婚纪念日，可我回来晚了，他肯定生气了。

老　公　你哪位？你还知道回来啊，你心里还我有吗？你心里还有这个家吗？自从你去维稳中心，你什么时候给我一个拥抱？什么时候给我做过一顿像样的饭，什么时候打扫过这个家？不都是我一样一样做的？你天天在外边调解别人的纠纷，安抚别人的情绪，做别人的思想工作，你怎么就不能调解调解我，安抚安抚我，做做我的思想工作呢？啊？这个日子我没法过了，我要上访，我要游行，我要维护我在家中的合法权益，把我老婆还给我，把我的幸福还给我，把我的拥抱还给我……

干　部　说完了？蹲下，蹲下，我告诉你，我可忍了你很久了，怎么？脾气见长了是吧，想上房揭瓦啦？你嫁给我的时候是怎么向我保证的？

老　公　是你嫁给我。

干　部　就是你嫁给我，你说要疼我，爱我，让着我，照顾我一辈子，你忘了吗？我告诉你，这辈子你就别想翻身了，我就这样了，你高兴就忍着，不高兴也得忍着，过来，以后你还敢造反吗？

老　公　不敢了。

干　部　爱不爱我？

老　公　爱。

干　部　疼不疼我？

老　公　疼。

干　部　那你怎么维护你的权益？

老　公　疼你爱你照顾你，永远永远呵护你，家中地位你第一，绝不向你发脾气，所有 Money 交给你，刚才的事情对不起，就当我是在放臭屁，放臭屁。

干　部　好吧，给你个机会求求我原谅你。

老　公　求你了，原谅我吧。（欲吻）

干　部　哎呀，扎死我了，去刮胡子去，回来，老公，今天是我不对，我错了，结婚纪念日快乐！

老　公　快乐？

干　部　快不快乐？！！！

老　公　快乐，快乐……

〔老公下。

干　部　各位领导，各位来宾，调解是利益的博弈，也是心的交流，需要我们的耐心和细致，更是考验我们群众工作的试金石，我们也看到，维稳中心的成立，从体制上确保了基层社会事务有人管理，有人服务，确保了群众诉求有人处理，我呢，将会以更大的热诚，投入到维稳工作当中，我的报告完了，谢谢大家！

〔切光，剧终。

# 听广播

**时　间：**今天

**地　点：**家里

**人　物：**丈夫、妻子、婆婆

〔幕启。夫妻急急忙忙提着婆婆的行李上，后面跟着婆婆。

丈　夫　妈，到了。（急急忙忙地开门）

妻　子　妈，这就是我们的新家，快点开呀。

婆　婆　慢点，别急，这是怎么了，慌慌张张地。

丈　夫　来，妈，快坐下。

妻　子　妈，来，您先坐。

〔二人赶紧打开收音机，全神贯注地听起来。

婆　婆　儿子，媳妇。

夫　妻　（应付）妈。

婆　婆　今天，妈真高兴，头一回坐飞机，头一回来到你们深圳，头一回来到了你们家，高兴呀。哈哈哈。

夫　妻　（应付）哈哈哈。

婆　婆　你俩这是咋了，把收音机关了。

丈　夫　妈，别别，不能关，呵呵，你在这儿听，我带咱妈参观一下。

婆　婆　这还差不多。

丈　夫　看，书房，卧室，客房，厨房。

妻　子　快，要开始了。

婆　婆　我睡哪里?

丈　夫　要开了吗，卫生间。

婆　婆　啥?

丈　夫　不是不是。

婆　婆　啥不是不是的，从一上楼就觉得你不对劲了，慌慌张张地，我以为你急着上厕所呢，结果你是要听广播，跟你聊几句吧，你是光在那儿呵呵呵，说带我参观你们家，纯属糊弄我，其实就是一句话，儿子让妈睡厕所。

妻　子　你怎么让妈睡厕所呢?

丈　夫　没有的事，妈您误会了。

婆　婆　我算看出来了，我不该来，娶了媳妇忘了娘，这儿子算白养了。走了!

丈　夫　妈，您可别走。

妻　子　妈，您真的误会了。

婆　婆　我误会了?那你们俩给我说说，到底是怎么回事。

妻　子　是，这么回事，妈，什么怎么回事，咱俩怎么了。我光顾着听广播，没听清您问什么，您就是听错一句话，您看您就这样。

婆　婆　这么说还是我错了?

〔广播节目开始，夫妻二人马上走神听广播。

婆　婆　说话呀!

妻　子　是是是。

婆　婆　走了!

丈　夫　慢走。

妻　子　你傻了，咱妈要走。

丈　夫　噢，嗨，妈您不能走。

婆　婆　不走可以，你把那东西关了。

妻　子　好好好，关了。

〔夫妻不情愿地关掉收音机。

丈　夫　妈，别生气，我们不过是要听听这个节目。

妻　子　这个节目特重要。

婆　婆　比你妈还重要。我就不明白了，啥节目听得这么入神，里面有你吗？

丈　夫　没有。

婆　婆　还是有你。

妻　子　也没有。

婆　婆　不就完了吗，没有你们起什么哄。

丈　夫　我们不是起哄，是关注。

妻　子　里面说的都是深圳的事，都是身边的事。

丈　夫　能提出问题，解决问题。

妻　子　我们期期都追着听。

婆　婆　啥节目，这么玄乎。

妻　子　名字叫《民心桥》。

婆　婆　我当是啥节目，《明星桥》，知道，我还打过电话呢。

丈　夫　您也打过电话？

妻　子　家乡也有这种节目？

婆　婆　这话说得，只许你们深圳有，当了两天深圳人，还就看不起家乡了，那天我一个电话就打过去了，我说，喂，嗨，哈喽，是《明星桥》吗？我来海选，我唱一个。

丈　夫　您怎么唱上了？

婆　婆　废话，当明星不唱咋海选，咋PK。

妻　子　那您选上了吗？

婆　婆　那肯定是没选上，不过人家电台主持人说我唱得挺好，让我多来唱，我说我要出去跑场炒歌，再让唱就找我经纪人吧，我直接把报社电话留给他了，咱也得炒作炒作。

妻　子　哈哈哈！

婆　婆　你妈我是当不了明星了，你们也不是那块料，别听了，也别打电话了。

丈　夫　妈，我们这个节目是——《民心桥》，人民的民，心心相连的心，架起一座大桥的桥。

妻　子　就是给老百姓排忧解难的。

丈　夫　现场邀请的嘉宾上至市长下至政府各职能局的局长。

妻　子　现场接听电话，当时就处理问题。可过瘾了。

婆　婆　是吗，还能有这节目？

丈　夫　您要不信，我们俩给您学学。

婆　婆　行，我给打电话。

〔夫妻二人学《民心桥》开场，错误不断。

婆　婆　喂，喂，嗨，哈喽，是《明星桥》吗，我来海选，我唱一个！

丈　夫　停，妈，咱这是《民心桥》。我是嘉宾，领导。

婆　婆　领导，对吧，领导，我说啥呀。

妻　子　这位大妈。

婆　婆　啥大妈，叫妈。

妻　子　妈，我现在是主持人陈希。

婆　婆　对对，有点不习惯，你咋姓了陈呢，还是用你的姓我还习惯点。

妻　子　我姓唐，我是主持人糖稀。

丈　夫　我是馒头。

婆　婆　馒头蘸糖稀，好吃。

妻　子　我还是叫陈希吧，大妈，您有什么问题。

婆　婆　我，我没问题，行了，挂了，拜拜。

丈　夫　妈，您别挂，我们这不是给您做演示嘛，配合一下。

婆　婆　那我问啥？

妻　子　问什么都行，这个节目就是解决市民老百姓生活所有事情。

丈　夫　吃喝拉撒，衣食住行，消费工作，法制法律等等等等，什么都行，啥都管。

婆　婆　真的啥都管？

丈　夫　真的。

婆　婆　那我可问了。

妻　子　请讲。

婆　婆　你说儿子让妈睡厕所该咋办。谁管？

妻　子　妈！

婆　婆　哈哈哈，逗你们玩儿，你说我刚来，也不可能有啥事，你们教教我。

丈　夫　您就为您孙子上学的事。

妻　子　我还没生呢。

丈　夫　迟早会生的。

婆　婆　好，我就问上学的事。（问上学）

〔夫妻学演处理学生上学问题。

婆　婆　这么好？那你们俩还愣啥，快听广播呀。

妻　子　这可是您让听的。

丈　夫　您不能再生气了吧？

婆　婆　这么好听的节目，生啥气呀，来，听广播。

〔《民心桥》各领导现场解决问题的声音和主持人结束语。

〔音乐。

〔切光。剧终。

# 车位的名义

**时　间：**下午

**地　点：**物业部经理办公室

**人　物：**

马经理——物业部经理

男队长——物业部保安男队长

女队长——物业部保安女队长

〔保安男队长和女队长拿着凳子形同僵尸上场。

男队长　我是保安男队长。

女队长　我是保安女队长。

男队长　物业经理去开会。

女队长　偷懒来到停车场。

男队长　我俩配合很默契。

女队长　这把地主让他当。

〔保安男队长和女队长坐下玩斗地主。

女队长　哇，来了高手。

男队长　好多金币。

女队长　弄他，对3。

男队长　对2。

女队长　　顺子。

男队长　　飞机。

女队长　　炸弹。

男队长　　王炸。

二　人　　耶。

女队长　　哎，跑了。

男队长　　人跑了，金币留下就行。

女队长　　也是，等下一个傻子，哈哈哈。

〔二人继续斗地主，马经理上，神色严肃。

女队长　　我是物业部经理，
刚刚参加廉政会议，
反腐倡廉要记心里，
思来想去没有底。

〔马经理见二人还在玩游戏。

马经理　　哟二位，还玩着呢？

〔二人停下手中游戏，给马经理摆好椅子。

二　人　　经理坐。

〔马经理欲言又止，二人见经理面色不对，互相使眼色。

男队长　　哥，是不是谁惹你了？你说，我削他！

〔马经理看着男队长不说话。

男队长　　哥，你放心！我一个人打不过，我手底下还有一帮弟兄呢！一起收拾他。

〔马经理还是不说话。

女队长　　老马，你别吓我啊！到底是出什么事了！

〔马经理叹了口气，把手中的会议资料递给女队长。

女队长　　廉政会议？你刚刚就开这个会了？

〔马经理点了点头。

男队长　（吓到掉凳）什么？反腐倡廉？哥，不是拍苍蝇把你给拍了吧？

〔马经理瞪着男队长。

男队长　当初我就说停车卡不能卖出去，是不是让公司知道了？完了完了…… 这要是查下来，咱们怎么办？哥，你可得罩着我，不能不管我。我可都是听你的才这么干的！

马经理　放屁！你看你那个德行，这幸亏别人不知道，要是知道，你第一个就把我卖了。分钱的时候那劲头哪儿去了？

男队长　啊？不是这事啊？哎呀我去，吓死我了。哥，你别误会，我的意思是有难同当有福同享，真要出事，我肯定替你挡着。嘿嘿嘿！

马经理　滚蛋！

男队长　哥，别生气！来，抽烟！我的意思是：不是这事就行。

女队长　老马，不会是咱俩的事被知道了吧？你不会承认……

〔马经理赶紧打断女队长。

马经理　咱俩是正常的同事关系，能有什么事？你怎么胡说八道呢？

〔马经理和女队长说完意识到说漏嘴，看着男队长。

男队长　（掩饰着唱歌）我有一个美丽的愿望，长大以后要播种太阳，哥，我刚才种太阳呢，你俩刚才说话了吗？

马经理　（干笑，拍着男队长的肩膀）呵呵…… 好兄弟！

男队长　哥，你这事不是那事也不是，到底咋的了？刚才那个样子，一声不吭，吓死我们了。

马经理　（叹了口气）来来来，传达一下会议精神。

女队长　老、老马啊，你也知道我最不爱开会了，有什么事，你直说呗！

男队长　是啊，你们公司高层开会，又是这个会议内容，和我们传达啥呀？又到不了我们这个层级。

女队长　是啊老马，我们先走了。

〔保安男队长和女队长拿着凳子欲走。

马经理　回来！和你们有关系，有极大的关系。

〔二人吓一跳，哆哆嗦嗦、战战兢兢地回来了。

男队长　哥，你就别吓唬我们了！要不是刚才那两件事，就真没啥事了，我们就是个保安，我们想腐败也没资格啊！

女队长　老马，这算个啥事啊？谁还没个控制不住的时候啊？！

马经理　你们二位保安队长，能有点素质不？这是物业部办公室，经理给你们开会，都给我严肃点！下面我宣布一下今天廉政会议的主要内容：公司一切工作要以为人民服务为准则，各级部门严于律己，杜绝腐败！经公司党委一致决定，为了方便办事市民，取消停车场领导专用车位。

〔保安男队长和女队长听完后，纷纷松了口气。

女队长　完啦？就为这事？

男队长　取消就取消呗！

马经理　（望着女队长）你也是这么想的？

女队长　我觉得他说的还是有点道理的！

马经理　有个屁，你俩这个智商，这辈子也就是个保安。这专用车位一取消，公司物业部完了，物业部一完我就完了，我要一完你俩也跟着完了。

女队长　（一脸茫然）我怎么听不懂呢？

马经理　我们物业部干的都是什么活儿？扫厕所、擦玻璃、换灯管、倒垃圾，可这些全是领导看不见的，只有领导的专用车位才是我们跟领导沟通的唯一桥梁，才是咱们上升的唯一途径。

男队长　哥，可是这么大一栋大楼还能不要保安？

马经理　王有才啊王有才，你也不看看你当初应聘时的简历是怎么写的！

〔回到男队长当初面试的情景。

马经理　姓名？

男队长　王有才。

马经理　出生日期？

男队长　1996 年夏天。

马经理　学历。

男队长　去年就不上了。

马经理　政治面貌。

男队长　鼻子左边有个痣。

马经理　曾获奖项。

男队长　再来一瓶。

马经理　自己说！

男队长　父亲男，母亲女，爱好女，婚否，嗯。

〔转回办公室的场景。

男队长　哥，你不是还提拔我当队长了吗！

马经理　是啊，我总不能提拔个比我还聪明的吧？

男队长　哥，您是聪明，可是我也不傻啊！我有办法了！

马经理　说！

男队长　我们可以用清洁球塞别人排气筒！这样人家的车会加不上油还会积碳，莫名熄火，就算修理师傅也很难找到原因！或者用 502 去滴车的玻璃缝与雨刷器、喷水孔，轮胎的充气口，用黑色的油漆笔去涂别人车牌上方的行车记录仪、前后摄像头，最狠的在他碟刹片上喷机油，看他们还敢不重视保安。

马经理　（无奈）好，好……

男队长　好，那我现在就去办。

马经理　（追着男队长）好你个腿！你这是作死啊！

女队长　就是，违法的事你自己干，可别跟我们扯上关系！（突然想到）要我说，明天把所有的车都放进来，让领导没地方停，看他们要不要这个专用车位。

马经理　（一把抱过女队长）对对对！真是我的红颜知己。我有一个美丽的愿望（冲着男队长）唱。

男队长　长大以后要播种太阳！

马经理　太绝了，你简直冰雪聪明，咱们这么办，你明天把所有的车位都停满，咱们卖出去的那些车卡，都让他们停三天，我这拟一个方案，领导停不了车，一定会给我打电话，我们拿出一排车位，按照级别大小分配好，咱们不写“领导专用”，只让每一个车位前都站一个你们的女队员，别的车都停不了，这样一来，显得我们多尊重领导多会办事。

女队长　好！

〔马经理欲走，突然想到。

马经理　不对啊，不是显得咱们物业部更不廉政吗，继续想！

〔三人围着椅子走，想着办法。

马经理　哈哈哈！

女队长　想出来了！

马经理　我现在就和领导汇报！

〔保安男队长和女队长给马经理献着殷勤。

马经理　喂，领导，您别叫我经理，在你眼里我永远是小马，是这样，今天咱不是开了廉政会议，我们物业部回来之后把您的讲话精神和会议内容进行了深刻的领会和学习，您的讲话太深刻了，到现在，我们痛哭流涕。

〔马经理使眼色，二位队长开始大声大哭。

马经理　您听听，多真诚，是的，对于领导专用车位这个问题，一定要取消，我们绝对不给领导找麻烦，我们宗旨就是为领导服务。啊？人民！对对对，口误了，哈哈哈！对于领导专用车位这个问题，我们做了个详细的方案，方案内容是这样的，我们可以把专用车位的牌子摘下来，把我们的办公桌直接搬到您的车位上去，等您的车一来，我们就把桌子移开，这样您既有了专用车位别人还看不出来，您觉得怎么样啊？啊！停直，我觉得让保安把您的车停得直直的。

我停职？我停职！不是，领导，领……喂！

〔女队长反应过来情况。

马经理　　领导让我去停职，什么意思？哦，我明白了，领导的意思是让我亲自下去停直，别人停他不放心。

〔马经理有些魔怔地下场，男队长跟着欲下场。

马经理　　我要去停直，我要为领导服务！

〔女队长赶紧叫住男队长。

女队长　　王有才，回来，你干吗去？

男队长　　我帮经理看着点。

女队长　　他被停职了！

男队长　　这不去停直了吗。

女队长　　我的意思是，他下去了！

男队长　　姐，那他下去了，咱们咋整啊？

女队长　　那他下去了，是不是该我上来了？

男队长　　你？你怎么……（恍然大悟）姐，以后有啥事我给你顶着。

女队长　　走，拿凳子，撤！

男队长　　好嘞，姐！

〔切光。剧终。

# 网　恋

**时　间：**一天晚上

**地　点：**一家网吧

**人　物：**男网虫、女网虫

女网虫　（电脑前，上网速度慢）老板，你这是什么网吧？！电脑速度咋这么慢，烦死人了。

男网虫　上网高峰，没办法！都是这样！

〔女网虫慢慢凑到男网虫的电脑台前。

男网虫　（忙挡住电脑显示器）喂！干什么？

女网虫　至于吗！我看看谁的电脑快一些，瞧你怕得这样！

男网虫　我就是害怕，这是我的个人隐私，你看到了还得了？

女网虫　什么个人隐私，是色情网站吧？

男网虫　恶心！我这个人从来不低级趣味，请你不要用自己的水平衡量别人。

女网虫　那有什么不能见人的？

男网虫　开玩笑！你看完之后，冒充我的风格和她聊天，把她抢了去怎么办！

女网虫　噢，聊到一个小美眉，有什么大不了的。我又不稀罕妹妹，我要的是帅哥。

男网虫　网络险恶，难说，难说！

〔女网虫回到自己的电脑旁边，不耐烦地敲打着键盘，实在是太慢了，又着手生闷气。

男网虫　怎么回事？半天不讲一句话。

〔女网虫又凑过来。

女网虫　跟你商量一件事，咱俩能不能换换地方，你上我那儿，我上你这儿。

男网虫　为什么？

女网虫　你这台速度好像快一点儿。

男网虫　你那台速度慢一点。噢！你打算用快一点的，让我用慢一点的，你真搞笑，凭什么？！

女网虫　其实我每天都坐这儿，今天来晚了，被你抢了。你也坐我的座半天了，该还给我了。

男网虫　什么！你每天都坐这儿，这儿就成你的了，那你每天都来这个网吧，那这家网吧不就成你的了？

女网虫　（悄声说）德行吧！（嗲声嗲气）好不好吗，求求你了。

男网虫　请不要用这样的语气同我讲话，这会影响我和我老婆的关系。

女网虫　拉倒吧，连面都没见过吧，还老婆呢，是男是女还说不准。

男网虫　胡说，肯定是女的。

女网虫　要么就在网上有好几个像你这样的老公。网络险恶，当心色狼！

男网虫　小姐，这里这么多人，你去找他们好了。不是我不换，我马上就要把她搞定了，很重要的。

女网虫　我的更重要，我决定要和我老公见面了。

男网虫　拉倒吧，连面都没见过吧，还老公呢，是男是女还说不准。

女网虫　胡说，肯定是男的。

男网虫　要么就在网上有好几个像你这样的老婆。网络险恶，当心色狼！

女网虫　讨厌！你到底换不换？

男网虫　没用！你讲什么都没用！我是不可能换的。你可以回家上网吗。

女网虫　废话，家能上网我还用来这儿。

男网虫　那就去别的网吧，出门打个的，一会儿就到了。

女网虫　打的？你掏钱。

男网虫　笑话！我为什么掏钱给你，你又不是我包的二奶。

女网虫　（一把将男网虫揪起，坐在了电脑前）给我起来！

男网虫　干什么你！你……你……

女网虫　你什么你，闭嘴！敬酒不吃吃罚酒。像你这样儿的娘娘腔，我就得一个大嘴巴把你打成男人。

男网虫　像你这样的母老虎……

女网虫　（站起身）你说什么！？

男网虫　我是说，像你这样的女人，是肯定会这么做的。

女网虫　知道就好！

〔女网虫坐下，刚要操作电脑，网吧突然停电。

女网虫　停电了？我怎么这么倒霉？

男网虫　怎么搞的！网吧还停电？

〔网吧服务员端着蜡烛上。“对不起，跳闸了，如果不愿意玩，前台可以退钱，如果还要继续，请稍等一会儿。”

女网虫　刚才我真有急事，对不起啊！

男网虫　算了，算了！你真的要和他见面？

女网虫　是啊！怎么了？

男网虫　要做好心理准备呀。

女网虫　咳！什么准备，主要是看你了解不了解，上次那个才聊了三天就见面了，一见面吓我一跳，那男的都可以当我爷爷了。我纳闷呀，我又问他在网上说话的口气为啥像个年轻的，他说那些话不是他说的，是他从电视剧抄下来的，我问他为什么两手一个劲地哆嗦，他说天天上网，手不打字，不会说话，气得我扭头就走。

男网虫　是呀！我上次也聊了一个，感觉特别好，一见面是个岁数挺大的富太太，老抱着只宠物狗，她说在网上不是她要找朋友，是她觉得她的宠物狗太寂寞了，而要找一个朋友，还一个劲儿地问我喜不喜欢狗。你说这个人过分吧，她要给宠物狗找朋友，就去再买一只宠物狗，干什么找我？

女网虫　这回这个我聊了一个月，对他可以说是非常了解，已经无话不谈了。

男网虫　是呀，是呀，这回我也是聊了一个月，她的事我也全知道了。你那个是做什么的？

女网虫　是搞体育的，魁梧威猛。

男网虫　你怎么知道？

女网虫　你想呀，搞体育的还能有像你这种体格的？你那个是干吗的？

男网虫　跳舞的，婀娜多姿。

女网虫　你又怎么知道？

男网虫　你想呀，跳舞的还能有你这种体型的？

女网虫　别吹了，叫过来看看呀。

男网虫　要不是停电，没准现在早就在我旁边了。

女网虫　要不是我用的那台破电脑，现在他早拿着花站在这里了。

〔来电了，二人迅速操纵电脑。

男网虫　你……你是……紫霞仙子？

女网虫　你……你是……齐天大圣？

男网虫　你是跳舞的？！

女网虫　你是搞体育的？！你怎么能骗人呢？

男网虫　你不也是在骗人吗？

〔二人大笑。

男网虫　没想到是你呀。

女网虫　走吧，出去聊吧。

男网虫　对，走吧。等一下，你不会出去一巴掌把我打成男人吧？

女网虫　走吧你！不过还真没准。

〔切光。剧终。

# 消　毒

**时　间：** 当代

**地　点：** 妇幼医院病房

**人　物：**

医　生——妇幼医院妇产科医生

产　妇——产后抑郁者

镜　子——产妇内心

〔产妇在病床上，蒙头沉思，医生携检查结果上。

医　生　二床！（产妇仍沉思）二床！

产　妇　医生……

医　生　你的检查结果出来了，给你放这儿了。

产　妇　医生！（欲知结果，却不敢看）

医　生　唉，不至于吧。

产　妇　医生！（指指结果）

医　生　行，我帮你看看。

产　妇　好，等等！（制止医生，深呼吸，等待严重问题）

医　生　我看看啊。××，正常！××，正常！××，正常！（医生念到每个部位，产妇都有感觉）哎呀，（产妇摔在地上）一切正常！

产　妇　啊？

医　生　哎呀，你怎么跑地上了？

产　妇　医生，你说什么？

医　生　一切正常！

产　妇　一切正常？

医　生　是呀，你赶紧办理出院手续吧。

产　妇　那么说，我没病？

医　生　你去瞧瞧你的样子，像有病的嘛。（说罢下）

产　妇　我没病？我没病！（欢快地手舞足蹈，到镜子前）

产　妇　我没病，我没病，医生说我没病！出院，走！

〔两人照镜子，动作一致，产妇延续舞蹈，镜子跟随出镜，至台中，产妇发现对方。

产　妇　啊！

镜　子　别怕！我就是你，你就是我！

产　妇　我就是你，你就是我？（摇头）

镜　子　我是你的内心。（产妇摇头）不信？（肉体上折磨自己）

产　妇　（有反应，接受不了）我信，我信！

镜　子　你傻呀？你没病？你没病还难受？

产　妇　对呀，我很难受，可医生说我一切正常！

镜　子　（摇头）有问题！

产　妇　什么问题？

镜　子　你把医生叫来，再问问他！（说罢藏产妇身后）

产　妇　医生……医生！

医　生　你怎么还没出院？

镜　子　听听！有医院轰产妇的吗？现在哪个医院不是没病给你找出点病来，居然还往外轰，有问题！（镜子说话，医生定格）

产　妇　（点点头）……您再帮我查查。

医　生　还查什么，该查的都查了？（看检查结果）

产　妇　那不该查的您也给查查。

医　生　不该查的？！

镜　子　哼！露馅了吧，看你这表情就知道该查的、不该查的都查了，不就是要赚点检查费吗？（镜子说话，医生定格）

产　妇　（点点头）我难受，都生产完了，肚子怎么还那么大呀？是不是留了点什么在里面呀？

医　生　你的生产很顺利，宝宝非常健康。

产　妇　医生，我真的难受，怎么可能查不出病呢？

医　生　从目前检查结果来看，各项指标都正常呀。

产　妇　我……

医　生　你就别自己吓自己了，就赶紧出院吧。

镜　子　看见没有，他是一个劲儿地轰你出院，有问题吧。（镜子说话，医生定格）

产　妇　（点点头）有问题。我明明难受，他居然说我正常。

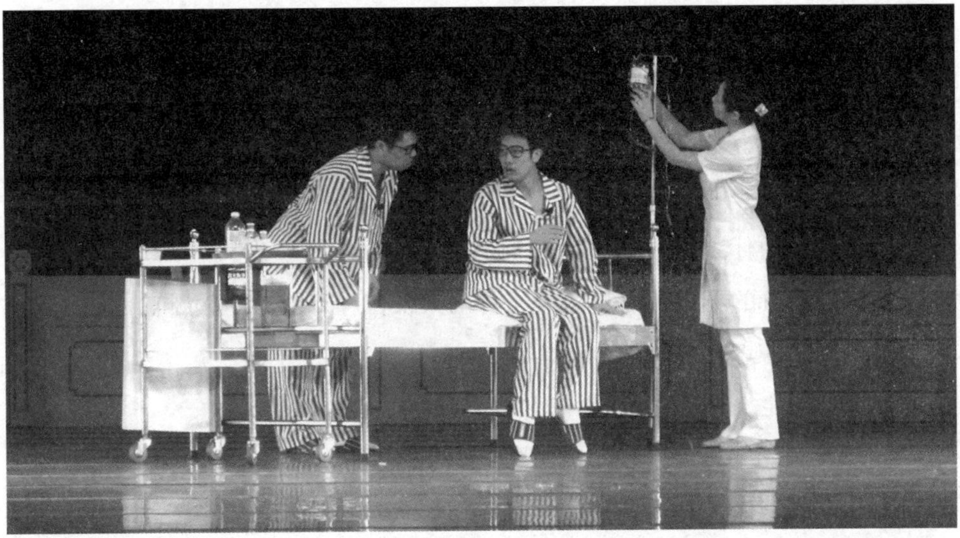

镜　子　你一定有问题，他偏不告诉你。

产　妇　为什么？医生，我……

医　生　你身体一切都正常，快办理手续吧。（说罢下）

镜　子　瞧瞧，你明明难受，他就是不告诉你有什么问题。

产　妇　是呀，他非轰我走！

镜　子　是呀，为什么？

产　妇　为什么？

镜　子　哦！（钞票动作）这个给了没有？

产　妇　需要吗？

镜　子　你说呢？！

〔产妇与镜子包红包。

产　妇　给多少？

镜　子　得这个数。

产　妇　啧啧啧！太腐败呀！要给就给够了。

镜　子　啧啧啧！真是没天理没王法，要加就加足了。

产　妇
镜　子　（握手）啧啧啧！没办法，谁让咱有病呢！

镜　子　好了，就看你的了。

产　妇　放心吧，为了不出院，绝对搞掂他。

〔二人握手分别，产妇内心回到镜子中。

产　妇　医……咦……我怕！

镜　子　你怕什么呀？

产　妇　我真的不敢！（进入镜子，两人换位，产妇拉上镜子前的布）

镜　子　学着点。

镜　子　医生……医生！

〔医生上。

医　生　又怎么了？

镜　子　来来，（神秘地关门）我想跟您商量点事情。您看，我这一段给您添了不少麻烦，心里特别过意不去。（掏红包）

医　生　干吗？你可别，我们有规定，不行不行。

镜　子　您听我说完，真的，我见了这么多医生，就您对我好。一看您就是一位好医生，我真是太有福气了，遇上您这么一位好医生，从我产前的检查，一直到……（生产过程术语）

医　生　你要说什么就直接说，我还有个检查要做呢。（说罢离开）

镜　子　医生，我这点小礼物，小意思，您收下。

医　生　不行不行，坚决不行。

产　妇　没事的，没事的，真的是小意思，就是一个红纸包，纪念品。

医　生　纪念品？

产　妇　没多少，您别嫌少。

医　生　不是嫌多嫌少，多少我也不能要。

〔舞蹈体现产妇与医生的推托，产妇从后面抱住医生。

医　生　啊！（镜子捂住医生的嘴）你放开我！你有病呀？（产妇出）

产　妇<br>镜　子　什么，我真有病？

医　生　我不是说你身体有病，我是说你脑子有病。（情急说错话）

产　妇<br>镜　子　（跪倒在地）脑癌！

医　生　嗐！你怎么就认定你一定得病了。起来起来。

镜　子　（跪求，抱腿）您收下这个再给我好好看一看。

医　生　你真的一切都正常。

镜　子　我有病，你快帮我看看吧。

医　生　你没病，快放开我吧！

镜　子　我不放，你收下，再认真看看……

医　生　你没病……快放开！

镜　子　　你不收我不放！

医　生　　好好好，我收下。我再给你去查一次检验结果，好吧？

〔镜子点头，把红包放进医生口袋。

医　生　　你放开呀！（医生转身看检查结果）

产　妇
镜　子　　谢谢您了。

产　妇　　搞掂。

镜　子　　拿下。

产　妇
镜　子　　哈哈哈哈。（镜子入镜）

镜　子　　进来吧！（将产妇拉进镜子，产妇状态随镜子）

镜　子　　就没有不吃荤腥的猫。

产　妇　　就没有雪白雪白的乌鸦。

产　妇
镜　子　　黑，太黑了。（拉布）

医　生　　××，正常！××，正常！××，正常！你们瞧瞧，这个人一切正常，可非说自己有病，身体上是一点问题都没有，非让人给她找点病出来。没错，现在的人们都说，看医生都得给这个，其实不是这样。我们医生工作的职责就是看病，不管你给不给这个都得好好看。（把红包放进检查结果中）我这下算是看明白了，她是没病找病。

医　生　　咦？人呢？

产　妇　　（从镜子里变小人出）这儿呢，怎么样？

医　生　　我又看了一遍检查结果，一切正常。

产　妇　　真的？！

医　生　　这是你的产后检查结果，你拿回去作个纪念吧。

产　妇　　好好，谢谢医生！再见！

医　生　再见！（下）

产　妇　再见？我再也不想见你了，什么呀？看病是你的工作，不管我给不给红包，你都要看病，看错了我让你吃不了兜着走，凭什么给红包才看病的。居然收我那么大一个红包，还假装不要，装吧你就，虚伪、腐败！医院早就有规定，不许收产妇红包，你吃了豹子胆了，敢跟我要红包，我要告你！揭发你！搞臭你！最重要的是，拿回我的红包，也许还能赔我点款，呵呵。我这可是有证据的，这是我的检查结果，这是我的红包！红包？他没收我的红包，那我是有病还是没病呀？医生，你快回来，我有病还是没病呀？

〔切光。剧终。

# 记者的约会

**时　间：**现在

**地　点：**公园

**人　物：**

严　璐——公司白领。

程　野——男记者。

严　璐　又迟到，气死我了！

程　野　璐璐，我错了，我又错了，我又迟到了，宝贝对不起，不是不想你，采访任务急，不是不想你，害你等这里，千万别生气，别生气啊。

严　璐　我生气，为什么迟到？

程　野　我真没想迟到，我今天提前两个小时，我就出门了，那不是路上我们头儿给我打电话，说有一个特别重要的采访任务，指名让我去，你说我们头拿我就当驴使，我下回跟他喝酒我灌他，我给他灌成驴。

严　璐　就你那一杯倒的酒量，还灌人家。

程　野　就是，你说我每回我使了可大的劲，都准备给他灌成驴，结果最后都被他灌成驴了。

严　璐　好了好了，你看这是哪儿？

程　野　这不是我们第一次约会的地方吗？啊？有情况？

严　璐　不明白？

程　野　你提示提示我，让我领悟领悟。

严　璐　从哪开始就在哪结束。

程　野　啊，多么痛的领悟，你是我的全部，就让我抓紧你的双手，爱你不够，别再让我受苦。

严　璐　又唱歌，又唱歌。

程　野　这招好使，我一唱你就走不动了。

严　璐　放开我，放开我，我告诉你啊，别嘚瑟，我是来跟你分手的。

程　野　分手？为什么？

严　璐　为什么？坐好，挺直，低头，好好想，为什么。

程　野　我怎么想咱俩也不能分手啊，璐璐你不知道，多少人羡慕咱俩啊。

严　璐　真的啊？

程　野　我跟你说，就我们《第一现场》好多记者都单着呢，看见咱俩那就是一个嫉妒恨，我把你的照片放在我的电脑上当屏保，好多人流着哈喇子看，弄得我后背都湿了。我跟你说，他们说咱俩，那就是老金童配小玉女。

严　璐　啊？你说，为什么他们找不到女朋友呢？

程　野　工作忙呗，成天忙着去采访，哪有时间去谈恋爱啊。

严　璐　那你不也忙啊？你怎么就能找到呢？

程　野　我不是碰上你了吗？你说你那么懂事，那么体贴是吧，你说他们碰到的都是什么啊，不是动不动就掉脸子，动不动就分手，动不动就坐好，挺直，低头，好好想，多不好呀。

严　璐　你是说我呢？

程　野　你别对号入座。

严　璐　坐好，挺直，低头，好好想，到底是为什么。

程　野　我知道了，我错了我真的错了，我马上办，明天早上，哦，不是今天晚上我就卷着铺盖我去医院排队，我肯定能排头一个，三姨家的孩子，明天就能住上院了。

严　璐　排队啊，我找你有什么用啊，我和三姨都可以去排队。

程　野　哦，你们俩可以啊，那辛苦你们了，我明天还有采访呢。

严　璐　你说我找你一个《第一现场》的记者有什么用啊，你就不会去跟那个医生说一说啊，给我们走个后门插个队啊。

程　野　那样行吗？

严　璐　当然行啊。

程　野　那我改天试试。

严　璐　改天？不要，我就要现在，现在就去，现在现在，现在就打电话。

程　野　好，行行行，我打，那样合适吗？璐璐，《第一现场》走后门会被曝光的。

严　璐　你是记者你还怕曝光啊。

程　野　我当然怕曝光，我们管得严着呢，你就说那天吧，我们去那个地方采访，准备给他曝光，那个老板吓得，拿出这么厚一沓钱，噌就塞给我们，我们就挡回去了，后来这小子趁我们不注意，把钱弄我们车里了，我们也不知道啊，开着车回去，编完片子准备发的时候，头电话就过来了，喂，拿人钱了？你听听，幸亏我们是准备发，那要是……跳进黄河都洗不清了，那饭碗就得丢。

严　璐　我不管，饭碗重要还是我重要？

程　野　我重要，不是不是，你重要你重要，行行行，我听你的，你说的对，我给他们打电话，给他们院长打，我说我是《第一现场》的，我吓他一激灵，他肯定得给办，不就是曝光嘛，不就是丢工作嘛，没关系，我有你呢。喂！

严　璐　停，别打。

程　野　（打电话）于飞，编完片子告诉我一声。

严　璐　你不是给院长打电话嘛，你不是给院长打电话，你又糊弄我。

程　野　宝贝对不起。

严　璐　　不许唱歌。

程　野　　不唱歌。咱讲道理。你看咱都是文化人，你不是都经常教育我，要是有什么矛盾，咱们就坐下来沟通，好好沟通，积极沟通，有效沟通，对吧？

严　璐　　对，沟通。

程　野　　那我们采访一下你吗？

严　璐　　可以。

程　野　　好的。请问璐璐同学，给院长打这样的电话合适吗？

严　璐　　不合适！

程　野　　那给人家打这样的电话对不对？

严　璐　　不对。

程　野　　那我打错了吗？

严　璐　　没错。

程　野　　那谁让我打的电话呢？

严　璐　　我让打的。

程　野　　那谁错了？

严　璐　　我错了。

程　野　　你可以道歉了。

严　璐　　对不起，我错了。

程　野　　我接受你的道歉，原谅你。

严　璐　　怎么成了我给他道歉了呢？坐好，挺直，低头，好好想，到底是为什么？好好想。

程　野　　你妈的。

严　璐　　敢骂人。

程　野　　你妈的生日我给错过了，不是不是，咱妈的生日我给错过了。

严　璐　　别臭美，我还没嫁给你呢，什么咱妈的。

程　野　　也不是咱妈的，总不能是他妈的吧。

严　璐　那是我妈的。

程　野　对对对，你我咱妈的。你我咱妈的生日我都敢错过，我太不像话了，对了，我刚发的奖金，你给你我咱妈的拿去，给你我咱妈的当个大红包，让他好好买点东西，决不能对你我咱妈的这个女婿失望。

严　璐　我妈才不要你的钱呢。

程　野　那行。

严　璐　我要。老实交代。

程　野　天地良心，我还交代什么啊，天地良心，你说我这工资也给你了，连奖金都给你了，你说我 QQ 密码邮件密码，什么密码我都给你了，在你面前我整个就是个裸奔。

严　璐　行了行了，别在我面前晃，晃得我头晕。

程　野　好好好，我给你按按，揉揉，乖，舒服不。

严　璐　11 月 20 号晚上在哪啊，抖什么。

程　野　没抖，加班。

严　璐　加什么班啊，还抖。

程　野　编片子。

严　璐　可于飞说你在桑拿。

程　野　于飞他那是嫉妒，他典型的嫉妒，每回他流哈喇子流的最多，他就是拆散咱俩，他好乘虚而入。

严　璐　你别污蔑人家于飞，我给你打电话你不接，我才给于飞打电话的，人家在桑拿外面等你，你在里面干什么？

程　野　我在按……

严　璐　按什么。

程　野　访，暗访。

严　璐　别骗我了，谁信啊，大晚上地跑到桑拿里去暗访？我不信我不信。

程　野　我给你还原一下事实真相。

〔情景重现。

程　野　哎呀，有没有搞错啊，我在这个地方都等了那么长时间了，怎么还没有人招呼啊？做不做生意啊？

经　理　老板又来了？老板今天要点什么服务啊？

程　野　你是什么人啊？

经　理　我是这儿的经理。

程　野　经理啊？你们这个地方有没有那个特殊服务啊？

经　理　老板，我们这都是正规服务。

程　野　哦，那我搞错了。

经　理　哎，老板。

程　野　干什么？

经　理　第一次来啊？

程　野　当然第一次了，是有个朋友介绍说你们这个地方有那个好玩的嘛。

经　理　哎哟，有朋友介绍啊？

程　野　是呀。

经　理　早说嘛，来来来，坐坐坐。

程　野　到底有没有啊？

经　理　有，500块钱，然后呢一会儿把房费交了。

程　野　干什么我就给你500块？我什么都不知道，我就给你500块？

经　理　怪我怪我老板。是我不好，我没跟您解释清楚，我跟您解释解释。

程　野　介绍一下嘛。

经　理　你不是便衣吧？

程　野　不是。

经　理　你不是警察吧？

程　野　不是。

经　理　你不是记者吧？

程　野　是，个头。

经　理　你不是……

程　野　好麻烦啊。

经　理　唉，老板老板，这就给你介绍，我还有乐器呢？

程　野　哟，你是说相声的？

经　理　快板。

程　野　都一样，快点介绍啦。

经　理　您听好了，268。

程　野　好好好。

经　理　还有还有，568。

程　野　好好好。

经　理　还有还有，888。

程　野　太好了太好了，我觉得你介绍得好详细啊！

经　理　是不是？

程　野　你这个说快板的很适合干这个工作。

经　理　你太过奖了老板。

程　野　这样，您坐好了，我给您准备一下。

经　理　好的好的。

程　野　喂，于飞，都拍下来了，你赶紧给我打电话。

经　理　老板怎么样啊，怎么样？

程　野　哎哟，好好好，不好意思接个电话。

经　理　您忙。

程　野　喂，哦，好的，好的太太的电话，这个时候来电话，好压抑。

经　理　唉，老板，我也好压抑哦。

〔情景转回现实。

严　璐　这就完了？

程　野　于飞接上我，我们回到台里，编完片子就发了。这可是扫黄打非有力的证据，第二天这个地方就给端了。

严　璐　你真没干是不是？

程　野　天地良心，我那叫不入虎穴焉得虎子。明知山有虎偏向虎山行，浩然正气，万古长存。

严　璐　什么？

程　野　这词有点不太合适。

严　璐　那你为什么不早告诉我。

程　野　我不是怕你担心嘛，那要是被发现了，多少还是有点危险的。

严　璐　就是因为，对，危险，我妈说了你是高危职业，不让我跟你谈恋爱。

程　野　我们也没那么危险，而且我自己特别注意，就上回跟警察联合行动的时候，我都穿了两件防弹衣呢。

严　璐　你都穿防弹衣了？哎呀。

程　野　不怕不怕，没事没事的。

严　璐　你说你爱不爱我？

程　野　我爱你，我当然爱你了，我对你那不是一个爱字能表达的。

严　璐　怎么表达？

程　野　爱爱。

严　璐　你愿不愿意为我改变？

程　野　我当然愿意为你改变。我愿意为你改变一切。除了性别。

严　璐　谁让你变性了，变工作。

程　野　变什么工作？

严　璐　不干记者了，换个职业。

程　野　怎么能不干记者呢？我太热爱这个工作了，人家都说记者是无冕之王。

严　璐　行了吧，你别以为你们当记者有多威风，很多人都在骂你们。你以为人家都喜欢你们？很多人都恨你们，有没有人恨你们。

程　野　有，哟哟哟，切克闹切克闹，骂我们的恨我们的，他们心虚，他们肯定有问题。哟哟哟。

严　璐　行了行了，换不换？

程　野　不是，璐璐，虽然咱们谈恋爱谈了一年多了，我觉得你对我的工作还不是很了解，这样我给你讲件事，让你看看观众是怎么对我们的。那天我和一个出境记者，我们到海边去报道台风，狂风大作，暴雨倾盆，我们拍完片子，四周一辆出租车都找不到，我们被困在那儿了。

严　璐　那怎么办呢？

程　野　我们头看见我们的微博报道，说要亲自开车来接我们俩，对了，你就当那个出境记者，我带你去现场感受一下。

〔情景再现。

观　众　走啊。

程　野　干什么？

观　众　上车啊。

程　野　上什么车？

观　众　上我车。

程　野　你是谁？

观　众　你管我是谁。

程　野　凭什么上你的车？

观　众　叫你上车就上车。

程　野　我们不敢上你的车。

观　众　怎么？看我像坏人是吧？

程　野　不是不是。

观　众　不可能，他们说我慈眉善目的。第一现场的？

程　野　是的。

观　众　这不就完了，上车，走。

程　野　不用，我们领导会来接我们的。

观　众　别等了，一个多小时过去了，等台风一来就完了，把你们吹走怎么办啊？

程　野　没关系，我们不着急。

观　众　不急？不急你发什么微博啊，真是的。

程　野　你们是看微博来的？

观　众　那当然，几百条转发呢，我一看我在附近，我就来了。

程　野　是这样啊！谢谢啊。那好那好，走啊！

观　众　小心点小心点，我扶你。

程　野　怎么这么多打双闪的车啊？

的　哥　是《第一现场》的吗？

观　众　是《第一现场》的，不不不，我不是，他俩是。

的　哥　那我们跟着你。

观　众　行了行了，回去吧，有我在安全着呢。

的　哥　这大风天的，万一路上出个事，咱们也有个照应啊！

观　众　说的也是啊，那行，跟着我屁股后面，我头车。

程　野　好嘞，谢谢啊！

观　众　谢什么谢？坐我车谢他干吗？要说你们《第一现场》可真牛啊！我开了这么长时间的车，屁股后面都没有跟过这么多打双闪的，牛，走。

程　野　谢谢，谢谢。

〔情景回到现实。

程　野　怎么样？你感受到了吗？观众对我们好吗？

严　璐　好。

程　野　还跟我说分手吗？

严　璐　不了。

程　野　愿意嫁给我吗？

〔严璐点点头，二人相拥。

〔切光。剧终。

# 寻找爱心的故事

**时　间：**现在

**地　点：**舞台

**人　物：**王小丫、李伟警、李伟甲、李伟乙、李伟丙

〔王小丫紧跟李伟警。

李伟警　我说！停！立定！求求你了。

〔王小丫紧跟李伟警。

李伟警　小妹妹！不要再跟着我了。听懂了吗？

〔王小丫紧跟李伟警。

李伟警　你有完没完，你怎么回事？这么不听话！

〔王小丫笑。

李伟警　你笑什么呀？我服了你了，行，我再和你说一遍，我的名字是叫李伟，但不是给你寄钱的那个李伟，我是寄过钱给希望工程，但肯定不是你要找的那个李伟，因为给你寄钱的李伟是直接寄给你的，而我从来没有直接寄给任何一个人，所以不是我，叫李伟的人很多，真的！你回去弄清楚之后，再来找人。我们警察不说瞎话。对不对？

王小丫　（想了想，大喝一声）不对！

李伟警　什么？这话你可得说清楚！我们警察什么时候说瞎话了？

王小丫　当卧底的时候。

李伟警　我……我……那倒是，可我犯得着为你这事当卧底吗？回去吧。

王小丫　李伟叔叔，求你了。（哭）

李伟警　别别，我最受不了这个。

王小丫　你承认了？

李伟警　不是。

〔王小丫欲哭。

李伟警　行行行，别哭了。是，我是李伟。

王小丫　你承认了！李伟叔叔，谢……

李伟警　但我不是你那个李伟，我说小妹妹你怎么就认准我了，你的心情我理解，刚才你也和我说了，你从你们村专门赶来，就是想见见多年来给你寄钱供你上学的这个李伟，对不对，可真的不是我，给你寄钱帮助你是好事，好事有不承认的吗？你想想对不对。

王小丫　不对，他就是不想承认，要不然他寄钱咋不留他的地址呢？我看呀，就是你，哪有这么巧的事，我想找个警察叔叔帮忙，没想到你就叫李伟，你说巧不巧。

李伟警　这有啥巧，叫李伟的人真的太多了。

王小丫　我不信。你要是随便找一个人一问他就叫李伟，我才信。

李伟警　好，你看着。

〔来到观众席，挨个地问姓名。

〔没有一个是，李伟警犯难地回到舞台。

〔万一有叫李伟的就请上台去，上台后问清不是，再轰下去。

王小丫　李伟叔叔，就是您，您为什么不承认呀，我除了谢谢您还想告诉您，我已经申请到了助学贷款，您不用再寄钱给我了。我只想见您一面。

李伟警　（手足无措）小妹妹，你这话说得我好像怕你再和我要钱似的，真的不是我。好，这里这么多人我给你再问一问。（对观众）在座的诸位你们好！请问你们谁是李伟？有叫李伟的过来一下。

〔李伟甲上。

李伟甲　我叫李伟，找我啥事？

李伟警　您也叫李伟？

李伟甲　听你这话，这里很多李伟吗？

李伟警　是，我就叫李伟，请问您是不是捐助过贫困地区的孩子。

李伟甲　是呀，你怎么知道？

王小丫　李伟哥哥！谢谢你呀。

〔王小丫和李伟甲拥抱哭泣。

李伟警　好了好了，天下真有这么巧的事，你随便问了一个我，我叫李伟，我随便叫了一个李伟上来，还就是你要找的这个李伟。太巧了。

李伟甲　（泣不成声）警察同志，我真的是太感动了，昨天我从电视上看到贫困山区的孩子没学上，今天上午我就下决心打算把钱明天给寄出去，晚上你们就来找我，您放心，我一定捐助到底的。

李伟警　等会儿，你明天把钱寄出去，这么说你以前没捐助过？

李伟甲　我以前忙。

李伟警　谁不忙呀，就你忙！

李伟甲　呵呵，我的行动是稍晚点，但是真的，（掏出信件）你看我都已经把信写好了。

李伟警　行了行了，你下去吧！你不是我们要找的人，人家那个李伟都已经捐助出一个高中生了。小妹妹，他不是那个李伟。

李伟甲　小妹妹，不好意思，我不是捐助你的李伟，但我真的马上也要成为那个李伟了。再见！

王小丫　再见。

〔李伟甲下。

李伟警　请问还有叫李伟的吗？麻烦您来一趟。

〔李伟乙上。

李伟乙　我叫李伟，找我啥事？

李伟警　您也叫李伟？

李伟乙　听你这话，这里很多李伟吗？

李伟警　是，有好几个叫李伟，请问您是不是捐助过贫困地区的孩子。

李伟乙　是呀，你怎么知道？

王小丫　李伟大爷！谢谢你呀。

〔王小丫和李伟乙拥抱哭泣。

李伟警　先等一下，请问您是打算捐助还是已经捐助了。

李伟乙　这是什么话，打算捐助那叫捐助吗？还好意思上来说自己捐助过？

〔王小丫和李伟乙拥抱哭泣。

李伟警　您确定捐助的是她吗？

李伟乙　哎哟，这一激动我给忘了，对对对，小妹妹，已经上高中了？

王小丫　是。

李伟乙　你是江西？

王小丫　是。

李伟乙　南昌旁边？

王小丫　是。

李伟乙　下锅盖村。

王小丫　啊？上勺子村？

李伟乙　李二娃？

王小丫　王小丫。

李伟警　不对不对，您不是我们要找的李伟。我就说嘛，哪有这么巧的事？行了，您可以走了。再见。

李伟乙　小妹妹，咱们白哭了半天，再见！

王小丫　再见。

李伟警　王小丫，这样，我再问问，但是咱一定得问清楚了，别上来一个就抱一个，最后不是都挺尴尬的。

王小丫　　好，问清楚。

李伟警　　请问，还有叫李伟的吗？李伟！谁叫李伟？

李伟丙　　我叫李伟，警察同志，干什么？

李伟警　　女的？也叫李伟？

李伟丙　　女的不可以叫李伟？

李伟警　　可以，当然可以，请问您是不是捐助过贫困地区的孩子。

李伟丙　　是呀，你怎么知道？

李伟警　　请问您是打算捐助还是已经捐助了。

李伟丙　　这是什么话，打算捐助那叫捐助吗？还好意思上来说自己捐助过？我捐助了十个。

王小丫　　十个？！有上勺子村的吗？

李伟丙　　有呀。

王小丫　　是叫王小丫？

李伟丙　　对呀？

王小丫　　我就是王小丫，李伟姐姐！谢谢你呀。

〔王小丫和李伟丙拥抱哭泣。

李伟警　　太好了，这下可终于找到了。你就是我们找的李伟。

李伟丙　　不对呀，我记得王小丫是男孩子的呀。他还给我寄过照片呢。

王小丫<br>李伟警　　啊？上勺子村的王小丫？

李伟丙　　对呀！男孩。

李伟警　　你们上勺子村有几个王小丫。

王小丫　　就一个。

李伟警　　你捐助的是江西南昌边上的上勺子村王小丫。

李伟丙　　我捐助的是广西南宁边上的上勺子村王小丫。

李伟警　　嗐！又不是！还有没有叫李伟的。

李伟丙　　小妹妹，其实你也不用继续找李伟了，我想你对他的最好的答谢就是出色地完成你的学业，将来走向社会成为一个有用人，回去吧。

王小丫　谢谢你们，我不找了。我真没有想到，今天每一个找到的人都在捐助像我这样的贫困生，在你们的资助下，我不仅仅是有钱上学读书这么简单，更让我感动的是从你们的身上感受到了人与人的温暖，懂得了啥叫爱心！谢谢！感谢有爱心的人们，愿你们永远开心！

〔切光。剧终。

# 一家亲

**时　间：**今天，老大生日

**地　点：**老大家中

**人　物：**

老　大——60岁左右

老　二——50岁左右

老　三——30多岁，弱智

二　嫂——20多岁

三　嫂——30多岁

〔幕启。广东丝竹音乐起。

〔老大坐在台中央唱乐曲、摆身段。

〔三嫂提着礼物，扶着弱智的老三出。

三　嫂　大哥，生日快乐。

老　三　大哥，生日快乐。

三　嫂　来，我们两口子给大哥鞠个躬。（鞠躬）

老　大　好好好！

三　嫂　大哥，这是给你买的足部按摩仪，对身体很好的，你要经常使用哦。

老　大　哈哈哈！三嫂好有心哦！坐坐坐！

〔老二领着二嫂上。

老　二　大哥，生日快乐！三弟，三嫂！三弟乖不乖？

老　三　乖！

老　二　好好好！给！二哥给你买了糖吃。三嫂，这是送给你的，是高级纸巾，给三弟擦口水用。来来来，我给你们介绍，这是菲菲！

〔众人看了一眼菲菲，转身互相聊起天，二哥二嫂顿时尴尬。

老　二　（小声地）喂，你们搞什么，我在给你们介绍菲菲。

三　嫂　（笑）二哥这次怎么没有带老婆回来啊？

老　二　她就是我老婆。

众　人　啊？你换老婆了？

老　二　什么我换老婆，是老婆把我给换了！那个八婆，看到我破产了，就跟别人跑掉了。只有菲菲一直跟着我，今天上午，我们已经领过结婚证了。

众　人　哦！哈哈哈！

〔围着二嫂。

老　大　二嫂啊，你是哪里人啊？

老　三　长得好靓啊！

三　嫂　以后我们就是一家人了，经常来啊。

〔每人掏出一个大红包。

老　大　一点小意思，你就收下吧。

二　嫂　这怎么好意思！

老　二　（替二嫂接过众人红包）叫你拿着你就拿着，我们广东的风俗是这个样子的啦。而且你不知道我大哥、三嫂都是有钱人哪！

〔老大、三嫂和三弟在一旁聊起房屋改建事宜。

三　嫂　大哥，今天的租金都收齐了，有一户的水管要换，还有一户的马桶要修。他们有人说，要换大电表，我跟他们说了，这里都要拆了，还换它干吗？

老　二　（抽出一千，给老大）大哥，这是你生日红包。你们刚才说要拆？哪里要拆？

老　大　这里的房子都要拆啦，要建深港合作免税区。

二　嫂　对对对，这个我知道，我在报纸上看到过，说是要在前海建设深港现代服务业合作示范区。

老　二　怎么那么大的事情不跟我讲？

三　嫂　二哥，你现在是香港人，你又不在这里住。

老　大　这个和你没有关系嘛。

老　二　我不住在这里也是家里的人嘛，我当初去香港，也是为了这个家嘛。怎么能说这跟我没有关系呢？大哥，别人说也就算了，你怎么也能那么说呢？难道你忘了，我们当时怎么逃的港啊？

〔紧张的音乐。

〔情景转换：七十年代中，深圳河边；老大、老二光着膀子，老大不停往老二身上喷白酒，老二紧张准备下海逃港。

老　二　大哥，你放心，香港那边遍地都是金子，我捡回来给你。

〔老大喷一口酒。

老　二　大哥，你往我身上喷那么多酒干什么？

老　大　多喷点白酒，游泳不会抽筋。

老　二　大哥，这个家就交给你了。（欲跳转身）大哥，妈妈就交给你了。（欲跳又转身）大哥，不用为我担心。（欲跳又转身）大哥，我好害怕啊！

老　大　你怎么那么啰唆！我来帮帮你！转过身去！（抬起脚把老二踹进海里，高声喊）老二，记得寄钱回来！（老二在海里奋力游泳，岸上民兵发现）

民　兵　队长，你看，又有一个人游水逃港。

队　长　（高声）喂，回来！快回来！

〔老二在海里越游越快。

民　兵　　队长，我看是叫不回来了，又跑掉一个。

队　长　　什么一个？整条村都快跑光了。

民　兵　　那我们怎么办？

队　长　　怎么办？（脱衣服）走！我们也游过去！（纵身跳入水中）

〔情景转换：老大家中。

老　二　　想起来了吧，我那时候游过去，真是九死一生啊！我那时候经常寄钱回家的，怎么能说我和家里没关系呢？

老　大　　是啊，是啊！自从老二去了香港之后，家里的日子就好过多了。

三　嫂　　二哥，那时候的香港和内地区别真的好大嘛？

老　二　　那当然啦。你们知不知道，深圳有个罗芳村哪？

众　人　　知！

老　二　　那你们知不知道香港也有一个罗芳村哪？

众　人　　唔知！

老　二　　事情是这样的：香港没有罗芳村，深圳才有罗芳村，可是深圳罗芳村的人都跑到香港去，在那里建了一个罗芳村，于是香港就有了一个罗芳村，最后就变成了深圳有一个罗芳村，香港有一个罗芳村，两边各有一个罗芳村，虽然都是罗芳村，但是这两个罗芳村的情况是这个样子的。（用手比画，一高一低）

〔音乐。

〔情景转换：七十年代末，内地插秧舞蹈，香港工业流水线操作舞蹈，鲜明对比，舞蹈结束。

村会计　　发工分了，这个月每人一块一。（众人看钱发呆）

港工头　　出粮了，每人一千一。（众人愉快投入工作）

众村民　　（看此情景，丢下手中农具）回家睡觉去咯。

〔情景转换：老大家中。

老　二　　那个时候，我在香港是赚到好多钱的啦。

众　人　　是是是是！

老　二　一赚到钱，我就寄到家里。

众　人　是是是是！

老　二　没有功劳也有苦劳。

众　人　是是是是！

老　二　那我是不是和这个家没有关系。

众　人　是是是是！啊！不是不是！

三　嫂　二哥，你虽然经常寄钱回来，但总是很少回来。

老　二　回归之前，只回来过一次。

老　三　你不回家！

老　二　我是只回来一次，可是那也不能怪我。你们是不知道，那时候的罗湖口岸是非常恐怖的，我走过一次，就没有勇气走第二次了。

众村民　没有那么恐怖吧？

老　二　有！

〔音乐。

〔情景转换：八十年代初，罗湖口岸，老二和所有过关的港客排队挤在关口，一点一点往前挪，拥挤，舞蹈表现，终于来到关口前，却发现钱包被盗。

老　二　（大叫）抓小偷抓小偷！（无人响应）小偷大爷！钱包我不要了，证件还给我，没有证件在这里进不去出不来，会死人的。求求你啦！（飞来证件，落在地上，捡起正是自己的证件）谢谢小偷大爷。（回到队伍当中排队）

港客甲　（发现自己被盗）小偷大爷！钱包我不要了，证件还给我，没有证件在这里进不去出不来，会死人的。求求你啦！（飞来证件，落在地上，捡起正是自己的证件）谢谢小偷大爷。（回到队伍当中排队）

港客乙丙丁　小偷大爷，不要玩啦，把证件还给我们，没有证件在这里进不去出不来，会死人的。求求你啦！（飞来证件，落在地上，捡起正

是自己的证件）谢谢小偷大爷。（回到队伍当中排队）

〔即将通关时，话外音：时间到了，闭关了，剩下的人等明天再过吧。众人痛苦地摊倒在地上。

老　二　（高声）我以后打死也不回来。

〔情景转换：老大家中。

众　人　哇真的，好恐怖啊。

老　大　不过现在好了，二十四小时通关。

二　嫂　是啊，你现在是，晚上回来，早上回去。早上回去，晚上回来。

老　二　我以后就不回去了。

老　大　为什么？

老　二　香港那边的事不好做了嘛，金融危机嘛。我不像你们光靠租金就发达啦。

三　嫂　二哥，深圳像我们这样发达的又不止我们几个，你不要总是这么说，你以前在香港不是也不错吗？

老　二　是不错，可是后来炒股了嘛，被那个金融大鳄索罗斯咬了一口，我是西装进去泳装出来，开着车进去拄着拐出来，进去的时候想发财，出来的时候想发疯，改行做IT，结果挨了一踢，改行做旅游，结果非典先来香港，之后就谁都不来了，我是穷得连吃饭的钱都没有了，幸亏大哥就像中央支持香港一样，及时到来，我才免此一劫。

众　人　啊，那么严重？怎么回事？

〔音乐起，情景转换：九十年代，金融风暴过后不久，在香港某酒楼，老二邀请朋友吃饭。

老　二　我们是不是好朋友？

众老友　是！

老　二　今天我请大家吃饭，来！（众老友争着夹菜吃饭）不要着急，我们先干一杯。

众老友　好！

老　二　今天叫大家来，主要是有一件事情，我的公司现在资金周转有点小问题，想和大家借……（众老友跑掉）喂，钱字我还没说完，就跑光光啦！（老友甲回）哇，你真是我得好兄弟。

老友甲　（拿走提包）我忘拿包包了。（急下）

老　二　（悲痛）天哪，这都是一些什么人呀！

老友甲　老板，买单。

老　二　我没钱，把我的手提电话给你吧。

老友甲　（变换怒容）你说什么？！

〔手提电话响。

老　二　喂？大哥，什么，你现在香港？你来干什么？回去吧，连请你吃饭都没办法了，我现在已经没有钱了，回去吧。什么？你送钱给我，哈哈，有多少钱，哈哈哈哈，这么多？哈哈哈哈哈，我又有钱了。

〔听到老二有钱了，众老友又回到了餐桌前。

众老友　有一件事情，我们的公司现在资金周转有点小问题，想和你借……

老　二　借钱是吧？

众老友　是是是是。

老　二　可以，你们买单先。

众老友　好，服务员，买单！

〔老二转身就跑。

众老友　（四处逃散）不关我事！

老友甲　保安，有人跑单！抓起来！

〔情景转换：老大家中。

老　二　真的感谢大哥一直资助我。

老　大　说这些干什么，我们是一家人啦。

老　三　一家亲！

老　二　对对对，一家亲！

三　嫂　二哥，我们现在继续资助你都没有问题，但是这个房子现在真的跟你没有关系。你没有村籍，我们也没有办法，这是有规定来的。

老　二　怎么会没有办法，一国都可以两制的嘛，大家坐好，我问你们。这房子拆了，你们有什么打算。

三　嫂　我们没有什么打算。

老　大　我们也不知道哪里还有地让我们盖楼收租啊。

老　二　哎哟，老大，你有没有搞错哇，在这么好的机会，你居然没有想法。深港合作，赚钱的机会大把啦。我们可以开公司，开酒楼，可以把生意越做越大啦。你们想过没有。

老　大　没想过，我们不会做。

老　二　我会做呀。到时候，大哥你是CEO，我是COO，三嫂是CFO，三弟是UFO。你们有雄厚的资金支持，我有丰富的商业经验，虽然我失败过，但是失败是成功的妈妈。我们合在一起，强强联合嘛。

老　大　听上去不错。我看，这个事情就这么定了！

众　人　好！

老　二　哇！今天真是个好日子，我领了结婚证，谈定了大公司，还给大哥过生日，要发达了！

三　嫂　来，我们一起祝大哥生辰快乐！

众　人　（欢呼）生辰快乐！

〔音乐起，粤语版《生辰快乐》，众人合唱。

〔切光，剧终。

# 遗产风波

**时　间：**现在

**地　点：**孙家

**人　物：**父亲、母亲、儿子、小胡

〔幕启。舞台上为孙家客厅。

〔舞狮音效起。

〔父亲母亲舞狮上，走到台中造型，二人脱下狮头，相对哈哈大笑。

母　亲　老头子，还可以呀！

父　亲　老婆子，那当然了！

母　亲　说你胖你就喘。

父　亲　给点阳光就灿烂，谁让我是狮子王呢。

母　亲　来来，我给当年的狮子王擦擦汗。

父　亲　当年？现在不是了？

母　亲　也是，不过当年是英俊狮王，现在变成了白毛狮王了，当年是虎虎生威，现在是气喘吁吁，当年是威风凛凛，现在是跌跌撞撞，当年是七彩威武大狮子，现在也就是一红烧狮子头。

父　亲　哈哈哈，你比我好不了多少，以前是黑发飘飘大美女，现在是白发苍苍老婆姨，以前是前挺后翘大眼睛，现在是上驼下拐流鼻涕，以前是细皮嫩肉小水梨，现在是皱皱巴巴老玉米，以前是风风火火的母狮子，现在是迷迷糊糊的老猫咪。

父　母　哈哈哈哈！你这个老东西！

〔父母相拥而坐，捶打身体。

母　亲　的确是老喽，就舞了这么一会儿破狮子，胳膊也酸腿也疼。

父　亲　其实也没老到哪里去，主要是现在运动太少了，要不咱每天出去玩一把。

母　亲　玩啥？

父　亲　狮子呗。我狮子王不玩狮子玩啥？

母　亲　啊？玩狮子！不去。

父　亲　为什么？

母　亲　我可丢不起这个人。这都是过时的土玩意儿，谁还玩这个，我们真要是扛个这东西上街，人家还以为我们发神经呢。

父　亲　胡说，你没看现在电影电视上经常有舞龙舞狮的。

母　亲　啥电影？

父　亲　《黄飞鸿》。

母　亲　黄飞鸿是哪个朝代的人？

父　亲　清朝。

母　亲　你还知道呀？

父　亲　哼，甭管是哪朝哪代，舞狮子舞龙就是中国人的传统。这么好的东西，眼看就失传了。可惜呀！

母　亲　行了行了，失传就失传吧。你还没完了。

父　亲　就没完！就怨你生的那个破儿子。

母　亲　那不是你儿子？

父　亲　你说咱当初是不是抱错了。

母　亲　去，瞎胡说。

父　亲　那怎么俩狮子没生出一小狮子呢。

母　亲　又来了，你对舞狮子着迷，非逼着儿子和你一样，现在年轻人有几个爱干这个的呀？

父　亲　都二十八九了，还年轻。

〔儿子上。

儿　子　（高兴地）妈，（胆怯地）爸。

父　亲　你别叫我爸，啥时候拜师给我学狮子啥时再叫爸。

儿　子　爸，人各有志，不能强求。对不对，妈。

母　亲　行了行了，你们爷俩少废话，吃饭吃饭。

儿　子　（神秘地）妈，您再做几个菜吧。

父　亲　想得美，小猴崽子，有的吃就不错了。

儿　子　不是我吃，一会有个女孩来。

母　亲　啊？女朋友。

儿　子　呵呵，还不算是，我在追求中。

母　亲　那都来咱家吃饭了，还不算。

儿　子　我也纳闷呢，文化馆的，傲得很，特别漂亮，特别有文化，说的每句话都像是诗，我以前约了几次，根本不搭理我，今天突然给我电话说要来家里。

母　亲　那她肯定看上你了呗。

父　亲　这女孩没毛病吧？

儿　子　毛病，没有啊？

父　亲　你放心吧，没毛病不会看上你。

儿　子　爸，您怎么这么说我呢，我找不上对象你不急呀。妈，您不知道，小胡可是我的梦中情人，亲爱的老妈，拣您最拿手的菜，来两个。

〔小胡上。

小　胡　小孙在家吗？

儿　子　呀，来了，我去接，（激动高声地）小孙子在家，不是，小孙在家。

父　亲　（和母低声说）你看这小猴崽子的孙子样，将来一定是个娶媳妇忘娘的主。

〔众人起身迎接小胡。

小　胡　　小孙你好，大妈好，（对父）您是孙老师吧。

父　亲　　老师？我没当过老师呀。

儿　子　　爸，那是尊称，她们文化馆都是老师老师的，特有文化。

父　亲　　哦，那我也得管小胡叫老师？

儿　子　　那是，人家是文化馆的嘛。

父　亲　　哦，小胡老……可他啥也没教过我呀。

小　胡　　三人行必有我师，不过，您不用叫我老师，您叫我小胡就行了，孙老师。

父　亲　　那我也没教过你，就别叫老师了。

母　亲　　叫伯伯就行了。姑娘别光说话，吃菜。

儿　子　　小胡，你今天能来我特开心，我爸我妈更开心。

父　母　　呵呵呵，开心！吃菜！

〔小胡一人吃菜，父母儿子欣赏，小胡抬头，发现众人注视着自己，尴尬。

小　胡　　（噎住，伯伯音发成爸爸）爸爸……

儿　子　　我好幸福。

父　母　　这也太快了吧。孩子慢慢吃，喝点水。

小　胡　　（喝了口水）我今天来，是想让你们帮我个忙。

儿　子　　都一家人了，客气啥，说。

小　胡　　我特别想融入这个家庭。

儿　子　　（含情脉脉）你已经融入这个家庭了。

〔父母看到此场景误会二人说情话，知趣借口去厨房下。

小　胡　　我特别想了解你们。二老呢？

儿　子　　（含情脉脉地）你和我说就行，你想怎么了解就怎么了解。

小　胡　　我要查清你们家的来龙去脉。

儿　子　　（含情脉脉地）我把我们家的家谱都给你。

小　胡　　我要搞清楚你们家到底有多少财富。

儿　子　（含情脉脉地）我们家的财富全都是你……（反应过来）等会儿，你，你搞清楚财富干什么？

小　胡　文化财富呀。

儿　子　文化财富？我有点晕，你到底什么意思。

小　胡　是这样的，现在我们正在搞非物质文化遗产调查活动，听说你爸爸以前是狮子王，舞狮子的一派传人，这就是宝贵的财富，珍贵的非物质遗产。我要找孙伯伯好好了解了解。

儿　子　啊？闹了半天，不是找我的，是找我爸的。（泄气地叫）爸！妈！小胡找你们。

〔父母高兴地端菜上。

父　亲　吃吃。

母　亲　（小声地对儿子）说好了？

儿　子　（不耐烦地）说好了，说好了，是这样，小胡想了解你们。

父　母　好啊，好啊！

儿　子　想查咱家家谱。

父　母　好啊，好啊！

儿　子　想知道咱家财富。

父　母　好啊，好啊！

儿　子　然后变成那个什么遗产。

父　母　啊？！

母　亲　（沉吟，悲痛，沉重）儿子，这也是你的意思？

父　亲　（生气地）小猴崽子，你不会也是这么想的？

儿　子　这有啥，给她呗，您二老留着也没用。

〔和小胡聊天。

父　母　（二人震惊，哽咽，自言自语）天哪，我们生了个什么孩子，找了个什么媳妇，没过门就张罗着我们的遗产，巴不得我们早死呀。（摇头，叹气，跌坐在椅子上）

儿　子　（和胡扶住二老）看把我爸妈高兴的，老泪纵横呀，小胡，你是不知道我爸妈是多高兴这个事，哈哈哈，二老别太激动，别高兴过头。哈哈哈。

父　母　（悲痛欲绝）我们还高兴？你们给我滚，滚出去！

儿　子　（把小胡拉到一边，也不理解地）小胡，我爸妈可能是不同意这个事，这样，你先回去，我再做做他们的工作。

小　胡　好的，你再和二老解释一下，这个非物质文化遗产的重要。（此处扼要地说明非物质文化遗产的重要性）

儿　子　这么说，我们家的狮子还很重要，看来我得真拜我爸为师了，好，就这样，你先回。

〔小胡下。

〔儿子转身进门。

儿　子　（来到父前，跪倒在地）爸，我拜师了。

父　亲　我没有你这个儿子。

儿　子　爸，您太奇怪了，平时您老怕您的狮子失传，逼着我学，现在国家开始保护了，我也拜师了，您还要干吗？人家小胡来调查非物质文化遗产，您把狮子一给她，多好的事呀。

父　亲　什么？国家保护？（琢磨）你刚才说的遗产，是狮子？

母　亲　小胡不是来和你谈恋爱的嘛。

儿　子　是啊，这个……顺便调查文化遗产。

父　亲　我这算个什么文化遗产吗？

儿　子　那可不，小胡说这要是申请下来可就受国家保护了，咱家的狮子就会发扬光大啦。

父　亲　哈哈哈，你们说的遗产是这个遗产呀？那你小子还愣着干什么，赶快把小胡给我追回来。

儿　子　您知道吗？爸，您很奇怪！

父　亲　少废话，快追！

〔儿子下。

父　亲　　老婆子，来，搭把手，咱再把狮子舞起来！

〔舞狮子音效起。

〔舞狮子。

〔切光。剧终。

# 预防漫谈

**时　间：**现在

**地　点：**舞台

**人　物：**医生、女病号、小李、义工、芬芬

医　生　大家好，我是一名深圳市慢性病防治中心的医生，在这些独立的慢性病防治体系里，我们的主要职能是承担全市慢性传染性疾病和慢性非传染性疾病的预防与控制，在工作当中有几件事情想借此机会给大家聊一聊，首先，我想说的是，近年来通过不断的科学普及，大家的预防意识真的是提高了，从某种角度来说，这是可喜的。

〔资询室，有女病号（戴墨镜、戴口罩）来咨询。

女病号　大夫你好。

医　生　您好。

女病号　我身体不舒服，麻烦你帮我看一下。

医　生　什么时间开始的?

女病号　上个月，我已经来过一次了，但是什么都没查出来。

医　生　那不挺好吗，来我看看您的病例，是啊，一切都正常啊。

女病号　现在是指标正常，但是我在网上查到这种病的潜伏期是 3 到 6 个月，上个月正常不等于这个月正常，麻烦你帮我再看看

医　生　既然正常就说明没有问题，您到底是怎么回事啊?

女病号　你还想听啊?

医　生　上个月不是我给您看的，我还需要再了解一下。

女病号　你们医生怎么那么八卦呢? 就喜欢听这种事情。

医　生　您不要误会，这是正常的程序，我们必须了解一下病人的病因。

女病号　我不就是同学聚会的时候多喝了一点酒吗，其实没什么的。

医　生　那喝完酒呢?

女病号　醉了，然后睡了，醒了，我就病了。

医　生　完了?

女病号　我就来了。

医　生　你怎么能确定他就是携带者?

女病号　他我太了解了，最花心了，天天不停地抠女。

医　生　既然现在一切指标都正常，就说明问题不大。

女病号　医生你再给我检查检查吧，我不放心，我有老公，有孩子，不能因为这个病影响到我家人的健康，最近我经常做噩梦，我总感觉自己的症状和网上说的一样，我现在看到自己的孩子都不敢碰她，我快崩溃了。

医　生　放松点，你不用太紧张，你有这个意识很好，我们要相信科学，如果检测正常就是正常的，你要是还想再检测一次，也可以去化验，但是我要告诉你目前这些担心都是来自你的心理，你有这个意识说明你对自己对家人都很负责任，最关键的是你要洁身自好，你可以去那边化验室化验。

〔女病号下。

医　生　当然了，也不是所有的人对疾病都有一个正确的认识，很多人都是漠不关心，不去积极预防，更可怒的是，因为病人家属对疾病的认识不够，面对患者，他们没有选择亲情，而是选择了无情，选择了抛弃。

〔医生去病人家随访。

医　生　您好，您是李峰家属吗？

小　李　你谁啊？

医　生　我是慢性病防治中心的一名医生。

小　李　出去，出去，我们家没有这个人！

医　生　哎，你怎么可以这种态度呢，据我了解，你是他的儿子。

小　李　我没这样的爹！

医　生　我告诉你麻风病并不可怕，是完全可以治愈的。

小　李　别跟我扯淡，治愈不要钱？我没有钱，而且这个病是会传染的，自从他得了这个病，全村的人都不理我们了。

医　生　他无论得了什么病他也是你爹，自从他得了这个病以后你们把他赶出家门，流落街头，是我们中心发现了他，送进麻风康复中心，现在已经治愈得差不多了，他没有别的要求，就是想见一见家人，见一见你们。

小　李　不见，不见，不见，让他死了这份心吧，你们也都回去吧。

医　生　（大喝一声）混蛋，畜生，作为一个中国人，最基本的美德就是孝，就因为你爸爸得了病，就把他抛弃，我来之前和你们村委会的干部沟通过了，大家都知道这件事，如果传出去，我不知道你今后还怎么做人，如果你的孩子将来这么对你，你会怎么想？

小　李　（不情愿地蹲下）没办法啊，我们家穷啊，他孙子现在的学费都交不起，我们怎么给他看病。

医　生　这个你不用担心，国家对麻风病是免费治疗的。

小　李　是吗？还有这种事？

医　生　是的，不但一分钱不要还有补贴。

小　李　谢谢你啊，医生。（不停地道谢）

医　生　你跟我说这个干什么？还不赶快去看看你爹去！

〔小李下。

医　生　有这样的儿女真是可悲，但更可悲的是，在我们彩虹组织做防治义工的那些人，他跟我们一起去高危人群做宣传，做讲座，为防治艾滋病普及知识做了大量的工作。可最后他却没有逃脱艾滋病的魔手……

〔义工上。

义　工　黄医生，我的结果下来了吗？

医　生　下来了。

义　工　是阴性吗？

医　生　不是。

义　工　（惨惨地坐在地上，淡淡地笑）我就知道会有这么一天的。

医　生　小张，我就不明白了。平时你们跟我们一起宣传，你应该懂得怎么预防啊，为什么这么糊涂呢？平时学的知识都放到狗肚子里去啦，告诉你们要采取措施要采取措施，你们怎么就不听呢？

义　工　黄医生，我求求你了，别说了，别说了。这就是我们同性恋的命啊。

医　生　胡说八道，如果你们采取了措施就不会这样，这是你们自己肆意放纵的结果。

义　工　我们放纵？黄医生，连你也说这样的话，你是体会不到我们这种感情的。

医　生　我是体会不到，但是我是防治中心的医生，我的工作就是预防疾病，现在你所能做的事情，就是积极配合我们的治疗。

义　工　黄医生，我一直跟你干义工，我也知道治疗这个病的效果，（狠狠地说）你说我还有治疗的必要吗？

医　生　你什么意思？难道你要报复社会吗？你要把这个病传染给更多的人吗？

义　工　（吼叫）我也是被他们传染的。

医　生　你跟他们不一样，你是彩虹防治中心的义工，你比他们有知识，你比他们更懂得预防，你们义工是我们的好帮手，你们跟他们沟通更容易，是我们的好帮手，我们把预防艾滋病当成共同的事业，可是现在你能完成你的事业吗？好了，你必须去治疗，你放心，我们一起防治艾滋病的事业，会一直走下去……

〔医生与义工一人一个追光，义工追光熄。

医　生　艾滋病在男同性恋当中呈上升趋势，预防男同性恋的艾滋病蔓延将是我们下一步工作的重点，说了那么多，仿佛我们预防工作是件很辛苦的事情，其实也不全是，在我印象当中有好多快乐的事情，就拿发生在我身上的事情来说吧，那是，第一次和我爱人约会……

芬　芬　你是医生啊？

医　生　嗯，是的。

芬　芬　太好了，在我心里，医生特别得高尚，我好崇拜你啊，救死扶伤。

医　生　在你眼中我们医生这么好啊？

芬　芬　是啊，是啊，如果找一个医生做丈夫，全家看病可就方便了，而且医生是越老越值钱，你们是长期饭票啊，就算是二婚也非常抢手啊，呵呵呵呵呵……

医　生　那你的意思咱俩就……

芬　芬　抓紧时间咱们就结婚吧，明天太急了，后天怎么样？

医　生　太好太好了！

芬　芬　哎，对了，你是哪个科的？外科？内科？耳鼻喉科？神经科？牙科？小儿科？

医　生　不是。

芬　芬　啊？你不会是妇科的吧？

医　生　妇科怎么了？

芬　芬　那你天天都看、看……

医　生　那是正常工作，再说了我也不是妇科医生。

芬　芬　哦，太好了太好了。

医　生　我是性病皮肤科的。

芬　芬　什么？性病？

医　生　不光性病，还有梅毒，还有淋病、麻风病、结核病，哦，还有艾滋病。

芬　芬　啊……不要碰我，不要碰我。

医　生　你怎么这种反应啊，得了这些病的人都很痛苦啊，我们应该尽量地帮助他们，要有爱心，你不该歧视他们，你是做老师的应该懂得啊。

芬　芬　是啊……我知道……可是来得太突然了，让我适应适应吧。

医　生　那咱们后天的婚礼？

芬　芬　啊，咱们以后电话联系吧。

〔芬芬下。

医　生　一年以后她成为我的妻子，现如今，在我们慢性病预防中心的努力和宣传下越来越多的人了解并正视这种疾病，维护大家的公共心理安全，也许这正是预防疾病的真正目的。好了，我还有一个病人要去随访，再见！

〔切光。剧终。

# 真话难说

**时　间：**现在

**地　点：**家中

**人　物：**爸爸、妈妈、孩子、爷爷

〔爸爸、妈妈下班回家提菜篮子上，一边准备做饭一边聊。

爸　爸　你知道吗？我们单位调来一个副经理。

妈　妈　啊？老张没上去啊？

爸　爸　是啊，我也觉得奇怪，论资历、论能力，怎么也是老张啊。

妈　妈　老张不是很郁闷。

爸　爸　不光是老张郁闷，我们全公司都郁闷。

妈　妈　至于吗？

爸　爸　其实我们公司搞的是业务，谁当不当副经理啊，还真无所谓，但是大家一了解，这副经理原来是个司机，你说这不开玩笑吗！

妈　妈　司机？不可能吧，你们可是搞科研的，这司机当领导算怎么回事？给你们把握方向啊？

爸　爸　我们这公司又不是大巴车，还让一个司机把握方向？这里面肯定有问题。

妈　妈　哎哟，你才知道啊？就这点事还用回来叨咕，那一听不就明白了么，你们这司机是给领导开车的吧！

爸　爸　可以啊老婆，料事如神！

妈　妈　这算什么？明摆着嘛。

爸　爸　可这也太不严肃了。给老张真是气得够呛。

妈　妈　这有什么严肃不严肃的？老张也甭赖别人，谁让他不给领导开车呀。

爸　爸　这话可不对，那像你这么说谁也别干工作了，都给领导开车去吧！

妈　妈　那你以为，给领导办事就是最大的工作，你就是不开窍。

爸　爸　再开窍也理解不了，等明天例会啊，我得给领导提意见去，不能用人唯亲。

妈　妈　你说什么？再说一遍！

爸　爸　给领导提意见啊！

妈　妈　你脑子进水了？吃饱了撑糊涂了？我不指望你当官，你也甭给我们惹事行不行？

爸　爸　这怎么是惹事呢？领导也有出错的时候啊，万一他不知情呢？

妈　妈　我就死看不上你们这搞科研的，还研究生物工程呢，连人物都弄不明白，调人这么大事领导能不知道吗？不知道他能调来吗？保不齐这就是领导的意思！我告诉你，有天大的事，给我压住了，该举手举手，该鼓掌鼓掌，该欢迎欢迎，关于这事，你要敢言语半声，我就跟你离婚。

爸　爸　我的天啊，你至于吗？

妈　妈　是你至于吗？工资想不想调级？职称想不想评高？今后想不想进步？日子想不想舒坦？你别忘你了你是有老婆，有孩子的人，你想英勇就义别拉着我们，听清楚了吗？

爸　爸　提个意见就英勇就义了？好，好，好，说老实话，我要光有老婆，就义就就义了，就是放不下我的孩子啊。

妈　妈　你个没良心的，再说一遍不许提。

爸　爸　好，他们爱咋地咋地，明天就是把他们家保姆调来当经理我都不管。

妈　妈　哈哈哈哈。

〔二人亲密，爷爷领着孩子下学回家撞见。

孩　子　啊，爸爸好爱妈妈啊！

爸　爸　不对，是妈妈好爱爸爸啊。

孩　子　爸爸、妈妈都爱宝宝啊。

爷　爷　你们的教育好肉麻啊。

爸　爸　爸爸，给孩子就要创造一种爱的氛围，在这种氛围的孩子长大会非常阳光，心态会非常健康的！

妈　妈　是啊爸，为了您的孙子，您配合一下。

爷　爷　（无奈地）哇！爷爷好爱你们啊！行了，你们互相爱吧，我进屋了！

孩　子　爸爸，说谎是不是不对的？

爸　爸　那当然了，一个正直的人是绝对不能说谎的。

孩　子　妈妈您说呢？

妈　妈　说谎很可耻！

爸　爸　（小声）你居然懂这个道理！

妈　妈　滚一边去！教育孩子当然这样了！

孩　子　那发现说谎该怎么办？

爸　爸　批评他。

妈　妈　戳穿他。

孩　子　哦，那我明白了，爸爸，帮我找一下我们校长的电话。

爸　爸　干吗啊？

孩　子　今天校长来检查工作，问老师，你们有没有给学生乱补课啊？补课收不收费啊？老师说，从来没有乱补课，补课也从来不收费！校长说，很好很好！可是，我们经常地补课，而且从来没有免费的！老师撒谎了，我要告诉校长！

爸　爸　好啊，是要让校长知道！（拿出手机）

妈　妈　（一把抢过手机）你疯了？真是爷俩，怎么遗传的？冒一样的傻气！孩子不懂，你也不懂？怎么能向校长……（看到孩子不解的表情）怎么能向校长贸然地打电话呢？总得知道校长是不是休息了？讲话方便不方便啊？要讲礼貌嘛！（把爸爸拉到一边）赶快把你手机关静音。

爸　爸　啊？为什么？

妈　妈　一会我给你打，你就装校长，你到里屋去接电话。

爸　爸　啊？那咱俩这不是骗孩子吗？

妈　妈　哎哟，你们能不能有一个让我省点心啊？这要再把老师得罪了，那还有个好啊？你不会想害死你儿子吧！光这择校费得多贵啊？你掏得起第二次吗？

爸　爸　（有点傻眼）可是我万一漏了馅儿怎么办？

妈　妈　亏你还这么大的人，连几岁的孩子都骗不了，必须把他糊弄过去！（把爸爸推进里屋，转身对宝宝说）宝宝啊，妈妈给校长打个电话先问一问方便不方便，然后你再跟校长说啊！

孩　子　好的，谢谢妈妈！

妈　妈　（打电话）喂！是校长吗？（压低声音）把声音变一下，能听出来！喂！唉，差不多了，不是，是校长吗？您好，我是宝宝的妈妈，他有些问题想向您反映，您方便讲电话吗？哦，好，您稍等！（把电话给孩子）

孩　子　喂，是校长吗？我是宝宝，想跟您说一下，今天我们的老师跟您说谎话了，其实我们经常补课，而且也收费，但是老师没有对您这么说，其实我想老师也不是故意的，他主要是怕您批评他，老师补课也是为我们好，收费也是应该的，只是别那么贵，我爸爸妈妈赚钱特别不容易，其实我们很爱老师的，只是觉得说谎不应该，您说呢？您嗓子怎么了？喂？哦，是感冒了，校长您多注意休息，我挂了，再见！（把电话还给妈妈）

〔爸爸从里屋出来和妈妈点头示意，事情成功，爷爷跟出来。

爷　爷　你跟谁打电话呢？怎么憋着个嗓子？装神弄鬼的？你怎么又成校长了？

妈　妈　爸，您先别问了，完了再告诉您！

孩　子　爷爷，告诉您一件事情，我刚才给我们校长打电话了，跟他说了我们老师说谎的事情，校长还夸我了呢，说我是个诚实的好孩子！

爷　爷　啊？（看了看夫妻二人，心里明白，对孩子说）没错我们孩子就是一个诚实的好孩子，不像有些大人，专门骗小孩，这样的大人能教出好孩子来吗？

爸　爸　爸，我这不也是没办法嘛，您快别说话了。

爷　爷　不让我说话了？我得好好说说你们两个，这办的什么事，还说让孩子阳光，让心态健康，夫妻俩合起火来骗孩子，能健康吗？能阳光吗？

孩　子　啊？爸爸妈妈骗我什么了？

妈　妈　爸爸妈妈没有骗宝宝，爷爷跟我们开玩笑逗着玩呢！

爷　爷　谁跟你们逗着玩？做人就要响当当，说句真话怎么了？有那么难吗？（爷爷电话响，爷爷接电话）喂！谁？哦，街道的王主任啊，怎么了？哦，哦，哦，哦，又来检查团了？让我们到老年活动室？当学员？哦，哦，哦，行，行，行，还跟上次一样呗，就跟领导说这样的活动天天有，搞得很红火，群众很满意，大家很开心，哈哈哈，都老词儿，不过王主任，这次您可得管饭，而且再加五十，要不然我带去的那帮老太太不干了，好好好，你就放心吧，我这就叫她们一起去（挂电话，继续训两口子）对不对，我刚才说哪儿了？

爸　爸　爸，您说到说句真话怎么了？

妈　妈　有那么难吗？

爷　爷　（一时语塞）哦，哦，哦啊，对啊，有那么难吗？（爷爷下）

爸　爸
妈　妈　　哈哈哈哈！（爸爸手机响、接电话）

爸　爸　　喂！谁啊？什么校长啊？（回头一看，孩子拿着电话，愣愣地看着爸爸和妈妈）

〔三人定格。

〔怪异音效起。

〔切光。剧终。

# 客车轶事

**时　间：**春节前

**地　点：**长途客车上

**人　物：**

关　浩——男，28 岁，即将结婚。

沈苏怡——女，26 岁，即将结婚。

杜　义——男，32 岁，已婚夫妇。

杨　馨——女，31 岁，已婚夫妇。

李玉萌——女，20 岁。

张大海——商人。

徐　涛——男，24 岁。

〔幕启。长途汽车站候车厅。

〔已婚夫妻杜义、杨馨上。

杨　馨　快点！快点！走快点。

杜　义　我拿这么多东西，怎么快？

杨　馨　我跟你说，你别老大不愿意的，票都已经买了，今年就是要回我家过年。

杜　义　你去打听打听，中国人不全都是老婆跟老公回家过年，可你倒好，偏偏要……

杨　馨　你再给我说一句!

杜　义　当然，中国人也有老公和老婆回家过年的，呵呵!

〔李玉萌扛着大包小包上，杜义看，包掉，上前帮忙。

杨玉萌　谢谢大哥。

杜　义　不客气，没关系。

〔杨馨将杜义拉一边，用眼瞪着。

杜　义　干什么?哎呀，我不过是帮个小忙嘛。

杨　馨　刚才给我提点东西，一个劲儿地喊累，现在身手挺敏捷呀。

杜　义　你看你。

杨　馨　看什么看，讨厌!

〔徐涛打手机上。

徐　涛　太讨厌了!我们这个老板太讨厌了，不见棺材不落泪，逼着到最后还得给我们结工钱，工钱一结马上我买了车票，回家过年，明年我不干了，对!再不结工钱让他当不成老板。哈哈哈。

〔手机铃声。张大海上。

张大海　喂，我是老板，什么?那个钱呀，咳!明年来了再结吧，来不及了，我现在已经坐在回家的车上了，就这样!

〔小伙子瞪着商人，商人莫名其妙。

张大海　呵呵，朋友，我不认识你呀。

徐　涛　呸!

张大海　你什么意思?

徐　涛　呸!

张大海　你!干什么?

徐　涛　我，呸!

张大海　你，有毛病!

徐　涛　黑了心。

张大海　你骂谁?

徐　涛　谁黑心我骂谁！

张大海　奇怪，我又不认识你。

〔情侣关浩、沈苏怡上。

〔徐涛把排队的商人推后，让情侣站到了张大海前面。

张大海　你凭什么，我先来的。

徐　涛　不服气？

张大海　好好好，算我倒霉，我排到后面。莫名其妙！

沈苏怡　宝贝，不是说又下大雪，路都封了，让咱们留在深圳过年吗？怎么还有车。

关　浩　宝贝，就几个小时的路程，可能咱们那儿没事，这不还有车吗。

沈苏怡　宝贝，我好冷呀。

关　浩　宝贝，我抱着你就不冷了。

〔二人旁若无人地亲热起来，反而让前后的人都不自在起来。

杨　馨　你看人家。多甜蜜。

杜　义　那是没结婚呢！

杨　馨　你怎么知道？

杜　义　结婚以后谁还这样呀。

杨　馨　你什么意思？结婚以后怎么了？

杜　义　好好，我也叫你——宝贝！

杨　馨　少恶心！

杜　义　你看，嫌恶心了吧。

〔汽车上，众人上车。

〔车上因每个人随身的箱包带得太多，车厢内显得拥挤，相互都起了矛盾，吵闹起来，汽车在争吵中开动。

〔音乐起，切光。

〔光启，汽车缓慢地停了下来。

杨　馨　喂，别睡了？汽车半天不动地方了。

杜　义　堵了吧？

沈苏怡　堵了好长时间，好多车呀。

关　浩　这是哪里呀？

沈苏怡　到处都是山。

杨　馨　你去看看这是怎么了。

杜　义　我去看，我是交警呀？就是堵了。

徐　涛　可别堵到这里，前不着村后不着店的。

〔张大海和李玉萌都焦急起来。

徐　涛　我下车看看去。

〔大家拿出携带的干粮，吃起来，有的拿起手机和家人通电话报告堵车的消息。

〔小伙子回来，大家都焦急地问询。

徐　涛　我的妈呀，前后全是车，前边的司机和咱们车司机说雪灾，路封了，最前边都堵了六个多小时了。

众　人　啊？那可怎么办呀。

徐　涛　司机说天灾没办法，只能等了。

众　人　（拉住小伙子）那我们得等到什么时候呀？

徐　涛　别问我呀，又不是我给弄堵的，我也不知道。

〔大家坐回座位，没了主意，又一轮地狂打电话。

〔灯渐渐暗下来。

〔每个人都感觉到寒冷，穿起了备用的衣服。

杨　馨　真倒霉，怎么就堵到这儿了，附近有个小卖部就好了。

杜　义　小卖部？有人就不错了，我说跟我回家过年，你偏偏要回你家过年，这下好了吧。

杨　馨　回你家就不堵了，兴许更堵。

杜　义　你这个人就从来不讲理的。你怎么就知道回我家会堵车？

杨　馨　你不想回我家就算了，别拿堵车说事。

杜　义　　你好烦呀！不要再讲了。

杨　馨　　你嫌我烦，我就知道你嫌我烦。

〔杜义捂住双耳。

关　浩　　这要是回不去可怎么办呀？

沈苏怡　　不会的，回不去就回不去，我们两个在这里多浪漫呀！

关　浩　　那不行，家里都摆好了宴席，等着呢。

沈苏怡　　等着也没办法。

关　浩　　你说得倒轻巧，所有亲戚朋友都到了。订好了年三十回家结婚的。

沈苏怡　　我有什么办法？婚晚一点结了。

关　浩　　你，你怎么这么不重视我家亲戚。

沈苏怡　　我怎么不重视了。不理你了。闷死了！（开车窗）

关　浩　　冻死了！（关车窗）

沈苏怡　　闷死了！（开车窗）

关　浩　　冻死了！（关车窗）

张大海　　你们俩就不要吵了，堵了一天了，大家心里都很烦，你们一闹就更烦。

沈苏怡　　闷死了！（开车窗）

关　浩　　冻死了！（关车窗）

张大海　　这样，先关住窗户把你闷死，然后再开开窗户把你冻死，这样大家就安静了。

徐　涛　　人家小两口玩儿关你什么屁事？！

张大海　　你这个人怎么老冲我来，我又没有招惹你，你以为我好欺负呀？

徐　涛　　你以为我好欺负呀。

张大海　　我欺负你，哈哈，谁欺负谁呀，一直是你在找茬。

徐　涛　　我就是找茬，要不是你们这些黑心老板拖欠工资，我早回家了，还用堵到这里受罪。

张大海　　你神经病，我又没有欠你工资，谁欠你找谁去！

徐　涛　我就看不惯你这样的人！

〔杨玉萌开始哭起来，吸引大家的注意力，大家围上来询问。

杨玉萌　我想回家，我必须回家，我们全家都出来在不同的城市打工，家里只有老奶奶和四岁的弟弟，我们三年没回过家了，今年工厂效益好，我们约好今年一起回家过年的，我想家，我更想他们呀。

〔大家黯然，回到座位上发愁。

〔切光。

〔光启。

〔大家从车里哆哆嗦嗦地出来，每个人都七长八短地穿着各色衣服，甚至连毛巾，报纸都裹在身上，手里拿着年货，拆开来吃。

杜　义　这把带回家的年货都吃了，咋办呀？

杨　馨　吃吧，天这么冷，不吃东西会生病的。

杜　义　那你们家人怪罪下来怎么办？

杨　馨　什么呀，我老公更重要。

杜　义　老婆，请问你是我老婆吗，我没听错吧？

杨　馨　讨厌，吃都堵不住你的嘴。

关　浩　早知道多带点吃的，谁能想到会堵车了，饿了吧？

沈苏怡　不饿，被你气饱了。

关　浩　宝贝，还生气呢，我错了，别生气了，我给你找点吃的去。（走了几步，又回来）这也没地方弄吃的呀。

〔杜义要分给情侣食物，被杨馨一把拉回来。

杨玉萌　大哥，我这有个面包。我吃不了，你拿去吧。

关　浩　这怎么好意思。

杨玉萌　有啥不好意思的，一个面包而已，给你。

关　浩　（接过面包）谢谢你。

〔杜义、杨馨有些不好意思，杜义看杨馨，杨馨尴尬，杨馨将食物分给杨雨萌和情侣，大家一起吃起来，没有水，噎住，打嗝，难受，找水。

〔徐涛上，看到情形，拿出剩余的半瓶矿泉水，分给大家，可是人多水少，打嗝依旧。

张大海　（上场，手里拿着几瓶矿泉水）哎呀，你们不知道呀，一桶方便面卖到 30 块，加热水 45，一瓶矿泉水 35，这些人太有商业头脑了，幸亏我多拿了好几瓶，刚才 30 块钱卖几瓶，真应该带几箱来呀。你们要不要，我可以卖给你们，看在大家在一个车得份上，15 块卖给你们，半价，够意思吧。

〔众人鄙夷地看着张大海，忍着难受欲回车上。

张大海　真的是 30 块，不信你们去问嘛。好好，不要回去，车里还不如外面暖和。送给你们喝了，算了算了。拿着拿着，都噎成这个样子了，就不要客气了。

徐　涛　哥们儿，谢谢，总算听你说了句人话。

张大海　朋友，你就不要再找我茬了，大家现在也算同舟共济了。这路可能一时半会儿是通不了了，还是想想我们怎么办吧。再在这里等下去，我们可就又冻又饿又渴，随时就会病倒在这里。

〔大家商量后决定自己走出去，走回家乡。

〔一个徒步还乡的队伍组成了。

〔音乐起，风雨交加。

〔众人雄赳赳的造型。

〔众人气喘喘的造型。

〔众人互相搀扶的造型。

〔众人狼狈不堪的造型。

〔众人又回到了客车旁。

杨　馨　我的妈呀，累死我了。

杜　义　我的娘呀，红军太伟大了。

关　浩　两万五千里就走完了。

沈苏怡　我走了这么几步就成这样了。

杨玉萌　在城里待得把身体弄坏了。

徐　涛　这个队伍太难带了。

张大海　幸亏我们及时决定掉头回来，要不然我们就要睡在大山里了。

杨　馨　是呀，第二天一起来发现你老婆我被狼叼走了。

杜　义　只要不是色狼，叼走就叼走吧。

关　浩　我们可怎么办呀。

沈苏怡　难道咱们是泰坦尼克号的汽车版。

杨玉萌　呀，车上贴有一块告示牌。

徐　涛　乘客们，前面的道路正在抢修，我去前面看看情况，因为灾情严重，可能不会很快通车，请大家上车耐心等候，车上有当地政府救灾部门送来的救灾物资，请大家按需拿取。司机。

张大海　快去看看！

〔冲上车的人们惊喜地叫喊着。

杨　馨　好多件棉大衣！

杜　义　各种罐头和好吃的！

关　浩　还有手机充值卡！

沈苏怡　一大箱的矿泉水！

杨玉萌　还有几瓶白酒呢！

徐　涛　手电筒和好多电池！

张大海　太周到了，太周到了。居然还有一个小收音机。汽车上不是有收音机吗？

徐　涛　那是节省汽车电瓶里的电，万一打不着火呢。

张大海　对对对，打开听一听。

〔调频对准，收音机里传出救灾抗灾的报道和某领导对灾区人民的慰问。

〔大家听完之后，沉默片刻。

杨　馨　老公，听完之后你心里是不是感觉到有些，有些……

杜　义　兴奋？

关　浩　感动？

沈苏怡　高兴？

杨玉萌　激动？

徐　涛　踏实？

张大海　特别踏实？

众　人　对！不害怕了，特别踏实！

张大海　来来，把手电开着，吃着，喝着。

〔有人哼唱了一句，众人情不自禁地随着唱了起来。

徐　涛　我提议，干脆每个人唱一首歌吧。

众　人　好！

〔每个人都唱了一小段，有人还伴舞，大家都兴致勃勃，关浩、沈苏怡对唱了一首情歌。

众　人　我看你俩就此举行结婚仪式吧！

沈苏怡　对呀，客车上的婚礼，太浪漫了，我喜欢。

关　浩　绝对有创意，与众不同，好，那就麻烦大家伙儿了。

众　人　太好了，结婚典礼马上开始，各就各位。

〔众人忙活起来，关浩、沈苏怡拿出了准备带回家的喜烟。

〔杜义、杨馨拿出了准备带回家的糕点。

〔徐涛拿出了准备带回家的特产。

〔杨玉萌拿出了准备带给爸爸的老酒。

〔张大海拿出了准备带给孩子的糖果。

杜　义　一切准备就绪，结婚典礼现在开始！

杨　馨　一对新人入场。一拜天地、二拜，证婚人，夫妻对拜。

徐　涛　恭喜你们，碰到这个百年不遇的日子，冰雪象征着你们爱情的纯洁。

杨玉萌　对对对，就在这个冰雪交加的日子，你娶到了一位冰雪聪明的女孩。

张大海　是啊，天气很冷，就像冰箱一样，但你们的感情可以保鲜呀。

〔关浩、沈苏怡感动得热泪盈眶。

杜　义
杨　馨　不要哭，不要哭，大喜的日子，应该笑才对。

张大海　人家是喜极而泣，快和家里人通个话，用我的手机打。

关　浩
沈苏怡　爸爸，妈妈，对，雪灾路堵了，我们回不去了。爸爸妈妈，虽然我们不能按时回去，但是我们依然结婚了。车上所有的人都是证婚人，是他们给我们举行了婚礼。天气虽然寒冷，但我们都感受到了人间真情，虽然我们素不相识，萍水相逢，但我们却得到了大家珍贵的礼物和真挚的祝福。谢谢大家，请一起端起酒杯，喝下我们的喜酒！

众　人　干杯！

〔定格。切光。剧终。

# 和谐交响曲

**时　间：**现在

**地　点：**一个居民小区

**人　物：**

孟凡泽——小区住户。

崔　承——小区住户。

铃　铃——崔承太太。

邱星然——小区住户。

莹　莹——邱星然女朋友。

严　鑫——小区住户。

李警官——警官。

覃阿姨——小区清洁工。

王阿姨——小区清洁工。

丁　力——因为失恋准备跳楼的年轻人。

张主任——街道办主任。

苗大妈——小区跳舞的大妈。

鲁大妈——小区跳舞的大妈。

陈大妈——小区跳舞的大妈。

〔覃阿姨与王阿姨打扫卫生。

覃阿姨　（大叫一声）啊呀，烫死我了。

王阿姨　啥东西？哦，楼上扔烟头了。

〔覃阿姨抚头向上看去。

王阿姨　别看了，快走吧，这幸亏是个烟头，这要是个罐头，你不就完了。

〔覃阿姨、王阿姨躲在一旁，丁力蹲在地上。

王阿姨　我看看，烫得厉害不？呀，红了，去买个烫伤药吧。

覃阿姨　切！还烫伤膏呢，贵巴巴的，弄点牙膏算了。

〔丁力掏出牙膏递给覃阿姨。

覃阿姨　不用了，我宿舍里有。谢谢！

丁　力　拿着吧，我用不着了。

王阿姨　人家给你就拿上，快擦上，你这人，人家城里人还稀罕个牙膏。（边抹边说）你说这楼道里都写着呢，严禁高空抛物，他咋就没人看呢，这社区里刚开始的时候嚷嚷着说，建个花园，弄个这弄个那，这都建好了，啥都往下扔。我们农村也不能这样呀！还有自己糟蹋自己的？抹完了，还给你，小伙子，咿？人呢？

〔四户人家大门紧闭，丁力颓废地站在走廊尽头，孟凡泽、崔承上场，形同陌路，覃阿姨、王阿姨与大家打招呼，没有人理睬，孟凡泽、崔承看了一眼丁力，来到自家门前开锁，木然地看着对方，各自进入家中。覃阿姨、王阿姨回到宿舍轻轻地关上房门，邱星然与女友拥搂上，开家门，重重地关门。

〔每个人都轮番重重地关门，关门声转变为RUP节奏关门，关门，使劲地关门我要躲着人，不是我见不得人是我没时间没打算没精神，那是你的家我的家他的家自己的家不能混，住了多少年我根本就不问，你是干吗的？你管我干吗的！你不是骗子吧，就是坏人吧！我要留点神，离我远点离你远点大家全都留点神，这是城市不是在农村，我们都是文化人白领蓝领经理人倍儿有身份，打个招呼握握手笑一笑来到我家聊一聊那是不可能，你谁呀？关门关门赶紧关门……

崔　承　（气愤地出门来）每次都要重重地关门，一点也不考虑别人，真是

低素质。（也重重地把门关上）

孟凡泽　（气愤地出门）什么毛病，我得理论理论。（想了想，回到自己的家，重重地把门关上）

邱星然　（出门）怎么了，什么爆炸了？！

莹　莹　回来，管那闲事，只要咱家不爆炸就行。

严　鑫　（叹了一口气）你以后轻点关门，邻居们有意见。

邱星然　你是干吗的？

严　鑫　我，我，上楼顶。

邱星然　哦，我关我家门，关他们什么事，有毛病，有本事把我门拆了。（准备轻轻地关门，想了想，还是重重地关上）

严　鑫　（唱）我不知道，为什么这样，世界不是我想象，总是看不到关爱的方向，人人都已变了样。我是不是该安静地走开，从此再也不回来……上楼顶，五户门缓缓升起，露出五家人。

（五家人做各自的事情）

〔邱星然与女友卿卿我我，互相依偎地吃零食看电视。

莹　莹　爱我吗？说实话。

邱星然　爱，不爱能结婚吗。

莹　莹　还没结婚呢。

邱星然　差不多了。

莹　莹　想得美。

邱星然　不结婚也行，我更自由。

莹　莹　啧啧，好像谁限制你似的。

邱星然　那好，我出去泡妞去。

莹　莹　你敢！

邱星然　你看看，限制了吧。

莹　莹　你要敢泡妞，我就扣仔。

邱星然　我抽你。

莹　莹　是你说的要泡妞的。

邱星然　我说，是我说的，怎么了，你扣一个仔试试。

莹　莹　真不讲理，行了，咱俩谁都别气谁，说正经的。

邱星然　你有什么正经的。

莹　莹　我问你，咱结婚之后，那这房子写谁名字？车写谁的名字？目前所有的财产应该是谁的？

邱星然　咱俩的。

莹　莹　说得好听！万一将来你又……我可什么都没有了。

邱星然　这就是你说的正经的，我怎么觉得一点都不正经。

莹　莹　就是正经的！正是因为要结婚了才跟你说这些，如果只是玩玩我才不管呢，我可不能就这么傻呵呵地被你给骗了。

邱星然　我什么时候骗你了？

莹　莹　哼，你们男人都一个样，现在说得好，等结了几年婚，腻了，淡了，审美疲劳了，看到年轻漂亮的，我就……就……

邱星然　怎么哭起来了，见风就是雨，说得跟真事似的，乖，不哭，再说咱俩人只有你骗我，我哪能骗得了你呢？

莹　莹　我怎么能骗你呢？

邱星然　哎哟，现在的女人还得了，你没看我那几个朋友不都让女人给骗了吗。

莹　莹　那是他们没碰着我这样的。

邱星然　碰你这样的兴许骗得更惨。

莹　莹　你胡说！

邱星然　呵呵，开玩笑的，开玩……对呀，你要骗了我可怎么办。等结了几年婚，腻了，淡了，审美疲劳了，看到年轻力壮的，眉来眼去，背着我……不行，这事太不可靠了。

莹　莹　胡说，都是男人骗女人。

邱星然　胡说，女人专门骗男人。

〔二人怀疑地看着对方。

邱星然　莹莹，你，爱我吗？

邱星然　爱，你怎么保证？

邱星然<br>莹　莹　签合同！

莹　莹　孟凡泽，你。

邱星然　莹莹，你。

邱星然<br>莹　莹　合订书，为了婚后家庭幸福，责权明确。经双方友好协商，共同制定以下条款，结婚以后共同恪守。第一条……（快节奏音乐起）

〔二人签字画押，各长出一口气。互相对视。

莹　莹　你，爱我吗？

邱星然　爱，（二人握手）对了，如果将来生了孩子，不是我的怎么办？你爱我吗？

莹　莹　爱，我们做亲子鉴定。

邱星然<br>莹　莹　补充协议。

〔快节奏音乐起。

〔对唱。你知道吗，爱你并不容易，爱需要很多Money，如果今生注定要在一起，我们就守着这份合同慢慢老去……

〔二人拥抱，突然分开。

邱星然<br>莹　莹　你爱我？哼！

〔转身互不理睬。

〔孟凡泽的房间，墙上挂着孙子兵法，三十六计。

孟凡泽　（说书，惊堂木一拍）锄禾日当午，汗滴禾下土，谁知我升官，来了只拦路虎。多倒霉吧！你说我天天都是孙子兵法、三国演义，怎么就没想到呢！看他们一个个傻不拉唧，不像个会动脑思考的人呀，怎么我天天待在家里琢磨他们，咋就斗不过呢？真别扭，太别扭了！要问我是什么事，咱们请听下回分……我还是现在告诉您吧，（绕口令）由总公司调来一位是总公司副老总的姓付的姨夫，来我们支公司当副总，由分公司调来一位是总公司正老总的姓郑的朋友，来我们支公司也当副总，姓郑的副总和姓付的副总都想当正总，两位副总争得是不可开交，这可苦了我呀，管姓付的老总叫付总郑总不高兴，管姓郑的老总叫郑总付总更不高兴，可叫成郑付总，郑总肯定也不高兴，最后只好都叫老总，可偏偏我姓宗，别人一叫我老宗，郑总、付总和我一起答应。这下可麻烦了，既得罪了总公司副总的姓付的姨夫的付总，又得罪了总公司正老总姓郑的朋友的郑总，不能得罪呀，因为我也想混个由总公司领导的分公司指挥的支公司率领的办事处的小总……这可怎么办呢？

〔童声齐唱（京剧脸谱）真烦人，把那脑袋想大啦，圣人的古训，往那墙上挂，哇呀呀呀，由总公司调来一位是总公司副老总的姓付的姨夫，来我们支公司当副总，由分公司调来一位……

〔崔承的房间，崔承妻收拾行李，崔承打电话发脾气。

崔　承　喂，都买好了吗，明天早上的机票，好的，我告诉你们，这次我非常不满意，很不满意！这次开会要半个月，公司有什么事及时向我汇报。

铃　铃　你就不能让别人替你去？

崔　承　我不放心！我能放心吗？公司之所以有今天的辉煌，那都是我不放心的成果，让别人去我不放心。

铃　铃　我们已经赚了不少了，这么拼命，钱是赚不完的。

崔　承　赚多少也不够呀，你说我们干什么不用钱？缺不了的就是钱。

铃　铃　看你说的，赚不到钱的人还不活了。

崔　承　我也一直纳闷，他们赚不到钱是怎么活的？

铃　铃　我看都比你活得好。

崔　承　胡说！

铃　铃　至少比你轻松高兴。

崔　承　怎么可能，（皱着眉头）我很轻松，我很高兴。

铃　铃　真的吗？（递给崔承一面镜子）

崔　承　（看到镜中的自己）唉！现在赚钱不容易呀。

铃　铃　是你太紧张了，你说你多久没见孩子了。

崔　承　多久没见了？一个月？一个半月？什么？三个月了！

铃　铃　你真的不能让别人去，明天很重要。

崔　承　很重要？是什么日子？对！结婚纪念日！那后天不是女儿的生日？给女儿打个电话，喂，宝贝女儿，想爸爸了吧，提前祝你生日快，为什么提前？呵呵，这个提前的意思就是爸爸不能……

〔电话机挂断，崔承妻生气地走开，只留下崔承一人发呆。

〔音乐起。

〔严鑫的房间，桌上放着一包钱，严鑫不停地数钱，听到门外响，慌忙将钱放入包中，抱着包躲在桌下面。

〔从桌下爬出，把包藏来藏去，放到哪里都不放心，拿出钱放在衣服口袋，放不下硬塞，把口袋撑破，拾起钱来，好像又听到有动静，等了等，又没有听到动静，长出了一口气，看着钱发呆，猛地跑去拿了一瓶酒，打开，喝了几口，把钱放回包里，穿好衣服，又喝了几口酒，摇摇晃晃地来到门前，要开门，又瘫软在门口哭了起来。

〔音乐起。我醉了，因为我心烦，我醉了，因为我太贪婪，就是为了钱，跳进了深渊，往日的宁静，好像我的旧梦，旧梦里良心的发现……

〔覃阿姨、王阿姨的宿舍，宿舍内非常简陋。

王阿姨　你这个汇款单底联等那边说收着了再扔，万一邮局没寄到，你连个证据都没有。放好了。

覃阿姨　好好，那么大个邮局要是弄丢了，那成啥事了。

王阿姨　啥事，城里啥事不可能呀。

覃阿姨　城里乡下，你说城里人咋那么傲气呢，要说我家在当地也算也是城里的，来到这儿咋就成了乡下的。

王阿姨　你家也就是个郊区，这些城里人看谁都是乡下的，一骂人就是“你个农民”，不过城里人就是有钱。

覃阿姨　你说城里人那么有钱咋看着好像都不高兴呢。

王阿姨　不可能，都跟咱装呢，你想想，一关门，在那么好的房子里数钱，你是个啥滋味。

覃阿姨　住那么好的房子里数钱，哈哈，美不死呀。

覃阿姨<br>崔　承　哈哈哈哈！

〔探戈舞蹈，四扇门缓缓降下，丁力站在了高处，双腿搭在墙外。

〔居委会张主任领着跳舞的大妈跑上。

张主任　嘘！（慢慢地向丁力走去）

苗大妈　张主任，我看不像跳楼的。

张主任　闭嘴，不跳楼坐在那里在干什么？！

鲁大妈　现在年轻人干什么还用找理由，没准这又是啥新时尚呢？

张主任　那不行，我是居委会主任，像这种新时尚就不能在我这里玩！

陈大妈　我看像跳楼的，你看他头发都乱乱的，萎靡不振的样子。

苗大妈　废话！这是18楼，站在那里风肯定会把头发吹得乱乱的嘛。

鲁大妈　也许是谁家的，问一问。

〔敲门，把五户人家叫出来。

张主任　你们谁认识那个人？

五　人　好像，刚才，不认识！

苗大妈
鲁大妈　我认识，怎么了。
陈大妈

张主任　他是谁？

邱星然　不知道。

鲁大妈　他刚才给了我一管牙膏。

张主任　你得确定，人命关天。

邱星然　人命关天？你们这帮老太太整天瞎操心。以为人家跳楼吧，错啦，人家是看风景，刚才他跟我说的。

张主任　不对，我觉得不对劲。

邱星然　不信我给你问问去？喂，哥们儿，你在这里干吗呢？

丁　力　坐一会儿。

邱星然　你看，人家只是坐一会儿。坐这儿干吗呢？

丁　力　看风景。

邱星然　你看，人家是看风景呢。你要看多长时间？

丁　力　很快就看完了。

邱星然　你看，人家很快就看完了。看完之后呢。

丁　力　从这里跳下去。

邱星然　你看，看完了人家就跳下去了，我的妈呀，真是跳楼的。

〔众人慌作一团。

张主任　赶紧报警，快去疏散人群。（大妈们下）丁力，千万不要这样，不要拿自己的生命开玩笑呀！

丁　力　不许过来！你要过来我现在就跳下去。

张主任　不要不要，我不过去。可是你到底怎么了，你和我说说，千万不要想不开呀。

丁　力　你不要管我，走开！

张主任　（无奈，退下）我说你们谁去劝一劝他呀，急死我了。

邱星然　我跟他说过话，我去劝劝他。

（唱）朋友啊朋友，你来听我说，如果你受了挫折，请你告诉我，朋友啊朋友，有话你对我说，如果你说了，也许心里就好很多……

丁　力　（哭泣）她把我的钱全骗光了，我失恋了。

（唱）对你的思念是一天又一天，孤单的我从此彻底改变，不再相信，骗人的爱情，我只想纵身跃下彻底逃脱，最爱你的人是我，你怎么舍得我难过，为你付出了这么多，你却没有感动过。

邱星然　哥们儿，千万不要为这样的女人干傻事，不值，从这事你就看出来她只是为你的钱，这是好事，要是你们结婚之后才发现，你不是更惨，就像我。

莹　莹　你什么意思。

邱星然　我，没什么意思。你难道不觉得我们签了合同之后，突然觉得特没意思吗。

邱星然
莹　莹　（二人对视，共同掏出合同，打开撕掉）对不起，我错了，其实我没有想……（拥抱）

张主任　嘿！你们干吗呢？！忘了你们在上头是干吗的了吧，下来！

孟凡泽　丁力（孟凡泽硬拉着丁力）我们去，

（唱）亲爱的朋友们，我们开个会，看着那晚霞，春风多么美，鼓足劲，再拼一回，未来更明媚，抓住机会赚他个满屋子钞票飞……

丁　力　我在公司是小职员，根本没有提升的机会，还拼什么呀。

孟凡泽　其实，丁力，谁都心里头有别扭事，我在公司里那才别扭呢，不过刚才我在我家突然想通了，什么提升呀，权力呀，成天要是光想着这些，就什么事都别干了，无欲则刚，心里舒舒坦坦地活着，你就能踏踏实实地干，有了成绩，就顺其自然了。一会儿我就回去把满屋子的孙子兵法、厚黑、三十六计都撕了它，我只求一个心里舒坦，对不对？

严　鑫　太对了，我这心里就不舒坦呀，（哭泣）原来我做财务，虽然工资不多，但天天高高兴兴，我，我就为了那二十万呀，一念之差，我偷偷地拿回家，这一年来哪都不敢去，钱也不敢花，天天在家里吃方便面，一有动静就吓得我心惊肉跳，谁都不敢见呀，我都快憋闷死了，我早就想跳楼了。

张主任　这怎么回事，怎么又多了一个跳楼的，添乱！

严　鑫　我不跳，因为我现在懂了，人这一辈子要做很多事，要碰到很多事，但就是不能做错事，如果做了就要有勇气面对它，不要逃避，因为逃避解决不了任何问题，我现在就要自首，为了我良心好过一点。丁力你千万不要跳下去，我们都应该重新来过。

〔李警官上。

李警官　张主任，消防中队也来了，在下面安装气垫床呢。怎么样了。

张主任　很复杂呀。

严　鑫　李警官，我自首。

李警官　好，先下来再说。有什么复杂的！（一把抱住严鑫，对对讲机说）王队王队，跳楼的已经解救下来。让消防队撤了吧，好了，大家都回去吧，没事了。

张主任　什么没事了，跳楼的还在上边呢。

李警官　啊？还有一个跳楼的。（对对讲机说）王队王队，还有一个跳楼的，消防队先别撤。（对严鑫）你们为什么跳楼？

严　鑫　我没有跳楼。

张主任　他是上去劝别跳楼的。

李警官　劝别跳楼的，你自什么首，这不捣乱嘛！王队王队，刚才解救的不是跳楼的，是劝别跳楼的，跳楼的还在上面，多整几个气垫床。

严　鑫　我没捣乱，我要自首，我贪污公款二十万，钱我都没花，在家里的提包里。

李警官　啊？那，跳楼的那个贪污多少？

严　鑫　他没贪污，他是失恋了。

李警官　好，（给严鑫戴上手铐，对对讲机说）王队王队，跳楼的是个失恋的，劝他别跳楼的是个贪污的，这个跳楼的和贪污没关系，这个贪污的也没打算跳楼，贪污的劝完失恋的就自首了，现在铐起来了，失恋的听完贪污的劝，现在还没下来，还打算跳楼呢，完毕。我的妈呀，真挺复杂。

张主任　别愣着呀，赶快继续劝呀！

覃阿姨　丁力，我还你牙膏，啊呀，我也不知道该说啥。

王阿姨　我更不知道我该说啥，我一直以为你们过得都比我们好呢，可谁知道，个个都一脑门子官司，想不通呀。

覃阿姨　按说你们城里要啥有啥，怎么就活得这么麻烦呢。还跳楼，就因为失了个恋?

王阿姨　就是，我年轻的时候，那个恋失的，比你惨多了。

覃阿姨　是啊，这个大姐也没想过跳楼。

王阿姨　因为村里头没楼。倒是有条河，我跳河了。

覃阿姨　啊?！你不能和他说这个。

王阿姨　咋不能说，跳完我就后悔了，为这个人太不值了，这个人可差我现在的老公呢。

覃阿姨　丁力，你是个好人，还你牙膏。

张主任　丁力，你看，大家都在劝你，都在关心你，你可不要不听劝呀。

丁　力　（泣不成声）不，刚才说得道理我都懂，我命不如别人，我什么都不如别人，活该我倒霉呀……

张主任　孩子，你不能这么想，不能泄气不能自卑呀！
（唱）丁力讲话，理太偏，谁说你是倒霉蛋，男儿好汉，过难关，女子才会，泪涟涟。白天喜盈盈，夜晚梦笑脸，鼓足勇气来把那事情干，你这七尺男还不如一个俺呐。

崔　承　丁力，你不为自己想也应该为家里想一想吧，你这么一跳，家里

# 南国舞台上的星星火

## 邱叙然儿童剧本集萃

中国戏剧出版社
CHINA THEATRE PRESS

**图书在版编目（CIP）数据**

邸叙然儿童剧本集萃 / 邸叙然著. — 北京 ： 中国
戏剧出版社，2018.7
（南国舞台上的星星火）
ISBN 978-7-104-04681-3

Ⅰ. ①邸… Ⅱ. ①邸… Ⅲ. ①儿童剧—剧本—作品集
—中国—当代 Ⅳ. ①I287.3

中国版本图书馆CIP数据核字(2018)第123877号

---

南国舞台上的星星火：邸叙然儿童剧本集萃

**责任编辑**：肖　楠
**项目统筹**：李　静
**责任印制**：冯志强

---

**出版发行**：中国戏剧出版社
**出 版 人**：樊国宾
**社　　址**：北京市西城区天宁寺前街2号国家音乐产业基地L座
**邮　　编**：100055
**网　　址**：www.theatrebook.cn
**电　　话**：010-63385980（总编室）
**传　　真**：010-63383910（发行部）

---

**读者服务**：010-63381560
**邮购地址**：北京市西城区天宁寺前街2号国家音乐产业基地L座

---

**印　　刷**：北京鑫瑞兴印刷有限公司
**开　　本**：787mm×1092mm　1/16
**印　　张**：68.25
**字　　数**：1000千字
**版　　次**：2018年7月　北京第1版第1次印刷
**书　　号**：ISBN 978-7-104-04681-3
**定　　价**：288.00元（全四册）

---

# 序

## 笔走商海　自有我在

周　光

1979年，标志着中国全面迎接改革开放的深圳特区建设，在罗湖口岸旁边的小小渔村破土动工。罗湖口岸的对面就是举世闻名的商业大都市香港。不久，深圳就成了一片商业文化的汪洋，并且将“时间就是金钱”“效率就是生命”“顾客就是上帝”等等商业理念几乎一夜之间传遍了大江南北。

还别说，从那时候开始至今，只要你有钱，就可以在深圳买到各种高质量的服务。所以，也难怪当初从五湖四海到了深圳的人大部分一下子就成了商业文化的仆从。这其中，不乏内地一些文艺工作者。他们为了生存和更好地生存，放下了“灵魂工程师”的身段，用自己的才能把歌舞、曲艺、戏剧等艺术形式转化为商品送进了歌厅、舞厅、餐厅。自然，这些“商品”逐渐失去了以文化人的功效，而是和娱乐画上了等号。

邱叙然就在这样的划时代文化背景下来到了深圳。然而，受家族中长辈们长期从事文艺工作的影响，青少年即进入部队文工团的经历，让他的社会责任感并未被商业文化的汪洋所淹没和侵蚀。翻阅着他的剧作集，许多作品都看过。无论是比较早期的剧本还是近两年的新作，其中所反映出的人生观、世界观、价值观以及爱国情怀都是一以贯之的。

例如话剧《水墨中国》。邱叙然以一位内地画家“偷渡”深圳关口以及在深圳的长期生活为核心线索，把人物命运和改革开放以来深圳的诸多悄然变化关联起来，于不经意间让我们感受到了深圳这个小渔村改革开放以来翻天覆地的巨变：曾经数以万计边民向往逃去香港发财，今天却是香港人为了发财回到内地投资；曾经要带着身份证、边防证才能通过的关口，如今已然静静地矗立在那里，成了贫困与落后历史的见证；曾经“辛辛苦苦干一年，不如人家（香港）八分钱”的渔村百姓，如今坐在家中就享受着丰衣足食甚至自己都感到过于无所事事的惬意生活。这看似不经意的寥寥数笔，恰如一幅大写意画卷中的几点墨迹，点染出了深圳的昨天和今天，而其留白处却是整个中国的昨天和今天。在邱叙然这一幅欣欣向荣、令人振奋的《水墨中国》里面，蕴含着辛酸苦辣的回味、百折不挠的身影、创新发展的蓝图、风卷千帆的壮丽！这代表着邱叙然剧作始终如一的爱国情结和主流价值观。

话剧《水墨中国》不乏喜剧和调侃的桥段，而恰恰是那些对于历史的调侃，使得这部剧作中处处洋溢着作为一个今天的中国人满满的自豪与自信。我看过这个戏的演出，感觉比这里收录的剧本丰满许多。当谢幕的掌声响起来的时候，我和观众们一样为剧中人物命运的变化、为其事业成功与生活美满感到由衷的欣慰。与此同时，更让我感到欣慰的是邱叙然这位年轻的戏剧人初衷不改，他在深圳这样一片商业文化的汪洋中始终保持着正确的三观，保持着对祖国的信赖与热爱，并且用他所熟悉的方式和十分饱满的热情顽强地表达着自己。

言之有物，文以载道，也是邱叙然剧作一以贯之的宗旨。除了一些命题作文之外，即便是趣味性、娱乐性比较强的戏剧作品，其中都必定有着邸叙然对生活的认识以及对生活本质的揭示。

例如小品《最近我不烦》。作者把快节奏生活中的不和谐音符加以放大和重复，目的就是帮助观众认识到换位思考对于和谐生活的重要意义。

环境——情绪——语言——人物关系等元素，构成了每一个人在现实生活中的规定情境。其中一旦有一项出现了问题，规定情境就可能变得紧张、尖锐起来，因而影响到我们的正常生活。小品《最近我不烦》中，邸叙然通过多次“倒带”处理，在一个办事大厅的窗口前不断修复和调整着这些元素，终于在舞台上营造出一个和谐的规定情境。剧作者把自己感悟到的生活哲理用一次次具有递进效果的行动呈现给观众，在增强故事趣味性和舞台形式新鲜感的同时，更带领观众认识到：正是日常生活中诸多不被留意的、细端末节的疏忽，造成了我们的自我困扰。毫无疑问，观众们看过这个小品一定会产生一种豁然明朗的惊喜。

小品《请和陌生人说话》对城市人之间的冷漠开出药方，小品《第五大名著》对于艺术创作恶俗风气的无情讽刺，小品《真话难讲》对当今教育方法以及处世方法的质疑，小剧场话剧《我要恋爱》传递的正确婚恋观念，话剧《净化论》对于人性中真善美力量的信心……总之，在邸叙然的每一部剧作中，我们都能够看到他面对深圳这座商业化城市一次次通过有趣的戏剧故事提出问题，又一次次理性并且机智地解决问题，从而把对事物的正确认识传递给观众。哪怕在现实生活中一时找不到解决问题的最佳方案，他也会和他的创作团队一起为作品寻求一个略带理想化却又不难实现的结局。

深圳毕竟是深圳，商业文化带给人们的速度观念、效率观念、价值观念，似乎成为一种惯性深深浸入了深圳人生活的方方面面。即便是戏剧欣赏，深圳人也绝不会像内地人那样数着板眼去咂摸滋味儿。深圳观众希望在剧场里不仅能够看到自己的生活、体验戏剧带给自己的审美愉悦，同时也希望在最短的时间内获得更多的新鲜感和更大的信息量。而在这一方面，20 多岁就去

深圳打拼的邱叙然深谙其道，因而他除了努力在题材上让自己的剧本更加接地气以外，表现形式上的虚实结合、简洁明快、不拘一格、大胆创新同样是一以贯之。

例如小品《马路遐想》。剧本表现的是在交通方面遵纪守法的现实问题，但是一开幕，一个个违反交通法规的交通参与者却以类似中国戏曲的程式化表演陆续出场。舞台上开车、超车、酒驾、飙车、闯红灯、撞车、死亡、肇事者们亡灵的相互指责，一系列现实生活中常见的情节都被编剧用虚拟、夸张、漫画甚至穿越的手法简洁却又完整地表现出来。这种化实为虚，以虚写实的方法，有效缩短了传统戏剧用在交代和铺垫上的笔墨与时间，完全适应了深圳观众的观剧习惯。

在邱叙然的剧作中，往往为二度创作的体验、表现、间离等表现方法都提供了基础。例如在话剧《净化论》剧本里面，开场时候体验派和表现派的表演方法都有运用。当三个学习骗术的年轻人听老板说要送他们去学习表演，立即本能地表达了对学习和学校的反感、厌恶，继而他们各自回顾了一段上学期间的遭遇。然而到这里编剧在文本中并没有提示更换演员和场景，很显然，他是要演员在此时此刻此景直接跳入彼时彼刻彼景，然后再跳回来。类似大胆的创造性舞台处理和表现方法，在邱叙然剧作中比比皆是，已经成为他剧作的鲜明特色。尤其表现方法的多样化，让大部分演员都会感到排演邱叙然的剧作有着很大的自我创作空间。正因如此，在剧作基础上的二度创作才有可能在舞台上给观众更多的意外、惊奇和更多的信息，甚至带领观众展开想象力、积极参与到三度创作中去。

2016年，邱叙然被中国田汉研究会评为“最佳前沿戏剧人”。今天想来，这个称号于他是再恰当不过了。身处改革开放的前沿、商业都市的环境中，做戏剧自然也要有前沿的思维和前卫的手段。然而邱叙然在自己的戏剧道路上初心不改，理念不改，探索不改，正如明末画家石涛所谓：“我之为我，自

有我在”。我真诚地祝愿邸叙然在深圳那一片商业文化的汪洋中，用自己的笔作风帆，以自己的心为舵轮，坚定地做自己，坚定地做一个“最佳前沿戏剧人”！

# 目 录

# 安全竞赛

**时间：**现在

**地点：**舞台

**人物：**

孙萌萌——女，四年级学生，安全竞赛主持人

黄　浩——男，四年级学生，安全竞赛主持人

张佩佩——女，四年级学生，代表A组

梁小月——女，四年级学生，代表A组

范贝贝——女，四年级学生，代表A组

江大琪——男，四年级学生，代表B组

许　晨——男，四年级学生，代表B组

魏　维——男，四年级学生，代表B组

〔幕启，舞台上六把椅子平放。两位主持人上场。

**孙萌萌** 尊敬的校长，敬爱的老师！

**黄　浩** 亲爱的爸爸妈妈，可爱的同学们！

**二　人** 大家好！欢迎大家参加首届安全知识竞赛。

**黄　浩** 我是金牌主持人黄浩。（酷帅造型）

**孙萌萌** 我是钻石主持人孙萌萌。（甜美造型）

**黄　浩** 我们的安全已成为大家关注的热点问题……

**孙萌萌** 保护好每一个孩子，使发生在我们身上的意外事故减少到最低限度，已成为学校教育和管理的重要内容。我们的安全，维系着社会的稳定，牵动着家庭的幸福，我们成为大家关注的焦点。

**黄　浩** 学校安全问题……

**孙萌萌** （捂住黄浩的嘴）它直接关系到青少年能否安全、健康地成长。

**黄　浩** 观众朋友们，感谢……

**孙萌萌**　感谢大家对首届校园安全知识竞赛活动的大力支持！请大家用热烈的掌声有请进入决赛的两支队伍闪亮登场。

**黄　浩**　登场！

〔音乐。所有人跳着啦啦操上场。

**A　组**　大家好！我们是人见人爱、花见花开、男生见了就悲哀、集美貌与智慧于一身的学神战队！

**B　组**　嗨！我们是颜值高、才艺棒、女生称我们为偶像的魅力组合！

〔音乐。A组甜美舞蹈展示，B组炫酷街舞展示。

**孙萌萌**　我们的比赛马上就要开始了，拭目以待！加油！加油！加油！

**黄　浩**　进入第一个环节，抢答题……

〔许晨站起。

**众　人**　哈哈哈……

**黄　浩**　请听题，什么是安全？

**范贝贝**　安全是指不受威胁，没有危险、危害、损失。

**张佩佩**　人类的整体与生存环境资源的和谐相处，互相不伤害，不存在危险、危害的隐患。

**梁小月**　是指对人类的生命、财产、环境可能产生的损害控制在人类能接受水平以下的状态。

**孙萌萌**　A组加十分！

〔A组所有人欢呼。

**黄　浩**　请听题，请说出几个响亮的安全口号。

**张佩佩**　安全记在心，平安走天下。

**江大琪**　安全一点，幸福十分。

**梁小月**　跨入校园，好好学习。

**范贝贝**　走出校门，好好走路

**魏　维**　直接回家！

许　晨　　I don't know!

孙萌萌　　B组扣十分！

A　组　　扣十分！扣十分！

许　晨　　这不公平，口号谁不会说呀，我说不出来是对这道题的蔑视，安全不应该是口号！对不对？

B　组　　对！

A　组　　不对！

B　组　　对！对！对！

A　组　　不对！不对！不对！

〔双方争执起来，造型。

黄　浩　　广告之后……

孙萌萌　　精彩继续！（提醒众人）别打了，广告啦！

〔幽默的广告音效。

黄　浩　　自从使用了安全牌洗发水，头发变得好强壮耶！

众　人　（扯着自己的头发）不掉了耶，真的不掉了耶！

〔黄浩打孙萌萌一拳。

孙萌萌　自从用了安全牌跌打扭伤膏，腿不痛痛了，腰不酸酸了，就连心脏也不跳跳了耶！

众　人　不跳了耶，真的不跳了耶！

孙萌萌　为了您的安全。

黄　浩　还犹豫什么？

众　人　赶紧拿起您手中的电话，投诉吧！

〔音乐。

黄　浩　欢迎回到首届安全知识竞赛比赛现场！

孙萌萌　马上进入到我们的第二个环节！

黄　浩　俗话说，水火无情，最可怕的安全隐患就是火灾！

孙萌萌　火灾！下面请欣赏情景模拟，表演优秀者得分。

〔火灾场景模拟。

〔音乐。B组学生举着火的道具跑上。

**B 组** 着火啦！着火啦！

〔A组害怕，四处逃窜。

**孙萌萌** 大家不要慌不要乱，我们一起想办法！

**张佩佩** 我们一起大声呼救。

**众 人** 救命啊！着火了！（剧烈咳嗽）

**梁小月** 烟太大了，好难受。我想回家！

**范贝贝** 我们打电话报警吧！（掏出手机）谁知道号码？

**孙萌萌** 110！

**张佩佩** 120！

**梁小月** 12580！

**B 组** 笨！119！

**张佩佩** 喂！我们这里着火了，快来救我们。搞定，大家放心吧！

**孙萌萌** 你电话里没有说地址，消防员叔叔能找到我们吗？

**梁小月** 喂！消防员叔叔，09学校音乐教室着火了，我和3名同学困在里面了，请快来救我们！

〔音乐。A组同学用水壶把红领巾沾湿捂住口鼻，蹲低有序地排着队向紧急出口走去。

〔水灾场景模拟。

〔A组举着“水花”“水深危险禁止游泳”的道具上场，许晨背着书包跑上，开心地脱衣服跳入水中游泳。

**众 人** （唱）明亮的小河里，波光粼粼真美丽，
我扑通跳下水，就像鱼儿一样飞。

**孙萌萌** 危险！

**许 晨** 谁在说话？

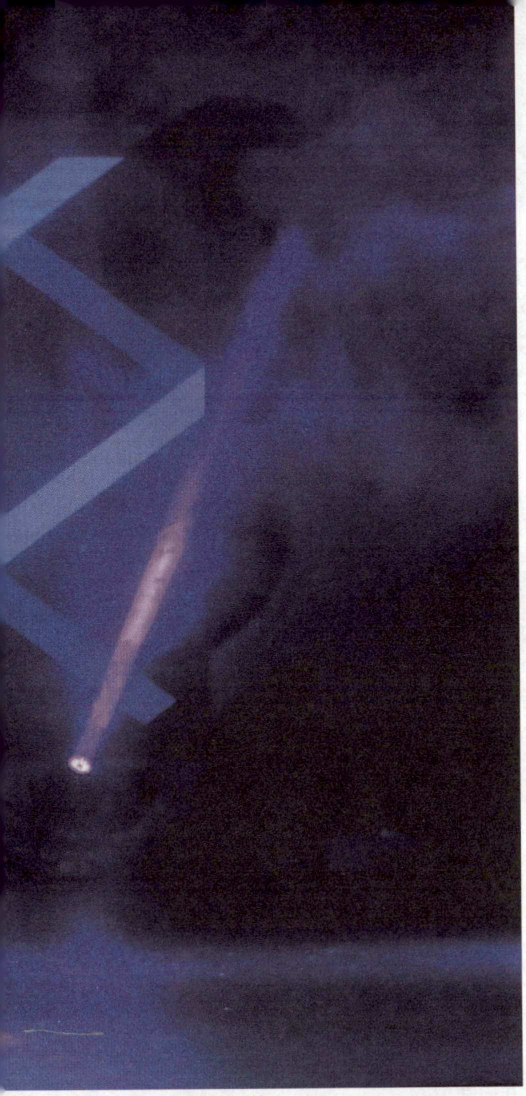

idea
请说出几个
响亮的安全口号
1.安全记在心，平安走天下。
2.安全一点，幸福十分。

**孙萌萌** 你没有看到牌子上写的字吗？水深危险，禁止游泳！

**许　晨** 切！你就是块破牌子，多管闲事。

〔继续游泳，突然脚抽筋在水中挣扎〕

（唱）我快活地游啊游，突然我的脚抽筋
拼命地挣扎大声呼救，现在后悔已来不及。

**许　晨** 救命啊！我的脚抽筋了……

**孙萌萌** 对不起！我只是块牌子，无能为力。

**许　晨** （哭）我知道错了，谁能来救救我？

**江大琪** 别害怕！我来救你。

〔情景演示：江大琪跳入水中游到许晨身边，许晨紧紧地抱着江大琪导致二人都在水里扑腾。

**孙萌萌** 在水中遇到危险的时候因没有任何攀附物，会不顾一切抓住离自己最近的物体或者是人，这样容易导致二人溺水的危险。

**许　晨**　那应该怎么办？

**梁小月**　切勿慌乱，或者紧紧抱住对方。

**范贝贝**　身体放松，仰面朝上。

张佩佩　让对方双手拖住你的双腋下，用反蛙泳技术拖带。

〔二人正确演示。

**孙萌萌**　感谢两组为我们带来的精彩演出，经过评委们的一致商议，他们决定这轮……

**二　人**　打平！

**黄　浩**　接下来进入我们的第三个环节，加时赛！

**孙萌萌**　如果碰到坏人怎么办？

〔音乐。孩子们推着椅子上场，展示害怕惊恐，坏人和小偷出场、造型定格。

（唱）遇到坏人滋事怎么办？怎么办？

及时报告公安部门很重要很重要，

发现宿舍被盗怎么办怎么办?

保护现场，向保卫处报告。

啦……啦……防范意识要提高要提高!

啦……啦……安全知识要记牢要记牢!

**黄　浩**　亲爱的观众朋友们，本届安全知识竞赛很快就要结束了。

**孙萌萌**　通过本次比赛让我们意识到比赛结果并不重要，重要的是——

**众　人**　安全不应该是口号，而应该是意识和行动! Music!

〔音乐。众人戴上安全帽跳舞。

〔切光。剧终。

# 体 验

时间：深秋

地点：云南

人物：丁丁、阿甲

〔幕启。丁丁在哭，而且越哭越厉害。

〔阿甲一手端着一碗白米饭，一手端了一碗水煮白菜上。放到丁丁身边呆坐片刻手足无措。

阿　甲　丁丁哥哥，别哭了。（丁丁不理，继续哭，阿甲叹口气）这都快半下午了，再不吃饭饿死啦！

丁　丁　什么死啦死啦的，你少烦我！（继续哭）

〔阿甲一脸的无奈，但还是端饭给丁丁。

阿　甲　丁丁哥哥，你是来我们家体验生活的，这个星期你得听我的。

丁　丁　不听不听不听，不吃不吃不吃！（一挥手碰到碗摔到地上，饭洒了一地，丁丁还在抽泣）

〔阿甲赶紧直奔过去，把饭往碗里捡。

丁　丁　你捡什么捡！多脏啊？！

阿　甲　这可是白米饭啊！

丁　丁　我最讨厌吃白米饭了，我要吃肯德基！

阿　甲　我家没有能啃的鸡，只有四只老母鸡了。

丁　丁　和你说话好费劲，你快该干嘛干嘛去，别总在我眼前晃荡，烦人！

阿　甲　叔叔阿姨说，这个星期我们要同吃同住同劳动，而且要我写评语，这是任务。

丁　丁　你少拿我爸我妈来压我，我根本不怕，你评啊你评呀！

阿　甲　早上六点起床，差！叠被子，差！和我一起上山放牛，优！喂鸡。优！劈柴生火做饭，差！本来 11 点半吃饭到一点了饭还没做熟，差！爱发脾气不吃饭，差！还把米饭洒了一地，极差！

丁　丁　差差差，还极差！告诉你：我从小到大没见过饭是怎么做熟的，来你们这里从早到晚让我一刻不停地干活，能把饭做熟已经很给

力了，所以本少爷绝食抗议：打死我也不来了，绝对不来了，太累人了，太不人道了！下午你自己去采蘑菇，打猪草吧，饿死我了！

〔阿甲没有说话，盛了一碗干净的饭放在桌上，自己拿起那碗脏了的米饭。

丁　丁　（吃惊地看着阿甲）这米饭脏了！

阿　甲　没有关系。（倒水泡米饭）

丁　丁　一碗米饭你至于吗？

阿　甲　丁丁哥哥，如果不是你来我家，我阿爸根本不会给我们吃白米饭。这是逢年过节才能吃到的哦！

丁　丁　切！赶明儿让我阿爸给你寄几十袋米过来嘛，小意思啦！

阿　甲　不不不，叔叔阿姨已经帮我们很多了，我都没机会感谢他们，这次他们说你要来体验生活，交代我做的事情我一定要做到的，我们赶紧吃完饭去采蘑菇，打猪草吧。

丁　丁　哎！这么难吃的饭，还要干那么多的活儿……我爸我妈一定是神经了，非要让我来这个破地方体验生活，我觉得他们是联合起来把我拐卖了！

〔音乐起，场景转换。

〔阿甲背了个背篓打着猪草，丁丁拖着背篓踉踉跄跄地跟在阿甲后面上山。

丁　丁　阿甲……阿甲……

〔阿甲停止手中的活儿，走了过来。

丁　丁　阿甲，咱算不算好哥们？（边问边从口袋里掏钱）

阿　甲　当然是啦！

丁　丁　（边喘粗气边说）和你商量个事儿，我现在就剩十块钱了，都给你。（把钱塞给阿甲）

阿 甲 为什么？

丁 丁 我现在头晕腿发软，走不动了，就想睡觉，你别和我爸妈说，别给我差评，这是保密费。

阿 甲 （把钱推回给丁丁）不行，丁丁哥哥，我不能骗叔叔阿姨。

丁 丁 （抱住阿甲的腿故作可怜相）阿甲，给你钱也搞不掂吗？

阿 甲 是的。我不能说假话！

丁 丁 （冷笑）呵呵，我知道你穷的原因了，认死理儿！（丢过箩筐，挑衅）阿甲，这么多草还不够你吃啊？

阿 甲 不是给我吃的，是给我家猪吃的。

丁 丁 （愤愤地说）吃货！

阿 甲 那丁丁哥哥，既然你不愿意打猪草，要不我先带你去采蘑菇吧？

丁 丁 采蘑菇？太酷了，在哪儿呢？

阿 甲 （指着前方）在前面的松树林里，那里的蘑菇多，（丁丁飞快跑开）还有苍蝇成群的地方一定有蘑菇。（两个人在台上错位跑动，丁丁站在小山丘上张望）丁丁哥哥，路滑坡陡，小心摔倒！（丁丁大叫一声，摔在地上，大喊救命）

阿 甲 （疾奔过去）丁丁哥哥，丁丁哥哥，别怕，我来了！

〔阿甲扶着丁丁一瘸一拐地坐在石头上。

丁 丁 阿甲，虽然你年纪比我小，可我觉得跟你在一起，我好有安全感，阿甲，看在你救我一命的份上，我们成为朋友吧！

阿 甲 （用力点头）嗯！丁丁哥哥，其实我也不想评你差的，可我不会说假话，对不起！

丁 丁 没关系啦，本来就差嘛！你知道我为啥做不好事情吗？实话告诉你吧，我们家有保姆，我妈平时啥也不让我干，突然把我整到这里让我体验生活，这不明摆出我的洋相吗？

阿 甲 丁丁哥哥，别这样说阿姨，妈妈是世界上最疼爱我们的人！

丁 丁　是吗？可我就觉得你阿妈对你不好！

阿 甲　（生气）胡说！

丁 丁　我怎么胡说啦？你阿妈整天让你干这么多活儿，而且还都是重活儿！看把你累得浑身都没有肉，像个瘦猴似的，你说她疼你吗？

阿 甲　当然疼啦，丁丁哥哥，我们这儿的孩子不能和你们城里相比，阿爸阿妈在外面做事已经很辛苦了，帮家里做活儿是应该的。好了，你在这儿坐着，我再去采些蘑菇。

丁 丁　啊？还采啊？这些蘑菇还不够猪吃啊？

阿 甲　（笑）这些蘑菇不是给猪吃的，是拿来卖的。

丁 丁　（兴奋）那这些蘑菇可以卖多少钱？

阿 甲　两块钱。

丁 丁　天！才两块钱？那也太少了吧，我冒了生命危险才换来两块钱？我终于明白什么是血汗钱了！

阿 甲　丁丁哥哥，是不是你在我们这儿每天都很不开心？

丁 丁　也没有啦，也有开心的时候，比如我就觉得这里像个动物园，很多在深圳没见过的东西。阿甲，你知道吗？在这里我分清了公鸡和母鸡不同的叫声呢，比如说母鸡的叫声是“咯咯哒咯咯哒”。还有啊，我超喜欢你阿爸给我们做的陀螺，一抽一抽可过瘾了。对了，阿甲，要不你过一阵子也来深圳体验一下生活吧？

阿 甲　（一旁傻笑）深圳？你们深圳是怎样的呢？

丁 丁　（夸张表情）我们深圳啊，高楼林立，房子比这山还高，我们那儿有很多好玩儿的、好吃的，等你来了，我带你去欢乐谷，请你去吃肯德基。

阿 甲　丁丁哥哥，你们那儿有很多书吗？

丁 丁　那当然了，我们那儿光是书城就好几座，我家的书也好多，你来了，书随你看，白米饭随你吃！

阿　甲　那太好了！那我们到时就一起看书吧！

丁　丁　一言为定！

阿　甲　一言为定，丁丁哥哥，你太幸福了！

丁　丁　那是！嗯？（一愣）你刚才说什么？我？幸福？（思考，恍然大悟）噢……我知道了老爸老妈为什么把我送到这里来了，原来他们是想让我知道我的生活是那么的幸福！（拉起阿甲高兴地转圈）阿甲，我太幸福了！走，我们采蘑菇去，比比谁采得多。1,2,3，跑！

阿　甲　丁丁哥哥，等等我……

〔音效。

〔切光。剧终。

# 码头童话

**时间：**一天傍晚

**地点：**军港码头

**人物：**豆豆、点点、系缆柱

〔海浪声声。

〔豆豆和点点拿着简易自制电话上，电话之间连着线，中间隔着系缆柱。

**豆　豆**　点点，你快点儿。

**点　点**　来了来了。

**豆　豆**　咱们开始吧。

**点　点**　嗯

**豆　豆**　喂！喂！是点点吗?

**点　点**　喂！喂！是豆豆吗?

**豆　豆**　（拿开话筒）点点！怎么听不清。

**点　点**　（也拿开话筒）豆豆，我也听不清，你把线扯直了。

〔二人把线拉直，对话筒。

豆　豆　喂喂！听清了吗？

点　点　这下听清了！

豆　豆　我也听清了，点点！你好，你在干吗呢？

点　点　我在给你打电话呢，你呢？

豆　豆　（拿开话筒）我也正在给你打电话呢。

点　点　咱俩这不是废话吗！说点有用的！

豆　豆　点点，你好。你在码头干吗呢？

点　点　我在码头给你打电话呀，你呢？

豆　豆　我也在码头给你打电话呢。哎！咱俩这不还是废话吗！

点　点　你别老问我干吗，你一问我干吗我肯定要说给你打电话的，你问别的！

豆　豆　好好，我不问你干吗，点点！你好（想了想）你现在干什么呢？

点　点　我现在正和你打电……哎，你怎么又问我干吗呢？

豆　豆　我没问你干吗，我是问你干什……（自己失笑）哈哈哈，是一个意思。我再问你别的。

点　点　不玩了，不玩了，你就不会说我们在码头等爸爸呀！翻来覆去就那几句话。我晕！

豆　豆　我问你干什么，是你应该说在码头等爸爸，你非要说也给我打电话。绕来绕去，我也晕！

〔二人背靠背。

〔海浪声声。

豆　豆　破电话太原始了，不好玩。

点　点　原始怎么了，我爸说，军舰上有时候都要用原始的设备呢。

豆　豆　胡说！我爸说军舰上都是高科技电子设备，怎么会有原始设备呢？

**点　点**　不懂了吧，我爸说电子设备虽然先进但是故障率高，所以有时还是原始设备操作稳定呢。

**豆　豆**　可是，可是我爸没说过呀。

**点　点**　你爸懂什么呀？

**豆　豆**　我爸两杠一颗星，什么不懂呀！

**点　点**　又来了，跟你说了多少回了，我爸是一杠三颗星，知道吗？三颗星！你爸，哼！

**豆　豆**　我，（想了想）我舅舅是博士！

**点　点**　我叔叔的女朋友是博士后！

**豆　豆**　哈哈哈！

**点　点**　你笑什么？

**豆　豆**　博士后还好意思说！

**点　点**　博士后，比你的大！

豆　豆　什么大呀，是个子大，排队的时候就站在博士的后面，所以叫博士后。

点　点　你胡说。

豆　豆　我没有，你看咱们幼儿园排队的时候都是个子大的排在后面。

点　点　那，我，我们不比家里人，比自己。

豆　豆　比什么?

〔二人看系缆柱。

点　点　看谁的力气大。

豆　豆　好!

〔二人一起推系缆柱。

〔系缆柱突然变成一个小孩，蹦了起来。

系缆柱　嗨，你们要干吗？！

豆豆、点点　妈呀！鬼呀！（抱在一起）

**系缆柱**　（看到二人害怕样子，笑了起来。）哈哈哈，胆小鬼，你们不是要搬我吗？来呀！

**豆　豆**　你你你你，是谁呀？

**点　点**　从从从从，哪里来？

**系缆柱**　我是系缆柱呀，就从这里来呀。

**豆豆、点点**　系缆柱，干干干什么的？

**系缆柱**　系缆柱就是系缆绳的柱子呗。

**豆豆、点点**　干吗要系缆绳呢？

**系缆柱**　你们连这个都不知道，亏你们还是海娃呢。军舰停靠了码头，当然要把缆绳系在码头上，不然船就漂走了。

**点　点**　对对对，我想起来了，刚才被你吓得忘记了。

**豆　豆**　那这么说，你也是海军？

**系缆柱**　当然是海军。

**豆豆、点点**　哈哈哈，自己人，认识一下，我叫豆豆，我叫点点。

**系缆柱**　你们好，我就叫系缆柱。

〔二人围着系缆柱左看看，右摸摸。

**点　点**　系缆柱，我请问你，我爸爸的军舰你见过吗？

**系缆柱**　你爸爸是哪艘军舰呀？

**点　点**　我，我也不知道。哦，对了，我爸说他的军舰上装着好多好吃的呢。

**豆　豆**　系缆柱，我也请问你，我爸爸的军舰你见过吗？

**系缆柱**　你爸爸又是哪艘军舰呀？

**豆　豆**　我爸说，他的军舰可以开到地球的下面。

**系缆柱**　哦，点点、豆豆你们坐。点点，你爸爸的军舰叫补给船。豆豆，你爸爸的军舰叫潜水艇。这里军舰太多了，你们说不出舰艇编号，我也不知道见过还是没见过。

**点　点**　哦，我爸的船能开好远好远，很多天都回不了家。

**豆　豆**　我爸的船开得才远呢，有时好几个月都回不了家。

**豆豆、点点**　我爸远，我爸远……

**系缆柱**　停，别争别争，他们都很远，他们的职责不一样。点点，补给船是专门给其他军舰好吃的。豆豆，潜水艇是在水里保护其他军舰的。

**豆　豆**　噢，点点，那让你爸给我爸多送点好吃的。

**点　点**　凭什么？

**豆　豆**　呵呵呵，点点，就凭咱俩是铁哥们呀。

**点　点**　呵呵呵，好说好说，但是你也让你爸在水里也保护着点我爸。

**豆豆、点点**　呵呵呵呵，没问题！够意思！

**系缆柱**　你俩真逗，一会吵一会好的。你们怎么不上学跑到这里来了。

**豆　豆**　今天不是周末吗，学校放假了。

**点　点**　我们到这里来等爸爸，也许今天爸爸能回来。

**系缆柱**　（黯然）今天是周末了？要不是你们告诉我，我真的不知道呢。

**豆　豆**　啊？你没有朋友吗？

**点　点**　没有人和你一起玩吗？

**系缆柱**　我整天待在这里，哪里也不能去，我怎么会有朋友呢，又有谁会愿意和我一起玩呢。

**点　点**　系缆柱，你好可怜。

**豆　豆**　系缆柱，你好孤独。

**系缆柱**　呵呵，也不是啦，这几天是有点闷，因为军舰都出海了，平时军舰回来可热闹着呢。

**点　点**　军舰会和你一起玩？

**豆　豆**　可你又不在海里。

**系缆柱**　我们聊天呀。

**豆豆、点点**　和军舰怎么聊天？

**系缆柱**　就和你们一样，打电话呀。我们有缆绳相连，就和你们做的电话原理一样。

**豆　豆**　是这样呀？

**点　点**　那你们都聊什么呀？

**豆　豆**　是不是也是说：喂，你好，你在干吗呢？

**点　点**　我在给你打电话呢，你呢？

**豆　豆**　我也在给你打电话呢。

**点　点**　废话！哈哈哈……

**系缆柱**　我们才不会那么无聊呢，每次出海回来军舰们都可有得说呢。

**豆　豆**　快给我们学学。

**系缆柱**　好，把电话扯直。

〔跳乘风破浪的舞蹈或身后大屏幕出现军舰在大海穿行的画面。

**系缆柱**　每艘军舰回来之后都会非常自豪地对我说：哈哈，我回来了！

**豆豆、点点**　我爸爸也是这样的。

**系缆柱**　然后就会说：想我了吗？

**豆豆、点点**　想了！

**系缆柱**　我这次遇上了大风浪。

**豆　豆**　这个我爸爸没说过。

**系缆柱**　别看我这么大的铁家伙，一会儿抛到浪尖，一会儿埋到浪底，我都晕头转向了，船长带着水兵们沉着操作，机敏应付，不知过了多久，终于风平浪静。我全速前进，激起的浪花在太阳的照射下形成了一道道美丽的彩虹，我像是在七彩虹的云朵上航行。

**豆豆、点点**　哇！

**系缆柱**　到了晚上月亮升起，海上的月亮特别大，映在海面上，我就在水里的月亮里停下，习习的海风吹过，一艘中国的军舰在大海中的月亮里守卫着祖国，水兵们在甲板上哼起了小曲，我简直陶醉了。

（系缆柱哼唱歌曲）

〔两个孩子依偎着系缆柱听着歌声睡着了。

**系缆柱**　点点，豆豆，你们怎么睡着了，听我讲了吗？

**豆　豆**　听了听了，太美了。

**点　点**　实在是太酷了！

**豆　豆**　我将来一定也要当海军。

**点　点**　我也是，我也出海，让我爸也在这里等我。

**豆　豆**　系缆柱，到时候我们的爸爸在这里等我们的时候，你一定要和他们聊天，不然他们会很闷的。

**系缆柱**　好的，我会的，我累了，我要睡了。

〔说完恢复成系缆柱模样。

**豆豆、点点**　系缆柱，系缆柱。

**点　点**　系缆柱可能累了，我也累了。

**豆　豆**　那我们回家吧。系缆柱，再见！

〔二人拿起电话，边下边说。

**豆　豆**　喂！喂！是点点吗？

**点　点**　喂！喂！是豆豆吗？

**豆　豆**　你在想什么呢？

**点　点**　我在想我爸爸现在正在想什么呢。你呢？

**豆　豆**　我也在想我爸爸现在正在想什么呢。那你爸在想什么呢？

**点　点**　我爸肯定在想我现在正在想什么呢。你爸呢？

**豆　豆**　我爸肯定也在想我现在正在想什么呢。

**点　点**　咱俩怎么一打电话就说废话呀！

**豆　豆**　我也不知道，哈哈哈……

〔切光。剧终。

# 狮子王

时间：现在

地点：独木桥边

人物：辛巴、鹏鹏、丁满

〔幕启。音乐。

〔三人唱着“阿库那吗他他”上场。

〔三人叫着对方的名字互相拥抱。

**辛巴、鹏鹏、丁满**　怎么样，快说说。你说你说。

**辛　巴**　好好，我先说，在刚才的吼叫比赛中，我得了第一名。

**鹏鹏、丁满**　耶，太好了，欢迎我们未来的狮子王再给我们吼一次。

**辛　巴**　（大吼一声）怎么样？

**鹏　鹏**　很过瘾。

**丁　满**　真不错，只是，只是……

**辛　巴**　只是什么？

**丁　满**　我觉得，似乎，好像，有那么一点，怎么说呢，这么说吧，就是说，还是不说了吧。

**鹏　鹏**　还是我替你说了吧，只是还很嫩，你的叫声根本不会吓走土狼。

**丁　满**　鹏鹏，你怎么这样讲话呢？辛巴，我觉得没有那么糟糕，至少可以吓走老鼠，或者苍蝇什么的。

**辛　巴**　（沮丧地）我就知道我不行，吼叫比赛里只有我一个男孩子，所以我才得了第一名。

**鹏　鹏**　丁满，我们的要求是不是太高了，他还是只小狮子。

**丁　满**　辛巴，朋友之间是要说实话的，你刚才的叫声是弱了一点，但没关系，你还小呀，你只要加强练习，将来一定会非常棒的。

**鹏　鹏**　对，我们支持你！

**辛　巴**　可是我现在这么差。

**丁　满**　不，我给你讲一讲我的故事，鹏鹏和音。

（唱）当我是只小獴猫，R&B: 我天天挖洞钻洞挖洞钻洞日子没法

过，我什么都干不好什么都砸锅，家长骂大家说他们都在说没完没了没完没了说得真啰唆，我一气之下下了决心我要改变我，不就是挖洞吗，我要改变我，挖个洞吧，我要改变我。

我苦练挖洞技巧，现在我挖洞，你们看（从甲地挖很快从乙地出来，鹏鹏，辛巴鼓掌。）

**鹏　鹏**　丁满，你怎么了。

**丁　满**　人类到处扔垃圾，挖洞时经常会被破玻璃瓶子挂伤。

**辛　巴**　你流血了。

**丁　满**　是呀，我们能对那些人类有什么办法呢？辛巴，别浪费，我们中间只有你是肉食动物。

**辛　巴**　舔朋友的血，我很不习惯呀。

**丁　满**　没事，我们听一听鹏鹏的故事，

（唱）当他是只小山猪，R&B：我很懒我很臭我很丑头还有点秃，眼睛小耳朵大全身上下肥嘟嘟，因为我是猪一只标准的猪我的任务就是吃饱之后睡呼呼，因为我是猪，一头可爱的小山猪，可是所有人都不理解说我是只大懒猪，大懒猪，停！

**鹏　鹏**　其实我为大家做的贡献最多了，浑身上下都是宝，每一个人都离不开我，吃的穿的用的都是我们猪贡献的，可是他们却一点也不尊重我们，所有骂人的、贬人的、卑劣的词语都用我们猪来形容，什么猪头猪脑，什么猪八戒倒打一耙，太不公平了。

**丁　满**　可怜的鹏鹏。

**辛　巴**　鹏鹏，你别难过了，我们支持你，有我们和你在一起，你别理他们，哼，谁骂你，你就当他们是猪。

**鹏　鹏**　（极其不悦）你说什么！

**辛　巴**　不是不是，我不是这个意思。

〔丁满、辛巴共唱《猪之歌》，鹏鹏开心。

**鹏　鹏**　我现在一点也不懒了，我和狒狒学习功夫，自己独创了一套猪拳。

〔鹏鹏打拳，辛巴和丁满喝彩。

**辛　巴**　今天太开心了，

**丁　满**　那是因为朋友在一起的原因。

**鹏　鹏**　你说我们长大后还会在一起开心吗？

**丁　满**　傻瓜，当然会的，你说呢？辛巴。

**辛　巴**　那还用说。我们是森林三剑客，冲啊。（停在独木桥边的牌子前）等等，谁在这里竖了一块牌子？

**丁　满**　上面写的什么？

**鹏　鹏**　我来念，无论是谁在这里许一个愿望，过桥之后就能满足，只限一个人。

**辛　巴**　骗人的吧?

**丁　满**　也许是真的呢?

**鹏　鹏**　大家赶紧许愿。

**辛　巴**　但是只限一个人过去。

**丁　满**　真可惜。

**鹏　鹏**　那怎么办，难道我们不过去?我心里有一个愿望就是每天可以得到最好吃的大餐。

**丁　满**　我的愿望是能得到一副永远挂不烂的挖洞手套。

**辛　巴**　我想能够像我爸爸那样地吼叫。

**辛巴、鹏鹏、丁满**　让我先过去吧，让我先过去吧。

**辛　巴**　你们要再拦着我，我就咬死你们，别忘了我嘴里还有血的味道呢!

**丁　满**　好哇，你们要是敢过去我就打洞把水引过去，淹死你们!

**鹏　鹏**　哼哼，我看你们是想尝尝我猪拳的厉害，我会一掌一掌地把你们打死!

〔三人扭打，丁满倒在地上，鹏鹏，辛巴惊呆了。

**鹏　鹏**　丁满，你没事吧?

**辛　巴**　丁满，你，别吓我。

**鹏　鹏**　他死了，丁满死了，你这只坏狮子，凶手!

**辛　巴**　不，不是我，我怎么会?丁满!

〔二人哭。

〔丁满苏醒。

**鹏　鹏**　丁满，我们不过桥了，你快醒来吧。

**辛　巴**　丁满，你没事吧，吓死我了。

〔丁满坐起身。

**丁　满**　什么呀，我们獴猫遇到紧急情况就会突然假死，我才是真的被吓死了。

**辛　巴**　丁满，我错了，你原谅我吧。

**鹏鹏、丁满**　我也做得不好，你也原谅我吧。

**辛巴、鹏鹏、丁满**　我们还是好朋友。

〔辛巴起身看牌子，突然想到了什么。

**辛　巴**　我许一个愿，我的愿望是，每一个过桥的人都会得到这个机会，永远，永远！

**丁　满**　对呀，这样一来，每个人都能实现自己的愿望，太好了。

**鹏　鹏**　是呀，我怎么没想到呢？你不愧是我们的狮子王！

〔三人欢呼。

**辛巴、鹏鹏、丁满**　走，我们过桥。

**鹏　鹏**　等等，我用猪拳把这牌子打倒把。

**辛巴、丁满**　为什么？

**鹏　鹏**　万一别人看到了这牌子上的字，也会自相残杀的。

**丁　满**　对，尤其是不能让人类看到。

**辛　巴**　那会引起战争的。

**辛巴、鹏鹏、丁满**　太可怕了。

〔三人把牌子推倒，高唱“阿库那吗他他”下场。

〔切光。剧终。

# 捐　赠

**时间：**自习课

**地点：**教室

**人物：**小草、小夏、小云、小雨、小林、小米、毛毛、牛牛

〔开场，音乐起。

**小　林**　（打了个大哈欠）

**众　人**　（对着小林）嘘！

〔小林向众人扮鬼脸，躺在椅子上睡觉。

〔小夏抛给小米一张纸条。

〔小米看了纸条倒吸一口凉气。

**众　人**　（对着小米）嘘！

〔小米慌乱把纸条给小林。

**小　林**　（看了字条后）哇！

**小　草**　（站起，手叉腰）小林，你在干吗？

**小　林**　（小声说）没什么……

〔等小草坐下后，小林从椅子下拿出几张字条，同时小夏用书挡住小草视线，小林把字条给小云、小雨、牛牛，同时告诉毛毛。

**毛　毛**　哇！

**牛　牛**　妈呀！

**小云、小雨**　天哪！

**小　草**　（站起）你们怎么啦？

**众　人**　没事。

**小　草**　（问小夏）小夏，今天大家都怎么啦？

**小　夏**　（迟疑）没事。

**小　草**　（又问小云）你们是不是有什么事瞒着我呀？

〔小夏、小米、小林、毛毛向小云使劲摆手。

**小　云**　（看到手势）没有，没有。

**小　草**　（转过身，站起，问小林）小林，老实交代！

**小　林**　（夸张地）班长大人，您是我们班的学霸，又是我们班的班花，我怎么敢瞒着您呢？（小林赶紧坐下）

〔小草走出场，走到一半时被叫住了。

**众　人**　小草，你去哪儿！

**小　草**　去，去老师办公室啊。

**众　人**　（猛地站起）去干吗？

**小　草**　去拿今天的课外书啊。

**众　人**　（松了一口气）哦……

**小　草**　（疑问）你们今天……

**众　人**　（打断）没事……

〔小草耸耸肩，向场外走去。

〔众人把椅子推到前台。

**众　人**　（问小夏）小草要休学了？真的假的？

**小　夏**　真的，小草不希望别人知道。

**众　人**　那你怎么知道？

**小　夏**　我妈妈说的，听说小草妈妈病了。

**小云、小雨、小米**　啊！那小草为什么要休学呢？

**小林、毛毛、牛牛**　哎呀！她肯定要回家照顾她妈妈呗！

**小云、小雨、小米**　哦。

**小　夏**　小草妈妈病得很严重，她不仅要回家照顾她妈妈，她们家的小卖店也没人打理，那可是她们家唯一的经济来源啊！

**众　人**　小草真可怜！

**众　人**　（一个接一个地）我要帮她！

**小　夏**　大家说怎么帮？

**众　人**　（原地转圈，手挠头）想办法！

〔众人把椅子推到后方，在台内走动。

小　云　欸！我想到一个办法！

众　人　（围拢）什么办法？

小　云　我们可以去小草家帮忙看店啊！

众　人　帮忙看店？

小　云　大家想象一下……

小　林　哇！这简直是个贫民窟啊这！

小　云　天哪，还没我家洗手间大呢！

牛　牛　哇！这是老鼠窝吗？！

毛　毛　我想回家……

小　雨　哇！全都是零食！

小　米　小草请客！

众　人　请客！请客！……

小　夏　（打断）你们到底是来帮忙的还是吃零食的？

众　人　我们只会吃，不会卖。

小　夏　你们这不是帮倒忙吗？

众　人　那你说怎么办？

小　夏　要不，告诉老师？

众　人　告诉老师？

小　夏　大家想象一下……

〔众人向台下走去，小米留在台上。

小　米　下面有请特困生，上台领取救助金，大家掌声欢迎！

〔众人向台上走来，低着头。

小　米　抬起头来。

〔众人抬起头，用手捂住脸。

小　米　把手放下。

〔众人把手放下，抬头。

**小　米**　笑一个。

〔众人转过头去。

**小　米**　（对着后面咬牙切齿地说）好好配合，不配合不给钱哦！

〔众人勉强回过头笑，咬牙切齿。

**小　米**　请大家谈谈感想吧！

**众　人**　没感想！

**小　米**　（对着后面咬牙切齿地说）没感想不给钱！

**众　人**　谢谢！

〔小雨推了牛牛一把。

**小　林**　走走走，这钱真不想要！

**小　米**　欸欸欸，学会感恩。

**众　人**　呸！

**小　米**　大家觉得怎么样啊？

**毛　毛**　我觉得怪怪的。

**众　人**　我们觉得挺好的。

**小　夏**　我觉得不太好。

**牛　牛**　唉，烧脑啊。

**小　林**　欸，过来过来，要我说，咱们要整就整大一点。

**众　人**　怎么整？

**小　林**　求助媒体！

**众　人**　求助媒体？

**小　林**　大家想象一下……

**小　林**　（主持人）大家好！欢迎来到黑死你慈善晚会，我是主持人，没钱花。

〔众人鼓掌。

小云　（明星）我捐五十万。

小牛　（群众人演员）哇！我好崇拜你！

小夏　（官二代）我捐八十万。

小牛　哇！你好有钱呀！

小雨　（富家千金）那我捐三百万吧！

小牛　哇！你好伟大呀！

毛毛　我捐一千万！

小牛　哇！你好有爱心呀！

小米　我捐一个亿。

众人　哇！你好有好有爱心呀！

小林　在这里，我替小草谢谢大家。

众人　小草是谁？

**小 林** 小草是谁不重要，重要的是各位的钱什么时候到账呀？

**众 人** 切！不就是一个秀嘛，你还当真了。

〔众人离开。

**小 林** 喂，大家别走啊。

**小 牛** 结账！

**小 林** 放心，这期收视率肯定高！

〔众人从舞台一侧欢跃而上。

**众 人** 就这么愉快的决定啦。

〔小草捧着几本书从舞台一侧出来。

**小 草** 今天我给大家推荐的书目是廉者不受嗟来之食。

〔把书给众人。

**众 人** （齐读）齐大饥，黔敖为食于路，以待饿者而食之。有饿者，蒙袂辑履，贸贸然而来。黔敖左奉食，右执饮，曰“嗟！来食！”

**众 人** 什么意思？

**小 夏** 你你你，吃！

《廉者不受嗟来之食》
齐大饥，黔敖为食于路
以待饿者而食之。
有饿者，蒙袂辑屦，
贸贸然而来。
黔敖左奉食，右执饮，
曰：『嗟！来食！』
扬其目而视之，
曰：『予唯不食嗟来之食，
以至于斯也！』

捐款箱

自习

〔小夏与小草配合文章表演书中讲述的情节，小草演完离开舞台。

小　草　予唯不食嗟来之食，以至于斯也！

众　人　这又是什么意思？

小　草　我不吃带有施舍性的食物。

众　人　（问小夏）在别人需要帮助的时候，给予帮助也是侮辱吗？

小　夏　可是你们想过小草的感受吗？

众　人　小草的感受？（恍然大悟）哦！人是平等的，肯定要互相尊重！

小　夏　所以我们要想一个既不粗俗，又使小草能够接受的捐赠。

小　夏　欸，小草，你们家的小卖店最近生意怎么样？

小　草　挺好的，怎么啦？

小　夏　是这样的，我表姐最近开了一家网店，可是她没有任何经验和进货渠道，所以她很苦恼。我想请你帮个忙。这样，你带着你们家的货加盟我表姐的网店，她负责卖，你负责每周周末给她供货，在不影响学习的情况下，请你多多指导她，你觉得怎么样，拜托了。

小　林　我要加盟！

小　牛　我也要加盟！

小　云　我也要加盟！

小　雨　我也要加盟！

小　夏　大家都加盟，网店生意肯定好！

小　草　（迟疑）小夏，你表姐家真的开网店啊？

小　夏　这个千真万确！

小　林　小草，我人生的第一桶金就交给你了。

小　牛　小草，加油啊！

小　云　小草，你要努力呀！

小雨和牛牛　小草，拜托了！

小　米　小草，辛苦了！

小　草　（犹豫）嗯……

众　人　（过去围拢小草做央求状）哎呀，小草，你就答应了嘛……

小　草　（想了一想）好，我同意了！

众　人　（欢呼）耶……小草，谢谢你！

小　草　其实应该是我谢谢你才对，（搓着衣角）其实今天早上……

〔众人为避免小草尴尬散开故意岔开话题坐回自己位置聊天。

小　草　（看看众人，下定决心）我会努力的！（含笑看看各位同学）诶！现在还是自习时间，在本班长面前不许交头接耳。

众　人　嘘……

〔切光。剧终。

# 实验室奇遇记

**时间：**现在

**地点：**实验室

**人物：**丁丁、机器人丁丁

〔幕启。舞台上摆放着机器人丁丁。

丁　丁　（得意忘形地笑着）嘿嘿……老爸呀老爸，你管得了我吗？整天就是看这本书看那本书，动不动就这个不许干那个不许干。好烦哪！你不让我进你的实验室，我偏进！你能把我怎样？！嘿嘿……（惊叹的）哇！跟真的一样！好像哦！说真的老爸，你要是不总逼着我学习，我还是挺佩服你的。你看看我们班同学的老爸谁都不是科学家，谁也造不出机器人，可是……他们都有时间陪着自己的孩子。（指着机器人）就是你，就是你把我爸抢走了，我讨厌你！我讨厌你！你有什么了不起？你有什么了不起？

丁　丁　（丁丁不小心碰到机器人的开关，机器人动）嘿！你好！能说话吗？

机器人　1234567……ABCDEFG……

丁　丁　哈哈……什么破机器人啊？原来是个大傻子啊！

机器人　你好！请你尊重我，说话要有礼貌！

丁　丁　哎呀！你还教育起我来了？！就你这一字一顿不是大傻子是什么啊？

机器人　刚开机，正在自检中……反应稍慢，属正常现象。

丁　丁　拉倒吧！机器人说话都不利索。

机器人　知识的海洋无边际，浩瀚学识心中记，博学多才靠读书，不然会变小笨猪。常把书籍翻一翻，树立正确的价值观，常把书籍看一看，培养阅读的好习惯。学做人，明道理，修身养性先学礼，热爱读书高风尚，充实自己的正能量。

丁　丁　我的天哪！你都能说快板啦？！佩服佩服，厉害厉害！来来来，咱俩聊聊。知道我是谁吗？

机器人　你叫丁丁，今年 12 岁，身高一米四八，体重 32 公斤。你喜欢运动、听音乐……你的缺点只有一个！

丁　丁　我的缺点只有一个？什么？

机器人　不爱看书、不爱学习……（重复）

丁　丁　好了。

机器人　不爱看书、不爱学习……（重复）

丁　丁　行了。

机器人　不爱看书、不爱学习……（重复）

丁　丁　你有完没完？

机器人　不爱看书、不爱学习……（重复）

丁　丁　你是复读机啊？

机器人　复读机功能打开。

丁　丁　什么意思？

机器人　（学）什么意思？

丁　丁　你别学我呀！

机器人　你别学我呀！

丁　丁　你别学我说话，回答我的问题。

机器人　你别学我说话，回答我的问题。

丁　丁　啊！我要疯了！

机器人　啊！我要疯了！

丁　丁　你怎么那么像会说话的汤姆猫啊？

机器人　复读机功能关闭，汤姆猫功能打开。

丁　丁　啊？还真有这个功能？太有意思了！

机器人　啊？还真有这个功能？太有意思了！

丁　丁　原来这个机器人这么好玩啊？！

机器人　原来这个机器人这么好玩啊？！

丁　丁　我知道怎么玩你了。嘿嘿嘿……

机器人　我知道怎么玩你了。嘿嘿嘿……

丁　丁　汤姆猫功能关闭，大傻子功能打开！

机器人　汤姆猫功能已关闭！ Sorry！我智商太高了，没有大傻子功能。

丁　丁　没有这个功能？！那还能干什么？

机器人　阅读功能。

丁　丁　读书吗？太无聊了。

机器人　因为你不爱读书，所以成绩不优异。

丁　丁　要你管！没劲！

机器人　那你觉得什么有劲儿呢？

丁　丁　（挠头）我一下子想不出来。对了，你告诉我，我爸为什么要设计你？

机器人　你爸是谁？

实验室

丁　丁　什么？你连我爸都不知道！我爸就是设计你的工程师呀！

机器人　工程师？我不认识。

丁　丁　你这个没良心的，我爸为了设计你都没时间照顾我，你居然说你不认识，那你是哪儿来的？

机器人　哈哈！真搞笑！我是我爸爸妈妈生的呀！

丁　丁　哈哈！你才搞笑呢！你只是一台机器，居然还有爸爸妈妈！那他们在哪儿啊？

机器人　我的爸爸叫丁建国，在科研所上班。我的妈妈叫王慧英，是大学教授。

丁　丁　什么？那是我爸爸妈妈。

机器人　那是我爸爸妈妈！

丁　丁　你胡说！那是我的爸爸妈妈！

机器人　你胡说！那是我的爸爸妈妈！

丁　丁　复读机功能关闭！

机器人　我就没开！

丁　丁　我的爸爸妈妈只有我一个孩子。你是机器人，你没有爸爸妈妈！

机器人　我有爸爸妈妈，我的爸爸叫丁建国，在科研所……

丁　丁　（打断）够了！别再念我爸妈名字了。你是谁？

机器人　我是丁丁，我最大的优点，就是爱读书爱学习、爱读书爱学习……

丁　丁　你闭嘴！我才是丁丁，你只是我爸爸设计的机器人，你居然想抢我的爸爸妈妈，你做梦吧！

机器人　我没有做梦功能，无法做梦。我没有抢你的爸爸妈妈，我的爸爸妈妈很爱我！

丁　丁　破机器人，还好意思说我爸爸妈妈爱你？！我问你，我爸爸妈妈带我去香港迪士尼，去欢乐谷……他们带你去过吗？

机器人　没有。

丁　丁　他们给我买了好多玩具，还经常带我出国旅游，带你去了吗？

机器人　没有。

丁　丁　（得意）哈哈！我才是他们的丁丁，是他们的宝贝。小样儿，哼！

机器人　我也是他们的丁丁。我爱我的爸爸妈妈！

丁　丁　我比你爱！

机器人　那你说，你是怎么爱爸爸妈妈的？

丁　丁　我……我……反正我心里爱，比你爱！

机器人　你说不上来，证明你没有我爱爸爸妈妈。每次看到爸爸工作时间长，我给他倒水，给他捶背。你能做到吗？

丁　丁　这有什么。

机器人　我记得爸爸妈妈的生日，你记得吗？

丁　丁　不记得！反正他们都记得我的生日。

机器人　你知道他们爱吃什么吗？

丁　丁　反正我爱吃什么他们就吃什么，他们总是依着我。

机器人　那你和爸爸妈妈发过脾气顶过嘴吗？

丁　丁　当然啦！这是常有的事。因为我不爱看书，他们却给我买了一大堆，好烦哪！

机器人　那你理解爸爸妈妈吗？

丁　丁　不理解！反正他们也不理解我。

机器人　关心父母、孝敬父母、理解父母、体谅父母，我都做到！

丁　丁　这有什么呀？你只是一台机器，当然能做到了。

机器人　照你这么说，你还不如一台机器。

丁　丁　你说什么？

机器人　你还不如一台机器。

丁　丁　你闭嘴！

机器人　你还不如一台机器。

丁 丁　我要把你关掉！

〔丁丁找电源，把电源拔了。灯灭了，一切都安静了。

丁 丁　跟我斗？！你只是一台机器，爸爸妈妈爱我，我也爱爸爸妈妈，比你爱！你说的那些我也可以做到，而且我会做得比你更好。其实啊，这些都是小事儿，等我长大了再做不迟！

**机器人**　非法关机，UPS 电源启动。（LED 灯亮）你还不如一台机器，爱爸爸妈妈要有实际行动，不要光说不做，孝敬父母，刻不容缓。我很鄙视你，我要消灭你！因为你不懂得尊重父母。激光枪准备，导弹部署完毕，锁定目标，发射倒计时……10……9……8……7……

丁 丁　不要！我错了！我现在就去做！爸爸妈妈救我！

**机器人**　目标逃跑，追踪系统启动，锁定目标，追——（下场）

〔切光。剧终。

# 我想留下来

**时间：**现在

**地点：**舞台

**人物：**小逸、蕊蕊、月月、花生米、诗诗、甜甜、琳琳、乐乐

小　逸　这个暑假过得真开心啊，因为爸爸妈妈把我接到了深圳，终于见到他们了。爸爸妈妈已经离开老家两年多了，说是在深圳打工盖房子。我还有爷爷奶奶一起在老家生活，我们特别特别想念他们。因为和爸爸妈妈分开的时间太长了，怕记不清他们的样子了，所以每晚睡觉前都会画一画他们的样子。（开始画）爸爸留着短头发、长长的脸、大大的眼睛、浓浓的眉毛、还留着小胡子，喜欢穿蓝色的衣服。爸爸的胳膊好粗好粗，像大力水手一样特别有劲儿，每次犯错误了，爸爸都会用力地打我的屁股，脾气可不好了。我比较喜欢妈妈，妈妈特别的温柔，总是给我做好吃的。妈妈的头发很长，圆圆的脸、大大的眼睛，妈妈很爱笑，笑起来样子的特别好看，她喜欢穿粉红色的衣服，这就是我的爸爸妈妈。因为马上就要开学了，他们要把我送回老家，我不愿意回去，我想留在深圳和他们在一起。所以，就和爸爸吵架了。

爸　爸　你小子尽跟老子拧着来，不行！必须回去，票都买好了。

小　逸　爸爸，你别生气。我真不想回去。

妈　妈　儿子，你们要听话。马上就要开学了，怎么能不回去呢？！我和爸爸给你买的是飞机票，飞回去哦！

小　逸　飞回去？（兴奋）哇——可以坐飞机喽！飞啊……（反应过来）不行！就是坐火箭我也不回去！

爸　爸　我看你小子就是欠揍，老子咬着牙省吃省喝地攒钱给你买机票、供你读书，居然敢说不回去，你给我过来！！

妈　妈　哎呀，孩子他爸，你就不能和孩子好好说话？这臭脾气就不能改改？来，儿子跟妈说说为什么不想回去？

小　逸　妈，这回来到深圳，我真是大开眼界。第一次看到这么多高楼大厦、第一次乘坐地铁、第一次吃麦当劳、第一次明白什么叫车水马龙、第一次乘坐电动箱子。

妈　妈　电动箱子？你说的那是电梯。

〔爸爸妈妈手舞足蹈地哈哈大笑。

小　逸　我最喜欢的是爸爸你们建的“烟灰缸”，太漂亮，太壮观了。

爸　爸　什么烟灰缸，那是大运场馆。

〔爸爸妈妈再次手舞足蹈地哈哈大笑。

小　逸　在我心里，你们就是那么伟大。

爸　爸　你小子甭拍我马屁，你就是去参加那个什么夏令营玩疯了。

小　逸　对呀！对呀！夏令营太好玩了

〔场景转换。

月　月　你们好！我是本次夏令营活动的向导，我叫月月。很高兴认识大家，看来我的年纪最大，你们可以叫我月月姐姐。欢迎大家参加“看大运”夏令营活动，下面我简单地介绍一下：咱们这支小分队里除了我，剩下的都是暑假来深圳看爸爸妈妈的外地同学。那么在接下来的这几天，我们会组织大家参观大运会的各个场馆，观看精彩的比赛，希望大家能好好相处。

**小　逸**　大家好！我叫小逸，我是第一次来深圳，也是第一次参加夏令营活动，很高兴能认识大家！

**蕊　蕊**　我爸爸说这里的房子是他盖的。

**诗　诗**　我爸爸也是盖这里房子的。

**甜　甜**　我爸爸也是。

**乐　乐**　还有我爸爸呢。

〔孩子们都嚷着是自己爸爸盖的。

**月　月**　同学们请排好队，咱们出发了！

〔音效起。

〔孩子们跟着音乐节奏跳舞，展现坐大巴、看场馆、看比赛、合影留念。

Universiade SHENZHEN

小　逸　（对爸爸）我们去大梅沙看海，那沙滩棉棉的比咱家床可舒服多了，大海可比咱家的水库大得多多多了，世界之窗好好玩耶，好多好多在我们课本上有的那些塔呀，门呀，那里全都有呢，超漂亮呢，可您和我妈从来都没带我去过。

爸　爸　你别没良心，这次我们工会带你们去夏令营，那还不是因为你是我儿子啊！

小　逸　是啊，是啊。所以，爸爸我觉得你也超级牛！夏令营还带我们去看了比赛，超精彩。

〔场景转换。

〔孩子模拟演示各项体育比赛，篮球、铅球等。

妈　妈　你就知足吧，妈妈在大运场馆工作那么长时间，一场比赛都没有看过。

爸　爸　儿子，其实爸爸妈妈也舍不得让你走，哪个父母不希望和自己的孩子在一起。

妈　妈　是啊，你得回去上学读书。

小　逸　那、那我在深圳读不也一样嘛！我保证听话！

爸　爸　你小子说得那么容易，深圳的学咱可上不起啊！

小　逸　为什么啊？

妈　妈　因为我们不是深圳人。

小　逸　啊？怎么不是深圳人呢？你们都给深圳盖了那么多房子。

爸　爸　哎呀！你小子别问那么多了，必须回去读书！

小　逸　真的不可以留下吗？爸爸妈妈求求你们了，别让我走！

妈　妈　孩子，听话！回去以后一定要好好读书，考到深圳来。

小　逸　好吧！我听你们的话。

〔小逸拖着小提箱，整理自己的行李。带海水回家、跟玩具道别、跟妈妈要了两根头发、还钥匙。

**小　逸**　妈妈，我想把海水带回家给朋友们尝尝，告诉他们这就是大海的味道；妈妈，这是我们家的钥匙，还给你们吧，我拿回去也没有什么用，我怕丢了，等我下次来你再给我吧！小黑，我马上就要回老家了，不知道什么时候才能见面，你要好好照顾自己哦！我不在家的时候你要帮我好好照顾爸爸妈妈，听他们的话，爸爸脾气不好，他骂你你就左耳朵进右耳朵出，千万别顶嘴！妈妈，我能拔你两根头发吗？因为我喜欢妈妈的味道，我想你的时候就可以摸摸可以闻闻，我会轻轻地拔两根；爸爸，我马上就要滚蛋了，这两个月你一直都是打地铺，肯定很辛苦吧！等我走了，就没有人跟你抢遥控器了，没有人跟你抢电风扇了，也没有人惹你生气了……你们不要送我，让我自己走。（出门）

**爸爸、妈妈**　儿子！

**小　逸**　爸爸妈妈！（哭着跑到爸妈面前）

〔音效。

〔三人抱头痛哭。

〔切光。剧终。

# 玩 儿

**时间：** 现在

**地点：** 楼道

**人物：** 小雪、睿睿、琦琦

〔幕启。舞台三扇门，门紧闭，左右两家儿童上。

〔小雪无聊地左顾右盼，坐在椅子上，又起身开门，家门开，防盗门锁，无奈靠门蹲在地上，睿睿同小雪，二人发现对方。

**睿　睿**　喂！

**小　雪**　嗨！

**睿　睿**　你也被关在家里了？

**小　雪**　对，你也是吧？

**小雪、睿睿**　呵呵呵呵。

**小　雪**　你要出去干吗？

**睿　睿**　不知道，就是想出去，你要出去干吗？

**小　雪**　玩儿！

**睿　睿**　玩什么？

**小　雪**　王者荣耀！

**睿　睿**　王者荣耀？

**小　雪**　这都不知道，Out！是手机游戏！

**睿　睿**　哦！我知道，我知道，我们班男孩子都玩儿。没劲！

**小　雪**　什么没劲，超有劲！你懂什么呀，你玩过吗！傻瓜！

**睿　睿**　你才傻瓜呢，不理你了。（关门）

**小　雪**　我还不想理你呢！（关门）

〔小雪家中无聊，又打开门。

**小　雪**　喂，喂！

〔睿睿听到动静，开门。

**睿　睿**　干吗？

**小　雪**　嘿嘿，你们女人怎么都这么小气呀，说生气就生气。

**睿　睿**　什么女人，人家是女孩子。

小　雪　你哪个学校的?

睿　睿　育才小学，你呢?

小　雪　实验小学四年级三班。

睿　睿　实验小学好贵的。

小　雪　是啊，没办法，我爸我妈工作忙，顾不上我，实验小学可以寄宿。

睿　睿　那你多长时间回一次家?

小　雪　一个星期或者更长。

睿　睿　我说呢，我怎么不认识你。你叫聪聪对不对?

小　雪　你怎么知道?

睿　睿　刚才你爸走的时候说的,（学）聪聪，爸爸出去有点事，在家好好练歌，回来检查。

小　雪　你妈刚才走的时候说（学）丹丹，妈妈马上就回来，在家里好好练琴，回来检查。哈哈哈！你学的是什么琴?

睿　睿　钢琴。

小　雪　我知道，你怎么弹钢琴就跟砸核桃一样。

睿　睿　你还说我呢，你每次练唱歌的时候我还以为你被你爸打呢。

小雪、睿睿　哈哈哈哈！你瞎说！你才瞎说呢！

小　雪　其实我真讨厌唱歌，但是没办法。

睿　睿　其实我不喜欢弹琴，也是没办法。

小　雪　你家有 iPad 吗?

睿　睿　有呀。

小　雪　咱俩上网玩儿吧。

睿　睿　做梦呢吧，我家的 WiFi 和 iPad 都让我妈锁起来了。

小　雪　同病相怜呀。

小雪、睿睿　唉！真没劲。要是能出去玩儿就好了。

小　雪　你想去哪里呢?

**睿　睿**　去海洋公园，那儿的鱼特别漂亮，可好看了。

**小　雪**　我想去香港，迪斯尼乐园特别好玩。

**睿　睿**　迪士尼？米老鼠唐老鸭？

**小　雪**　是呀，我都去过一回了，还照了好多相片。（拿出影集）给你看。

**睿　睿**　我也有好多相片。（拿出影集）给你看。

〔小雪、睿睿二人防盗门相隔，拿不到。正为难时，中间门开，走出琦琦。

**琦　琦**　你们看什么呢，给我看看。

**小雪、睿睿**　小孩儿，小孩儿，把这个给他。

〔琦琦将二人影集从防盗门缝隙中接过来，放在地上，独自一张张看

起来。

**小雪、睿睿**　小孩儿，谁让你看的，你给我，你给我！喂！看完了没有，快给我。小孩儿！！！

〔琦琦不紧不慢地看完，看了看甲乙。

**小雪、睿睿**　高声叫了起来：你怎么能这样呢？你怎这么讨厌！

〔琦琦转身回家了。

**小雪、睿睿**　（高声叫起来）小孩儿，小孩儿，快出来！

〔琦琦拿着一包零食出来。

**琦　琦**　咱们都是小孩儿，干吗管我叫小孩儿？

**小雪、睿睿**　那叫你什么？

**琦　琦**　我叫琦琦，刚搬来的。

**小雪、睿睿**　琦琦，把照片给我。

**琦　琦**　要照片？你有什么好吃的吗？

**小雪、睿睿**　有，有。

〔甲乙拿出好多零食，琦琦逐个尝了尝，也将自己的零食分给甲乙，又将影集给了小雪、睿睿。小雪、睿睿专心看照片。

**琦　琦**　你们知道我是学什么的吗？我妈让我学二胡，我爸让我学架子鼓，我专门告诉他们我喜欢画画，因为画画最省劲儿了。呵呵。

**小　雪**　你爸爸妈妈怎么不锁门呢？

**琦　琦**　锁，不过刚才我爸我妈吵架，我妈气跑了，我爸追出去了，忘锁了。嘿嘿嘿嘿！

**睿　睿**　亏你还能笑得出来！

**琦　琦**　他俩老吵，我都习惯了。照片是挺好，但是光看不过瘾，走，玩

儿去！（从房门后拿出背包，玩具）

〔小雪乙也拿出背包，玩具，二人门里一人门外，唱着歌又蹦又跳。

**三　人**　我们来到了迪斯尼乐园，我们来到了海洋公园……Oh！（玩去喽！）

**小　雪**　（学）演出开始了，唐老鸭、米老鼠、果菲。

**睿　睿**　（学）我是一只小金鱼。

**小　雪**　（学）我是怪物史莱柯。

**睿　睿**　（学）我是一只大鲨鱼。

**琦　琦**　你们俩小孩真幼稚，都多大了，还来这一套。

**小雪、睿睿**　你好！？你有什么好玩的？

**琦　琦**　不要只是去看动画片，那都是哄小孩的，咱们应该去旅游，去探险，俗话说：走百里路，会读很多书。

**小雪、睿睿**　什么？

**琦　琦**　是走很多路，读一百本书，不对，是……

**小雪、睿睿** 行万里路，破万卷书。

**琦　琦** 对！反正走的路越多，去的地方越多，人就越有知识，就是这么个意思。走！跟我去探险去。

**小雪、睿睿** 好！去哪儿？

**琦　琦** 我想一想，去……去森林，茂密的大森林，大森林里有毒蛇，有妖怪……

**小雪、睿睿** 瞎说，这个世界上根本没有妖怪。

**琦　琦** 没有妖怪？大森林里肯定有，要是不信现在你们敢回头看看吗？（拿出手电筒，恶作剧）

**小雪、睿睿** （大叫一声）啊！我们不怕妖怪！我们每个人都有法宝，我有笤帚一把。

**小　雪** 我有披风一条。

**睿　睿** 我有魔戒一只。

**小雪、睿睿** 哈里·波特！

**三　人** 快使用大笤帚，呼嘿哈嘿！快使用大披风，呼嘿哈嘿！快使用魔戒指，呼嘿哈嘿！我们勇者无敌！嘘！别出声！不好，大人回来了，快！撤！

〔三扇门相继关上，音乐。

〔切光。剧终。

# 青春修炼手册

**时间：**60年代、70年代、80年代、90年代

**地点：**学校教室里

**人物：**甲、乙、丙、丁

〔幕启。60年代儿童歌曲《我是公社小社员》响起。

〔甲乙丙丁身着60年代农村小孩儿的服装上场。女孩玩沙包、羊骨头码，男儿手拿纸叠的玩具枪，拍火柴皮……

甲　（拿着玩具枪戏弄乙）又玩羊骨头码，真没劲，看我的。（举枪）

〔二人追逐打闹着满场跑。

乙　讨厌！滚……拍你的火柴皮去。

丙　你俩别闹了！上课了。

〔四人快速坐下，坐姿端正双手背后，表情严肃。

〔画外音：翻开语文第五课，每位同学朗读一段，最后一段大家一起齐诵。

甲　（站起）第五课《在泥塑“收租院”里》……（僵硬地朗读着）

〔画外音：停！老师教过的，朗诵要有感情，要投入。重读！

甲　第五课《在泥塑“收租院”里》，妈妈拉着我的手，往泥塑“收租院”里走。“收租院”里有个女孩子，也紧紧地拉着她妈妈的手。她的年纪和我差不多，可她却长得那么瘦，穿着破烂的衣裤赤着脚，流干了眼泪哭哑了喉。

乙　（站起）“她的妈妈交不起租，地主逼她去做马牛；女孩子不愿离开妈妈呀，她死死拉住妈的手……”我含着泪问妈妈：“这事发生在啥时候？这个女孩儿现在在哪里？我一定要帮她去报仇！”

丙　（站起）妈妈猛地握紧我的手：“这种事情旧社会里到处有！你妈妈也像这个女孩子，过去有多少苦和仇！”

丁　（站起）“孩子，血泪家史要牢记，你要把阶级仇恨刻心头！别忘了天下还有多少孩子在受苦，还有多少妈妈在做马牛！”

NIKE SB

合　听了妈妈的话，我攥紧小拳头，为了砸烂世界上一切“收租院”，红小兵要勇敢去战斗！

〔造型定格，怒目圆视。

〔70年代儿童歌曲《我们是共产主义的接班人》响起。服装要求：白衬衣、蓝裤子、解放鞋、红领巾。女孩玩跳皮筋，男孩玩小汽车、绿跳蛙。

甲　什么破青蛙？就知道叽叽叽地蹦。

丁　那你还玩了大半天，你有什么好玩的？

甲　（亮出小汽车）你看！

丁　（惊讶地）哇！小汽车。可以啊！

甲　这算什么？！我舅就是开小汽车的。

丙　你俩别闹了！上课了。

〔四人快速坐下，坐姿端正双手背后，表情严肃。

〔画外音：翻开语文第五课，根据图意把下面句子连成一段通顺的话。一人一句，最后齐读！

甲　（站起）早上，小蜜蜂出来采蜜，看见一只公鸡在路上找虫子吃。

乙　（站起）小蜜蜂说：“公鸡大哥，你每天早晨叫我们早起，辛苦了！”

丙　（站起）公鸡回答说：“我不辛苦，铁牛大哥才辛苦呢！”

丁　（站起）小蜜蜂飞到拖拉机跟前，说：“铁牛大哥，你一天从早忙到晚，辛苦了！”

合　铁牛回答说：“我不辛苦。人们为了实现四个现代化日夜工作，那才辛苦呢。”

〔造型定格。

〔80年代歌曲《霍元甲》响起。服装要求：旧款校服、红领巾、白布鞋。女孩头戴红绸玩跳房子，男孩玩变形金刚。

甲　（比画着拳脚）嚯嚯嚯！你们所有拳都打不赢我！擎天柱来了，

变身……

〔众人四处逃窜：啊！变形金刚。

**丙** 大家别闹了！上课了。

〔四人坐下，双手在胸前重叠端坐着。

**众** 老师好！

〔画外音：同学们好！坐下。今天我们学习语文第十五课《长城砖》。

〔众人打快板，用快板的方式朗诵。

**砖** 我是长城一块砖，如今过得很可怜……

（众）不是可怜是悲惨！

**砖** 啊？对！（众）很悲惨！

**砖** 没人搭理没人问，扔在一边很孤单。

比一比，看一看，

一肚的苦水往外翻……

（众）说说。

盖高楼的是红砖，盖厂房的是青砖，

山村小屋破砖头，也有人一块一块往家搬。

同样的砖、相同的砖 、

一块一块正方长方的砖、

大大小小扁扁宽宽都是砖，

可我，为什么不如别的砖？

（众）我哪儿知道啊？！

**砖** 我是又摇头又叹气，我是变成了一块自惭形秽、牢骚满腹、哭天抹泪、垂头丧气、百无聊赖、无所事事没什么用的砖！

我是天天等，我是日日盼，

欸！终于等到了这一天！

坐着飞机漂洋过海来到了美利坚。

精美的桌子、水晶的盒子、锦绣的缎子、五彩的绸子摆在了展览馆的最中间。

（演）尊敬的各位来宾，这件展品是来自中国万里长城的一块长城砖，距今有两千多年。

**来宾 A** My God!？（晕倒，众人扶起）

**来宾 B** 它，两千多年？我们美国才两百多年……（A 又晕，众人扶起）

**来宾 C** 在宇宙飞船上看地球，只能看到两个。一个是荷兰的大堤；另一是中国的长城……（A 再晕，众人扶起）

**来宾 D** 这两样不能比，荷兰的大堤是现代的，中国的长城是古代的……

（A 晕，众人不扶）

**来宾 A**　你们怎么不扶了？

**众　人**　我看你就别起来了。（齐笑）

长城砖、长城砖，

象征着坚强刚毅和勇敢，

用最美丽的语言来称赞，

从今往后不用悲伤把气叹，

你是世界上最最宝贵的砖！

〔造型定格。

〔90 年代儿童歌曲《响起》响起。服装要求：大方时尚、青春朝气。女孩儿玩芭比娃娃，男孩玩游戏机。互相尊重客气，友好地小声交谈着……

〔上课铃声响，大家迅速收起各自书中的玩具。

**丙**　起立！

**众**　老师好！

〔画外音：同学们好！请坐！今天我们学习语文第二十九课《手捧空花盆的孩子》，请大家打开课本。

〔孩子们情景表演。

〔《阿里郎》音效响起，孩子们欢快地跳着鲜族舞蹈。

**国　王**　本王年事已高，国事繁忙，要在全国范围内挑选出青年才俊替我执掌朝正，整治朝纲，继承大统。可是这如何挑选呢？（沉思一下）不如这样！我这里有一些种子，你们拿回去种。谁能种出最美丽的花朵，谁就是本王的继承人！因为那将预示着你有一个锦绣的前程。

〔孩子们欢呼雀跃着去领取种子，每个人领取时都鞠躬致敬。

〔动感音乐起，孩子们拿着花盆并成一排，随着音乐的节奏展示种花。

形体动作：埋种子、浇水、填土、等待……（两番）六个孩子抱着花盆鬼鬼祟祟地下场，中间的孩子独自一人继续浇水、施肥、等待……六个孩子各自抱着五颜六色形态各异的花上场，看着中间的孩子手中的空花盆偷笑。

〔国王上场，孩子们争先恐后地将各自的花呈献给国王。

**孩子A** 尊敬的国王陛下，您看我的花开得多漂亮！

**孩子B** 我的花是紫色的。

**孩子C** 我知道国王最喜欢红色……

**孩子D** 陛下，您给我一颗种子，在我悉心的照料下，开出了两盆花。

**孩子E** 国王陛下，皇恩浩荡啊！您给我一颗普通的种子，却开出了一盆金色的花，我这可是纯金的呀！（呈献给国王）种子是您的，花自然也是您的。

**孩子F** 陛下，我跟您说实话吧！他们种花的技术都是我教的。

〔众人吵闹，国王厌恶地转身来到空花盆的孩子面前。

**国　王** 你怎么捧着空花盆呢？

**孩子G** 尊敬的国王陛下，非常抱歉！我真的很用心地培育花种。十天过去了，一个月过去了，可是花盆里的种子连芽都没冒出来。我又给种子施了些肥，浇了点儿水。我天天看哪，看哪，种子还是不发芽。所以……（羞愧地低下了头）

**国　王** （摸着孩子的头）你叫什么名字？

**孩子G** 回禀陛下，我叫雄日。

**国　王** 本王宣布雄日就是继承人！

**众** （惊讶地）可他什么都没种出来呀！为什么您让他做继承人呢？

**国　王** 我发给你们的花种都是煮熟了的。这样的种子，能长出美丽的鲜花吗？

**众** 啊？您为什么要这样做呢？

**国　王**　千教万教，教人求真；千学万学，学做真人。拜见你们的新国王！

〔众人跪拜。国王牵着雄日露出灿烂的笑容。

〔造型定格。

〔音乐《青春修炼手册》小黄人版响起。

〔切光。剧终。

# 洁水漫谈

**时间：**现在

**地点：**舞台

**人物：**故事讲述者、演员们

〔幕启。浩浩站在定点光内。

**浩　浩**　我给大家讲一个故事，从前啊有一所学校就建在水库旁边，坐在教室里啊，就可以闻到花的清香，能听到鸟儿在歌唱，放眼望去波光粼粼的水面上碧波在荡漾，闭上眼睛你似乎能感受到鱼儿在呼吸，鱼虾在奔跑，这就是美丽的大望学校，大望学校的同学们更懂得环保，每到节假日少先队员们都会有环保主题活动，那就是为水库打扫卫生，嘘，你听。

〔甲、乙、丙、丁上场，甲、乙、丙步伐、动作一致，唯有丁犯了三次小错误。

**甲**　我是环保小卫士。

**乙**　宣传节水新知识。

**丙**　要问节水怎么做。

**丁**　意识。

**甲**　水库旁边是我家。

**乙**　保护水源靠大家。

**丙**　如果有人搞破坏。

**丁**　傻瓜。

**甲**　说来说去我们仨。

**乙**　只说不做是白搭。

**丙**　如果有人不鼓掌。

**丁**　打他。

**甲**　环保是个老话题儿。

**乙**　说的太多挺烦人儿。

**丙**　如果嫌烦可以走儿。

**丁**　　没门儿。

**众　人**　　对！必须看。

**浩　浩**　　通过我们积极的宣传和不懈的努力，我们大望学校也被授予“少先队员水资源保护宣传基地”，更重要的是水库周围的环境越来越好了。

〔演水库的情景、皮影故事。

**浩　浩**　　最让我们骄傲的是，深圳水库还是提供深港两地市民生活用水的主要来源。但是，因为现在人们不良的生活习惯，不懂得节约用水，洗头洗澡的时间太长、过于频繁地洗衣服、洗手不及时关上水龙头、不节制地用水拖地、洗车、给宠物洗澡等等，导致水库

的水源大量地流失……（演）

**浩　浩**　当然，我们平时说的节水不仅是节约的节，也是洁净的洁，同样，也是因为人们的不良生活习惯（演示）把垃圾扔进水库、在水库里洗衣服、小便、钓鱼、游泳、炸鱼等等不良行为，严重地污染了我们的水资源，于是我们的水库就变成了这样。（演）

**浩　浩**　如果我们使用这样的水，我要讲的这个故事就变成了一个悲剧。

〔情景表演。

〔一个人肚子疼，旁边有人过来关心，然后全身瘙痒，所有人都乱挠，然后都肚子疼，都死了倒在舞台上。

**浩　浩**　这样的结果肯定不是大家愿意看到的，所以我们一定要知道水库对我们深港两地市民的重要性，知道水对我们的重要性，从现在开始必须提高我们的洁水意识，我想只要我们做到了，我们的水库就会变回原来的样子，见证奇迹的时刻到了，请看、请看、请看，唉，怎么还是这么脏啊。

**众　人**　我们已经改变习惯了，我们已经保护资源了，我们已经做到洁水了，可是它还是这么脏，这是怎么回事啊？你以为会出现奇迹啊？是大人们把水弄脏的，他们在旁边开工厂，把水库污染了。

**浩　浩**　对，把大人们叫出来，我们要跟他们谈谈。

**众　人**　出来，出来。

〔大人上。

**哥　哥**　吵什么？闹什么闹？

**丁**　哥哥，都是因为大人，咱们的水库被污染了。

**甲**　都是因为大人，以后就喝不到干净的水了。

**乙**　都是因为大人，咱们活不成了。

**哥　哥**　啊？！活不成了。那怎么办哪？

**丙**　我知道该怎么办！都是旁边那家工厂排出的污水，把大人们开的工厂关了就好了。

**孩子们**　关了，关了……

**哥　哥**　嘉杏，你过来！你知道那家工厂是谁开的吗？

**嘉　杏**　不知道。

**哥　哥**　那是咱老爸开的。

**嘉　杏**　啊！原来是老爸开的啊！

**孩子们**　哦！原来是你们爸爸开的。关了！关了！关了！

**哥　哥**　别闹别闹！瞎说什么呢！如果大人们把工厂关了，怎么挣钱养家呀？怎么供你读书呀？你还想穿漂亮衣服吗？（想）你还想吃麦

当劳肯德基吗？（想）你还想去迪斯尼乐园吗？（想）你们还想关工厂吗？（想）（不想）唉～这就对了。所以，大人们的工厂不能关！这么大的水库怎么就会被那小工厂污染了呢？！再说现在科技这么发达，用得着你们这帮小屁孩儿瞎操心吗？行了行了，你们去玩儿吧！

**浩　浩**　我的故事讲到这里有点讲不下去了，我希望我的故事是一个喜剧的结尾，我也相信故事的结尾一定是一个喜剧，总之我们一定要懂得珍惜，由于珍惜我们更扛起了责任，我们倡议：彻底解决污染问题，我们要做到积极参加保护水资源，爱护环境的活动。水资源保护，从我做起。我的故事讲完了！

〔切光。剧终。

# 我最可爱

**时间：**现在

**地点：**舞台

**人物：**A、B、C、D、E、F、G、H

〔幕启。音效。

〔八个可爱的小朋友搬着小板凳齐步走上场，围成半圆在台中坐下。

合　我们都是小可爱，
人人夸我人人爱。
女孩漂亮男孩帅，
在家表现特别乖。
走上舞台我最嗨，
讲的故事特精彩。
今天我们赛一赛，
谁赢谁输不许赖。

A　我最可爱我先说。

〔其他小朋友争抢说可爱。

〔黑白配，石头剪刀布，胜出的先讲。

A　我给大家讲一件事情，这件事情特别搞笑。（自己大笑起来）

〔其他小朋友也有跟着笑的。

A　（笑完以后）我讲完了。

〔其他小朋友议论，她讲的是什么？不知道，那你笑什么？你不是也笑了吗？

B　那天我在家里和爸爸玩游戏，我演了一只饺子，就是过年吃的那种饺子。（其他小朋友哄堂大笑）我说："爸爸我是饺子，你把我吃掉吧！"于是我爸爸在我肚子上乱拱。嘴里还吧嗒吧嗒就像吃饺子一样。我问："爸爸我好吃不？"爸爸说："好吃呀！比妈妈包的饺子好吃多了。"爸爸又问，"哎呀，宝贝你是什么馅的饺子呀？"我说："爸爸，我是屁屁馅的！"

〔大家跟着笑。

C　该我说了，你这个太恶心了，不如我可爱，前天我睡觉觉，妈妈非要我回自己房间睡觉，我不干，我说："我害怕，我要和妈妈一起睡！"

妈妈不耐烦地说："你都多大的人了？怎么还要和妈妈一起睡？"

我说："那我爸都那么大人了，怎么还和你一起睡？"

〔大家真实地反应。

D　真羞羞那么大还和妈妈睡，不乖，不可爱。我才可爱呢，我妈妈

的朋友怀孕了，肚子大大的。我很奇怪，就问：“阿姨你肚子里是啥？”阿姨说是小宝宝，我很生气，我说阿姨，你为什么要把自己的宝宝吃掉呢？阿姨笑着说：“不是宝宝，是调皮的小怪兽呀！”我一听是小怪兽，就打了阿姨肚子一拳，阿姨问我干什么？我说我是奥特曼，奥特曼专打小怪兽，结果阿姨捂着小怪兽就跑掉了。

〔大家的真实反应。

E　我最可爱，因为我现在学习英语，爸爸妈妈都夸我很聪明。

F　（起来问）你什么都会说吗？

E　是啊，不信你问我。

F　好，我问问你，苹果用英语怎么说？

E　Apple.

A　香蕉用英语怎么说？

E　Banana.

C　那小鸭子用英语怎么说啊？

E　（犹豫了一下）嘎，嘎……

〔所有小朋友当场晕倒。

F　我爸爸说每个人都有缺点，敢于面对自己缺点的孩子才是好孩子，才能进步，你们敢于说自己的缺点吗？

G　我的缺点是太贪吃了，有一次妈妈给我吃梨，我就对着镜子吃，妈妈问：“你怎么对着镜子吃梨？”我说：“妈妈，我想吃两个梨！”

H　我的缺点也是太贪吃了，有一天，我们全家正在吃西瓜。我问：“爸爸，是瓜都能吃吗？”爸爸说：“是的。”我说：“爸爸，我想吃傻瓜！！！”然后爸爸笑到被西瓜子呛到了，去了医院。

A　我的缺点是不太会讲话，有一次看见奶奶在熨衣服，我说：“奶奶你在干什么？”奶奶说：“我在熨衣服，这样熨完的衣服就很平整了。”我说：“奶奶，把你的脸也熨熨吧，这样奶奶的脸就很平整了。”结果奶奶生气了。

B　　我的缺点是不太切实际，有一次，我在镜子面前一会睁开眼睛，一会闭上眼睛，睁开的时候不停地偷看镜子，妈妈问：“你在干什么呀？”我说：“别吵，别吵！我在睡觉，我要看看我自己睡觉的时候是什么样子。”妈妈说我太不切实际了。

D　　我的缺点是总让爸爸很没面子，我问爸爸：“爸爸，做爸爸的总是比儿子知道得多吗？”爸爸说：“是的。”我又问：“蒸汽机是谁发明的？”爸爸回答：“瓦特。”我说：“那么，为什么瓦特的父亲不发明蒸汽机呢？”然后爸爸脸就红了。

E　　这不算什么，我的缺点让我爸爸很崩溃，有一天我从家里的箱子里找到了一张学校通知书，我再看上面老师写的批语，爸爸从我手里夺过来，大声念道：“在课堂上射弹弓，往同学的衣袋里装虫子……请家长来谈一谈。”然后他非常生气地叫道：“你在学校里尽干这个，你长大会成个什么人啊？”然后我说：“爸爸，这不是我的通知书，是我从您的旧箱子里找到的。”然后爸爸到现在见到我脸都红。

G　　那你这更不算什么了，我的缺点让我爸爸更难以接受，那天我犯错误了，爸爸说：“行了行了，别哭了！其实爸爸也不想打你，但你为什么老是这么不听话呢？

淘淘，你看看邻居家的露露，别人和你一样年纪，可是从来没有惹她爸爸生过气，她爸爸也从来不打她。今后要乖！淘淘，你说，从露露身上应该学到些什么呀？”

我说：“我要，要找，找个好爸——爸——！”到现在爸爸都不理我。

H　　（问 F）你都让大家说缺点了，你的缺点是什么？

F　　（吭哧了半天说）我的唯一的缺点就是有点缺钙。（孩子们的反应）

不说这些了，我们大家玩积木吧。

〔大家一块玩积木。

A、B、C　（用积木搭了一栋高楼）我长大了想当建筑师！

D、E、F　（用积木搭了一座桥梁）我长大了想当设计师！

G　（看了一下高楼和桥梁）我都买了，我长大要当老板！

H　（把积木排成一排，一推倒）胡了……

众　爸爸妈妈我们都是学你们的呦！

〔音效。众人舞蹈。

〔切光。剧终。

# 逃离恐怖岛

**时间：** 现代

**地点：** 舞台

**人物：** 张楠楠、小林、罗贝、海落鹰、可卡兔、众男女妖怪

## 第一场

〔开场舞，诡异的、节奏性极强的音乐，众妖怪在海落鹰和可卡兔带领下，从四面八方涌向舞台，跳起了鬼怪舞蹈。

〔众妖怪唱歌跳舞。

（唱）来吧，宝贝
Come baby
你累不累，你烦不烦
这里有快乐的源泉
你只需喝！抽！吸！推！咽！
就这么的简单
可以让你迷幻
迷幻之中很美
有靓女有美男
你可以随便
随便 随便
你现在是大款
兜里全都是钱
你现在是神仙
驾着彩云飞天
你现在是明星
正在舞台表演
此时此刻最爽
不管明天！！！！

Come baby
就这么的简单
Come baby
这里是人间乐园
乐园，乐园
Come baby
你可以随便
随便 随便
Come baby
这里有快乐的源泉
你只需喝！抽！吸！推！咽！
Come baby
不管明天……

〔众妖怪隐藏在舞台各处。

## 第二场

〔张楠楠一个人在卡拉OK包间里，喝着酒，无聊地拿着麦克风唱着流行歌。

〔停下来，拿出电话。

**张楠楠** 小林，你表姐我已经落魄到一个人在K歌，我好失败。你现在快过来，老地方。快点！

**海落鹰** （推门进来）对不起，走错了。（转身）咦？小妹妹，你怎么了，一个人不开心？

**张楠楠** 你是谁呀？不用你管。

**海落鹰** 来这里的都是一大堆人开开心心的，怎么你孤零零的。大姐我最看不得人家不开心了，走，和我们一起玩吧？

**张楠楠** 不用，我们又不熟，再说，我表弟一会就来了。

**海落鹰** 别客气，这样吧，你这个包间我买单，我们那个房不够用，大家一起来 Happy，怎么样？就这么定了，我去叫人。

**张楠楠** （自言自语）不会是坏人吧。

〔众妖怪正常的形象和海落鹰拿着酒杯一起来到张楠楠的包间。

**可卡兔** 嗨，小妹妹，听说你不开心，我们过来和你开心。我叫可卡兔，很高兴认识你。

〔众妖怪都热情诙谐地自我介绍。

**海落鹰** 我叫海落鹰，可不是海洛因，叫我鹰姐。可卡兔，去，再拿两瓶芝华士，十瓶绿茶。今天我们不醉不归！

**众妖怪**　耶，为我们认识一个新朋友，对了你叫什么？

**张楠楠**　张楠楠。

**众妖怪**　为了张楠楠，干杯！

〔众人不停地喝酒。张楠楠从警觉到放松，到疯狂。

〔众妖怪在张楠楠独自跳舞时，停下来露出妖怪模样，伸出爪子，逐渐逼近张楠楠。

〔小林与罗贝上，推开包间，众妖怪停，看着小林与罗贝。

**小　林**　对不起，走错了。（关上门）

**罗　贝**　不是这里？

**小　林**　不对呀，就是这里呀。可里面的人我都不认识。

**罗　贝**　里面的人都跟鬼似的，挺吓人。

**小　林**　再进去看看。

**罗　贝**　看看去。

〔推开门，众妖怪停，看着小林与罗贝。

**小　林**　（发现张楠楠）楠楠姐！楠楠姐！

**张楠楠**　哈，小林，罗贝你也来了。（招呼两人坐下）

**小　林**　你不是说就你一个人吗？我还把罗贝一起叫过来陪你。

**可卡兔、海落鹰**　嗨！你们好，来晚了，先干一杯。

**张楠楠**　给你介绍一下，鹰姐，兔哥。我表弟小林，他的同学罗贝。

**罗贝、小林**　你好。（对张楠楠）楠楠姐，这些人好像不太对劲。

**罗　贝**　是啊是啊，刚才我见他们对你……（学）

〔海落鹰让众妖怪向小林、罗贝敬酒，打断了他们的对话。

〔可卡兔坐到张楠楠旁边。

**可卡兔**　你表弟看起来很小呀。

**张楠楠**　是，很小，才初二。

**可卡兔**　你还说人家，你也没多大吧。

**张楠楠** 我都已经上高中了。

**可卡兔** 啊，才高中，你太嫩了。

**张楠楠** 你别瞧不起人。

**可卡兔** 你肯定学习不好。

**张楠楠** 为什么？

**可卡兔** 学习好还会出来玩儿？

**张楠楠** 切！我一直是全班第一。

**可卡兔** 真的？

**张楠楠** 骗你干吗？只不过，这次考试……唉！

**可卡兔** 考砸了？

**张楠楠** 第一中学，强手如林，我才排第十。

**可卡兔** 第十还才。

**张楠楠** 我妈说我完了，我也觉得我完了。

**可卡兔** 挨打了？跑出来了。

**张楠楠** 嗯！

**可卡兔** 好了，没关系的，喝醉一回就没事了！

〔可卡兔喝酒的时候，吃了一颗药。

**张楠楠** 你生病了？

**可卡兔** 什么呀，告诉你，这就是传说中的迷幻药，你太小，没资格吃。

**张楠楠** 啊！迷幻药？摇头丸？会出事的！

**可卡兔** 小孩儿懂什么，出事？出什么事？你看我们都吃。

〔所有妖怪都吃了一颗摇头丸，小林和罗贝惊恐地看着。

**可卡兔** 要不要试一试？

**张楠楠** （一脸迷惑）这，听说这是毒……

**可卡兔** 毒什么毒？就是让你开心的。没事的，一颗好贵的。不拿你当朋友还舍不得给你呢！

〔所有妖怪轻轻地：吃呀，吃呀，快吃呀。

〔张楠楠将药放在嘴里。

**罗贝、小林** 楠楠姐，不可以，不能吃。你干什么！快吐出去！

**可卡兔** 你不会听一个小孩的话吧。

〔众妖怪围在张楠楠的周围，将小林和罗贝挡在外面，由轻到重地：咽下去，咽下去，咽下去！张楠楠咽了下去，众妖怪欢呼。

**海落鹰** Music！音乐！

〔摇头音乐起，众妖怪散开，抓着小林和罗贝，张楠楠随音乐疯狂地摇头。

〔众妖怪，排在张楠楠两边，每人手里拿一颗头颅，恐怖的舞蹈《摇头舞》。

〔小林与罗贝吓得蹲在地下，瑟瑟发抖。

〔灯光暗，魔幻的声音，跟我来，跟我来。

## 第三场

〔二人躺在地下。

**罗　贝** 小林！小林！快醒醒。

**小　林** 罗贝，罗贝，快醒醒。

**罗　贝** 我醒了。

**小　林** 我也醒了。

**罗　贝** 我，我，刚才我好像做了一个梦。

**小　林** 我，我，刚才我好像也做了一个梦。

**罗贝、小林** 不对，我们可能还在梦里。对，赶紧醒来。

**小　林** 可我好像已经醒了。

**罗　贝** 我们捏自己，把自己捏醒了。

小 林　我们的腿呢？（拉出一条腿）

罗 贝　连自己的腿都找不到，肯定是在梦里。

小 林　是呀，呵呵，我的腿一点知觉都没有。

罗 贝　嗨，小林，我又梦到你啦！

小 林　嗨，罗贝，我也梦到你了，呵呵，我怎么觉得不对劲呢。

〔给了自己一巴掌，又给了罗贝一巴掌。

〔罗贝愣了愣，也给小林一巴掌。

〔互相打一巴掌，疼。

〔小林和罗贝使劲地掐大腿，不疼。

罗贝、小林　奇怪！

妖 怪　（从地下坐起来）你为什么捏我？！

〔小林和罗贝这才发现是妖怪的腿，吓得尖叫，躲闪到一旁，到处是鬼怪，吓得两个男孩失声痛哭，小林随手拿起一根木棍，向走来的一个妖怪打去。

〔妖怪吼一声，小林打一下，妖怪挨了几棍，失声痛哭。

小 林　（擦了擦眼泪）不会吧！

罗 贝　鬼也怕挨打？

〔众妖怪上。

〔小林和罗贝，每人拿起一根棍子。

〔众妖怪将被打的妖怪扶起来。

妖怪甲　你们干吗打人？

小 林　打人？我们这是打鬼！

妖怪甲　鬼也不能随便打呀。

罗 贝　他要吃我们还不能打？！

妖怪甲　吃你，谁说要吃你，我们一直都吃素呀。

小 林　鬼吃素，怎么可能？

**妖怪甲**　怎么不可能，我们只吸毒不吃人。

**罗　贝**　别骗我了，那他干吗一个劲地扑过来。

**妖怪甲**　（责问妖怪乙）你干吗吓唬他们？

**妖怪乙**　谁吓唬他了，我正睡觉，他俩没完没了地掐我的腿，一边掐还一边说不疼，我能不找他们理论吗？结果他还打人。

**妖怪甲**　是这样吗？

**小　林**　我，我们，天哪，这到底是怎么了？

**罗　贝**　这是真的还是假的？我的妈呀，快来救救我们吧！

**妖怪甲**　烦死了，行了行了，你跟他们理论什么呀，在恐怖岛上还有能讲道理的人。用不了多久他们俩也会成我们这样，到时候再跟他们算账。

**小　林**　等等，你说这是哪里？

妖怪甲　嘿嘿，恐怖岛！

罗　贝　我要回家。

妖怪甲　回不去了，来到恐怖岛，哪里都去不了，吸食毒品了吧，等死吧。

小　林　吸毒？对了，我表姐呢？

妖怪甲　谁？

罗　贝　张楠楠。

妖　怪　正和可卡兔和海落鹰快活着呢，不过很快就要死了。

小　林　为什么？

妖　怪　凭什么告诉你，拿毒品来换！

罗　贝　没有，我们不吸毒。

妖　怪　不吸毒？！胡说八道。

罗　贝　真的，我们都不知道是怎么回事就来到了这个鬼地方。

妖　怪　不吸毒能来恐怖岛？开玩笑。

小　林　我没想来，我只是要找我表姐。

妖　怪　你们没有沾过毒品海落鹰和可卡兔会带你们来这里？

小林、罗贝　你真啰嗦！

妖　怪　哈哈哈哈，兄弟们，哈哈哈哈，快来呀，恐怖岛要出大事了，这两个孩子没有沾过毒品。海落鹰和可卡兔终于犯下了千年不遇的错误。

〔众妖怪欢呼。

妖怪乙　可他们只是两个孩子呀。

妖怪丙　现在没吸过毒不等于将来不吸。

妖怪丁　就靠他们俩行吗？

妖怪甲　希望，懂吗？只是希望。

（唱）哈哈哈哈哈哈哈哈

两个孩子千万别害怕

我们把你们吓坏啦
其实我们不吃人呀
只是中毒太深吸死啦
哈哈哈哈哈哈哈哈
当初吸毒好开心呀
制毒毒贩是最好的人呀
一旦我们吸上了瘾呀
我就不是我自己啦
哈哈哈哈哈哈哈哈
我们俩当初吸冰毒哇
幻想对方是大坏蛋呀
互相开枪 40 多发
结果打成筛子啦
哈哈哈哈哈哈哈哈
以前我吸氯胺酮呀
两年智力降到 68
弱智应该是 70 多呀
我比傻瓜还傻瓜
哈哈哈哈哈哈哈哈
我家楼高有 18 呀
我碰到个水坑一点大
吸完 K 粉迷幻药呀
我以为是鸟飞出了窗呀
淹死的时候我变成大青蛙
哈哈哈哈哈哈哈
以前我是个女老板呐

生活空虚找刺激呀
各种毒品我都爱呀
倾家荡产只好自杀
哈哈哈哈哈哈哈哈
我们都想回到家
看看爸爸和妈妈
向他们认个错
来生报答老人家
哈哈哈呜呜呜

**小　林**　别哭了，我很同情你们，可我们能做什么呢？

**罗　贝**　我想知道为什么他们要抓我们？

**妖怪甲**　他们试验一种新型毒品，你的表姐被他们选为试验。抓你表姐的时候可能是搞错了，连你们一起抓来了，因为你们没沾过毒品，可以抗衡海落鹰和可卡兔，摧毁这个恐怖岛。救出你表姐，也解放了我们。

**小　林**　那你会帮我们吗？

**众妖怪**　（打哈欠）我们随时都会犯毒瘾，怎么帮你呀。

**罗　贝**　你们可以帮我出主意，至少可以带路帮我们找到海落鹰和可卡兔住的地方吧。

## 第四场

〔怪异的音乐。

〔海落鹰与可卡兔跳着交谊舞上。

〔周围跟随着中毒很深的青年男女。

**海落鹰**　休息一会，好累呀。

〔男女伺候海落鹰和可卡兔。

**可卡兔** 是不是要吃饭了。

**海落鹰** 不要光想着吃。把我的宠物牵出来。

〔一对男女，牵出了张楠楠。

〔张楠楠穿着哈巴狗的服装，顺从地匍匐在海落鹰脚下。

**海落鹰** 多漂亮的小可爱呀。

**可卡兔** 咱们什么时候吃她。

**海落鹰** 你别打她的主意，她是我的玩具，我觉得世上没有比人更好玩的东西了。

**可卡兔** 也不知新产品的效果怎么样。

**海落鹰** 这还不好办，给他们试一试。（掏出一把药）

**可卡兔** 都给我滚过来，吃下去。

〔男女吃下药，呈半麻醉状态。

**可卡兔** 这么快，好，不知控制力度怎么样？

〔海落鹰拿出一把刀。

〔可卡兔一手拿刀，一手拿药。

**可卡兔** 还要吗？可以，但是要给自己一刀才可以吃药。

〔一个男孩抢过刀，毫不犹豫地扎向自己，刀叉在身上，面带笑容高举双手向可卡兔要毒品。

〔另一个女孩拔出男孩身上的刀，毫不犹豫地扎向自己，也面带笑容高举双手向可卡兔要毒品。

〔其他男女争着抢刀，被可卡兔呵止。

**可卡兔** （将药给了这对男女）开心吗？

〔男女点头称是。

**可卡兔** 哈哈哈，行，这个药够劲。海落鹰，真有你的。

**海落鹰** 可卡兔，我们开饭吧。

〔示意众人将这对男女抓住。

〔二人各拿一支吸管。

〔剪影，吸管向男女头部扎去，男女痛苦地呻吟，可卡兔和海落鹰大口地吸着。

〔男女死去，众人将其拖下。

〔怪异的音乐。

〔海落鹰与可卡兔跳着交谊舞下。

## 第五场

罗　贝　小林，你已经在这里傻坐着半天了，到底想到对付他们的办法了吗？你倒是说话呀，再晚了楠楠姐没准就死了，急死我了。

小　林　嘘！别吵。罗贝，我在想，那些人为什么要吸毒，难道他们不知道是会死人的吗？

罗　贝　想了半天就想出个这样的问题？我看对付海落鹰和可卡兔是没希望了。

小　林　你为什么不吸毒？

罗　贝　我，你没事吧？这不废话吗？我又不想死。我说你倒是想点有用的呀。

小　林　这个问题很重要，知道吸毒危害的人去吸毒无论是什么原因归根到底是个人控制力不够，经不住别人的劝说，存在侥幸心理，好奇心理，甚至认为吸毒是时髦的，一旦吸过了，更经不住毒品带来短暂快乐的诱惑，越吸越戒不掉；不知道吸毒危害的人吸毒，也是经不住毒品的诱惑，一次又一次，直到无法自拔；你不吸毒是因为你知道了毒品的危害，意志坚定地去拒绝，尽量地远离它，这样毒品也就拿你没办法了，可以说你拒绝了诱惑就战胜了毒品。

罗　贝　你的意思是？

小　林　要想救出楠楠姐和那些可怜的妖怪们，就必须当着海落鹰和可卡兔的面，拒绝他们所有的诱惑，他们不能强迫你，只能诱惑你。毕竟是要我们自己把药放在嘴巴里，我们可以像扔垃圾一样把毒品扔掉，这样我们就从理论上战胜了他们了。

罗　贝　理论上？实际上呢？

小　林　嘿嘿，我也不知道。走，我们出发。

罗　贝　嗨，想了半天还是白想，走，出发！

〔画外音：欢迎来到恐怖岛夜总会。

〔节奏音乐，灯光迷离。

〔上来一帮男女。

男　甲　小林，罗贝，你们在这儿哪，找你们半天。

小　林　你们是谁呀？

罗　贝　我们认识吗？

男　甲　谁不认识你们呀，大名鼎鼎的小林和罗贝。

群　女　我们特别崇拜你，今天见到你太开心了。

小　林　你们搞错了，谁能认识我呀。

罗　贝　小林，他们诱惑咱俩呢。

女　甲　你俩怎么不开心，来吃个开心果。

小　林　NO！谢谢。

罗　贝　我们俩什么都不吃。小林，我们走吧。

小　林　走吧。

〔所有人定格。

小　林　不行，如果我们走了就没办法救楠楠姐了。

〔回来坐下。

〔众人恢复劝酒。

〔男女将小林和罗贝分开。

〔小林坚决不为所动。

〔罗贝有些撑不住，一个女生坐在罗贝旁边。

**女　生**　罗贝，你已经是大人了，是一个男子汉，如果你是男人，就为自己庆祝一下，就吃一点点，开心一下就好，大家都开心，就你这样多扫兴，是男人，吃一点点，就一点点，乖，听话，好喜欢你呀！

**罗　贝**　小林，我顶不住了，我……我……

**小　林**　罗贝，你别忘了……（被堵嘴）

**罗　贝**　就一点点，真的一点点。

〔罗贝吸食K粉。

〔海落鹰和可卡兔上。

**海落鹰** 哈哈哈哈，小林，怎么样，没有几个人能经得住我们的诱惑，来吧，罗贝已经吃了，你也来一点吧。

**可卡兔** 干吗呀？趁着年轻及时行乐呀。多美好呀，吸一点吧。

**小　林** 拿来。（接过毒品，随手扔掉，众人去抢）我表姐呢。

**海落鹰** 你，好大的胆子，看来我们要斗到底了。我让你看看你的表姐是个什么样子。

**可卡兔** 小林，别说你一个人，就是一百个小林也没有办法，有什么本事使出来吧！

**小　林** 楠楠姐，楠楠姐，我是小林。

〔张楠楠二目无神，趴在海洛鹰的脚下。

**小　林** 楠楠姐，我是你弟弟呀，我是小林呀！

**张楠楠** 我弟弟，你有钱吗？借我一点。

**小　林** 你都这样了要钱干吗？

**张楠楠** 废话！买毒品呀。

**小　林** 我，我没有钱。

**张楠楠** 没钱，滚开！

**小　林** 楠楠姐！

〔众人大笑。

**海落鹰** 没有人能抵挡住我的魅力。可卡兔！

〔众人群魔乱舞，干冰，频闪，电脑灯，从舞台两侧两队人拿红绸两角冲向观众席，用红绸挡在观众上方，将观众包在红绸中，灯光齐聚红绸。

**小　林** 请大家帮帮我，帮我打败这可怕的毒品。不要让这暂时的美丽把我们迷惑。

〔音乐起。

〔舞台两侧演员，迅速地收红绸，直至将红绸全部收到台上。

**小　林**　（唱）来来来来，大家举起手来
想一想毒品的危害
让毒品从生活中走开
生命只有一次
错了不能够重来
来来来来，大家举起手来
想一想毒品的危害
让毒品从生活中走开
生命只有一次
错了不能够重来

〔歌声把众人和张楠楠唤醒，加入到合唱队伍里来。

〔海落鹰和可卡兔气急败坏下。

## 第六场

〔二人躺在地下。

**罗　贝**　小林！小林！快醒醒。

**小　林**　罗贝，罗贝，快醒醒。

**罗　贝**　我醒了。

**小　林**　我也醒了。

**罗　贝**　我，我，刚才我好像做了一个梦。

**小　林**　我，我，刚才我好像也做了一个梦。梦见你吸毒了。

**罗　贝**　真不够意思，做梦都不梦我好，我吸毒了，我有那么傻吗?

**小　林**　快去救我楠楠姐。

〔张楠楠上，手捧一把鲜花。

**张楠楠** 两个大懒虫，你们这哪是户外运动，整个一个吃饱饭睡乎乎。

**小　林** 楠楠姐，你没事吧？

**张楠楠** 我有什么事？不准睡了，我们去爬那座山。快！

**罗　贝** 走喽。

**小　林** 你没被海落鹰和可卡兔抓走？

**张楠楠、罗贝** 说什么？海落鹰，可卡兔，哈哈哈，你卡通片看多了吧，还可卡兔！脑子进水了吧，哈哈哈！

〔三人笑着下。

〔舞台高处出现海落鹰和可卡兔狞笑着。

〔笑声扩散，越来越大。

〔笑声远去。

〔切光。剧终。

# 教师相册

**时间：**现在

**地点：**舞台

**人物：**爷爷、爸爸、圆圆、现代青年教师若干

〔幕启。舞台上一个硕大的相册，相册的照片里分别站着圆圆、爸爸、爷爷。

〔音效。圆圆从照片走出。

**圆　圆**　大家好，我是圆圆，我是一名年轻的老师。下面让我向大家介绍一下我家的相册。这位是我的爷爷，这位是我的爸爸。来来来，跟大家打个招呼吧。大家不要误会啊，他们也是老师，这都是老师的职业病，就喜欢数落人。虽然他们很严肃，不过他们都是非常优秀的老师，就拿我爷爷说吧，想当年他可是远近闻名的好先生。爷爷，爷爷，大家在夸您呢。说您桃李满天下。

**爷　爷**　哈哈哈，这话还差不多。

**圆　圆**　爷爷您和大家说两句吧。

**爷　爷**　古之……圆圆你怎么把爷爷推出相框了啊，不像话，你让我在哪待啊?

**圆　圆**　爷爷，你笑一笑嘛，不要总训斥我。

**爷　爷**　爷爷在教你怎么做老师。当老师就是要为人师表，师道尊严。

**圆　圆**　爷爷，您那套现在行不通了。您不知道，现在的孩子就不喜欢您那张扑克脸，都喜欢我这种活泼的、可爱的、亲切的老师。

**爷　爷**　你这个孩子，你才当了几天老师，就敢说我。治学就是要严，我让你看看我是怎么上课的。上课……

〔一群学生跑入场。

**学生甲**　先……先生好!

**爷　爷**　拜见孔圣人。

〔圆圆挂上照片，众学生鞠躬。

**学生乙**　阿嚏。

教师相册

〔大家目光聚焦学生乙身上。

**爷　爷**　嗯？

〔走到先生身边，伸手，挨戒尺。

〔上完课后。

**爷　爷**　（手拿戒尺）哼！朽木不可雕也！

**圆　圆**　爷爷，您不能怪学生，更不应该体罚学生。那是违法的！

**爷　爷**　什么？我教书还违法了？难不成还得把我抓起来？

**圆　圆**　是的！

**爷　爷**　（大发脾气）没法说理，没法说理了！你懂什么呀！棍棒底下出孝子，不打不成材。你看你爸，就是在我的棍棒底下成长的。

**爸　爸**　爸！爷爷不懂事，又惹圆圆生气了。

**爷　爷**　什么？

**爸　爸**　哦……（抱拳、结巴）不……是圆圆不懂事，又惹爷爷生气了！

**爷　爷**　是的。

**爸　爸**　圆圆，你又惹爷爷生气了？他那么大年纪了，怎么说就怎么是呗！

**圆　圆**　爸爸，您这么说，就是要我让着爷爷。爷爷，我爸爸说要我让着您！我错了！乖～

**爷　爷**　乖，嗯？胡说八道，还用你让着我。我这是在教你们。就是希望你们青出蓝胜于蓝。你过来！你怎么连自己的孩子都教育不了。

**爸　爸**　您息怒！圆圆，你过来，太不像话了，你不就刚评为了一名优秀教师嘛！怎么就说不得了。你可别忘了，爷爷曾经是远近闻名的好先生，他是有他的道理的。我就知道你们这代人都是被惯坏了，不光爷爷说你，我也要说你，像你这个样子怎么教学生啊？

**圆　圆**　哎呀，我可真是生在教师之家了。你们两个就会教育我。你们说的道理我都明白，可你们也得看看现在的孩子。如果用爷爷的方法肯定炸了锅。

爷　爷　嗯？

爸　爸　爸，您息怒！圆圆，爷爷的方法的是老了点儿。不过你可以借鉴我的方法嘛！

圆　圆　啊？

爸　爸　啊什么啊！（扶眼镜）上课！

〔音效起。

爸　爸　同学们好！

众学生　老师好！

爸　爸　坐下！今天我们上一堂作文课。

众学生　嗯！

爸　爸　打开课本。（翻书，学生翻书、拿笔等连贯7个动作）

爸　爸　上课之前，我要问一下大家的理想是什么？

爸　爸　好，你来说。

学生A　我的理想是当一名老师。

爸　爸　好，坐下。下一位。

学生B　我的理想是老师。

爸　爸　好，下一位。

学生C　也是老师。

学生D　女老师。

学生E　男校长。

爸　爸　下面开始作文，我们作文的题目是《一件小事》。

学　生　嗯。（举手）

〔众位同学依次歌唱《捡到一分钱》，从1分钱唱到5分钱、半毛钱。

爸　爸　非常好！很有思想！

学　生　嗯。

爸　爸　下课！同学们再见。

| | |
|---|---|
| 学　生 | 我高兴地说了声老师再见。（歌曲的节奏） |
| 爸　爸 | 多么完美的一堂课呀！嗯！ |
| 圆　圆 | 是太完美了，都把大家教成木偶了，这样的学生走出校园能有什么用啊？！ |
| 爸　爸 | 圆圆，不要妄自菲薄，就按爸爸这样的教。 |
| 圆　圆 | 也许在你们的那个时代可以，但是现在不行了，我们现在要的是 |

个性化教育。

**爷爷、爸爸** 个性化，什么意思？

**圆 圆** 每个人根据自己的特点展现出不同的魅力，说这个你肯定不懂，但要培养出有个性的学生，作为老师就要用自己的风采去感染学生，用自己的生活态度去影响学生。

**爷 爷** 你别说得比唱的还好听。

**爸 爸** 是骡子是马拉出来遛遛。

**爷 爷** 大家都个性，那不是乱套了。

**爸 爸** 我就不信你们还能个性出花来。

**圆 圆** 好，我就让你们见识见识。灯光、舞美……

〔才艺展示。

〔切光。剧终。